Josephine Angelini

Aus dem Amerikanischen
von Simone Wiemken

Dressler Verlag · Hamburg

Das Hörbuch zu diesem Titel erscheint bei Oetinger audio.

Deutsche Erstausgabe
1. Auflage 2012
© Dressler Verlag GmbH, Hamburg, 2012
Alle Rechte dieser Ausgabe vorbehalten
Originaltitel: *Dreamless*
Copyright © 2012 by Josephine Angelini
Aus dem Amerikanischen von Simone Wiemken
Umschlaggestaltung: Hanna Hörl Designbüro und
Geviert Büro für Kommunikationsdesign, München,
unter Verwendung eines Motivs von © Amanda Caroline Johansen
Typografie: © Hafen Werbeagentur, Hamburg
Satz: Dörlemann Satz, Lemförde
Druck und Bindung: GGP Media GmbH, Pößneck
Printed 2012
ISBN 978-3-7915-2626-3

www.goettlich-verloren.de
www.facebook.com/Goettlichverdammt
www.dresslerverlag.de

Für meinen Mann mit all meiner Liebe

Prolog

m Montag fiel die Schule aus. Teile der Insel waren immer noch ohne Strom und im Ortskern waren einige Straßen wegen der Sturmschäden unpassierbar.

Ja, klar doch, dachte Zach, als er das Haus verließ. Es war der »Sturm«, der die halbe Stadt demoliert hat, nicht diese Familie von Freaks, die so schnell rennen, dass sie sogar Autos überholen.

Nur um von seinem Dad wegzukommen, joggte er ein paar Blocks. Es war ihm unheimlich auf die Nerven gegangen, sich immer wieder anhören zu müssen, wie sich sein Vater darüber beschwerte, dass die Mannschaft das Footballtraining verpasste, obwohl es ihn doch eigentlich nur ärgerte, dass er einen Tag ohne seine drei Starspieler verbringen musste – die unglaublichen Delos-Jungs.

Zach ging die India Street hinunter, um sich wie Dutzende anderer Gaffer die zerstörten Stufen des Athenäums anzusehen. Es hieß, dass es in der vergangenen Nacht einen Kurzschluss in einer elektrischen Leitung gegeben hatte, die dann gerissen und so heiß geworden war, dass der Asphalt geschmolzen war. Zach sah das Loch im Boden und auch die gerissene Stromleitung, aber er wusste, dass die Leitung dies unmöglich verursacht haben konnte.

Genauso sicher wusste er, dass das durchgebrannte Leuchtschild über der Tür des Mädchenumkleideraums nicht *drei Meter entfernt* einen riesigen Brandfleck ins Gras geschmort haben konnte.

Warum kapierten das die anderen nicht? Waren sie so von den Delos-Kids geblendet, dass sie bereitwillig übersahen, dass die Marmorstufen der Bibliothek ganz bestimmt nicht vom Wind zerbrochen waren? Sahen die denn nicht, dass mehr dahintersteckte? Für Zach lag das klar auf der Hand. Er hatte versucht, Helen zu warnen, aber sie war zu sehr in Lucas verknallt, um zu erkennen, was los war. Zach wusste zwar, dass sie ihnen auf eine gewisse Weise ähnlich war, aber er hatte es trotzdem versucht. Leider galt für sie dasselbe wie für den Rest der Insel – und seinen Dad. Sie alle waren von dieser Familie geblendet.

Zach wanderte durch die Stadt und starrte gereizt die Dummköpfe an, die der geschmolzene Asphalt total aus dem Häuschen brachte, bis Matt ihn entdeckte und zu sich winkte.

»Ist das nicht irre?«, sagte Matt, als Zach zu ihm ans Polizeiabsperrband trat. »Es heißt, dass das die Starkstromleitung gewesen ist, die auf die Insel führt. Echt unglaublich, was?«

»Wow. Ein Loch. Wie unglaublich«, höhnte Zach sarkastisch.

»Findest du das nicht interessant?«, fragte Matt und hob eine Braue.

»Ich glaube nur nicht, dass eine Stromleitung so was verursacht.«

»Was soll es denn sonst gewesen sein?«, fragte Matt auf seine gewohnt analytische Art und deutete auf die Zerstörungen, die sich vor ihnen ausbreiteten.

Zach lächelte ein wenig. Matt war klüger, als die meisten Leute ahnten. Er sah gut aus, trug die richtigen Klamotten, war Kapitän des Golfteams und stammte aus einer alten und angesehenen Familie. Außerdem besaß er die Begabung, auch mit den angesagten Leuten reden zu können, und das sogar über interessante Dinge wie etwa Sport. Zach vermutete sogar, dass Matt zu den beliebtesten Schülern gehören könnte, wenn er nur wollte, aber aus irgendeinem Grund hatte Matt seinen Platz im »Ich-bin-cool-Team« aufgegeben und sich stattdessen zum Oberstreber gewandelt. Das musste etwas mit Helen zu tun haben.

Zach hatte immer noch nicht herausgefunden, wieso Helen mit den Strebern abhing, obwohl sie hübscher war als jeder Filmstar und jedes Supermodel, das er je gesehen hatte. Die Tatsache, dass sie trotzdem das Mauerblümchen spielte, war ein weiterer Teil des Geheimnisses, das sie umgab, und steigerte außerdem ihre Attraktivität. Sie war die Art Frau, für die Männer *alles* taten. Zum Beispiel, ihren gesellschaftlichen Status aufgeben, stehlen oder sogar kämpfen …

»Ich war nicht dabei«, beantwortete Zach endlich Matts Frage. »Aber für mich sieht es so aus, als hätte das jemand mit Absicht gemacht. Als wäre derjenige überzeugt, nie erwischt zu werden.«

»Du glaubst wirklich, jemand hat … was? Die Bücherei in Schutt und Asche gelegt, ein Starkstromkabel mit bloßen Händen durchgerissen und damit ein eins zwanzig tiefes Loch in den Asphalt gebrannt … und das alles nur aus Jux?«, fragte Matt ihn gelassen. Er verengte die Augen und bedachte Zach mit einem leicht amüsierten Lächeln.

»Keine Ahnung«, musste Zach zugeben. Dann kam ihm ein Gedanke. »Aber vielleicht weißt du es. Schließlich hängst du in letzter Zeit dauernd mit Ariadne ab.«

»Ja, und?«, konterte Matt ruhig. »Was hat das damit zu tun?«

Wusste Matt, was Sache war? Hatten die Delos-Kids Matt eingeweiht, während sie ihn im Dunkeln ließen? Zach musterte Matt einen Moment lang, kam dann aber zu dem Schluss, dass Matt sich einfach nur für diese Delos-Familie einsetzte, wie es auch jeder andere tat, sobald Zach auch nur andeutete, wie merkwürdig diese Sippe war.

»Wer sagt, dass es etwas damit zu tun hat? Ich meine doch nur, dass ich noch nie ein gerissenes Starkstromkabel gesehen habe. Du etwa?«

»Dann sind also die Polizei und die Typen vom Wasser- und Elektrizitätswerk und alle anderen, die für die Bewältigung von Naturkatastrophen ausgebildet sind, auf dem Holzweg, und du hast recht?«

So wie Matt es hinstellte, kam sich Zach fast ein bisschen albern vor. Er konnte schließlich nicht behaupten, dass eine Familie von Supermännern dabei war, die Insel zu übernehmen. Das würde sich total verrückt anhören. Also heuchelte Zach Desinteresse, sah über die Straße auf die demolierten Stufen des Athenäums und zuckte mit den Schultern.

Dabei fiel ihm jemand auf, eine besondere Person wie Helen – und wie diese verdammten Delos-Kids. Nur, dass dieser Typ anders war. Er hatte etwas Nichtmenschliches an sich.

Wenn er sich bewegte, musste man unwillkürlich an ein Insekt denken.

»Wie auch immer. Im Grunde ist es mir egal, was hier passiert ist«, behauptete Zach und gab sich gelangweilt. »Noch viel Spaß beim Reinstarren in das Loch.«

Er setzte sich in Bewegung, denn er wollte nicht noch mehr Zeit mit jemandem verschwenden, der so eindeutig auf der Seite der Delos' war. Er wollte wissen, wo dieser Freak hinging, und vielleicht auch herausfinden, was sie alle vor ihm verbargen.

Er folgte dem Fremden bis zu einer traumhaften Jacht im Hafen. Sie sah aus wie aus einem Märchen. Hohe Masten, Deck aus Teakholz, Fiberglasrumpf und rote Segel. Zach ging mit offenem Mund darauf zu. Diese Jacht war das Schönste, das er je gesehen hatte, mit Ausnahme eines Gesichts … ihres Gesichts.

Zach spürte, wie ihm jemand auf die Schulter tippte, und als er sich umdrehte, wurde die Welt um ihn herum dunkel.

1

lut quoll unter Helens zerrissenen Fingernägeln hervor, sammelte sich an ihrer Nagelhaut und floss von dort in kleinen Rinnsalen über ihre Fingerknöchel. Trotz ihrer Schmerzen umklammerte sie den Vorsprung mit der linken Hand noch fester, damit sie die rechte an der Kante vorwärts schieben konnte. Sand und Blut drohten, ihre Fingerspitzen abrutschen zu lassen, und ihre Hände waren mittlerweile schmerzhaft verkrampft. Sie krallte sich mit der rechten Hand fest, hatte aber nicht mehr die Kraft, sich noch ein Stück weiter zu ziehen.

Mit einem Keuchen rutschte Helen wieder zurück und hing nur noch mit einer Hand am Sims. Das Beet mit den toten Blumen sechs Stockwerke unter ihr war mit moosigen Ziegelsteinen und Dachschindeln übersät, die von der baufälligen Villa abgestürzt und unten zerschellt waren. Auch ohne hinunterzusehen, wusste sie, was ihr passieren würde, wenn sie an diesem bröckelnden Fenstersims den Halt verlor. Noch einmal versuchte sie, ein Bein aufs Sims hochzuschwingen, aber je mehr sie strampelte, desto unsicherer wurde ihr Griff.

Ein Schluchzer entrang sich ihren aufgebissenen Lippen. Sie hing nun schon an diesem Sims, seit sie in dieser Nacht in die Unterwelt hinabgestiegen war. Es kam ihr vor, als wären seitdem Stunden vergan-

gen, vielleicht sogar Tage, und sie war mit ihrer Kraft am Ende. Helen schrie frustriert auf. Sie musste von dieser Kante herunter und die Furien finden. Sie war der Deszender und dies war ihre Aufgabe. Die Furien in der Unterwelt aufspüren, sie irgendwie besiegen und die Scions von ihrem Einfluss befreien. Eigentlich sollte sie diesen Kreislauf der Rache beenden, der die Scions zwang, einander zu töten, und was tat sie stattdessen? Sie hing an diesem blöden Fenstersims.

Sie wollte nicht abstürzen, aber ihr war auch klar, dass sie die Furien nie finden würde, wenn sie sich noch eine Ewigkeit an dieses Sims klammerte. Und in der Unterwelt dauerte jede Nacht eine Ewigkeit. Sie musste diese Nacht beenden und dann in einer neuen Ewigkeit einen weiteren, hoffentlich erfolgreicheren Versuch starten. Und wenn sie es nicht schaffte, sich hochzuziehen, blieb nur ein Ausweg.

Die Finger von Helens linker Hand zuckten und begannen abzurutschen. Sie versuchte, sich einzureden, dass es besser war, nicht dagegen anzukämpfen, sondern sich einfach fallen zu lassen, denn dann wäre es wenigstens vorbei. Trotzdem mobilisierte sie alle Kraftreserven ihrer rechten Hand, um sich festzuklammern. Helen hatte zu viel Angst loszulassen. Vor Anstrengung biss sie sich auf die ohnehin schon blutige Lippe, aber die Finger ihrer rechten Hand glitten unaufhaltsam ab. Sie konnte sich nicht mehr halten.

Als sie auf dem Boden aufschlug, hörte sie, wie ihr linkes Bein brach.

Helen presste sich hastig die Hand auf den Mund, um in ihrem stillen Zimmer auf Nantucket nicht loszuschreien. Sie schmeckte den groben Staub der Unterwelt an ihren verkrampften Fingern. Im matten blaugrauen Licht der einsetzenden Morgendämmerung lauschte sie, wie ihr Vater aufstand. Zum Glück schien er nichts mitbekommen zu haben und ging schließlich nach unten, um das Frühstück vorzubereiten wie sonst auch.

Helen blieb im Bett, zitterte wegen des gebrochenen Beins und der gezerrten Muskeln und wartete darauf, dass sich ihr Körper selbst heilte. Tränen rannen ihr übers Gesicht und hinterließen heiße Spuren auf ihrer kalten Haut. Es war eiskalt in ihrem Zimmer.

Aus Erfahrung wusste Helen, dass sie etwas essen musste, um die Heilung abzuschließen, aber mit einem gebrochenen Bein konnte sie nicht nach unten gehen. Also zwang sie sich, ruhig liegen zu bleiben und zu warten. Es war nur eine Frage der Zeit, bis sie sich wieder bewegen, aufstehen und hinuntergehen konnte. Bis es so weit war, würde sie liegen bleiben und behaupten, sie hätte verschlafen. Sie würde ihr verletztes Bein vor ihrem Vater verstecken, so gut es ging, und beim Frühstück lächeln und mit ihm plaudern wie gewohnt. Und sobald sie etwas gegessen hatte, würden ihre Verletzungen vollends heilen.

Es würde ihr schon bald besser gehen, versicherte sie sich selbst und weinte so leise sie konnte. Sie musste nur durchhalten.

Jemand wedelte Helen mit der Hand vor der Nase herum.

»Was?«, fragte sie erschrocken. Sie sah sich zu Matt um, der ihr mit diesem Zeichen bedeutete, wieder auf die Erde zurückzukehren.

»Tut mir leid, Lennie, aber ich kapier das immer noch nicht. Was ist ein Rogue-Scion?«, fragte er mit gerunzelter Stirn.

»Ich bin ein Rogue«, antwortete sie, ein wenig zu laut. Sie war einen Moment lang in ihre eigenen Gedanken vertieft gewesen und hatte noch nicht wieder in die Unterhaltung zurückgefunden.

Helen setzte sich aufrechter hin, sah sich um und musste feststellen, dass alle anderen sie anstarrten. Mit Ausnahme von Lucas. Er betrachtete die Hände in seinem Schoß und seine Lippen waren fest zusammengepresst.

Helen, Lucas, Ariadne und Jason saßen nach der Schule am Küchentisch der Delos' und versuchten, Matt und Claire alles zu erklären, was sie über Halbgötter wissen mussten. Die beiden waren Helens beste Freunde, und obwohl beide kluge Köpfe waren, gab es in Helens Vergangenheit doch vieles, das sie nicht wussten. Und nach allem, was Matt und Claire für sie getan hatten, verdienten sie Antworten. Immerhin hatten sie vor sieben Tagen ihr Leben aufs Spiel gesetzt, um Helen und der Familie Delos zu helfen.

Sieben Tage erst, dachte Helen und zählte sie an den Fingern ab, um sich zu vergewissern, dass es stimmte. *Nach dieser ganzen Zeit in der Unterwelt kommt es mir eher vor wie sieben Wochen.*

»Es klingt kompliziert, aber das ist es eigentlich nicht«, sagte Ariadne, als klar wurde, dass Helen nicht weitersprechen würde. »Es gibt vier Häuser und diese vier Häuser sind seit dem Trojanischen Krieg verfeindet. Deswegen stacheln uns die Furien an, jemanden von einem anderen Haus zu töten. Es geht dabei um Blutrache.«

»Vor einer Million Jahren hat jemand aus dem Haus von Atreus jemand aus dem Haus von Theben umgebracht, und man erwartet von *euch*, dass ihr diese Blutschuld bezahlt?«, fragte Matt voller Zweifel.

»So ungefähr. Allerdings war es viel mehr als nur ein Toter. Du darfst nicht vergessen, dass wir hier vom Trojanischen Krieg reden. Da sind viele Leute gestorben, sowohl Halbgott-Scions als auch Normalsterbliche wie du«, erklärte Ariadne mit einem entschuldigenden Grinsen.

»Ich *weiß*, dass der Krieg eine Menge Leben gekostet hat, aber was bringt euch diese Blut-für-Blut-Geschichte eigentlich?«, hakte Matt nach. »Das endet doch nie. Das ist doch Irrsinn.«

Lucas lachte humorlos, schaute von seinem Schoß auf und sah Matt in die Augen. »Du hast recht. Die Furien treiben uns in den Wahnsinn, Matt«, sagte er ruhig und geduldig. »Sie verfolgen uns, bis wir daran zerbrechen.«

Helen kannte diesen Tonfall. Sie nannte ihn insgeheim Lucas' Professorenstimme. Wenn er so dozierte, hätte sie ihm den ganzen Tag zuhören können, auch wenn sie inzwischen wusste, dass dieses Verlangen falsch war.

»Sie bringen uns dazu, dass wir einander umbringen wollen, um einer verdrehten Form von Gerechtigkeit Genüge zu tun«, fuhr Lucas im selben gemessenen Ton fort. »Einer ermordet jemanden aus unserem Haus, wir revanchieren uns mit dem Mord an einem seiner Angehörigen, und so geht das nun schon seit dreieinhalbtausend Jahren. Und wenn ein Scion jemanden aus seinem eigenen Haus umbringt, wird er zum Ausgestoßenen.«

»Wie Hector«, bemerkte Matt zögerlich. Den Namen ihres Bruders und Cousins laut auszusprechen, ließ den Fluch der Furien sofort wieder aufflammen und brachte den Delos-Clan in Rage. Matt hatte es nur gewagt, um ganz sicherzugehen. »Er hat euren Cousin Kreon getötet, weil Kreon eure Tante Pandora umgebracht hat, und jetzt verspürt ihr den unwiderstehlichen Drang, ihn zu töten, obwohl ihr ihn immer noch liebt. Also für mich hat das nicht das Geringste mit Gerechtigkeit zu tun.«

Helen sah sich um und stellte fest, dass Ariadne, Jason und Lucas mit den Zähnen knirschten. Jason war der Erste, der sich wieder in den Griff bekam.

»Deswegen ist das, was Helen tut, so wichtig«, erklärte er. »Sie geht in die Unterwelt, um die Furien zu besiegen und dieses sinnlose Töten zu beenden.«

Matt hätte gern noch weitere Fragen gestellt. Er verstand die Sache mit den Furien immer noch nicht recht, aber er merkte natürlich, dass dieses Thema alle anderen am Tisch sehr belastete. Claire wollte aber noch einige Punkte geklärt wissen.

»Okay. Das ist dann also ein Ausgestoßener. Aber Rogues wie Lennie sind Scions, deren Eltern aus verschiedenen Häusern stammen, aber nur *ein* Haus kann sie für sich beanspruchen, richtig? Das bedeutet, dass sie dem anderen Haus gegenüber immer noch diese Blutschuld haben?« Claire versuchte, sich möglichst vorsichtig auszudrücken, weil sie wusste, wie schwer das für Helen war, aber sie musste es aussprechen. »Du wurdest von deiner Mutter Daphne beansprucht. Oder vielmehr von ihrem Haus.«

»Dem Haus von Atreus«, bestätigte Helen deprimiert und musste wieder daran denken, wie ihre lange verschollene Mutter vor neun Tagen wiederaufgetaucht war und ihr mit einer sehr unerfreulichen Neuigkeit das Leben ruiniert hatte.

»Und dein richtiger Vater – nicht Jerry, obwohl ich gestehen muss, Lennie, dass Jerry für mich immer dein richtiger Dad sein wird«, verkündete Claire entschieden, bevor sie zum Thema zurückkam. »Dein biologischer Vater, den du nie kennengelernt hast und der vor deiner Geburt starb …«

»Gehörte zum Haus von Theben.« Einen Moment lang trafen sich die Blicke von Helen und Lucas, doch dann wendete sie schnell die Augen ab. »Ajax Delos.«

»Unser Onkel«, fügte Jason hinzu und schloss Ariadne und Lucas in seinen Blick ein.

»Richtig«, bestätigte Claire unbehaglich. Sie schaute von Helen zu Lucas, doch beide wichen ihr aus. »Und da ihr beide zu verfeindeten Häusern gehört, wolltet ihr euch anfangs gegenseitig umbringen. Bis ihr …« Sie verstummte.

»Bis Helen und ich die Blutschuld zwischen unseren Häusern damit beglichen haben, dass wir beinahe füreinander gestorben sind«, beendete Lucas ihren Satz mit bleierner Stimme und schien damit alle zu warnen, bloß nicht nach der besonderen Beziehung zwischen ihm und Helen zu fragen.

Helen hätte sich am liebsten ein Loch in den Fliesenboden der Küche gegraben und wäre darin verschwunden. Sie spürte, wie die unausgesprochenen Fragen der anderen auf ihr lasteten.

Sie fragten sich, wie weit Helen und Lucas gegangen waren, bevor sie von ihrer Verwandtschaft erfahren hatten. Waren es wirklich nur Küsse gewesen oder sehr viel mehr?

Und: *Wollen* sie es immer noch tun, obwohl sie jetzt wissen, dass sie Cousin und Cousine sind?

Und: Tun sie es vielleicht immer noch? Es wäre kein Problem für sie, weil sie ja beide fliegen können. Vielleicht schleichen sie sich jede Nacht raus und …

»Helen? Wir müssen zurück an die Arbeit«, sagte Cassandra,

19

und der Befehlston in ihrer Stimme war nicht zu überhören. Sie war an der Küchentür aufgetaucht und stemmte eine Faust in ihre jungenhaft schmale Hüfte.

Als Helen vom Küchentisch aufstand, erhaschte Lucas ihren Blick und schenkte ihr ein winziges, aufmunterndes Lächeln. Helen erwiderte es kaum wahrnehmbar, und als sie Cassandra in die Bibliothek der Delos' folgte, fühlte sie sich schon bedeutend ruhiger und selbstsicherer. Cassandra schloss die Tür, und die beiden Mädchen machten sich erneut auf die Suche nach irgendetwas, das Helen ihre Mission erleichtern würde.

Helen kam um die Ecke und musste feststellen, dass ihr ein Regenbogen aus Rost den Weg versperrte. Ein Wolkenkratzer war so über die Straße gebogen, als hätte ihn eine Riesenhand geknickt wie einen Getreidehalm.

Helen wischte sich den juckenden Schweiß von der Stirn und suchte nach dem sichersten Weg über den rissigen Beton und den umgestürzten Stahl. Es würde schwierig werden hinüberzuklettern, aber auch alle anderen Gebäude dieser verlassenen Stadt zerfielen unter dem gnadenlosen Heranrücken der sie umgebenden Wüste. Es war sinnlos, es woanders zu versuchen. Alle Straßen waren mit irgendwelchem Schutt versperrt, und außerdem wusste Helen ohnehin nicht, in welche Richtung sie sollte. Ihr blieb nichts anderes übrig, als weiter voranzugehen.

Mit dem beißenden Geruch von rostendem Metall in der Nase stieg sie über ein scharfkantiges Gitter. Plötzlich ertönte ein tiefes, fast klagendes Ächzen. Ein Bolzen sprang heraus und über ihr löste sich ein Eisenteil. Rost und Sand rieselten auf sie herab. Instinktiv riss Helen die Hände hoch, um sich zu schützen, aber hier in der Unterwelt hatte sie keine Scion-Kräfte. Sie landete schmerzhaft auf dem Rücken, lang ausgestreckt unter dem schweren Eisenteil. Es lag auf ihrem Bauch und sie konnte sich nicht rühren.

Helen versuchte, sich darunter herauszuwinden, aber sie hatte solche grauenhaften Schmerzen im Becken, dass sie die Beine nicht bewegen konnte. Es war eindeutig etwas gebrochen – das Becken, die Wirbelsäule, vielleicht auch beides.

Helen kniff die Augen zusammen und schützte sie mit einer Hand vor der Helligkeit. Sie schluckte gegen ihren Durst an. Sie saß in der Falle wie eine Schildkröte auf dem Rücken. Am Himmel stand keine einzige Wolke, die ihr etwas Erleichterung verschaffte.

Es gab nur diese gleißende Helligkeit und die unbarmherzige Hitze …

Helen trottete aus Miss Bees Sozialkundeunterricht und unterdrückte ein Gähnen. Ihr Kopf fühlte sich so ausgestopft und heiß an wie ein Thanksgiving-Truthahn in der Röhre. Der Schultag neigte sich dem Ende zu, aber das war kein Trost. Helen sah hinunter auf ihre Füße und musste daran denken, was sie erwartete. Sie stieg jede Nacht in die Unterwelt hinab und landete in einer grässlichen Landschaft nach der anderen. Sie hatte keine Ahnung, wieso sie an manchen Orten mehrmals war und an anderen nur einmal, aber sie vermutete, dass es etwas mit ihrer Stimmung zu tun hatte. Je missgelaunter sie beim Einschlafen war, desto schlimmer war ihr Erlebnis in der Unterwelt.

Helen, die sich immer noch auf ihre Füße konzentrierte, spürte plötzlich, wie jemand auf dem vollen Schulflur ihre Finger streifte. Sie schaute auf und direkt in Lucas' juwelenblaue Augen. Da atmete sie scharf ein, ähnlich einem kurzen Seufzer der Überraschung, und konnte den Blick nicht von ihm abwenden.

Lucas sah sie sanft und ein wenig neckisch an und sein Mund verzog sich zum Anflug eines geheimen Lächelns. Da sie sich immer noch in verschiedene Richtungen bewegten, drehten beide beim Gehen den Kopf, um den Augenkontakt nicht zu verlieren. Ihr identisches Lächeln wurde mit jedem Moment, der verging, deutlicher. Helen warf verspielt ihre Haare zurück, beendete damit den kurzen Flirt und setzte ihren Weg mit einem breiten Grinsen im Gesicht fort.

Ein Blick von Lucas, und sie fühlte sich stärker. Wieder lebendig. Sie konnte ihn beim Weggehen leise lachen hören, sehr zufrieden, als wüsste er genau, welche Wirkung er auf sie hatte. Auch Helen musste kichern und schüttelte über sich selbst den Kopf. Und dann fiel ihr Blick auf Jason.

Er und Claire waren ein paar Schritte hinter Lucas gegangen und er hatte alles beobachtet. Seine Lippen waren sorgenvoll verkniffen und sein Blick wirkte traurig. Er bedachte Helen mit einem missbilligenden Kopfschütteln. Sie starrte schnell wieder auf den Boden und wurde knallrot.

Sie waren verwandt, das wusste Helen. Es war falsch, mit ihm zu flirten. Aber sie fühlte sich *besser*, wenn sie es tat – was sonst nichts anderes vermochte. Sollte sie das alles durchstehen und dann auch noch auf Lucas' tröstendes Lächeln verzichten? Helen ging zu ihrer letzten Schulstunde, setzte sich an den Tisch und kämpfte beim Auspacken ihrer Hefte mit den Tränen.

Lange Splitter umgaben Helen und zwangen sie, ganz stillzuhalten, um nicht von einem von ihnen aufgespießt zu werden. Sie war im Stamm des einzigen Baumes gefangen, der in diesem trockenen, dürren Busch-

land wuchs. Wenn sie zu tief einatmete, stachen ihr die Splitter in die Haut. Ihre Arme waren hinter ihrem Rücken eingeklemmt und die Beine so schmerzhaft verdreht, dass ihr Oberkörper vornüberhing. Ein langer Holzsplitter war direkt auf ihr rechtes Auge gerichtet. Wenn sie bei dem Versuch, sich zu befreien, den Kopf nach vorn bewegte – oder auch nur vor Erschöpfung ein wenig zusammensackte –, würde sie sich das Auge ausstechen.

»Was soll ich denn tun?«, fragte sie niemand Bestimmtes wimmernd. Helen wusste, dass sie auf sich allein gestellt war.

»Was soll ich denn tun?«, schrie sie plötzlich, und an Brust und Rücken brannte ein Dutzend kleiner Stichwunden.

Das Schreien half nicht, aber das Wütendwerden schon. Es half ihr, sich auf das Unvermeidliche vorzubereiten. Sie hatte sich selbst in diese Lage gebracht, natürlich unabsichtlich, und sie wusste, wie sie wieder herauskam. Normalerweise befreiten Schmerzen sie aus der Unterwelt. Sofern sie nicht starb, war Helen ziemlich sicher, dass sie die Unterwelt verlassen und in ihrem Bett aufwachen würde. Sie würde verletzt sein und Schmerzen haben, aber sie wäre zumindest wieder draußen.

Sie starrte den langen Splitter vor ihrem Auge an und wusste, was sie zu tun hatte. Allerdings wusste sie nicht, ob sie dazu fähig war. Als die Wut, die sie angefeuert hatte, wieder nachließ, weinte sie verzweifelte Tränen, die ihr über die Wangen liefen. Sie hörte ihre eigenen, halb erstickten Schluchzer in dem engen Baumstamm-Gefängnis. Minuten vergingen und Helens Arme und Beine verkrampften sich in ihrer unnatürlichen Haltung.

Die Zeit würde nichts an der Situation ändern. Tränen würden nichts an der Situation ändern. Sie hatte nur eine einzige Wahl und sie konnte es entweder sofort tun oder nach weiteren qualvollen Stunden. Helen war *ein Scion und damit Zielscheibe der Furien. Sie hatte nie eine andere Wahl gehabt als diese eine. Und mit diesem Gedanken kam die Wut zurück. Mit einer gezielten Bewegung ruckte sie ihren Kopf nach vorn.*

Lucas konnte den Blick nicht von Helen abwenden. Sogar von der anderen Seite der Küche aus konnte er sehen, dass die dünne Haut über ihren hohen Wangenknochen so blass war, dass sie durch die darunterliegenden Adern bläulich wirkte. Er hätte schwören können, dass ihre Arme mit verblassenden Blutergüssen übersät gewesen waren, als sie am Morgen gekommen war, um mit Cassandra in der Bibliothek zu arbeiten.

Helen hatte inzwischen einen verstörten und gehetzten Ausdruck im Gesicht. Sie sah noch verängstigter aus als ein paar Wochen zuvor, als sie alle geglaubt hatten, dass Tantalus und die fanatischen Hundert Cousins hinter ihr her waren. Cassandra hatte kürzlich eine Vision gehabt, dass die Hundert zurzeit ihre ganze Energie darauf verwandten, Hector und Daphne zu finden, und dass Helen nichts zu befürchten hatte. Aber wenn es nicht die Hundert waren, die Helen so verstört hatten, musste es etwas in der Unterwelt sein. Lucas fragte sich, ob sie da unten gejagt oder vielleicht sogar gefoltert wurde.

Diese Vorstellung zerriss ihn innerlich. Es kam ihm vor, als säße in seinem Brustkorb ein wildes Tier, das sich durch die Rippen nach draußen fraß. Er musste die Zähne fest zusammenbeißen, um das gereizte Knurren zu unterdrücken, das in ihm aufstieg. Er war in letzter Zeit so *wütend* und das beunruhigte ihn. Aber noch schlimmer als diese ständige Gereiztheit war die Sorge um Helen.

Zusehen zu müssen, wie sie beim kleinsten Laut zusammenzuckte oder plötzlich mit großen Augen erstarrte, versetzte ihn in Panik. Es war Lucas ein körperliches Bedürfnis, Helen zu beschützen. Es fühlte sich fast wie ein Ganzkörper-Tic an, der ihm zuschrie, sich zwischen sie und die Gefahr zu werfen. Aber er konnte ihr bei dieser Sache nicht helfen. Er konnte nicht in die Unterwelt hinabsteigen, ohne vorher zu sterben.

An diesem Problem arbeitete er noch. Es gab nur wenige Personen, die in die Unterwelt gehen konnten und überlebten – in der gesamten Geschichte der griechischen Mythologie waren es höchstens eine Handvoll Leute. Aber er würde auf jeden Fall weiter nach einer Lösung suchen. Lucas war schon immer gut darin gewesen, Probleme zu lösen – vor allem vermeintlich »unlösbare«. Was vermutlich der Grund war, wieso es ihn so quälte, Helen in diesem Zustand zu sehen.

Er konnte diese Aufgabe nicht für sie bewältigen. Sie war dort unten auf sich allein gestellt, und es gab nichts, was er dagegen tun konnte.

»Sohn. Warum setzt du dich nicht zu mir?«, fragte Castor und riss Lucas damit aus seinen Gedanken. Sein Vater deutete auf den Stuhl zu seiner Rechten. Inzwischen hatte sich auch der Rest der Familie zum sonntäglichen Abendessen eingefunden.

»Das ist Cassandras Platz«, lehnte Lucas mit einem Kopfschütteln ab, obwohl er in Wirklichkeit gedacht hatte, dass es *Hectors* war. Lucas konnte es nicht ertragen, einen Platz einzunehmen, der nie hätte frei werden dürfen. Also setzte er sich stattdessen links von seinem Vater auf die Bank.

»Also wirklich, Dad«, scherzte Cassandra und nahm den Platz

ein, den sie automatisch übernommen hatte, nachdem Hector für den Mord an Tantalus' einzigem Sohn Kreon zum Ausgestoßenen geworden war. »Das war doch wohl kein Wink mit dem Zaunpfahl, oder?«

»Müsstest du das nicht als Erste wissen? Was für ein Orakel bist du eigentlich?«, neckte Castor sie und pikte ihr in den Bauch, bis sie quietschte.

Lucas erkannte natürlich, dass sein Vater die seltene Gelegenheit nutzte, mit Cassandra herumzualbern, weil diese Zeiten fast vorbei waren. Als Orakel entfernte sich seine kleine Schwester immer weiter von der Familie und der ganzen Menschheit. Schon bald würde sie nichts Menschliches mehr haben und nur noch das kalte Instrument der Parzen sein, und dann spielte es auch keine Rolle mehr, wie sehr ihre Familie sie liebte.

Castor ergriff jede Chance, mit seiner Tochter zu scherzen, aber diesmal merkte Lucas, dass er nicht mit ganzem Herzen dabei war. Er war mit seinen Gedanken woanders. Aus irgendeinem Grund wollte er nicht, dass Lucas sich auf seinen gewohnten Platz setzte.

Einen Augenblick später erkannte er den Grund, denn Helen setzte sich auf den Platz, der quasi durch Gewohnheitsrecht ihrer geworden war. Als sie über die Bank stieg und sich neben ihn setzte, blieb Lucas das Stirnrunzeln seines Vaters nicht verborgen.

Lucas ignorierte die Missbilligung seines Vaters und genoss es stattdessen, Helen neben sich zu spüren. Obwohl sie offensichtlich unter dem litt, was in der Unterwelt geschah, erfüllte ihre Anwesenheit Lucas mit neuer Kraft. Ihre Figur, ihr weicher Arm, der ihn manchmal streifte, wenn sie Teller herumreichten, ihre klare, helle Stimme, wenn sie sich an der Unterhaltung beteiligte – alles an Helen berührte ihn im tiefsten Innern und besänftigte das wilde Tier in seiner Brust.

Er wünschte nur, dasselbe auch für sie tun zu können. Beim Essen fragte Lucas sich wieder, was Helen wohl in der Unterwelt erlebte, aber ihm war auch klar, dass er sie erst danach fragen konnte, wenn sie allein waren. Vor der Familie konnte sie lügen, aber bei ihm war das unmöglich.

»Hey«, rief er ihr später zu und hielt sie auf dem Flur auf. Sie erstarrte kurz, aber als sie sich ihm zuwendete, wurden ihre Züge wieder weicher.

»Hey«, hauchte sie zur Antwort und trat näher an ihn heran.

»Schlimme Nacht?«

Sie nickte und rückte noch näher, bis er den Mandelduft der Seife riechen konnte, mit der sie sich gerade die Hände gewaschen hatte. Lucas vermutete, dass ihr nicht klar war, welche Anziehungskraft sie aufeinander ausübten, aber er wusste es.

»Erzähl mir davon.«

»Es ist einfach nur hart«, versuchte sie, seine Frage mit einem Schulterzucken abzutun.

»Beschreib es.«

»Da war dieser Felsen.« Sie verstummte, rieb sich die Handgelenke und schüttelte mit verkniffener Miene den Kopf. »Ich kann nicht. Ich will so wenig wie möglich daran denken. Es tut mir leid, Lucas. Ich will dich damit nicht verärgern«, sagte sie hastig, als sie sein frustriertes Gesicht bemerkte.

Er sah sie einen Moment lang an und fragte sich, wie es möglich war, dass sie seine Gefühle so falsch deutete. Er versuchte, ihr die nächste Frage möglichst ruhig zu stellen, aber sie hörte sich doch harscher an, als er beabsichtigt hatte.

»Tut dir da unten jemand weh?«

»Außer mir ist da unten niemand«, antwortete sie. Aber etwas an ihrem Tonfall verriet Lucas, dass diese Einsamkeit sogar schlimmer war als jede Art von Folter.

»Du hast dich verletzt.« Er streckte die Hand nach ihr aus und folgte mit einem Finger der Kontur der verblassten Prellungen, die er dort gesehen hatte.

Ihr Gesicht war verschlossen. »In der Unterwelt habe ich keine Superkräfte. Aber es heilt alles, wenn ich aufwache.«

»Rede mit mir«, lockte er sie aus der Reserve. »Du weißt, du kannst mir alles erzählen.«

»Ich weiß, dass ich das kann, aber wenn ich es tue, werde ich es bereuen«, stöhnte sie, allerdings mit einem Anflug von Humor. Das gab Lucas genug Hoffnung für einen weiteren Versuch, denn er wollte sie unbedingt wieder lächeln sehen.

»Was? Raus damit!«, verlangte er grinsend. »Wie schmerzhaft kann es schon sein, mit mir darüber zu reden?«

Ihr Lächeln erlosch und sie sah ihn an. Ihr Mund öffnete sich ein wenig, sodass er den glatten inneren Rand ihrer Unterlippe sehen konnte. Er erinnerte sich noch gut daran, wie es sich angefühlt hatte, sie zu küssen, und erstarrte – um sich bloß nicht über sie zu beugen und diesen süßen Geschmack noch einmal zu kosten.

»Grauenvoll schmerzhaft«, wisperte sie.

»Helen! Wie lange brauchst du, um auf die Toilette –« Cassandra verstummte abrupt, als sie Lucas den Flur hinunter verschwinden sah und Helen mit hochrotem Kopf in Richtung Bibliothek eilte.

Helen rannte durch das Zimmer mit der halb abgelösten Blumentapete und machte einen Bogen um die verrotteten Fußbodendielen rund um die feuchte, schimmelige Couch. Es kam ihr vor, als würde das Ding sie hasserfüllt anstarren, als sie daran vorbeilief. Sie war schon ein Dutzend Mal hier gewesen, vielleicht sogar öfter. Aber diesmal nahm sie weder die linke noch die rechte Tür, weil sie bereits wusste, dass sie ins Nirgendwo führten. Sie erkannte, dass sie nichts mehr zu verlieren hatte, und steuerte den Wandschrank an.

In der Ecke hing ein vermoderter alter Wollmantel. Der Kragen war mit Schuppen übersät und der Mantel roch wie ein kranker alter Mann. Er bedrängte sie, als versuchte er, sie aus seinem Reich zu vertreiben. Helen ignorierte den ekelhaften Mantel und durchsuchte den Wandschrank, bis sie eine weitere Tür in einer der Seitenwände entdeckte. Die Öffnung war gerade groß genug für ein Kleinkind. Sie ließ sich auf die Knie nieder und plötzlich gruselte sie sich furchtbar vor dem alten Mantel, der zu beobachten schien, wie sie sich bückte, als wollte er ihr in den Ausschnitt starren. Sie kroch durch die winzige Öffnung.

Der nächste Raum war ein staubiges Ankleidezimmer, in dem der Geruch von jahrhundertealten schweren Parfüms hing. Aber wenigstens gab es hier ein Fenster. Helen rannte darauf zu und hoffte, dass sie hinausspringen und sich so aus dieser schrecklichen Falle befreien konnte. Voller Hoffnung riss sie die schimmelnden Vorhänge zur Seite.

Das Fenster war zugemauert. Sie schlug mit den Fäusten auf das Mauerwerk ein, anfangs waren es nur leichte Schläge, aber mit zuneh-

mender Wut schlug sie härter dagegen, bis ihre Fingerknöchel vollkommen zerschunden waren. In diesem Labyrinth aus Zimmern war alles vermodert und verrottet – bis auf die Ausgänge. Die waren so massiv wie in Fort Knox.

Es kam Helen vor, als würde sie bereits tagelang in diesem Haus festsitzen. Sie war mittlerweile so verzweifelt, dass sie sogar schon die Augen geschlossen hatte in der Hoffnung, einzuschlafen und in ihrem eigenen Bett wieder aufzuwachen. Es hatte nicht geklappt. Helen hatte noch nicht herausgefunden, wie sie die Unterwelt betreten und wieder verlassen konnte, ohne sich dabei jedes Mal halb umzubringen. Sie hatte Angst, dass sie diesmal wirklich sterben würde, und wollte nicht darüber nachdenken, was sie tun musste, um sich zu befreien.

Weiße Punkte tanzten vor ihren Augen und sie war nun schon mehrmals fast vor Durst und Erschöpfung in Ohnmacht gefallen. Sie hatte so lange kein Wasser mehr getrunken, dass allmählich sogar der zähflüssige Glibber, der aus den Wasserleitungen dieses Höllenlochs quoll, halbwegs appetitlich aussah.

Merkwürdig war, dass Helen in diesem Teil der Unterwelt größere Angst hatte als je zuvor, auch wenn sie hier nicht in unmittelbarer Gefahr schwebte. Sie hing nicht an einer Klippe oder war in einem Baumstamm gefangen oder mit den Handgelenken an einen Felsen gekettet, der sie bergab mitriss und in eine Schlucht zu stürzen drohte.

Sie war einfach nur in einem Haus, einem nie endenden Haus ohne Ausgänge.

Die Besuche in den Bereichen der Unterwelt, bei denen sie nicht in unmittelbarer Gefahr schwebte, dauerten gewöhnlich am längsten und entpuppten sich auf Dauer als die schlimmsten. Durst, Hunger und die quälende Einsamkeit waren die härtesten Prüfungen. Die Hölle brauchte *gar kein Feuer, um ihr zuzusetzen. Die endlose Zeit und das Alleinsein reichten vollkommen aus.*

Helen setzte sich unter das zugemauerte Fenster und versuchte, sich vorzustellen, wie es sein würde, den Rest ihres Lebens in einem Haus zuzubringen, in dem sie unerwünscht war.

Während des Footballtrainings fing es an zu schütten und ab dem Zeitpunkt war an ein sinnvolles Training nicht mehr zu denken. Die Spieler fanden Spaß daran, einander umzurennen und durch den Matsch zu schlittern, was dem Rasen natürlich gar nicht gut bekam. Schließlich gab Coach Brant es auf und schickte die Mannschaft nach Hause. Als sie ihre Sachen packten, beobachtete Lucas den Coach unauffällig, denn ihm war nicht verborgen geblieben, dass ihr Trainer an diesem Tag nicht mit ganzem Herzen dabei gewesen war. Sein Sohn Zach hatte die Mannschaft am Tag zuvor verlassen. Wie man hörte, hatte der Coach das persönlich genommen, und Lucas fragte sich, wie schlimm der Streit zwischen den beiden wohl gewesen war. Zach hatte an diesem Tag in der Schule gefehlt.

Lucas konnte sich vorstellen, wie Zach sich fühlte. Er wusste, wie es war, wenn der eigene Vater von einem enttäuscht war.

»Luke! Lass uns abhauen! Ich erfriere!«, brüllte Jason. Er riss schon auf dem Weg zum Umkleideraum seine Ausrüstung herunter, und Lucas musste rennen, um ihn einzuholen.

Sie fuhren ohne Umweg nach Hause und stürmten nass und hungrig in die Küche. Helen und Claire waren schon dort und natürlich auch Lucas' Mutter. Die Mädchen trugen noch ihren durchweichten Laufdress, und während sie sich abtrockneten, sahen sie Noel erwartungsvoll an. Im ersten Moment war Helen alles, was Lucas wahrnahm. Ihre Haare waren zerzaust und auf ihren langen nackten Beinen glitzerten die Regentropfen.

Dann hörte er ein Flüstern im Ohr und blanker Hass durchfuhr ihn. Seine Mutter war am Telefon. Und die Stimme am anderen Ende gehörte Hector.

»Nein, Lucas, nicht!«, warnte Helen mit zittriger Stimme. »Noel, leg auf!«

Lucas und Jason stürmten von den Furien getrieben auf die Stimme des Ausgestoßenen zu. Helen trat vor Noel. Sie hob einfach nur die Hände, als wollte sie damit »Stopp« signalisieren, und die zwei rannten gegen sie wie gegen eine Ziegelmauer. Beide wurden so heftig zurückgeworfen, dass sie auf dem Boden landeten und nach Luft schnappten. Helen wich keinen Zentimeter zurück.

»Es tut mir so leid!«, beteuerte Helen und beugte sich besorgt über sie. »Aber ich konnte nicht zulassen, dass ihr euch auf Noel stürzt.«

»Du brauchst dich nicht zu entschuldigen«, schnaufte Lucas und rieb sich die schmerzende Brust. Er hatte nicht gewusst, dass Helen *so* stark war, aber er war ausgesprochen froh darüber. Seine Mutter sah zwar schockiert aus, aber ihr und Claire war nichts passiert. Und das war das Wichtigste.

»Mmhm«, machte Jason, was ausdrücken sollte, dass er derselben Meinung war wie Lucas. Claire hockte sich neben ihn und klopfte ihm mitfühlend auf die Schulter. Er setzte sich auf und versuchte, wieder zu Atem zu kommen.

»Ich habe euch beide nicht so früh erwartet«, stammelte Noel. »Er ruft immer an, wenn er weiß, dass ihr beim Training seid …«

»Es ist nicht deine Schuld, Mom«, versicherte Lucas ihr. Er zog Jason auf die Füße. »Alles okay, Cousin?«

»Nein«, antwortete Jason ehrlich. Er atmete noch ein paarmal tief ein, aber eigentlich war es nicht der Stoß gegen die Brust, der ihm am meisten wehtat. »Ich *hasse* das.«

Die Cousins tauschten einen gequälten Blick. Beide vermissten Hector und litten darunter, was die Furien ihnen antaten. Dann fuhr Jason abrupt herum und verschwand durch die Hintertür hinaus in den Regen.

»Jason, warte«, rief Claire und rannte ihm nach.

»Ich habe nicht so früh mit euch gerechnet«, sagte Noel mehr zu sich selbst als zu ihrem Sohn, als bräuchte sie diese Rechtfertigung. Lucas ging zu seiner Mutter und drückte ihr einen Kuss auf die Stirn.

»Mach dir keine Sorgen. Es wird alles wieder gut«, versicherte er ihr mit erstickter Stimme.

Er musste hier weg. Immer noch mit diesem Kloß im Hals, verzog er sich nach oben, um sich umzuziehen. Schon auf dem Flur vor seinem Zimmer streifte er sich das Hemd über den Kopf und hörte plötzlich Helens Stimme hinter sich.

»Ich fand eigentlich immer, dass du gut lügen kannst«, sagte sie leise. »Aber als du ›Es wird alles wieder gut‹ gesagt hast, habe nicht einmal ich es geglaubt.«

Lucas ließ das durchweichte Hemd auf den Boden fallen und drehte sich zu Helen um, denn nach dem Schreck in der Küche konnte er ihr nicht widerstehen. Er zog sie an sich und legte das

Gesicht an ihren Hals. Sie schmiegte sich an ihn, stützte sein Gewicht, während sich seine breiten Schultern um sie legten, und sie hielt ihn in den Armen, bis er sich genug beruhigt hatte, um zu sprechen.

»Ein Teil von mir will losziehen und ihn suchen. Ihn jagen«, gestand er, denn es gab niemand außer Helen, dem er diese Gefühle anvertrauen konnte. »Jede Nacht träume ich davon, wie ich ihn auf den Stufen der Bücherei mit bloßen Händen töte. Ich sehe mich, wie ich wieder und wieder auf ihn einschlage, und dann wache ich auf und denke, dass ich ihn diesmal *wirklich* umgebracht haben könnte. Und dann bin ich erleichtert …«

Helen fuhr ihm über das nasse Haar, strich es glatt und ließ die Hände über seinen Nacken, die Schultern, die harten Rückenmuskeln wandern und zog ihn enger an sich. »Ich beende das«, versprach sie. »Das schwöre ich, Lucas, ich werde die Furien finden und aufhalten.«

Lucas zog sich weit genug zurück, sodass er Helen ansehen konnte, und schüttelte den Kopf. »Nein, ich wollte dich nicht noch mehr unter Druck setzen. Es ist schon schlimm genug für mich, dass das alles auf dir lastet.«

»Ich weiß.«

Mehr sagte sie nicht. Kein Selbstmitleid, kein »Bedauere mich«. Sie akzeptierte ihr Schicksal – einfach so. Lucas sah sie an und ließ die Finger über ihr perfektes Gesicht wandern.

Er liebte ihre Augen. Sie veränderten sich ständig, und Lucas hatte im Kopf längst eine Liste erstellt, was welche Farbe bedeutete. Wenn sie lachte, waren ihre Augen hell bernsteinfarben, wie Honig in einem Glas, das auf einer sonnigen Fensterbank steht.

Wenn er sie küsste, wurden sie dunkler und nahmen die Farbe von mahagonifarbenem Leder an, allerdings mit roten und goldenen Funken. Gerade jetzt wurden ihre Augen dunkel – eine Einladung ihrer Lippen an seine.

»Lucas!«, brüllte sein Vater. Helen und Lucas sprangen auseinander und fuhren herum zu Castor, der mit weißem Gesicht und starrer Körperhaltung am oberen Treppenabsatz aufgetaucht war. »Zieh dir ein Hemd an und komm in mein Arbeitszimmer. Helen, geh nach Hause.«

»Dad, sie hat nicht …«

»Sofort!«, schrie sein Vater. Lucas hatte ihn noch nie so wütend erlebt.

Helen ergriff die Flucht. Sie drückte sich mit gesenktem Kopf an Castor vorbei und rannte aus dem Haus, bevor Noel fragen konnte, was los war.

»Hinsetzen.«

»Es war meine Schuld. Sie hat sich Sorgen um mich gemacht«, begann Lucas, sich zu verteidigen.

»Das ist mir egal«, sagte Castor, und sein Blick bohrte sich in die Augen seines Sohnes. »Es ist mir egal, wie unschuldig es begonnen hat. Geendet hat es jedenfalls damit, dass du halb nackt die Arme um sie gelegt hast und ihr nur zwei Schritte von deinem Bett entfernt wart.«

»Ich hatte nicht vor, sie –« Lucas konnte diese Lüge nicht zu Ende führen. Er *hatte* vorgehabt, sie zu küssen, und wenn er erst damit angefangen hätte, hätten ihn nur Helen oder eine Flutwelle dazu bringen können, wieder aufzuhören. Ehrlich gesagt störte es Lucas schon lange nicht mehr, dass irgendein Onkel, den er nie kennengelernt hatte, Helens Vater war. Er liebte sie, und daran würde sich nichts ändern, egal, wie oft ihm alle sagten, wie falsch das war.

»Lass mich dir etwas erklären.«

»Wir sind Cousin und Cousine, ich weiß«, unterbrach ihn Lucas. »Glaubst du, ich weiß nicht, dass sie genauso eng mit mir verwandt ist wie Ariadne? Aber es *fühlt* sich nicht danach *an*.«

»Mach dir nichts vor«, sagte Castor düster. »Inzest gab es bei Scions schon seit Ödipus. Und es gab auch in diesem Haus schon andere, die sich in ihre Cousins oder Cousinen verliebt haben – wie du und Helen.«

»Was ist aus ihnen geworden?«, fragte Lucas vorsichtig. Er ahnte bereits, dass ihm die Antwort seines Vaters nicht gefallen würde.

»Das Ergebnis war immer dasselbe.« Castor fixierte seinen Sohn. »Wie Ödipus' Tochter Elektra leiden die Kinder von eng verwandten Scions immer an unserem größten Fluch. Wahnsinn.«

Lucas setzte sich aufrechter hin und suchte fieberhaft nach einem Ausweg aus diesem Dilemma. »Wir – wir müssen doch keine Kinder kriegen.«

Es gab kein Warnzeichen, keinen Hinweis darauf, dass Lucas es zu weit getrieben hatte. Ohne einen Ton von sich zu geben, stürzte sich sein Vater auf ihn wie ein wütender Stier. Lucas sprang auf, wusste aber nicht, was er tun sollte. Er war doppelt so stark wie sein Vater, aber er wehrte sich nicht, als Castor ihn an den Schultern packte und gegen die Wand stieß. Castor starrte ihm so wütend in die Augen, dass Lucas einen Moment lang davon überzeugt war, dass sein Vater ihn hasste.

»Wie kannst du so selbstsüchtig sein?«, knurrte Castor voller Verachtung. »Es gibt nicht einmal mehr genug Scion-Partner für jeden von euch, und du entscheidest einfach, dass ihr keine Kinder wollt. Wir reden hier von der Erhaltung unserer *Art*, Lucas!« Um seine Worte zu unterstreichen, stieß er Lucas so heftig gegen die Wand, dass sie zu bröckeln begann. »Die vier Häuser müssen überleben und getrennt bleiben, damit der Waffenstillstand gesichert ist und die Götter auf dem Olymp bleiben, denn andernfalls müsste jeder Sterbliche auf diesem Planeten darunter leiden.«

»Das weiß ich!«, brüllte Lucas. Der Putz von der beschädigten Wand rieselte auf sie herab und erfüllte die Luft mit seinem Staub. Lucas versuchte, sich aus dem Griff seines Vaters zu befreien. »Aber es gibt doch genügend andere Scions, die die Art erhalten können! Was ist schon dabei, wenn Helen und ich keine Kinder wollen?«

»Helen und ihre Mutter sind die Letzten ihres Hauses! Helen muss einen Erben hervorbringen, um das Haus von Atreus zu erhalten und die Häuser voneinander getrennt zu halten; nicht nur für diese Generation, sondern für alle, die noch kommen!«

Castor brüllte immer noch. Er schien den weißen Staub und den bröckelnden Putz nicht wahrzunehmen. Es war fast, als würde alles, woran sein Vater bisher geglaubt hatte, auf Lucas' Kopf prasseln und ihn ersticken.

»Der Waffenstillstand hält nun schon viele Tausend Jahre und er muss noch viele Tausend weitere Jahre bestehen, sonst machen die Götter des Olymp Sterbliche und Scions wieder zu ihren

Spielzeugen – brechen Kriege vom Zaun, vergewaltigen Frauen und verhängen schreckliche Flüche, wie es ihnen gefällt«, fuhr Castor unbarmherzig fort. »Du glaubst vielleicht, dass ein paar Hundert von uns ausreichen, unsere Art und den Waffenstillstand zu erhalten, aber das reicht nicht aus, um die Götter zu überdauern. Wir müssen bestehen bleiben, und um das zu erreichen, muss sich jeder Einzelne von uns fortpflanzen.«

»Was erwartest du von uns?« Jetzt schrie Lucas zurück, stieß seinen Vater von sich und löste sich von der eingedrückten und fast durchbrochenen Wand. »Ich werde tun, was für mein Haus nötig ist, und das wird Helen auch tun. Wir werden Kinder von anderen bekommen, wenn es das ist, was von uns erwartet wird – auch das werden wir irgendwie überleben! Aber verlang nicht, dass ich mich von Helen fernhalte, denn das kann ich nicht. Wir werden mit allem fertig, nur damit nicht.«

Sie funkelten einander an, außer Atem und mit weißem Staub bedeckt, der ihnen auf der verschwitzten Haut klebte.

»Ist es so einfach für dich zu entscheiden, womit Helen fertigwird und womit nicht? Hast du sie dir in letzter Zeit mal angesehen?«, fragte Castor grob und ließ seinen Sohn mit angewiderter Miene los. »Sie leidet, Lucas.«

»Das weiß ich! Denkst du, ich würde nicht *alles* tun, um ihr zu helfen?«

»Alles? Dann halt dich von ihr fern.«

Es schien, als wäre Castors Ärger plötzlich verraucht, und statt zu schreien redete er nun ganz ruhig mit Lucas.

»Ist dir in den Sinn gekommen, dass das, was sie in der Unterwelt zu tun versucht, nicht nur für Frieden zwischen den Häusern sorgen, sondern auch Hector wieder in die Familie zurückbringen kann? Wir haben so viel verloren. Ajax, Aileen, Pandora.« Castors Stimme brach beim Namen seiner kleinen Schwester. Ihr Tod war für sie beide noch viel zu nah. »Helen muss etwas ertragen, das sich keiner von uns vorstellen kann, und sie braucht ihre ganze Kraft, um es durchzustehen. Um unser aller willen.«

»Aber ich kann ihr helfen«, beteuerte Lucas, der seinen Vater auf seiner Seite wissen wollte. »Ich kann ihr zwar nicht in die Unterwelt folgen, aber ich kann ihr zuhören und sie unterstützen.«

»Du denkst, dass du ihr hilfst, aber du bringst sie um«, widersprach Castor und schüttelte traurig den Kopf. »Du hast vielleicht deinen Frieden mit den Gefühlen gemacht, die du für sie hast, aber sie kommt nicht damit zurecht, was sie für dich empfindet. Ihr seid verwandt und ihre Schuldgefühle zerreißen sie. Wieso bist du der Einzige, der das nicht erkennt? Es gibt tausend Gründe, aus denen du dich von ihr fernhalten musst, aber wenn sie dir alle egal sind, dann halte dich wenigstens fern von Helen, weil es für *sie* das Beste ist.«

Lucas wollte widersprechen, aber er konnte es nicht. Er musste wieder daran denken, wie Helen gesagt hatte, dass sie »es bereuen« würde, wenn sie ihm von der Unterwelt erzählte. Sein Vater hatte recht. Je näher sie sich kamen, desto mehr tat er Helen weh. Von allen Argumenten, die sein Vater vorgebracht hatte, traf ihn dieses besonders hart. Er schlurfte zur Couch und ließ sich in die Polster fallen, damit sein Vater seine zitternden Knie nicht sah.

»Was soll ich denn tun?« Lucas wusste nicht weiter. »Es ist wie

Wasser, das bergab fließt. Sie treibt einfach auf mich zu. Und ich kann sie nicht wegstoßen.«

»Dann errichte einen Staudamm.« Castor seufzte, setzte sich Lucas gegenüber und rieb sich den Mörtelstaub vom Gesicht. Er sah jetzt viel kleiner aus. Als hätte er den Kampf verloren, obwohl er doch eigentlich gewonnen und Lucas alles genommen hatte. »Du musst derjenige sein, der es beendet. Keine vertraulichen Gespräche, keine Flirts in der Schule und keine verstohlenen Plaudereien auf dunklen Fluren mehr. Du musst sie dazu bringen, dass sie dich hasst, mein Sohn.«

Helen und Cassandra arbeiteten in der Bibliothek und versuchten, etwas – irgendetwas – zu finden, das Helen in der Unterwelt helfen konnte. Es war ein frustrierender Nachmittag. Je mehr die Mädchen lasen, desto überzeugter waren sie, dass mindestens die Hälfte der Texte über den Hades von mittelalterlichen Schreiberlingen stammte, die auf Drogen gewesen sein mussten.

»Hast du im Hades je sprechende Skelette toter Pferde gesehen?«, fragte Cassandra skeptisch.

»Nö. Keine sprechenden Skelette. Pferde eingeschlossen«, antwortete Helen und rieb sich die Augen.

»Dann kann dieser Schwachsinn wohl auf den ›Der Typ war eindeutig high‹-Stapel wandern.« Cassandra legte die Schriftrolle weg und musterte Helen einen Moment lang. »Wie fühlst du dich?«

Helen zuckte mit den Schultern und schüttelte den Kopf, denn sie wollte nicht darüber reden. Seit Castor sie und Lucas vor seinem Zimmer erwischt hatte, war sie auf Zehenspitzen durchs

Haus geschlichen, wenn sie zu ihren Studien mit Cassandra kam. Die Nächte hatte sie eingesperrt im Höllenhaus verbracht.

Normalerweise konnte Helen sich in der Unterwelt darauf verlassen, mindestens ein oder zwei Nächte pro Woche einen endlosen Strand entlangzulaufen, der niemals ans Meer führte. Der endlose Strand war nervig, weil sie nie irgendwo ankam, aber verglichen mit den Aufenthalten im Höllenhaus war der Strand der reinste Urlaub. Sie wusste nicht, wie lange sie es noch ertragen konnte, und sie konnte mit niemandem darüber reden. Wie sollte sie auch den perversen Wollmantel und die widerlichen pfirsichfarbenen Vorhänge erklären, ohne sich lächerlich zu machen?

»Ich glaube, ich gehe jetzt nach Hause, etwas essen«, sagte Helen und versuchte, nicht an die Nacht zu denken, die ihr bevorstand.

»Aber es ist Sonntag. Da isst du doch mit uns, oder?«

»Ach, ich fürchte, das würde eurem Dad nicht recht sein.« *Und Lucas wohl auch nicht*, fügte sie in Gedanken hinzu. Er hatte sie nicht mehr angesehen, seit sie von Castor erwischt worden waren. Helen hatte ihm auf dem Schulflur zwar mehrmals zugelächelt, aber er war an ihr vorbeigegangen, als wäre sie gar nicht da.

»Das ist doch Unsinn«, wehrte Cassandra ihren Einwand energisch ab. »Du gehörst zur Familie. Und wenn du nicht mit uns zu Abend isst, wird meine Mutter beleidigt sein.«

Sie ging um den Tisch herum, nahm Helen bei der Hand und führte sie aus der Bibliothek. Helen war von dieser untypisch herzlichen Geste so verblüfft, dass sie wortlos gehorchte.

Es war schon später, als die Mädchen gedacht hatten, und Jason, Ariadne, Pallas, Noel, Castor und Lucas saßen bereits am Tisch. Cassandra setzte sich auf ihren Stammplatz an der Seite ihres Vaters. Der einzige freie Platz war auf der Bank zwischen Ariadne und Lucas.

Als Helen über die Bank stieg, stieß sie Lucas versehentlich an, und beim Hinsetzen streifte sie seinen Arm.

Lucas erstarrte und versuchte, ihr auszuweichen.

»Tut mir leid«, murmelte Helen verlegen und bemühte sich, den Arm wegzuziehen, aber es war einfach zu wenig Platz auf der voll besetzten Bank. Sie spürte sein Unbehagen, griff unter dem Tisch nach seiner Hand und drückte sie kurz, als wollte sie fragen: »Was ist los mit dir?«

Lucas riss seine Hand weg. Der Blick, mit dem er sie bedachte, war so voller Hass, dass ihr das Blut in den Adern gefror. Im Raum wurde es still, und alle hörten auf, sich zu unterhalten. Sie alle hatten nur noch Augen für Helen und Lucas.

Ohne Vorwarnung stieß Lucas die Bank weg und Helen, Ariadne und Jason landeten auf dem Boden. Lucas baute sich über Helen auf und starrte auf sie herab. Sein Gesicht war verzerrt vor Wut.

Sogar als sie noch von den Furien besessen gewesen waren und sich bis aufs Blut bekämpft hatten, hatte Helen nie Angst vor Lucas gehabt. Aber jetzt sahen seine Augen so schwarz und fremd aus – als wäre er gar nicht mehr *er selbst*. Helen wusste, dass das kein Lichtreflex war. In Lucas war ein Schatten herangewachsen, der das Leuchten seiner blauen Augen ausgelöscht hatte.

»Wir halten uns nicht an den Händen. Du redest nicht mit mir. Du siehst mich nicht einmal mehr an, hast du das KAPIERT?«, fuhr er sie gnadenlos an. Seine Stimme schwoll von einem rauen Flüstern zu heiserem Geschrei an. Helen war so geschockt, dass sie auf dem Fußboden vor ihm wegrobbte.

»Lucas, das reicht!« Fassungslosigkeit war aus Noels entsetzter Stimme herauszuhören. Sie erkannte ihren Sohn ebenso wenig wieder wie Helen.

»Wir sind keine Freunde«, knurrte Lucas. Er ignorierte seine Mutter und beugte sich immer noch drohend über Helen. Sie schob ihren zitternden Körper auf der Flucht vor ihm mit den Fersen über den Boden und ihre Turnschuhe machten klägliche Quietschgeräusche auf den Fliesen.

»Luke, was zur Hölle soll das?«, schrie Jason ihn an, aber auch das ignorierte Lucas.

»Wir hängen nicht zusammen ab oder albern herum oder teilen Dinge miteinander. Und falls du dir JEMALS einbildest, du hättest das RECHT, neben mir zu sitzen …«

Lucas bückte sich, um Helen zu packen, aber sein Vater hielt von hinten seine Oberarme fest, um zu verhindern, dass er ihr etwas antat. Und dann sah Helen Lucas etwas tun, was sie nie für möglich gehalten hätte.

Er fuhr herum und schlug seinen Vater. Der Schlag war so heftig, dass Castor durch die halbe Küche geschleudert wurde und in den Schrank mit den Tassen und Gläsern über der Spüle krachte.

Noel schrie auf, als die Glas- und Porzellansplitter in alle Richtungen flogen. Sie war die einzige Normalsterbliche in einem

43

Raum mit kämpfenden Scions und lief Gefahr, ernsthaft verletzt zu werden.

Ariadne sprang vor Noel und beschützte sie mit ihrem Körper, und Jason und Pallas warfen sich auf Lucas und versuchten, ihn zu Boden zu ringen.

Helen war klar, dass ihre Anwesenheit seine Wut nur noch mehr anstachelte, und so rappelte sie sich auf, hastete zur Hintertür, wobei sie auf den Scherben ausrutschte, und sprang in den Himmel.

Auf dem Flug nach Hause horchte sie in der dünnen Luft hoch oben auf die Geräusche ihres Körpers. Körper sind nicht leise. Nimmt man sie mit an lautlose Orte wie die Unterwelt oder die Atmosphäre, hört man alle möglichen Schnauf- und Brodelgeräusche. Aber Helens Körper war totenstill. Sie konnte nicht einmal ihren Herzschlag hören. Nach allem, was sie gerade erlebt hatte, hätte es schlagen müssen wie verrückt, aber alles, was sie spürte, war ein fast unerträglicher Druck, als würde ein Riese auf ihrer Brust knien.

Vielleicht schlug ihr Herz nicht mehr, weil es in der Mitte durchgebrochen und stehen geblieben war.

»Ist es das, was du wolltest?«, schrie Lucas seinen Vater an, während er darum kämpfte, sich zu befreien. »Meinst du, dass sie mich jetzt *genug* hasst?«

»Lasst ihn los!«, befahl Castor Pallas und Jason.

Die beiden zögerten, ließen Lucas aber nicht sofort frei. Sie sahen zuerst Castor an, um sich zu vergewissern, dass er es ernst meinte. Er nickte ihnen zu, bevor er sein Urteil sprach.

»Verlass dieses Haus, Lucas. Ich will dich nicht mehr sehen, bis du gelernt hast, deine Kräfte zu kontrollieren, wenn deine Mutter im Raum ist.«

Lucas erstarrte. Er schaute gerade rechtzeitig auf, um zu sehen, wie Ariadne einen Tropfen Blut von Noels Gesicht wischte und ihre glühenden Hände die Schnittwunde sofort verheilen ließen.

Eine alte Erinnerung – noch aus der Zeit, bevor er sprechen konnte – stürzte auf Lucas ein. Selbst als Kleinkind war er stärker gewesen als seine Mutter, und während eines Trotzanfalls hatte er sie weggestoßen, als sie ihn mit einem Küsschen hatte beruhigen wollen. Damals hatte er ihr die Lippe blutig geschlagen.

Lucas erinnerte sich an die Laute, die sie damals ausgestoßen hatte – Laute, die ihn noch heute mit Scham erfüllten. Er hatte diesen Augenblick sein ganzes Leben bedauert und seine Mutter seitdem nie härter angefasst als das Blütenblatt einer Rose. Aber jetzt blutete sie wieder. Wegen ihm.

Lucas befreite seine Arme aus dem Griff von Pallas und Jason, stieß die Hintertür auf und flog in den dunklen Nachthimmel. Es war ihm egal, wohin der Wind ihn trug.

2

*H*elen atmete flach und hastig. Sie war nun schon die fünfte Nacht in Folge an derselben Stelle der Unterwelt gelandet und wusste, dass sie sich möglichst wenig bewegen durfte, um nicht so schnell im Treibsand zu versinken. Selbst wenn sie normal atmete, zog es sie tiefer in die Grube.

Ihr war vollkommen klar, dass sie die Qual nur verlängerte, aber sie konnte den Gedanken einfach nicht ertragen, schon wieder in dem ekligen Sand zu versinken. Treibsand ist nichts Sauberes. Er ist voll von den modernden Leichen seiner früheren Opfer. Während Helen tiefer und tiefer hinabgezogen wurde, spürte sie, wie die verwesten Körper aller möglichen Kreaturen gegen sie stießen. In der vergangenen Nacht hatte ihre Hand irgendwo in der widerwärtigen Masse ein Gesicht gestreift – das Gesicht eines Menschen.

Eine Gasblase blubberte an die Oberfläche und verbreitete eine stinkende Wolke. Helen musste sich übergeben. Wenn sie gleich unterging, würde der stinkende Sand in ihre Nase dringen, ihre Augen verkleben und ihren Mund füllen. Obwohl Helen erst bis zum Bauch im Treibsand steckte, wusste sie, dass es jeden Moment passierte. Sie fing an zu weinen. Sie hielt es nicht länger aus.

»Was soll ich denn sonst tun?«, schrie sie und sank ein bisschen tiefer.

Sie wusste, dass es sinnlos war, wild herumzustrampeln, aber vielleicht schaffte sie es diesmal, das trockene Riedgras auf der anderen Seite des Lochs zu erreichen und sich daran festzuhalten, bevor der schlammige Sand sie verschluckte. Sie watete vorwärts, aber mit jeder Bewegung zog es sie tiefer in den Sand. Als sie schließlich bis zur Brust eingesunken war, konnte sie sich nicht mehr bewegen. Der Druck des Treibsands presste die Luft aus ihrer Lunge, als würde ein schweres Gewicht auf ihrer Brust lasten – es war, als kniete ein Riese auf ihr.

»Ja, ich hab's kapiert!«, schluchzte sie. »Ich lande hier, wenn ich beim Einschlafen aufgewühlt bin. Aber wie soll ich beeinflussen, wie ich mich fühle?«

Der Treibsand reichte schon bis zu ihrem Hals. Helen legte den Kopf in den Nacken und reckte das Kinn nach oben, als würde bloße Willenskraft ausreichen, sie an der Oberfläche zu halten.

»Ich kann das nicht länger allein machen«, schrie sie in den klaren Himmel. »Jemand muss mir helfen.«

»Helen!«, rief eine tiefe, unbekannte Stimme.

Es war das erste Mal, dass Helen in der Unterwelt eine Stimme hörte, und im ersten Moment war sie überzeugt, dass sie halluzinierte. Sie reckte immer noch krampfhaft den Kopf hoch, konnte ihn aber nicht drehen, ohne dabei im Treibsand unterzugehen.

»Greif nach mir, wenn du kannst«, sagte der junge Mann mit gepresster Stimme, als hinge er bereits über dem Rand des Lochs, um so dicht wie möglich an sie heranzukommen. »Komm schon, streng dich an! Gib mir deine Hand!«

In diesem Moment füllte der Sand ihre Ohren, und sie konnte nicht mehr hören, was er ihr zuschrie. Alles, was sie noch sehen konnte, war das Aufblitzen von etwas Goldenem – ein helles Leuchten, das ihr in dem matten, unheilvollen Licht der Unterwelt vorkam wie der rettende Lichtstrahl eines Leuchtturms. Aus dem Augenwinkel erhaschte sie einen flüchtigen Blick auf ein markantes Kinn und einen wohlgeformten Mund. Und dann spürte Helen unter der Oberfläche des Treibsands, wie eine warme, starke Hand ihre ergriff und daran zog.

Helen wachte in ihrem Bett auf und schreckte hoch. Hektisch kratzte sie sich den Schlamm aus den Ohren. Das Adrenalin ließ ihr Herz immer noch rasen wie verrückt, aber sie zwang sich, stillzuhalten und zu horchen.

Sie hörte, wie Jerry unten in der Küche krächzende Laute von sich gab – immer wieder unterbrochen von einem schrillen »Wuppedi-wupp«, das besser auf eine überfüllte Tanzfläche gepasst hätte als in Helens gemütliches Zuhause auf Nantucket. Jerry *sang*. Zumindest glaubte er das.

Helen lachte erleichtert auf. Sie war sicher daheim, und diesmal hatte sie sich nichts gebrochen, sich nicht aufgespießt und war auch nicht in stinkendem Morast ertrunken. Jemand hatte sie gerettet.

Oder hatte sie sich das nur eingebildet?

Sie dachte zurück an die tiefe Stimme und die warme Hand, die sie aus dem Treibsand gezogen hatte. Heilende Scions wie Jason und Ariadne konnten ihren Geist in die Unterwelt hinabschicken, aber es gab niemanden außer Helen, der dorthin konnte, solange die Seele noch mit dem Körper verbunden war. Das war unmöglich. Und Helen war im Tartaros gewesen – der tiefsten Tiefe des Hades. Dorthin waren nicht einmal die stärksten Heiler vorgedrungen. Sehnte sie sich so verzweifelt nach Hilfe, dass sie halluzinierte?

Voller Zweifel, ob das alles wirklich passiert war, setzte sich Helen in ihrem nassen, schmutzigen Bett auf und hörte zu, wie ihr Vater beim Frühstückmachen »Kiss« von Prince verunstaltete.

Jerry brachte den Text des Liedes vollkommen durcheinander – was bewies, dass er bester Laune war. Zwischen ihm und Kate lief es so gut, dass Helen ihren Vater in den letzten drei Wochen kaum zu Gesicht bekommen hatte. Sogar ihr erprobtes System, sich wochenweise mit dem Küchendienst abzuwechseln, war vollkommen durcheinandergeraten, aber das störte Helen nicht. Hauptsache, ihr Vater war glücklich.

Jerry sang die Zeile »you don't have to be beautiful« nun schon zum vierten Mal hintereinander, vermutlich, weil ihm der Rest des Textes nicht mehr einfiel. Helen schüttelte lächelnd den Kopf und dankte ihren Glückssternen für einen Vater wie Jerry, auch wenn der ein lausiger Sänger war. Sie hatte keine Ahnung, warum er sich keine Liedtexte merken konnte, aber sie nahm an, dass es etwas damit zu tun hatte, dass er ihr Vater war. Väter sollten nicht in der Lage sein, die Lieder von Prince perfekt zu singen. Es wäre irgendwie falsch, wenn sie es könnten.

Helen schlug die Bettdecke zurück und startete ihr Putzritual. Vor zwei Wochen war Claire mit ihr aufs Festland gefahren, wo sie diese speziellen Plastiklaken gekauft hatten, die Mütter benutzen, wenn ihre Kinder Bettnässer sind. Claire hatte während des gesamten Ausflugs Witze über die »Prinzessin in der Pfütze« gemacht. Helen hatte das nicht gestört. Die Laken wa-

49

ren ungemütlich, und sie zu kaufen war total peinlich gewesen, aber sie waren unbedingt nötig, weil sie jede Nacht entweder blutend oder vollkommen verdreckt aus der Unterwelt zurückkam.

Sie stand auf und zog ihr Bett ab, so schnell sie konnte. Im Wäschezimmer zog sie die dreckigen Schlafshorts aus und warf das zerrissene T-Shirt weg. Was an Bettwäsche noch zu retten war, wanderte in die Waschmaschine. Sie duschte kurz und beseitigte dann die schlammigen Fußabdrücke, die sie auf dem Boden hinterlassen hatte.

Ein paar Tage zuvor hatte sie überlegt, ihre Scion-Schnelligkeit für diese lästige morgendliche Putzaktion einzusetzen, aber dann entschieden, dass es ihren Dad zu Tode erschrecken würde, wenn er sie jemals dabei überraschte. Also musste Helen entweder schon vor Morgengrauen aufstehen oder in normalem Menschentempo herumrasen, um alle Spuren zu beseitigen. Helen lief die Zeit davon, und so zwängte sie sich mit feuchten Beinen in eine Jeans und versuchte, sich gleichzeitig einen Pullover über die nassen Haare zu ziehen. Es war so kalt im Zimmer, dass sich ihre Ohrläppchen anfühlten wie eingefroren.

»Lennie! Dein Frühstück wird kalt!«, rief Jerry von unten.

»Ich komme glei… Mist!«, fluchte Helen, als sie über ihre Schultasche stolperte. Sie hatte den Pullover noch nicht ganz angezogen – er verdeckte ihr Gesicht und hielt ihre Arme ausgestreckt über dem Kopf gefangen.

Nachdem sie einen Moment wild wedelnd um ihr Gleichgewicht gekämpft hatte, musste Helen über sich selbst lachen und konnte kaum fassen, wie eine Halbgöttin so tölpelhaft sein konnte. Vermutlich lag es daran, dass sie immer noch müde war. Helen zog ihren Pullover herunter, schnappte sich ihre Schulsachen und rannte die Treppe hinunter, bevor ihr Vater wieder anfing, »Kiss« zu singen.

Jerry hatte das volle Frühstücksprogramm aufgefahren. Es gab Eier, Speck, Würstchen, Müsli mit Nüssen und Trockenobst und natürlich Kürbispfannkuchen. Die mochten Helen und Jerry besonders gern, und zu Halloween, das in anderthalb Wochen stattfand, stand Kürbis in allen möglichen Variationen auf dem Speiseplan. Es war eine Art Wettstreit zwischen den beiden. Sieger wurde derjenige, der es schaffte, Kürbis in ein Gericht zu schmuggeln, ohne dass es der andere merkte.

Die ganze Kürbisgeschichte hatte angefangen, als Helen noch klein war. Sie hatte sich einmal im Oktober darüber beschwert, dass die Kürbisse nur zur Dekoration verwendet wurden, und obwohl sie die Kürbislaternen liebte, war es doch eine ungeheure Verschwendung von Nahrungsmitteln. Jerry hatte ihr zugestimmt, und von da an hatten sie begonnen, das Fruchtfleisch, das beim Schnitzen der Kürbisgesichter anfiel, nicht mehr wegzuwerfen.

Allerdings mussten sie feststellen, dass der geschmacksneutrale Kürbis praktisch ungenießbar war. Hätten sie nicht lauter kreative Wege gefunden, ihn zu verarbeiten, wäre ihr »Rettet-den-Kürbis-Kreuzzug« wohl schnell wieder vorbei gewesen.

Es hatte einen Haufen schlecht schmeckender Fehlschläge gegeben, von denen das Kürbiseis der schlimmste war. Die Kürbispfannkuchen hingegen waren eine echte Erfolgsstory. Sie wurden Ende Oktober bei den Hamiltons zu einer ähnlichen

Familientradition wie der Truthahn zu Thanksgiving. Helen fiel auf, dass Jerry sogar frische Schlagsahne zubereitet hatte, die sie auf die Pfannkuchen geben konnte. Das machte sie so schuldbewusst, dass sie ihn kaum ansehen konnte. Er machte sich Sorgen um sie.

»Endlich! Was hast du da oben gemacht? Eine Decke gehäkelt?«, scherzte Jerry, der sich seine Besorgnis nicht anmerken lassen wollte, Helen aber dennoch prüfend ansah.

Er schaffte es jedoch nicht, seine Sorgen komplett zu verheimlichen, was seine geweiteten Augen und die verkniffenen Lippen verrieten, aber dann drehte er sich zum Herd um und begann, ihr Frühstück hinzustellen. Jerry wollte seiner Tochter keine Vorhaltungen machen, aber Helen war in den letzten drei Wochen sehr dünn geworden – wirklich supermager – und dieses üppige Frühstück war seine Art, etwas dagegen zu tun, ohne sie mit einem langen, öden Vortrag zu langweilen. Helen liebte es, wie ihr Dad mit solchen Sachen umging. Er nervte sie nicht so wie andere Eltern, deren Tochter sich in eine Vogelscheuche verwandelte, aber er sorgte sich dennoch so sehr um sie, dass er versuchte, etwas dagegen zu unternehmen.

Helen lächelte ihren Vater tapfer an, nahm sich einen Teller und begann, sich das Essen in den Mund zu stopfen. Es schmeckte alles wie Sägemehl, aber sie quälte sich trotzdem durch die Kalorien. Sie wollte auf keinen Fall riskieren, dass ihr Dad sich auch noch Sorgen um ihre Gesundheit machte, obwohl sie ehrlich zugeben musste, dass sie das bereits selbst tat.

Die Verletzungen, die sie sich in der Unterwelt zuzog, heilten zwar immer schnell, aber sie wurde jeden Tag schwächer. Doch sie hatte keine Wahl – sie musste weitermachen, bis sie die Furien gefunden hatte, egal, wie krank die Unterwelt sie machte. Sie hatte ein Versprechen gegeben. Auch wenn Lucas sie jetzt hasste, würde sie dieses Versprechen einhalten.

»Lennie, Speck muss man kauen«, sagte ihr Dad sarkastisch. »Der löst sich im Mund nicht von selbst auf.«

»Ist das wahr?« Helen merkte, dass sie reglos dagesessen hatte, und zwang sich, normal zu reagieren und die Situation mit einem Scherz zu entschärfen. »Und das sagst du mir erst jetzt?«

Während ihr Dad kicherte, riss sie ihre Gedanken von Lucas los und dachte stattdessen an all die Hausaufgaben, die sie nicht gemacht hatte. Sie hatte noch nicht einmal die *Odyssee* ausgelesen, weil sie einfach keine Zeit dazu hatte.

Es schien beinahe, als hätte alles, was auf Helens To-do-Liste stand, schon gestern erledigt werden müssen. Dazu kam noch, dass ihr Lieblingslehrer Hergie sie immer wieder dazu drängte, an seinem Leistungskurs teilzunehmen. Als bräuchte sie noch mehr Zwangslektüre.

Claire fuhr in dem neuen Hybridauto vor, das ihre Eltern ihr gekauft hatten, und brüllte »Hup-hup!« aus dem Fenster, statt tatsächlich zu hupen. Jerry versuchte, möglichst unauffällig zu beobachten, was seine Tochter aß, was Helen zwang, sich den Rest ihres Pfannkuchens in den Mund zu stopfen, obwohl sie beinahe daran erstickte. Dann rannte sie mit offenen Schnürsenkeln aus dem Haus.

Sie stürmte die Stufen hinunter und warf im Laufen einen Blick auf den Witwensteg, obwohl sie wusste, dass er leer war.

Lucas hatte keinen Zweifel daran gelassen, dass er nie wieder auf ihrem Witwensteg sitzen würde. Sie wusste also nicht, wieso sie überhaupt nach oben sah, aber sie konnte nichts dagegen tun.

»Knöpf deinen Mantel zu, es ist lausig kalt«, wies Claire Helen sofort nach dem Einsteigen an. »Lennie? Du siehst furchtbar aus«, fuhr sie fort und legte den Gang ein.

»Äh … auch dir einen guten Morgen«, konterte Helen. Claire war schon seit frühester Kindheit ihre beste Freundin und durfte ihr deswegen die Meinung sagen, wann immer sie wollte. Aber musste sie unbedingt so früh damit anfangen? Helen machte den Mund auf und wollte es erklären, aber Claire war nicht zu stoppen.

»Dir fallen die Klamotten vom Leib, deine Nägel sind abgekaut bis zum Anschlag und deine Lippen sind ganz rau«, warf Claire ihr vor und erstickte damit Helens schwache Protestversuche im Keim. Sie fuhr mit Schwung die Auffahrt hinunter. »Und unter den Augen hast du so dunkle Ränder, als hätte dir jemand zwei blaue Augen verpasst! *Versuchst* du wenigstens, auf dich aufzupassen?«

»Klar versuche ich das«, antwortete Helen empört und kämpfte immer noch mit den Knöpfen ihres Mantels, aber die Knopflöcher zu treffen kam ihr plötzlich schwieriger vor als eine chinesische Rechenaufgabe. Sie gab es auf, sah Claire an und hob frustriert die Hände. »Ich esse *hier oben*, aber in der Unterwelt gibt es kein Essen, und anscheinend schaffe ich es nicht, genug in mich hineinzustopfen, um das auszugleichen. Und ich versuche es, das kannst du mir glauben. Mein Dad hat mir gerade ein Frühstück aufgedrängt, an dem sogar ein Footballstürmer erstickt wäre.«

»Du könntest wenigstens ein bisschen Rouge auflegen oder so. Du bist weiß wie eine Wand.«

»Ich weiß, dass ich furchtbar aussehe. Aber es gibt Wichtigeres. Außerdem ist diese ganze Unterweltgeschichte nicht gerade ein Spaziergang, nur damit du es weißt!«

»Dann geh doch nicht jede Nacht hinunter!«, rief Claire aus, als wäre das vollkommen logisch. »Nimm dir eine Auszeit, wenn du sie brauchst! Es ist doch wohl klar, dass du dieses Problem nicht in ein paar Wochen lösen kannst!«

»Soll ich die Furien vielleicht behandeln wie einen Teilzeitjob?«, fauchte Helen zurück.

»Allerdings!«, schrie Claire, und da sie besser im Anschreien war als jeder andere, rutschte Helen tiefer in ihren Sitz und ließ sich von ihrer Freundin weiter beschimpfen. »Ich ertrage das nun schon drei Wochen und mir reicht's! Du wirst die Furien nie finden, wenn du so übermüdet bist, dass du schon über deine eigenen blöden Riesenfüße fällst!«

Es dauerte einen Moment, doch dann prustete Helen los. Claire versuchte, keine Miene zu verziehen, gab es aber schnell auf und lachte ihr unnachahmliches Lachen, als sie auf den Schulparkplatz fuhren.

»Niemand würde schlecht von dir denken, wenn du beschließt, deine Ausflüge nach da unten auf ein- oder zweimal pro Woche zu beschränken«, sagte Claire sanft, als sie ausstiegen und auf den Haupteingang zusteuerten. »Ich begreife sowieso nicht, wie du dich zwingen kannst, überhaupt dorthin zu gehen. Ich könnte das nicht.« Claire schauderte und musste wieder daran denken, wie sie beinahe ums Leben gekommen war, als Matt Lucas mit dem Wagen angefahren hatte. Diesen Unfall hatte Claire nur knapp überlebt und ihre Seele war schon hinuntergewandert ins trockene Land – den Vorhof der Unterwelt. Die Erinnerung an diesen Ort machte ihr sogar Wochen später noch Angst.

»Doch, das könntest du, wenn du müsstest, Gig. Außerdem funktioniert das nicht so. Es ist nichts, was ich bewusst entscheide.« Helen legte Claire einen Arm um die Schultern, um sie von der grässlichen Erinnerung an den Durst und die Einsamkeit im trockenen Land abzulenken. »Ich schlafe einfach ein und lande dort. Bis jetzt kann ich es nicht kontrollieren.«

»Wieso weiß Cassandra das nicht? Sie ist doch so clever und hat so viel recherchiert«, bemerkte Claire spitz. Helen schüttelte nur den Kopf und hatte wirklich keine Lust, in den Zickenkrieg zu geraten, der zwischen Claire und Cassandra herrschte.

»Gib Cassandra nicht die Schuld«, sagte sie vorsichtig. »Es gibt leider kein Handbuch für den Abstieg in die Unterwelt. Zumindest haben wir noch keins in diesem Haufen von altgriechischem und lateinischem Zeug gefunden, das die Delos' ihr Archiv nennen. Cassandra tut, was sie kann.«

»Dann ist das ja geklärt«, sagte Claire. Sie verengte ihre Augen zu Schlitzen und verschränkte die Arme vor der Brust.

»Was ist geklärt?«, fragte Helen misstrauisch und drehte am Zahlenschloss ihres Schließfachs.

»Dass Cassandra und du es nicht allein schafft. Du brauchst Hilfe. Ob Cassandra es will oder nicht, ich werde dir helfen.« Claire zuckte mit den Schultern, als wäre das vollkommen logisch, was es natürlich nicht war.

Cassandra hatte beteuert, dass die Archive *nur* von Orakeln und den Priesterinnen und Priestern des Apoll benutzt werden durften, obwohl es in den letzten dreieinhalbtausend Jahren eigentlich keine Priesterinnen oder Priester des Apoll gegeben hatte. Matt, Claire, Jason und Ariadne hatten Cassandra mehrfach ihre Hilfe angeboten, aber sie hatte stets abgelehnt, weil die Tradition das nicht erlaubte und der Bruch einer Tradition für einen Scion keine Kleinigkeit war.

Die Parzen hatten ohnehin schon etwas gegen die Scions, aber Scions, die Traditionen verletzten, fanden sich ziemlich schnell auf der Extra-Hassliste der Parzen wieder. Außerdem waren die meisten Aufzeichnungen im Archiv mit Flüchen gegen Außenseiter belegt. Cassandra hatte Helen den Zugang zur Bibliothek nur gestattet, weil es vermutlich keinen Fluch gab, der ihr etwas antun konnte. Helen wurde vom Cestus beschützt. In der richtigen Welt gab es praktisch nichts, das sie verletzen konnte. Aber für Claire galt das nicht.

Helen folgte ihrer sturen Freundin durch den Schulflur und merkte, wie ihre Schultern bei jedem Schritt tiefer sanken. Sie hasste es, sich mit Cassandra streiten zu müssen, aber wenn Claire sich etwas in den Kopf gesetzt hatte, war jede Diskussion sinnlos. Helen hoffte nur, dass Claires Pläne nicht dazu führten, dass sie dauerhaft verflucht wurde und fortan unter Pickeln oder Läusen oder sonst etwas Ekligem zu leiden hatte. Claire konnte dabei ernsthaft verletzt werden.

Die Glocke läutete genau in dem Moment, als Claire und Helen in die Aula hetzten. Mr Hergesheimer oder »Hergie«, wie er hinter seinem Rücken genannt wurde, bedachte sie mit einem missbilligenden Blick. Es war fast, als könnte er riechen, was Claire ausheckte. Hergie trug den beiden auf, am nächsten Morgen über das Wort des Tages zu referieren – sozusagen als vorbeugende Strafe für das, was sie offensichtlich ausbrüteten. Von diesem Moment an wurde Helens Tag nur noch schlimmer.

Helen war noch nie eine besonders eifrige Schülerin gewesen, aber seit sie sich jede Nacht durch die Unterwelt quälte, war ihr Interesse am Unterricht vollends verschwunden. Sie musste sich in jeder Stunde Vorwürfe anhören, aber zumindest war einer ihrer Mitschüler noch schlechter als sie.

Als sich ihr Physiklehrer Zach vornahm, weil dieser die Versuchsbeschreibung nicht vorweisen konnte, fragte sich Helen, was mit ihm los war. Zach hatte immer zu den Typen gehört, die zu jeder Tageszeit hellwach wirkten. Meistens war er sogar ein bisschen zu wach und steckte seine Nase in Dinge, die ihn nichts angingen. Helen hatte ihn noch nie so weggetreten erlebt. Sie versuchte, seinen Blick zu erhaschen und ihm mitfühlend zuzulächeln, aber er wandte sich ab.

Helen starrte sein verschlossenes Gesicht an, bis ihrem übermüdeten Gehirn wieder einfiel, dass vor etwa einer Woche jemand erwähnt hatte, dass Zach das Footballteam verlassen hatte. Zachs Vater, Mr Brant, war der Footballtrainer, und Helen wusste, dass er seinen Sohn dazu drängte, in allem, was er tat, perfekt zu sein. Mr Brant würde seinem Sohn niemals kampflos erlauben, den Sport aufzugeben. Helen fragte sich, was zwischen ihnen vorgefallen war. Was immer es war, es musste schlimm gewesen sein. Zach sah grauenvoll aus.

Als die Glocke das Ende der Stunde anzeigte, versuchte Helen, Zachs Arm zu berühren, und wollte ihn fragen, ob er okay war, aber er tat so, als wäre sie gar nicht da, und verließ den Raum. Es hatte eine Zeit gegeben, in der sie und Zach Freunde gewesen waren – er hatte auf dem Schulhof seine Tier-Cracker mit ihr geteilt –, aber jetzt wollte er sie nicht einmal mehr ansehen.

Helen nahm sich gerade vor, Claire beim Geländelauf über Zach und seinen merkwürdigen Zustand auszufragen, als sie Lucas entdeckte. In diesem Moment löste sich jeder andere Gedanke auf wie eine Kreidezeichnung im Regen.

Er hielt jemandem die Tür auf, und zwar so weit oben, dass ein jüngerer Schüler problemlos unter seinem Arm durchgehen konnte. Sein Blick wanderte durch den Flur, bis er Helen entdeckte. Sofort verengten sich seine Augen.

Helen erstarrte. Es fühlte sich auch diesmal an, als würde jemand auf ihrer Brust knien. *Das ist nicht Lucas*, dachte sie und war nicht in der Lage, zu atmen oder sich zu bewegen.

Nachdem Lucas im Schülerstrom untergetaucht war, schleppte sich Helen zum Umkleideraum, um sich für den Geländelauf umzuziehen. Ihr Kopf war so leer gefegt wie der Himmel nach einem Gewitter.

Als Claire kam, fing Helen sofort an, ihr Fragen zu stellen. Sie hatte diesen Trick ein paar Wochen zuvor entdeckt, als sie gemerkt hatte, dass sie ihre Freundin nur mit Fragen bombardieren musste, wenn sie nicht selbst gefragt werden wollte, wie es ihr ging. Und diesmal wollte Claire wirklich reden. Jason hatte einen schlechten Tag und Claire machte sich Sorgen um ihn.

Die beiden waren nicht offiziell ein Paar, aber seit Jason sie geheilt hatte, war zwischen ihnen mehr als nur Freundschaft. Sie waren sich schnell sehr nahegekommen und inzwischen war sie Jasons engste Vertraute.

»Gehst du nach dem Training zu ihm?«, fragte Helen ruhig.

»Ja, ich will ihn jetzt nicht allein lassen. Zumal Lucas immer noch weg ist.«

»Was soll das heißen?«, fragte Helen alarmiert. »War er nicht mehr zu Hause, seit …« *Seit er mich abserviert, seinen Vater geschlagen und seine Mutter gefährdet hat und dafür aus dem Haus gejagt wurde?,* beendete Helen ihren Satz im Kopf.

Claire schien genau zu wissen, was sie dachte, und drückte tröstend Helens Hand.

»Nein, er ist seitdem ein paarmal da gewesen. Er hat sich bei seinen Eltern entschuldigt und sie haben ihm natürlich verziehen. Aber er ist nie lange zu Hause. Niemand weiß, wohin er geht oder was er macht, und ehrlich gesagt haben alle zu viel Angst vor ihm, um ihn zu fragen. Er hat sich verändert, Lennie. Er redet mit niemandem mehr, außer vielleicht mit Cassandra. Er verschwindet sofort nach der Schule, und manchmal taucht er erst um ein oder zwei Uhr nachts wieder auf, wenn er überhaupt nach Hause kommt. Seine Eltern lassen ihn gehen, denn seit Hector nicht mehr da ist, kann ihn *keiner* mehr aufhalten. Jason macht sich Sorgen um ihn«, berichtete Claire. Sie warf Helen einen prüfenden Blick zu. »Du hast ihn in letzter Zeit auch nicht gesehen, oder?«

»Doch, heute. Aber nur für eine Sekunde auf dem Flur«, berichtete Helen und beendete die Fragestunde, bevor Claire sich erkundigen konnte, wie sie sich fühlte. »Hör mal, ich muss ein bisschen Gas geben. Ist das okay für dich oder möchtest du lieber noch reden?«

»Geh ruhig«, sagte Claire mit einem besorgten Stirnrunzeln.

Helen lächelte Claire kurz zu, um ihr zu beweisen, dass es ihr gut ging, auch wenn das nicht stimmte, und dann sprintete sie los, um ihren Lauf in einer Zeit zu beenden, die ihrer Trainerin die Illusion vermittelte, dass sie sich Mühe gab.

Lucas entdeckte Helen auf dem Flur und zwang sich eine finstere Miene aufs Gesicht, weil sie ihn entweder hassen oder fürchten sollte – was immer nötig war, um sie von ihm fernzuhalten. Zu ihrem eigenen Besten.

Aber Lucas sah weder Hass noch Furcht in ihren Augen. Sie wendete sich nicht von ihm ab, wie er es beabsichtigt hatte. Sie sah einfach nur verloren aus.

Es tat so weh, aber Lucas zwang sich dennoch, ihr den Rücken zuzudrehen und wegzugehen.

Er hatte Helen doch nur vertreiben wollen.

Aber dann war alles außer Kontrolle geraten: der Angriff auf seinen Vater; seine blutende Mutter; diese rasende Wut, die er verspürte. Lucas wusste, wie sich Wut anfühlte. Er und Hector hatten sich bis aufs Blut bekämpft, seit sie alt genug waren, um auf zwei Beinen zu stehen. Aber was er jetzt empfand, war neu für ihn. Er hatte etwas in sich zum Leben erweckt, etwas, von dem er nicht gewusst hatte, dass es überhaupt in ihm war.

Der Geist war aus der Lampe entwichen und wollte nicht wieder hinein.

Helen war mit dem Lauftraining lange vor Claire fertig und beschloss, zu Fuß zur Arbeit zu gehen, damit sie Zeit zum Nachdenken hatte. Sie schickte Claire eine SMS, dass sie keine Mitfahrgelegenheit zum News Store brauchte, und musste gegen den Verdacht ankämpfen, dass Claire darüber vermutlich erleichtert sein würde.

Bis jetzt waren sie einander nie ausgewichen, aber die Dinge hatten sich geändert. Ihre Leben entwickelten sich in verschiedene Richtungen, und Helen fragte sich bereits, ob ihre Freundschaft jemals wieder so sein würde wie früher. Dieser Gedanke trieb ihr die Tränen in die Augen.

Als Helen auf der Surfside Road in Richtung Stadtzentrum lief, wurde es immer kälter. Ihr Mantel war aufgeknöpft, und die Riemen ihrer Schultasche und der Sporttasche, die sie jeweils auf einer Schulter trug, zogen den Mantel so weit auseinander, dass sie ihn nicht zuknöpfen konnte. Genervt streifte Helen ihre beiden Taschen ab. Doch als sie sich vorbeugte, um sie auf den Boden zu stellen, befiel sie ein merkwürdiges Schwindelgefühl. Einen Moment lang kam es ihr so vor, als würde der Bürgersteig nicht richtig mit der Straße zusammenpassen, als wäre ihre Tiefenwahrnehmung plötzlich gestört.

Helen schnappte nach Luft und richtete sich schnell wieder auf. Sie streckte vorsichtshalber einen Arm aus für den Fall, dass sie umkippte, und wartete darauf, dass ihr das Blut nicht länger zu Kopf stieg. Das Schwindelgefühl verschwand sofort wieder, aber es wurde durch eine noch unheimlichere Empfindung ersetzt. Helen fühlte sich beobachtet, als stünde jemand direkt vor ihr und starrte ihr in die Augen.

Sie wich einen Schritt zurück und griff nach vorn, aber da war nur Luft. Helen sah sich nervös um, machte auf dem Absatz kehrt, packte ihre Taschen und rannte weg. Cassandra hatte vorhergesagt, dass Helen zumindest in den nächsten paar Tagen keinen Angriff zu befürchten brauchte, aber sie hatte nie behauptet, dass Helen vollständig unbehelligt bleiben würde. Helen war überzeugt, dass sie von einem der Hundert Cousins beobachtet wurde, hätte aber nie erwartet, dass sie das so paranoid machen würde. Plötzlich hatte sie das Gefühl, als würde ihr jemand in den Nacken schnaufen. Dieser Gedanke ließ sie in den News Store rasen, als wäre der Leibhaftige hinter ihr her.

»Was ist los?«, fragte Kate. Sie sah an Helen vorbei, um zu sehen, was sie so erschreckt hatte. »Ist jemand hinter dir her?«

»Es ist nichts«, beteuerte Helen mit einem falschen Lächeln. »Ich wollte nur schnell aus der Kälte kommen.«

Kate war nicht überzeugt, aber Helen drückte sich schnell an ihr vorbei und verstaute ihre Schulsachen hinter dem Tresen, bevor Kate auf die Idee kam, sie noch weiter auszufragen.

»Hast du nach dem Sport schon etwas gegessen?«, fragte Kate. »Geh nach hinten und mach dir ein Sandwich«, befahl sie, als Helen nicht sofort antwortete.

»Ich habe eigentlich keinen Hunger«, begann Helen, aber Kate unterbrach sie gereizt.

»Ist das dein letztes Wort? Überleg es dir gut«, warnte Kate und stemmte sich eine mehlbestäubte Faust in die rundliche Hüfte.

Helen klappte den Mund zu und verzog sich ins Hinterzimmer. Anscheinend gaben ihr Jerry und Kate die Schuld dafür, dass sie so dünn geworden war. Aber sie konnte den beiden nicht erklären, was wirklich mit ihr los war.

Helen strich Erdnussbutter auf einen Brotkanten und träufelte Honig darauf, bevor sie einen großen Bissen nahm. Sie kaute mechanisch und nahm den pappigen Brotklumpen und die nussig-süße Paste, die ihr den Mund verkleisterten, kaum wahr. Sie hatte ohnehin die meiste Zeit das Gefühl, an etwas zu ersticken – als steckte ein Haufen Worte in ihrem Rachen fest. Was war ein bisschen Erdnussbutter im Vergleich dazu?

Sie kippte ein Glas Milch hinunter und schleppte sich wieder nach vorn in den Laden, immer noch mit dem Gefühl, dass sie für etwas die Schuld bekam, für das sie nichts konnte. Um Kate zu bestrafen, ging sie ihr den Rest des Abends aus dem Weg.

Nachdem Helen ein paar unbehagliche Stunden lang auf Zehenspitzen im News Store herumgeschlichen war, log sie, dass Claire sie abholen würde. Draußen in der Dunkelheit vergewisserte sie sich, dass sie niemand beobachtete, und sprang dann in die Nachtluft, um nach Hause zu fliegen. Sie stieg so hoch auf, dass die dünne Luft in ihren Lungen brannte und ihr das Atmen schwerfiel.

Sie hatte Lucas einmal versprochen, dass sie die Insel nicht verlassen würde, bevor sie mehr Erfahrung mit Flügen übers Meer hatte, und technisch gesehen hatte sie dieses Versprechen gehalten. Sie war immer noch über Nantucket, mittlerweile nur *sehr* hoch darüber. Helen stieg immer höher, bis sie das Netz der nächtlichen Beleuchtung erkennen konnte, das sich über den ganzen Bundesstaat erstreckte. Sie flog, bis ihr die Augen tränten und die Tränen auf ihren Wangen gefroren.

Sie streckte sich lang aus und ließ ihren Körper dahinsegeln, bis ihr Kopf vollkommen leer war. So musste es sich anfühlen, ohne Angst im Meer zu schwimmen – allerdings bevorzugte Helen das Schwimmen in einem Meer aus Sternen. Sie ließ sich treiben, bis Kälte und Einsamkeit unerträglich wurden, und machte sich erst dann auf den Rückweg zur Erde.

Helen landete in ihrem Garten und rannte zur Vordertür hinein. Sie hoffte nur, dass Jerry nicht aufgefallen war, dass gar kein Wagen vorgefahren war, um sie abzusetzen, aber Jerry war zum Glück nicht in der Küche. Sie schaute kurz in sein Schlafzimmer, aber da war er auch nicht. Erst dann fiel ihr ein, dass Freitag war. Er und Kate hatten sicher gemeinsame Pläne. Und da sie den ganzen Abend kaum ein Wort mit Kate gewechselt hatte, war Helen natürlich auch nicht auf die Idee gekommen, sie zu fragen, ob Jerry die Nacht bei ihr verbringen wollte. Jetzt ärgerte sie sich über ihr kindisches Verhalten. Das Haus war zu leer und die Stille lastete schmerzhaft auf ihr.

Helen wusch sich das Gesicht, putzte die Zähne und ging ins Bett. Sie hielt die Augen offen, so lange sie konnte, und versuchte, wach zu bleiben, obwohl sie so müde war, dass ihr fast die Tränen kamen.

Wenn sie einschlief, würde sie wieder in die Unterwelt abtauchen, in der die Einsamkeit noch viel schlimmer war als in der realen Welt. Aber je länger sie sich wach hielt, desto mehr dachte sie an Lucas. Helen rieb sich das Gesicht und versuchte, die Tränen zurückzudrängen. Das unerträgliche Gewicht lastete schon wieder auf ihrer Brust.

Sie konnte sich kein Selbstmitleid leisten, sonst würde sie

schon in wenigen Augenblicken wieder in der stinkenden Treibsandgrube stecken. Doch dann kam ihr ein Gedanke.

Vielleicht würde sie diesmal in der Unterwelt nicht allein sein.

Ihr war klar, dass ihr Retter vermutlich eine Sinnestäuschung gewesen war, aber mit einem Trugbild zu reden war immer noch besser, als allein durch die Hölle zu gehen.

Sie konzentrierte sich auf die tiefe Stimme, die sie gehört hatte, und erlaubte sich, endlich einzuschlafen. Dabei dachte sie an das Aufblitzen des Goldes, den wohlgeformten Mund und wie es sich angehört hatte, als er ihren Namen gesagt und ihr die Hand entgegengestreckt hatte …

Helen war auf einer hügeligen, mit totem Gras bedeckten Prärie gelandet. In diesem Teil der Unterwelt war sie schon vorher gewesen, aber es hatte sich etwas verändert. Sie konnte nicht genau sagen, was es war, aber es fühlte sich alles etwas anders an. Zum einen waren Geräusche zu hören. Helen konnte sich nicht erinnern, in der Unterwelt jemals einen Laut gehört zu haben, der nicht von ihr selbst gekommen war – nicht einmal das Rascheln des Windes im Gras.

Aber jetzt fühlte sich die Unterwelt irgendwie *real* an und nicht mehr wie ein Teil eines grausigen Albtraums. Das hatte Helen schon einmal erlebt, wenn auch nur ganz kurz, als sie wie durch ein Wunder aus dem Treibsand gerettet worden war. Dieser neue Eindruck der Unterwelt war schockierend, aber Helen empfand dennoch ein Gefühl der Erleichterung. Aus irgendeinem Grund kam ihr der Hades nicht mehr so höllisch vor. Sie sah sich um und musste an die Szene in *Der Zauberer von Oz* denken, in der Dorothy zum ersten Mal alles in Farbe sieht.

Sie starrte in die Ferne und sah etwas Goldenes aufblitzen und hörte, wie etwas laut kreischte. Da fand ein Kampf statt und der Geräuschkulisse nach war es ein brutaler Kampf. Wenigstens konnte Helen sich jetzt sicher sein. Der Typ mit den warmen Händen war kein Trugbild.

Sie rannte auf das Getöse zu, so schnell sie konnte.

Als sie über eine kleine Anhöhe stürmte, sah sie einen großen Mann mit wild wuchernden roten Locken, der mit einem Dolch auf das Geier-Fledermaus-Vieh einhackte, das um seinen Kopf herumflatterte. Als Helen näher hereilte, sah sie, wie die Harpyie zischend und fauchend versuchte, den Mann mit den Klauen zu zerreißen. Obwohl er um sein Leben kämpfte, fiel Helen auf, dass der Rotschopf dringend einen Haarschnitt brauchte.

»Rotschopf« gewann einen Moment lang die Oberhand und Helen sah ihn halb überrascht und halb triumphierend lächeln. Aber als ihm dann klar wurde, dass er immer noch nicht gewonnen hatte, verwandelte sich sein Lächeln schnell in ein schiefes Grinsen, mit dem er sich anscheinend selbst tadelte. Trotz des erbitterten Kampfes schien er Sinn für Humor zu haben.

»Hey!«, schrie Helen, als sie sich den ungleichen Kämpfern näherte.

Der Rotschopf und die Harpyie erstarrten mitten im Kampf, beide waren noch in die Kehle des anderen verkrallt. Der Mann verzog den Mund zu einem überraschten Lächeln.

»Helen«, würgte er krächzend hervor, als wäre er es gewohnt, ständig messerscharfe Klauen um den Hals zu haben. Seine lockere Art verblüffte Helen so sehr, dass sie beinahe losgelacht hätte. Dann veränderte sich erneut alles.

Die Welt wurde langsamer und fester um sie herum, und Helen wusste, dass in der realen Welt ihr Körper jeden Moment aufwachte. Ein Teil ihres Gehirns registrierte ein nerviges plärrendes Geräusch, das ein ganzes Universum weit entfernt war, und sie wusste, dass sie den Rotschopf nie erreichen würde, bevor sie ganz wach war. Helen sah sich hektisch um, fand einen dicken Stein, hob ihn auf und schleuderte ihn auf das fliegende Monster …

… und der Stein aus der Unterwelt sauste direkt durch das Fenster ihres Zimmers und ließ die Scheibe in tausend Scherben zerspringen.

3

Helen setzte sich im Bett auf und lauschte dem penetranten Schrillen ihres Weckers. Ausgerechnet in der einzigen Nacht, in der sie gern in der Unterwelt geblieben wäre, wurde sie geweckt. Es war noch dunkel, aber sie konnte trotzdem erkennen, welchen Schaden sie angerichtet hatte.

Jerry würde sie umbringen. Auch wenn Kate ihm noch so oft versicherte, dass Helen eine seltene »Schlafstörung« hatte – diesmal würde Jerry sie auf jeden Fall umbringen.

Ihr Dad hatte diesen Fimmel mit dem sparsamen Heizen – als wäre der Thermostat ihres Heizkessels direkt mit seinem Gehirn verdrahtet – und schon jetzt wehte ein eisiger Wind durch das riesige Loch in ihrer Fensterscheibe. Helen schlug sich gegen die Stirn und ließ sich ins Kissen zurückfallen.

Der Hausarrest war ihr sicher, das fliegende Monster hatte den Rotschopf vermutlich verschlungen, und das alles nur, weil sie mitten in der Nacht aufstehen musste, um zu einem Wettkampf auf dem Festland zu fahren.

High-School-Sport war eine komplizierte Sache, wenn man

auf einer winzigen Insel lebte. Um gegen andere Schulen antreten zu können, mussten sie entweder mit der Fähre übersetzen oder fliegen, und das bedeutete für Helen und ihre Teamkollegen, dass sie vor Morgengrauen aufstehen mussten. Manchmal hasste sie es wirklich, auf Nantucket zu leben.

Sie unterdrückte ein Gähnen, versuchte, die Vorstellung zu verdrängen, wie Rotschopf einen grauenvollen Tod starb, und stand auf. Mit Klebeband befestigte sie eine Decke vor der kaputten Fensterscheibe, verschlang ein paar Cornflakes und machte sich auf den Weg zum Inselflugplatz. Ironischerweise flog sie zum Wettkampf. Aber sie konnte natürlich nicht selbst zum Festland fliegen. Das Flugzeug zu verpassen und dann trotzdem beim Sportfest aufzutauchen, würde alle möglichen Fragen aufwerfen, und deshalb hatte sie sich für die einzig vernünftige Lösung entschieden.

Sie landete ein Stück vom Flugplatz entfernt und joggte den Rest des Wegs, während sich der Himmel zartrosa färbte. Als sie Claire auf den Parkplatz fahren sah, rannte sie zu ihr, damit sie gemeinsam in die wartende Propellermaschine einsteigen konnten. Helen wollte ihr unbedingt von dem Rotschopf erzählen, aber bevor sie etwas sagen konnte, verdrehte Claire bereits die Augen und packte Helens Schultern.

»Schlimmer wird's nicht, was?«, murmelte Claire gereizt und öffnete Helens schief zugeknöpften Mantel, um die Knöpfe so zu schließen, wie es sich gehörte. »Du siehst aus wie eine Fünfjährige. Muss ich jetzt auch noch jeden Morgen zu dir kommen und dich anziehen?«

»Hamilton!«, bellte Coach Tar, bevor Helen sich eine Retourkutsche ausdenken, geschweige denn, Claire erzählen konnte, was sie in der Nacht erlebt hatte. »Du sitzt bei mir. Wir müssen deine Strategie besprechen.«

»Ich muss dir was erzählen«, stieß Helen hastig hervor, während sie rückwärts auf die Trainerin zuging. »Ich habe jemanden getroffen, *letzte Nacht.*« Claire machte große Augen, aber Helen konnte nicht weitersprechen.

Auf dem ganzen Flug schwatzte der Coach darüber, wie Helen diesen Läufer überholen und jenen Läufer das Tempo machen lassen sollte – vollkommen sinnlose Anweisungen angesichts der Tatsache, dass sie locker die Schallmauer durchbrechen konnte, wenn sie das wollte. Helen hörte mit einem Ohr zu und versuchte, sich nicht allzu viele Sorgen um den Rotschopf zu machen.

Er war groß, breit und kräftig gebaut, und es hatte ausgesehen, als könnte er mit dem Dolch umgehen, mit dem er sich verteidigt hatte. Helen redete sich ein, dass es ihm gut ging, aber ganz überzeugt war sie nicht.

Er war bestimmt ein Scion. Oder vielleicht auch nur ein eins neunzig großer, muskelbepackter und unglaublich gut aussehender Normalsterblicher mit einem umwerfenden Lächeln. Und wenn das der Fall war, war der arme Kerl jetzt vermutlich tot. Kein Sterblicher konnte eine Harpyie besiegen.

Den ganzen Vormittag suchte Helen nach einer Gelegenheit, mit Claire zu reden, aber es wollte einfach nicht klappen. Helen lief ihr erstes Rennen und versuchte, es mit nicht allzu viel Vorsprung zu gewinnen, obwohl sie mit ihren Gedanken woanders war – sie überlegte, ob es möglich war, dass jemand im Reich der

Toten ums Leben kam. Diese sinnlosen Überlegungen lenkten sie so sehr ab, dass sie viel zu schnell lief. Sie tat so, als wäre sie außer Atem, als ihr bewusst wurde, dass alle Zuschauer sie mit offenem Mund anstarrten. Alle außer einem.

Zach Brant wirkte kein bisschen überrascht, als Helen an ihm vorbeiraste wie Speedy Gonzales. Tatsächlich sah er ein bisschen gelangweilt aus. Helen hatte keine Ahnung, was Zach beim Wettkampf wollte, denn bisher hatte er das Laufteam nie zu Veranstaltungen begleitet. Aber da er den Blick keinen Moment von ihr abwandte, vermutete Helen, dass er gekommen war, um ihr zuzusehen, obwohl sie keine Ahnung hatte, wieso. Es hatte eine Zeit gegeben, da hätte sie vermutet, dass er es tat, weil er in sie verknallt war, aber diese Zeit war längst vorbei. In den letzten Tagen schien es, als wollte er nichts mehr mit ihr zu tun haben.

Helen gewann ihr Rennen und feuerte dann Claire bei einem ihrer Läufe an, bis sie sich endlich an der Dreisprungbahn trafen.

»Also, was war los?«, japste Claire, die noch ganz außer Atem war.

»Da war …« Helen verstummte. »Lass uns da rübergehen«, sagte sie und zeigte auf ein freies Feld jenseits des Sportplatzes. Auf dem Platz waren zu viele Leute und Zach stand auch in der Nähe.

Helen hatte das Gefühl, als müsste sie platzen, wenn sie Claire nicht endlich erzählen konnte, was sie erlebt hatte. Im Gehen flüsterte sie ihr zu: »Da war ein Mensch. Ein *lebendiger* Mensch.«

»Aber ich dachte, du wärst die Einzige, die körperlich in die Unterwelt gehen kann.«

»Das dachte ich auch! Aber letzte Nacht war da dieser Junge.

Also, eigentlich kein *Junge* mehr. Ich meine, er war einfach der Hammer! Ein Typ, ungefähr in unserem Alter oder so.«

»Was hat er da unten gemacht?«, wollte Claire wissen. Sie schien nicht überzeugt, dass Helen ihn tatsächlich gesehen hatte.

»Er hat sich von einer Harpyie den Allerwertesten aufreißen lassen«, berichtete Helen. »Aber in der Nacht davor hat er mich aus dem Treibsand gezogen. Einer seiner Arme glänzt, als wäre er vergoldet.« Claire musterte sie voller Zweifel, und Helen wurde bewusst, wie verrückt sich das anhörte. »Du glaubst, ich bin nicht ganz dicht, stimmt's? Hört sich verrückt an, oder? Und eigentlich sollte es unmöglich sein.«

»Äh, entschuldige mal«, sagte Claire plötzlich. Sie funkelte über Helens Schulter hinweg Zach an, der ihnen gefolgt war. »Das hier ist ein Privatgespräch.«

Zach zuckte mit den Achseln, ging aber nicht weg. Claire betrachtete seine Anwesenheit als Herausforderung. Sie befahl ihm in ihrem besten Kommandoton, dass er sich verziehen sollte, aber er rührte sich immer noch nicht. Also ergriff Claire schließlich Helens Hand und zog sie mit sich übers Feld bis an den Waldrand. Zach konnte ihnen nicht folgen, ohne einen Riesenaufstand von Claire zu riskieren, aber er wandte sich auch nicht ab. Er blieb einfach stehen und sah zu, wie Claire Helen ins Gebüsch zerrte.

»Muss das sein?«, beschwerte sich Helen, als sie in einen stacheligen Busch trat und ihren Pferdeschwanz von einem mit Flechten bewachsenen Birkenzweig befreien musste.

»Zach benimmt sich in letzter Zeit echt komisch, und ich will nicht, dass er uns beobachtet«, erklärte Claire mit finsterer Miene.

»Du meinst wohl eher, dass er nicht weggegangen ist, obwohl du es ihm befohlen hast. Und jetzt schleppst du mich durchs Gestrüpp, weil du nicht willst, dass er gewinnt«, verbesserte Helen sie kichernd.

»Das auch. Und jetzt erzähl mir genau, was passiert ist«, drängte Claire, doch diesmal wurden sie vom Geräusch raschelnder Blätter unterbrochen. Es kam aus den Tiefen des Waldes.

Ein großer Mann trat aus dem Unterholz hervor. Helen stieß Claire hinter sich und stellte sich mutig der Gefahr.

»Ist euch Mädels nicht klar, dass sich bei High-School-Sportveranstaltungen die merkwürdigsten Typen im Gebüsch herumdrücken?«, fragte der blonde Hüne streng.

»Hector!« Helen atmete erleichtert auf und warf sich in seine offenen Arme.

»Wie läuft's denn so?«, fragte er lachend und drückte sie fest an sich. Claire gesellte sich zu ihnen und umarmte Hector ebenfalls, verpasste ihm aber danach sofort einen Hieb auf die Brust.

»Was machst du hier?«, fragte sie ihn missbilligend. »Das ist viel zu gefährlich.«

»Reg dich ab, Laufender Meter«, sagte Hector, aber das Lächeln verschwand aus seinem Gesicht. »Ich habe heute Morgen mit Tante Noel gesprochen. Sie hat mir gesagt, dass niemand von der Familie hier sein würde.«

»Das stimmt, und wir sind froh, dich zu sehen«, beteuerte Helen hastig und kniff Claire zur Strafe für ihre unsensible Bemerkung.

»Natürlich sind wir froh, dich zu sehen!«, rief Claire und rieb sich ihren Arm. »Ich habe das nicht so gemeint, Hector. Wie geht's dir denn?«

»Unwichtig«, sagte er mit einem Kopfschütteln. »Ich will wissen, wie es euch geht. Und Luke, nach allem, was letzte Woche passiert ist«, fügte er gedämpft hinzu.

Helen wollte nicht zusammenzucken, aber sie konnte es nicht vermeiden.

»Es ist schlimm«, sagte Claire traurig.

»Ja, ich weiß. Ich habe mit Tante Noel gesprochen. Ich kann immer noch nicht glauben, dass Luke zu so etwas fähig ist.« Hectors Stimme klang grob, aber er sah Helen dennoch mitfühlend an.

Helen versuchte, sich auf Hectors Schmerz zu konzentrieren statt auf ihren eigenen. Sie hatte zwar Lucas verloren, aber Hector seine ganze Familie. Er machte sich solche Sorgen um sie, dass er sogar den ganzen Tag während eines blöden Sportfests in den Büschen herumlungerte, nur um jemanden zu treffen, der seiner Familie halbwegs nahestand.

Abgesehen von Daphne, die er kaum kannte, war Hector allein. Helen begriff, dass Hector von all den Menschen in ihrem Leben vermutlich am besten verstand, was sie durchmachte, was eigentlich komisch war, weil sie erst vor Kurzem aufgehört hatten, sich anzufeinden.

»Wie geht's meiner Mutter?«, platzte Helen heraus, um das traurige Schweigen zu beenden, das zwischen ihnen herrschte. Hector wich ihrem Blick aus.

»Sie ist … beschäftigt«, war alles, was er über Daphne sagen wollte, und sah wieder Claire an, um das Thema zu wechseln.

Normalerweise sprach Hector immer aus, was er dachte, ob es die anderen nun hören wollten oder nicht. Aber so wie er Helens Frage ausgewichen war, hätte sie zu gern gewusst, was ihre zwielichtige Mutter nun schon wieder vorhatte. Helen hatte in den vergangenen drei Wochen öfter versucht, Kontakt zu ihr aufzunehmen, aber nie eine Antwort erhalten. Wich Helens Mutter ihr mit Absicht aus? Sie hatte keine Chance, weiter bei Hector nachzuhaken. Er war zu sehr damit beschäftigt, Claire mit der Frage aufzuziehen, ob sie tatsächlich immer kleiner wurde. Als die beiden anfingen, sich spielerisch herumzuschubsen, versank der Wald plötzlich in einer bedrohlichen Dunkelheit.

Helen schauderte unwillkürlich und sah sich panisch um. Natürlich wusste sie, dass Kreon tot war, aber trotzdem konnte sie beinahe spüren, wie er aus seinem Grab heraus versuchte, sie in diese grauenhafte Dunkelheit zu ziehen.

Hector bemerkte die veränderten Lichtverhältnisse im selben Moment wie Helen. Er legte Claire schützend eine Hand auf die Schulter. Helen erhaschte seinen Blick. Sie kannten diese unheimliche Erscheinung nur zu gut.

»Ein Schattenmeister?«, flüsterte Helen. »Ich dachte, Kreon wäre der einzige gewesen.«

»Dachte ich auch«, flüsterte Hector zurück. Sein Blick huschte auf der Suche nach einem Gegner hin und her. Aber die Dunkelheit war wie ein schwarzer Vorhang, der immer näher kam und sie einhüllte. Sie konnten nur noch ein paar Meter weit sehen. »Nimm Claire und lauf.«

»Ich lasse dich nicht −«, begann Helen.

»LAUFT!«, brüllte Hector, als ein blitzendes Schwert den schwarzen Vorhang durchschnitt und auf ihn zusauste.

Hector verbog seinen Oberkörper so weit nach hinten, dass er Claire dabei umwarf. Die Bronzeklinge zischte an seiner Brust vorbei und bohrte sich tief in den halb gefrorenen Waldboden. Hector trat mit Wucht in den heranrückenden Schatten, was seinen Angreifer durch die Luft fliegen und das Schwert im Boden stecken ließ.

Mit einer fließenden Bewegung richtete Hector seinen Oberkörper wieder auf und schnappte sich das Schwert. Er riss es aus dem Boden und benutzte den Schwung der Bewegung, um es dem nächsten Angreifer, der aus dem Dunkel kam, über die Brust zu ziehen. Dabei bewegte er sich die ganze Zeit schneller als der Flügelschlag eines Kolibris.

Helen spürte, wie etwas Metallisches ihre Wange traf, und sah trotz des diffusen Lichts, wie sich unter ihrem rechten Auge eine Pfeilspitze aufpilzte wie eine Löwenzahnblüte. Obwohl sie nicht verletzt war, wich sie unwillkürlich zurück, bis sie mit den Fersen gegen Claires Bein stieß.

Helen stand Wache über ihrer sterblichen Freundin. Claire war heftig zu Boden gegangen und so geschockt, dass sie nicht aufstehen und ganz bestimmt nicht rennen konnte. Helen baute sich zwischen Claire und den Angreifern auf und rief ihren Blitz herbei.

Das Geräusch einer knallenden Bullenpeitsche und der abgestandene Geruch von Ozon erfüllten die Luft, als das Licht aus Helens Händen sprühte und ein Gitter aus elektrischem Strom bildete, das sie und Claire beschützte. Die unnatürliche Dunkelheit des Schattenmeisters löste sich unter dem Schein der blauen Flamme auf und es wurde nicht weniger als ein Dutzend bewaffneter Scions sichtbar. *Wo sind die alle hergekommen?*, fragte Helen sich. *Wie haben sich so viele an uns anschleichen können?*

In der Mitte und etwas weiter hinter den Angreifern, wo sich normalerweise die Befehlshaber der Fußtruppen aufhielten, wie Hector ihr beigebracht hatte, erhaschte Helen einen Blick auf ein gruseliges Gesicht, das einem Alien glich. *Es*, was immer es war, hatte rote Augen. Es sah sie direkt an und wich dann zurück, bis es wieder von der Dunkelheit des Schattenmeisters verschluckt wurde.

»Zu viele!«, schnaufte Hector und wehrte zwei weitere Männer ab.

»Hinter uns!«, schrie Helen, als sie herumfuhr, weil vier weitere Kämpfer von den Seiten heranrückten. Sie schickte ihnen einen schwachen Blitz entgegen – stark genug, sie bewusstlos zu machen, aber nicht zu töten. Dummerweise kostete es Helen viel mehr Kraft, ihre Blitze kontrolliert einzusetzen, als sie einfach herausschießen zu lassen.

Helen wurde schwindelig. Sie zwang ihre Augen zur Scharfeinstellung, als drei der vier Männer zu Boden gingen. Der vierte kam immer noch auf sie zu. Sie hatte schon fast das gesamte Wasser in ihrem Körper verbraucht, der durch den Langstreckenlauf ohnehin leicht ausgetrocknet war, und es waren keine Reserven für einen weiteren Blitz mehr vorhanden. Sie konnte zwar noch einen hervorbringen, der alle Angreifer töten würde, aber das brachte sie nicht übers Herz.

Sie sprang über Claire, die immer noch nach Luft rang, und

versuchte, den übrig gebliebenen Scion niederzuschlagen. Helen war allerdings noch nie gut im Austeilen gewesen und er nahm ihren Schlag kaum wahr. Er schlug so heftig zurück, dass sie auf Claire fiel und Sternchen sah.

Etwas Dunkles stieß vom Himmel herab, landete auf Helens Angreifer und schleuderte ihn in die Bäume. Es war Lucas. Helen stockte bei seinem Anblick der Atem. Sie konnte nicht fassen, wo er so schnell hergekommen war. Lucas sah mit ausdruckslosem Gesicht auf Helen herab und warf sich dann auf die Hauptgruppe der angreifenden Scions.

Helen hörte Hector brüllen und sah, dass mehrere Männer versuchten, seine Arme und Beine mit Ketten und schweren Handschellen zu fesseln. Helen sprang auf, um ihm zu helfen, während Lucas sich um die Kämpfer kümmerte, die noch nicht zu Boden gegangen waren. Schneller, als man zusehen konnte, hatte Lucas zwei weitere Angreifer entwaffnet und verletzt, noch bevor Helen es bis zu Hector geschafft hatte.

Als der gruselige Anführer des Trupps merkte, dass seine kleine Armee gegen Helen, Hector und Lucas keine Chance hatte, stieß er ein schrilles Geräusch aus, und der Angriff endete so abrupt, wie er begonnen hatte. Die Verwundeten wurden abtransportiert, die Waffen wurden eingesammelt, und dann waren die Angreifer auch schon zwischen den Bäumen verschwunden, ehe Helen sich die Haare aus dem verschwitzten Gesicht streichen konnte.

Sie sah, wie Lucas ihnen den Rücken zudrehte und erstarrte. Hector hatte die Hände an den Schläfen und presste sie gegen die Seiten seines Kopfes, als müsste er verhindern, dass ihm der Schädel platzte.

»Nein, Hector! Nicht!«, schrie Claire und stürzte sich auf ihn. Sie hielt ihm die Augen zu, damit er Lucas nicht sah. Aber obwohl Claire an ihm hing wie eine Klette, konnte Helen sehen, wie Hector die Zornesröte ins Gesicht stieg.

Lucas bemühte sich so krampfhaft, sich zurückzuhalten, dass er am ganzen Körper zitterte, doch schließlich gab er der Versuchung nach. Mit einem irren Ausdruck im Gesicht fuhr er zu Hector herum. Die Furien hatten ihn fest im Griff und befahlen ihm, seinen Cousin zu töten.

»Bitte, Lucas, geh! Geh!«, keuchte Helen durch ihre ausgedörrte Kehle. Er hatte ihr zwar befohlen, ihn nie wieder anzufassen, aber das war ihr jetzt egal. Sie sprang auf ihn zu, legte die Hände auf seine Schultern und schob ihn von Claire und Hector weg.

Aber Lucas konnte den Blick nicht von Hector abwenden. In seinem Drang, den Ausgestoßenen zu töten, stieß er Helen hart zu Boden. Sie schrie auf, denn bei der Landung auf dem unebenen Waldboden verdrehte sich schmerzhaft ihr Handgelenk.

Ihr Schmerzensschrei schien Lucas aus seiner Mordlust zu reißen. Er sah hinab auf Helen, die auf dem Boden kniete und sich das verletzte Handgelenk hielt.

»Es tut mir leid«, wisperte er. Noch bevor Helen aufstehen konnte, war er schon in die Luft gesprungen und weggeflogen.

Sie starrte hinter ihm her. Sein Name hing ihr in der Kehle und drohte sie zu ersticken. Sie wollte ihn zurückrufen und eine Erklärung verlangen. Wenn Lucas sie hasste, wieso entschuldigte er sich dann bei ihr? Wieso war er ihr überhaupt zu Hilfe gekommen?

»Len, komm zu dir!«, schrie Claire und zerrte an Helens Arm. »Es brennt!«

Helen riss ihren Blick von dem Teil des Himmels los, in den Lucas verschwunden war, und sah sich um, während Claire sie auf die Füße zerrte. Aus dem trockenen Gestrüpp quoll Rauch auf, und sie konnten schon die ersten aufgeregten Rufe der Leute hören, die vom Sportfest in Richtung Waldrand liefen.

»Deine Blitze haben das Feuer ausgelöst«, erklärte Hector hastig. »Ich muss weg. Ich dürfte gar nicht hier sein.«

»Was war das eben?«, fragte Helen und hielt Hector damit noch einen Moment auf.

»Eine Kampfeinheit der Hundert Cousins. Unser lieber Onkel Tantalus will Rache für Kreon und wird nicht aufgeben, bevor ich gefangen bin. Ich habe keine Ahnung, wie sie mich gefunden haben«, sagte er noch und fügte einen unanständigen Fluch hinzu. »Pass auf dich auf, kleine Cousine. Ich melde mich bald wieder.«

»Warte!«, schrie Helen ihm nach, aber da kamen auch schon die ersten Schaulustigen angerannt, die das Feuer sehen wollten, und Hector musste verschwinden. »Ich wollte noch über das Ding reden, das die Befehle gegeben hat«, fügte sie halblaut hinzu, als Hector bereits im Wald untergetaucht war.

Helen überließ es Claire, die passende Ausrede zu erfinden. Es war fast ein Kinderspiel für sie, alle zu überzeugen, dass es ein Gewitter in einem ungewöhnlich eng begrenzten Gebiet gewesen war. Viele der Zeugen hatten Blitze und dunkle Wolken über dem Wald gesehen. Claire brauchte nur noch zu beteuern, dass sie und Helen als unschuldige Zuschauer zufällig als Erste

81

angekommen waren. Helen war sich nicht ganz sicher, aber sie glaubte zu sehen, wie Zach bei dieser Lügengeschichte angewidert das Gesicht verzog. Sie fragte sich, ob er das Ganze womöglich beobachtet hatte. Aber wenn das der Fall war, wieso sagte er dann nichts?

Auf dem Heimflug warfen sich Helen und Claire immer wieder besorgte Blicke zu. Sie wollten nicht riskieren, von ihren Teamkollegen belauscht zu werden. Da keine von beiden die Nacht allein verbringen wollte, verabredeten sie, dass Claire bei Helen übernachten würde.

Sofort nach dem Aussteigen stürzte Claire auf Jason zu. Er wirkte blass und angespannt, doch die beiden sahen sich so verliebt an, dass es Helen fast das Herz zerriss.

»Luke wusste nicht, ob du verletzt bist oder nicht«, stieß Jason hervor und schob die Hände in Claires Jacke. In ihrem Schutz fuhr er mit seinen sanft glühenden Heilerhänden leicht über Claires Arme und Rippen und untersuchte sie auf Knochenbrüche oder innere Blutungen. »Er hat gesagt, dass du von einem Scion umgerannt wurdest …«

»Es geht ihr gut«, versuchte Helen, ihn zu beruhigen.

»Natürlich glaubst *du*, dass es ihr gut geht. Du hast ja keine Ahnung, wie leicht man verletzt werden kann. *Du* bist unverwundbar«, fuhr Jason sie an, und seine Stimme hob sich bei jedem Satz ein wenig mehr.

»Ich würde nie zulassen, dass ihr etwas …«, begann Helen fassungslos, aber Claire berührte ihren Arm und brachte sie damit zum Schweigen.

»Jason, es geht mir gut«, sagte Claire geduldig und legte ihm

82

die andere Hand auf den Arm. Sie hielt Jason und Helen fest, als wollte sie die Kluft zwischen ihnen mit ihren Armen überbrücken.

Als Jason schließlich nickte und eingestand, dass Claire nichts fehlte, schien eine schwere Last von ihm abzufallen. Dann gingen sie auf Claires Wagen zu, und er funkelte Helen trotzdem an, als könnte er ihr nicht trauen.

Auf dem Weg zum Parkplatz wiederholte Claire die Unterhaltung, die sie mit Hector geführt hatten, aber viele Informationen konnte sie Jason nicht geben.

»Ich habe die meiste Zeit auf dem Hintern gesessen. Es ging auch alles so schnell«, fügte sie verlegen hinzu.

»Da war dieser gruselige Anführer«, berichtete Helen Jason. »Der sah irgendwie anders aus.«

»Davon hat Luke nichts gesagt«, bemerkte Jason mit einem Kopfschütteln.

»Vielleicht hat er ihn nicht gesehen«, sagte Helen, die es nicht über sich brachte, seinen Namen auszusprechen. »Es war auch ein Schattenmeister dabei.«

»Das wissen wir«, sagte Jason und warf Claire einen besorgten Blick zu. »Lucas hat es erwähnt.«

»Was hat Lucas überhaupt dort gemacht?«, wollte Claire wissen.

»Hat er nicht gesagt«, erwiderte Jason mit einem müden Schulterzucken. »Luke scheint neuerdings der Meinung zu sein, dass er niemandem mehr eine Erklärung schuldet.«

»Ist er okay?«, fragte Helen ruhig. Jason schürzte die Lippen.

»Natürlich«, sagte er und hob die Hände, als könnte er nichts anderes sagen, obwohl sie doch beide wussten, dass es nicht stimmte.

»Es macht dir doch nichts aus, allein nach Hause zu gehen, oder?«, fragte Claire Helen, als Jason sich auf den Weg gemacht hatte, um sein Auto zu holen. Helen brauchte einen Moment, um zu kapieren, was sich hier gerade abspielte. Sie war wie vor den Kopf gestoßen. Claire ließ sie für Jason sitzen.

»Hector hat gesagt, dass sie hinter ihm her waren, nicht hinter mir. Ich bin also nicht in Gefahr«, antwortete Helen eisig.

»Das hatte ich nicht gemeint«, erklärte Claire mit gehobenen Brauen. Dann brachte sie Helen dazu, sie anzusehen. »Hector wird gejagt und Jason ist deswegen total fertig. Er braucht jemanden zum Reden.«

Helen verkniff sich die Bemerkung, die ihr auf der Zunge lag. Sie konnte nicht behaupten, dass es ihr nichts ausmachte, wenn Claire einfach ihre Pläne über den Haufen warf, denn das wäre gelogen. Sie wusste natürlich, dass sie sich kindisch aufführte, aber sie konnte nichts dagegen tun. Am liebsten hätte sie gesagt, dass auch sie jemanden zum Reden brauchte. Helen wartete mit Claire, bis Jason in die Parklücke neben Claires Auto fuhr, aber sie sagte kein Wort. Als die beiden weg waren, suchte sie sich ein ruhiges Plätzchen, sah sich um, ob sie auch niemand beobachtete, und flog nach Hause.

Helen umkreiste das Haus ein paarmal und betrachtete den leeren Witwensteg. Einen kurzen Augenblick lang hatte sie die Hoffnung, dass Lucas dort sitzen und auf sie warten würde. Es war beinahe, als könnte sie ihn dort fühlen, als würde sein Geist dort auf und ab gehen und den Horizont nach ihr absuchen.

Aber sie war allein, wie üblich in letzter Zeit.

Helen landete im Garten und betrat das Haus. Jerry hatte ihr einen Zettel geschrieben und ihr einen Eintopf hingestellt, der schon fast kalt war. Er und Kate arbeiteten heute länger. Es war Liefertag, deshalb würden sie Stunden damit zubringen, die Regale aufzufüllen und Inventur zu machen. Helen stand nur im Schein des Flurlichts in der Küche und lauschte den Geräuschen des leeren Hauses. Die Stille war bedrückend.

Helen sah sich in der dunklen Küche um und dachte an den Hinterhalt, den sie wenige Stunden zuvor überlebt hatte. Er erinnerte sie daran, wie Kreon sie überfallen hatte, genau hier, wo sie gerade stand. Lucas war gekommen und hatte ihr das Leben gerettet. Helen drückte sich die Finger auf die Augen, bis sie hellblaue Punkte vor sich tanzen sah, und redete sich ein, dass es in Ordnung war, was sie damals für ihn empfunden hatte, weil sie noch nicht gewusst hatte, dass sie verwandt waren. Aber jetzt, wo sie *wusste*, dass Lucas ihr Cousin war, durfte sie nicht in dieser Erinnerung schwelgen.

Helen konnte nicht länger herumstehen und an Lucas denken. Auf das Nachdenken würde hysterisches Weinen folgen, und Helen konnte sich nicht erlauben, vor dem Einschlafen zu weinen, denn dann würde sie in der Unterwelt grausam leiden.

Also schaltete sie ihre Erinnerungen ab, ging nach oben und machte sich bettfertig. Sie hätte gern noch mit jemandem gesprochen, bevor sie sich hinlegte, aber es kam ihr vor, als wäre nie jemand für sie da, nicht einmal Jerry oder Kate.

Helen stellte fest, dass ihr Dad die Decke, die sie über das Loch in ihrem Fenster geklebt hatte, durch eine blaue Plane ersetzt hatte, und musste lächeln. Er war zwar vielleicht nicht den ganzen Tag da, um mit ihr zu reden, aber zumindest liebte ihr Vater sie so sehr, dass er ihre kleinen Katastrophen zu reparieren versuchte. Sie überprüfte, ob die Klebestreifen fest hafteten. Die Plane war gut verklebt, aber im Zimmer war es trotzdem so kalt, dass Helen ihren Atem sehen konnte. Zögerlich stieg sie in ihr kaltes Bett und zog sich die Winterdecke bis ans Kinn, um schnell warm zu werden.

Helen sah sich im Zimmer um. Die Stille pochte in ihren Ohren und die Wände schienen immer näher zu rücken. Sie wollte nicht mehr der Deszender sein. Sie hatte schon so sehr gelitten und trotzdem nichts erfahren und war ihrem Ziel, die Rogues und die Ausgestoßenen von den Furien zu befreien, kein Stück näher gekommen. Sie war eine Versagerin.

Helen war am Ende ihrer Kräfte. Sie war schon jenseits aller Müdigkeit, aber in diesem Zustand durfte sie nicht einschlafen. Wenn sie das tat, konnte sie nicht sicher sein, dass sie noch die Kraft hatte, wieder aufzuwachen. Sie brauchte irgendetwas, auf das sie sich freuen konnte.

Ein Gedankenfragment blitzte vor ihrem inneren Auge auf – das Bild einer starken Hand, die sich ihr entgegenstreckte. Und hinter dieser Hand war noch ein Mund, der lächelte, als er ihren Namen aussprach.

Helen wünschte sich nicht nur einen Freund, sie brauchte dringend einen. Und um ihn zu finden, würde sie auch in die Hölle hinabsteigen.

Automedon sah, wie die Erbin des Hauses von Atreus ihr Haus zweimal umkreiste, hoch oben am Nachthimmel, bevor sie schließlich in ihrem Garten landete. Im ersten Moment dachte er, dass sie in der Luft blieb, weil sie ihn entdeckt hatte. Er versank tiefer in den Büschen des Nachbarhauses und verfiel in die unnatürliche Reglosigkeit, zu der nur eine Kreatur von nicht menschlicher Abstammung in der Lage war. Er wusste, dass die Erbin Kräfte besaß, die nicht unterschätzt werden durften. Er hatte schon seit vielen Jahren nicht mehr solche Blitze gesehen, wie sie beim Kampf im Wald verschossen wurden.

Aber wie die meisten modernen Scions hatte sie keine Vorstellung von ihrem wahren Potenzial. Keines dieser Kinder wusste, dass Macht ausgeübt werden musste. Die Starken *mussten* herrschen. Das hatte die Natur so vorgesehen, von der kleinsten Amöbe bis zum großen Leviathan. Die Schwachen sterben und die Stärkste wird Königin.

Automedon nutzte seine Willenskraft, um das Chitin in seiner Haut aushärten zu lassen, bis er erkannte, dass die Erbin ihn nicht gesehen hatte und er seine starre Tarnung aufgeben konnte.

Die Erbin nahm sich Zeit für die Landung und observierte zunächst die eingezäunte Plattform auf ihrem Dach. Merkwürdig, dachte er, es war fast, als erwartete sie dort oben jemanden, doch in den drei Wochen, die er sie nun schon beobachtete, hatte er dort nie jemanden gesehen. Er fügte ihr Interesse am Witwensteg seiner Liste der Erkenntnisse über sie hinzu, denn sein Instinkt verriet ihm, dass dieser Ort mehr zu bedeuten hatte, als auf den ersten Blick zu erkennen war.

Sie landete im Garten und schaute über ihre Schulter. Dabei fiel ihr das Mondlicht auf die glatte Wange. Vor langer Zeit hatte Automedon dieses liebreizende Gesicht schon einmal gesehen, in einem fernen Land, geküsst vom selben Mond, als es zurückgeblickt hatte auf das Meer aus Blut, das ihretwegen vergossen worden war.

Die Erbin betrat das Haus, schaltete aber kein Licht an. Automedon hörte, wie sie verharrte und in der Küche ganz still stand. Ihr ungewöhnliches Verhalten erweckte in ihm den Verdacht, dass einer der Hundert Cousins durch den vergeblichen Versuch, den Ausgestoßenen zu fangen, womöglich so gereizt war, dass er sich Tantalus' Befehlen widersetzte. War sonst noch jemand im Haus? Automedon erhob sich aus den Büschen. Die Erbin durfte nicht angerührt werden, noch nicht. Er machte einen Schritt aufs Haus zu und hörte, wie sie nach oben ging. Sie betrat das Badezimmer, schaltete das Licht ein und begann, sich zu waschen. Es schien alles in Ordnung zu sein. Automedon kehrte in sein Versteck zurück und lauschte.

Er konnte hören, wie sich die Erbin in ihr Bett legte. Ihr Atem ging schnell, als hätte sie Angst. Automedon streckte den Rüssel aus, der unter seiner menschlich aussehenden Zunge lag, und kostete ihre Pheromone. Sie hatte Angst, aber da war noch mehr in ihrer chemischen Signatur. Es kamen die widersprüchlichsten Emotionen an die Oberfläche, die ihre Körperchemie so schnell veränderten, dass Automedon sie nicht eindeutig identifizieren konnte. Ihre Mission lastete schwer auf ihr. Er hörte sie ein paarmal schniefen, doch allmählich entspannte sie sich und ihr schneller Atem wich dem langsamen Rhythmus des Schlafs. Als sie das Portal öffnete, saugte die unirdische Kälte des Nichts das letzte bisschen Wärme aus ihrem Zimmer.

Für eine Millisekunde verschwand ihr Körper aus dieser Welt, aber Automedon wusste, dass er zurückkehren würde wie bei den anderen Deszendern vor ihr, lebendig und funktionsfähig, aber mit dem sterilen Staub einer anderen Welt bedeckt. Sie würde dann unnatürlich still liegen und Stunden später die Augen öffnen und nur noch wissen, dass sie in der Unterwelt gewesen war – ihrem Empfinden zufolge eine Ewigkeit lang.

Die Erbin konnte stundenlang in dieser schlafenden Haltung verharren, aber nach Wochen des Beobachtens hatte Automedon festgestellt, dass dieser Deszender nie wirklich schlief. Er war in ihr Zimmer gekrochen, hatte sich an die Decke gehängt und auf die verräterischen Bewegungen der Augen unter den Lidern gewartet, die den tiefen, heilenden Schlaf anzeigten, den Sterbliche brauchten. Aber sie kamen nie.

Ohne richtigen Schlaf wurde sie von Nacht zu Nacht schwächer, bis der Moment kam, in dem sein Meister zuschlagen würde.

4

Helen atmete wieder einmal die abgestandene Luft der Unterwelt. Sie sah sich hektisch um, weil sie fürchtete, dass die Sache mit dem positiven Denken nicht geklappt hatte und sie wieder in der Grube gelandet war.

»Wanderst du immer im Schlafanzug in der Hölle herum?«, fragte eine spöttische Stimme. Helen fuhr herum und musste feststellen, dass der Rotschopf nur ein paar Meter entfernt stand.

»Was?«, stieß Helen hervor und sah an sich herunter. Sie trug ein Schlafshirt und Shorts, die mit kleinen Kürbissen und fauchenden schwarzen Katzen bedruckt waren.

»Versteh mich nicht falsch. Ich steh auf deine Shorts, und das Halloween-Motiv ist der Brüller, aber ich friere schon, wenn ich dich nur ansehe.«

Der Rotschopf zog seine Jacke aus und streifte sie Helen über, ohne zu fragen, ob sie tatsächlich fror. Sie überlegte kurz, ob sie protestieren sollte, aber als sie die Wärme seiner Jacke spürte, erkannte sie, dass sie sich wirklich beinahe den Hintern abgefroren hatte, und beschloss, die freundliche Geste zu akzeptieren.

»Ich trage das, womit ich ins Bett gegangen bin«, verteidigte sich Helen und zog ihre langen Haare unter dem Kragen der Jacke hervor. Bisher hatte sie sich nie Gedanken darüber gemacht, was sie bei ihren Ausflügen in die Unterwelt anhatte. »Und was ist mit dir? Gehst du immer mit dem Goldgestrüpp am Arm schlafen?«

Er sah auf seinen Arm und kicherte leise. Helen konnte sich nicht erinnern, in der Unterwelt jemals ein Lachen gehört zu haben, und es fiel ihr auch jetzt noch schwer, es zu glauben.

»Bisschen zu viel Glitzerkram? So besser?« Der Zweig aus purem Gold, der an seinem Unterarm hochwuchs, schrumpfte zusammen, bis nur noch ein dicker goldener Armreif mit eingraviertem Blattmuster übrig blieb, der sein Handgelenk eng umschloss. Helen hatte bisher nur einen einzigen Gegenstand gesehen, der sich so wundersam verwandeln konnte: den Cestus von Aphrodite, den sie in Form eines Herzanhängers an ihrer Kette trug.

»Wer *bist* du?«

»Ich bin Orion Evander. Oberhaupt des Hauses von Rom, Erbe des Hauses von Athen, Dritter Führer der Rogue-Scions und Träger des Goldenen Zweiges von Aeneas«, verkündete er mit tiefer und eindrucksvoller Stimme.

»Oh, wow«, bemerkte Helen sarkastisch. »Muss ich mich jetzt verbeugen?«

Zu ihrer Verblüffung lachte Orion auch diesmal. Trotz seiner hochgestochenen Titel schien der Typ nicht besonders hochnäsig zu sein.

»Daphne hat gesagt, dass du über besondere Kräfte verfügst,

aber nie erwähnt, was für eine spitze Zunge du hast«, sagte Orion. Helens Grinsen verschwand sofort.

»Woher kennst du meine … Daphne?«, fragte sie, und es war schon fast peinlich, wie sie das Wort *Mutter* vermied.

»Ich kenne sie schon mein ganzes Leben«, antwortete Orion. Er trat einen Schritt näher an Helen heran und sah ihr in die Augen, damit sie begriff, dass er jetzt nicht mehr herumalberte. »Daphne ist ein großes Risiko eingegangen, als sie mir half herzukommen, damit ich dir beistehe. Hat sie dir nicht gesagt, dass ich kommen würde?«

Helen schüttelte den Kopf und schaute auf den Boden, denn sie musste an all die unerwiderten Anrufe denken, die sie auf Daphnes Voicemail hinterlassen hatte.

»Wir reden nicht viel miteinander«, murmelte Helen. Es war ihr unangenehm, dies vor einem Fremden einzugestehen, aber Orion sah sie nicht an, als hielte er sie für eine schreckliche Tochter. Stattdessen nickte er kurz, als wüsste er genau, was in Helen vorging. Dann wurde sein Blick freundlicher.

»Also, auch wenn ihr euch nicht sehr nahesteht, wollte Daphne doch, dass du … DUCKEN!« Er schrie das letzte Wort, packte Helen und drückte sie nach unten.

Ein knurrender schwarzer Hund sprang über Helen hinweg und gegen Orions Brust. Orion wurde durch den Aufprall umgeworfen, hatte aber schon den Dolch in der einen Hand und versuchte mit der anderen, den Hund an der Kehle von sich wegzuschieben. Helen, die nicht wusste, was sie tun sollte, sah zu, wie Orion mit dem Messer auf den Kopf der Bestie einstach. Da er auf dem Rücken lag, konnte er nicht weit genug ausholen,

92

um dem Hund einen tödlichen Stich zu versetzen. Die Krallen der Bestie kratzten an Orions Brust und hinterließen breite blutige Risswunden.

»Nur zusehen gilt nicht!«, brüllte Orion unter den Angriffen. »Tritt ihm in die Rippen!«

Helen überwand ihren Schreck, verlagerte ihr Gewicht auf den linken Fuß und trat mit aller Kraft zu. Es schien dem Höllenhund kein bisschen wehzutun. Das Einzige, was der Tritt bewirkte, war, seine Aufmerksamkeit jetzt auf sie zu lenken. Helen stolperte rückwärts. Die Bestie richtete ihre roten Augen auf sie. Sie schrie vor Angst, als der Hund sie ansprang.

»Helen!«, rief Orion erschrocken. Er packte das Monster am Schwanz und riss es von ihr weg.

Die speicheltriefenden Kiefer schnappten nur Zentimeter vor Helens Gesicht zu. Sie hielt sich schützend die Arme vors Gesicht und hörte deswegen nur, wie der Höllenhund vor Schmerz aufjaulte, als Orion ihm die Klinge ins Genick stieß.

Helen wurde aus dem Schlaf gerissen und strampelte mit Armen und Beinen, als würde sie von einer hohen Welle überrollt. Sie war zurück in ihrem Zimmer.

»Nicht schon wieder!«, schrie sie in die Dunkelheit.

Helen konnte nicht fassen, dass es ihr wieder passiert war. Wenn ihr Kampf gegen die Furien irgendwann Erfolg haben sollte, *musste* sie lernen, ihre Wege in die Unterwelt in den Griff zu bekommen. Vor allem jetzt, wo sie Orion gefunden hatte. Sie konnte nicht dauernd verschwinden, wenn er in Gefahr war.

Helen verschwendete keine Sekunde. Sie rief sofort ihre Mutter an, um sie über Orion auszufragen, landete aber wie üblich nach dem zweiten Läuten bei der Voicemail. Sie hinterließ ihrer Mutter eine Nachricht, aber statt ihr von Orion zu erzählen, fragte Helen sie, ob sie ihr absichtlich aus dem Weg ging. Dann beendete sie ihre weinerliche Ansprache und ärgerte sich über sich selbst. Daphne war nie für sie da gewesen. Helen fragte sich, wieso sie überhaupt versuchte, Kontakt zu ihr aufzunehmen.

Helen rieb sich mit beiden Händen übers Gesicht. Es ging ihr gut, aber ob das auch für Orion galt? Sie würde sich nie verzeihen, wenn ihm etwas passierte. Helen wollte unter die Bettdecke kriechen und wieder in die Unterwelt abtauchen, aber ihr war klar, dass das sinnlos war. Zeit und Raum waren dort unten ganz anders, und selbst wenn sie sofort hinabstieg, würde sie nicht am selben Ort oder in derselben Zeit landen.

Frustriert verschränkte sie die Arme vor ihrer Brust und merkte erst da, dass sie immer noch Orions Jacke trug. Sie tastete die Taschen ab und fand seine Brieftasche. Nach etwa einer halben Sekunde waren ihre Gewissensbisse überwunden und sie schaute hinein.

Orion hatte zwei Führerscheine – einen aus Kanada und einen aus Massachusetts. Auf beiden stand, dass er achtzehn Jahre alt war, aber auf keinem der beiden Führerscheine war sein Nachname Evander. Auf dem amerikanischen Führerschein hieß er Tiber und auf dem kanadischen war sein Nachname Attica. Er hatte auch einen Schülerausweis von der Milton Academy, einer bekannten Schule an der Südküste von Massachusetts, der auf den Namen Ryan Smith ausgestellt war.

Smith. Ja, klar. Helen fragte sich, ob alle Scions so fantasielos waren, wenn es um ihre Decknamen ging, oder ob »Smith« vielleicht so etwas wie ein Standardwitz unter Halbgöttern war.

Sie suchte in den restlichen Taschen seiner Jacke nach weiteren Informationen, aber alles, was sie fand, waren vier Dollar und eine Büroklammer. Ruhelos lief sie in ihrem eiskalten Zimmer herum und überlegte, was sie nun tun sollte. Sie wollte unbedingt wissen, wie es Orion erging, war aber nicht sicher, ob es eine gute Idee war, in seinem Leben herumzustochern. Mit seinen vier verschiedenen Nachnamen war Orion offensichtlich ein ziemlicher Geheimniskrämer. Helen konnte nicht nach ihm suchen, ohne die Tarnung zu gefährden, die er sich aufgebaut hatte.

Sie fragte sich, wozu er all diese Namen brauchte, erkannte dann aber schnell den Grund dafür. Die Hundert Cousins wollten alle anderen Häuser auslöschen, und bevor Helen und ihre Mutter aufgetaucht waren, hatten sie sich für die letzten Scions der Welt gehalten. Als Anführer des Hauses von Rom und Erbe des Hauses von Athen hatte Orion vermutlich sein ganzes Leben auf der Flucht verbracht und sich vor den Hundert Cousins versteckt, der stärksten Macht im Haus von Theben. Die Hundert hatten es sich zur Lebensaufgabe gemacht, die Scions der anderen drei Häuser aufzuspüren und zu töten. Wenn Helen nach Orion suchte, würde sie ihn an sie verraten. Genau wie Hector, wie ihr plötzlich bewusst wurde.

Bisher war sie nicht auf diesen Gedanken gekommen, aber jetzt war Helen überzeugt, dass Hector durch ihre Schuld aufgespürt worden war. Cassandra hatte zwar vorhergesehen, dass sie zurzeit nicht aktiv Jagd auf sie machten, aber sie hatte auch gesagt, dass sie weiterhin unter Beobachtung stand – vermutlich überwachten die Hundert Cousins jede ihrer Bewegungen. Und Hector war sofort entdeckt worden, als er Kontakt zu ihr aufgenommen hatte. Wenn Helen sich auf die Suche nach Orion machte, würde sie die Hundert geradewegs zu ihm führen.

Helen schauderte – vor Kälte, aber auch vor Angst. Sie zog sich Orions Jacke enger um die Schultern und erkannte, dass sie jetzt nicht wieder einschlafen konnte. Also ging sie nach unten, wärmte etwas von dem Eintopf auf, den ihr Vater hingestellt hatte, und setzte sich an den Küchentisch, um zu essen und sich zu überlegen, was sie als Nächstes tun sollte.

Nachdem sie aufgegessen hatte, ging sie zurück ins Bett und hatte immer noch nicht entschieden, ob sie der Delos-Familie von Orion erzählen sollte. Ein Teil von ihr war mittlerweile sogar davon überzeugt, dass es sicherer für Orion war, wenn sie sich möglichst weit von ihm fernhielt.

»Auf die Knie, Sklave«, befahl Automedon und wandte sich der aufgehenden Sonne zu.

Zach tat, was ihm gesagt wurde. Er hörte seinen Gebieter etwas auf Griechisch murmeln und sah, wie er einen wunderschönen juwelenbesetzten Dolch aus der Scheide an seiner Hüfte zog. Automedon verstummte, küsste die Klinge und sah auf Zach herab.

»Welche Hand ist deine stärkere?«, fragte er beinahe freundlich, was Zach Angst machte.

»Meine linke.«

»Das Zeichen von Ares«, bemerkte Automedon freudig überrascht.

Zach wusste nicht, was er dazu sagen sollte. Schließlich konnte
er nichts dafür, dass er Linkshänder war, wie konnte das also ein
Kompliment sein? Er beschloss, den Mund zu halten. Sein Gebieter hatte es ohnehin am liebsten, wenn er möglichst wenig
sagte.

»Streck sie aus«, verlangte Automedon.

Zach streckte seine linke Hand aus und versuchte, ihr Zittern zu unterdrücken. Sein Gebieter hasste jedes Zeichen von
Schwäche.

»Siehst du diesen Dolch?«, fragte Automedon, ohne eine
Antwort zu erwarten. »Das war der Dolch meines Blutsbruders.
Seine Mutter gab ihm diese Waffe, bevor er in den Krieg zog.
Hübsch, nicht wahr?«

Zach nickte ernst. Seine ausgestreckte Hand bebte in der kalten Morgendämmerung.

»Wusstest du, dass ein Teil der Seele eines Kriegers in seinen
Waffen und seiner Rüstung steckt? Und wenn du im Kampf
fällst und dein Gegner deine Waffen und deine Rüstung an sich
nimmt, dass ihm dann auch ein Teil deiner Seele gehört?«

Zach nickte. In der *Ilias* waren mehrere erbitterte Kämpfe um
Waffen beschrieben. Mehr als einer der großen Helden war im
ehrlosen Kampf um die Rüstung eines anderen gestorben. Zach
wusste, dass diese Waffengeschichte wichtig war.

»Das liegt daran, dass wir alle auf unsere Waffen schwören. Es
ist der *Eid*, der die Seele in das Metall eingehen lässt«, erklärte

Automedon eindringlich. Zach nickte, damit sein Gebieter sah, dass er verstand. »Ich habe diesem Dolch meine Treue geschworen wie schon mein Bruder vor mir. Ich habe geschworen, zu dienen oder zu sterben.«

Zach fühlte ein Brennen in seiner Handfläche, als wäre eine glühende Nadel hindurchgestoßen worden. Als er hinschaute, musste er feststellen, dass er stark blutete. Es war allerdings nur eine Fleischwunde und würde keinen bleibenden Schaden hinterlassen. Automedon packte sein Handgelenk und lenkte den Blutstrom über die Klinge des Dolchs, bis beide Seiten und alle Kanten mit Zachs Blut bedeckt waren.

»Schwöre bei deinem Blut, das sich über diese Klinge ergießt, dass du dienen oder sterben wirst.«

Welche Wahl hatte er schon?

»Ich schwöre.«

Am nächsten Morgen hatte sich Helen wieder einmal bei Cassandra in der Delos-Bibliothek eingefunden, zu einem »Sonntag mit Sibylle«, wie sie diese Treffen insgeheim nannte. Sie hatte immer noch nicht entschieden, ob sie der Familie von Orion erzählen sollte oder nicht. Sie war schon zweimal kurz davor gewesen, Cassandra zu fragen, ob sie »sehen« konnte, ob Orion noch am Leben war, aber beide Male hatte sie es dann doch gelassen. Und vor einem dritten Versuch blieb sie verschont, weil Claire in die Bibliothek stürmte, dicht gefolgt von Matt, Jason und Ariadne. Alle vier wollten unbedingt bei den Nachforschungen helfen.

»Das Thema hatten wir doch schon«, wehrte Cassandra ab.

»Wir können das Risiko nicht eingehen. Einige dieser Schriftrollen sind mit Flüchen belegt, die ungeweihten Personen schwer schaden können.«

Die anderen drei sahen Claire erwartungsvoll an.

»Dann weihst du uns eben«, verlangte Claire. Sie verschränkte die Arme vor der Brust und sah Cassandra herausfordernd an. »Mach uns zu Priestern und Priesterinnen von Apoll.«

»Sag das noch mal«, murmelte Jason und sah Claire an. Er war so verblüfft, dass sein Gesicht fast keine Regung zeigte.

»Das ist der Plan, an dem du seit zwei Tagen arbeitest? Der, über den wir uns *keine Sorgen* machen sollen?«, vergewisserte sich Matt mit zunehmend schriller Stimme.

»Allerdings«, bestätigte Claire vollkommen gelassen.

»Oh nein. Ich werde auf keinen Fall eine Priesterin«, verkündete Ariadne und schüttelte entschieden den Kopf. »Versteht mich nicht falsch, ich würde mein Leben riskieren, um Helen zu helfen, aber dem Klerus beitreten? Nie im Leben.«

»Wieso nicht? Weißt du überhaupt, was es bedeutet, eine Priesterin zu werden?«, fragte Claire. »Ich habe einiges darüber gelesen und kann euch versichern, dass es nicht das ist, was ihr alle denkt.«

Claire erklärte ihnen, dass die alten Griechen diese ganze Priestersache viel lockerer sahen als moderne Religionen. Sie durften keine Kinder bekommen, während sie Apoll dienten, aber man erwartete nicht, dass sie ihr ganzes Leben Priester oder Priesterinnen blieben. Sie konnten das Amt aufgeben, wann immer sie wollten. Es gab ein paar kleine Regeln – man musste bestimmte Körperteile sauber halten, regelmäßig Opfer darbrin-

gen und dabei einige einfache Beschwörungen aufsagen und außerdem bei Neumond zu Ehren von Apolls Zwillingsschwester
Artemis einen Tag fasten. Das war alles.

»Oh. Okay, dann bin ich dabei«, sagte Ariadne grinsend und
zuckte mit den Schultern. »Ich habe kein Problem damit, mich
zwischen den Zehen zu waschen, bevor ich mich an den Esstisch
setze, aber verlangt nicht von mir, dass ich aufhöre zu …«

»Wir haben es kapiert, Ari«, unterbrach Jason sie, denn er
wollte nicht wissen, was seine Schwester auf keinen Fall aufgeben
wollte. »Und wie gehen wir jetzt vor?«

»Es gibt doch sicher irgendeine Prüfung, die wir ablegen
müssen?«, vermutete Matt fasziniert. Die Vorstellung, einer von
Apolls Priestern zu werden, schien ihm zu gefallen.

»Die Parzen entscheiden, wer Priester werden darf. Und das
Orakel weiht die Auserkorenen«, erklärte Claire und sah Cassandra vielsagend an.

»Ich?«, fragte Cassandra schockiert. »Ich weiß gar nicht,
wie …«

Cassandra verstummte, als Claire ihr verlegen ein altes Per-
gament hinhielt. Es stammte ganz offensichtlich aus der Bibliothek der Familie, was bewies, dass Claire sich hineingeschlichen
und vermutlich tagelang möglicherweise verfluchte Dokumente
durchgesehen hatte, bis sie endlich fündig geworden war. Als
allen klar wurde, welches Risiko sie auf sich genommen hatte,
herrschte einen Moment lang Schweigen im Raum.

»Ich musste etwas tun!«, protestierte Claire, obwohl niemand
etwas gesagt hatte. »Helen geht jede Nacht buchstäblich *durch die
Hölle* …«

»Und was bringt dich auf die Idee, dass Helen wichtiger ist als du?«, fragte Jason gereizt, und sein Gesicht wurde vor Ärger ganz rot. »Das Zeug in diesen Schriftrollen hätte dich umbringen können!«

»Ich kann doch nicht einfach zusehen, wie meine beste Freundin leidet! Das kannst du vergessen, auch wenn ich *nur eine Sterbliche* bin«, schrie Claire zurück.

»Das habe ich nicht so gemeint und das weißt du ganz genau«, verteidigte er sich, hob die Hände und schnaufte frustriert.

»Leute«, sagte Helen und versuchte, sie mit der allgemein bekannten Handbewegung für »Auszeit« zu besänftigen.

»Halt du dich da raus!«, brüllte Jason sie an. Er rauschte auf dem Weg zur Tür an Helen vorbei. »Du bist nicht der Mittelpunkt von *jedermanns* Universum, nur damit du es weißt!«

Die Tür knallte hinter ihm zu, gefolgt von einem unbehaglichen Schweigen. Einen Moment später drehte sich Claire zu Cassandra um.

»Kannst du es tun?«, fragte Claire. Helen stellte verblüfft fest, dass Tränen in ihren Augen glitzerten. »Kannst du uns zu Priestern weihen oder nicht?«

Cassandra schaute von den Schriftrollen auf, in denen sie gelesen hatte, seit Claire sie ihr gegeben hatte, und nahm sich einen Moment Zeit, ihre Gedanken zu sammeln.

Helen kam es so vor, als hätte der Streit zwischen Claire und Jason Cassandra ebenso wenig interessiert wie eine Fernsehsoap, die im Hintergrund lief, während sie las. Irgendwie war das noch deprimierender als der ganze Streit. Auch wenn Jason neuerdings ständig etwas an Helen auszusetzen hatte, kümmerten sie sich doch umeinander. Helen wusste nicht, ob das auch noch für Cassandra galt.

»Ja, das kann ich«, sagte Cassandra. »Aber das ist nicht die richtige Frage.«

»*Sollte* Cassandra uns weihen, Sibylle?«, fragte Matt so vorsichtig, als würde er eine riskante Theorie auf die Probe stellen, die ihm ebenso gut um die Ohren fliegen konnte.

Der Raum wurde kalt. Die unheimliche, schimmernde Aura des Orakels ergriff Besitz von Cassandras Mädchenkörper, beugte ihre Schultern, bis sie krumm dastand wie eine alte Frau und ihr Gesicht in tiefem Schatten lag. Als sie das Wort ergriff, war ihre Stimme ein Chor, denn die drei Parzen sprachen aus ihr.

»Ihr seid alle für würdig befunden, und euch soll von den Erkenntnissen, die ihr sucht, kein Leid zugefügt werden. Aber seid gewarnt. Ihr werdet alle leiden müssen.«

Der grellrote Schein der Aura verlosch und Cassandra brach zusammen.

Bevor sich auch nur einer von ihnen von dem Schock erholen konnte, die lähmende Anwesenheit der *Moirai* miterlebt zu haben, war Lucas bereits an der Seite seiner Schwester aufgetaucht, hob sie auf und nahm sie in die Arme.

»Wann bist du reingekommen?«, fragte Ariadne und sah mit großen Augen erst zur Tür und dann zu Lucas. Er ignorierte sie. Seine ganze Aufmerksamkeit galt seiner kleinen Schwester.

Cassandras Lider flatterten, und ihr Kopf ruckte, als sie das Bewusstsein wiedererlangte. Lucas hielt sie fest. Er lächelte sie an und sie lächelte zurück. Worte waren zwischen ihnen nicht nötig. Helen hätte alles dafür gegeben, so von Lucas angelächelt zu werden. Sein Gesicht war wunderschön, wenn er lächelte. Sie wollte es so gerne berühren.

Lucas drängte sich an Matt vorbei und trug Cassandra aus der Bibliothek. Helen fiel auf, dass er sich vollkommen lautlos bewegte. Irgendwie hatte Lucas, der die Fähigkeit besaß, die Luft zu manipulieren, in den letzten paar Wochen gelernt, eine Art lautloses Vakuum um sich zu erschaffen. Es war fast, als wäre er gar nicht mehr da. Helens Herz fühlte sich in ihrer Brust plötzlich so eng an, dass sie glaubte, ersticken zu müssen. Lucas löschte sich aus, und das tat er vermutlich nur, damit er nicht mit ihr im selben Raum sein musste. So sehr hasste er sie.

Claire warnte sie, dass sie die Schriftrollen erst gefahrlos studieren konnten, wenn sie zu Priestern geweiht waren. Sie mussten also warten, bis Cassandra in der Lage war, das Ritual zu vollziehen. Die anderen verließen nachdenklich die Bibliothek, aber Helen blieb noch einen Moment, um ihre Fassung zurückzugewinnen.

Jedes Mal, wenn sie Lucas sah, wurde es schlimmer. Er veränderte sich, jedoch nicht zu seinem Vorteil. Es geschah etwas mit Lucas, das *falsch* war.

Helen blinzelte wütend ihre Tränen weg. Sie hatte nicht mehr das Recht, sich Sorgen um ihn zu machen. Sie war nicht seine Freundin. Sie durfte ihn nicht einmal mehr ansehen.

Helen schüttelte diese Gedanken hastig ab, bevor sie sie noch weiter quälten. Sie musste etwas tun. Bewegung. Action. Das war ihre einzige Chance.

Als Helen die Bibliothek verließ, kam sie an Claire und Jason vorbei, die auf den Stufen einer der vielen Treppen im Delos-

Haus saßen. Es sah so aus, als wäre die hitzige Phase ihres Streits vorbei und die beiden auf dem Weg der Versöhnung. Sie hielten Händchen beim Reden. Da Claire so klein war, saß sie auf einer höheren Stufe als Jason, und die beiden steckten die Köpfe so dicht zusammen, als wollten sie ineinanderkriechen.

Helen verzog sich durch die Hintertür, um nicht länger zusehen zu müssen. Vom Tennisplatz, der zur Kampfarena umfunktioniert worden war, kamen klackende Geräusche und lautes Schnaufen, und sie schlenderte hin, um nachzusehen, wer dort trainierte. Ihr erster Gedanke war, dass es Castor und Pallas sein mussten, aber als sie die Arena erreichte, sah sie, dass Ariadne und Matt mit Übungsschwertern aus Holz kämpften wie Gladiatoren. Als Matt auf den Hintern plumpste, verzog Helen mitfühlend das Gesicht. Sie wusste genau, was er gerade durchmachte.

»Gut, Matt«, sagte Ariadne und streckte ihm die Hand hin, um ihm aufzuhelfen. »Aber du lässt immer noch deine Deckung fallen, wenn du …« Ariadne verstummte, als sie sah, dass Helen sie beobachtete.

»Ich wusste nicht, dass du Matt das Kämpfen beibringst«, sagte Helen verlegen. Ariadne und Matt waren ganz rot geworden. Sie tauschten nervöse Blicke und schauten dann betreten zu Helen hinüber.

»Was ist denn los?«, fragte Helen, die nicht verstand, wieso die beiden so schuldbewusst wirkten.

»Mein Dad will nicht, dass Normalsterbliche in irgendwelche Kämpfe verwickelt werden«, gestand Ariadne. »Er hat uns gewissermaßen verboten, Matt zu zeigen, wie man mit dem Schwert umgeht.«

»Und wieso machst du es dann?«, fragte Helen, aber sie bekam keine Antwort. Helen stellte sich vor, wie Matt gegen jemanden wie Kreon antrat, und dieser Gedanke machte ihr Angst. Sie musste einfach etwas sagen. »Matt, ich weiß, dass du ein guter Sportler bist, aber selbst mit noch so viel Training wäre es Selbstmord, wenn du dich einem Scion in den Weg stellst.«

»Das weiß ich!«, knurrte er. »Aber was soll ich tun, wenn ich mitten in einen Kampf gerate oder wieder einen von euch mit dem Auto anfahre? Nur rumstehen und darauf warten, dass jemand kommt und mich rettet? Ich wäre tot, wenn ich das täte. Aber so habe ich wenigstens eine Chance.«

»Scions greifen gewöhnlich keine Normalsterblichen an. Das ist jetzt nicht persönlich gemeint, aber wir empfinden es als unehrenhaft«, erklärte Helen verlegen. Sie wollte Matt nicht beleidigen, aber es war die Wahrheit.

»Es braucht keinen Angriff, um Matt zu verletzen. Oder zu töten«, verteidigte sich Ariadne mit bebender Stimme.

»Das ist mir klar, aber …«, begann Helen sanft, brach dann aber ab. Sie fürchtete, dass Matt sich nach ein paar Wochen Training womöglich einbildete, es mit einem der Hundert aufnehmen zu können, was der pure Wahnsinn war. »Leute, das ist echt keine gute Idee.«

»Ich kann nicht einfach rumstehen und nichts tun! Ich habe keine Angst!«, schrie Matt sie an. Ariadne trat vor und legte ihm beruhigend die Hand auf den Arm.

»Das hilft uns nicht weiter«, sagte sie gelassen und sah dann Helen mit stählernem Blick an. »Ich finde, es ist nicht richtig, wenn er unter Scions ist und nicht einmal weiß, wie man ein Schwert

105

hält. Es ist mir ehrlich gesagt egal, ob der Rest der Familie anderer Meinung ist. Ich werde ihn unterrichten. Die einzige Frage ist nun, ob du es meinem Vater sagen wirst oder nicht.«

»Natürlich nicht!«, beteuerte Helen gereizt und sah Matt flehentlich an. »Aber Matt, *bitte* versuch nicht, gegen einen Scion zu kämpfen, wenn es nicht unbedingt nötig ist!«

»Von mir aus«, knurrte Matt erbittert. »Aber nimm bitte zur Kenntnis, dass ich nicht nutzlos bin, auch wenn ich kein Auto über meinen Kopf heben kann.«

Helen konnte sich nicht erinnern, Matt jemals so gereizt erlebt zu haben. Sie wollte ihn fragen, was mit ihm los war, aber sie fand einfach nicht die richtigen Worte. Wenn sie ehrlich war, hätte sie es lieber gesehen, wenn er etwas feiger gewesen wäre. Dann würde er vermutlich länger leben, aber das konnte sie ihm schlecht sagen.

Als Helen nicht sofort etwas erwiderte, verließ Matt die Arena, dicht gefolgt von Ariadne. Als sie ein paar Schritte entfernt waren, hörte Helen, wie Ariadne etwas Tröstendes zu Matt sagte, doch er wehrte ihre Worte frustriert ab. Die beiden redeten beim Weggehen weiter miteinander, aber Helen versuchte nicht, sie zu belauschen. Sie war einfach zu müde dazu.

Sie setzte sich in den Sand und vergrub das Gesicht in den Händen. Es gab niemanden, an den sie sich wenden konnte, niemanden, mit dem sie wenigstens ein paar Minuten reden konnte, bevor sie sich wieder ihrer scheinbar unlösbaren Mission in der Unterwelt widmen musste.

Die Sonne ging bereits unter. Ein weiterer Tag endete und damit brach eine weitere Nacht in der Unterwelt an. Helen hob den Kopf und versuchte, genügend Energie für den Heimflug aufzubringen, aber sie war so erschöpft, dass sie kaum noch klar sehen konnte. Aber wenn sie noch länger blieb, würde sie einschlafen, und sie wollte nicht hinabsteigen, solange sie noch auf dem Grundstück der Delos' war.

Sie rappelte sich auf und verspürte dabei erneut das merkwürdige Schwindelgefühl. Es war, als würde ein Stück von der Welt abbrechen und sich in ein Bild verwandeln, um das sich ihr Körper drehte. Helen fiel auf die Knie und versuchte, sich nicht zu übergeben. Der Sand verschwamm vor ihren Augen, und einen Moment lang glaubte sie, tatsächlich eine Bewegung gesehen zu haben. Sie hielt ganz still und schloss die Augen.

Sie konnte einen Herzschlag hören. Und es war nicht ihrer.

»Wer ist da?«, flüsterte sie, und ihr Blick huschte suchend umher. Sie rief einen Ball aus Elektrizität herbei und hielt ihn in der Hand. »Komm näher und ich töte dich.«

Helen wartete noch einen Moment, aber es kam keine Reaktion. Genau genommen rührte sich überhaupt nichts. Es war eigentlich sehr friedlich. Helen bewegte ihre Hand und der Kugelblitz rann in einem Funkenregen durch ihre Finger und erlosch gefahrlos im Sand. Sie schüttelte den Kopf und lachte über sich selbst, konnte aber nicht verhindern, dass ihr Lachen etwas hysterisch klang. Sie drehte allmählich durch, das war ihr klar.

Zu Hause angekommen, begann sie, das Abendessen für sich und ihren Dad zu kochen, aber dann kam ein Anruf von Jerry. An seinem knappen Ton erkannte Helen, dass er sie wegen des zerbrochenen Fensters am liebsten angeschrien hätte, aber da er anrief, um ihr zu sagen, dass es im Laden ein Riesenproblem mit einer Lieferung Luftballons in Spinnenform gab und er sie deswegen eine weitere Nacht allein lassen musste, fühlte er sich schuldig genug, um die Sache mit dem Fenster durchgehen zu lassen. Helen versuchte, nicht zu mürrisch zu klingen, als sie ihm versicherte, wie leid es ihr tat, dass er schon wieder so lange arbeiten musste. Dann legte sie auf und starrte die halb zubereitete Mahlzeit an, die sie jetzt weder zu Ende kochen noch essen wollte. Sie räumte alles wieder weg, so gut es ging, aß an der Spüle stehend eine Schale Müsli und ging dann nach oben, um sich bettfertig zu machen.

Helen warf sich Orions Jacke über die Schulter und öffnete ihre Zimmertür. Eigentlich wollte sie eintreten, aber ihre Füße weigerten sich. Ihr Zimmer war immer ihre Zuflucht gewesen, ihr Rückzugsort, aber das war vorbei. Jetzt war es der Ort, an dem sie jede Nacht litt. Und außerdem war es kalt wie in einem Iglu.

Helen stand auf der Türschwelle, holte tief Luft und stieß sie in einer großen Atemwolke wieder aus.

»Also gut, Orion Wie-immer-dein-Nachname-ist«, sagte sie zu ihrem leeren Zimmer, als sie es schließlich doch betrat, die Tür hinter sich schloss und ihre Gummistiefel anzog. »Ich hoffe, es war dein Ernst, dass du mir helfen willst, denn ich habe noch nie so dringend Hilfe gebraucht wie jetzt.«

Natürlich tauchte Orion nicht auf. Helen kam es so vor, als würde sie einen ganzen Tag um den Asphodeliengrund herumwandern. Sie lief durch den glitschigen Schlamm der Ebene rund um diese

Wiese mit den gruseligen Blumen und hoffte, dass Orion bald auftauchen würde, was er nicht tat.

Helen vermied die Wiese, weil die Blumen sie deprimierten. Asphodelien hatten blasse, geruchlose Blüten, die steif und in regelmäßigen Abständen aus dem Boden ragten wie Grabsteine. Sie hatte gelesen, dass diese Blüten die einzige Nahrung der hungrigen Schatten der Unterwelt waren, und obwohl Helen noch keinen Schatten gesehen hatte, spürte sie ihre Anwesenheit, fühlte ihre Blicke.

In der Hoffnung, dass sie neben ihm landen würde, hatte sich Helen vor dem Schlafengehen auf Orion konzentriert. Sie wusste zwar nicht allzu viel über die Unterwelt, aber ihr war klar, dass sie ihn nur treffen konnte, wenn er in derselben Nacht hinabstieg wie sie. Sie lief auf und ab und hoffte, dass er noch kommen würde, aber ihr Gefühl sagte ihr, dass sie direkt vor ihm hinabsteigen musste, wenn sie ihn treffen wollte. Auf ihn zu warten, hatte keinen Sinn.

Je mehr Helen darüber nachdachte, desto unsicherer wurde sie, ob Orion in der nächsten Nacht auftauchen würde. Vielleicht hatte er inzwischen die Nase voll von der Unterwelt.

Sie versuchte, es von der guten Seite zu sehen. Er hatte ihr zumindest den Tipp gegeben, sich praktischer anzuziehen, bevor sie sich schlafen legte. Natürlich wäre es schwierig, Jerry zu erklären, warum sie mit Gummistiefeln ins Bett ging, aber das war entschieden besser, als barfuß durch diesen ekligen Morast zu waten.

Am Montagmorgen wachte Helen auf und seufzte deprimiert, weil es nichts gab, auf das sie sich abends beim Schlafengehen freuen konnte. Natürlich war Orion nie Teil der Abmachung gewesen, das war ihr klar. Sie hatte immer gedacht, dass sie alles allein machen müsste. Zögernd wälzte sie sich aus dem Bett, um den Schmutz der Nacht wegzuputzen und sich für die Schule fertig zu machen.

5

ut geschlafen?, lautete die SMS von der unbekannten Rufnummer. Helen prallte gegen Claires Rücken und rannte sie beinahe um.

»Pass doch auf, Lennie!«, beschwerte sich Claire lautstark. Helen wich hastig zur Seite aus und versuchte, ihr Gleichgewicht wiederzufinden, ohne auf die Füße ihrer Freundin zu treten.

»Sorry, Gig …«, murmelte Helen abgelenkt, weil sie bereits *Wer bist du?* tippte.

»Mit wem simst du?«, fragte Claire neugierig.

Hast du mich schon vergessen? Bin ich nicht interessant genug 4 you?, lautete die Antwort. Clever, dachte Helen. So clever, dass sie beschloss, es zu riskieren.

4? Wegen der 4 Nachnamen?, schrieb Helen zurück. Auf ihrem Gesicht breitete sich der Anflug eines Lächelns aus und sie hatte plötzlich einen erstaunlich großen Schmetterling im Bauch.

»Lennie? Was ist los?« Claire nahm Helen am Arm und steuerte sie über den Flur in Richtung Cafeteria.

»Ich denke, das könnte dieser Orion sein – der Typ, den ich in der Unterwelt getroffen habe. Ich habe ihm allerdings nie meine Nummer gegeben«, murmelte Helen.

Claire steuerte Helen sicher durch die Cafeteria, während Helen auf das Display ihres Handys starrte. Wenn es ein Trick war, verriet sie Orion womöglich, aber um ganz sicher zu sein, musste sie ihren geheimnisvollen Anrufer auf die Probe stellen. Wenn irgendein Unbekannter ihre Nummer hatte, konnte auch sie in Gefahr sein. Endlich kam eine Antwort.

Ha! 4 Namen, aber nur 1 Jacke. Erfriere!! Treffen heute Nacht?, schrieb Orion, und jetzt war Helen sicher, dass er es war. Niemand sonst konnte von der Jacke wissen, die sie ihm versehentlich geklaut hatte und in der sie seitdem schlief. Helen hatte noch nicht einmal Claire von ihr erzählt.

Klar, ich werde da sein – und dich nicht allein schmoren lassen, antwortete sie. Erst nach dem Absenden merkte sie, wie zickig sich die zweite Hälfte ihrer Nachricht anhörte, und hätte sie zu gern rückgängig gemacht. Helen hatte stundenlang auf ihn gewartet. Natürlich hatten sie kein Date oder so etwas gehabt. Es war einfach nur das erste Mal gewesen, dass sie auf einen Jungen gewartet hatte, der dann nicht aufgetaucht war. Kein tolles Gefühl.

Hey, das ist unfair. Konnte gestern nicht zu den Höhlen. Heute Prüfungen, kam Orions verzögerte Antwort.

Höhlen? Helen hatte keine Ahnung, was er damit meinte. Aber seine Ausrede erleichterte sie so sehr, dass sie selbst erstaunt war. Sie wollte jedoch nicht über den Grund dafür nachdenken und beschloss, zuerst die wichtigen Punkte zu klären. Zum Beispiel, wie Orion sie gefunden hatte.

Woher hast du meine Nummer?, fragte Helen, während Claire sie auf ihren Stammplatz dirigierte und ihr Mittagessen für sie auspackte.

Daphne.

Was? Wann? Helen presste die Daumen so hart auf die Tasten, dass sie sich zwingen musste locker zu lassen, um ihr Telefon nicht durchzubrechen.

Äh … vor 5 Minuten? Muss los.

Hast du mit ihr GEREDET?

Helen starrte mit offenem Mund das Display an, aber als nicht sofort eine Antwort kam, wusste sie, dass die Unterhaltung beendet war.

»Orion also, hm?«, fragte Claire spitz. »Du hast mir nicht erzählt, dass du seinen Namen kennst.«

»Du hast ja auch nicht mehr nach ihm gefragt.«

»Tut mir leid«, murmelte Claire kleinlaut. »Ich war zu sehr damit beschäftigt, Cassandra und Jason bei der Suche nach der Schriftrolle aus dem Weg zu gehen. Also, erzähl schon. Was war mit ihm?«

»Wir haben geredet.« Helen biss geistesabwesend von dem Sandwich ab, das Claire ihr in die Hand gedrückt hatte.

Sie wollte Orion am liebsten gleich ein Dutzend Fragen stellen, aber ihre Antworten würde sie erst in der Nacht bekommen. Als Erstes würde sie ihn fragen, wieso Daphne seine Anrufe annahm, ihre aber nicht. Orion hatte gesagt, dass er Daphne schon sein ganzes Leben kannte. Vielleicht stand sie ihm besonders nah. Näher als ihrer eigenen Tochter? Helen hatte keine Ahnung, wie sie das finden sollte.

113

»Erzählst du mir nun von diesem Orion-Typen oder soll ich einfach nur dasitzen und dir beim Kauen zugucken?«, fragte Claire und hob die Brauen. »Und wieso bist du so schlecht gelaunt?«

»Ich bin nicht schlecht gelaunt!«

»Und wieso siehst du dann so mürrisch aus?«

»Ich weiß einfach nicht, was ich von all dem halten soll.«

»Von was denn?«, schrie Claire schon fast vor lauter Frustration.

Und wieder erkannte Helen, dass es inzwischen vieles gab, das sie und Claire nicht mehr miteinander teilten.

Helen fing an, leise und schnell zu berichten, um die ganze Geschichte loszuwerden, bevor die Mittagspause endete. Sie begann damit, wie Orion versucht hatte, sie aus dem Treibsand zu ziehen. Dann beschrieb sie den goldenen Zweig an seinem Arm und dass er nun schon zweimal bösartige Höllenbestien bekämpfen musste, obwohl sie dort unten nie irgendwelche Lebewesen gesehen hatte, und wie er sie bei einem dieser Angriffe beschützt hatte.

»Ich möchte aber nicht, dass du Jason von ihm erzählst, okay? Abgesehen von den SMS gerade eben habe ich bisher erst ein Mal mit Orion gesprochen und weiß deshalb noch nicht, was ich von ihm halten soll. Er hat gesagt, dass Daphne ihn hinuntergeschickt hat, damit er mir hilft«, berichtete Helen und schüttelte verwirrt den Kopf. »Und ehrlich gesagt, Gig, habe ich keine Ahnung, was sie jetzt wieder im Schilde führt. Es kommt mir vor, als würde sie ständig irgendwelche verrückten Pläne ausbrüten.«

»Aber das heißt doch nicht, dass Orion das auch tut. Du hast in der Unterwelt keine Superkräfte, nicht wahr?«, fragte Claire. »Und der Typ ist ein guter Kämpfer?«

»Er ist ein unglaublicher Kämpfer, und nach allem, was ich bisher gesehen habe, braucht er keine Superkräfte, um sich zu verteidigen. Er hat dieses Monster, das mich angesprungen hat, gewissermaßen mit bloßen Händen getötet.«

»Dann führt Daphne vielleicht nichts anderes im Schilde, als dich am Leben zu erhalten. Immerhin hat er dich schon bei eurer ersten Begegnung gerettet.«

Helen wollte widersprechen, aber Claire hatte wie üblich das bessere Argument. Daphne wollte die Furien loswerden, und Cassandra zufolge war Helen die Einzige, die das schaffen konnte. Außerdem war sie Daphnes Tochter und alleinige Erbin. Aber Helen bezweifelte dennoch, dass Daphne sie nur schützen wollte.

Nachdem sie eine Weile an ihrer Unterlippe genagt und versucht hatte, einen Fehler in Claires Argumentation zu finden, musste Helen sich eingestehen, dass sie nur anderer Meinung war, weil Daphne sie als Baby im Stich gelassen hatte. Sie traute ihr einfach nicht. Vielleicht war sie zu streng mit ihr. Vielleicht versuchte Daphne diesmal wirklich, nur zu helfen.

»Okay, du hast recht … es ist nur so, dass ich ein echtes Problem habe mit Beth oder Daphne oder wie immer sie sich nennt. Wahrscheinlich wäre ich nicht so misstrauisch, wenn sie gelegentlich mal meine Anrufe entgegennehmen würde«, erklärte Helen gereizt. »Ich erwarte ja nicht, dass sie mir haarklein erzählt, was sie gerade macht, aber es wäre zumindest ganz nett zu erfahren, in welchem Land sie sich aufhält.«

»Hast du schon mal daran gedacht, dass es vielleicht sicherer für dich sein könnte, nicht zu wissen, wo sie ist und was sie tut?«, fragte Claire sanft. Helen machte den Mund auf, um zu widersprechen, klappte ihn aber gleich wieder zu, denn sie konnte auch diesen Stich nicht gewinnen. Trotzdem hätte sie zu gern gewusst, wo zur Hölle Daphne war.

Daphne hielt den Atem an und verharrte vollkommen reglos. Sie hatte es geschafft, ihre Lunge davon zu überzeugen, dass sie nur einen Bruchteil der Luft brauchte, die sie sonst einatmete, aber gegen ihr rasendes Herz konnte sie nichts tun. Der Mann, den zu töten sie geschworen hatte, war im Nebenzimmer. Sie musste sich irgendwie beruhigen, sonst hätte sie ihr Opfer ganz umsonst gebracht.

Von ihrem Versteck in seinem Schlafzimmer konnte sie ihn im angrenzenden Arbeitszimmer hören. Er saß am Sekretär und schrieb die unzähligen Briefe, mit denen er seine Anhänger, die Hundert Cousins, befehligte. Sie stellte sich seine einst so gemeißelten Gesichtszüge und das verblichene blonde Haar vor, und ihre Zähne knirschten bei dem Gedanken, ihn in Stücke zu reißen. Nach so vielen Jahren trennten Daphne nur noch wenige Meter von Tantalus, dem Anführer des Hauses von Theben und dem Mörder ihres geliebten Ehemanns Ajax.

Es waren mittlerweile Stunden vergangen und Tantalus schrieb immer noch. Daphne wusste, dass jeder dieser Briefe, über denen Tantalus brütete, von verschiedenen Kurieren zu allen Postämtern entlang der Küste gebracht und von dort verschickt werden würde. Er legte größten Wert darauf, seinen Aufenthaltsort geheim zu halten, was erklärte, wieso sie neunzehn Jahre gebraucht hatte, um ihn aufzuspüren. Dazu war sie dem Leichnam seines Sohns Kreon gefolgt, hatte die sterblichen Überreste bei der Überführung nach Portugal keinen Augenblick aus den Augen gelassen und auf der Reise unzählige Male die Gestalt gewechselt. Sie hatte geahnt, dass Tantalus lange genug auftauchen würde, um die rituelle Münze in den Mund seines einzigen Sohnes zu legen, und sie hatte recht gehabt.

Endlich hörte sie, wie Tantalus den Stift weglegte und aufstand. Er rief den normalsterblichen Hausangestellten herein, der die Briefe an die Kuriere übergeben sollte. Dann schenkte er sich ein Glas aus seiner gut bestückten Hausbar ein. Es dauerte einen Moment, bis der Geruch bis zu ihr vordrang, aber sie erkannte seinen Drink sofort. Bourbon. Kein Cognac, kein teurer Whisky, sondern süßer Bourbon aus Kentucky. Er nippte ein paarmal daran und inhalierte den Duft. Dann betrat er sein Schlafzimmer, schloss die Tür hinter sich und fing an, mit ihr zu reden.

»Du solltest wissen, Daphne, dass einer der Briefe an den Myrmidonen gerichtet ist, der auf meinen Befehl auf Nantucket vor dem hübschen kleinen Haus deiner Tochter in seinem Nest sitzt. Wenn er nichts mehr von mir hört, ist sie so gut wie tot.«

Daphne hätte beinahe laut aufgestöhnt. Sie wusste, dass Tantalus die Wahrheit sagte, was den Myrmidonen betraf. Er hatte die Eingreiftruppe angeführt, von der Hector bei Helens Sportfest überfallen worden war. Wenn dieses *Ding* Helen beobachtete und nicht Hector, wie sie angenommen hatte, dann blieb ihr keine Wahl. Sie schluckte gegen ihren rasenden Herzschlag an und kam aus ihrem Versteck.

Tantalus starrte sie an und seine Augen huschten über ihr Gesicht und ihren Körper. Seine gierigen Blicke verursachten ihr eine Gänsehaut, und sie konzentrierte sich stattdessen auf den kleinen Rest Bourbon in seinem Glas, den sie gerochen hatte. So hatte er sie also aufgespürt.

»Du hast mich *gerochen*, stimmt's?«, fragte sie, obwohl ihre Stimme Mühe hatte, sich an dem bitteren Kloß in ihrem Hals vorbeizuquetschen.

»Ja«, hauchte er verzweifelt und beinahe entschuldigend. »Selbst nach all den Jahren erinnere ich mich an den Duft deiner Haare.«

Daphne ließ zur Warnung einen Funken auf ihrer Handfläche aufblitzen. »Wenn du deine Wachen rufst, töte ich dich an Ort und Stelle und lasse es darauf ankommen, dass ich schneller bei meiner Tochter bin als dieser Brief.«

»Und wenn du den Brief nach Nantucket abfängst, was dann? Bildest du dir wirklich ein, du könntest einen fünftausend Jahre alten Myrmidonen töten? Einen, der Seite an Seite mit Achill gekämpft hat?«

»Nicht allein«, entgegnete Daphne eisig. »Aber mit deinen Brüdern und ihren Kindern? Es ist denkbar, dass wir das Monster mit vereinten Kräften besiegen.«

»Aber höchst unwahrscheinlich«, widersprach Tantalus. »Und es würde uns beide einiges kosten. Du weißt, dass sich Hector als Erster in den Kampf stürzen und als Erster sterben wird. Und ich frage mich, ob du es erträgst, ihn noch einmal zu verlieren … Er sieht Ajax *so* ähnlich. Aber ich bin neugierig – ist er auch genauso gut im Bett?«

»Du widerliches Tier!« Daphne versprühte knisternde Funken, bekam sich schließlich aber wieder unter Kontrolle.

Das war sein Plan. Er wollte, dass sie in nutzloser Wut all ihre Blitze vergeudete und dann wehrlos war. So wie in der Nacht, als sie Ajax verlor. Aber jetzt war sie älter und klüger.

Es kostete viel mehr Energie, die Blitze so zu dosieren, dass sie die Zielperson nur betäubten und nicht töteten, aber durch langjährige Übung hatte Daphne ihre Blitzkräfte in den Griff bekommen. Sie schoss einen kleinen blauen Blitz durch den Raum, der Tantalus in die Knie zwang.

»Du hast einen Myrmidonen vor das Fenster meiner Tochter gesetzt und keinen Scion. Warum nicht?«, fragte sie ruhig. Als er nicht antwortete, durchquerte sie den Raum und berührte ihn mit ihrer glühenden Hand. Tantalus seufzte, bis ihre Fingerspitzen ihm einen Stromschlag versetzten.

»Sie ist geschützt … vom einzig überlebenden Erben meines Hauses«, schnaufte er, und sein ganzer Körper zuckte unter den schmerzhaften Stromstößen. »Kann nicht zulassen … noch mehr Ausgestoßene. Atlantis ist … jetzt schon zu weit weg.«

Er weiß immer noch nichts über die Rogues, dachte Daphne.

»Das Insekt gehört keinem Scion-Haus an und würde nicht ausgestoßen, selbst wenn es Helen und alle Mitglieder der Delos-Familie auf Nantucket tötet. Was dir im Übrigen eine Menge Ärger ersparen würde«, fuhr Daphne fort und erhöhte die Stromstärke. »Wieso hast du ihm also noch nicht den Angriff befohlen?«

»Wie sollte ich … dich daran hindern … mich zu töten … wenn ich keine Geisel habe?«, japste er. Daphne beendete den

Stromfluss, damit er deutlich sprechen konnte. »Ich will über Atlantis herrschen und nicht nur lange genug leben, um es zu sehen. Aber dafür muss ich wieder Teil meines Hauses werden.«

Seine Brust krampfte sich zusammen und er krümmte sich vor Schmerzen. Einen Moment später holte Tantalus tief Luft und lächelte Daphne in das hypnotisierend schöne Gesicht.

»Ich wusste, dass du mich eines Tages finden und herkommen würdest.«

Jemand klopfte energisch an die Tür und rief ein paar besorgte Worte auf Portugiesisch. Tantalus warf einen Blick zur Tür und sah dann wieder Daphne an. Sie schüttelte den Kopf, um ihm zu bedeuten, dass er den Mund halten sollte. Sie sprach kein Portugiesisch und konnte nicht riskieren, Tantalus reden zu lassen, auch wenn sein Schweigen sie schließlich verraten würde. Sie hörte, wie der Wachmann an der Tür zögerte und dann losrannte, vermutlich um Verstärkung zu holen. Sie packte Tantalus am Hemdkragen und fletschte die Zähne.

»Ich werde *immer* hinter der Tür, unter dem Bett oder hinter der nächsten Ecke sein und auf meine Chance warten, dich zu töten. Es ist in meinem Blut«, zischte sie ihm hasserfüllt ins Ohr.

Er verstand, was sie damit meinte, und lächelte. Daphne hatte einen Eid geschworen, der unverbrüchlicher war als jeder Vertrag unter Normalsterblichen. Sie würde ihn eines Tages töten müssen, denn wenn sie es *nicht* tat, würde es sie umbringen.

»Hasst du mich so sehr?«, fragte er – beinahe fasziniert davon, dass Daphne ihr Leben mit seinem verband, selbst wenn es dabei nur um den Tod ging. Inzwischen waren weitere Wachen eingetroffen und hämmerten an die Tür, aber Tantalus ignorierte sie.

120

»Nein. Ich habe Ajax so sehr geliebt und tue es noch immer.«
Sie stellte erfreut fest, wie sehr es Tantalus verletzte, dass es jemanden gab, den sie mehr liebte als ihn. »Und jetzt sag mir, was du von Helen willst.«

»Was *du* willst, meine Liebe, meine Göttin, meine zukünftige Königin von Atlantis«, intonierte Tantalus, der wieder unter dem Einfluss von Daphnes betörendem Gesicht stand. Die Wachen begannen, die mit Beton und Stahl verstärkte Tür aufzubrechen, was Daphne zwang, von Tantalus zurückzutreten.

»Und was will ich?«, fragte sie, und ihre Augen huschten auf der Suche nach einem Fluchtweg über die dicken Steinwände des Raumes. Es gab keinen zweiten Ausgang.

Daphne warf einen Blick auf die Brustwehr hinter sich, von der es steil hinunter ins Meer ging. Sie schaute auf, in der Hoffnung, einen Weg über das Dach der Zitadelle zu finden, aber der Überhang versperrte ihr die Sicht. Sie konnte nicht fliegen wie Helen. Sie konnte aber auch nicht schwimmen. Daphne lief die Zeit davon, aber sie wollte hören, was Tantalus zu sagen hatte, bevor sie aus dem Fenster sprang und versuchte, irgendwie das Ertrinken zu vermeiden. Sie funkelte Tantalus an und sammelte den Rest ihrer Funken zusammen, um ihn zum Reden zu zwingen. Er schaute traurig lächelnd zu ihr auf, als täte ihm die Aussicht, sie gehen zu lassen, mehr weh als die Tatsache, dass sie sein Leben bedrohte.

»Ich will, dass Helen in der Unterwelt Erfolg hat und uns alle von den Furien befreit«, antwortete er schließlich und deutete auf das prunkvolle Gefängnis, in dem er als Ausgestoßener leben musste. »Sie ist meine einzige Hoffnung.«

»Verdammt noch mal!«, fluchte Orion lautstark, duckte sich instinktiv und hechtete zur Seite. »Tauchst du immer so plötzlich in der Hölle auf?«

Sie standen auf einem öden Stück der Salzebene am Rand eines Meeres, das Helen bisher noch nie erreicht hatte und von dem sie deshalb annahm, dass es überhaupt nicht existierte. Das war noch eine nette Begleiterscheinung der Hölle – sie versprach einem Landschaften, die nie auftauchten. Helen warf einen Blick auf Orions panisches Gesicht und erkannte, dass sie sich beinahe in seiner hinteren Hosentasche materialisiert hatte.

»Tut mir leid«, sagte sie verlegen. »Ich wollte dir nicht so auf die Pelle rücken.«

»Du hast mich zu Tode erschreckt! Gibt es keinen Weg, mich vorzuwarnen?« Orion presste sich immer noch eine Hand an die Brust, aber er musste auch ein bisschen lachen, was ansteckend wirkte.

»Ich fürchte nicht«, erklärte Helen kichernd. Es war ein nervöses Kichern, aber sie versuchte, diese Tatsache zu ignorieren. Sie hatte befürchtet, dass er nicht kommen würde, und nie damit gerechnet, dass sie sich so über seine Anwesenheit freuen würde.

»Hey, ich habe dich zwar zu Tode erschreckt, aber zumindest habe ich daran gedacht, deine Jacke mitzubringen.« Mit einem Schulterzucken ließ sie die Jacke von ihren Armen gleiten und senkte dabei den Kopf, damit er nicht sah, wie rot sie geworden war.

»Ach ja? Und was willst du anziehen?«, fragte er und musterte ihre nackten Arme. Helen erstarrte mitten in der Bewegung. Sie hatte vergessen, ihre eigene Jacke unter seiner anzuziehen, und trug nur ein T-Shirt.

»Äh … upps.«

»Behalte sie erst mal«, sagte er und schüttelte den Kopf, als hätte er nichts anderes erwartet. »Gib mir aber meine Brieftasche.«

»Du kriegst deine Jacke wieder, wenn die Nacht vorbei ist«, versprach Helen und reichte ihm die Brieftasche.

»Na, klar doch.«

»Doch, ehrlich!«

»Hör mal, willst du wirklich die ganze Nacht darüber diskutieren, ob Mädchen *jemals* die Klamotten zurückgeben, die sie sich von Jungs geliehen haben? Denn soweit ich festgestellt habe, kann eine Nacht hier eine ganze Ewigkeit dauern.«

Helen grinste. Sie musste sich wieder ins Gedächtnis rufen, dass sie eigentlich gar nichts über Orion wusste, denn mittlerweile kam es ihr vor, als wären sie alte Freunde.

»Wer *bist* du?«, fragte sie und versuchte, nicht allzu hingerissen zu klingen. Jemanden wie ihn hatte sie noch nie getroffen. Orion war zweifellos so hart im Nehmen wie die Delos-Jungs, aber im Gegensatz zu ihnen, die zur Angeberei neigten, war Orion bodenständiger und beinahe bescheiden. »Woher kommst du?«

Orion stöhnte. »Anscheinend brauchen wir doch diese Ewigkeit. Ursprünglich stamme ich aus Neufundland. Hör mal, meine Lebensgeschichte ist echt kompliziert, deshalb sollten wir uns ein Versteck suchen, bevor uns irgendwas Hässliches aufspürt.«

»Ach, danach wollte ich dich auch schon fragen«, sagte Helen, als sie sich vom nicht existierenden Meer abwandten und eine Fläche mit hohem Sumpfgras ansteuerten. »Wieso taucht jedes Mal, wenn wir zusammen sind, irgendein grässliches Monster auf, das uns zum Frühstück verspeisen will?«

»Der Zweig von Aeneas«, sagte er und zeigte auf das leuchtend goldene Armband an seinem Handgelenk. »Er wurde von einem meiner Vorfahren von einem magischen Baum geschnitten, der am Rand der Unterwelt wächst, und dummerweise zieht er Monster an wie Insekten zu einer Grillparty.«

»Wieso nimmst du das Ding nicht ab?«, fragte Helen, als wäre das die einzig logische Folgerung.

»Weil Ihr, Auserwählte Prinzessin, kommen und gehen könnt, wie es Euch beliebt.« Er hielt ein hohes Riedbüschel auseinander, damit sie hindurchgehen konnte. Helen wollte diesen Punkt bestreiten, aber sie bekam keine Gelegenheit dazu. »Ich brauche den Zweig, um die Tore zwischen den Welten zu öffnen. Ohne ihn würde ich jetzt in einem Höhlensystem in Massachusetts herumwandern und mich hoffnungslos verirren.«

»Höhlen?«, fragte Helen, denn Orion hatte so etwas schon einmal erwähnt. »Das Tor zur Unterwelt ist in einer Höhle in *Massachusetts*?« Helen konnte es nicht fassen. Orion schmunzelte und erklärte es ihr.

»Es gibt Hunderte, vielleicht sogar Tausende Tore zur Unterwelt, überall auf der Welt. Die meisten davon sind an sehr kalten Stellen tief in irgendwelchen Höhlen. Sie sind sozusagen Übergänge, aus denen aber erst Tore in die Unterwelt werden, wenn man irgendeinen Schlüssel hat. Soweit ich weiß, ist der Zweig das einzige erhalten gebliebene Relikt, mit dem es geht, und

124

als Erbe des Aeneas gibt es außer mir wohl niemanden, der ihn benutzen kann.«

Das ergab Sinn. Helen trug den Cestus, ein uraltes Relikt der Göttin Aphrodite, das nur einer Frau aus dem Haus von Atreus gehorchte.

»Aber ich dachte, dass Magie hier unten nicht funktioniert«, sagte Helen und berührte unwillkürlich den Anhänger an ihrer Kette. Da sie bei fast jedem ihrer Ausflüge in die Unterwelt Verletzungen davontrug, hatte sie längst erkannt, dass der Zauber des Cestus hier nicht wirkte.

»Nur Unterweltzauber wirkt in der Unterwelt«, antwortete Orion. »Dies ist ein anderes Reich als unseres und es hat seine eigenen Regeln. Das hast du doch sicher gemerkt. Wir haben hier unten auch keine Scion-Kräfte.«

»Ja, *das* ist mir aufgefallen«, sagte Helen. Ihre Bemerkung veranlasste Orion, der ihnen gerade einen Weg durch die hohe Vegetation trampelte, sich zu ihr umzusehen. Er blieb stehen, überlegte kurz und musste dann lachen, weil ihm klar wurde, worauf Helen anspielte.

»Der Höllenhund! Du hast ihn angestarrt wie ein verschrecktes Kaninchen!«

Helen kicherte verlegen, was ihre Schultern zum Beben brachte. »Ich wusste nicht, was ich tun sollte! Ich weiß nicht, wie ich ohne meine Blitze kämpfen soll!«

»Du hast so versteinert dagestanden, als hättest du einen Asthmaanfall oder so was«, alberte er. »Ich habe schon überlegt, Daphne zu fragen, ob vielleicht ein Inhalator helfen würde …«

Als ihm auffiel, wie schnell Helens Stimmung bei der Erwähnung ihrer Mutter umschlug, verstummte er hastig. Sie konnte es nicht ausstehen, wie beiläufig er sie »Daphne« nannte, als wären die beiden beste Freunde.

»So schlimm?«, fragte er nach einem Augenblick angespannten Schweigens mitfühlend.

»Ich weiß nicht, was du meinst«, fauchte Helen. Sie wollte anfangen, sich ihren eigenen Weg durch das Riedgras zu bahnen, aber Orion legte ihr eine Hand auf die Schulter und drehte sie zu sich herum.

»Ich bin auch ein Rogue«, sagte er ruhig. »Ich weiß, wie es ist, die eigene Familie zu hassen.«

Ein Blick in seine traurigen Augen ließ Helens Ärger verrauchen. Wie von selbst hob sich ihre Hand, um ihn zu berühren, und sie musste sie im letzten Augenblick zurückreißen. Einen Moment lang hatte sie vergessen, dass Rogues wie sie nur von einem Haus beansprucht werden konnten. Die Hälfte von Orions Familie fühlte sich verpflichtet, ihn zu töten, wenn sie ihn jemals zu Gesicht bekam. Die Furien waren wie Magnete, die verfeindete Parteien zueinanderzogen, bis sie zusammenstießen. Helen war auf einer winzigen Insel versteckt gewesen und trotzdem hatte das Haus von Theben sie gefunden. Sie konnte nur vermuten, dass Orion etwas Ähnliches passiert war.

»Haben du und deine Familie je einen Weg gefunden, die Furien loszuwerden? Du weißt schon, wie ich und die Delos?«, fragte Helen. Sie wollte Lucas' Namen nicht aussprechen und auch nicht darüber reden, wie sie beide abgestürzt waren und einander gerettet hatten. Sie hoffte, dass Daphne Orion schon etwas aus ihrer Vergangenheit erzählt hatte.

Er verstand sofort, was Helen meinte. »Nein«, sagte er knapp. »Ich schulde dem Haus meiner Mutter, dem Haus von Rom, immer noch meine Blutrache.«

»Aber du kannst mit ihr zusammen sein, oder?«, fragte Helen zögerlich.

»Nein, kann ich nicht«, widersprach er mit aller Entschiedenheit. Da fiel Helen wieder ein, dass er der *Anführer* des Hauses von Rom war und nicht sein *Erbe*. Er musste den Titel seiner Mutter geerbt haben, als sie starb.

»Dann bist du von der Seite deines Vaters beansprucht worden? Dem Haus von Athen?«, fragte sie, um das Gespräch von seiner Mutter wegzulenken.

»Stimmt«, sagte er und wandte sich ab, weil Helen ihm keine weiteren Fragen stellen sollte.

»Hey, tut mir leid, aber ich würde das gern kapieren. Außerdem warst du es, der mit diesem Familienkram angefangen hat. Du hast zuerst nach meiner Mutter gefragt.«

»Es stimmt, ich habe damit angefangen.« Orion hob die Hände und gab einen frustrierten Laut von sich. »Ich bin gut im Zuhören, nicht im Reden, und ich habe keine Ahnung, wie du dich gerade fühlst, weil ich hier unten meine Kräfte nicht habe. Ich kann nicht in dein Herz sehen und das macht mich irre.« Er schüttelte nachdenklich den Kopf. »Ich schätze, normale Typen fühlen sich immer so. Das ist echt gruselig, also lass mich bitte einen Moment nachdenken, okay?«

»Okay.« Helen konnte ihn nicht ansehen.

»Ich fange noch mal an«, sagte er, und es klang beinahe wie eine Warnung. Helen nickte und kicherte nervös.

»Alles klar. Aber diesmal von Anfang an.« Helen bemühte sich, gelassen zu klingen und mit dem peinlichen Gekicher aufzuhören.

»Also gut. Es geht los. Ich bin der Anführer des Hauses von Rom, aber weil mich das Haus von Athen für sich beansprucht hat, jagt mich das Haus von Rom seit meiner Geburt. Doch aus gewissen komplizierten Gründen hat mich auch das Haus von Athen nie akzeptiert.« Orion sah Helen an und zwang sich weiterzureden. »Als ich zehn war, wurde mein Vater Daedalus ein Ausgestoßener, als er mich vor einem meiner Cousins beschützt hat. Er musste den Sohn seines eigenen Bruders töten, um mein Leben zu retten. Seitdem konnte ich nicht mehr in seine Nähe kommen. Die Furien hetzen uns auf, uns gegenseitig –«

»Ich weiß.« Helen unterbrach ihn hastig, damit er die Worte nicht aussprechen musste. Orion nickte kurz.

Helen hatte plötzlich ein Bild vor Augen, wie sie versuchte, Jerry zu töten, und verdrängte es schnell wieder, denn die Vorstellung, ihren Vater anzugreifen, war unerträglich.

»Alle, mit denen ich verwandt bin, wollen mich aus dem einen oder anderen Grund tot sehen, und deshalb verstecke ich mich schon fast mein ganzes Leben. Es tut mir leid, dass ich dich so angefahren habe, aber es fällt mir schwer, so offen über alles zu sprechen … meistens nimmt es ein böses Ende, wenn ich jemandem zu nahekomme.«

»Du bist auf dich allein gestellt, seit du zehn Jahre alt warst?«, fragte Helen fassungslos, denn sie hatte noch nicht alles verdaut, was er ihr erzählt hatte. »Vor beiden Teilen deiner Familie auf der Flucht?«

»Und ich musste meine Existenz vor den Hundert geheim halten.« Orion starrte auf den Boden, um seine finstere Miene zu verbergen. »Daphne hat mir geholfen, wann immer sie konnte. Sie war da, als das Haus von Athen das erste Mal versucht hat, mich umzubringen. Sie hat versucht, meinem Dad zu helfen, und mir das Leben gerettet. Damit war ihre Seite der Blutschuld an mein Haus bezahlt, allerdings stehe ich noch in der Schuld beim Haus von Atreus. Hat Daphne dir nichts davon gesagt?«

»Wie ich schon sagte, meine Mutter und ich reden nicht viel miteinander.« War es zu viel verlangt, dass Daphne sie wenigstens über ein paar wichtige Dinge informierte? »Wie hat sie dich und deinen Dad überhaupt gefunden?«

»Daphne ist auf einem Kreuzzug zur Befreiung der Rogues und Ausgestoßenen, und zwar schon seit mindestens zwanzig Jahren. Sie ist durch die ganze Welt gereist, und da die Furien Scions zueinanderziehen, hat sie bei jeder Begegnung mit einem Scion auch eine Auseinandersetzung erlebt. Sie kann Unmengen *irrer* Geschichten erzählen. Ich kann nicht fassen, dass du keine davon gehört hast.«

Natürlich hatte Helen keine Ahnung, wovon Orion redete. Sie wusste kaum etwas über ihre vermeintliche Mutter Beth Smith-Hamilton, aber Daphne Atreus war ihr noch fremder.

»Auf jeden Fall hat sie viele Leben gerettet, darunter auch meins, und deswegen kann sie sich gefahrlos mit jedem Mitglied jedes Hauses treffen. So ist sie auch zur Anführerin der Rogues und Ausgestoßenen geworden.«

Helens Unterkiefer klappte herunter. Ihre Mutter war eine Heldin? Ihre undurchsichtige, unzuverlässige, *nicht erreichbare*

Mutter – an die sich Helen nicht einmal erinnern konnte – sollte so etwas wie der Heiland der Scions sein? Wenn das stimmte, dann spielte entweder das Universum verrückt oder Helens Wahrnehmung.

»Hör zu, ich habe dir das alles unter anderem erzählt, weil ich dachte, dass es dir dann leichter fällt, Daphne zu verzeihen. Und in dieser Hinsicht musst du mir vertrauen, Helen – du musst deiner Mutter verzeihen. Nicht um ihretwillen, sondern um deinetwillen.«

»Wieso verteidigst du sie?«, fragte Helen misstrauisch. Sie dachte daran, wie der Cestus Menschen beeinflussen konnte, und fragte sich, ob Daphne ihn kontrollierte. »Hat sie dir aufgetragen, mir das alles zu erzählen?«

»Nein! Du verstehst ganz falsch, was ich … Daphne hat mir nie gesagt, was ich dir erzählen soll«, stotterte er. Helen stieß ein verächtliches Schnauben aus, das ihn verstummen ließ. Sie war schon wieder wütend, wusste aber nicht, wieso. Und es nicht zu wissen machte sie noch wütender. Sie wandte sich von ihm ab und stürmte durch das hohe Riedgras.

Helen ließ das Gras hinter sich und nahm einen steilen Hügel in Angriff, der mit den Gesteinsbrocken einer zusammengestürzten mittelalterlichen Burg übersät war. Als sie an der Ruine vorbeimarschierte, fragte sich Helen, wieso sie so wütend war. Sie begriff, dass es nicht nur einen Grund gab. Es waren mehrere Dinge, die sie so ärgerten, und sie musste sich mit allen gleichzeitig herumschlagen.

Erstens hatte Daphne Orion in die Unterwelt geschickt, ohne es auch nur zu erwähnen. Zweitens hinderte Cassandra Claire und Matt daran, ihr zu helfen, obwohl sie es war, die jede Nacht durch die Unterwelt geschleift wurde, und nicht Cassandra. Und Lucas … wieso war er so gemein zu ihr? Selbst wenn er sie hasste, wie konnte er ihr das antun? Zum ersten Mal war Helen nicht mehr traurig über sein Verhalten, sondern richtig wütend.

Während sie bergauf stürmte und dabei ihre Gefühle analysierte, wurde Helen eines klar: Sie war vor allem wütend auf sich selbst. Ihre Trauer hatte sie so gelähmt, dass sie keine Entscheidungen mehr getroffen hatte. Sie hatte sich treiben lassen wie ein Blatt im Wind. Damit musste jetzt Schluss sein.

Außer Atem lehnte sich Helen gegen einen massiven, moosbewachsenen Granitblock, der einst zur Außenwand der Burgruine gehört hatte. Sie wirbelte herum, um Orion anzufauchen, der Mühe hatte, ihr zu folgen.

»Weißt du überhaupt, wieso du hier bist?«, fuhr sie ihn an.

»Ich bin hier, um zu helfen«, schnaufte er atemlos.

»Du sagst, dass meine Mutter dich geschickt hat. Weißt du, was der Cestus ist?«

»Ich bin ein Sohn der Aphrodite«, bemerkte er. »Der Cestus wirkt bei mir nicht. Daphne kann Herzen nur beeinflussen. Ich dagegen kann sie *kontrollieren*.«

»Oh, wow, das ist eine ziemlich erschreckende Fähigkeit«, murmelte Helen. »Aber du scheinst trotzdem ungewöhnlich bereitwillig zu tun, was Daphne von dir will. Hat sie dich irgendwie in der Hand?«

»Nein! Ich bin nicht wegen *Daphne* hier, du doofe Nuss! Ich bin hier, weil das, was du vorhast, einfach fantastisch ist und vermutlich auch das Wichtigste, was je ein Scion seit dem Trojanischen Krieg getan hat! Die Furien haben meine Familie zerstört, und ich würde alles dafür tun, dass sie dasselbe nicht auch mit anderen Familien machen. Du bist der Deszender, und es ist deine Mission, aber ohne deine Scion-Kräfte bist du eine *erbärmliche* Kämpferin. Ich bin hier, um dich aus allen stinkenden Löchern zu ziehen, in die du fällst, damit du lange genug am Leben bleibst, um das zu tun, was deine Bestimmung ist!«

Helen klappte den Mund wieder zu. Es war eindeutig, dass Orion ehrlich zu ihr war. Er hatte keine Hintergedanken, auch wenn sie immer noch vermutete, dass Daphne hinter all dem steckte. Aber je länger Helen ihm in die Augen sah, desto überzeugter wurde sie, dass er wirklich alles tun würde, um ihr beim Besiegen der Furien zu helfen.

Der Zweig von Aeneas war zwar ein Magnet für Monster, aber sie verstand, dass Orion ihr helfen musste, so gut er konnte, weil es ihn verrückt machen würde, nur zuzusehen. Und Helen war auch klar, dass sie vor Traurigkeit verrückt werden würde, wenn sie alles allein durchstehen musste. *Sie* brauchte Hilfe und *Orion* musste helfen – sie ergänzten sich also perfekt.

»Es tut mir leid, Orion. Was ich gesagt habe, war nicht fair. Es ist nur so, dass ich das Gefühl habe, dass so viele Leute mir sagen wollen, was ich zu tun habe, aber dass mir keiner wirklich etwas *sagt* …« Helen verstummte, auf der Suche nach den richtigen Worten.

»Schon klar. Du bist so wichtig, dass alle Angst haben, das Falsche zu dir zu sagen.« Er setzte sich für einen Augenblick ins Gras. »Aber ich habe keine Angst, Helen. Ich erzähle dir alles, was ich weiß, wenn du das willst.«

Ein unheilvolles Heulen hallte durchs Tal. Orion sprang auf und sein Kopf fuhr suchend herum. Er griff unter sein Hemd und zog das lange Messer heraus, packte Helens Schulter mit der anderen Hand und begann, sie vor sich herzuschieben.

»Auf den Berg«, befahl er knapp.

Helen warf einen Blick zurück und musste feststellen, dass in einiger Entfernung die hohen Grasbüschel breitflächig platt gewalzt wurden. Die Bedrohung kam geradewegs auf sie zu. Helen hatte genug gesehen, um zu erkennen, dass das, was da durch das Marschland auf sie zukam, *gigantisch* war.

Ohne ihre Scion-Kräfte und ihre Schnelligkeit hatte sie das Gefühl, sich nur im Schritttempo zu bewegen. Orion schob sie den steilen Hügel hinauf, eine Hand am Messer und die andere an ihrem Rücken. Das Ding im Gras holte schnell auf.

»Geh!«, brüllte Orion ihr ins Ohr.

»Was meinst du mit ›geh‹? Wohin denn?«, kreischte sie verständnislos. Orion stieß sie, so hart er konnte, den Berg hinauf. Helen stolperte auf Händen und Knien bergan.

Sie warf einen Blick auf Orion, der ein paar Schritte entfernt stand und sich dem Ding stellte, das Helen zwar näher kommen hörte, aber immer noch nicht sah. Orion sah sich kurz zu ihr um, und seine grünen Augen starrten sie so intensiv an, dass es fast aussah, als würden sie glühen. Helen hatte diesen Blick schon einmal gesehen und wusste, was er bedeutete. Er würde sich der Bestie stellen. Sie konnte nicht weglaufen und ihn allein kämpfen lassen. Also schlitterte sie bergab, um an seiner Seite zu sein.

»Verschwinde von hier!«, schrie er sie an.

»Und wo zur Hölle soll ich …«

6

s wurde gerade hell. Helen wachte vollkommen durchgefroren in ihrem Bett auf und griff hektisch nach einem jungen Mann, der ihr Zimmer nie betreten hatte.

»Nein!«, rief sie mit krächzender Stimme. In ihrem Zimmer war es so eisig, dass sie Dampfwolken ausatmete. »Oh, nein, nein, nein, das darf nicht wahr sein!«

Helen sprang aus dem Bett und ging auf tauben Beinen zu ihrem Schreibtisch, um das Handy zu holen. Sie hatte eine neue SMS. Hastig scrollte sie hinunter und las:

Das war knapp. Geh jetzt ins Bett. Schreib mir nachher.

Sie setzte sich auf die Bettkante. Trotz ihrer klappernden Zähne lachte sie erleichtert auf. Es war so kalt im Zimmer, dass sie beinahe erfror. Sie warf einen Blick auf die Zeitangabe. Orion hatte die SMS um 4:22 geschickt. Jetzt war es ungefähr halb sieben, und Helen fragte sich, ob das schon als »nachher« galt. Doch sie fand, dass es albern war, sich nicht zu melden, und schrieb:

Bist du noch in einem Stück?

Sie wartete ein paar Minuten, aber es kam keine Antwort. Am liebsten wäre Helen aufs Festland geflogen, um an der Milton

Academy nach Orion zu suchen, aber sie konnte nicht riskieren, die Schule zu schwänzen. Schließlich gab sie den Gedanken auf und fing an, sich für die Schule fertig zu machen.

Sie stand auf und musste feststellen, dass sie immer noch Orions Jacke trug. Sie konnte förmlich hören, wie er sie deswegen aufzog, obwohl es diesmal nicht ihre Schuld gewesen war, dass sie ihm die Jacke schon wieder nicht zurückgegeben hatte. Sie senkte den Kopf und fuhr langsam mit der Wange und der Unterlippe über den Kragen. Er roch nach ihm – frisch und ein bisschen wild.

Fast gereizt ließ sie die Jacke von ihren Schultern gleiten und befahl sich, mit den Albernheiten aufzuhören. Sie nahm ihr Handy mit ins Badezimmer, für den Fall, dass Orion sich meldete, und sie dachte sogar daran, sich unter der Dusche die Haare zu waschen.

Beim Abtrocknen und Zähneputzen entschied sie, dass es an der Zeit war, sich nicht länger der Gnade der Unterwelt auszuliefern. Sie wanderte dort nun schon ziellos herum seit … nun, jedenfalls viel länger als in der vergleichbaren Zeitspanne echter Zeit. Sie schuldete es Orion, sich einen besseren Plan auszudenken.

In der Schule machte sich Helen als Erstes auf die Suche nach Cassandra.

»Wir müssen uns heute Abend treffen«, sagte Helen zu ihr.

»Ist gut«, erwiderte Cassandra ruhig. »Ist letzte Nacht etwas geschehen?«

»Es gibt etwas, das ich der ganzen Familie sagen will. Und jeder ist eingeladen. Claire, Jason, Matt, Ari«, fügte Helen hinzu und setzte sich im überfüllten Flur wieder in Bewegung.

135

»Sie sind noch nicht so weit«, protestierte Cassandra, aber Helen ließ sie nicht ausreden.

»Dann sorg dafür, dass sie es werden. Ich habe genug Zeit verschwendet.« Helen gab Cassandra keine Gelegenheit für Widerworte.

»Wir wär's heute Abend mit ein bisschen Altgriechisch?«, fragte Helen Matt und Claire bei der Morgenversammlung.

»Ich bin dabei!«, sagte Matt sofort, wie es sich für einen Streber gehörte. »Sollen wir irgendwas mitbringen?«

»Claire?«, fragte Helen und sah ihre Freundin an, denn Matt wollte wissen, was für die Priesterweihe gebraucht wurde. »Du hast die Schriftrolle doch gefunden.«

»Trotzdem habe ich keine Ahnung«, sagte sie. »Ich habe das Ding nicht ganz durchgelesen. Schließlich bin ich nicht lebensmüde.«

»Ich bin sicher, dass Cassandra es weiß. Wir werden es schon herausfinden«, sagte Helen zuversichtlich.

»Woher dieser Sinneswandel?«, wollte Matt wissen. »Bisher warst du doch nicht begeistert von der Idee, uns in die ›Studiengruppe‹ zu lassen.«

»Und das hat mir auch unheimlich viel gebracht«, sagte Helen sarkastisch. »Sehen wir den Tatsachen ins Auge, Matt. Du und Claire, ihr habt mich seit dem Kindergarten auf alle Prüfungen vorbereitet. Und letzte Nacht ist mir klar geworden, dass ich versucht habe, diese Prüfung allein zu bestehen, und dass das vermutlich der Grund ist, warum ich ständig durchfalle.«

Sie hätte Matt auch gern von Orion erzählt, aber ihr fiel auf, dass Zach sie anstarrte. Deshalb beschloss sie, damit zu warten, bis am Abend alle versammelt waren. Das Läuten der Schulglocke beendete ihre Unterhaltung. Auf dem Weg zu ihrem ersten Kurs fragte sich Helen, wie viel Zach wohl gehört hatte.

Orion meldete sich erst in der Mittagspause wieder bei Helen, aber seine SMS bestanden nur aus einzelnen Worten wie *schnarch* und *Burger* und *H2O*. Helen verstand genau, was er damit sagen wollte. Sie wusste nicht, wie lange sie und Orion in der letzten Nacht in der Unterwelt verbracht hatten, aber wie üblich war sie nach ihrer Rückkehr müde, hungrig und unglaublich durstig gewesen. Wenigstens gab es jetzt jemanden in ihrem Leben, der wusste, was sie dort unten wirklich durchmachte. Sie fragte ihn, wie er es geschafft hatte, ohne abgebissene Körperteile aus der Hölle zu entkommen, aber seine Antwort war nur: *Da würde ich Daumenkrämpfe kriegen.* Helen vermutete, dass er es ihr entweder selbst erzählen oder aber nicht darüber reden wollte, also hakte sie nicht nach.

Am Abend erklärte Cassandra sich bereit, Matt, Claire, Jason und Ariadne in der Arena zu Priestern zu weihen. Castor, Pallas, Helen und Lucas waren als Zeugen dabei. Cassandra rezitierte etwas auf Altgriechisch und verbrannte gleichzeitig einige harzige Holzstücke in einem Bronzebehälter, der laut Jason eine Kohlenpfanne war. Dann griff Castor nach einem Käfig, in dem kleine Vögel saßen, die sofort zu zwitschern begannen, als er das Tuch wegzog.

»Wartet mal, wofür sind die?«, fragte Claire mit einem Anflug von Hysterie.

»Sei lieber froh, dass die Zeremonie nichts Größeres erfordert, wie ein Pferd oder eine Kuh«, flüsterte Jason Claire zu.

Cassandra verbeugte sich vor ihrem Vater und hielt ihm die Hände entgegen. Castor zog einen winzigen Dolch aus dem Gürtel und legte ihn auf die Handflächen seiner Tochter. Sofort begann Cassandra, leuchtend grün, rot und blau zu schimmern – es waren die eisigen Farbtöne der alten, dreigeteilten Aura des Orakels. Von den drei Parzen besessen, wendete sich Cassandra Matt zu und bot ihm das Messer an.

»Schneide dem Opfer den Kopf ab und wirf den Kadaver ins Feuer, Sterblicher. Du wurdest für würdig befunden«, verkündeten die drei Stimmen in gruseliger Harmonie.

Matt zögerte einen Moment, griff dann in den Käfig, umfasste mit einer Hand einen der zappelnden Vögel und hielt das Messer in der anderen. Im Schein des Feuers konnte Helen sehen, wie angewidert er war und wie sehr seine Hände zitterten, als er den Schnitt ausführte.

Zum Glück wurde er nicht ohnmächtig und das Opfer war schnell gebracht. Ariadne und Jason folgten seinem Beispiel so ungerührt, als hätten sie so etwas schon öfter getan, was wohl der Fall war, wie Helen vermutete. Claire war die Einzige, die es nicht übers Herz brachte, und Jason musste ihre Hand führen.

Als alle vier geweiht waren, verließen die Parzen Cassandra augenblicklich, und das Feuer erlosch von selbst. Cassandra schwankte ein wenig und hielt sich an Lucas fest, konnte aber recht schnell wieder allein stehen.

Auf dem Rückweg in die Bibliothek vergoss Claire ein paar Tränen über das, was sie getan hatte. Helen wollte zu ihr gehen und sie trösten, aber Jason hatte sie schon an sich gezogen und flüsterte ihr aufmunternde Worte ins Ohr. Einen Moment lang drückte Claire ihr Gesicht an Jasons Brust und ließ sich von ihm führen.

Angesichts dieser Zärtlichkeiten konnte Helen nicht anders – sie musste zu Lucas hinübersehen, der auf der anderen Seite der Gruppe ging. Er hatte sich so weit von ihr entfernt, wie es nur ging, und schaute kein einziges Mal zu einem von ihnen auf. Helen sah wieder weg. Sie spürte, wie sich erneut das Gewicht auf ihrer Brust niederließ, aber diesmal war das Gefühl, zerquetscht zu werden, fast unerträglich. Sie musste aufhören, jedes Mal weiche Knie zu bekommen, wenn sie Lucas ansah, und sich stattdessen auf ihre Aufgabe konzentrieren. Es stand zu viel auf dem Spiel.

Als sie alle die Bibliothek erreicht hatten, sah Matt immer noch ein bisschen grünlich im Gesicht aus. Helen begann sofort zu reden, bevor ihn jemand – zweifellos in bester Absicht – fragte, ob er sich übergeben würde oder nicht.

Sie erzählte allen von Orion, seinen Kämpfen in der Unterwelt und seiner Verbindung zu ihrer Mutter. Die anderen fragten sich, wie er die Unterwelt betreten konnte, und waren erstaunt, dass es außer Helen noch jemanden gab, der dort unten überleben konnte. Helen erklärte, dass Orion den Zweig des Aeneas besaß, der es ihm erlaubte, zwischen den Welten umherzureisen.

»Und er ist ganz sicher nicht nur ein Geist«, beteuerte Helen. »Er hat mir seine Jacke geliehen, und ich hatte sie immer noch an, als ich am Morgen aufgewacht bin.«

»Dieser Einbruch ins Museum?«, sagte Castor sofort zu seinem Bruder, als Helen den Zweig erwähnte.

»Bestimmt. Es wurde nur ein Stück alter Goldschmiedekunst

gestohlen. Ein *goldenes Blatt*«, antwortete Pallas. »Und die Diebin war eine unbekannte Frau, die einfach hineinmarschiert ist, ihre Hand durch das Panzerglas gerammt hat und wieder verschwand. Eine Frau, die sich nicht einmal die Mühe gemacht hat, sich zu maskieren, die nichts benutzte als ihre bloßen Hände und dabei anscheinend keinen einzigen Tropfen Blut vergossen hat.«

»Lasst mich raten«, sagte Helen betrübt. »Meine Mutter, richtig?«

»Aber wieso würde Daphne den Zweig stehlen und ihn dann Orion geben?«, fragte Jason. »Er ist ein so *machtvolles* Objekt.«

»Orion hat mir erzählt, dass er von Aeneas abstammt und deshalb der Einzige ist, der den Zweig benutzen kann«, berichtete Helen.

»Dann ist er der Erbe des Hauses von Rom«, stellte Castor beeindruckt fest.

»Eigentlich ist er der Anführer *dieses* Hauses. Woher wusstest du das?«, fragte Helen.

»Du hast die *Aeneis* noch nicht gelesen, oder?«, fragte Castor ohne den geringsten Vorwurf. »Aeneas war im Trojanischen Krieg der beste General Hectors und einer der wenigen Überlebenden, als Troja fiel. Er war außerdem der Gründer Roms und des Scion-Hauses von Rom.«

»*Und* er war der Sohn von Aphrodite.« Ariadne grinste Helen mit Verschwörermiene an. »Also ist dieser Orion so heiß wie … Autsch!«

Jason hatte seiner taktlosen Zwillingsschwester unter dem Tisch einen Tritt verpasst. Als sie ihn ansah, schüttelte er den Kopf, damit sie bloß nicht weiterredete. Helen hatte ohnehin schon das Gefühl, als würde ihr Gesicht in Flammen stehen, obwohl sie nicht einmal wusste, wieso. Sie hatte nichts getan, dessen sie sich schämen musste.

»Du hast eben ›dieses‹ Hauses gesagt, als wäre er noch mit anderen verbunden«, sagte Lucas, ohne Helen anzusehen.

»Das stimmt«, murmelte Helen. »Orion ist der Anführer des Hauses von Rom, aber auch der Erbe des Hauses von Athen.«

Sofort redeten alle wild durcheinander. Anscheinend war Orion der erste Scion, der zwei Häuser geerbt hatte, was wirklich ungewöhnlich war, wie Helen erkannte, weil die Furien alles daransetzten, die Häuser getrennt zu halten. Helen schnappte Bruchstücke der Unterhaltungen um sie herum auf und bekam mit, dass es eine Prophezeiung über Orion gab, die ziemlich beunruhigend klang.

»He, wartet mal«, unterbrach Helen, als die anderen anfingen, auf eine Art über Orion zu sprechen, die ihr gar nicht gefiel. »Kann mir bitte jemand erklären, was los ist?«

»Da gibt es nicht viel zu erklären«, versicherte ihr Cassandra energisch. »Vor dem Trojanischen Krieg gab es eine Prophezeiung von Kassandra von Troja. Sie hat vorhergesehen, dass es einen Mehr-Erben geben würde – wir vermuten, dass damit ein Scion gemeint ist, der mehr als ein Haus erbt. Dieser Mehr-Erbe oder das ›Gefäß, in dem sich königliches Scion-Blut mischt‹, um es korrekt wiederzugeben, ist einer von drei Scions, von denen wir glauben, dass sie die drei großen Götter ersetzen sollen – Zeus, Poseidon und Hades. Diese drei Scions werden über den Himmel, die Meere und das Land der Toten herrschen – natürlich nur, wenn es ihnen gelingt, die Götter zu stürzen und ihre

Plätze einzunehmen. Die Existenz eines Mehr-Erben ist ein Zeichen, dass das Ende der Zeiten bevorsteht. Das letzte Gefecht.«

»Er ist als der Tyrann bekannt«, meldete sich Lucas zu Wort, und alle Blicke im ansonsten reglosen Raum richteten sich auf ihn. »Er wird beschrieben als ›in Bitternis geboren‹ und soll in der Lage sein, ›alle Städte der Sterblichen dem Erdboden gleichzumachen‹.«

»Wie eine Art Jüngstes Scion-Gericht?«, flüsterte Claire Jason zu, aber in der Stille der Bibliothek hörten natürlich alle ihre Frage.

»Nein, meine Liebe, so ist das nicht gemeint«, sagte Pallas beruhigend und drückte kurz Claires Hand. »Unserer Überlieferung zufolge bekommen wir Scions am Ende der Zeiten die Gelegenheit, um unsere Unsterblichkeit zu kämpfen. Es ist nicht als Ende der Welt gedacht. Allerdings würden es die meisten Sterblichen nicht überleben, wenn die Letzte Schlacht schlecht läuft. Das Auftauchen des Tyrannen ist eines der Zeichen, dass es beginnt.«

»Der Prophezeiung zufolge entscheidet die Wahl, die der Tyrann trifft, über unser aller Schicksal – das der Götter, der Scions und der Sterblichen gleichermaßen. Das ist alles, was wir wissen«, fügte Castor hinzu.

»Ihr müsst aber bedenken, dass dies nur ein Teil einer sehr langen und komplizierten Prophezeiung ist«, erklärte Ariadne Helen, Matt und Claire. »Und dass es Diskussionen darüber gibt, ob die Weissagung wörtlich überliefert wurde oder ob Teile davon nur Dichtkunst sind wie die *Ilias*.«

»Also könnte diese Prophezeiung auch nur wohlformulierter

Unsinn sein, aber ihr habt trotzdem beschlossen, dass Orion dieser Tyrann ist?«, fragte Helen fassungslos. Als niemand antwortete, fügte sie hinzu: »Das ist nicht fair.«

Lucas zuckte mit den Schultern. Seine Zähne waren fest zusammengebissen und er starrte auf den Boden. Der Rest des Delos-Clans tauschte verstohlene Blicke aus. Helen sah von einem zum anderen und warf dann entnervt die Hände hoch.

»Ihr kennt ihn doch gar nicht«, verteidigte sie sich.

»Du doch auch nicht«, entgegnete Lucas grob. Er schaute auf und sah ihr zum ersten Mal seit einer Woche wieder in die Augen. Die Intensität seines Blickes verschlug Helen förmlich den Atem. Einen Moment lang herrschte angespanntes Schweigen und alle beobachteten Lucas wie erstarrt. Dann senkte er seinen Blick wieder.

»Aber so ist er gar nicht«, murmelte Helen fast unhörbar und schüttelte den Kopf. »Orion könnte niemals ein Tyrann sein. Er ist wirklich nett und … *mitfühlend*.«

»Genau wie Hades«, bemerkte Cassandra, und es klang, als würde sie von einem alten Freund sprechen. »Von allen Göttern ist Hades der mitfühlendste. Schließlich heißt es, dass er derjenige ist, der gemeinsam mit dir zusieht, wenn dein Leben vor deinen Augen vorbeizieht. Vielleicht ist es Orions Mitgefühl, das ihn zum passenden Ersatz für Hades macht.«

Helen hatte keine Ahnung, wie sie das widerlegen sollte, aber in ihrem Herzen wusste sie, dass es falsch von Cassandra war, Orion mit Hades zu vergleichen oder ihn als Tyrannen zu bezeichnen. Orion war so voller Lebensfreude und Zuversicht – er hatte sie sogar *in der Hölle* zum Lachen gebracht. Wie sollte ein Typ wie er jemals den Platz von Hades einnehmen und die Scion-Version vom Gott der Toten werden? Das passte nicht zu ihm.

»Nichts davon ist in Stein gemeißelt, Helen«, versuchte Ariadne, sie zu beruhigen, denn sie merkte natürlich, wie sehr sich Helen in ihre Verzweiflung hineinsteigerte. »Wenn du sagst, dass Orion einer von den Guten ist, glaube ich dir das.«

»Orion hat so sehr unter den Furien gelitten, dass er jetzt sein Leben aufs Spiel setzt, um mir dabei zu helfen, sie loszuwerden, damit niemand anders so leiden muss wie er. So was würde ein schlechter Mensch doch nicht machen«, beteuerte Helen.

»Scheint so, als würdest du ihn besser kennen, als du zugibst«, sagte Lucas steif.

»Ich habe ihn nur zweimal getroffen, aber die Zeit ist dort unten anders. Als wären wir tagelang dort gewesen. Ich behaupte nicht, dass ich alles über ihn weiß, denn das wäre gelogen. Aber ich vertraue ihm.«

Helen spürte, dass Lucas immer noch gereizt war, aber er sagte kein Wort mehr. In gewisser Hinsicht wäre es ihr sogar lieber gewesen, wenn er sie wieder angeschrien hätte. Dann wüsste sie wenigstens, was in ihm vorging.

»Lass uns hoffen, dass du recht hast, Helen. Um unser aller willen«, sagte Cassandra zögernd. Dann stand sie auf und widmete sich wieder den Schriftrollen, was für alle ein Zeichen war, dass sie entlassen waren. Sie verließen die Bibliothek und verzogen sich in die Küche.

Da die letzten Priesterweihen vermutlich vor einer Ewigkeit stattgefunden hatten, hatte Noel zur Feier des aktuellen Anlasses ein Mini-Festessen zubereitet. Helen musste angesichts des Festmahls lächeln, denn inzwischen wusste sie natürlich, wie wichtig Essen für die Delos-Familie war. Kämpfe, Feiern, Heilungen – jedes bedeutende Ereignis und manchmal auch nur ein Sonntagmorgen veranlasste sie, sich zum gemeinsamen Mahl zusammenzusetzen. Das machte ihr Haus zu einem Heim. Helen war klar, dass sie als Cousine ein Teil der Familie war, aber sie fühlte sich nicht mehr willkommen. Sie wusste genau, wenn sie blieb, würde Lucas gehen. Also zögerte Helen an der Küchentür.

»Geh da rein und iss!«, befahl Claire ausgelassen und schob sie von hinten durch die Tür.

»Ha! Bin ich so dünn?«

»Noch viel dünner.«

»Ich kann nicht, Claire«, sagte Helen heiser.

»Er ist schon weg. Gerade abgedampft. Aber ich versteh dich.« Claire zuckte mit den Schultern. »Es tut mir zwar leid, dass du nicht zur Feier bleibst, aber ich kann dir keinen Vorwurf machen. An deiner Stelle würde ich mich dabei auch nicht wohlfühlen.«

»Das war echt mutig von dir«, sagte Helen ernst. »Es hat viel Überwindung gekostet, Priesterin zu werden.«

»Ich hätte es schon früher tun sollen«, sagte Claire ruhig. »Ich habe dich schon viel zu lange ohne Hilfe da unten herumwandern lassen und nun … *sieh dich an*. Es tut mir so leid, Lennie.«

»Sehe ich so schrecklich aus?«

»Ja«, antwortete Claire unverblümt. »Du siehst total traurig aus.«

Helen nickte. Sie wusste genau, dass ihre Freundin nicht gemein war, sondern nur ehrlich. Sie drückte Claire kurz und ver-

145

schwand durch die Hintertür, bevor sie jemand dazu drängen würde, sich an den Tisch zu setzen. Helen wollte gerade losfliegen, als sie jemand über den Rasen auf sich zukommen hörte.

»Sag mir wenigstens, dass du ihn da unten nicht das Kommando übernehmen lässt«, meinte Lucas mit knurriger Stimme. Er blieb etwa drei Meter von Helen entfernt stehen, aber sie wich trotzdem zurück. Seine Haltung hatte etwas Drohendes, das Helen nicht gefiel.

»Tu ich nicht«, sagte sie. »Orion ist nicht, was du denkst. Ich sagte doch schon, dass er mir nur helfen will.«

»Klar. Ich bin sicher, dass er nichts anderes will.« Lucas sprach emotionslos und eisig. »Du kannst mit ihm herummachen, so viel du willst, aber dir ist klar, dass ihr nicht richtig zusammenkommen könnt, oder?«

Helens Unterkiefer klappte nach unten. »Ich bin nicht mit ihm *zusammen*«, schnaufte sie, beinahe atemlos vor Schreck.

»Der Sinn des Ganzen ist, die Häuser *getrennt* zu halten«, knurrte Lucas verbittert, ohne auf ihre Antwort einzugehen. »Egal, wie verführerisch dieser Typ ist oder wie oft er dir seine Jacke leiht, du darfst nicht vergessen, dass er der Erbe von zwei Häusern ist und du die Erbin eines anderen. Also schlag ihn dir aus dem Kopf!«

»Okay. Ich werde versuchen, mich zurückzuhalten, und ihn nicht in dieser niedlichen kleinen Kapelle *in der Hölle* heiraten. Du weißt schon, die neben der stinkenden Grube voller verwesender Leichen!« Jetzt war Helen wirklich wütend. Am liebsten hätte sie ihn angeschrien, aber sie zwang sich zur Ruhe. »Das ist doch lächerlich! Wieso sagst du so was?«

146

»Weil ich nicht will, dass dich ein hirnloser römischer Schön-ling von deiner Mission ablenkt.«

»Sprich nicht so von Orion«, warnte Helen ihn. »Er ist mein Freund.«

Helen hatte schon vorher erlebt, wie Lucas wütend wurde, aber sie hatte ihn noch nie so boshaft über jemanden sprechen hören. Er schien ihre Enttäuschung zu spüren und schaute einen Moment lang weg.

»Schön. Dann ist er dein Freund«, sagte Lucas ruhig und wie-der ganz kontrolliert. »Aber vergiss nicht, dass es *deine* Mission ist. Das Orakel hat vorhergesagt, dass du sie erfüllen musst. Lass dich nicht verwirren. Was du in der Unterwelt zu tun hast, ist so schwierig, dass der Tyrann gar nicht gegen dich kämpfen muss, damit du versagst. Es würde schon reichen, wenn er dich nur ablenkt.«

Plötzlich hatte Helen es satt, sich seinen Vortrag anzuhören. Lucas hatte kein Recht, ihr vorzuschreiben, was sie zu tun hatte, und brauchte sie ganz bestimmt nicht daran zu erinnern, was ihre Pflicht war. Sie trat einen Schritt auf ihn zu.

»Ich bin nicht abgelenkt, und ich weiß, dass es meine Mission ist. Aber *allein* erreiche ich gar nichts. Du hast ja keine Ahnung, wie es da unten ist!«

»Doch, ich weiß es«, flüsterte er, kaum dass Helen ausgespro-chen hatte. Da fiel es ihr wieder ein. Lucas war schon einmal in der Unterwelt gewesen, und zwar in der Nacht, in der sie abgestürzt waren. Sie war ihm jetzt so nahe, dass sie seine Augen sehen konnte. Sie waren von einem so intensiven Blau, dass sie beinahe schwarz wirkten, und sie lagen tief in den Höhlen. Sein

147

Gesicht wirkte dünner, und er war so blass, als hätte er schon seit Wochen keine Sonne mehr gesehen.

»Dann solltest du wissen, dass es fast unmöglich ist, dort zu überleben, wenn einem keiner hilft«, sagte Helen, und ihr stockte fast der Atem, weil er so schlecht aussah. »Und Orion hilft mir. Er lenkt mich nicht ab. Er ist große Risiken eingegangen, um für mich da zu sein, und in meinem Herzen weiß ich, dass er die Furien genauso stoppen will wie wir – vielleicht sogar noch mehr als wir. Ich glaube nicht, dass er dieser fiese Tyrann ist, von dem alle reden. Und ich werde meinen Freund nicht wegen einer uralten Prophezeiung verurteilen, die womöglich nur ein Haufen poetischer Unsinn ist.«

»Das ist sehr fair von dir, Helen, aber vergiss nicht, dass diese Prophezeiungen immer auch ein Körnchen Wahrheit enthalten, egal, wie viel poetischer Unsinn sie auch sein mögen.«

»Was ist denn *los* mit dir? Du warst doch sonst nicht so!«, rief Helen aus und erhob zum ersten Mal ihre Stimme. Es war ihr egal, ob der Rest der Familie angerannt kam und sie zusammen sehen würde. Sie ging noch einen Schritt auf ihn zu, und diesmal war er es, der zurückwich. »Sonst hast du doch immer über diesen Blödsinn vom ›unausweichlichen Schicksal‹ gelacht!«

»Ganz genau.«

Er brauchte nicht auszusprechen, was er damit meinte. Sie wusste, dass er von ihnen beiden sprach. Helen traten Tränen in die Augen, aber sie wollte auf keinen Fall vor ihm losheulen. Bevor die Tränen zu fließen begannen, sprang sie in den Abendhimmel und flog heim.

Es würde bald hell werden. Der tiefschwarze Nachthimmel verblasste zu mitternachtsblau und würde schon bald in die hellen Töne des Sonnenaufgangs getaucht werden. Daphne wusste nicht, ob das gut oder schlecht war. Sie hatte schon vor Stunden aufgehört zu zittern, was bedeutete, dass sie unterkühlt war. Die Sonne würde sie zwar wärmen, aber auch noch weiter austrocknen. Sie hatte fast das gesamte Wasser in ihrem Körper dazu verwendet, Blitze auf Tantalus abzuschießen, und das war vor siebenundzwanzig Stunden gewesen – bevor sie sich ins Meer gestürzt hatte.

Dahne verlagerte ihr Gewicht auf dem Treibgut, an das sie sich klammerte, seit sie ihren Körper aus dem Fenster geschleudert hatte. Sie war über dreißig Meter tief ins tosende Wasser gefallen und mehrfach gegen die Felsen geschmettert worden. Die Wunde an ihrer Stirn hatte sich geschlossen, und drei ihrer vier gebrochenen Rippen waren geheilt, aber die vierte würde erst heilen, wenn sie aß und trank. Auch ihr linkes Handgelenk war immer noch gebrochen, aber die Rippe quälte sie am meisten. Jeder Atemzug, jedes Heben und Senken der Wellen bereitete ihr Schmerzen.

Daphne hob den Kopf und verdrehte ihn qualvoll, um nach Land Ausschau zu halten. Die Flut kam. Sie würde sie dichter ans Land befördern, wie schon am Morgen zuvor. Sie konnte nur hoffen, dass Tantalus' Wachen es entweder aufgegeben hatten, den Strand nach ihr abzusuchen, oder dass sie mittlerweile so weit vom Grundstück entfernt war, dass sie sich gefahrlos ans Ufer tragen lassen konnte. Ihr war klar, dass sie im Wasser nicht ewig überleben konnte. Das Treibgut begann bereits zu sinken. Ob da nun Wachen waren oder nicht – Daphne musste es bald ans Land schaffen, oder sie würde ertrinken.

Sie hing tief im Wasser und sah jedes Mal zum Strand hinüber, wenn eine Welle sie hochhob. Sie entdeckte einen großen Mann, der aufs Wasser zurannte. Er zog sein Hemd aus und seine blonden Locken funkelten in den ersten Sonnenstrahlen wie pures Gold.

Ihr geliebter Ajax, ein wahrer Sohn der Sonne, kam bei Sonnenaufgang, um sie zu retten.

Daphne wollte vor Freude aufschreien, doch aus ihrer zugeschwollenen Kehle kam nur ein tonloses Keuchen. Obwohl ihre trockenen Lippen dabei aufrissen, lächelte sie beim Anblick ihres wundervollen Ehemanns, der sie gleich in die Arme schließen und sie vor jeder Gefahr beschützen würde. Wie er es immer getan hatte, bevor er ermordet wurde.

Doch Ajax war tot und es tat immer noch so weh. Wieso sollte sie noch kämpfen, wenn ihr geliebter Mann am Fluss Styx auf sie wartete? Sie dachte an die furchtbare Lüge, die sie ihrer Tochter aufgetischt hatte, und jetzt, wo sie starb, bedauerte sie es einen Moment lang, Helen in dem Glauben zurückzulassen, dass sie Lucas' Cousine war. Ihr verletzter Körper entspannte sich und sie ließ den Zwilling ihres Mannes nicht aus den Augen.

Seine muskulösen Oberschenkel durchpflügten das Wasser, das ihnen nicht den normalen Widerstand entgegensetzte. Dann tauchte er unter und sie sah ihn auf sich zuschwimmen wie einen Delfin. Als sie unterging, hörte Daphne, wie Hector, der Sohn des Pallas, die See anrief und ihr befahl, ihren beinahe leblosen Körper zu stützen.

Daphne spürte, wie ihr Gesicht wieder nach oben gehoben wurde, und holte keuchend Luft. Sie hustete das widerliche Salzwasser aus, das in ihrer Lunge brodelte, und versuchte vergebens, die Worte *Myrmidone* und *Helen* hervorzuwürgen. Alles, was sie sehen konnte, war Hectors besorgtes Gesicht. Am Ende ihrer Kräfte angekommen, verlor Daphne das Bewusstsein.

7

In den nächsten paar Tagen tauchte Orion nicht auf. Helen musste jede Nacht in die Unterwelt, ob sie wollte oder nicht, aber sie hatte ihm gesagt, dass er seine Zeit nicht damit verschwenden sollte, sie zu treffen, solange sie keinen Plan hatten.

Im Moment bin ich allein besser dran, schrieb sie ihm, während Claire sie zur Schule fuhr. *Schließlich bist du es, den die Monster zum Anbeißen finden.*

Clevere Monster. Ich bin ja auch lecker.

Sagt wer?

Glaubst du mir nicht? Probier doch selbst.

Ach? Und wie?

Darfst mich beißen.

Helen prustete los. Claire sah sie auf dem Weg über den Schulparkplatz fragend an.

»Was schreibt ihr euch?«, wollte sie wissen.

»Nichts Besonderes«, murmelte Helen und ließ das Handy in der Tasche verschwinden.

Aber als sie und Orion sich im Laufe des Tages weitere Nachrichten schickten und Witze darüber rissen, wie anstrengend ihr Doppelleben war, bekam Helen zunehmend den Eindruck, dass er ein bisschen *zu* erleichtert war, eine Zeit lang nicht in die Unterwelt zu müssen.

Du musst nicht gerade Freudensprünge bei der Vorstellung machen, mich heute Nacht NICHT zu treffen, schrieb sie ihm auf dem Weg in die Cafeteria ein wenig gereizt.

Bin NICHT froh, dich nicht zu sehen, aber froh, weil ich lernen muss. Kann mir das Internat nur mit einem Vollstipendium leisten und bin zu pleite für was anderes. Schlechte Noten = obdachloser Orion. ☹

Helen betrachtete die Nachricht mit gerunzelter Stirn. Sie merkte natürlich, dass er den Trauer-Smiley angefügt hatte, um der Botschaft die Schärfe zu nehmen, aber sie stellte sich trotzdem vor, wie es sein musste, wenn man keinen anderen Ort zum Leben hatte als ein Internat.

Und wohin gehst du in den Sommerferien? Oder Weihnachten? Bleibst du allein in der Schule?

Ups. Da fragst du was …, antwortete er erst nach einer ganzen Weile. *Im Sommer arbeite ich. Weihnachten helfe ich ehrenamtlich.*

Und als du noch klein warst? Als du 10 warst? Helen erinnerte sich, dass er seit diesem Alter auf sich allein gestellt war. *In dem Alter konntest du noch keinen Job annehmen.*

Nicht in diesem Land. Aber lassen wir das. Muss zum Unterricht.

»Helen?«, sagte Matt und verkniff sich ein Grinsen. »Willst du die ganze Mittagspause mit Orion simsen?«

»Tut mir leid«, murmelte Helen mit finsterer Miene. Sie steckte ihr Handy weg und fragte sich, welches Land Orion gemeint hatte.

153

»Ist zwischen euch etwas vorgefallen?«, fragte Ariadne. »Du wirkst ein bisschen gereizt.«

»Nein, alles in Ordnung«, versicherte Helen, so fröhlich sie konnte. Die anderen sahen sie zwar ungläubig an, aber sie konnte ihnen nicht sagen, was in der SMS gestanden hatte. Das war privat.

Orion schickte ihr am Abend noch eine »Viel Glück in der Unterwelt«-SMS, aber sie kam so spät an, dass Helen sie erst am Morgen las. Es war eindeutig, dass er ihr auswich – wahrscheinlich, weil er nicht über seine Kindheit reden wollte. Helen beschloss, das Thema ruhen zu lassen, bis er ihr mehr vertraute. Sie wollte nichts überstürzen und war richtig überrascht, dass ihr das Warten nichts ausmachte. Was war schon so schlimm daran, dass sie ein wenig härter daran arbeiten musste, sein Vertrauen zu gewinnen? Er war den Aufwand wert.

»Ist das Orion?«, fragte Claire misstrauisch, als Helen hektisch ihr vibrierendes Handy aus der Tasche zog.

»Er schreibt, dass er etwas gefunden hat«, sagte Helen und ignorierte Claires bohrende Blicke.

Ihre beste Freundin musterte sie besorgt, und Helen hoffte nur, dass Claire nichts sagen würde. Sie hatte wirklich nicht die Energie für eines von Claires »Magst du diesen Jungen oder *magst* du diesen Jungen«-Verhören.

»Was ist es?«, wollte Cassandra wissen.

»Eine Schriftrolle aus einem privaten Tagebuch von Mark Anton, in dem vom Leben nach dem Tod die Rede ist. Er möchte wissen, ob er es einscannen und dir mailen soll.«

Cassandra rieb sich die Augen. Sie saßen nun schon den dritten Nachmittag in Folge in der Bibliothek der Delos' und suchten nach irgendeinem Hinweis, aus dem sich ein Plan entwickeln ließ. Bis jetzt ohne Erfolg.

»Mark Anton? Wie bei *Antonius und Cleopatra*?«, fragte Ariadne mit einem Glitzern in den Augen. »Die hat wirklich nichts anbrennen lassen.«

Helen grinste zustimmend und leitete die Frage an Orion weiter. Seine Antwort kam prompt. »Ja, genau dieser Römer. Ich vermute, er ist ein Verwandter der Cousine seiner Mutter. Es ist zwar ziemlich kompliziert, aber wenn man weit genug zurückgeht, stellt sich heraus, dass Orions Mutter sowohl mit Mark Anton als auch mit Julius Cäsar verwandt war.«

»Ja, und wenn man noch weiter zurückgeht, wird sich vermutlich herausstellen, dass wir beide verwandt sind«, bemerkte Claire trocken. Sie fuhr sich durchs tiefschwarze Haar, um darauf hinzuweisen, wie sehr sich ihre Gene von denen der blonden Helen unterschieden.

»Hm. So habe ich das noch nie betrachtet, aber du hast vermutlich recht, Gig«, musste Helen zugeben. Dann tauchte ein verstörender Gedanke in ihrem Kopf auf, aber Cassandra unterbrach den Denkprozess.

»Helen, schreib Orion, dass er sich die Mühe sparen kann. Mark Anton wollte Pharao werden, also hat ihn nur das ägyptische Leben nach dem Tod interessiert.«

Helen begann, Cassandras Antwort einzutippen, und fügte auch das »Danke schön« hinzu, das Cassandra mit voller Absicht weggelassen hatte.

»Warte mal kurz, Len«, sagte Matt, bevor sie die SMS abschicken konnte. »Nur weil Orions Information aus einer anderen Kultur stammt, muss sie nicht falsch sein.«

»Ich stimme Matt zu«, sagte Jason und wachte aus seinem Studierdämmerzustand auf. »Die Ägypter waren besessen von einem Leben nach dem Tod. Es kann gut sein, dass sie viel mehr über die Unterwelt wussten als die Griechen. Vielleicht haben sie genau die Infos, die Helen braucht, um sich dort unten zurechtzufinden. Wir könnten etwas übersehen, wenn wir voreingenommen sind und nur die Aufzeichnungen der Griechen gelten lassen.«

»Natürlich, es ist durchaus möglich, dass die Ägypter eine dreidimensionale Karte der Unterwelt hatten, komplett mit allen magischen Passwörtern!«, fuhr Cassandra ihn sarkastisch an. »Aber Mark Anton war ein *römischer* Kriegsherr. Und ein ägyptischer Priester, der über das Wissen verfügte, das Helen braucht, wäre eher gestorben, als einem *Eroberer* auch nur eines der heiligen Geheimnisse der Unterwelt zu verraten!«

Alle verstanden, dass Cassandra sie auf diese Weise daran erinnern wollte, dass dieselbe Hingabe auch von Apolls neu geweihten Priestern und Priesterinnen erwartet wurde. Jason und Ariadne waren mit diesen Erwartungen groß geworden. Aber Matt und Claire nahmen sich die Zeit, darüber nachzudenken. Helen beobachtete, wie sich ihre beiden ältesten Freunde beunruhigte Blicke zuwarfen. Als die beiden dann anfingen, eine ernste Entschlossenheit auszustrahlen, war sie richtig stolz auf sie.

Helen dachte gerade, wie unglaublich toll ihre Freunde waren, als ihr Blick auf Jason fiel. Er sah Claire an, als hätte sie gerade

Weihnachten abgesagt. Als er merkte, dass Helen ihn beobachtete, schaute er schnell weg, aber Helen fand trotzdem, dass er blass wirkte.

»Was wir wirklich brauchen, sind die Verlorenen Prophezeiungen.« Cassandra begann, im Zimmer herumzuwandern.

»Wären es dann nicht die ›Gefundenen‹ Prophezeiungen?«, alberte Matt.

»Was meinst du damit?«, sagte Claire, ohne auf den dummen Witz einzugehen. »Was sind die Verlorenen Prophezeiungen?«

»Ein Mysterium«, antwortete Jason mit einem Kopfschütteln. »Es soll sich dabei um eine Sammlung der Prophezeiungen handeln, die Kassandra von Troja vor und während des zehn Jahre dauernden Trojanischen Krieges gemacht hat. Aber niemand weiß, was sich dahinter verbirgt.«

»Ist ja irre. Wie sind sie verloren gegangen?«, wollte Claire wissen.

»Kassandra von Troja ist von Apoll verflucht worden, stets klare Prophezeiungen abzugeben – was übrigens kein Kinderspiel ist –, die dann aber niemand glauben würde«, erklärte Cassandra abgelenkt.

Helen erinnerte sich an diese Geschichte, auch wenn sie nur ein kleiner Teil der *Ilias* war. Apoll hatte sich kurz vor dem Krieg in Kassandra von Troja verliebt. Als sie ihm sagte, dass sie Jungfrau bleiben wollte, und seine Annäherungsversuche ablehnte, verfluchte er sie.

»Apolls Fluch ließ alle denken, dass Kassandra verrückt geworden war. Die Priester haben zwar noch niedergeschrieben, was sie im Krieg vorhergesehen hat, aber sie hielten es nicht für

157

besonders wichtig. Die meisten dieser Aufzeichnungen sind verschwunden oder es haben nur Bruchstücke überlebt«, bemerkte Ariadne so niedergeschlagen, als müsste sie sich für ihre Vorfahren schämen. »Deswegen sind auch alle Prophezeiungen über den Tyrannen so lückenhaft. Kein moderner Scion hat sie jemals gefunden.«

»Was für eine Verschwendung«, murmelte Matt düster. »Ich wüsste zu gern, wie oft die Götter mit einem Verbrechen wie diesem davongekommen sind, nur weil sie Götter waren.«

Ariadne fuhr bei Matts bitterem Tonfall verdutzt herum. Sie war erstaunt, ihn so hitzig zu sehen, aber Helen kannte diese Seite von Matt bereits. Er hatte es schon immer gehasst, wenn jemand schikaniert wurde. Schon früher konnte er es nicht leiden, wenn Leute den starken Mann markierten. Das war einer der Hauptgründe, wieso er Rechtsanwalt werden wollte. Matt fand, dass die Starken die Schwachen beschützen sollten, statt sie herumzuschubsen, und Helen sah, wie wütend ihn die Vorstellung machte, dass Apoll ein junges Mädchen verfluchte, nur weil es nicht mit ihm schlafen wollte.

Helen musste zugeben, dass Matt irgendwie recht hatte. Die meiste Zeit führten sich die Götter wirklich wie große, übernatürliche Idioten auf. Helen fragte sich, wieso die Menschen sie überhaupt jemals angebetet hatten. Während sie noch darüber nachdachte, brummte ihr Handy erneut.

»Orion schreibt, dass das Tagebuch ein Reinfall war«, berichtete Helen. Bei seiner nächsten Bemerkung musste sie lachen. »Er schreibt auch, dass Mark Anton dumm wie Brot war.«

»Oh, echt? Wie schade«, sagte Ariadne und klimperte enttäuscht mit ihren unglaublich langen Wimpern. »Auf dem Papier war er immer so ein romantischer Typ.«

»Shakespeare kann selbst den letzten Volltrottel gut aussehen lassen«, bemerkte Matt, und die Tatsache, dass Ariadnes Schwärmerei für einen toten Typen im Keim erstickt worden war, ließ ihn grinsen. Er sah zu Helen hinüber. »Weißt du, es ist echt schön, dich mal wieder fröhlich zu sehen, Lennie.«

»Nun, immerhin ist Freitagabend. Da kann ich mir das wohl mal erlauben, oder?«, scherzte Helen, aber niemand lachte. Alle außer Cassandra sahen sie erwartungsvoll an. »Was?«, fragte sie schließlich, als immer noch niemand etwas sagte.

»Nichts«, meinte Claire schließlich gereizt. Sie stand auf und reckte sich, um damit anzuzeigen, dass der Abend für sie beendet war. Cassandra verstand den Hinweis und verließ die Bibliothek ohne ein Wort des Abschieds. Alle anderen erhoben sich ebenfalls und sammelten ihre Sachen zusammen.

»Hast du Lust, zu bleiben und einen Film zu sehen?«, fragte Jason Claire hoffnungsvoll. Mit einem Blick in die Runde schloss er alle anderen in die Einladung ein. »Schließlich *ist* Freitag.«

Matt warf Ariadne einen Blick zu. Sie lächelte ihn an. Dann sahen alle zu Helen. Sie wollte nicht allein nach Hause gehen, aber sie würde es auch nicht ertragen, mit zwei hormonbefeuerten Nicht-ganz-Pärchen in einem abgedunkelten Raum zu sitzen.

»Ich wäre schon eingeschlafen, bevor das Popcorn aus der Mikrowelle kommt«, log Helen und zwang sich zum Lachen. »Amüsiert ihr euch, aber ich brauche ein bisschen Schlaf.«

Keiner der anderen widersprach oder versuchte, sie zum Blei-

159

ben zu überreden. Als Helen das Haus verließ, fragte sie sich, ob ihre Freunde nichts gesagt hatten, weil sie wussten, dass sie Schlaf brauchte, oder weil sie sie nicht dabeihaben wollten. Sie konnte ihnen keinen Vorwurf machen, wenn sie lieber unter sich waren – niemand mochte das fünfte Rad am Wagen, und ein fünftes Rad mit Liebeskummer schon gar nicht.

Helen atmete die kühle Herbstluft ein und schaute hoch in den klaren Nachthimmel, in den sie gleich fliegen wollte. Ihr Blick wanderte zu den drei hellen Sternen des Oriongürtels und sie lächelte das Sternbild an.

Plötzlich hatte sie Lust, nach Hause zu laufen statt zu fliegen. Es war zwar weit, zwischen dem Haus der Delos' und ihrem lag fast die ganze Länge der Insel, aber sie war inzwischen daran gewöhnt, stundenlang in der Dunkelheit herumzuwandern. Helen steckte die Hände in die Taschen und begann, die Straße entlangzugehen, ohne weiter darüber nachzudenken. Sie warf noch einen Blick nach oben, und ihr wurde klar, was sie wirklich wollte. Sie wollte mit Orion zusammen sein, auch wenn *dieser* Orion nur ein Haufen Sterne war. Sie vermisste ihn.

Helen hatte die halbe Milestone Road hinter sich gebracht und sich gefragt, ob man sie wohl für verrückt halten würde, wenn jemand sah, wie sie mitten in der Nacht durch den dunklen, unbesiedelten Teil der Insel wanderte, als ihr Telefon losbrummte. Die Nummer war unterdrückt. Einen Augenblick lang überlegte sie, ob es Orion sein konnte. Sie antwortete hastig, weil sie hoffte, dass er es war. Als sie Hectors Stimme am anderen Ende der Leitung erkannte, war sie so verblüfft, dass sie kaum eine Begrüßung stammeln konnte.

»Helen? Halt den Schnabel und hör zu«, unterbrach er sie auf seine übliche direkte Art. »Wo bist du?«

»Ich gehe gerade nach Hause. Wieso, was ist los?«, fragte sie, denn sein schroffer Ton hatte sie neugierig gemacht.

»Du gehst? Woher kommst du?«

»Von deinem Haus. Ich meine, deinem alten Haus.« Sie biss sich auf die Lippe in der Hoffnung, dass sie nichts Dummes gesagt hatte.

»Wieso *fliegst* du nicht?« Er schrie sie praktisch an.

»Weil ich lieber zu Fuß … Was ist denn eigentlich los?«

Hector berichtete hastig, wie Daphne Tantalus konfrontiert hatte und dabei verletzt worden und über einen Tag lang auf See verschollen gewesen war. Er erzählte, dass Daphne drei Tage gebraucht hatte, um sich so weit zu erholen, dass sie Hector von dem Myrmidonen erzählen konnte, der vor Helens Tür in seinem Nest hockte.

Helen war klar, dass sie sich eigentlich um ihre Mutter sorgen sollte, aber sie hatte das Wort *Mimidone* verstanden und musste Hector unterbrechen, um zu fragen, was das war.

»Hast du die *Ilias* nicht gelesen?«, fuhr Hector sie hitzig an. Helen konnte sich gut vorstellen, wie er vor lauter Ärger blau anlief.

»Klar hab ich das!«, beteuerte sie.

Hector fluchte lauthals und erklärte dann, so ruhig er konnte, dass Myrmidonen die Elitesoldaten waren, die mit Achill im Trojanischen Krieg gekämpft hatten. Helen hatte von Achills Spezialtruppe von Albtraumsoldaten gelesen. Myrmidonen waren keine Menschen, sondern *Ameisen*, denen Zeus menschliche Gestalt verliehen hatte.

»Dieser gruselige Typ, der uns beim Sportfest angegriffen hat!«, rief Helen und schlug sich die Hand vor den Mund. Jetzt wurde ihr klar, wieso sie der Anführer des Trupps, der *General*, so beunruhigt hatte. »Und ich dachte immer, ›Arbeiterameisen‹ wären alle weiblich«, fügte sie verwirrt hinzu.

»Ja, und ich dachte immer, Ameisen würden aussehen wie Ameisen und Menschen wie Menschen«, konterte Hector trocken. »Lass dich nicht täuschen, Helen. Dieses Ding ist kein Mensch und es hat definitiv nicht dieselben Gefühle wie wir. Ganz zu schweigen davon, dass es ungeheuer stark ist und viele tausend Jahre Kampferfahrung hat.«

Helen dachte an eine Sendung über Ameisen, die sie im Fernsehen gesehen hatte. Sie konnten tagelang marschieren, Lasten heben, die hundertmal so schwer waren wie sie selbst, und manche Arten waren ungeheuer aggressiv.

Helen sah sich auf der dunklen Straße um und wünschte sich plötzlich, dass Hector bei ihr wäre, auch wenn er die meiste Zeit eine Nervensäge war. Sie wünschte auch, dass sie besser aufgepasst hätte, als er mit ihr gekämpft hatte. Dann wüsste sie jetzt wenigstens, wie man sich verteidigte.

»Und was soll ich jetzt machen?«, fragte Helen.

»Flieg los. Er kann nicht fliegen. Du bist in der Luft eigentlich immer sicherer, Helen. Versuch, von jetzt an daran zu denken, okay?«, wies er sie an. »Geh zurück zu meiner Familie und erzähl ihnen, was ich dir gesagt habe. Dann bleib bei Ariadne. Sie wird auf dich aufpassen. Lucas und Jason werden das Nest finden. Mein Vater und mein Onkel werden nach New York reisen müssen, um diese Angelegenheit vor die Hundert zu bringen.

In der Zwischenzeit wird Cassandra die Entscheidungen treffen. Dir dürfte nichts passieren.«

Wie der große General, der er immer werden sollte, hatte Hector jeden Schritt präzise geplant. Trotzdem fand Helen, dass er sich nicht sehr überzeugend anhörte, als er versprach, dass sie in Sicherheit sein würde.

»Du hast echt Angst vor diesem Myrmidonen, oder?«, fragte Helen und schwang sich in die Luft.

Die Vorstellung, dass Hector vor etwas Angst haben könnte, versetzte Helen noch mehr in Panik als die einsame Landstraße. Sie hörte ihn seufzen.

»Myrmidonen werden schon seit Tausenden von Jahren von Scions als Auftragskiller benutzt. Abgesehen vom Haus von Rom, das sein eigenes Instrument für die Morde an Angehörigen hat, geht jeder Scion, der einen Verwandten umbringen will, ohne ausgestoßen zu werden, zu einem Myrmidonen. Natürlich ist das nichts, worüber wir reden. Myrmidonen sind ein Teil unserer Welt und nicht alle von ihnen sind ehrlose Mörder. Aber einige schon. Sie sind körperlich stärker als wir und müssen sich keine Sorgen um die Furien machen. Jemanden zum Ausspionieren der eigenen Familie zu benutzen, ist ein deutlicher Hinweis auf ein geplantes Attentat, was meinem Vater und Onkel das Recht gibt, ein formelles Treffen der Hundert einzuberufen. Wir nennen so etwas ein Konzil.«

»Aber das ist doch gut, oder?«, fragte Helen nervös. »Castor und Pallas können dieses Konzildings machen und das Vieh loswerden, richtig?«

»*Wenn* sie beweisen können, dass du Ajax' Tochter und damit

Teil der Familie bist, würden die Hundert Tantalus dazu bringen, den Myrmidonen abzuziehen. Wenn es ihnen nicht gelingt, bist du für die Hundert nur ein Mitglied des Hauses von Atreus und damit der Feind. Aber ich weiß nicht, was sie tun werden. Ich kann ja nicht dabei sein.« Er hörte sich enttäuscht an, als müsste er sich dafür entschuldigen, dass er Helen allein ließ, obwohl sie in Gefahr schwebte, was total verrückt war. Schließlich war er im *Exil*. Bevor sie etwas sagen konnte, fuhr Hector eindringlich fort: »Tu genau, was ich dir sage, dann brauche ich mir weniger Sorgen um dich zu machen. Einverstanden?«

»Einverstanden«, versprach sie und fühlte sich schon jetzt schuldig, weil sie nicht vorhatte, dieses Versprechen zu halten.

Sie redeten noch kurz über Daphne, allerdings wollte ihr Hector nicht verraten, wo sie war. Er versicherte Helen, dass sich ihre Mutter vollständig erholen würde, und versprach, sich wieder zu melden.

Nach Beendigung des Gesprächs flog Helen auf ihre Seite der Insel, um auf eigene Faust nach dem »Nest« zu suchen. Sie wollte zumindest wissen, wo es war, und sichergehen, dass ihrem Vater nichts fehlte. Außerdem wollte sie diejenige sein, die entschied, ob die Situation gefährlich war oder nicht. Helen war kein kleines Mädchen mehr. Sie war durchaus fähig, sich selbst einen Überblick zu verschaffen und dann zu entscheiden, ob es Sinn machte, alle in Aufruhr zu versetzen. Dazu kam, dass sie nicht gerade hilflos war. Sie hatte den Cestus, der sie unverwundbar machte, und ihre Blitze, mit denen sie das Vieh erledigen konnte, wenn es ihr oder Jerry zu nahe kam.

Helen suchte die Nachbarschaft ab. Sie stellte sich das Nest

164

groß vor und nahm an, dass es leicht zu finden war. Aber sie entdeckte nichts. Sie wollte schon aufgeben, als ihr an der Wand des Nachbarhauses hinter einem Rhododendron eine kleine Wölbung auffiel, als hätte die Wand plötzlich eine Beule bekommen.

Es war so unauffällig, dass Helens sterbliche Nachbarn es nie bemerkt hätten. Das Nest war perfekt getarnt und ähnelte sowohl in der Farbe als auch in der Textur den Holzschindeln der Fassade. Der Myrmidone hatte sogar die Fugen zwischen den Schindeln nachgeahmt, was das Nest wie eine optische Täuschung wirken ließ.

Helen starrte es einen Moment lang an, um zu sehen, ob sich darin etwas bewegte. Das Herz schlug ihr bis zum Hals. Als sie nicht das geringste Geräusch vernahm, beschloss sie, genauer nachzusehen. Sie pustete sich in die schwitzigen Handflächen und segelte dichter an das Nest heran. Es bestand aus einem zementähnlichen Material und war von unzähligen Gucklöchern durchbrochen. Wie erwartet, waren die meisten der Löcher auf ihr Haus gerichtet. Aus diesem Winkel konnte sie sogar einen Teil ihres Zimmers sehen.

Ihre Nackenhaare sträubten sich bei dem Gedanken, dass irgendein Rieseninsekt sie beim Ausziehen beobachtet hatte. Plötzlich hörte sie ein zwitscherndes Geräusch.

Helen schoss mit den Füßen voran in Sicherheit. Wie ein rückwärts fliegender Pfeil gewann sie an Höhe und starrte dabei auf die Stelle, von der das Geräusch gekommen war. Auf dem Rasen der Nachbarn entdeckte sie dasselbe skelettartige Gesicht und die vorquellenden roten Augen wie schon beim Angriff im

Wald. Es sah zu ihr hoch, und sein Kopf ruckte so schnell hin und her, dass Helen angst und bange wurde. Sie flog über die Insel und landete einen Moment später auf dem Delos-Anwesen.

Erst als Helen eilig auf die Haustür zuging, wurde ihr bewusst, wie spät es war. Alle schliefen längst. Sie spähte durch die dunklen Fenster und trat nervös von einem Fuß auf den anderen, denn es war ihr total peinlich, um zwei Uhr nachts zu klingeln und alle aufzuwecken. Immerhin war sie nicht in unmittelbarer Gefahr. Wenn sie Hector richtig verstanden hatte, beobachtete sie der Myrmidone schon seit Wochen und hatte bisher nicht angegriffen. Helen überlegte, ob sie einfach nach Hause gehen, sich selbst um das Nest kümmern und ihren Cousins am nächsten Morgen davon berichten sollte.

Sie hörte ein Geräusch hinter sich und fuhr panisch herum.

»Was machst du hier draußen?«, flüsterte Lucas und landete auf dem Rasen. Dann marschierte er sofort energischen Schrittes auf sie zu. Seine finstere Miene wurde weicher, als er sah, wie aufgelöst Helen war. An der Art, wie sie sich umsah, konnte er erkennen, dass es nichts mit ihm zu tun hatte. »Was ist passiert?«, fragte er streng.

»Ich …«, begann sie atemlos, brach dann aber ab, weil ihr ein beunruhigender Gedanke kam. »Kommst du *jetzt erst* nach Hause? Wo warst du?«

»Unterwegs«, sagte er abweisend. Lucas kam immer näher, bis er so dicht bei ihr stand, dass sie den Kopf in den Nacken legen musste, um zu ihm aufzusehen. Aber sie würde ganz bestimmt nicht vor ihm zurückweichen. Sie hatte keine Angst mehr vor ihm. »Und jetzt beantworte meine Frage. Was ist passiert?«

»Hector hat angerufen. Daphne hat herausgefunden, dass Tantalus einen Myrmidonen geschickt hat, der mich beobachtet. Das Ding hat mich gerade dabei erwischt, wie ich mir sein Nest angesehen habe, so vor ein paar Sekunden.«

Ohne Vorwarnung griff Lucas zu, packte Helen um die Hüften und warf sie hoch in die Luft. Durch den Schwung, den er ihr gegeben hatte, segelte sie zwanzig Meter hoch. Lucas schoss an ihr vorbei und ergriff ihre Hand. Er zog sie in einem unglaublichen Tempo hinter sich her. Helens Ohren knackten bei dem Mini-Überschallknall, den sie und Lucas erzeugten.

»Wo ist das Nest? Bei eurem Haus?«, überschrie er hektisch das Rauschen des Windes.

»Bei unseren Nachbarn. Lucas, halt an!« Helen hatte Angst, nicht vor ihm, aber vor der Geschwindigkeit. Er wurde langsamer und sah sie an, aber er stoppte nicht und ließ auch ihre Hand nicht los. Er flog dicht neben sie und schaute ihr direkt in die Augen.

»Hat er dich gebissen?«

»Nein.«

»Hat Hector dir gesagt, dass du allein nach dem Nest suchen sollst?« Er feuerte seine Worte so schnell ab, dass ihr kaum Zeit blieb, darüber nachzudenken, was er sagte.

Helen tat der Kopf weh und vor ihren Augen verschwamm alles. Sie waren so hoch oben, dass die Luft gefährlich dünn wurde. Nicht einmal Halbgötter konnten im Weltraum überleben und Lucas hatte sie bis an den Rand der Atmosphäre befördert.

»Hector hat gesagt, dass ich nicht in seine Nähe gehen soll …

aber ich wollte es selbst sehen, bevor ich alle in Panik versetze. Lucas, wir müssen weiter runter!«, flehte sie.

Lucas warf einen Blick auf Helens Brust und sah, wie sie nach Luft rang. Er flog näher an sie heran. Sie spürte, wie er für eine Wolke aus Atemluft sorgte, die beide umgab. Als Helen den Sauerstoff einatmete, fühlte sie sich sofort besser.

»Wir können uns noch mehr atembare Luft herholen, aber zuerst musst du dich entspannen«, sagte Lucas. Er hörte sich wieder an wie früher.

»Wie hoch sind wir?« Sie starrte ihn an und konnte nicht fassen, dass er so nett zu ihr war.

»Sieh nach unten, Helen.«

Vollkommen hingerissen folgte sie seinem Blick auf die Aussicht, die sich ihnen bot.

Sie und Lucas schwebten schwerelos über der sich langsam drehenden Erde. Der schwarze Himmel und ein weiß-blauer Schimmer der Atmosphäre hüllten den Planeten ein. Die Stille und die unendliche Weite des Alls schienen noch zu betonen, wie kostbar und wundervoll ihre kleinen Inseln aus Leben tatsächlich waren.

Es war das Herrlichste, das Helen jemals gesehen hatte, aber sie konnte es nicht wirklich genießen. Falls sie jemals wieder eine solche Höhe erreichte, würde sie immer daran denken müssen, dass es Lucas gewesen war, der sie *zuerst* hierhergebracht hatte. Nun gab es wieder etwas, das sie teilten. Sie war so durcheinander, dass ihr beinahe die Tränen kamen. Wie zufällig hatte sich Lucas wieder in ihr Herz geschlichen, und das, nachdem *er* ihr befohlen hatte, sich von ihm fernzuhalten.

»Wieso zeigst du mir das? Oder bringst mir überhaupt etwas bei?«, stieß Helen hervor, obwohl sie an ihren Worten fast erstickte. »Du hasst mich doch.«

»Das habe ich nie gesagt.« Seine Stimme war vollkommen emotionslos.

»Wir sollten wieder runter«, sagte sie und zwang sich, ihn nicht länger anzusehen. Das war nicht fair. Er durfte nicht so mit ihren Gefühlen spielen.

Lucas nickte und ergriff Helens Hand. Sie versuchte, sich loszureißen, aber Lucas hielt sie ganz fest.

»Nicht, Helen«, sagte er. »Ich weiß, dass du mich nicht anfassen willst, aber du könntest hier oben das Bewusstsein verlieren.«

Am liebsten hätte Helen geschrien, dass er total falschlag. *Ihn anzufassen* war so ziemlich das Einzige, was sie wollte, und dieses Verlangen fraß sie fast auf. In diesem Augenblick stellte sie sich vor, wie sie immer dichter an ihn herandriftete und sich an ihm rieb, bis sie die Körperwärme spüren konnte, die durch die Öffnungen seiner Kleidung entwich. Sie stellte sich vor, wie sein Geruch sie traf wie eine Welle und wie sie auf dieser Welle reiten würde. Natürlich wusste sie, dass sie solche Gedanken nicht haben sollte, aber sie konnte nichts dagegen tun. Ob richtig oder falsch, ob sie nun ihre Gefühle ausleben durfte oder nicht – das war es, was sie wirklich wollte.

Sie wollte jedoch nicht, dass er sie so unterschiedlich behandelte, dass sie nicht mehr wusste, wie sie sich verhalten sollte. Sie wusste nicht einmal mehr, wer sie in seiner Gegenwart eigentlich *sein* sollte. Dafür hasste sie ihn, aber – was noch schlimmer war –

sie war auch enttäuscht von sich selbst, weil sie ihn immer noch begehrte, obwohl er sie so schlecht behandelt hatte.

Weil sie sich ihrer Gedanken schämte, konnte sie Lucas nicht ansehen, als sie eine niedrigere Flughöhe erreicht hatten. Als sie auch außerhalb seines Luftstroms wieder normal atmen konnte, erkannte Helen, dass sie sich über einem dunklen Teil des Kontinents befanden. Sie suchte nach den vertrauten glühenden Lichtnetzen, die sie als Boston, Manhattan und Washington bei Nacht kannte, und konnte es nicht fassen, als sie sie schließlich entdeckte. Nach Helens Schätzung waren sie *Hunderte* Kilometer entfernt.

»Wie schnell sind wir?«, fragte sie Lucas fasziniert.

»Also, die Lichtgeschwindigkeit habe ich bisher nicht geknackt – noch nicht«, antwortete er mit einem verschmitzten Funkeln in den Augen. Helen starrte ihn an und konnte nicht fassen, dass er sich wieder benahm wie immer. Es fühlte sich richtig an. Das war der Lucas, den sie kannte. Er lächelte sie an, doch dann sanken seine Mundwinkel herab und sein Gesicht wurde erneut ausdruckslos.

Helen hatte das Gefühl, unwiderstehlich von ihm angezogen zu werden. Ihr wurde klar, dass Lucas ein emotionales schwarzes Loch für sie war. Wenn sie in seiner Nähe war, *konnte* sich ihr Herz nicht abwenden. Helen ließ seine Hand los und flog ein Stück vor ihm. Sie brauchte einen Moment, um sich wieder in den Griff zu bekommen.

Sie zwang sich, ihre Gedanken auf die aktuelle Bedrohung zu richten und sich zu konzentrieren. Wenn sie ihr Gehirn nicht beschäftigte, war sie verloren.

»Aus eurer Reaktion schließe ich, dass dieser Myrmidone ein echtes Problem ist«, sagte sie.

»Ja, ein echt großes Problem, Helen. Myrmidonen sind schneller und stärker als Scions, aber noch schlimmer ist, dass sie keine Empfindungen haben wie wir. Dass dich einer beobachtet, ist wirklich eine böse Sache. Und ich habe nicht einmal bemerkt, dass einer da war.« Er seufzte, als wäre es seine Schuld.

»Wie hättest du das denn wissen sollen? Wir haben uns doch über eine Woche nicht gesehen.«

»Komm«, sagte Lucas und nahm Kurs auf die Ostküste, ohne auf Helens letzte Bemerkung einzugehen. »Wir müssen zurück und es der Familie sagen.«

Sie nickte und übernahm die Führung. Auf dem Weg nach unten hielten sie sich nicht an den Händen und Helen spürte Lucas neben sich. Sie versuchte, sich einzureden, dass ihre perfekte Harmonie nur Einbildung war, aber ihr Handeln widerlegte das. Sie landeten gleichzeitig, wechselten in den Schwerezustand und gingen aufs Haus zu, ohne ein einziges Mal aus dem Gleichtakt zu geraten.

Lucas betrat lautstark das Haus, schaltete das Licht ein und rief nach dem Rest der Familie. Kurz darauf saßen alle in der Küche, und Helen berichtete zum zweiten Mal, was sie in dieser Nacht erlebt hatte, mit Ausnahme ihres Ausflugs in die Erdumlaufbahn mit Lucas.

»Das verlangt nach einem Konzil«, sagte Castor zu seinem Bruder. »Einen Myrmidonen ins Spiel zu bringen, könnte als kriegerische Handlung innerhalb des Hauses angesehen werden.«

»Konntest du das Gesicht des Myrmidonen sehen?«, fragte

171

Cassandra. Helen nickte und versuchte, ein Schaudern zu unterdrücken, als sie wieder daran dachte, wie er mit dem Kopf geruckt hatte wie ein Alien.

»Er hatte rote Augen«, antwortete Helen angewidert.

»Hat Hector zufällig den Namen des Myrmidonen erwähnt?«, fragte Pallas Helen betont ruhig. »Es würde helfen, wenn wir wüssten, mit welchem wir es zu tun haben.«

»Nein. Aber wenn er sich das nächste Mal meldet, kann ich ihn fragen«, bot Helen freundlich an, weil sie wusste, dass es Pallas bereits aufregte, wenn sie Hectors Namen aussprach. Helen merkte jedoch, dass Pallas sich nichts sehnlicher wünschte, als direkt mit seinem Sohn sprechen zu können. Es war nicht richtig, dass Hector nicht bei ihnen sein konnte. Sie brauchten ihn.

Cassandra führte alle in die Bibliothek. Sie ging schnurstracks auf ein Buch zu, dessen Seiten so brüchig waren, dass bereits jede einzelne Seite in einer Klarsichthülle steckte. Helen stellte sich hinter Cassandra, als diese sorgfältig die Seiten umblätterte, und ihr fiel auf, dass das Buch wirklich alt war – ungefähr so alt wie König Artus.

»Dies ist ein Kodex aus der Zeit der Kreuzzüge«, sagte Cassandra und hielt ein Gemälde von einem Ritter in schwarzer Rüstung hoch. Wie der Myrmidone hatte er vorquellende rote Augen und ein skelettartiges Gesicht.

»Das sieht ihm ähnlich«, sagte Helen und betrachtete das Bild. Es war ein großartiges Kunstwerk, aber dennoch ein Gemälde, kein Foto. Helen zuckte mit den Schultern. »Aber ganz sicher bin ich nicht. Sehen alle Myrmidonen gleich aus?«

»Nein, einige hatten schwarze Facettenaugen und andere rötliche Haut. Ein paar sollen auch Fühler gehabt haben, die sie unter ihren Helmen verbargen«, antwortete Castor zögernd. »Helen, bist du sicher, dass der, den du gesehen hast, *rote* Augen hat?«

»Ja, daran besteht kein Zweifel«, bestätigte Helen entschieden. »Sie haben sogar geglänzt.«

»Automedon«, sagte Pallas und sah Castor an. Zum ersten Mal, seit Helen ihn kannte, stieß Castor einen Fluch aus, und zwar einen ziemlich unanständigen, bevor er seinem Bruder zunickte.

»Macht Sinn«, sagte Cassandra. »Kein Scion hat je behauptet, ihn getötet zu haben.«

»Weil es keiner konnte.« Lucas sah zu Helen hinüber und schüttelte langsam den Kopf, als könnte er nicht begreifen, was gerade passierte. »Er ist unsterblich.«

»Also, *das* kapiere ich nicht«, sagte Helen nervös. Sie suchte nach etwas, das so logisch war, dass es die Situation weniger bedrohlich machte. »Wenn Myrmidonen unsterblich sind, wieso wimmelt es dann nicht überall von ihnen?«

»Oh, sie können in der Schlacht getötet werden. Und die meisten sind auch irgendwann im Lauf der Geschichte gefallen. Aber das ist der Haken bei Automedon«, sagte Ariadne beinahe entschuldigend. »Es gibt Berichte von Kriegern, die Automedon den Kopf abgeschlagen haben, aber er hat ihn aufgehoben, wieder aufgesetzt und einfach weitergekämpft.«

»Das ist doch ein Witz, oder?«, fragte Helen ungläubig. »Wie soll denn das gehen? Er ist kein Gott – oder etwa doch?«, fügte sie hastig hinzu, für den Fall, dass sie etwas missverstanden hatte.

»Nein, er ist kein Gott«, antwortete Cassandra. »Aber er könnte das Blut mit einem teilen. Das ist nur eine Vermutung, aber falls Automedon vor Tausenden von Jahren der Blutsbruder eines der Unsterblichen wurde, bevor sie alle auf den Olymp verbannt wurden, dann kann er nicht getötet werden, nicht einmal in einer Schlacht.«

»Blutsbrüder? Im Ernst?« Helen konnte es nicht glauben. Sie stellte sich zwei Kinder in einem Baumhaus vor, die sich mit einer Sicherheitsnadel in den Finger stachen.

»Für Scions ist eine Blutsbrüderschaft eine heilige Handlung, die eigentlich nur im Kampf stattfindet«, erklärte Jason mit einem Lächeln, denn er schien zu ahnen, was in Helens Kopf vorging. »Du musst bereit sein, für den anderen zu sterben und der andere für dich. Und dann müsst ihr euer Blut vermischen, während ihr einander das Leben rettet.«

Helens Blick huschte hinüber zu Lucas. Sie musste wieder daran denken, wie sie den Fluch der Furien abgeschüttelt hatten, indem sie beinahe füreinander gestorben waren. Helen konnte Lucas ansehen, dass er genau dasselbe dachte. Sie hatten in der Nacht ihres Absturzes zwar ihr Blut nicht vermischt, aber sie hatten einander das Leben gerettet und waren deshalb für immer verbunden.

»Man kann es nicht einfach planen. Es ist etwas, das in Extremsituationen passiert«, erklärte Lucas Helen. »Und wenn beide Blutsbrüder überleben, teilen sie manchmal auch ein paar ihrer Scion-Kräfte mit dem anderen. Nun stell dir vor, das mit einem Gott zu tun. Theoretisch würde dich das unsterblich machen.«

»Aber ihr wisst doch nicht *mit Sicherheit*, dass das bei Automedon der Fall ist«, protestierte Helen. »Cassandra hat doch gesagt, dass es nur eine Vermutung ist.«

»Aber Cassandras Vermutungen sind meistens ziemlich zutreffend«, knurrte er, schon wieder gereizt.

»Ihr macht eine Riesensache daraus, seit ich euch davon erzählt habe! Je mehr ich darüber nachdenke, desto mehr bezweifle ich, dass ich in Gefahr bin«, verteidigte sich Helen.

Lucas wurde ganz blass vor Ärger.

»Das reicht!«, brüllte Noel von der Tür aus. »Lucas, geh nach oben und ins Bett!« Lucas fuhr zu seiner Mutter herum, aber Noel gab ihm keine Gelegenheit für Widerworte. »Ich habe es satt, euch dauernd streiten zu sehen! Ihr seid so müde, dass ihr nicht mehr denken könnt. Helen, geh mit Ariadne nach oben. Du übernachtest hier.«

»Ich kann meinen Vater nicht mit diesem *Ding* im Nachbargarten allein lassen«, sagte Helen und stützte sich müde auf Castors Schreibtisch. Noel hatte recht. Die endlose Herumrennerei und die ewigen Streitereien mit Lucas hatten sie ausgezehrt. Sie war am Ende ihrer Kräfte.

»Vertrau mir, wenn du hier bist, wird die Kreatur nicht weit weg sein. Ich weiß, dass dir das schwerfallen wird, aber dein Vater und Kate werden sicherer sein, wenn du dich von ihnen fernhältst«, sagte Noel, so freundlich sie konnte, doch ihre Worte klangen trotzdem ziemlich energisch. »Lucas, ich will, dass du mit deinem Vater und deinem Onkel zum Konzil fährst. Ich denke, es tut dir gut, eine Zeit lang in New York zu bleiben.«

»Noel! Er ist noch nicht achtzehn«, begann Castor zu widersprechen.

»Aber er wird einmal der Erbe des Hauses von Theben sein, Castor«, gab Pallas zu bedenken. »Kreon ist tot. Nach Tantalus bist du der Nächste. Damit bist du der älteste Erbe. Lucas hat jedes Recht, dem Konzil beizuwohnen, auch wenn er noch nicht erwachsen ist.«

»Tantalus kann noch ein weiteres Kind bekommen«, bemerkte Castor ungeduldig.

»Der Ausgestoßene, todgeweiht, wird keine weiteren Kinder zeugen«, intonierte Cassandra in mehreren Stimmen aus der Zimmerecke.

Helen schauderte, als hätte ihr jemand kaltes Wasser über den Rücken gekippt. Alle starrten die unheimliche Aura des Orakels an, die Cassandras Gesicht umgab, und die roten, blauen und grünen Lichter, die wie Geistererscheinungen an ihrem Körper herunterliefen. Ihr eigentlich hübsches Gesicht war gerunzelt wie das einer alten Frau.

»Lucas, Sohn der Sonne, war immer der vorherbestimmte Erbe des Hauses von Theben. So will es das Schicksal.«

Dann erlosch die Aura plötzlich und Cassandra schrumpfte wieder auf ihre Normalgröße. Sie schaute panisch zu ihrer Familie und schlang die Arme eng um sich, als wollte sie in ihrer Kleidung versinken. Helen hätte sie gern getröstet, aber es war eine Kälte um sie, die Helen Angst machte. Sie konnte sich einfach nicht überwinden, auch nur einen Schritt auf das verstörte Mädchen zuzugehen.

»Geht jetzt ins Bett«, brach Noel das Schweigen mit zittriger Stimme.

Sie schob alle in Richtung Tür und sorgte dafür, dass sie nach oben gingen, während Cassandra allein in der Bibliothek zurückblieb. Helen schleppte sich die Treppe hoch und fiel aufs

176

Gästebett, ohne sich auszuziehen oder das Bett auch nur aufzudecken.

Als sie am nächsten Morgen aufwachte, war sie mit getrocknetem Schlamm bedeckt. Helen war in so finsterer Stimmung eingeschlafen, dass sie in der Unterwelt in einem urzeitlichen Sumpf gelandet war. Es war nicht die Treibsandgrube gewesen, was schon ein Fortschritt war, aber *gestunken* hatte der Sumpf trotzdem. Es hatte sie ihre ganze Kraft gekostet, das modrige Wasser beim Durchwaten nicht in den Mund zu bekommen, und sie hatte die ganze Zeit befürchtet, einen falschen Schritt zu tun und zu ertrinken. Nach dieser Nacht war sie beim Aufwachen noch müder als beim Schlafengehen.

Helen quälte sich aus dem Bett und merkte erst da, dass ihr Shirt total zerrissen war und ihr kleine Zweige und Blätter in den Haaren hingen. Außerdem hatte sie nur noch einen Schuh an. Natürlich begegnete sie Lucas auf dem Weg ins Bad. Er stand reglos da und starrte sie einen Moment lang an; seine Augen wanderten über ihre zerfetzte Kleidung.

»Was? Willst du mich wieder anschreien?«, fauchte Helen müde.

»Nein.« Seine Stimme brach. »Ich streite nicht mehr mit dir. Es hilft offensichtlich nicht.«

»Und was *dann*?«

»Ich kann das nicht«, sagte er mehr zu sich selbst als zu Helen. »Mein Vater lag falsch.«

Ihr übermüdetes Gehirn versuchte immer noch, einen Sinn in seinen Worten zu finden, als er bereits das nächstbeste Fenster aufriss und hinaussprang.

177

Helen sah ihm nach, als er wegflog, aber sie war zu müde, um sich noch mehr Gedanken zu machen. Sie setzte ihren Weg ins Badezimmer fort und verteilte dabei den Schmutz über den ganzen Flur. Sie betrachtete die Schweinerei, die sie hinterließ, und dachte daran, wie viel schlimmer es werden würde, wenn sie sich auszog. Die einzige Lösung, die ihrem nahezu gelähmten Gehirn einfiel, war, angezogen unter die Dusche zu gehen. Doch als sie mit der Zitrusduftseife über ihr zerrissenes Shirt rubbelte, musste sie lachen.

Ariadne klopfte an die Tür. Helen presste sich eine Hand auf den Mund, doch es war bereits zu spät. Ariadne betrachtete Helens Schweigen als schlechtes Zeichen und stürmte ins Badezimmer.

»Helen! Bist du … Oh, wow.« Durch die Glastür der Dusche war deutlich zu sehen, dass Helen vollständig angezogen war. »Äh, hast du zufällig einen Schritt vergessen?«

Helen prustete erneut los. Die Situation war so albern, dass man eigentlich nur darüber lachen konnte.

»Trägst du da drin einen *Schuh*?«, schnaufte Ariadne.

»Ich bin … nur mit einem … aufgewacht!« Helen hob ihren nackten Fuß und zeigte darauf. Beide Mädchen lachten geradezu hysterisch über Helens wackelnde Zehen.

Ariadne half Helen, sich sauber zu machen, und dann brachten sie das verschmutzte Bettzeug und die nassen Sachen in die Waschküche. Als sie endlich zum Frühstück erschienen, waren alle anderen schon fast fertig.

»Wo ist Lucas?«, fragte Noel und reckte besorgt den Kopf, um hinter Helen nachzusehen.

»Aus dem Fenster gesprungen«, sagte Helen. Sie nahm sich einen Becher und schenkte sich Kaffee ein. Alle starrten sie an. »Das war kein Witz. Wir sind uns auf dem Flur begegnet, und als er mich sah, ist er buchstäblich aus dem Fenster gesprungen. Noch jemand Kaffee?«

»Hat er gesagt, wohin er wollte?«, fragte Jason deutlich beunruhigt.

»Nein«, antwortete sie ungerührt.

Helens Hände zitterten, aber sie gab trotzdem etwas Milch zu ihrem Kaffee und nahm einen Schluck. In ihrem Zustand würde Kaffee vielleicht sogar beruhigend wirken. Es kam ihr vor, als wäre ihr ganzer Körper gleichzeitig heiß und kalt.

»Helen? Geht es dir nicht gut?«, fragte Noel und musterte sie kritisch.

Helen schüttelte den Kopf. Scions bekamen keine normalen Menschenkrankheiten, aber als sie sich mit der Hand über die Stirn fuhr, war sie schweißnass. Helen starrte immer noch ihre Hand an, als draußen nahezu lautlos ein Elektroauto vorfuhr.

»Lennie! Schwing deinen Hintern hier raus und hilf uns mit den Büchern!«, brüllte Claire von der Auffahrt.

Helen drehte sich zum Fenster und sah, wie Matt und Claire aus dem Wagen stiegen. Froh über die Unterbrechung, flüchtete Helen vor Noels prüfenden Blicken, um den beiden zu helfen.

»Wir haben gehört, dass du ein Ameisenproblem hast«, bemerkte Claire grinsend und stapelte Bücher auf Helens ausgestreckte Arme.

»Weil es genau das ist, was ich brauche, richtig?« Helen lachte trübselig. »Noch mehr Probleme.«

»Keine Sorge, Len. Wir werden Gruppen bilden und im Schichtbetrieb daran arbeiten.« Matt klang so überzeugt. Er warf sich einen Rucksack voller Bücher über die Schulter, schlug den Kofferraumdeckel zu und legte Helen auf dem Weg ins Haus einen Arm um die Schultern. »Es hat schon seine Gründe, dass uns die Tierschutzgruppe der Schule hasst wie die Pest.«

Als Helen, Claire und Matt das Haus betreten wollten, hörten sie, wie sich Castor und Pallas verabschiedeten, und sie beschlossen, die Familie einen Moment allein zu lassen. Wenn Helen es richtig verstanden hatte, war dieses Konzil eine wichtige Sache, vergleichbar mit einem Verfahren vor dem Obersten Gerichtshof in Kombination mit einem internationalen Gipfeltreffen. Wenn es begonnen hatte, durfte niemand abreisen, bevor ein Entschluss gefasst worden war, und deshalb dauerten diese Versammlungen manchmal Wochen.

Helen versuchte, nicht zu lauschen, als sie sich verabschiedeten, aber als sie hörte, wie Castor Noel zur Seite nahm und sie fragte, ob Lucas mitkommen würde oder nicht, war Helen plötzlich ganz Ohr.

»Ich weiß nicht, wo er steckt. Er könnte bereits in Tibet sein«, antwortete Noel resigniert. »Ich hatte gehofft, dass er für ein paar Wochen mit euch nach New York gehen würde. Dann wäre er aus dem Haus und könnte vielleicht …«

»Könnte was?«, fragte Castor betrübt, als Noel nicht weitersprach. »Lass ihn doch einfach in Ruhe.«

»Ich habe ihn in Ruhe gelassen und es hat nichts gebracht!«, ereiferte sich Noel. »Er ist immer so wütend, Castor, und ich finde, es wird schlimmer – nicht besser.«

»Ich weiß. Er hat sich verändert, Noel, und ich fürchte, wir müssen uns damit abfinden, dass es eine bleibende Veränderung ist. Ich hatte gehofft, dass er nur *mich* hassen würde, aber er scheint die ganze Welt zu hassen«, sagte Castor bedrückt. »Und ich kann ihm, ehrlich gesagt, keinen Vorwurf daraus machen. Stell dir vor, uns hätte jemand getrennt, so wie ich es mit den beiden gemacht habe.«

»Du hattest keine Wahl. Sie sind Cousins. Daran wird sich nichts ändern«, versicherte ihm Noel mitfühlend. »Aber trotzdem, wenn dein Vater uns das angetan hätte, was du mit Lucas gemacht hast –«

»Ich weiß nicht, was ich ihm dann angetan hätte«, sagte Castor. Helen hörte, wie sich die beiden küssten, und sie schaltete sofort ihr Scion-Hörvermögen aus.

»Lasst uns in die Bibliothek gehen und mit der Arbeit anfangen!«, sagte sie extra laut zu Claire und Matt und steuerte einen der Seiteneingänge an. Ihre Gedanken überschlugen sich.

Hatte Castor sie und Lucas wirklich getrennt, und wenn ja, wieso? Helen dachte wieder an den Ausbruch beim Abendessen, und sie erinnerte sich, dass Lucas auf Castor genauso wütend gewesen war wie auf sie – vielleicht sogar noch mehr. Hatte Lucas sie so verletzt, weil sein Vater es *befohlen* hatte?

»Len? Du weißt, ich liebe dich, aber du musst wirklich aufhören, dich ständig wegzubeamen«, sagte Claire mit einem frechen Grinsen. Helen sah sich um und erkannte, dass sie mitten auf dem Flur stehen geblieben war.

»Upps, sorry!«, sagte sie und hastete hinter ihren Freunden her.

181

Lucas umkreiste das Getty Museum, ein strahlend weißes Bauwerk auf einem der Hügel von Los Angeles, das sehr an den Parthenon erinnerte. Und da der Parthenon ursprünglich eine Schatzkammer gewesen war, fand Lucas es sehr passend, dass er das Museum aufsuchte, um ein paar Münzen an sich zu bringen.

Er suchte nach einem Platz, an dem er ungesehen landen konnte, denn dafür würde er seinen Flug so verlangsamen müssen, dass man ihn sehen konnte. Lucas' Anflug war schneller, als das menschliche Auge wahrnehmen konnte, und er landete so leichtfüßig, dass er keine Spuren hinterließ. Im Moment des Bodenkontakts bewegte er sich halb rennend, halb fliegend so schnell auf die Tür zu, dass eine Überwachungskamera bestenfalls einen verwischten Streifen aufzeichnen würde. An der Tür angekommen, erstarrte Lucas und verschwand.

In den letzten paar Wochen hatte er gelernt, reglos dazustehen und das Licht so zu verteilen, dass man seinen Körper nicht wahrnahm. Anfangs, bevor er die Unsichtbarkeit richtig beherrschte, konnten Scions noch erkennen, wie er sich vom Hintergrund abhob. Zum Glück war das nur einem einzigen Scion gelungen und das war sein eigener dummer Fehler gewesen.

Nachdem er eine halbe Stunde gewartet hatte, kam der Hausmeister mit einer Harke in der einen Hand und der Thermoskanne mit seinem Morgenkaffee in der anderen Hand aus der Tür. Lucas schlüpfte an ihm vorbei und betrat das Museum, ohne den Alarm auszulösen. Natürlich hätte er auch die Tür aus den Angeln reißen können, aber er durfte keine Aufmerksamkeit auf sich lenken. Lucas hatte keine Ahnung, ob sein Plan funktionieren würde, aber er wollte nicht, dass seine Familie misstrauisch wurde und sich einmischte.

Man hatte ihn gelehrt, dass Museen heilige Orte waren, weil sie so viele Scion-Relikte enthielten, und er hätte nie gedacht, dass er einmal in ein Museum einbrechen würde. Aber er war verzweifelt. Er musste Helen unbedingt helfen.

Sein Vater lag falsch. Ein Blick auf Helen hatte gereicht – ihre zerrissene Kleidung und dieser schwarze Schlamm aus der Unterwelt –, und Lucas war sicher gewesen, dass nicht *er* Helens Problem war. Er hatte getan, was sein Vater befohlen hatte, aber sie litt immer noch. Sich von ihr fernzuhalten, reichte nicht aus.

Lucas wusste, dass Helen stark war, und er vertraute ihrem Urteilsvermögen, auch wenn er manchmal anderer Meinung war. Sie hatte beteuert, dass Orion ihr half, und sosehr es ihn innerlich auffraß, sich die beiden zusammen vorzustellen, hatte er doch nichts mehr dazu gesagt.

Als er an dem Morgen nach Pandoras Tod auf Helens Witwensteg den Sonnenaufgang beobachtet hatte, hatte er sich geschworen, alles auszuhalten, solange Helen ein erfülltes und glückliches Leben führte. Er hatte keine Gefühle mehr zugelassen, um sie zu vertreiben. Aber an diesem Morgen hatte sie noch schlechter ausgesehen als zu dem Zeitpunkt, als er mit ihr Schluss gemacht hatte.

Was immer mit ihr passierte, ging viel tiefer als das, was sie wegen ihrer hoffnungslosen Liebe empfand.

Lucas bewegte sich so schnell durch die Säle des Museums, dass sein Gesicht nicht aufgenommen werden konnte. Obwohl sich seine Umgebung mit jeder Nanosekunde änderte, wusste Lucas, wohin er musste. Es waren genügend Schilder da, die ihm die Richtung wiesen. DIE SCHÄTZE DES ANTIKEN GRIECHENLAND waren sehr beliebt und die kürzlich entdeckten Goldfunde schon auf der ganzen Welt gezeigt worden. Diesen Monat war das Getty Museum an der Reihe und zur Feier des Anlasses hingen überall seidene Banner.

Das Museum hatte auch unzählige Bilder der Artefakte ins Internet gestellt. Wie im protzigen Südkalifornien üblich, waren die kleineren, weniger eindrucksvollen Goldstücke, die andere Museen nicht auf ihren Webseiten gezeigt hatten, hier in großen funkelnden Gruppenbildern abgebildet worden. In Los Angeles trug man gern dick auf, und nachdem Lucas zwei Wochen lang durch die Welt geflogen war und jedes Museum abgesucht hatte, war er endlich fündig geworden. Zu Hause im Internet.

Verglichen mit den anderen Funden war die kleine Handvoll Goldmünzen kaum der Rede wert. Er musste zu einem der hinteren Schaukästen, um sie zu finden, aber als er sie entdeckt hatte, verschwendete er keine Zeit. Soweit er wusste, waren diese Münzen – in die jeweils eine Mohnblume eingraviert war – die letzten erhalten gebliebenen Obolusse, die zu Ehren von Morpheus geprägt worden waren, dem Gott der Träume.

Lucas steckte sie alle ein.

»Wir drehen uns im Kreis!«, stöhnte Helen und starrte die Decke der Bibliothek an. »Ich weiß, dass es idiotisch klingt, aber da unten gibt es nicht so etwas wie geografischen Fortschritt. Habe ich den Strand schon erwähnt, der nicht ans Meer führt? Da ist nur feuchter Sand, als würde gerade Ebbe herrschen, aber es gibt keinen Ozean. Es ist einfach nur ein Strand!«

Sie war so müde, dass sie nicht mehr klar denken konnte, und dazu kam noch, dass sie immer wieder unkontrollierbar schauderte, was ihr Angst machte. Sie durfte jetzt nicht krank werden. Helens Handy brummte und riss sie aus ihren wirren Gedanken. Orion wollte wissen, ob die »Genialen Griechen« schon etwas gefunden hatten. Sie musste über seinen Spitznamen für ihre Studiengruppe schmunzeln und simste zurück, dass dies leider nicht der Fall war, und fragte ihn, was sich am römischen Ende tat.

Nur das Übliche: Kriege und Orgien. Total öde, schrieb er. *Zumindest fast* ☺

»Ist das schon wieder Orion?«, fragte Ariadne mit verkniffener Miene. Helen schaute kurz auf und nickte abwesend, weil sie bereits wieder tippte.

Sie verstand, wieso alle so beunruhigt waren – sie mussten sicherstellen, dass die Häuser getrennt blieben –, aber manchmal war Helen deswegen ein wenig beleidigt. Zugegeben, Orion sah umwerfend aus. Und er war mutig. Und humorvoll. Aber das bedeutete trotzdem nicht, dass sie miteinander gingen oder so.

»Warte mal! Du kannst Orion finden?«, rief Claire aus, was Helens Gedanken vollends zum Stillstand brachte.

»Ja, das sagte ich doch. Ich konzentriere mich auf sein Gesicht und tauche direkt neben ihm auf, genauso wie Jason und Ariadne, wenn sie jemanden vom Rand der Unterwelt zurückholen. Aber ich kann ihn nur finden, wenn er in derselben Unendlichkeit ist«, antwortete Helen. »Ansonsten würde ich ihn nie finden, selbst wenn er im selben Augenblick … ach, vergesst es.«

185

»Helen, das habe ich längst kapiert«, erklärte Claire hitzig. »Aber ist Orion der einzige Mensch, den du finden kannst, indem du nur an ihn *denkst*?«

»Ich habe schon versucht, die Furien auf diese Weise zu finden, Gig – und nicht nur ein Mal. Es hat nie geklappt.«

»Weil sie keine *Menschen* sind«, sagte Claire, die ihre Aufregung kaum noch bezähmen konnte. »Was, wenn du dich auf jemanden konzentrieren würdest, der da unten lebt? Meinst du, du könntest diese Person als eine Art Wegweiser benutzen?«

»Es ist das Land der Toten, Gig. Nach jemandem zu suchen, der da unten *lebt*, ist etwas widersinnig, findest du nicht?«, fragte Helen, die Claires Logik nicht folgen konnte.

»Nicht, wenn sie entführt wurde, mit *Leib* und *Seele,* und zwar vom großen Boss höchstpersönlich«, sagte Claire. Sie verschränkte die Arme vor der Brust und grinste, als wüsste sie ein Geheimnis.

Jason stieß einen überraschten Laut aus. »Wie bist du so klug geworden?«, fragte er und sah Claire bewundernd an.

»Frag nicht, freu dich lieber«, antwortete sie grinsend.

Ariadne, Helen und Matt tauschten verständnislose Blicke, während Jason und Claire sich anlächelten, als hätten sie ganz vergessen, dass sie nicht allein im Raum waren.

»Äh, hallo? Ich unterbreche ja nur ungern, aber wovon redet ihr?«, fragte Matt.

Jason stand auf und ging zu einem der Bücherstapel. Er brachte ein altes Buch mit und legte es aufgeschlagen vor Helen hin. Darin war das Gemälde einer jungen schwarzen Frau, die vom Betrachter wegging, sich aber über die Schulter umsah. Sie war in eine Robe aus Blumen gekleidet und trug eine Krone, die mit Juwelen in der Größe von Weintrauben besetzt war. Ihr Körper war so anmutig wie der einer Balletttänzerin und selbst im Profil war ihr Gesicht unglaublich schön. Doch trotz ihrer offensichtlichen Schönheit und ihres Reichtums strahlte sie eine bedrückende Traurigkeit aus.

»Ach ja«, sagte Ariadne leise. »Jetzt erinnere ich mich.«

»Wer ist sie?«, fragte Helen, die vom Gemälde dieser wunderschönen traurigen Frau merkwürdig berührt war.

»Persephone, die Göttin der Blumen und Königin der Unterwelt«, antwortete Jason. »Sie ist eigentlich ein Scion. Die einzige Tochter von Demeter, der Göttin der Erde. Hades hat Persephone entführt und mit einem Trick dazu gebracht, ihn zu heiraten. Jetzt ist sie gezwungen, den Herbst und Winter in der Unterwelt zu verbringen. Es heißt, Hades hätte ihr einen Nachtgarten an seinen Palast gebaut. Persephones Garten.«

»Sie darf die Unterwelt nur im Frühling und Sommer verlassen und ihre Mutter besuchen. Wenn sie auf die Erde zurückkehrt, lässt sie überall Blumen aufblühen, wohin sie geht.« Ariadne klang ganz verträumt, als würde sie der Gedanke verzaubern, wie Persephone die Welt zum Blühen brachte.

»Es ist Oktober. Sie müsste jetzt da unten sein«, fügte Matt hoffnungsvoll hinzu.

»Und ihr seid sicher, dass sie keine Unsterbliche ist?« Helen runzelte zweifelnd die Stirn. »Wie kann sie immer noch am Leben sein?«

»Hades hat einen Handel mit Thanatos, dem Gott des Todes, geschlossen. Persephone kann nicht sterben, bevor Hades es gestattet«, sagte Cassandra von der anderen Seite des Zimmers, was Helen erschrocken zusammenfahren ließ.

Sie hatte vergessen, dass Cassandra dort saß und einen Brief an ihren Vater schrieb, der immer noch in New York war. Castor und Pallas durften nur schriftliche Nachrichten empfangen, solange sie im Konzil waren, und sie hatten um genauere Informationen zum Myrmidonen gebeten. Cassandra hatte schon immer die Fähigkeit besessen, reglos wie eine Statue zu verharren, und in letzter Zeit war diese Angewohnheit wirklich unheimlich. Doch jetzt setzte sie sich zu den anderen und betrachtete mit gerunzelter Stirn das Bild von Persephone.

»Sie sitzt da unten also fest«, sagte Helen und konzentrierte sich wieder auf Persephones traurige Gestalt.

»Aber sie könnte dir trotzdem helfen«, sagte Cassandra. »Sie weiß alles über die Unterwelt.«

»Sie ist eine Gefangene«, knurrte Helen. »*Wir* sollten *ihr* helfen. Also, Orion und ich.«

»Unmöglich«, erklärte Cassandra kategorisch. »Nicht einmal Zeus konnte Hades dazu bringen, Persephone freizulassen, als Demeter sie zurückverlangt hat. Daraufhin hat Demeter der Welt eine Eiszeit verpasst, die beinahe die Menschheit ausgerottet hätte.«

»Er ist ein Entführer!«, empörte sich Matt. »Wieso ist Hades nicht auf den Olymp verbannt wie der Rest von denen? Er ist einer der drei großen Götter. Müsste er nicht Teil des Waffenstillstandes sein?«

»Hades ist der älteste Bruder der Großen Drei, also ist er technisch gesehen wohl ein Gott des Olymp, aber er war schon immer anders. Ich kann mich an keinen Text erinnern, in dem steht, dass er jemals auf dem Olymp war«, sagte Cassandra mit einem entschuldigenden Lächeln. »Die Unterwelt wird auch ›Hades‹ genannt, weil sie sein Reich ist. Sie ist kein Teil des Waffenstillstandes und darüber hinaus auch kein Teil dieser Welt.«

»Die Unterwelt hat ihre eigenen Regeln«, bestätigte Helen. Sie verstand diese Zusammenhänge besser als die anderen. »Und ihr glaubt wirklich, dass Persephone nur zu gern ein paar dieser Regeln brechen würde?«

»Ich kann nichts versprechen, aber wenn dir da unten jemand helfen kann, wird sie es vermutlich sein«, sagte Jason. »Sie ist die Königin.«

Helens Handy vibrierte.

Willst du Julius Cäsars schweinischen Lieblingswitz hören?, schrieb Orion.

Triff mich heute Nacht, antwortete Helen. *Ich glaube, wir haben etwas entdeckt.*

8

Helen sah das Croissant an und bedauerte, dass ein Röntgenblick nicht zu ihren Scion-Fähigkeiten gehörte. Sie hätte zu gern gewusst, was sich unter der Blätterteigkruste verbarg. Wenn es Spinat war, konnte es wieder aufs Tablett wandern. Wenn es aber Schinken und Käse war, durfte es in ihren Magen wandern.

»Lennie? Du starrst das Ding jetzt schon seit zehn Minuten an«, stellte Kate sachlich fest. »Wenn du noch länger wartest, wird es pappig, bevor du reinbeißen kannst.«

Helen richtete sich auf und versuchte zu lachen, als wäre alles wie immer. Doch ihr Lachen kam verzögert und klang gezwungen. Kate musterte sie irritiert und sah dann bedeutungsvoll das Croissant an. Helen biss pflichtgemäß hinein und bereute es sofort. Spinat. Aber zumindest hatte sie jetzt etwas zu tun, das sie wach hielt, und sie *musste* für den Rest ihrer Schicht wach bleiben, auch wenn sie dafür die ekligsten Dinge essen musste.

Ihre Gedanken setzten schon den ganzen Abend alle paar Minuten aus, und wenn sie versehentlich einschlief, ohne an Orion zu denken, würde sie ihn nicht wie geplant in der Unterwelt treffen. Aber noch wichtiger war, dass sie auf keinen Fall einnicken und eine Mikrosekunde später im News Store wieder aufwachen durfte, von Kopf bis Fuß bedeckt mit irgendwelchem ekligen Glibber aus der Unterwelt.

Die letzten paar Tage hatte Helen panische Angst gehabt, in der Schule oder bei der Arbeit einzuschlafen, hinabzusteigen und vor allen anderen vollkommen verdreckt wieder aufzuwachen. Vor allem *diesen* Abend durfte das nicht passieren. Sie war so müde wie noch nie in ihrem Leben, und Zach lungerte im News Store an einem der Tische von Kate's Cakes herum, wo Helen an diesem Abend Dienst hatte.

Sie hatte mehrmals versucht, sich mit ihm zu unterhalten und herauszufinden, was er dort ganz allein an einem Samstagabend machte, aber er hatte keine Lust auf Konversation. Er bestellte nur immer wieder Kaffee und Kuchen und tippte so abgelenkt auf seinem Laptop herum, als wollte er sich damit nur die Zeit vertreiben. Er nahm kein einziges Mal Augenkontakt zu ihr auf. Aber immer, wenn Helen ihn dabei erwischte, dass er sie anstarrte, was für ihren Geschmack viel zu oft geschah, stellte er seinen angewiderten Gesichtsausdruck zur Schau.

Um sich wach zu halten, wischte Helen gerade zum tausendsten Mal den Tresen ab, als die Glocke über der Tür bimmelte. Am liebsten hätte sie losgekreischt. Es war schon so spät und sie würden gleich schließen. Sie wollte nur noch, dass der Abend endlich endete, damit sie die Einnahmen zählen, nach Hause gehen und ins Bett fallen konnte. Sie hatte bereits geplant, Zach Punkt zehn Uhr an die Luft zu setzen, aber jetzt noch einen neuen Kunden zu bedienen konnte ewig dauern. Dann hörte sie Kate freudig überrascht aufschreien.

»Hector!«

Helen brauchte keine halbe Sekunde, um hinter dem Tresen hervorzuspringen und sich zusammen mit Kate in Hectors Arme zu werfen.

Hector hob sie beide mühelos hoch, jede mit einem Arm. Gewöhnlich dauerte es keine fünf Sekunden, bis er etwas sagte, was Helen auf die Palme brachte, aber wenn er lächelte und sie so fest drückte wie jetzt, störte es sie kein bisschen, wie nervtötend er normalerweise war. Es fühlte sich so an, als würde sie die Sonne umarmen – nichts als wohltuende Wärme und Licht.

»Daran könnte ich mich gewöhnen!«, bemerkte Hector schmunzelnd. Er hielt sie immer noch hoch und drückte sie, bis ihnen die Luft wegblieb.

»Aber ich habe erst vor ein paar Stunden mit Noel gesprochen! Sie hat gesagt, du wärst noch in Europa beim Studium. Was machst du auf Nantucket?«, fragte Kate, nachdem Hector sie wieder abgesetzt hatte.

»Ich hatte Heimweh«, sagte er mit einem Schulterzucken. Helen wusste, dass das die Wahrheit war – im Gegensatz zu der Story vom Studium in Europa. »Es ist aber nur ein Kurzbesuch. Ich kann nicht lange bleiben.«

Die drei plauderten noch ein paar Minuten, doch Hector warf Helen immer wieder besorgte Blicke zu. Helen wusste, wenn sogar Hector sich Sorgen um sie machte, musste sie wirklich verheerend aussehen. Sie entschuldigte sich und verschwand im Waschraum, um sich kaltes Wasser ins Gesicht zu spritzen.

Als Helen zurückkehrte, saß Zach nicht mehr auf seinem Platz, sondern hastete gerade dorthin *zurück*. Er raffte seine Sachen zusammen und flüchtete mit gesenktem Blick aus dem Café. Helen folgte ihm zögernd nach vorn und beobachtete, wie er an Hector vorbei zur Tür hinausrannte. Hector betrachtete sein merkwürdiges Verhalten mit gehobenen Brauen.

»Gott, wie wir ihn vermissen werden«, sagte Kate sarkastisch. Sie warf einen Blick auf die Uhr. »Wisst ihr was? Wenn ich mich beeile, kann ich das Geld vor der letzten Abholung zur Bank bringen. Kannst du allein abschließen, Lennie?«

»Ich helfe ihr«, bot Hector an, was Kate zum Lächeln brachte.

»Bist du sicher? Du weißt, dass ich nur mit Futter bezahlen kann, oder?«, warnte Kate ihn neckisch.

»Abgemacht.«

»Du bist der Beste! Pack dir so viel von den Resten für die Familie ein, wie du willst«, sagte Kate noch, bevor sie ihre Sachen nahm und zur Tür ging.

»Das mache ich«, sagte Hector, als sie den Laden verließ. Er gab sich zum Abschied zwar fröhlich, aber als sie weg war, verschwand das Grinsen aus seinem Gesicht.

So gern er Kates Vorschlag in die Tat umgesetzt hätte, war es doch undenkbar, dass er seiner Familie ihren Kuchen mitbrachte. Helen berührte tröstend seine Schulter und zog ihn in ihre Arme, als sie sah, wie er den Kopf schüttelte.

»Ich konnte nicht wegbleiben. Ich musste jemanden sehen, der mit mir verwandt ist.« Er drückte Helen so fest, als könnte er durch sie seine ganze Familie umarmen. »Ich bin froh, dass ich wenigstens mit dir zusammen sein kann, Prinzessin.«

193

Als Helen die Umarmung erwiderte, stieg trotz ihrer Zuneigung eine Wut in ihr auf, die jedoch nichts damit zu tun hatte, dass er sie immer noch »Prinzessin« nannte, obwohl sie ihm schon hundertmal gesagt hatte, dass er das lassen sollte. Wie konnten es die Furien wagen, Hector von den Menschen fernzuhalten, die er liebte? Er war seiner Familie treuer ergeben als jeder andere, den Helen kannte. Die Delos-Familie brauchte seine Stärke im Moment mehr als je zuvor, aber er war ein Ausgestoßener. Helen musste Persephone finden und sie um Hilfe bitten. Sie musste diesen Irrsinn beenden.

»Bist du nur gekommen, um mal wieder gedrückt zu werden?«, fragte Helen frech, um damit die Stimmung aufzulockern.

»Nein«, antwortete er ernst. »Natürlich steh ich auf eine Umarmung von dir, aber da ist noch etwas anderes. Hast du schon von dem Einbruch ins Getty Museum gehört?«

Als Helen den Kopf schüttelte, zog Hector ein Blatt Papier aus der Jackentasche und zeigte es ihr.

»Das kann nur ein Scion gemacht haben«, stellte Helen fest, nachdem sie alles über die Umstände des Diebstahls und die Beschreibung der gestohlenen Gegenstände gelesen hatte. »Wer war es?«

»Wir wissen es nicht. Daphne hat alle Rogues und Ausgestoßenen gefragt, aber bis jetzt hat es niemand zugegeben.« Hector strich sich mit dem Daumen über die Unterlippe. Diese Geste hatte Helen auch schon bei seinem Vater gesehen, wenn dieser nachdachte. »Wir haben noch nicht herausgefunden, wieso diese Goldmünzen, und *nur* diese, gestohlen wurden. Soweit wir wissen, haben sie für keines der vier Häuser eine magische Bedeutung.«

»Ich werde die Familie danach fragen«, versprach Helen und steckte das Blatt Papier in die hintere Tasche ihrer Jeans. Dann hielt sie sich hastig die Hand vor den Mund, um ein Gähnen zu unterdrücken. »Tut mir leid, Hector. Ich kann kaum noch die Augen offen halten.«

»Auf dem Weg hierher habe ich mir selbst am meisten leidgetan, aber weißt du was? Jetzt, wo ich hier bin, mache ich mir mehr Sorgen um dich. Du siehst total fertig aus.«

»Ja, ja, ich weiß.« Helen lachte verlegen und versuchte, ihre Haare glatt zu streichen und die Kleidung zurechtzuzupfen. »Die Unterwelt ist wirklich *genau* so mies, wie man sie sich vorstellt. Aber wenigstens bin ich da unten nicht mehr allein – das ist doch auch schon was.«

»Orion. Er ist in Ordnung«, sagte Hector mit einem ernsten Nicken. Helen sah ihn verblüfft an, und er fuhr fort: »Ich habe ihn natürlich nie persönlich getroffen. Du weißt schon, wegen der Furien. Aber Daphne hat die Verbindung zwischen uns hergestellt, nachdem ich hier wegmusste. Wir simsen gelegentlich und er war immer für mich da. Er hatte ein hartes Leben und weiß, was ich durchmache. Ich finde, dass man gut mit ihm reden kann.«

»Das stimmt. Es fällt einem wirklich leicht, mit Orion zu reden«, bestätigte Helen nachdenklich. Sie fragte sich, ob Hector mehr über Orions Kindheit wusste als sie. Der Gedanke störte sie irgendwie. *Sie* wollte diejenige sein, der Orion seine Geheimnisse erzählte, auch wenn sie keine Ahnung hatte, warum sie so dachte.

»Und auf ihn ist Verlass. Er hat mir geholfen, Daphne zu finden, als sie auf dem Meer verschollen war. Er ist ein sehr mächtiger Scion, Helen. Aber ich denke, er ist ein noch besserer Freund.«

»Wow. Du *schwärmst* ja richtig von ihm«, stellte Helen fest, die kaum fassen konnte, solche Lobeshymnen ausgerechnet von Hector zu hören. »Was ist los mit dir? Stehst du neuerdings auf Kerle?«

»Werd ja nicht frech«, wehrte Hector Helens Neckerei entschieden ab. »Ich sage nur, dass ich ihn mag. Das ist alles.«

»Das geht mir genauso«, sagte Helen leise, weil sie nicht wusste, was Hector sonst von ihr hören wollte.

»Und dagegen ist auch nichts einzuwenden. Auch dann nicht, wenn du ihn mehr als nur *magst*. Das wäre auch okay«, sagte Hector. »Aber er ist der Erbe der Häuser von Athen und Rom und du bist die Erbin des Hauses von Atreus. Du weißt, was das bedeutet?«

»Dass wir beide zusammen drei der vier Häuser repräsentieren«, sagte Helen mit einem Stirnrunzeln.

Insgeheim hatte sie gehofft, dass es Eifersucht gewesen war, die Lucas so gegen Orion hetzen ließ, aber je mehr sie darüber nachdachte, desto mehr zweifelte sie daran. Vielleicht war es ihm egal, ob Helen mit einem anderen Typen zusammen war. Vielleicht ging es ihm nur darum, die Häuser getrennt zu halten.

»Es ist nicht so, dass ihr nicht eine Zeit lang Spaß miteinander haben könnt«, versicherte Hector hastig, weil er Helens schmerzlichen Gesichtsausdruck missdeutete. »Aber ihr dürft auf keinen Fall …«

»Auf keinen Fall *was*?« Helen sah Hector trotzig an und verschränkte die Arme. »Nein, sprich weiter. Ich will unbedingt hören, was ich laut Scion-Regelbuch mit Orion machen oder nicht machen darf.«

»Du kannst Spaß haben – sogar sehr *viel* Spaß, wenn du willst. Man sagt nicht umsonst, dass Scions aus dem Haus von Rom darin besonders gut sein sollen. Aber du darfst ihm gefühlsmäßig nicht zu nahekommen, Helen«, warnte er sie ernsthaft. »Keine Kinder, keine langfristige Beziehung, und verlieb dich um der Götter willen bloß nicht in ihn. Die Häuser müssen getrennt bleiben.«

Es war irgendwie abartig, mit Hector darüber zu sprechen, aber andererseits auch wieder nicht. Helen wusste, dass er nicht über sie urteilte oder ihr einen sinnlosen Vortrag hielt – er wollte nur sichergehen, dass sie das tat, was für alle am besten war.

»Wir sind nur Freunde«, versicherte ihm Helen. »Keiner von uns will mehr.«

Hector musterte sie einen Moment lang, fast so, als würde er sie bedauern.

»Die ganze Welt könnte in dich verliebt sein und du würdest es nicht mal merken, stimmt's? Wie dieser komische Junge, der nur dasitzt, damit er dich stundenlang ansehen kann.«

»Du meinst Zach?« Helen schüttelte den Kopf. »Vor zwei Jahren hättest du damit vielleicht recht gehabt. Aber jetzt nicht mehr. Zach *hasst* mich.«

»Und wieso verbringt er dann den Samstagabend hier?«, fragte Hector zweifelnd.

Ihm kam ein Gedanke und er sah sich aufmerksam um, bis sein Blick schließlich auf dem Tresen landete. Sein Gesicht erstarrte.

197

»Er weiß es«, flüsterte er.

»Unmöglich. Ich habe ihm nie etwas erzählt.«

»Lässt du dein Handy immer so offen rumliegen?«

Hector deutete auf den Tresen, und tatsächlich, Helens Handy lag neben dem Lappen, mit dem sie geputzt hatte. Sie ließ es bei der Arbeit *niemals* offen herumliegen, vor allem nicht, seit Orion ihr schrieb.

Helen hastete zum Tresen und schnappte nach dem Telefon. Sie scrollte durch den ersten Text, der aufleuchtete. Es war ihre gesamte Unterhaltung mit Orion, einschließlich ihres Plans, sich in der Unterwelt zu treffen.

Zach musste das Handy aus ihrer Tasche genommen und ihre SMS durchsucht haben. Helen starrte ungläubig das Display an und ihr Verstand war wie eingefroren. Wie hatte Zach sie so verraten können?

»Er war doch auch beim Sportfest, oder?« Hector machte ein grimmiges Gesicht und seine Augen waren nur noch schmale Schlitze. »Ich habe ihn am Waldrand gesehen, wie er dir und Claire gefolgt ist. Kurz bevor die Hundert ›wie durch ein Wunder‹ aus dem Wald kamen.«

»Ja, er war da«, murmelte Helen, immer noch fassungslos. »Ich habe ihm vertraut! Nicht genug, um ihm von meinen Kräften zu erzählen, aber ich hätte nie gedacht, dass er etwas tun würde, das mir schadet.«

»Nun, er weiß es und er muss mit den Hundert in Kontakt stehen. Nur so konnten sie mich aufspüren.« Hector warf einen Blick auf das Handy und seufzte abgrundtief. »Und jetzt wissen die Hundert auch von Orion.«

Dieser Gedanke war Helen noch nicht gekommen, aber jetzt, wo Hector es erwähnte, geriet sie in Panik. Als Rogue hatte Orion seine Existenz schon sein ganzes Leben vor dem Haus von Theben verborgen und jetzt hatte Helens Unachtsamkeit die Hundert auf seine Spur gebracht. Sie begann, hektisch eine Nachricht zu tippen.

»Schreib ihm auch, dass er sein Handy loswerden muss«, riet Hector, der aus den Fenstern des News Store spähte und nach Anzeichen eines bevorstehenden Angriffs Ausschau hielt. Helen erklärte Orion die Situation so schnell, wie es ihre Daumen zuließen.

Orion wirkte nicht sehr überrascht.

Noch bevor ich dich getroffen habe, wusste ich, dass sie mich irgendwann finden. Keine Panik. Ich bin auf so was vorbereitet.

Helen konnte nicht fassen, wie er so ruhig bleiben konnte. Sie gestand ihm, dass jemand ihre gesamte SMS-Unterhaltung gelesen hatte, aber er war der Meinung, dass alles, was sie geschrieben hatten, für Außenstehende keinen Sinn ergab.

Er versicherte ihr, dass seine Telefonnummer nicht zu ihm zurückzuverfolgen war, und beteuerte mehrmals, dass ihm keine Gefahr drohte.

Das sind Fanatiker. Die bringen dich um, schrieb sie und konnte nicht begreifen, wieso er nicht längst seine Koffer packte.

Hör zu, ich habe die 4 Nachnamen (die du kennst) nicht umsonst. Vertrau mir, o.k.? Sehen uns heute Nacht wie geplant.

Helen lächelte ihr Handy an. Sie war erleichtert, dass er immer noch bereit war, ihr zu helfen. Aber dann wurde sie wütend. Orion hatte kaum reagiert, als sie ihm gesagt hatte, dass er aufgeflogen war. Wusste er nicht, wie gefährlich die Hundert Cousins waren?

»Was ist los?«, fragte Hector, als er von einem Kontrollgang in die Gasse hinter dem Laden zurückkam und ihre wütende Miene sah.

»Er sagt, dass er Vorkehrungen getroffen hat.«

»Dann mach dir keine Sorgen um ihn. Orion ist schon Mordanschlägen ausgewichen, seit er laufen kann. Wenn er sagt, dass er die nötigen Vorkehrungen getroffen hat, dann stimmt das.« Hector schien so überzeugt von Orions Fähigkeit, sich selbst zu schützen, dass Helen nichts mehr dazu einfiel. »Konzentrier du dich auf deine Aufgabe«, sagte er über die Schulter und warf einen Blick hinaus auf die menschenleere Straße. »Ich muss zurück zu Daphne und ihr davon erzählen.«

»Du willst da *rausgehen*?«, schrie Helen ungläubig und sprang auf ihn zu, um ihn aufzuhalten. »Aber die könnten draußen lauern! Da ist ein neuer Schattenmeister, das weißt du doch!«

»Denk strategisch, Helen. Da die Hundert nicht vor ein paar Minuten angegriffen haben, als ich nicht damit gerechnet habe und ein leichtes Ziel war, bedeutet das, dass sie heute nicht mehr zuschlagen werden. Die eigentliche Frage, die sich jeder gute General stellen würde, ist jedoch, wieso sie nicht kommen und mich holen, obwohl sie wissen, dass ich hier bin.« Er betrachtete Helen nachdenklich.

»Warum siehst du mich so an?«, wollte sie wissen und zeigte mit dem Finger auf Hector. »Was weißt du, das ich nicht weiß?«

Hector lächelte und schüttelte den Kopf, als hätte Helen von selbst darauf kommen müssen.

»Ich weiß, dass viele Leute darauf hoffen, dass du Erfolg hast. Es ist ihnen so wichtig, dass sie mich kampflos ziehen lassen, nur damit dein Abstieg heute Nacht nicht gefährdet ist.« Er öffnete die Hintertür und küsste Helen auf die Stirn. »Vergiss aber nicht, dass die Menschen, die dich wirklich lieben, *dich* viel mehr brauchen als deinen *Erfolg*. Was immer du und Orion heute Nacht in der Unterwelt geplant haben, pass auf dich auf, Prinzessin.«

»Verdammter Mist!«, brüllte Helen.

»Was sollte denn passieren?«, fragte Orion erwartungsvoll.

Sie hatte gerade versucht, sich Persephones Gesicht vorzustellen und sich und Orion in die Gegenwart der Königin zu befördern. Aber sie hatten sich keinen Millimeter bewegt. Helen marschierte aufgebracht im Kreis herum und trat gegen kleine Zweige, bis ihr auffiel, dass es in Wirklichkeit winzige vergilbte Knochen waren.

»Wieso kann das nicht einfach *funktionieren*?«, stöhnte sie. »Ich will nur ein einziges Mal einen Plan haben, der dann auch klappt. Ist das zu viel verlangt?«

Orion machte den Mund auf, um etwas Beruhigendes zu sagen.

»Natürlich nicht!« Helen ließ ihn nicht zu Wort kommen und ihr Wutausbruch nahm Fahrt auf. »Hier unten funktioniert nichts! Nicht unsere Fähigkeiten, nicht mal die Geografie. Dieser See da vorn hängt an einem Abhang! Er sollte ein *Fluss* sein, aber oh nein, nicht hier unten! Das würde ja zu viel Sinn ergeben!«

»Okay, okay! Du hast gewonnen! Es ist total verrückt«, sagte Orion kichernd. Er legte die Hände auf ihre Oberarme und hielt

201

sie fest, bis sie ihn ansah. »Reg dich ab. Wir denken uns was anderes aus.«

»Es ist ja nur, weil alle auf mich zählen. Und ich dachte wirklich, wir hätten einen Plan.« Helen seufzte. Ihre Wut war verraucht. Sie ließ ihren Kopf nach vorn gegen Orions Brust fallen. Sie war so müde. Orion ließ sie gewähren und strich ihr beruhigend über den Rücken.

»Soll ich dir die Wahrheit sagen? Ich habe nie geglaubt, dass es klappen würde«, sagte er vorsichtig.

»Ehrlich?« Helen sah enttäuscht zu ihm auf. »Wieso nicht?«

»Nun, du hast Persephones Gesicht nie gesehen, nur ein Bild von ihr.«

»Aber als ich das erste Mal in deiner Nähe aufgetaucht bin, habe ich auch nicht dein ganzes Gesicht gesehen. Alles, was ich mir vorgestellt habe, waren deine Stimme und deine Hände und … dein Mund.« Helen tat sich mit diesen letzten Worten schwer und ihr Blick fiel unwillkürlich auf Orions Lippen.

»Aber das sind immer noch echte Teile von mir – nicht nur Gemälde«, sagte Orion ruhig und schaute weg. »Außerdem weißt du doch gar nicht, ob Persephone wirklich so aussieht wie auf dem Bild.«

»Und wann wolltest du mir das sagen?«, fragte Helen und boxte ihm gegen die Schulter, um die Situation mit ein wenig Humor zu entschärfen. »Warum hast du nichts gesagt?«

»Was zur Hölle weiß ich schon?«, sagte er. »Hör mal, bis wir etwas gefunden haben, das funktioniert, sollten wir keine Idee als unsinnig abtun. Wir werden eine Lösung finden, aber nur, wenn wir nicht zu engstirnig an die Sache herangehen.«

Helen spürte, wie ihr Herz leichter wurde. Orion wusste genau, wie er mit ihren vom Schlafmangel verursachten Stimmungsschwankungen umgehen musste. Irgendwie war es in seiner Gegenwart in Ordnung, wenn sie sich so gab, wie sie wirklich war – so verrückt das auch sein mochte.

»Danke.« Sie lächelte zu ihm auf.

Helen konnte unter ihrer Hand sein Herz pochen hören. Es schlug heftig. Seine Atmung wurde schneller und jeder Atemzug blieb in seiner Lunge stecken. Helen war sich plötzlich sehr bewusst, dass er sie in den Armen hielt, und ihr Rücken spannte sich unter dem leichten Druck seiner Hände. Ein intensiver Augenblick verstrich. Helen hatte das Gefühl, dass Orion auf *sie* wartete. Um zu verbergen, dass sie fast genauso außer Atem war wie er, lachte sie nervös und wand sich aus seiner Umarmung.

»Du hast recht. Wir sollten für alle Ideen offen sein«, sagte sie und wich einen Schritt zurück.

Was zum Teufel mache ich hier?, dachte sie und ballte die Fäuste, bis sich die Nägel schmerzhaft in ihre Handfläche gruben.

Sie wusste genau, was sie gerade machte – sie versuchte, *nicht* daran zu denken, dass sie »viel Spaß« mit einem Scion aus dem Haus von Rom haben konnte, wie Hector so schön gesagt hatte. Was hatte er damit gemeint? Immerhin war es das Haus von Aphrodite …

»Du hast nicht zufällig welche, oder? Ideen, meine ich«, fuhr sie fort und verdrängte den Gedanken daran, *wie viel* Spaß sie wohl mit Orion haben durfte.

»Ich glaube, ich habe tatsächlich eine«, sagte er und wechselte so schnell die Gangart, dass Helen sich fragte, ob sie die Situation richtig interpretiert hatte. Orion betrachtete aufmerksam den schrägen See und nagte dabei an seiner Unterlippe.

»Ich höre«, sagte sie, um ihn zu erinnern, dass sie noch da war.

Hatte er daran gedacht, sie zu küssen, oder machte sie sich nur etwas vor? Helen beobachtete, wie er die Zähne sanft über seine Unterlippe gleiten ließ, und wusste nicht, welche dieser beiden Versionen ihr lieber war.

Wieso musste Orion ein Erbe sein? Wieso konnte er nicht einfach ein toller Typ sein, den sie kennengelernt hatte, am besten ein Normalsterblicher, der nichts mit diesem Waffenstillstands-Unsinn zu tun hatte? Alles wäre so viel einfacher, wenn Orion ein normaler Mensch wäre.

»Bei allem, was ich über die Unterwelt gelesen habe, gab es nur ein paar Dinge, die immer wieder erwähnt wurden«, fuhr er fort, ohne zu ahnen, was in Helens Kopf vorging. »Es ist fast, als wären es die einzigen Dinge hier unten, über die sich alle Historiker einig sind.«

Helen begann, alles aufzuzählen, auf das Orions Beschreibung passen konnte.

»Also, wir sind gerade in Erebus – dem öden Nirgendwo. Dann ist da noch der Asphodeliengrund: gruselig. Und Tartaros: igitt.«

»Ich war nur einmal da – bei unserem ersten, äh, *Treffen*«, sagte Orion als Anspielung darauf, wie er Helen aus dem Treibsand gezogen hatte. »Das hat mir gereicht.«

»Da sind alle Titanen gefangen. Kein besonders netter Ort, um die Ewigkeit dort zu verbringen«, stellte sie ernst fest. »Also, es gibt Tartaros, Erebos, den Asphodeliengrund, die Elysischen

Felder – gewissermaßen der Himmel. Ich bin sicher, dass ich dort noch nicht war. Was habe ich vergessen? Ach ja, da sind noch die fünf Flüsse. Die *Flüsse*!«, rief Helen aus und begriff erst jetzt, worauf Orion hinauswollte. »Hier unten dreht sich alles um die Flüsse, richtig?«

In Helens Kopf tauchte eine vage Ahnung von einem Fluss auf, fast wie eine Erinnerung aus einem Fiebertraum – mehr Gefühl als tatsächliches Bild –, aber sie wusste nicht, welcher Fluss es war. Als sie versuchte, sich darauf zu konzentrieren, verblich die Erinnerung wie ein Fisch, der in trübem Wasser verschwindet.

»Der Styx, der Acheron, all die anderen. Die definieren hier unten den Raum, nicht wahr?«, überlegte Orion, der diesen neuen Ansatz verfolgte. »Sie könnten uns führen wie Pfade.«

»Und wie kommst du auf so unglaublich geniale Ideen?«, fragte Helen voller Bewunderung. Der Gedanke, der kurz vorher in ihrem Kopf aufgetaucht war, war wieder verschwunden, als hätte er nie existiert.

»Durch deine Bemerkung über deinen Lieblingssee da drüben«, antwortete Orion grinsend. »Er sollte eigentlich ein Fluss sein, ist aber keiner. Das hat mich auf die Idee gebracht, dass die Flüsse anders sein müssen. Die übrige Landschaft hier unten verändert sich dauernd, als wäre sie austauschbar. Aber die Flüsse bleiben an ihrem Platz. Sie sind immer da. Ich meine, sogar die Normalsterblichen kennen den Styx, stimmt's? Die Flüsse kommen in jedem halbwegs zuverlässigen Bericht über die Unterwelt vor, den ich bisher gelesen habe, und in den meisten Büchern steht, dass alle Flüsse irgendwo zusammenfließen.«

»Also müssen wir nur irgendeinen Fluss finden, ihm folgen,

205

und landen schließlich an dem, den wir brauchen«, sagte Helen und sah Orion dabei in die Augen. »Persephones Garten befindet sich neben dem Palast von Hades und der Palast soll an einem Fluss stehen. Finden wir diesen Fluss, finden wir auch Persephone.«

»Ja, aber das wird uns noch Kopfschmerzen bereiten. Der Fluss, der den Palast von Hades umgibt, ist Phlegethon, der Fluss des Ewigen Feuers. Den lockeren Spaziergang am Ufer können wir uns dort abschminken.« Orion runzelte nachdenklich die Stirn. »Und dann müssen wir auch noch Persephone überreden, dass sie uns hilft, die Furien loszuwerden.«

Plötzlich brach Orion den Augenkontakt ab und sah sich nervös um, als hätte er etwas gehört.

»Was?«, fragte Helen. Sie warf einen Blick über ihre Schulter, konnte aber keine Bedrohung entdecken.

»Nichts. Komm mit«, sagte er beunruhigt. Orion zog an Helens Arm, damit sie sich schneller bewegte.

»Was soll die Hetzerei? Hast du was gesehen?«, fragte Helen, als sie neben Orion hereilte, aber er antwortete nicht. »Sag mir wenigstens, ob es Zähne hat, okay?«

»Hast du von dem Einbruch ins Getty Museum gehört?«, fragte er unerwartet.

»Äh, ja«, sagte Helen, vollkommen verblüfft von seinem plötzlichen Themenwechsel. »Meinst du, dass der Einbruch etwas mit dem zu tun hat, was du gerade gesehen hast?«

»Ich weiß nicht, was ich gesehen habe, aber wir waren auf jeden Fall zu lange am selben Ort«, sagte er verärgert. »Das hätte ich verhindern müssen. Ich kann nicht fassen, dass ich …«

Helen wartete darauf, dass Orion seinen Satz beendete. Doch stattdessen ging er mit gerunzelter Stirn neben ihr her. Helen sah sich immer wieder um, aber sie konnte nichts Bedrohliches ausmachen.

Die winzigen Knochen auf dem Boden, die Helen so achtlos herumgekickt hatte, wurden größer, je weiter sie gingen. Schon nach wenigen Metern waren sie von Mäuse- über Katzen- bis zu Elefantengröße angewachsen. Kurz darauf bewegten sie sich zwischen Skeletten, die um ein Vielfaches größer waren als die von Dinosauriern. Helen schaute zu den riesigen verkalkten Strukturen auf, und es kam ihr vor, als würden sie einen Wald aus Knochen durchqueren.

Gigantische Rippen wölbten sich über ihnen wie die Bögen einer gotischen Kathedrale. Massive Gelenke, überzogen von verzweigten Kolonien toter und staubiger Flechten, lagen wie Felsbrocken im Weg. Helen fiel auf, dass die Skelette vollkommen durcheinander waren, als wären Hunderte Kreaturen von der Größe eines Wolkenkratzers übereinandergestapelt gestorben. Die Überreste waren so riesig, dass es Helen vorkam, als würde sie normale Knochen durch ein Mikroskop betrachten. Sie ließ ihre Hand über eine der löchrigen Oberflächen gleiten und sah Orion fragend an.

»Weißt du, was das für Kreaturen waren?«, flüsterte sie. Orion schlug die Augen nieder und schluckte.

»Die Frostriesen. Ich habe Geschichten darüber gelesen, aber nie geglaubt, dass es sie wirklich gab. Dieser Ort ist verflucht, Helen.«

»Was ist hier passiert?«, wisperte sie, denn der Anblick der gigantischen Knochen und Orions Betroffenheit weckten Ehrfurcht in ihr.

»Es ist ein ganzes Schlachtfeld, das direkt in die Unterwelt verfrachtet wurde. Das ist nur möglich, wenn der letzte Krieger gefallen ist. Die Frostriesen sind jetzt ausgestorben«, sagte er mit einer monotonen Hoffnungslosigkeit in der Stimme, die gar nicht zu ihm passte. »Ich hatte Albträume von einem anderen Schlachtfeld, das in die Unterwelt transportiert wurde. Nur dass die Knochen in meinen Träumen nicht von den Frostriesen stammen, sondern von Scions.«

Er kniff die Lippen zusammen, und Helen musste wieder daran denken, was Hector gesagt hatte. Orion hatte ein hartes Leben geführt. Das spürte sie nun in ihm.

Sie drehte den Kopf nach oben, bis sie seinen Blick erhaschte. Dann rüttelte sie sanft an seinem Arm.

»Hey«, sagte sie. »Weißt du, was mich am Geschichtsunterricht immer am meisten genervt hat?«

»Was?« Orion wurde durch diese scheinbar zusammenhanglose Frage aus seiner düsteren Stimmung gerissen, genau wie Helen es beabsichtigt hatte.

»Es geht dabei immer nur um Kriege und Schlachten und wer wen besiegt hat.« Helen legte beide Hände um einen seiner massiven Unterarme und setzte sich mit ihm im Schlepptau wieder in Bewegung. »Weißt du, was ich finde?«

»Was?«

Er fing wieder an zu lächeln und war bereit, auf ihr Spiel einzugehen. Helen war froh, dass die Wolken, die sein Gesicht verdunkelt hatten, so schnell abgezogen waren. Es war beinahe, als würde sie die Fähigkeit besitzen, sie ganz nach Lust und Laune zu vertreiben.

»Ich finde, für jede Schlacht, die wir auswendig lernen müssen, sollten sie uns auch mindestens zwei tolle Dinge beibringen. Zum Beispiel, wie viele Leute jedes Jahr von Feuerwehrmännern gerettet werden oder wie viele Menschen schon auf dem Mond waren. Weißt du, was das Schlimmste ist? Ich habe keine Ahnung, wie viele es waren.«

»Ich auch nicht«, gestand Orion mit einem Lächeln.

»Aber wir sollten es wissen! Wir sind Amerikaner!«

»Also, offiziell bin ich Kanadier.«

»Das ist dicht genug dran!«, versicherte ihm Helen und fuchtelte hitzig mit einer Hand herum. »Ich meine doch nur, dass die Menschen zu den tollsten Dingen fähig sind – wieso müssen wir uns dann nur ihre Kriege ansehen? Die Menschheit kann es doch besser.«

»Aber ihr seid keine Menschen, also nicht richtig, nicht *ganz* menschlich. Hübscher kleiner Göttersohn«, zischte leise eine schmeichlerische Stimme.

Helen sah etwas aufblitzen, als Orion eine der vielen Klingen hervorzog, die er unter seiner Kleidung versteckt trug. Er schob Helen hinter sich und seine Finger krallten sich in ihre Hüfte, damit sie dort blieb und nichts Idiotisches tat, wie etwa hervorzuspringen und um sich zu schlagen.

»Komm hervor und zeig dich«, forderte Orion den Gegner heraus. Seine Stimme war ruhig und kalt – fast als hätte er darauf gewartet, dass so etwas passierte.

Helen hasste es, ohne ihre Blitze völlig hilflos zu sein, und beschloss zu lernen, wie man als Sterblicher kämpfte, sobald sie wieder in der richtigen Welt war. Falls sie jemals in die richtige Welt zurückkam.

Ein dünnes, schrilles Lachen hallte durch den Wald aus Knochen und ein unheimlicher Singsang drang zu ihnen hinüber.

»Dickes Göttersöhnchen! Größer als die meisten, wie der Jäger, dessen Namen er trägt! Willst du gegen mich kämpfen, dummer Himmelsjäger? Sei gewarnt! Ich habe den Krieg erfunden. Krieg, meine kleinen Schönheiten, und ich habe ihn erfunden. Aber nein, der Himmelsjäger wird nicht weichen. Er wird kämpfen! Und sie für immer durch die Nacht jagen. Weil sie so hübsch-hübschhübsch ist!«

Der Singsang mündete in ein kindliches Gelächter, das Helen Angst machte. Während Orion sich suchend um sich selbst drehte, erhaschte Helen einen Blick auf einen langen, dürren Mann, der durch die Grabstätte der Frostriesen schlich. Er war knochig, fast nackt und am ganzen Körper mit bläulichen Schnörkeln bemalt wie ein Wilder aus der Steinzeit.

»So sehr wie meine Schwester, meine Geliebte. So sehr wie das Gesicht! Oh! Das Gesicht, das geliebt hat, das Schiffe in See stechen ließ und das so viel BlutBlutBlut vergossen hat! Wieder, wieder! Ich will noch einmal das Spiel mit den hübschen kleinen Götterkinderchen spielen!« Kichernd sprang er herbei und versuchte, Orion von Helen wegzulocken, aber Orion fiel nicht darauf herein.

Als der Wilde näher kam, konnte Helen ihn genauer sehen. Voller Entsetzen drückte sie sich enger an Orions Rücken. Der Wilde hatte vorquellende graue Augen und lange verfilzte Haare,

210

die ursprünglich vielleicht hellblond oder weiß, jetzt aber mit blauer Farbe und getrocknetem Blut verkrustet waren. Aus seiner Haut quoll Blut hervor. Es lief ihm aus der Nase und den Ohren – sogar aus seiner *Kopfhaut*, als würde ihm sein verrottetes Gehirn aus jeder Pore treten.

In der Hand hielt er ein stumpfes Schwert, das an den Kanten vom Rost orange verfärbt war. Als Helen mit Orion herumfuhr, um einer der Attacken des Wilden auszuweichen, erhaschte sie seinen Geruch. Er stank so nach Verwesung, dass sich ihr beinahe der Magen umdrehte. Er roch nach saurem Schweiß und modrigem Fleisch.

»Ares«, flüsterte Orion Helen über die Schulter zu, als der Gott hysterisch kichernd davonsprang, um sich zwischen den Knochen zu verstecken. »Keine Angst, Helen. Er ist ein Feigling.«

»Er ist verrückt«, wisperte Helen hektisch zurück. »Er ist total durchgeknallt!«

»Das sind die meisten Götter, allerdings soll Ares mit Abstand der verrückteste sein«, sagte Orion mit einem beruhigenden Lächeln. »Keine Angst, ich werde ihn nicht in deine Nähe lassen.«

»Äh, Orion? Wenn er ein Gott ist, kann er dich dann nicht ganz einfach töten?«, fragte Helen vorsichtig.

»Wenn wir hier unten keine Halbgottkräfte haben, wieso sollte er dann seine Gottkräfte haben?«, fragte er mit einem Schulterzucken. »Außerdem rennt *er* gerade vor *uns* weg. Das ist im Allgemeinen ein gutes Zeichen.«

Das ergab Sinn, aber Helen war noch nicht überzeugt. Sie

konnte den verrückten Gott vor sich hin summen hören, als er sich von ihnen entfernte. Sehr ängstlich hörte er sich nicht an.

»Du da, kleiner Göttersohn! Versteckst dich vor den anderen?«, rief Ares plötzlich ein paar Hundert Meter entfernt aus. »Wie unpraktisch. Ihr solltet alle zusammen sein, wenn ich mein Lieblingsspiel mit euch spiele! Bald, bald. Zunächst lasse ich es durchgehen. Ich schaue erst einmal zu, wie ihr mit dem Schoßtier meines Onkels spielt. Es geht los, kleiner Göttersohn!«

»Mit wem redet der?«, flüsterte Orion Helen zu.

»Keine Ahnung, mit uns jedenfalls nicht. Meinst du, dass er Wahnvorstellungen hat?«, überlegte Helen.

»Ich weiß es nicht. Vorhin dachte ich, ich hätte gesehen …« Orions Satz wurde abrupt unterbrochen.

Ein gigantisches Heulen hallte durch den Knochenwald. Es war so tief und laut, dass Helen die Vibrationen bis in ihrem Magen fühlte. Ein zweites und ein drittes Heulen folgten und jedes war ein bisschen anders als das vorherige. Helen erstarrte.

»Zerberus«, keuchte Orion angsterfüllt. »Lauf!«

Er packte Helens Arm und zog sie mit sich, was sie aus ihrer Angststarre riss. Dann rannten sie um ihr Leben und das gackernde Lachen von Ares gellte in ihren Ohren.

Sie hechteten über morsche Knochen und versuchten, das Heulen hinter sich zu lassen und nicht in eine Sackgasse zu geraten. Zum Glück wurden die Knochen immer kleiner, als sie im Zickzack das andere Ende des Friedhofs ansteuerten.

»Weißt du, wohin wir rennen?«, schnaufte Helen. Orion reckte das Handgelenk aus dem Ärmel seiner Jacke und betrachtete das goldene Armband.

212

»Es glüht, wenn ich in der Nähe eines Tores bin«, rief er ihr zu.

Helen sprintete um einen besonders scharfkantigen Becken-knochen herum und warf dann ebenfalls einen Blick auf das Armband. Es glühte nicht im Geringsten. Und das Heulen von Hades' dreiköpfigem Höllenhund kam mit jeder Sekunde näher.

»Helen. Du musst aufwachen«, sagte Orion entschlossen.

»Ich gehe nirgendwohin.«

»Hier wird nicht diskutiert!«, brüllte er sie wütend an. »Wach auf!«

Helen schüttelte trotzig den Kopf. Orion packte sie grob am Arm und zwang sie anzuhalten. Er schüttelte ihre Schultern und starrte ihr in die Augen.

»Wach. Auf.«

»Nein. Wir gehen zusammen oder gar nicht.«

Ein weiteres Heulen zerriss die Luft. Beide fuhren herum und sahen, wie Zerberus, der nicht mehr weit von ihnen entfernt war, durch die schwindende Deckung des Knochenfriedhofs auf sie zustürmte.

Aus Helens Kehle kam bei seinem Anblick nur noch ein ent-setztes Fiepen. Sie wusste nicht, was sie erwartet hatte – viel-leicht einen Pitbull oder einen Mastiff mit dem Kopf eines Do-bermanns, um das Trio komplett zu machen. Der Anblick ir-gendwelcher bekannter Hunderassen wäre zumindest ein Trost gewesen. Aber sie hätte wissen müssen, dass keine dieser bekann-ten *zahmen* Rassen vor vielen Äonen existiert hatte, als dieses Monstrum das Licht der Welt erblickt hatte.

Zerberus war ein Wolf. Ein sechs Meter großer, dreiköpfiger Wolf mit geifernden Kiefern und keinem einzigen zahmen Chromosom im ganzen Körper. Als einer der Köpfe nach ihr schnappte, verdrehten sich die Augen, bis nur noch das Weiße zu sehen war. Ein Kopf hatte es auf Helen abgesehen, die anderen beiden auf Orion. Auf dem gemeinsamen Hals sträubten sich die Nackenhaare und alle drei Köpfe nahmen eine geduckte Angriffshaltung ein. Erst trat eine Pfote vor, dann die andere und aus allen drei Kehlen kam ein tiefes Knurren.

»AIIIJAAIJAAA!«

Ein gellender Ton störte die tödliche Konzentration des Höllenhundes, gefolgt von einem Hagel von Knochenstücken, die auf seinen linken Kopf einprasselten.

Alle drei Köpfe reagierten sofort. Zerberus wirbelte herum und jagte hinter dem mysteriösen Ton her, ohne Helen und Orion weiter zu beachten. Helen versuchte zu erkennen, wer sie gerettet hatte, aber sie konnte nur einen Schatten zwischen den knorrigen Knochenstümpfen verschwinden sehen.

»Lauf-lauf-lauf!«, feuerte Orion sie hoffnungsvoll an und drehte Helen herum. Er griff nach ihrer Hand und wollte mit ihr auf eine Felswand zurennen, die in einiger Entfernung aufgetaucht war. Helen zögerte.

»Wir müssen zurück! Wir können doch nicht …«

»Und wie wir das können!«, rief er und zerrte sie hinter sich her. »Du musst nicht heldenhafter sein als jeder andere, begreif das endlich!«

»Ich hatte doch gar nicht vor …«, wollte Helen sich verteidigen, aber beim nächsten wütenden Bellen von Zerberus überlegte sie es sich anders. Anscheinend war der Höllenhund wieder hinter ihnen her. Es war Zeit, den Mund zu halten und zu rennen.

Hand in Hand stürmten Helen und Orion Hals über Kopf auf die Felswand zu. Sie waren beide hellwach. Helen hatte keine Ahnung, wie viele Stunden sie bereits in der Unterwelt waren und wie viele Kilometer sie in dieser nicht schätzbaren Zeit zurückgelegt hatten. Ihr Mund war so trocken, dass das Zahnfleisch schmerzte, und ihre Füße fühlten sich in den Stiefeln geschwollen und wund an. Orion keuchte an ihrer Seite so heftig, als würde jeder Atemzug seine Lunge mit Sandpapier bearbeiten.

Helen warf einen Blick auf Orions Hand, die ihre fest umklammerte, und stellte fest, dass sein Armreif zu glühen begann. Mit jedem Schritt zur Felswand wuchs der goldene Schimmer, bis sie schließlich beide von einem goldenen Schein eingehüllt waren. Helen riss den Blick von Orions golden leuchtendem Körper los und starrte den glühenden Riss an, der sich zwischen den dunklen Felsen auftat.

»Hab keine Angst! Lauf einfach weiter«, schrie er, als sie auf die Gesteinsmassen zurannten.

Helen hörte das Aufschlagen der riesigen Pfoten, denn der Höllenhund kam schnell näher. Der Boden bebte, und die Luft wurde heiß und feucht, denn Zerberus schnaufte Helen buchstäblich in den Nacken.

Die Felsen teilten sich nicht. Sie wichen nicht auseinander, um Helen und Orion eine praktische Öffnung zu bieten. Helen klammerte sich fest an Orions Hand und rannte ohne das geringste Zögern weiter.

Sie sprangen durch die massive Felswand, segelten über einen

215

Abgrund und prallten gegen etwas, das offenbar eine weitere Felswand war. Helen hörte ein Krachen, als ihr Kopf gegen die harte Oberfläche knallte. Vollkommen atemlos wartete sie darauf, dass sie an der Wand herunterrutschte und auf dem Boden aufschlug, aber nichts dergleichen geschah. Es dauerte einen Moment, bis sie erkannte, dass die Schwerkraft eine Hundertachtzig-Grad-Wendung beschrieben hatte und sie längst auf dem Boden lag. Auf einem eisigen Boden an einem sehr kalten, sehr dunklen Ort.

»Helen?« Orions besorgte Stimme hallte durch die Dunkelheit.

Sie versuchte, ihm zu antworten, aber alles, was sie hervorbrachte, war ein pfeifendes Keuchen. Als sie den Kopf hob, äußerte ihr Magen einen schwächlichen Protest.

»Oh nein«, hörte sie Orion hauchen, als er in der Dunkelheit auf sie zuschlurfte. Sie hörte ein Klicken, ein Knirschen und dann leuchtete die Flamme eines Feuerzeugs auf. Sie musste schnell die Augen schließen, sonst hätte sie sich ganz sicher übergeben. »Oh, Helen, dein Kopf …«

»K-kalt«, war alles, was sie hervorbringen konnte. Hier war es sogar noch kälter als in ihrem Zimmer und sie konnte nicht entrinnen. Sie wackelte mit den Fingern, was auch funktionierte, aber aus irgendeinem Grund konnte sie die Arme nicht bewegen.

»Ich weiß, Helen, ich weiß.« Er bewegte sich hektisch um sie herum, flüsterte aber beschwichtigend auf sie ein, als müsste er ein Kind beruhigen oder vielleicht ein verletztes Tier. »Du hast dir den Kopf angeschlagen und wir sind noch im Portal – weder hier noch dort. Du kannst dich nicht selbst heilen, wenn ich dich nicht bewege, verstehst du das?«

»Hmm«, murmelte sie undeutlich. Allmählich versetzte es sie in Panik, dass sie keine Kontrolle über ihre Gliedmaßen hatte.

Sie spürte, wie Orion seine Hände unter ihren ausgestreckten Körper schob und einen Moment seine Kräfte sammelte. Dann schoss ein Schmerz von ihrer Schläfe bis hinunter zu ihren Zehen.

Orion redete die ganze Zeit mit ihr, als er sie aus der Kälte an einen etwas wärmeren Ort brachte, aber Helen bekam nicht mit, was er sagte. Sie war zu sehr damit beschäftigt, sich nicht zu übergeben. Die ganze Welt wackelte und drehte sich, und sie konnte es nicht erwarten, dass Orions harte Schritte endlich endeten. Jedes Mal, wenn er einen Fuß aufsetzte, fühlte es sich an, als würde er auf ihren Kopf treten. Aber schließlich hockte er sich hin und hielt sie auf seinem Schoß in den Armen. Helen hörte, wie er nochmals das Feuerzeug aufschnappen ließ.

Durch ihre geschlossenen Lider sah sie einen hellen Schein und wusste, dass Orion eine Kerze angezündet hatte. Sie fühlte, wie er ihr das Haar aus dem Gesicht strich und sie so dicht an sich zog, dass er sie in seine Jacke hüllen konnte. Einen Moment später ging es ihr schon etwas besser.

»Wieso ist mir so schlecht?«, fragte sie, als ihre Stimme wieder funktionierte.

»Noch nie eine Gehirnerschütterung gehabt?«, antwortete er fast amüsiert mit einer Gegenfrage. »Keine Angst. Deine Heilung schreitet schnell voran, seit ich dich vom Portal weggebracht habe. Du hast in diesem Teil der Höhle deine Scion-Kräfte wieder; es wird dir also bald wieder gut gehen.«

»Okay«, sagte sie voller Vertrauen. Wenn Orion sagte, dass sie wieder in Ordnung kam, dann glaubte sie ihm das. Nach ein paar Minuten fühlte sie sich schon fast wie immer und entspannte sich in seinen Armen. Orion erstarrte.

»Ich muss dich jetzt verlassen«, sagte er mit sanfter Stimme.

»Wie meinst du das?«, sagte Helen und sah zu ihm auf. Er betrachtete sie traurig.

»Wir sind zurück in der Welt der Lebenden, Helen. Sie werden hinter uns her sein.«

Er hatte kaum ausgesprochen, als sie ein erbärmliches Schluchzen hörten. Orion verzog schmerzlich das Gesicht und seufzte abgrundtief. Mit einer schnellen Bewegung trat er die Kerze aus und versuchte, Helen von seinem Schoß zu schubsen, damit er in der plötzlichen Dunkelheit aufspringen konnte.

Jeder Muskel in Helens Körper spannte sich, was ihn daran hinderte, Schwung zum Aufstehen zu holen. Sie presste Orion eine Hand auf die Brust, stieß ihn zurück und schwang ein Bein über ihn, um ihn am Boden zu halten. Eine Welle der Wut schwappte über sie, als sie seine Hüften mit ihren Oberschenkeln zusammendrückte.

»Du gehst nirgendwohin«, sagte sie. Ihre Stimme war tief und hasserfüllt.

»Nein, Helen. Nicht«, flehte Orion, obwohl er wusste, dass es zu spät war.

Die Furien hatten Helen im Griff und befahlen ihr, Orion zu töten.

9

Um sicherzugehen, dass Hector ihm nicht folgte, drehte Zach eine letzte Inselrunde. Erst dann kehrte er zum Schiff seines Gebieters zurück. Hector war zwar ein Ausgestoßener, aber er schaffte es trotzdem, seiner Familie Informationen zukommen zu lassen, und Zach konnte sich keinen Fehler leisten. Sollte er Hector versehentlich zu ihrer Basis auf dem Schiff mit den roten Segeln führen, würde Automedon ihn umbringen.

Zach schaltete den Motor ab und starrte die elegante Jacht an, die sanft am nächtlichen Anleger schaukelte. Bei der Vorstellung, an Bord gehen und Automedon seinen Bericht abliefern zu müssen, wurden seine Handflächen schweißnass, und sein Magen begann zu rumoren. Der persönliche Bericht war nur eine Formalität – Zach hatte den gestohlenen SMS-Verkehr sofort an seinen Gebieter gemailt –, aber Automedon erinnerte seinen Laufburschen immer gern daran, dass jede Sekunde seines Lebens ihm gehörte.

Es gab keinen Ausweg für Zach. Und daran war nur Helen schuld. Dieses Miststück.

Er hatte nur wissen wollen, was sie all die Jahre verborgen hatte. Er hatte versucht, unter vier Augen mit ihr zu reden, aber obwohl er so viel Einfühlungsvermögen vorgetäuscht hatte, wollte sie ihm nichts verraten. Hätte sie ihn beachtet und wäre sie vielleicht auch ein paarmal mit ihm ausgegangen, dann wäre nichts von dem hier passiert.

Inzwischen hatte Zach alle Antworten bekommen, die er haben wollte – und noch viele weitere, die er nicht gewollt hatte. Automedon kam aus einer Zeit, in der nur das Timing darüber entschied, wer Herr war und wer Sklave, und Zach war einfach zur falschen Zeit am falschen Ort gewesen.

Zach stieg aus dem Auto und redete sich ein, dass sein Gebieter ihn zumindest genug respektierte, um ehrlich zu ihm zu sein. Er hatte ihm eine wichtige Aufgabe übertragen. Er sollte seine früheren Freunde ausspionieren, vor allem Helen, und seinem Gebieter alles berichten, was er über ihre Mission in der Unterwelt in Erfahrung brachte. Das war zugegebenermaßen ziemlich unehrenhaft, aber zumindest war es sein Ticket in diese Welt. Helen war hochnäsig. Und die Delos-Jungs? Die waren so damit beschäftigt, mit ihren Muskelpaketen zu protzen und mit jedem heißen Mädchen der Insel zu schlafen, dass sie einen unbedeutenden Normalsterblichen wie ihn gar nicht wahrnahmen.

Heute hatte er seinem Gebieter einen guten Dienst erwiesen, auch wenn die Information, die er geliefert hatte, nicht willkommen war. Zach hatte den Beweis erbracht, dass es noch einen weiteren überlebenden Rogue gab, und wenn es zwei waren – Helen und dieser Orion –, dann konnten da draußen noch viel mehr von ihnen sein.

Zach war kein Idiot. Er hatte nicht lange gebraucht, die Politik zu begreifen und zu erfahren, was das ultimative Ziel war. Atlantis wiederauferstehen zu lassen, würde die Scions unsterblich machen, und nach vielen Tausend Jahren in einer Pattsituation mit den Göttern waren die Hundert Cousins fest entschlossen, sich zu nehmen, was ihnen zustand.

Es gab ein paar Einwände vom Delos-Clan wegen eines großen Kriegs, der dadurch ausgelöst werden würde, aber Zachs Gebieter hatte ihm alles erklärt. Ein Krieg wäre eine schlechte Wahl für die Götter. Die Hundert, die nach der Auferstehung von Atlantis unsterblich sein würden, waren den zwölf Göttern des Olymp um *mindestens* achtundachtzig Krieger überlegen, und außerdem wusste jeder, dass zu den Hundert Cousins in Wirklichkeit viel mehr gehörten als nur hundert.

Wenn die Olympier wirklich zu kämpfen versuchten, würden sie sich praktisch sofort ergeben müssen. Dann hätte die Menschheit endlich Götter, die sie verstanden, Götter, die einst selbst sterblich waren. Vielleicht würden die Gebete der Menschen dann nicht mehr ignoriert, sondern endlich *erhört* werden.

Das alles fand Zach vollkommen logisch. Er war überzeugt, sich für die richtige Seite entschieden zu haben.

Allerdings hörte er seinen Gebieter manchmal schreckliche Dinge sagen, zum Beispiel, dass er sich wünschte, die Menschheit würde endlich ausgelöscht oder in hirnlose Sklaven verwandelt werden wie in einer Ameisenkolonie. Mehr als einmal hatte Automedon gesagt, dass er es begrüßen würde, wenn sein Meister »die Welt sauber wischte«. Zach hatte den Meister seines Gebieters nie getroffen, aber nach allem, was er gehört hatte, wollte er das auch nicht. Bloß nicht.

Zach betrat die Jacht und hörte unter Deck Stimmen. Es roch säuerlich und vergoren – ein Geruch, der an verdorbene Milch erinnerte. Im ersten Moment ließ ihn der Gestank der Besucher zurückzucken, aber er zwang sich, ihn zu ignorieren. Sein Gebieter roch auch oft ziemlich merkwürdig. Automedon sah äußerlich zwar beinahe menschlich aus, hatte aber ein Exoskelett statt einer Haut und atmete nicht durch den Mund, sondern durch kleine Öffnungen überall am Körper. Er roch nicht menschlich – eher wie trockenes Laub, das mit Moschus vermischt war.

Zach suchte sich auf dem leeren Oberdeck einen Sitzplatz. Die anderen Mitglieder der Hundert, die mit Automedon auf die Insel gekommen waren, hatte Tantalus kurz nach dem Zusammenstoß mit Hector, Lucas und Helen zurückbeordert. Zach wusste nicht genau, wieso, aber er nahm an, dass es etwas mit dem Angriff auf Tantalus zu tun hatte. Was immer passiert war, musste bedeutend gewesen sein, wenn es Tantalus' Leibgarde veranlasste, die Wagenburg zu schließen. Zach wusste nur, dass ein ganzes Bataillon der Hundert Cousins abkommandiert worden war, auf der ganzen Welt nach irgendeiner mysteriösen Frau zu suchen.

Die Debatte unter Deck wurde kurz hitzig, beruhigte sich aber schnell wieder, als eine der Parteien nachgab. Zach war klug genug, nicht zu stören, und wartete auf einer der Teakbänke.

Sie wussten natürlich, dass er da war. Zach hatte längst gemerkt, dass sein Gebieter ihn immer hörte, auch wenn er noch so leise schlich. Wer immer da unten bei ihm war, hatte dieselbe Gabe – es war entweder ein hochrangiger Scion oder jemand mit noch mehr Macht. Sein Gebieter würde diesen unterwürfigen Ton nie bei jemandem anschlagen, der unter seiner Würde war, und es gab nur wenige Wesen auf der Erde, die er als überlegen ansah.

Als er hörte, dass sich die Gruppe aus der Kabine auf den Weg an Deck machte, erhob sich Zach respektvoll. Seinem Gebieter folgten eine große Frau und ein blasser junger Mann. Mit ihrer unaufdringlichen Schönheit und den leuchtenden grauen Augen sahen sie aus wie Models, und sie bewegten sich, als würden sie schweben.

Aber bei genauerem Hinsehen war zu viel Weiß in ihren grauen Augen und sie schienen zu hecheln, statt zu atmen. Zach wich zurück, und das missgelaunte Gesicht seines Gebieters verriet ihm, dass er einen schrecklichen Fehler gemacht hatte. Die hechelnde Frau zuckte mit dem Kopf in seine Richtung, ähnlich einer Schlange, die ihr Opfer auswählt.

»Auf die Knie, Sklave!«, befahl Automedon.

Zach ließ sich auf die Knie fallen, starrte aber weiter wie hypnotisiert die unglaublich *hässliche* Frau an. Er hatte einen Moment gebraucht, bis er es wahrnahm, aber trotz ihrer Größe und ihrer markanten Gesichtszüge war sie kein wunderschönes Model. Sie war genauso abstoßend wie der gebückt neben ihr herstolpernde Junge.

Sie waren die Quelle des widerlichen Gestanks – saure Milch mit Schwefel. Der Geruch ließ seine Augen tränen und er musste sie schließen. Chaotische, gewalttätige Fantasien schossen ihm plötzlich durch den Kopf. Er wollte am liebsten jemanden zusammenschlagen oder etwas in Brand stecken.

»Endlich etwas Ehrerbietung«, zischte die Frau.

»Er ist unbedeutend«, sagte Automedon abschätzig.

»Ist er zu dumm, seine Pflicht zu erfüllen?«

»Keineswegs. Er ist an diesem Ort aufgewachsen und dem Gesicht recht verbunden«, antwortete Automedon. »*Wenn* diese die drei Erben aus der Prophezeiung sind, erwarte ich, dass sich mein Sklave genau so benimmt, wie wir es brauchen. Wie ein neidischer Mensch.«

»Gut.«

Zach hörte die Frau und den jungen Mann nicht weggehen, aber als er die Augen wieder aufmachte, waren sie weg. Nur der widerliche Gestank war noch da. Wieder überkam ihn dieses unerklärliche Gefühl, und er sah sich auf dem Deck nach etwas um, das er zerschlagen konnte.

Die Furien flüsterten Namen und stießen herzzerreißende Schluchzer aus.

Helen versuchte, sich einzureden, dass sie die Hand von Orions Brust nehmen und sich zurückziehen musste. Sie spürte, dass er unter ihr lag, konnte ihn in der stockdunklen Höhle aber nicht sehen. Das würde helfen. Wenn sie nur aufhören könnte, ihn zu berühren, würde sie sich beruhigen, und sie *musste* sich beruhigen, denn sie war so wütend, dass sogar die Erde zu beben schien.

Aber sie zog sich nicht zurück. Ohne eine bewusste Entscheidung zu treffen, krallte sie die Finger in sein Hemd und zerrte ihn dichter an sich heran.

Ein weiteres Beben erschütterte den Höhlenboden, und diesmal merkte sie, dass sie es sich nicht nur eingebildet hatte. Das Beben war so stark, dass es sie von Orion herunterwarf. Als sich die Erde aufbäumte, erfüllte ein gewaltiger Donnerschlag die Höhle. Helen hörte, wie Orion nach Luft schnappte und ihren Namen keuchte. Irgendwie war er unter ihr hervorgekrochen, aber sie wusste, dass er noch in der Nähe war.

Helen brauchte unbedingt Licht und überlegte, einen Blitz zu erzeugen. Aber sie war durch den langen Aufenthalt in der Unterwelt vollkommen ausgetrocknet und dieser Zustand machte ihre Blitze gefährlich instabil. Wenn sie keine Kontrolle über die Blitze hatte, konnte ihr womöglich ein Blitz mit ganzer Wucht entgleiten und die vom Erdbeben geschwächte Höhle zum Einsturz bringen. Der Cestus beschützte Helen vor Waffen, nicht vor dummen Entscheidungen, und die Erde würde sie genauso schnell ersticken, wie das Meer sie ertränken konnte.

»Helen. Geh«, würgte Orion mit rauer Stimme hervor. »Bitte.« Seine Stimme half ihr, ihn zu orten.

Sie stürzte sich auf ihn und presste ihn zwischen ihren Knien auf den Boden. Sie spürte, wie er mit beiden Händen ihre Unterarme packte, damit sie nicht auf ihn einschlagen konnte. Er hielt mit jeder Hand eines ihrer Handgelenke umklammert.

Während sie rangen, spürte Helen eine *dritte* Hand, so federleicht wie Luft. Aber es war eindeutig Orions Hand, die sie berührte. Helen schauderte und zuckte vor der Berührung zurück.

Mit unglaublicher Sanftheit fuhr Orions dritte Hand durch ihre Kleidung und über ihre Haut. Dann legte sie sich um die Stelle, an der ihr Lachen seinen Ursprung hatte – dieselbe Stelle, die so schrecklich wehtat, seit sie Lucas verloren hatte.

Natürlich wusste Helen, dass es in ihrer Brust kein Organ gab, das für ihre Emotionen zuständig war, aber es fühlte sich trotzdem an, als hielte Orion den Mittelpunkt ihres Herzens in seiner unsichtbaren Hand.

Sie erstarrte, ganz überwältigt von dieser neuen Empfindung. Orion setzte sich auf und ihre Gesichter waren in der Dunkelheit nur Zentimeter voneinander entfernt.

»Wir müssen einander nicht wehtun, Helen«, hauchte er sanft. Seine Lippen strichen über die überaus empfindliche Stelle zwischen ihrem Ohr und dem Kiefer. Die feinen Härchen auf Helens Wange richteten sich auf und reagierten auf Orions Mund, als würde er sie magisch anziehen. Ihre Fäuste entspannten sich und gaben die kämpferische Haltung auf. Zögerlich sanken sie herab, bis ihre Handflächen schließlich auf Orions breiten Schultern lagen.

In ihrem Innern breitete sich Orions dritte Hand in fünf Richtungen aus, als würde er seine fünf Finger strecken. Die innerliche Berührung strömte in ihre Arme und Beine und der fünfte Finger reckte sich hinauf in ihren Kopf.

»Ich könnte dir nie etwas tun.« Seine Stimme brach und die echten Hände glitten an ihrem Rücken hinab bis zu den Hüften.

»Ich will dir auch nicht wehtun«, flüsterte Helen leise.

»*Das dürfen sie nicht!*«

Eindringliches Geflüster erfüllte die Höhle und schwoll zu lautem Geschrei an. Die Furien gerieten vollkommen außer sich, und zum ersten Mal, seit Helen ihnen begegnet war, berührten sie sie.

Sie kamen immer näher und stießen mit den Köpfen und ihren brüchigen, aschebestäubten Gliedmaßen gegen Helens Rücken. Sie taumelten vorwärts, zerkratzten ihr das Gesicht, zogen an ihren Haaren und zerrten mit ihren scharfen Nägeln an ihr herum, um sie aus Orions Bann zu reißen.

Tausend ungerächte Morde blitzten blutrot in Helens Gedanken auf.

»*Töte ihn! Töte ihn jetzt!*«, zischten sie. »*Er ist dem Haus von Atreus etwas schuldig. Lass ihn mit Blut bezahlen!*«

Von den Furien überwältigt, entglitt Helens Herz der unsichtbaren Hand und war sofort von Hass erfüllt. Sie richtete den Oberkörper auf und schlug Orion, so hart sie konnte – sie wollte ihm die Faust in den Hals rammen.

Welche Kontrolle Orion auch immer über sie gehabt hatte, sie war verloren. Die Furien hetzten auch ihn auf. Er knurrte wie ein Tier, sprang vor, packte Helens Oberarme und stieß sie grob auf den Rücken. Jetzt, wo er seine Scion-Kräfte wiederhatte, war er schneller und stärker, als sie es für möglich gehalten hatte. Hector hatte recht. Orion verfügte über ungeheure Kräfte. Helen versuchte, sich zu befreien, aber es war zu spät. Er war ihr bei Weitem überlegen und sie hatte seiner Größe und Kraft nichts entgegenzusetzen.

Sie konnte nur einen Blitz-Ausbruch riskieren und Strom über ihre Haut laufen lassen. Sie hoffte, Orion damit in die Bewusstlosigkeit zu schocken, aber ihre Erschöpfung machte ihr einen Strich durch die Rechnung, und der Schlag, den sie ihm verpasste, machte ihn nur noch wütender. Orion schrie und wand sich vor Schmerz, ließ sie aber nicht los. Als er sich von dem Stromschlag erholt hatte, stützte er sich schwer auf ihre Schultern und presste ihren Rücken so hart gegen den feuchten Höhlenboden, dass sie kaum noch Luft bekam.

Da erkannte Helen, dass sie Orion unterschätzt hatte und dafür bezahlen würde. Sie konnte ihn immer noch nicht sehen, aber sie spürte seinen Körper über sich. Ihr war bisher nie aufgefallen, wie *groß* er war – vermutlich, weil sie bisher keinen Grund hatte, ihn zu fürchten. Sie drückte hilflos gegen sein Gesicht und seine Kehle – sie konnte diesen Kampf nicht gewinnen. Sie war verletzt, ausgetrocknet und vollkommen erschöpft. Orion würde sie töten.

Helen traf eine Entscheidung. Lieber ließ sie sich unter ein paar Tausend Tonnen Geröll begraben, als sich von ihm umbringen zu lassen. Sie entspannte sich und rief einen richtigen Blitz hervor – einen, der ihn auf jeden Fall töten und vermutlich auch die Höhle einstürzen lassen würde. Allerdings kam sie nicht dazu, ihn freizusetzen.

Orion ließ sie plötzlich los und stand auf, als würde er aus einem bösen Traum erwachen. Sie hörte ihn in der Dunkelheit hektisch von ihr abrücken. Helen horchte angestrengt und wartete auf einen neuerlichen Angriff.

Irgendwo knirschten Orions Stiefel. Die Furien lockten Helen zischend zu seinem Versteck. Sie wollten sie leiten, wollten, dass sie ein Ende machte.

Aber jetzt, wo sie ihn nicht mehr berührte, kamen Helen Zweifel. Orion war doch nicht ihr Feind, oder doch? Eigentlich hatte sie ihn gern – so gern, dass sie fürchtete, ihn verletzt zu haben. Aber die undurchdringliche Dunkelheit gab nichts preis, sosehr Helen sich auch bemühte, etwas zu erkennen.

228

Sie musste zwei Dinge wissen. Zum einen, ob es ihm gut ging. Und zum anderen, ob er sie angreifen würde.

Helen nutzte die ganze Kraft, die ihr noch geblieben war, für eine kontrollierte Ladung und erzeugte auf ihrer Handfläche einen kleinen Ball aus glühender Elektrizität, den sie hoch über ihren Kopf hielt. Ihr Blick huschte über die spitzen Stalaktiten und Stalagmiten, bis sie Orion entdeckte. Er war bis an die andere Wandseite der kleinen Höhle zurückgewichen und hatte die Augen fest zugekniffen. Blut lief ihm übers Kinn.

»Wenn du mich töten willst, tu es, während meine Augen geschlossen sind.« Seine tiefe Stimme hallte ruhig und selbstsicher durch die dunklen Tunnel der Höhle. »Ich werde mich nicht wehren.«

Licht zu erzeugen, war ein Fehler gewesen. Jetzt konnte Helen sehen, wie die Furien mit den Zähnen knirschten und sich mit den Fingernägeln selbst zerkratzten, die Kleider zerfetzten und dunkelrote Furchen auf der bleichen, feuchten Haut hinterließen.

Helen stand auf und ging wie ein Roboter auf Orion zu, ähnlich einem mechanischen Killer, der von Zahnrädern angetrieben wird anstatt von Gedanken. In einer Ekstase des Hasses fiel sie vor ihm auf die Knie und schob die rechte Hand unter sein Hemd.

Sie ließ die Hand über seinen Gürtel wandern und suchte nach dem Messer, von dem sie wusste, dass er es am Rücken trug. Ihm war zweifellos klar, was sie da tat, aber er machte keine Anstalten, sie aufzuhalten. Helen zog das Messer aus der Scheide und drückte ihm die Spitze an die Brust.

»Ich will das nicht tun«, sagte sie. Ihre Stimme bebte, und ihre Sicht war durch die Tränen verschleiert, die sich in ihren Augen sammelten und von dort aus über ihre Wangen rannen. »Aber ich muss.«

Orion hielt die Augen geschlossen. Seine Hände pressten sich an die Höhlenwand. Im kalten Licht der elektrischen Ladung tauchten die geisterhaft weißen Gliedmaßen und das aschefarbene Haar der Furien immer wieder in Helens Augenwinkel auf.

»Ich spüre sie auch. Die Blutgier«, wisperte er leise. »Es ist okay. Ich bin bereit.«

»Sieh mich an.«

Orion öffnete seine leuchtend grünen Augen. Die Furien kreischten.

Ein jungenhafter, überraschter Ausdruck huschte über sein Gesicht. Er begann schnell und flach zu atmen und sein Kopf senkte sich langsam zu Helen hinab, Zentimeter für Zentimeter, bis seine Lippen sanft über ihre strichen. Mit einer Hand umfasste sie sein Gesicht, zog seinen Mund noch dichter an ihren heran, als sie plötzlich etwas Klebriges zwischen ihren Fingern spürte. Helen wich zurück und schaute hinab.

Sie hatte Blut an ihrer Hand.

Aus ihrer Erstarrung gerissen, schaute Helen genauer hin und sah, wie sich auf Orions Hemd ein großer dunkler Fleck ausbreitete. Sie hatte ihn gestochen. Und je näher sie einander kamen, desto tiefer bohrte sie die Klinge in ihn hinein. Er ließ es ohne jede Gegenwehr geschehen.

Als Helen erkannte, was sie getan hatte, riss sie das Messer aus Orions Brust und warf es scheppernd zu Boden.

Er kippte mit einem leisen Stöhnen nach vorn und brach vor ihren Knien zusammen.

Voller Entsetzen grub Helen die Fersen in den glitschigen Boden und wich hektisch vor Orions reglosem Körper zurück, bis sie mit dem Rücken gegen die Wand der Höhle stieß. Sie ließ ihren Ball aus Licht erlöschen, verharrte reglos und lauschte auf ein Lebenszeichen von ihm. Die Furien flüsterten ihr zu, zu beenden, was sie angefangen hatte, aber sie war zu geschockt, um zu gehorchen.

»Orion?«, rief sie durch die Höhle.

Sie würde ihn hinaustragen. So tief war die Klinge nicht eingedrungen, er konnte also nur bewusstlos sein. Oder? *Doch, ganz sicher*, sagte sie sich mit Entschiedenheit. Wenn er zu schwer verletzt war, um sich selbst zu heilen, würde sie ihn zu Jason und Ariadne bringen, die ihn heilen konnten. Es war ihr egal, wie erschöpft sie war und wie weit sie ihn tragen musste. Orion musste leben, koste es, was es wolle.

Aber die Furien … sie würden sogar Jason und Ariadne aufstacheln, Orion zu töten. Vorausgesetzt, dass es Helen gelang, den Furien auf dem Rückweg nach Nantucket zu widerstehen. Wie sollte sie sich in seiner Gegenwart selbst trauen können, nach allem, was sie ihm gerade angetan hatte?

»Orion, sag was!«, rief Helen in die Dunkelheit. »Du darfst nicht sterben!«

»Also, irgendwann sterbe ich bestimmt. Aber jetzt noch nicht«, stöhnte er. Das Gewisper der Furien wurde wieder lauter. »Du musst von hier verschwinden.«

»Ich will dich nicht verlassen. Du bist verletzt.«

»Ich bin fast geheilt. Folge dem Wasser bergauf. Es wird dich hinausführen.« Orion schluckte mühsam. »Bitte, geh weg von mir!«

Jetzt redeten die Furien auf Orion ein und lockten ihn in Helens Richtung. Sie konnte hören, wie sie ihn anflehten, sie zu töten. Er stieß einen verzweifelten Laut aus, und Helen spürte, wie er auf sie zusprang.

Helen wich seinem Angriff nur um Haaresbreite aus, gab die Schwerkraft auf und flog hoch in die Luft. Im Fliegen nahm sie die feinsten Luftströme wahr, bis hin zu den zarten Verwirbelungen um die Stalaktiten, die von der Decke hingen. Die Luftströme halfen ihr, den Weg aus der Höhle zu finden.

Sie spürte aber auch die Luftwirbel, die Orions Arme verursachten, als er in der Dunkelheit blindlings nach ihr tastete. Helen war klar, dass sie ihn sofort verlassen musste, weil sonst einer von ihnen die Nacht nicht überleben würde. Sie segelte aus der Höhle und die gewundenen Tunnel hinauf, bis sie das matte Frühmorgenlicht durch den Höhleneingang schimmern sah.

Helen stieg höher, um sich zu orientieren. Sie sah hinunter auf die immer noch dunkle Landschaft und stellte fest, dass sie nicht weit von der Südküste von Massachusetts entfernt war. Sie änderte die Richtung und flog der aufgehenden Sonne entgegen übers Meer nach Osten.

Irgendwo über Martha's Vineyard fing sie an zu weinen. Sie musste immer wieder an Orions erstaunten Blick denken, als sie mit dem Messer auf ihn eingestochen hatte.

Ein Schluchzer brach aus ihr heraus und sie presste sich eine

232

Hand auf den Mund. Dabei bemerkte sie, dass ihre Hand immer noch mit Orions Blut bedeckt war. Sie hatte ihn tatsächlich beinahe umgebracht und der Beweis dafür war in ihre Haut eingedrungen. Hätte er sie nicht geküsst, wäre er jetzt tot.

Helen ging in einen gefährlichen Sturzflug über. Sie versuchte, ihre Augen von den Tränen zu befreien. Aber je mehr sie versuchte, ihr Schluchzen zu unterdrücken, desto schlimmer wurde es. Was hatte Orion mit ihrem Herzen gemacht?

Helens Kontrolle über den Wind begann nachzulassen und sie wurde herumgewirbelt wie eine Plastiktüte im Sturm. Sie fiel vom Himmel und steuerte die blaue Plane vor ihrem Zimmerfenster an.

Sie riss sie zur Seite, landete im Bett und vergrub den Kopf sofort unter dem kalten Kopfkissen, um ihre Schluchzer zu dämpfen. Sie konnte ihren Vater nebenan schnarchen hören – zum Glück hatte er keine Ahnung, dass seine Tochter fast zur Mörderin geworden war.

Helen weinte sich aus, so leise sie konnte, und obwohl sie sehr müde war, hielt sie sich wach. Sie konnte den Gedanken nicht ertragen, wieder in der Unterwelt zu landen, obwohl sie natürlich wusste, dass es keinen Unterschied machte. Dieser Kreislauf endete ohnehin niemals. Ob sie schlief oder wach blieb, was machte das schon? Sie fand keine Ruhe, egal, was sie tat.

Zach sah, wie Helen die blaue Plane an ihrem Fenster anhob und darunter *hindurchflog*. Er hatte seinen Gebieter schon einige Dinge tun sehen, die eigentlich unmöglich waren, aber ein Mädchen, das er schon sein ganzes Leben kannte, *fliegen* zu sehen, war etwas, das er kaum begreifen konnte. Sie war ihm schon immer vorgekommen wie ein Engel, so wunderschön, dass es fast wehtat, sie anzusehen, aber im Flug sah Helen wirklich aus wie eine Göttin. Aber sie hatte auch aufgelöst gewirkt. Er fragte sich, was ihr zugestoßen war. Was immer es war, es konnte nichts Gutes gewesen sein. Zach nahm an, dass sie immer noch keinen Erfolg in der Unterwelt gehabt hatte.

Und wie zum Teufel hatte sie das Haus verlassen? Er begann zu schwitzen. Irgendwie hatte Helen in ihrem Zimmer das Licht ausgemacht und war dann eine halbe Stunde später in der Luft hinter ihm aufgetaucht. Konnte sie sich jetzt auch noch von einem Ort zum nächsten zaubern? Was sollte er seinem Gebieter sagen?

Zach wusste, dass ein Bericht fällig war. Er drehte sich um und wollte zu seinem Auto gehen, das ein Stück entfernt parkte, und fuhr entsetzt zusammen. Automedon stand hinter ihm, so still wie ein Grab.

»Wie hat die Erbin das Haus verlassen?«, fragte er ruhig.

»Sie ist gleich eingeschlafen … Sie ist nicht hinausgegangen, das schwöre ich.«

»Ich rieche deine Angst«, sagte Automedon, und seine roten Augen glänzten in der Dunkelheit. »Deine Augen sind zu langsam, sie zu sehen. Ich kann dir diese Aufgabe nicht länger anvertrauen.«

»Gebieter, ich …«

Automedon schüttelte den Kopf. Das reichte, um Zach verstummen zu lassen.

»Die Schwester meines Meisters hat von ihrem Bruder gehört.

Sie sind nahezu bereit«, fuhr Automedon auf seine emotionslose Art fort. »Wir müssen Vorbereitungen treffen, das Gesicht gefangen zu nehmen.«

»Die Schwester des Meisters?«, fragte Zach neugierig. »Aber Pandora ist tot. Meint Ihr nicht Tantalus' Ehefrau Mildred?« Zach fiel auf die Knie und die Luft verließ schlagartig seinen Brustkorb. Automedon hatte ihm so schnell in den Bauch geschlagen, dass er die fliegende Faust nicht einmal gesehen hatte.

»Du stellst zu viele Fragen«, sagte Automedon.

Zach schnappte nach Luft und hielt sich den Bauch. Jetzt war er sicher, dass Automedon einen anderen Meister hatte. Er arbeitete nicht mehr für Tantalus, und Zach vermutete, dass es etwas mit der großen nicht menschlichen Frau und dem missgebildeten Jungen zu tun hatte. Wer immer sie war, sie übermittelte die Anweisungen ihres Bruders, und dieser Bruder war Automedons wahrer Meister. Zach wusste, dass Automedon ihm nicht genug vertraute, um ihm zu sagen, für wen er arbeitete, aber das bedeutete nicht, dass er es nicht selbst herausfinden konnte. Er musste nur vorsichtig sein.

»Vergebt mir, Gebieter«, keuchte Zach und stand auf, immer noch vor Schmerzen gekrümmt. »Ich besorge Euch, was Ihr braucht. Gebt mir Eure Anweisungen.«

Automedons Mund zuckte, als könnte er Zachs unaufrichtigen Eifer förmlich riechen. Zach versuchte, loyale Gedanken zu denken. Sein Leben hing buchstäblich davon ab.

»Seile, einen Pfahl, eine Kohlenpfanne. Weißt du, was das ist?«

»Eine zeremonielle Bronzepfanne, in der man glühende Kohlen oder Feuer hält«, antwortete Zach ausdruckslos. Sein Gebieter nickte.

»Halte diese Dinge bereit. Wenn die Zeit gekommen ist, wird alles *sehr* schnell gehen.«

Helen setzte sich auf, hielt sich den schmerzenden Kopf und stellte dabei fest, dass sie immer noch voller Blut und Schmutz war. Ihr Gesicht schien zu glühen, obwohl es in ihrem Zimmer eiskalt war. Auf dem Wasserglas, das auf ihrem Nachttisch stand, war sogar eine Eisschicht.

Sie zwang sich zum Aufstehen und taumelte unter die Dusche. Sie versuchte, nicht ständig daran zu denken, wie Orion sie angesehen hatte, wie verloren er gewirkt hatte. Der Begriff *niedergestochen* hallte in ihrem kaum noch funktionsfähigen Gehirn herum und verband sich merkwürdigerweise mit der Erinnerung daran, wie er sie berührt hatte.

Helen wusste, dass Orion Herzen kontrollieren konnte, aber dieses Wissen hatte sie nicht auf das vorbereitet, was sie gefühlt hatte, als er in sie hineingegriffen hatte. Es hatte ein bisschen wehgetan, aber auf eine gute Weise – die *beste* Weise, wie Helen jetzt erkannte. Ihr glühendes Gesicht wurde plötzlich noch heißer und sie kniff die Augen zu und drehte sich direkt in den Brausestrahl. Einen Moment lang hatte es sich angefühlt, als könnte Orion alles mit ihr machen, was er wollte, und Helen wusste, dass sie es zugelassen hätte. Und was noch schlimmer war – sie hatte den Verdacht, dass er sie auch dazu hätte bringen können, dass sie es gern tat, was auch immer er von ihr verlangte.

»Helen!«, brüllte Jerry und riss sie damit aus ihrer Träumerei.

Er nannte sie nur Helen, wenn er sauer auf sie war. »Warum ist es so *verflucht* kalt in diesem *verfluchten* Haus ... *verflucht* noch mal!«

Das war's, dachte Helen. *Jetzt habe ich meinen Vater so wütend gemacht, dass er sogar vergisst, wie man als normaler Mensch redet.*

Jerry kam an die Badezimmertür und schrie durch die Tür auf sie ein. Helen konnte sich gut vorstellen, wie er da draußen stand, mit dem Finger wutentbrannt in Richtung Tür wedelte und sich so aufregte, dass er Worte wie *verantwortungslos* und *rücksichtslos* durcheinanderbrachte und etwas wie *veransichtslos* daraus machte.

Helen stellte die Dusche ab und zog ihren Bademantel über. Sie öffnete die Tür und bedachte ihren Vater mit einem strengen Blick. Was immer Jerry noch herausschreien wollte, erstarb angesichts von Helens Gesichtsausdruck zu einem harmlosen Fiepen.

»Dad«, sagte sie und versuchte, einigermaßen ruhig zu bleiben, denn sie konnte nicht riskieren, dass ihr die ohnehin bis zum Zerreißen gespannten Nerven durchgingen. »Die *Situation* ist folgende: Ich habe bereits Mr. Tanis vom Eisenwarenladen angerufen, und er war am *Freitag* hier, um das Fenster auszumessen. *Daraufhin* hat er die Scheibe bei einer Glaserei auf dem Festland bestellt, weil dieses Haus so alt ist, dass *nichts* davon Standardgröße hat. Wir müssen darauf warten, dass die Glaserei die Fensterscheibe *herstellt*, sie zu *uns* verschifft und Mr. Tanis sie einbaut. Aber bis dahin wird es *verdammt noch mal lausig kalt in meinem Zimmer sein, okay?*«

»Okay«, sagte er hastig und wich vor Helens plötzlichem Anfall von Gereiztheit zurück. »Hauptsache, du kümmerst dich darum.«

»Das tue ich!«

»Gut.« Er trat nervös von einem Fuß auf den anderen und sah Helen reuevoll an. »Was möchtest du zum Frühstück essen?«

Helen lächelte ihn an und war wieder einmal froh, dass Daphne sie von allen Türschwellen ausgerechnet auf der von Jerry zurückgelassen hatte.

»Kürbispfannkuchen?«, sagte sie und schniefte. Wie ein kleines Mädchen wischte sie sich ihre laufende Nase am Ärmel des Bademantels ab.

»Bist du krank? Was ist los mit dir, Len? Du siehst aus, als wärst du einmal durch die Hölle und zurück gelaufen.«

Helen lachte und verkniff sich die Bemerkung, wie genau er den Nagel auf den Kopf getroffen hatte. Ihre plötzliche gute Laune verwirrte Jerry noch mehr. Er wich mit leicht panischer Miene vor ihr zurück und ging nach unten, um ihr Pfannkuchen zu machen.

In einen dicken Wollpullover und noch dickere Wollsocken gehüllt, folgte ihm Helen eine Weile später, um ihm zu helfen. Etwa eine Stunde lang saßen sie in der Küche, frühstückten und teilten sich die Sonntagszeitung. Jedes Mal, wenn Orion sich in ihre Gedanken schlich, versuchte sie, sich abzulenken.

Sie konnte es sich nicht leisten, ihn zu gern zu haben. Das war ihr klar. Aber es tauchten immer wieder kleine Details vor ihrem inneren Auge auf – der kleine Schönheitsfleck, der wie eine dunkle Träne oben auf seiner rechten Wange saß; die kleinen Grübchen, wenn er lächelte.

»Gehst du nachher zu Kate?«, fragte sie ihren Dad, um sich von Orion abzulenken.

»Ich wollte erst wissen, wie deine Pläne sind«, antwortete er. »Gehst du zu Luke?«

Helen hielt unwillkürlich die Luft an, und sie versuchte, so zu tun, als wäre ihr Magen nicht gerade bis auf den Fußboden gestürzt. Einen Augenblick lang musste sie gegen die Stimme in ihrem Kopf ankämpfen, die ihr ständig das Wort *untreu* zuflüsterte. Aber sie und Lucas waren kein Paar. Was machte es dann schon, wenn sie an Orion dachte?

»Ich gehe zu *Ariadne*, Dad. Wir machen dieses Ding; also geh ruhig zu Kate. Ich werde ohnehin nicht da sein.«

»Noch ein Schulprojekt?«, fragte er so unschuldig, dass Helen merkte, dass ihr Vater die Ausreden allmählich nicht mehr glaubte.

»Eigentlich nicht«, gestand Helen. Sie war zu müde, um die ganzen Lügen aufrechtzuerhalten, und entschied, es ausnahmsweise mit der Wahrheit zu versuchen. »Sie bringt mir Selbstverteidigung bei.«

»Was?«, stieß er vollkommen geschockt hervor. »Wieso?«

»Ich möchte lernen, mich zu schützen.«

Erst als sie es aussprach, wurde Helen bewusst, dass sie es tatsächlich wollte. Sie konnte sich nicht für den Rest ihres Lebens hinter anderen Leuten verstecken. Irgendwann würden keine edlen Ritter mehr übrig sein – vor allem, wenn sie weiterhin mit dem Messer auf sie losging.

Orion hätte längst eine SMS schicken müssen. Wo steckte er bloß?

»Oh, verstehe.« Jerry runzelte nachdenklich die Stirn. »Lennie, ich gebe es auf. Gehst du nun mit Lucas oder nicht? Ich weiß es nämlich nicht, Kate weiß es nicht und du siehst wirklich mies aus. Habt ihr euch getrennt? Hat er dir etwas getan?«

»Er hat nichts getan, Dad. So war das nicht«, murmelte Helen. Sie war immer noch nicht fähig, Lucas' Namen auszusprechen. »Wir sind nur Freunde.«

»Freunde. Im Ernst? Lennie, du siehst aus wie der Tod.«

Helen verkniff sich ein Lachen. »Vielleicht kriege ich eine Grippe oder so was. Mach dir keine Sorgen. Das geht vorbei.«

»Reden wir jetzt von der Grippe oder von Lucas?«

Helens Handy vibrierte. Sie schnappte hektisch danach, aber es war nur Claire, die wissen wollte, wo sie war.

»Was ist denn jetzt los?«, fragte Jerry.

»Ach, nichts«, sagte Helen, die immer noch ihr Telefon anstarrte. Wieso hatte sie noch keine Nachricht von Orion bekommen?

»Du siehst enttäuscht aus.«

»Ich muss los. Claire ist auf dem Weg hierher«, log sie und ignorierte die letzte Bemerkung ihres Vaters, denn sie war nicht enttäuscht. Sie machte sich Sorgen und das war etwas ganz anderes.

Was hatte Orion bloß mit ihr gemacht? Sie konnte immer noch seine Hände auf sich spüren und fühlte, wie er sie enger an sich zog, obwohl sie doch wusste, dass er kilometerweit entfernt auf dem Festland war.

Ihr wurde ganz schwindelig, und sie streckte eine Hand aus, um sich abzustützen. In ihrer Eile, diesen merkwürdigen Empfindungen zu entfliehen, gab sie ihrem Vater einen Abschiedskuss, zog schnell Schuhe und Mantel an und rannte aus dem Haus.

Die Eingangsstufen verschwammen vor ihren Augen und ein vertrauter Geruch hing in der Luft. Helen fuhr auf dem Absatz herum. Orientierungslos fiel sie auf die Knie und tastete herum, als hätte man ihr die Augen verbunden. Etwas stimmte nicht mit ihrem Sehvermögen. Der Himmel über ihr wirkte irgendwie verzerrt, als hätte man ihn durchgerissen und dann etwas versetzt wieder zusammengenäht.

Helen spürte Wärme – wundervolle, tröstende Wärme in einer eisigen Umgebung. Als würde eine unsichtbare Sonne sie wärmen. Sie schloss die Augen und streckte die Hand aus, um die Wärme zu berühren, die eine Schattenlänge entfernt war, aber bevor sie sie anfassen konnte, löste sie sich in der kalten Oktoberluft auf und verschwand.

Tränen brannten in Helens Augen. Sie wedelte mit beiden Händen vor sich in der Luft herum, aber da war nichts.

Komm zu mir, Traumlose. Ich vermisse dich in meinen Armen.

Helen erstarrte und sah sich um. Sie hatte eine Stimme flüstern hören.

Die Stimme war zwar aus ihrem Kopf gekommen, aber es war definitiv nicht ihre eigene gewesen. Aber sie hatte so beruhigend geklungen, dass Helen sie gern noch einmal gehört hätte.

Helen rappelte sich auf und warf einen verlegenen Blick zu den Fenstern der Nachbarn. Sie hoffte nur, dass sie keiner gesehen hatte. Sie hätte nicht gewusst, wie sie ihnen ihr merkwürdiges Verhalten erklären sollte – sie konnte es sich nicht einmal selbst erklären. Dann kam ihr ein beängstigender Gedanke. Unscharfes Sehen, Gleichgewichtsstörungen und heiße und kalte Schauder waren bekannte Nebenwirkungen von Schlafentzug. Es war gut möglich, dass sie sich das Ganze nur eingebildet hatte.

Helen konnte es sich nicht leisten, in Panik zu geraten. Sie schüttelte ihre Angst ab, joggte ein Stück vom Haus weg, und als sie sicher war, nicht beobachtet zu werden, flog sie los. Einen Moment später landete sie in der Arena der Delos', direkt neben Ariadne und Matt, die bereits beim Training waren. Matt kreischte vor Schreck auf wie ein kleines Mädchen.

»Zum Teufel, Lennie!« Er ruderte mit den Armen, um sein Gleichgewicht wiederzufinden. »Du bist direkt vom Himmel gefallen!«

»Tut mir leid! Ich habe nicht nachgedacht«, entschuldigte sich Helen.

Sie hatte vergessen, dass Matt sie noch nie hatte fliegen sehen, aber sie war so erstaunt gewesen, dass Ariadne und Matt in aller Öffentlichkeit trainierten, dass sie nicht daran gedacht hatte, unauffällig zu landen. Sie wollte Matt gerade fragen, ob Ariadnes Vater seine Meinung geändert hatte, als sie Claire in der Ecke losprusten hörte.

»Mein Gott, Matt! Einen so schrillen Ton habe ich zuletzt in der fünften Klasse von dir gehört.« Claire drückte sich das in Leder gebundene Buch, in dem sie gelesen hatte, an die Brust.

»Sehr witzig.« Anscheinend war Matt noch nicht bereit, sich von ihr aufziehen zu lassen. Er sah Helen streng an. »Was machst du hier draußen, Len? Wieso bist du nicht bei Cassandra in der Bibliothek?«

»Wozu? Claire ist zehnmal besser im Recherchieren als ich.

242

Ich würde ihr nur im Weg stehen und Bücher aus den Regalen nehmen, die ich nicht halb so gut verstehe wie sie.« Helen deutete mit großer Geste auf Claire, die es selbst im Sitzen fertigbrachte, sich geschmeichelt zu verbeugen. »Außerdem ist Lesen nicht das, was ich jetzt brauche. Ich brauche Nahkampfunterricht von Ariadne.«

Ariadne betrachtete Helen zweifelnd. »Helen? Du weißt, ich hab dich echt gern, aber ich steh nicht drauf, gegrillt zu werden. Wieso fliegst du nicht aufs Festland, suchst dir einen schönen dicken Baum, den du in Brand stecken kannst, und wir betrachten das Ganze als erledigt?«

»Ihr versteht das nicht«, widersprach Helen energisch.

Alle starrten sie an, und sie begriff, dass sie zu hitzig reagiert und die anderen erschreckt hatte. Sie sah an sich hinunter und merkte, dass ihre Hände von statischer Elektrizität umgeben waren. Hastig löschte sie den beginnenden Blitz. Um wieder klar denken zu können, schüttelte sie den Kopf und konzentrierte sich. Sie wusste, dass ihr das Gehirn Streiche spielte und sie sehr vorsichtig sein musste.

»Dann erklär es uns. Was verstehen wir nicht?«, fragte Ariadne sachlich.

»Ich muss lernen, auch *ohne* meine Kräfte mit jemandem zu kämpfen. Ich muss in der Lage sein, ohne meine Scion-Kräfte oder meine anderen Fähigkeiten jemanden zu überwältigen, der mindestens so groß und stark ist wie Matt.«

»Und wieso?«, fragte Claire unverblümt.

»Letzte Nacht hatten Orion und ich in der Unterwelt einen Zusammenstoß mit Ares.«

Die anderen sahen sie mit großen Augen an. Ihr betäubtes Gehirn registrierte ein paar Stunden zu spät, dass es vermutlich besser gewesen wäre, wegen dieser Ares-Sache jemanden zu informieren. Einem Gott zu begegnen, war schließlich nicht alltäglich. Aber sie war so damit beschäftigt gewesen, was zwischen ihr und Orion in der Höhle passiert war, dass sie überhaupt nicht mehr an das gedacht hatte, was sich *vorher* ereignet hatte, als sie noch in der Unterwelt waren.

Was zwischen ihnen gewesen war, fand Helen viel wichtiger als einen Gott, vor allem jetzt, wo sich ihr Verdacht erhärtete, dass Orion ihr absichtlich aus dem Weg ging. Trotzdem hätte sie daran denken müssen, jemandem von Ares zu erzählen. *Wieso kann ich meine Gedanken nicht mehr kontrollieren?*, fragte Helen sich dumpf.

Weil du mich brauchst. Komm. Ich verspreche dir süße Träume.

Helen drehte sich hektisch um sich selbst und suchte nach dem Sprecher. Aber dann wurde ihr klar, dass die Stimme auch diesmal nur in ihren Gedanken gewesen war. Sie holte ein paarmal Luft und schüttelte den Kopf, um die Gedanken zu vertreiben, die geisterhaft grelle Lichtspuren vor ihren Augen zucken ließen.

»Helen? Alles okay?«, fragte Ariadne und berührte Helens Ellbogen sanft mit ihren heilenden Händen. Helen lächelte, aber sie zog dennoch den Arm weg.

»Ares ist vor Orion weggelaufen, weil deutlich zu erkennen ist, dass er weiß, wie man kämpft, ob mit oder ohne Scion-Kräfte. Aber ich kann das nicht«, sagte Helen und nutzte ihre ganze Willenskraft, um sich zu konzentrieren. »Ich muss lernen, mich auch allein gegen Ares zur Wehr zu setzen.«

Vor allem, wenn Orion sie jetzt hasste und nie wieder sehen wollte. Bei dem Gedanken, ohne ihn in die Unterwelt zurückkehren zu müssen, wurde ihr ganz schlecht.

»Ares. Du meinst nicht zufällig *den* Ares, den Gott des Krieges?« Claire hörte sich an, als wollte sie nur sicherstellen, dass sie alle dasselbe verstanden.

»Genau der«, sagte Helen mit einem bedauernden Nicken.

»Und was ist passiert?«, rief Matt frustriert. »Hast du mit ihm geredet?«

»Es war keine normale Unterhaltung. Er ist verrückt, Matt – und ich meine, *echt* durchgeknallt. Er hat geredet, als würde er Gedichte rezitieren, und er hat überall geblutet. Sogar seine *Haare* haben geblutet, falls du dir das vorstellen kannst, aber ich glaube nicht, dass das alles sein Blut war.« Helen senkte den Blick und sah, dass ihre Hände zitterten. Sie zitterte am ganzen Körper.

Im hellen Tageslicht fragte sich Helen plötzlich, ob sie sich die Begegnung mit Ares vielleicht nur eingebildet hatte. Alles um sie herum sah zwar echt aus, aber es wirkte nachgemacht. Die Farben waren zu intensiv, und die Stimmen taten ihr in den Ohren weh, als wären sie viel zu laut.

»Also, wir vermuten, dass Ares in der Unterwelt genauso sterblich ist wie wir.« Helen versuchte, die Gedanken in ihrem Kopf durch Reden zu betäuben. »Aber er ist immer noch ein großer Kerl und weiß, wie man kämpft. Ich kann mich nicht gegen ihn wehren, wenn ich nicht weiß, wie. Ich brauche dich, um es zu lernen, Ari. Hilfst du mir?«

»Du wirst ihr Sparringspartner sein müssen, damit ich sie unterrichten kann«, sagte Ariadne zu Matt. »Traust du dir das zu?«

245

»Eigentlich nicht. Aber das spielt keine Rolle – ich mache es«, antwortete er.

»In den Kampfkäfig«, befahl Ariadne ernst. »Matt. Zieh einen *gi* an. Ich will nicht, dass deine Straßenkleidung später voller Blut ist.«

Während Helen und Matt trainierten, ging Claire ins Haus, um dem Rest der Familie von Helens Zusammenstoß mit Ares zu berichten und vielleicht irgendeinen Plan zu schmieden. Ariadne schonte Matt und Helen nicht und sie arbeiteten stundenlang. Helen hatte mehr als einmal das Gefühl, nicht ihrer lieben, zierlichen Freundin gegenüberzustehen, sondern von Hector gedrillt zu werden.

Matt zu schlagen, fiel ihr schwer. Er trug eine Schutzausrüstung, damit er nicht verletzt wurde, aber Helen zögerte trotzdem oft genug. Sie wollte Matt nicht wehtun. Das brachte sie wieder zurück zu Orion und ihre Schuldgefühle überwältigten sie.

Die Furien hatten sie dazu gebracht. Sie hatte ihn doch eigentlich gar nicht verletzen wollen. Auch wenn sie ihn in dem Moment, in dem sie vor ihm gekniet hatte, wirklich umbringen wollte. Es gab nur eine weitere Person, die ein so überwältigendes Gefühl in ihr ausgelöst hatte.

Es waren die Furien, sagte sich Helen streng. *Es war nur Instinkt, keine echten Gefühle.*

Aber wenn sie so grauenhafte Instinkte hatte, wie sollte sie sich dann noch selbst trauen können? Es kam ihr vor, als wäre alles, was sie instinktiv wollte, unmoralisch, schmerzhaft oder einfach nur falsch. Sie hatte keine Ahnung, wie es weitergehen sollte.

Zu müde, um die Arme zu heben, ließ Helen die Hände sinken. Matt schlug ihr ins Gesicht.

»Gott, Lennie! Ohne deine Blitze bist du eine echte Niete«, rief Claire, die in den Käfig zurückgekehrt war.

»Danke, Gig«, sagte Helen sarkastisch und stand zögernd wieder auf. »Was haben Cassandra und Jason gesagt?«

»Dass sie versuchen wollen, an einer Lösung zu arbeiten.« Claire verzog das Gesicht. »Soll ich ehrlich sein? Ich glaube, keiner von denen hat eine Ahnung, wie es weitergehen soll.«

»Super«, murmelte Helen, die sich von Matt auf die Beine helfen ließ.

»Komm schon«, sagte er aufmunternd. »Zurück an die Arbeit.«

Helen wollte nicht mehr trainieren, aber sie wusste, dass Matt recht hatte. Ihr lief die Zeit davon. Sie würde spätestens heute Nacht wieder in die Unterwelt gehen müssen, und es kam ihr vor, als müsste sie bis dahin hundert Dinge auf einmal machen … kämpfen lernen, planen, wie sie Ares begegnen sollte, Theorien entwickeln, was er dort unten vorhatte. Sie brauchte die anderen, die ihr halfen, sonst würde sie es nie schaffen. Aber Helen fühlte sich verantwortlich, als wäre nur sie es, die das alles erledigen sollte.

In diesem Moment hätte sie fast alles dafür gegeben, Hector anzurufen und um Rat zu fragen oder per SMS mit Orion herumzualbern. Und Lucas … Helens Gedanken blieben stehen. Es gab tausend Dinge, für die sie Lucas brauchte. Wieso war immer alles so kompliziert?

»Konzentration!«, brüllte Ariadne.

Matt nutzte seinen Vorteil, schlug zu und fegte Helen von den

Beinen. Sie landete hart auf dem Rücken, starrte hinauf zu der nackten Glühbirne über dem Käfig und fragte sich, was bisher alles schiefgegangen war. Wie ein Blitz zogen all ihre Fehler vor ihrem inneren Auge vorbei.

Der erste Fehler: Hector – es war ihre Schuld, dass man ihn ausgestoßen hatte. Sie hätte ihn daran hindern müssen, Kreon zu töten. Aber weil sie zu viel Angst vor der Dunkelheit des Schattenmeisters gehabt hatte, war Hector gezwungen gewesen, *ihren* Feind für sie zu töten. Und jetzt durfte er sich seiner Familie nicht mehr nähern.

Der zweite Fehler: Orion – er hatte den Furien widerstanden, obwohl er sie mühelos hätte töten können. Und sie hatte ihm zum Dank das Messer in die Brust gestoßen. Und jetzt sah es aus, als hätte sie ihn verloren.

Der dritte Fehler: Lucas. Immer wieder Lucas.

Allein an seinen Namen zu denken, brachte Helens wirbelnde Gedanken zum Stillstand. Einen Augenblick lang war da nichts außer seinem Namen, der einen erleuchteten Pfad in ihr umwölktes Gehirn brannte.

»Lennie? Alles okay?«, fragte Matt nervös. Da merkte Helen, dass sie immer noch auf der Matte lag und nachdachte.

»Alles super«, sagte sie und berührte die geschwollene Lippe, die er ihr mit dem letzten Schlag verpasst hatte. Sie schaute zu Matt auf, der kampfbereit mit erhobenen Fäusten über ihr stand. »Weißt du was, Matt? Aus dir ist ein echter Schlägertyp geworden.«

Matt verdrehte die Augen und wandte sich mit angewiderter Miene ab, als wollte Helen ihn nur ärgern. Aber das stimmte nicht. Matt hatte in den letzten Wochen Muskeln zugelegt und stand jetzt wie ein Kämpfer vor ihr. Wenn Helen ihn ansah und ausblendete, dass es Matt war, wirkte er beinahe bedrohlich. Und irgendwie ziemlich süß, musste sie sich eingestehen, obwohl sie ihn immer noch als eine Art Bruder betrachtete.

»Stehst du wieder auf oder hast du genug Prügel gekriegt?«, rief Claire angesichts ihrer niedergestreckten Freundin fröhlich.

»Definitiv genug«, sagte Helen.

»Gut, weil du nämlich einen Haufen SMS von Orion hast«, sagte Claire, die bereits schamlos Helens Nachrichten las. »Wow, er scheint echt gestresst. Was ist passiert?«

Claire bekam keine Gelegenheit für weitere Fragen, denn Helen hechtete aus dem Käfig und riss ihr Handy an sich.

Orion hatte ihr ein halbes Dutzend Nachrichten hinterlassen. Sie begannen witzig, als wollte er die Situation entschärfen, wurden dann aber immer ernster. Die vorletzte SMS, die er geschickt hatte, lautete: *Wir können das hinter uns lassen, oder?*

Und zehn Minuten später hatte er geschrieben: *Ich schätze, die letzte Nacht vergessen wir nicht so schnell wieder.*

»Was ist letzte Nacht passiert?«, fragte Claire, die über Helens Schulter mitlas. »Habt ihr beide …?« Helens gereizte Miene ließ sie verstummen.

»Was wolltest du wissen, Gig?«, fragte Helen, um ihre Verlegenheit zu überspielen. Sie wollte nicht darüber reden, wie Orion sie berührt hatte, nicht einmal mit Claire. Das war privat, aber noch wichtiger war, dass es die anderen gegen Orion einnehmen konnte.

Sie alle kannten die Bedingungen des Waffenstillstandes. Sie

249

würden nicht wollen, dass sie Orion wiedersah, wenn sie glaubten, dass sie in ihn verliebt war. Aber verliebt oder nicht, Helen wusste, dass sie ohne ihn in der Unterwelt nichts erreichen würde. Sie brauchte ihn. Sie hoffte nur, dass sie ihn nicht zu sehr brauchen würde.

»Claire wollte keine Anspielung machen, Helen«, versicherte Matt ihr ruhig. »Wir machen uns nur Sorgen. Aus diesen Nachrichten ist deutlich zu entnehmen, dass ihr beide euch nahesteht.«

»Wisst ihr, was? Ich habe es satt, ständig diese Blicke von euch zu kassieren, wenn Orion mir simst«, verteidigte sich Helen. »Natürlich stehen wir uns nahe! Wir gehen gemeinsam durch die Hölle. Die *richtige* Hölle, kapiert? Und die letzte Nacht war schlimm – wirklich schlimm. Nach allem, was ich getan habe, war ich nicht sicher, ob ich jemals wieder von ihm hören würde.«

»Was war denn?«, fragte Matt betont sachlich, weil er natürlich mitbekam, wie Helens Stimme brach. Das half ihr, sich wieder unter Kontrolle zu bekommen und ihnen alles zu berichten.

Sie erzählte ihnen von Zerberus, der mysteriösen Person, die ihn abgelenkt hatte, und davon, wie sie und Orion um ihr Leben zum Portal gerannt waren. Dann berichtete sie mit düsterer, monotoner Stimme, wie ihnen die Furien erschienen waren.

»Er hat ihnen widerstanden, aber ich schätze, ich war nicht stark genug«, gestand sie. »Ich habe ihm in die Augen gesehen und ihn mit seinem eigenen Messer niedergestochen.«

Während ich ihn geküsst habe, fügte sie in Gedanken hinzu, doch das würde sie nie laut aussprechen.

Alle sahen sie schockiert an. Ihr traten Tränen in die Augen,

250

und sie wischte sie ärgerlich weg und wünschte nur, auch die Erinnerung an Orions Gesicht wegwischen zu können. Er hatte so überrascht und verletzt ausgesehen. Weil sie ihn verraten hatte.

»Ja, ich weiß. Ich bin ein furchtbarer Mensch. Und jetzt lasst mich bitte eine Sekunde in Ruhe, damit ich ihm antworten kann.«

Die drei versicherten Helen, dass sie jetzt nicht schlecht von ihr dachten und dass es nicht ihre Schuld war, dass sie Orion angegriffen hatte, aber Helen drehte ihnen den Rücken zu und konzentrierte sich auf ihr Handy. Im Moment war es ihr viel wichtiger, sich mit Orion auszusöhnen, als sich von den Freunden versichern zu lassen, dass es nicht ihre Schuld war.

Es tut mir so leid, schrieb Helen. *Bitte, bitte, bitte verzeih mir.*

Sie wartete. Doch es kam keine Antwort. Sie scrollte noch einmal durch die anderen Nachrichten, die er geschickt hatte. Sie hörten sich nicht an, als würde er sie hassen, aber vielleicht hatte er inzwischen darüber nachgedacht und es sich anders überlegt. Womöglich sah sie ihn nie wieder. In ihrer Verzweiflung schickte sie ihm eine SMS nach der anderen:

Wenn Du mir nicht vergibst, schwöre ich, dass ich nie wieder schlafe.

Orion? Antworte wenigstens.

Bitte rede mit mir.

Nach jeder Nachricht starrte Helen aufs Display und wartete auf eine Antwort, aber es kam keine. Nach ein paar Minuten setzte sie sich vollkommen erledigt auf den Boden. Ihr ganzer Körper war heiß und zittrig, und ihr Kopf fühlte sich an, als hätten riesige Hände ihr Gesicht gepackt.

»Immer noch nichts von Orion?«, fragte Ariadne. Helen schüttelte den Kopf und rieb sich die Augen. Wie lange starrte sie nun schon ihr Handy an? Sie sah sich um und musste feststellen, dass auch Cassandra und Jason im Trainingsbereich aufgetaucht waren. Helen fuhr sich übers Gesicht und schauderte, weil sie plötzlich fror.

»Du musst uns von dieser Ablenkung erzählen, die du erwähnt hast und die Zerberus von eurer Fährte gelockt hat«, verlangte Cassandra.

»Wir konnten nicht sehen, wer es war«, sagte Helen.

»Es erscheint unmöglich«, bemerkte Cassandra zweifelnd.

»War es vielleicht eine von den Harpyien?«, fragte Jason freundlich.

»Es war keine Harpyie, Jason. Es war die Stimme eines *Menschen*, eines lebendigen Menschen, der riskiert hat, von einem sehr großen dreiköpfigen Wolf gefressen zu werden, nur um uns zu helfen. Ich weiß, wie verrückt sich das anhört – aber Orion hat es auch gehört. Es war keine Einbildung.«

Ich bin auch keine Einbildung, meine Schöne. Ich warte auf dich.

Helen richtete sich auf, neigte den Kopf zur Seite und versuchte herauszufinden, woher diese Stimme kam. Es war nicht zu übersehen, dass die anderen sie nicht gehört hatten.

»Kommst du mit uns in die Bibliothek, Helen?«, fragte Cassandra, aber eigentlich war es eher ein Befehl. »Jason und ich wollen mit dir reden.«

Jason nickte Ariadne im Vorbeigehen knapp zu. Seine Lippen waren ärgerlich verkniffen. Helen fiel auf, dass er Claire und Matt keines Blickes würdigte. Er ging eiskalt an ihnen vorbei. Sie beobachtete, wie Claire Jason hinterherschaute und ihn am liebsten zurückgerufen hätte. Helen spürte, dass zwischen den dreien etwas vorgefallen war, und sie vermutete, dass es etwas damit zu tun hatte, wie offen Ariadne jetzt mit Matt trainierte.

Sie gingen nach oben in die Bibliothek. Durch die große Glasfront mit der Aussicht auf den Ozean konnte Helen sehen, dass es bereits dämmrig wurde. Ein weiterer Tag endete, aber für Helen war es nur ein Wechsel der Beleuchtung. Sie betrachtete den kupferroten Horizont, der in wechselnden Streifen zwischen Meer und Himmel dunkler, heller und wieder dunkler wurde, und fand, dass diese Abstufungen der Art entsprachen, wie sie die Tage und Nächte wahrnahm.

Sie musste bald schlafen gehen. Auch wenn Orion sich weigerte, sie wiederzusehen, musste sie irgendwann die Augen schließen und wieder in die Unterwelt gehen. Allein.

»Helen?« Cassandra klang besorgt.

Helen merkte, dass ihre Gedanken schon wieder auf Wanderschaft gegangen waren, und fragte sich, wie lange sie aus dem Fenster gestarrt hatte.

»Ihr wolltet mit mir reden?«, fragte sie und bemühte sich, ganz normal zu klingen. Ihre Nase war verstopft und fing wieder an zu laufen. Jason und Cassandra sahen sich an, als hätten sie nicht abgesprochen, wer zuerst reden sollte.

»Wir wollten mal hören, wie es dir geht«, sagte Cassandra schließlich.

»Ging schon besser.« Helen sah von einem zum anderen, denn sie spürte, dass etwas im Busch war.

»Soll ich dich mal durchchecken?«, bot Jason zögernd an. »Vielleicht kann ich helfen.«

»Das ist süß von dir, aber solange du kein Nickerchen für mich machen kannst, hat es wohl wenig Sinn.«

»Warum lässt du es ihn nicht versuchen?«, fragte Cassandra, ein wenig zu liebenswürdig.

»Also gut, was ist hier los?« Jetzt wurde Helen energisch. Wieder tauchten die beiden bedeutungsschwere Blicke. »Hey, ich bin noch da. Ich kriege mit, wie ihr euch anseht.«

»Also gut. Ich will, dass Jason dich durchcheckt, weil wir wissen wollen, ob die Ausflüge in die Unterwelt deinem Gehirn geschadet haben.« Cassandra hatte offensichtlich genug davon, höflich um den heißen Brei herumzureden.

»Sie will damit nur sagen, dass uns aufgefallen ist, dass du oft abwesend bist und es mit deiner Gesundheit nicht zum Besten steht«, versuchte Jason, die Wogen zu glätten.

»Jason, das reicht. Sie will, dass wir Klartext reden, also tue ich das, auch wenn du dafür zu zartbesaitet bist.« Cassandras entschiedene Geste ließ sie sehr viel älter wirken.

»Helen, Scions sind nur für eine einzige Krankheit anfällig. *Geistes*krankheit. Halbgötter kriegen keinen Schnupfen. Sie werden verrückt.«

»Du kannst es ihr natürlich auch an den Kopf werfen, Cass. Was genau das ist, was wir nicht tun wollen«, warf Jason ihr vor und verdrehte die Augen. »Helen, wir wollen damit nicht sagen, dass du verrückt bist …«

»Nein, aber ihr denkt, dass ich auf dem besten Weg bin, stimmt's?« Helen und Cassandra sahen sich an.

Cassandra hatte sich verändert. Was immer von dem liebenswerten kleinen Mädchen noch übrig war, das Helen kennengelernt hatte, war entweder verschwunden oder so tief begraben, dass Helen es vermutlich nie wieder sehen würde. Helen musste zugeben, dass sie kein Fan von der Frau war, die die Stelle von Lucas' kleiner Schwester eingenommen hatte. Ehrlich gesagt fand sie, dass diese neue Cassandra ein Biest war, und wenn sie so weitermachte, würde sie ihr das ins Gesicht sagen.

»Wir müssen wissen, ob du noch in der Lage bist, zu Ende zu führen, was du in der Unterwelt begonnen hast«, fuhr Cassandra fort, ohne sich von Helens herausforderndem Blick einschüchtern zu lassen.

»Und wenn ich Nein sage, was würdest du dann machen? Was könnte irgendwer dann machen?«, antwortete Helen mit einem Schulterzucken. »Der Prophezeiung zufolge bin ich die Einzige, die die Furien loswerden kann, und ich steige jede Nacht hinab, ob ich will oder nicht. Was macht es also für einen Unterschied, ob ich damit fertigwerde oder nicht?«

»Die Wahrheit? Gar keinen. Aber wir würden die Informationen, die du uns bringst, dann mit anderen Augen sehen«, gestand Jason sachlich. »Wir *wollen* ja glauben, dass das, was du uns von der letzten Nacht erzählt hast, wahr ist, aber …«

»Machst du Witze?«

»Du hast gesagt, dass du dort einem Gott begegnet bist – einem Gott, der seit Tausenden von Jahren auf dem Olymp gefangen ist! Dann behauptest du, dass außer dir und Orion noch ein weiterer *lebendiger* Mensch aus dem Nichts in der Unterwelt aufgetaucht ist und euch auf wundersame Weise das Leben gerettet hat«, sagte Cassandra laut. »Wie soll dieser andere Mensch denn in die Unterwelt gekommen sein?«

»Ich weiß es nicht! Ich habe es im ersten Moment ja selbst nicht geglaubt, aber ich war nicht die Einzige, die das alles gesehen hat. Fragt doch Orion. Er wird euch genau dasselbe sagen.«

»Und wer sagt, dass deine Wahnvorstellungen Orions Betrachtung der Unterwelt nicht genauso beeinflussen wie deine?«, warf Cassandra Helen an den Kopf. »Du bist der Deszender, nicht er! Du hast uns unzählige Male erzählt, dass du an einem schrecklichen Ort landest, wenn du in schlechter Stimmung ins Bett gehst. Und wenn du ins Bett gehst und *Stimmen hörst*, die nicht da sind, was geschieht dann?«

»Woher weißt du, dass ich Stimmen höre?«, flüsterte Helen. Jason sah sie mitfühlend an, als könnten alle anderen etwas sehen, das Helen nicht sah.

»Wir wollen doch nur damit sagen, dass du die Landschaft der Unterwelt bis zu einem gewissen Grad kontrollieren kannst. Dann musst du auch in Betracht ziehen, dass du vielleicht ganze Erlebnisse selbst erschaffst.«

Helen schüttelte unglücklich den Kopf, denn sie konnte nicht glauben, was die anderen sagten. Wenn sie recht hatten, was war dann real? Sie wollte sich nicht auf diese Vorstellung einlassen. Sie musste an ein paar Dinge glauben können, sonst konnte sie ebenso gut gleich aufgeben. Aber das durfte sie nicht, selbst wenn sie es wollte. Zu viele Leute zählten auf sie. Leute wie Hector und Orion. Leute, die sie sehr gernhatte.

»Cass, du bist das Orakel«, sagte Helen. »Kannst du nicht einfach in meine Zukunft sehen und mir sagen, ob ich verrückt werde?«

»Ich kann dich nicht sehen«, antwortete Cassandra etwas lauter als nötig. Sie gab einen erstickten Laut von sich und begann, im Zimmer herumzumarschieren. »Ich kann dich nicht sehen, und ich war nie in der Lage, Orion zu sehen. Ich weiß nicht, wieso. Vielleicht liegt es daran, dass ihr euch nur in der Unterwelt trefft und ich nur die Zukunft dieses Universums sehen kann, oder vielleicht …«

»Was?«, fragte Helen herausfordernd. »Du wolltest diese Unterhaltung, Cassandra. Nun führ sie auch zu Ende.«

»Vielleicht werden du und Orion verrückt und habt keine Zukunft mehr, die ich vorhersehen kann«, sagte Cassandra müde und warf Jason einen unsicheren Blick zu. Er schaute sie warnend an.

»Nein.« Helen stand auf. Sie spürte, wie der Druck in ihrem Kopf nachließ und ihre Nase wieder zu laufen begann. »Ich höre zwar, was du sagst, aber du irrst dich. Ich weiß, dass ich an meine Grenzen gebracht werde, was mir viel abverlangt, aber ich werde nicht verrückt.«

Jason seufzte und ließ den Kopf in die Hände sinken, als wäre er genauso müde und genervt wie Helen. Doch dann war er plötzlich wieder voller Energie. Mit drei schnellen Schritten war er am Schreibtisch seines Vaters und zog eine Handvoll Taschentücher aus der Schachtel, die dort stand.

»Hier«, sagte er eindringlich und deutete mit den Taschentüchern auf Helens Gesicht.

Helen hob verunsichert die Hand und berührte ihre Nase. Als sie die Hand wieder wegnahm, war sie voller Blut.

»Scions haben nicht grundlos Nasenbluten.« Cassandras Gesichtsausdruck war undurchdringlich. »Jason und ich glauben, dass das Problem viel schlimmer ist, als alle anderen zugeben wollen.«

Helen wischte das Blut weg, so gut es ging, und sah erst Cassandra und dann Jason an. Beide wichen ihrem Blick aus.

»Jason«, sagte Helen, und in ihre gereizte Stimme schlich sich ein flehentlicher Unterton. »Raus mit der Sprache. *Wie viel* schlimmer?«

»Wir glauben, dass du stirbst«, antwortete er ruhig. »Wir wissen nicht genau, wieso, und haben deswegen keine Ahnung, wie wir dir helfen sollen.«

10

Matt schlang sich ein Handtuch um die Hüften und setzte sich auf die Holzbank vor den Duschen der Folterkammer oder des »Trainingsbereichs«, wie die Delos-Familie sie nannte. Mit Halbgöttern zusammen zu sein, war nicht einfach, aber er konnte nicht den Kopf in den Sand stecken und so tun, als wäre die Welt immer noch so sicher und vorhersehbar wie vorher. Matts ganzes Leben, seine ganze Zukunft hatten sich in der Sekunde verändert, als er vor knapp einem Monat Lucas mit seinem Wagen angefahren hatte.

Er betrachtete seine rechte Hand und verzog schmerzerfüllt das Gesicht. So geschwollen und dunkelrot verfärbt waren seine Knöchel normalerweise nie. Er versuchte, die Schmerzen zu ignorieren. Als er Ariadne das letzte Mal gesagt hatte, dass er sich etwas gebrochen hatte, hatte sie es geheilt und danach ganz grau ausgesehen. So wollte er sie nie wieder erleben, vor allem nicht durch seine Schuld.

Matt würde sich noch einen Moment in den feuchtwarmen Dampfwolken der Dusche entspannen und dann zu dem kleinen Kühlschrank in der Ecke gehen und einen Eisbeutel auf seine

Hand legen. Das sollte reichen, und wenn nicht, war es auch egal – schließlich war er Linkshänder. Sein Handy klingelte, und als er danach griff, hielt er sich unwillkürlich die Seite.

»Ja?«, knurrte er abgelenkt und ging zum Spiegel. Auf seinen Rippen war ein geschwollener roter Striemen. *Super*, dachte er. *Wenigstens passen die blauen Flecken am Oberkörper jetzt zu denen am Schienbein.*

»Hey, Mann.«

»Zach?«, zischte Matt. Sofort vergaß er seine Schmerzen und fuhr herum, um sicherzugehen, dass Jason oder Lucas nicht hereingekommen waren. »Was, zum Teufel …«

»Ich weiß, ich weiß. Ich brauche nur …«

»Bitte *mich* nicht um einen Gefallen«, warnte ihn Matt. »Davon habe ich dir im Laufe der Jahre schon mehr als genug getan.«

»Ich wollte dich nicht um einen Gefallen bitten, ich wollte nur … Würdest du dich mit mir treffen?« Zach klang verzweifelt. »Nur zum Reden? Ich will einfach nur mit dir reden!«

»Ich weiß nicht, Mann.« Matt seufzte. »Ich fürchte, die Zeiten sind vorbei. Ich meine, wir haben unsere Seiten gewählt, oder? Nachdem du Hector verraten hast, sucht jetzt jedes Mitglied der Familie Delos nach einem Grund, dir in den Hintern zu treten. Also halte dich fern, okay?«

»Okay«, sagte Zach so leise, dass Matt ihn kaum noch hören konnte. Seine Stimme bebte, als hätte er Todesangst. »Ich hätte nur einen Freund gebraucht.«

»Zach …«, begann Matt, aber die Verbindung brach ab. Er rief Zach nicht zurück.

Bist du im Bett?

Als Helen sah, dass die SMS von Orion war, hätte sie beinahe ihr Handy fallen lassen, was eine Katastrophe gewesen wäre, weil sie ein paar Hundert Meter hoch flog und er keine andere Möglichkeit hatte, sie zu erreichen. Sie erholte sich von ihrem Schrecken, schwebte in der Luft und mahnte sich zur Ruhe, als sie eine Antwort eintippte.

Fast. Treffen wir uns?, antwortete sie und fragte sich, ob bei den Emoticons in ihrem Handy wohl ein hoffnungsvoller Smiley dabei war.

Ja. Muss dich sehen. Fahre gerade zur Höhle.

Bis dann.

Helen war außer sich vor Glück, dass Orion sich endlich gemeldet hatte, aber sie war trotzdem noch besorgt. Es fühlte sich nicht an, als hätte er ihr vergeben. Sie hätte viel dafür gegeben, sein Gesicht zu sehen oder seine Stimme zu hören, statt sich nur mit einem kurzen Text zu begnügen, den er hastig während der Autofahrt geschrieben hatte.

Sie landete in ihrem Garten und rannte ins Haus.

»Weißt du eigentlich, wie spät es ist?«, rief Jerry empört, als sie an ihm vorbei zur Treppe raste.

»Vier Minuten vor elf«, rief Helen zurück und stürmte die Treppe hoch und direkt ins Badezimmer. »Bestraf mich morgen, okay? Ich muss jetzt wirklich ins Bett!«

Sie konnte ihren Dad unten gereizt vor sich hin murmeln hören, wie problemlos Helen als kleines Mädchen gewesen war. Extra laut erinnerte er daran, wie hilfsbereit sie in diesem Alter war, wie sie alles getan hatte, was von ihr erwartet wurde, und dann fragte er die Zimmerdecke, wieso Töchter nicht *immer* klein bleiben konnten. Helen ignorierte ihn, wusch sich das Gesicht und putzte ihre Zähne.

Sie konnte an nichts anderes denken als an ihr Treffen mit Orion. Sie hatte keine Ahnung, was sie zu ihm sagen sollte, aber das war auch egal. Sie musste ihn unbedingt sehen.

Bevor sie in ihr Zimmer ging, zog sie warme Socken und die Stiefel an, die sie auf den Flur gestellt hatte, für den Fall, dass es drinnen genauso kalt war wie draußen. Die Tür klemmte. Sie stieß sie gewaltsam auf und der Türrahmen knarrte protestierend. Ihre ersten Schritte knirschten, als wäre sie auf einen Teppich aus Cornflakes getreten. Helen sah sich um und erkannte den Grund dafür.

Das ganze Zimmer war mit Raureif bedeckt. Der Tisch, das Bett, der Fußboden und sogar die Wände waren mit glitzernden Eiskristallen überzogen. Beim Ausatmen bildeten sich kleine Wölkchen vor ihrem Mund. Fassungslos schaute Helen nach oben und musste feststellen, dass über ihrem Bett kleine Eiszapfen an der Decke hingen. Es musste in ihrem Zimmer mindestens zehn oder fünfzehn Grad kälter sein als draußen. *Wie kann das sein?* Sie vermutete, dass es etwas mit der Unterwelt zu tun hatte. Helen fiel wieder ein, dass auch die Höhle, die zu Orions Portal führte, eiskalt gewesen war.

Helen schloss die Tür hinter sich, hoffte sehr, dass ihr Zimmer bis zum Morgen abtauen würde, und deckte ihr Bett auf. Ihr Wecker stand auf 23:11 Uhr. Helen zog den Reißverschluss ihrer Jacke ganz nach oben, biss entschlossen die Zähne zusammen und legte sich unter ihre steife, kalte Bettdecke.

Als Helen auftauchte, ging Orion bereits den unendlichen Strand entlang, der nie zu irgendeinem Meer führte.

»Hi«, sagte er schüchtern, als wäre es ihre erste Begegnung.

»Hi«, antwortete Helen bemüht fröhlich. Sie war wirklich nervös und wollte unbedingt die Stimmung zwischen ihnen auflockern. »Sind wir noch Freunde, oder bist du nur hergekommen, um mir zu sagen, wo ich mir meine Mission hinstecken soll?«

Orion lächelte sie traurig an. Helen schluckte gegen das Engegefühl in ihrer Kehle an. Sie wusste nicht, was sie tun sollte, wenn Orion ihr nicht mehr helfen wollte. Vielleicht würde sie ihn nie wiedersehen.

»Es tut mir *leid*! Es tut mir ehrlich leid! Ich wollte dich nicht verletzen!«

Das hörte sich furchtbar an. Helens Augen begannen zu brennen. Beim Anblick ihrer Tränen wurde Orion regelrecht panisch. Wäre Helen nicht so aufgelöst gewesen, hätte sie seinen Gesichtsausdruck vielleicht sogar komisch gefunden.

»He! Immer mit der Ruhe, ich bin nicht sauer auf dich. Eigentlich müsstest du sauer auf mich sein.«

»Wieso sollte ich sauer auf dich sein?«, fragte Helen verständnislos. Sie fuhr sich mit dem Handrücken über die Augen und versuchte, ihm ins Gesicht zu sehen. Er wich ihrem Blick aus.

»Ich habe dich gezwungen, Helen. Ich habe versucht —«, er brach ab und suchte nach den richtigen Worten. »Einige Scions aus dem Haus von Rom können Herzen so gut beeinflussen, dass sogar Mitglieder verfeindeter Häuser miteinander reden können, als gäbe es die Furien nicht. Ich weiß, dass auch ich die Fähigkeit dazu besitze, aber mir hat nie jemand beigebracht, wie es geht.

Ich habe es in der Höhle bei dir versucht, aber stattdessen etwas gemacht, was ich einem anderen Menschen niemals antun wollte. Ich habe dich manipuliert und dich dazu gebracht, mich zu küssen, und das tut mir unendlich leid.«

»Mir nicht«, sagte Helen so schnell, dass sie ihn fast nicht ausreden ließ. Er öffnete den Mund, um zu widersprechen, aber sie ließ ihn nicht zu Wort kommen. »Hättest du es nicht getan, hätte ich dich getötet. Ich glaube, ich hätte damit nicht leben können. Ich hätte dich beinahe umgebracht«, wiederholte Helen. Ihre Kehle war schon wieder wie zugeschnürt bei dem Gedanken, dass sie fast etwas getan hätte, mit dem ihr Gewissen niemals fertiggeworden wäre.

»Hey. Mir geht's gut, also keine Tränen mehr, okay?« Er nahm sie bei den Schultern und zog sie an sich. Helen ließ sich dankbar gegen seine Brust sinken. »Glaub mir, ich habe schon viel schlimmere Dinge getan. Deswegen möchte ich, dass du jetzt gründlich darüber nachdenkst, ob du mich weiterhin dabeihaben willst.«

»Bist du doof?«, murmelte sie gedämpft in seine Brust. Jetzt, wo das Schlimmste vorbei war, konnte sie wieder lachen. »Natürlich will ich dich dabeihaben. Ich *brauche* dich. Ich will heute Nacht nicht von Monstern angefallen werden.«

»Helen, das ist kein Witz. Ich könnte viel Schlimmeres anrichten, als dich nur zu töten.«

»Wie meinst du das?« Helen musste wieder daran denken, wie er in ihr Innerstes gegriffen hatte und dass es irgendwie wehgetan hatte, obwohl das Gefühl schön gewesen war. Er war so sanft. Sie stellte sich vor, wie schrecklich es sich angefühlt hätte, wenn er nicht so sanft gewesen wäre. »Geht es um deine unsichtbare Hand?«

»Meine was?«, fragte Orion verwirrt. Doch dann wurde er plötzlich rot und senkte den Blick.

Er zog sich von Helen zurück und brachte etwas Abstand zwischen sie. Helen trat verlegen von einem Bein aufs andere.

»Tut mir leid, ich wusste nicht, wie ich es sonst nennen sollte«, stammelte sie verschämt und war überzeugt, etwas total Peinliches gesagt zu haben. »Es hat sich angefühlt, als hättest du in meine Brust gegriffen. Und ich habe mir eine Hand vorgestellt.«

»Du musst dich dafür nicht entschuldigen. Nenn es, wie du willst. Bisher hat es nur noch niemand so genannt. Nicht dass ich es schon oft getan hätte«, fügte er hastig hinzu. »Ich wusste schon immer, dass das nicht die Art von Liebe ist, die ich will. Erzwungen, meine ich.«

»Nein, das würde ich auch nicht wollen. Das ist schon eine erstaunliche Begabung, die du hast«, sagte Helen vorsichtig. Sie wollte ihn nicht vor den Kopf stoßen, aber wenn sie ehrlich war, machte es ihr Angst. »Kann das jeder aus dem Haus von Rom?«

»Nein«, versicherte Orion. »Aber sie können dich überzeugen – und denk nicht, dass das weniger schlimm ist. Manchmal reicht ein kleiner Schubs aus, damit sich jemand zwischen richtig und falsch entscheidet, aber soweit ich weiß, bin ich der Einzige, der die Herzen von Menschen beeinflussen kann. Oder sie für immer brechen. Und das ist noch nicht das Schlimmste, was ich beherrsche.«

Helen konnte sich kaum etwas Schlimmeres vorstellen als ein auf Dauer gebrochenes Herz, aber etwas an der Art, wie sich seine Augen weiteten und furchtsam in ihre Höhlen sanken, verriet ihr, dass *er* es konnte.

»Und was ist das Schlimmste, das du tun kannst?«, fragte sie sanft. Orion biss die Zähne zusammen.

»Ich kann Erdbeben verursachen.«

»Okay«, sagte Helen verständnislos. »Und was ist daran so schlimm?«

Er starrte sie einen Moment lang ungläubig an. »Helen … hast du jemals von einem *lang ersehnten* Erdbeben gehört? Eines, bei dem hinterher alle sagen: ›Hey, toll, dass wir dieses verheerende Erdbeben hatten! Was für ein Glück, dass all meine Bekannten tot sind und die ganze Stadt jetzt nur noch ein Schutthaufen ist!‹«

Eigentlich wollte Helen nicht lachen, aber sie konnte sich nicht beherrschen. Frustriert wollte sich Orion von ihr abwenden, aber sie ließ ihn nicht gehen. Mit beiden Händen umfasste sie einen seiner kräftigen Unterarme und zog daran, bis er sich wieder zu ihr umdrehte.

»Geh nicht weg. Rede mit mir«, verlangte sie und hätte sich für ihr Lachen am liebsten selbst einen Tritt verpasst. »Erklär mir diese Sache mit den Erdbeben.«

Orion ließ den Kopf hängen und griff nach ihrer Hand. Beim Reden spielte er nervös mit ihren Fingern und rollte sie zwischen seinen, als würde der Druck ihn beruhigen. Diese Geste erinnerte Helen an eine andere Situation, als Lucas ihre Hand gehalten hatte. Beinahe hätte sie ihre Hand weggezogen, aber sie tat es dann doch nicht. Orion brauchte sie und sie wollte für ihn da sein. Immer. Waffenstillstand hin oder her – Helen konnte sich nicht einreden, dass es falsch sein sollte, mit Orion befreundet zu sein.

»Du weißt, dass meines Vaters Seite, das Haus von Athen, von Theseus abstammt, einem Scion von Poseidon«, begann er. »Und obwohl das nur sehr selten vorkommt, wurde ich mit *allen* Fähigkeiten des Poseidon geboren, darunter auch der Fähigkeit, Erdbeben auszulösen. Wenn ein Scion mit dieser besonderen Begabung geboren wird, verlangt das Gesetz unseres Hauses, dass das Baby ausgesetzt wird. Aber mein Vater brachte das nicht übers Herz.«

»Was meinst du mit ›ausgesetzt‹?« Helen bekam eine Gänsehaut.

»Es wird auf einen Berg gelegt, um an den Einflüssen des Wetters zu sterben.« Orion hob den Blick und sah ihr in die Augen. »Es gilt als heilige Pflicht aller Eltern, deren Babys mit dieser Begabung geboren werden, um auf diese Weise die Gemeinschaft zu schützen.«

»*Heilige Pflicht*? Das ist grausam! Hat dein Haus wirklich erwartet, dass dein Vater dich zum Sterben auf einen Berg bringt?«

»Mein Haus nimmt dieses Gesetz sehr ernst, Helen, und mein Vater hat es gebrochen. Als ich zehn war, fanden sie heraus, dass ich noch am Leben war, und kamen, um mich zu holen. Drei meiner Cousins sind tot, nur weil mein Vater diese Entscheidung getroffen hat. Sie hatten alle Väter, die sie geliebt haben, zwei von ihnen hatten eine Frau und Söhne, die sie geliebt haben, und jetzt sind sie tot – wegen mir.«

Das konnte Helen nachvollziehen. Sein Vater hatte getötet, um ihn zu beschützen, aber die Angreifer hatten genau das verloren, was Daedalus beschützen wollte. Und wieder war es zu einem neuen Teufelskreis des Tötens und der Rache gekommen.

»Ist dein Dad – Daedalus, richtig? – deswegen ausgestoßen worden?« Sie fragte behutsam, um ihn nicht zu sehr unter Druck zu setzen. Orion nickte, starrte aber weiterhin auf den Boden. Da wurde Helen plötzlich alles klar. »Du bist *ihrer* Meinung! Du denkst, dass dein Vater dich hätte aussetzen sollen.«

»Ich weiß nicht, was er hätte tun sollen, ich weiß nur, was er getan hat. Und was daraus geworden ist«, murmelte Orion düster. »Und bevor du die Gesetze meines Hauses verurteilst, denk darüber nach, wie viele Sterbliche – nicht nur Scions, sondern auch unschuldige normale Leute wie dein Vater Jerry – von mir getötet werden könnten. Hast du das Erdbeben in der Höhle gespürt? Weißt du, wie viele andere Leute es gespürt haben oder ob jemand verletzt wurde? Also, ich weiß es nicht.«

Helen dachte wieder an ihren Kampf in der Höhle und wie sich der Boden unter ihr aufgebäumt hatte. Da bekam sie eine Ahnung davon, wie stark Orion wirklich war, und das war ihr unheimlich. Aber es war auch aufregend. Orion *war* gefährlich, aber nicht so, wie er glaubte.

»Und ich hätte viel Schlimmeres anrichten können.« Seine Stimme klang zittrig. »Helen, ich kann ganze Städte vernichten, Inseln im Meer versinken lassen oder sogar ein Stück von diesem Kontinent absprengen, wenn ich es darauf anlege.«

Helen sah die Verzweiflung in seinen Augen und legte eine Hand auf seinen Arm, um ihn zu beruhigen. Er zitterte am ganzen Körper. Sie erkannte, dass es ihn zu Tode ängstigte, wozu er fähig war, und auch, dass er allein den *Gedanken* an all die Verwüstung grauenhaft fand. Das verriet ihr alles, was sie über ihn wissen musste.

»Du bist zu furchtbaren Dingen fähig, also musst du ein Monster sein. Ich weiß nicht, wieso ich mich noch mit dir abgebe«, sagte Helen grob.

Orion schaute auf, tief getroffen, bis er sie grinsen sah. Sie schüttelte mitfühlend den Kopf, als wäre es nicht zu glauben, dass er ihre Worte tatsächlich für bare Münze genommen hatte.

»Ich bin gefährlich, wenn ich außer Kontrolle gerate. Und wir beide und dann noch die Furien …« Er verstummte unsicher, auf der verzweifelten Suche nach den richtigen Worten, mit denen er Helen die Situation begreiflich machen konnte. »Ich könnte viele Leute verletzen, Helen.«

»Ich verstehe. Du hättest mir in der Höhle auf eine Million Arten wehtun und dabei gleichzeitig eine Million Leute töten können. Aber das hast du nicht getan. Du bist ein besserer Mensch, als du denkst. Ich vertraue dir vollkommen.«

»Ehrlich?«, fragte er. »Du hast wirklich keine Angst vor mir?«

»Vielleicht sollte ich das. Aber ich habe wirklich keine Angst vor dir«, antwortete sie sanft. »Weißt du, als die Delos-Familie zum ersten Mal meine Blitze gesehen hat, haben die mich angestarrt, als wäre ich eine Massenvernichtungswaffe. Aber ich habe seitdem keine Großstädte niedergebrannt. Es sind nicht unsere Fähigkeiten, die uns sicher oder gefährlich machen, sondern die Entscheidungen, die wir treffen. Das solltest du am besten wissen.«

Orion schüttelte den Kopf. »Aber da gibt es diese Prophezeiung«, sagte er.

»Oh Mann, nicht schon wieder dieser Unsinn!«, widersprach

269

Helen energisch. »Willst du wissen, was ich denke? Ich glaube, dass all diese uralten Prophezeiungen so voll mit poetischem Blödsinn sind, dass kein Mensch mehr versteht, was sie eigentlich aussagen sollen. Du bist nicht der große böse Tyrann, Orion. Und das wirst du auch nie sein.«

»Ich hoffe, du hast recht«, murmelte er so leise, dass Helen ihn kaum hörte.

»Du hast solche Angst vor dir selbst«, stellte sie fest, und es machte sie wirklich traurig, dass er nicht einsah, was für ein Fehler das war.

»Ja, schon, aber ich habe auch jeden Grund dazu.«

»Also gut, ich wollte eigentlich nicht fragen, aber jetzt kann ich nicht anders. Du hast vorhin gesagt, dass du viel schlimmere Dinge getan hast als ich, und das war kurz nachdem ich einem meiner besten Freunde ein Messer in die Brust gestoßen habe. Was also betrachtest du als schlimmer?«

Orion lächelte zögerlich, als müsste er gründlich darüber nachdenken. Helen beobachtete ihn schmunzelnd. Er war ein kluger Kopf, und wenn ihm etwas wichtig war, nahm er sich immer die Zeit, darüber nachzudenken. Das mochte sie an ihm. Es erinnerte sie ein wenig an Matt.

»Können wir diese Unterhaltung später weiterführen?«, fragte er schließlich. »Ich verspreche, dass ich es dir eines Tages erzähle, aber nicht jetzt, einverstanden?«

»Klar. Wann immer du so weit bist.«

Er sah sie mit zusammengekniffenen Lippen an und versuchte, den harten Kerl vorzutäuschen, aber seine Augen wirkten verletzlich, was ihn sehr jung aussehen ließ.

»Bin ich wirklich einer deiner besten Freunde?«, fragte er leise.

»Ja, klar«, bestätigte Helen, obwohl es sie ein bisschen nervös machte, weil sie vielleicht nicht zugeben sollte, wie viel er ihr bedeutete. Aber andererseits ging es hier nur um Freundschaft – und nicht um irgendeine Beziehung, die den Waffenstillstand gefährden könnte. »Bin ich denn keine deiner besten Freundinnen?«

Orion nickte ein wenig betrübt. »Ich hatte nie viele Freunde«, gestand er. »Da ich nie wusste, wann ich verschwinden muss, hat es sich nie gelohnt, wenn du verstehst, was ich meine.«

Er lächelte zwar dabei, wirkte aber immer noch bedrückt, als gingen ihm tausend Dinge gleichzeitig im Kopf herum. Helen bedrängte ihn nicht. Er musste ein furchtbar einsames Leben geführt haben. Bei diesem Gedanken wurde sie fast von ihrem Mitgefühl überwältigt.

Sie wusste, dass sie eine Grenze zwischen sich und Orion nicht überschreiten durfte. Aber jedes Mal, wenn sie ihn sah, fühlte sie sich mehr zu ihm hingezogen. Sie *wollte* ihn nicht mehr aus ihrem Leben aussperren.

Außerdem ist es sowieso egal, dachte sie rebellisch. *Ich lebe ohnehin nicht mehr lange genug für eine längerfristige Beziehung. Also ist der Waffenstillstand nicht in Gefahr.*

Sie gingen in eine beliebige Richtung, in die ihre Füße sie zufällig trugen. Es war ja nicht so, als hätten sie nur eine bestimmte Zeit zur Verfügung oder müssten irgendwann irgendwo ankommen. Technisch gesehen konnten sie so lange in der Unterwelt bleiben, wie sie es ohne Essen und Trinken aushielten, und obwohl Helen schon sehr durstig war, hatte sie inzwischen gelernt, damit zu leben.

Auf ihrer Wanderung übernahm Helen das Reden und erzählte Orion von Claire, Matt und ihrem Vater Jerry. Eigentlich hätte sie einen stärkeren Drang verspüren müssen, voranzukommen, aber das war nicht der Fall. Sie war überzeugt, dass sie und Orion irgendwann diesen verwünschten Fluss finden würden, den sie suchten und der sie zu Persephones Garten führen würde.

Helen überlegte, ob sie Orion sagen sollte, dass sie bald sterben würde, aber sie brachte es nicht übers Herz. Außerdem konnte Orion nichts dagegen tun. Das konnte keiner. Sie hatte keine Garantie, dass ihre Ausflüge in die Unterwelt endeten, wenn sie die Furien fand – und dass damit ihr Leben gerettet würde. Helen musste sich mit der Tatsache abfinden, dass diese Mission womöglich die letzte war, die sie je beendete.

Wenigstens ist es etwas, für das es sich zu sterben lohnt, dachte Helen.

Sie schaute zu Orion hinüber und wusste genau, dass ihr deutlich schlimmere Dinge hätten passieren können. Der Hades war ein gefährlicher Ort, aber wenigstens hatte sie Orion hier getroffen. *Das beweist mal wieder, dass diese Sprüche über das Schicksal Quatsch sind,* dachte sie abschätzig. *Selbst wenn einem jemand die Zukunft vorhersagt, weiß man doch erst, was Sache ist, wenn man sie erlebt.*

Helen kam eine so verrückte Idee, dass sie laut auflachte.

»Was ist?«, fragte Orion und warf ihr einen neugierigen Blick zu.

»Ach, nichts«, antwortete sie immer noch kichernd. Sie passte nicht auf, wohin sie trat, und wäre beinahe über ein paar lose Steine im Sand gefallen. Hastig hielt sie sich an Orions Arm fest. »Ich dachte nur gerade, wie toll es wäre, wenn wir zufällig über das stolperten, was wir suchen.«

»Ja, das wäre super«, sagte er und half ihr, das Gleichgewicht wiederzufinden. »Die meisten Leute würden hier am liebsten so schnell wie möglich wieder verschwinden.«

»Das meinte ich nicht«, sagte sie verlegen. »Ich habe nicht gedacht, dass unsere Mission *jetzt sofort* zu Ende sein soll. Aber ich wünschte, Persephones Garten würde wie durch Zauberei vor uns auftauchen.«

Die Landschaft veränderte sich.

Es gab keine Vorwarnung, keinen Windstoß oder eine Überblendung wie in einem alten Film. Eine Sekunde schlenderten sie noch bei Tag den niemals endenden Strand entlang und in der nächsten Sekunde waren sie plötzlich ganz woanders. An einem dunklen, Furcht einflößenden Ort.

Zu ihrer Linken erhob sich ein massives Bauwerk aus einem metallisch schwarz schimmernden Gestein in den toten, sternenlosen Himmel. Die Brustwehren starrten auf sie herab wie hasserfüllte Augen, und die Außenmauern schienen in der Entfernung nebelhaft die Form zu verändern, als könnten sie es nicht leiden, direkt angeschaut zu werden.

Hinter der schwarzen Burg schoss ein feiner Vorhang aus Feuer hoch, der die unfruchtbare Ebene beleuchtete. Helen folgte den Flammen hinunter zu ihrem Ursprung und begriff, dass es sich um den Phlegethon handeln musste, den Fluss des Ewigen Feuers, der den Palast von Hades umgab.

Direkt vor Helen und Orion erhob sich etwas, das aussah wie eine schmiedeeiserne Kuppel von der Größe eines Fußballfeldes. Sie bestand aus demselben Material wie die Burg, aber hier war das Material nicht zu Blöcken gehauen, sondern zu schmuckvollen Schnörkeln geformt worden. Unter der Riesenkuppel lag ein weitläufiger Garten. Es sah aus, als hätte der Erbauer die Tatsache verschleiern wollen, dass der Garten unter einem gewaltigen Käfig lag, indem er ihn möglichst elegant gestaltet hatte.

Das schwarze Material schimmerte in allen Farben. Blau und Purpur und sogar warme Töne wie Rot und Orange tauchten auf und verschwanden dann wieder wie Rauch. Es sah aus wie ein Regenbogen, der von Ruß bedeckt war – ein Wunder des Lichts, für immer gefangen in der Dunkelheit.

»Wow«, hauchte Orion. Er sah sich um, genauso fasziniert von der bedrohlichen Burg und dem Garten wie Helen. Dann sah er hinunter auf ihre Hände, die immer noch seinen Arm umklammerten, und grinste frech. »Danke fürs Mitnehmen.«

»Dank mir lieber noch nicht«, flüsterte Helen.

Sie starrte das Haupttor zu dem Riesenkäfig entgeistert an. Das Schloss daran war größer als ihr Oberkörper, aber es gab kein Schlüsselloch.

»Da stimmt etwas nicht«, wisperte Orion, als sein Blick schließlich auch auf das Schloss fiel.

»Nein, ganz und gar nicht«, bestätigte Helen gereizt.

Diese ganze Anlage machte sie wütend. Dieses wunderschöne Gebilde war nichts anderes als ein Gefängnis für eine junge Frau, die aus ihrem Zuhause entführt und dann zu einer widerlichen

274

Heirat gezwungen worden war. Helen stürmte auf das verschlossene Tor zu und trat mit aller Kraft dagegen.

»Persephone!«, brüllte Helen. »Ich weiß, dass du da drin bist!«

»Bist du wahnsinnig?« Orion rannte Helen hinterher und versuchte, ihr den Mund zuzuhalten, aber sie schüttelte ihn ab.

»Lass mich ein!«, schrie sie so fordernd wie eine Königin. »Ich *verlange sofortigen* Zutritt zu Persephones Garten!«

Das Tor klickte und schwang dann mit einem unheimlichen Knarren auf. Orion sah Helen erstaunt an.

»Wenn du sagst, was du willst, dann passiert es.«

Helen nickte, obwohl sie immer noch nicht kapierte, wieso das funktionierte. Sie dachte wieder an den Anfang ihrer Unterhaltung zurück und daran, wie sie halb im Scherz zu Orion gesagt hatte, dass sie in dieser Nacht nicht von Monstern angefallen werden wollte. Und sie waren lange unterwegs gewesen, ohne irgendein Monster zu sehen. Dann hatte sie sich gewünscht, dass Persephones Garten wie durch Zauberei auftauchte, und hier war er.

»Aber ich muss *genau* wissen, was ich will, und es laut aussprechen, um es zu bekommen«, stellte sie fest.

Ihr Gesicht verzog sich, und sie stöhnte bei dem Gedanken an alles, was sie bisher durchgemacht hatte. An der Kante gehangen. Im Baum eingesperrt. Im Höllenhaus gefangen. Und das Schlimmste – im Treibsand untergegangen. Ihre Knie wurden plötzlich ganz weich, aber sie würde *nicht* zusammenbrechen. Nicht jetzt.

»Ich habe hier unten so oft gelitten und hätte es beenden können, wann immer ich wollte«, fuhr sie verbittert fort. »Ich hätte es nur laut sagen müssen und es wäre geschehen. Das ist fast zu einfach.«

»Wie jung du bist!« Eine wohlklingende, aber traurige Stimme drang aus dem goldenen Riesenkäfig zu ihnen heraus. »Zu wissen, was man will, und das Selbstvertrauen zu haben, es laut auszusprechen, gehört zu den schwierigsten Dingen im Leben, junge Prinzessin.«

Helen dachte kurz darüber nach und musste dann eingestehen, dass es stimmte. Wenn sie nach Lucas fragen würde und ihn bekäme, würde sie sich eine Schuld aufladen, die viel mehr schmerzte als jeder gebrochene Knochen.

»Kommt herein und besucht mich. Ich verspreche, dass euch nichts geschieht«, fuhr die Stimme einladend fort.

Helen und Orion tauschten einen Blick und schritten nebeneinander durch das Tor in Persephones Garten.

Licht und Schatten erzeugten ein Wechselspiel vom Boden bis zur Decke. Das matte Licht, dass durch den Käfig und die merkwürdigen Bäume fiel, landete auf dunkelgrünen Blättern und brachte sie zum Funkeln und Glitzern.

Helen kam dicht an ein paar Blumen vorbei, die sie für Lilien hielt, und schnappte nach Luft, als sie die Blumen auf ihrer Haut spürte. Sie schaute genauer hin und erkannte, dass es in Wirklichkeit purpurne Edelsteine waren, filigran geschliffen und so ineinander verwoben, dass perfekte Nachbildungen echter Blüten entstanden waren. Bei genauerem Hinsehen bemerkte sie auch, dass die Blätter ebenfalls nicht echt, sondern aus Seidenfäden gesponnen waren. Nichts war echt. Hier wuchs keine einzige richtige Pflanze.

»So wunderschön«, hauchte Orion.

Im ersten Moment dachte Helen, dass er die Juwelenblüten meinte, aber als sie zu ihm hinübersah, merkte sie, dass er den Pfad hinunterschaute und die schönste Frau betrachtete, die Helen je gesehen hatte.

Sie war sehr groß, graziös wie ein Schwan und hatte eine so tiefschwarze Haut, dass sie beinahe blau schimmerte. Sie schien nicht viel älter zu sein als Helen, aber die Art, wie sie sich bewegte – gütig und würdevoll –, ließ sie viel älter wirken. Ihr langer Hals war mit Ketten aus riesigen funkelnden Diamanten geschmückt, die im Vergleich zu ihren großen schimmernden Augen aber geradezu glanzlos erschienen. Auf ihrem glänzenden knielangen Haar trug sie eine mehrschichtige Krone aus Edelsteinen. Sie war in eine Robe aus duftenden Rosenblütenblättern gehüllt, auf denen der Tau glitzerte. Die Blütenblätter waren oben weiß und wurden immer dunkler bis zu ihren Füßen, die von tiefroten Rosenblättern umgeben waren.

Unter ihren nackten Füßen, an denen unzählige Zehenringe schillerten, spross ein nie endender Teppich aus Wildblumen, die aufblühten und sofort wieder verwelkten. Bei jedem ihrer Schritte erwachte eine wahre Blütenpracht zum Leben, die aber beim ersten Kontakt mit der unfruchtbaren Erde der Unterwelt verdorrte und starb.

»Furchtbar, nicht wahr?«, sagte Persephone mit ihrer bezaubernden Stimme und sah hinab auf die sterbenden Blumen unter ihren Füßen. »Meine Essenz erzeugt sie, aber in der Unterwelt habe ich nicht die Fähigkeit, sie zu erhalten. Hier unten kann kein Pflänzchen lange überleben.«

Beim Sprechen sah sie Helen direkt in die Augen. *Sie weiß, dass ich sterbe*, dachte Helen.

Helen warf Orion einen unauffälligen Blick zu, aber er schien den wortlosen Austausch nicht mitbekommen zu haben. Helen lächelte die Königin dankbar an. Orion sollte nicht wissen, dass ihr nicht mehr viel Zeit blieb. Wenn er wusste, dass sie starb, würde er vermutlich anders mit ihr umgehen.

Orion trat vor und neigte Kopf und Schultern in einer respektvollen Verbeugung.

»Lady Persephone, Königin des Hades, wir kommen, einen Gefallen zu erbitten«, sagte er mit formeller Stimme. Es klang komisch, passte aber irgendwie zu ihrer Situation. Helen stellte verblüfft fest, dass Orion genau wie die Kinder der Familie Delos als Scion aufgezogen worden war und mühelos von moderner Alltagssprache zu geschliffenen Manieren wechseln konnte.

»Ist es gestattet, näher zu treten?«, fragte er.

»Komm, setz dich und sei willkommen«, sagte sie und deutete auf eine Bank aus Onyx am Rande des Pfads. »Hier in meinem Garten bist du willkommen, wenn auch sonst nirgendwo, junger Erbe zweier verfeindeter Häuser.« Sie machte einen so graziösen Knicks, dass selbst eine Ballerina vor Neid erblasst wäre.

Orions Lippen waren plötzlich fest zusammengekniffen. Im ersten Moment dachte Helen, dass ihn die Erwähnung seiner Kindheit ärgerte, aber als sie genauer hinsah, erkannte sie, dass ihn seine Gefühle überwältigt hatten.

Erst jetzt begriff Helen etwas, das ihr bisher nicht wirklich klar gewesen war. Orion war nie von irgendwem akzeptiert worden. Die eine Hälfte seiner Familie hasste ihn, weil er nicht als Baby ausgesetzt worden und auf einem Berg gestorben war, und die andere Hälfte hasste ihn, weil die Furien sie dazu anstachelte. Seine Mutter war tot, und sein Anblick reichte aus, um seinen Vater in einen von den Furien verursachten Blutrausch zu versetzen. Hatte irgendein Scion, abgesehen von Daphne, die nichts ohne Hintergedanken tat, ihn jemals so freundlich eingeladen, sich neben ihn zu setzen?

Orions ernstes Gesicht ließ Helen vermuten, dass Persephone der einzige Scion war, der ihn jemals formell willkommen geheißen hatte.

Er ist nur in der Hölle willkommen, dachte Helen, und diese Vorstellung verursachte ihr Herzschmerzen.

Als Persephone auffiel, dass Helen noch immer dastand und sie anstarrte, streckte sie eine Hand aus, um auch Helen auf die Bank einzuladen.

Helen wurde rot und senkte verlegen den Kopf. Sie war schon wieder dabei erwischt worden, wie sie vor sich hin träumte, und konnte sich nicht erinnern, wann sie sich noch blöder vorgekommen war als in diesem Augenblick. Jetzt wünschte sie sich nur, auch die ganzen Verse über die Höflichkeitsfloskeln in der *Ilias* gelesen und nicht nur überflogen zu haben. Persephone schien ihre Verlegenheit zu spüren und lächelte sie freundlich an.

»Das zeremonielle Getue können wir uns schenken. Wenn ich es recht bedenke, sollte ich wohl sowieso diejenige sein, die sich vor dir verbeugt«, sagte Persephone neckisch.

»Hey, ich bin doch nicht die mit der Krone«, konterte Helen lachend, denn sie hatte das Gefühl, dass es in Ordnung war, einen Scherz zu machen. Persephone lächelte, wurde dann aber wieder ernst.

»Noch nicht«, sagte sie geheimnisvoll und fuhr dann selbstsicher fort: »Ihr sucht einen Weg, die Furien zu töten.«

Orion und Helen sahen sich an, geschockt von dieser unverblümten Feststellung.

»Ja«, bestätigte Orion entschieden. »Ich will sie töten.«

»Nein, willst du nicht.« Persephone richtete ihre funkelnden Augen auf Orion. »Du willst ihnen *helfen*. Sie brauchen dich ganz dringend, damit du sie von ihrem Leiden erlöst, mein Lieber. Weißt du, wer die Furien sind?«

»Wissen wir nicht«, mischte sich Helen ein, die es nicht leiden konnte, wie vertraut die umwerfend schöne Göttin mit Orion redete. »Aber wir würden es gern erfahren.«

»Die Furien sind drei junge Schwestern − entsprungen aus dem Blut von Uranos, als ihn sein Sohn, der Titan Kronos, angriff. Die Furien wurden im Moment ihrer Schöpfung von den Parzen entführt und gezwungen, ihre Rolle in einem großen Drama zu spielen. Der Schmerz, den sie fühlen, ist echt, und die Last, die sie tragen müssen …« Persephone brach ab und sah Orion flehentlich an. »Sie sind immer noch kaum mehr als Kinder und haben nie auch nur einen einzigen Augenblick der Freude erlebt. Du weißt, was ich damit meine, mein Prinz. *Du* weißt, was sie erleiden müssen.«

»Hass«, sagte er und schaute Helen von der Seite an. Sie musste wieder daran denken, wie schrecklich es gewesen war, als sie in der Höhle diesen Hass auf ihn verspürt hatte, und wusste, dass er genau dasselbe dachte.

280

»Wir müssen ihnen helfen«, flüsterte Helen ihm zu. Orion nickte. Sie waren sich einig. »Wir müssen sie befreien.«

»Die Furien und die Scions«, bestätigte Orion entschlossen.

»Ja«, sagte Helen. »Und ich verspreche, dass ich auch Euch befreien werde, Eure Hoheit.«

»Nein, nicht!«, rief Persephone hastig aus. Sie sprach, so schnell sie konnte. »Helen, du wirst nicht mehr lange überleben, ohne zu träumen! Du musst den Furien Wasser aus dem Fluss …«

Der Name des Flusses wurde von einer donnernden Stimme übertönt.

»HELEN, DU BIST NICHT LÄNGER WILLKOMMEN.«

Helen spürte, wie ihr ganzer Körper hochgehoben und aus der Unterwelt geschleudert wurde, als wäre sie von einer Riesenhand gepackt und weggeworfen worden. Einen Augenblick lang glaubte sie, ein riesiges Gesicht vor sich zu sehen. Es kam ihr bekannt vor. Seine leuchtend grünen Augen waren so traurig …

Helen erwachte in ihrem Bett. Sie setzte sich aufrecht und wirbelte dabei die Eiskristalle auf, die sich auf ihrer Bettdecke gebildet hatten und die jetzt wie funkelnde Diamanten durch die eisige Luft segelten. Helens Gesicht fühlte sich steif an. Sie zog eine Hand unter der Decke hervor und berührte ihre taube Wange. Obwohl ihre Finger vor Kälte fast gefühllos waren, merkte sie, dass ihr Gesicht von einer dünnen Eisschicht überzogen war. Sie fasste in ihre Haare und stellte fest, dass sie zu dicken Eisschnüren gefroren waren.

Helen atmete schnell und stieß bei jedem Atemzug kleine Wolken aus. Sie sah sich um und versuchte, ihr Zittern zu unterdrücken. Ihr ganzes Zimmer war zugefroren. Helen griff nach dem Wecker auf dem Nachttisch und musste mit dem Daumen die Eisschicht wegwischen, bevor sie die Uhrzeit sehen konnte. Das Display sprang vor ihren Augen von 23:11 auf 23:12 Uhr.

Obwohl es sich angefühlt hatte, als wären sie und Orion tagelang in der Unterwelt gewesen, hatte sie in Wirklichkeit ihre Augen erst vor Sekunden geschlossen und war trotzdem schon komplett durchgefroren. Die Kälte wurde eindeutig schlimmer. Helen fragte sich, ob ihr Körper beim nächsten Abstieg in die Unterwelt wohl zum Eisblock gefrieren würde.

Aber dann fragte sie sich auch, ob sie überhaupt jemals wieder hinuntergehen würde. Immerhin hatte Hades ihr gesagt, dass sie nicht mehr willkommen war. Das hörte sich nicht besonders gut an.

Helen stieg aus dem Bett und schlitterte über den vereisten Boden zu ihrem Handy, aber sie hatte noch keine SMS von Orion. Er war wahrscheinlich noch auf dem Rückweg von den Höhlen. In der Unterwelt stand die Zeit still, was bedeutete, dass Orion in derselben Sekunde, in der er durch das Portal trat, auch wieder herauskam, ohne dass es eine Rolle spielte, wie lange er auf der anderen Seite gewesen war. Wenn sie Glück hatten, kam Orion erst jetzt zurück, nachdem er lang genug geblieben war, um zu hören, was Persephone zu sagen hatte. Sie konnte nur hoffen, dass er das erreicht hatte, wobei sie so kläglich versagt hatte.

Helen konnte nicht aufhören zu zittern. Sie musste dringend ihr Zimmer verlassen und sich aufwärmen. Sie dachte zurück an Hectors Lektion am Strand, kurz nachdem er sie beinahe ertränkt hatte. Helen war unverwundbar, wenn es um Waffen ging, aber sie war nicht unsterblich, und extreme Kälte konnte sie ebenso töten wie das Ertrinken.

Sie stemmte die zugefrorene Zimmertür so leise auf, wie es ging, und schaute sich dann vorsichtig auf dem Flur um. Zum Glück saß ihr Vater noch im Wohnzimmer vor dem Fernseher. Sie schloss die Tür hinter sich, schob den Zugluftstopper vor den Türspalt, damit ihr Vater die unnatürliche Kälte in ihrem Zimmer nicht bemerkte, und rief nach unten, dass sie ein Bad nehmen würde, um besser einschlafen zu können. Jerry grummelte etwas darüber, dass sie einfach die Augen zumachen und es mehr als eine Sekunde lang versuchen sollte, aber er stellte zumindest keine Fragen, und es kamen auch keine Einwände.

Auf dem Weg ins Badezimmer schlug sich Helen zur Strafe für ihre dämliche Aktion in der Unterwelt ein paarmal mit dem Handy gegen die Stirn. Sie konnte nicht fassen, dass sie so dumm gewesen war. Der Hades war vermutlich nicht der beste Ort, um über die Befreiung der gefangenen Königin zu reden, weil »der Boss« sicher die ganze Zeit zuhörte. Und Helen hatte gedroht, Hades das Einzige im ganzen Multiversum wegzunehmen, das ihm wirklich etwas bedeutete – seine Königin. *So was Blödes!* Und jetzt war Helen aus der Unterwelt verbannt worden. Wie zum Teufel sollte sie ihre Mission erfüllen, wenn sie nicht mehr hinabsteigen durfte?

Als sie sich auszog und die Wanne mit heißem Wasser volllaufen ließ, dachte sie noch einmal an das Treffen mit Persephone. Sie fand es merkwürdig, dass Hades nicht eingegriffen hatte, als sie und Orion darüber gesprochen hatten, die Furien zu befreien.

283

Erst als sie ihr vorlautes Mundwerk aufmachen und davon reden musste, seine Königin zu befreien, war Hades energisch geworden.

Helen setzte sich zögerlich ins heiße Wasser, das Handy noch in der Hand, und dachte nach. Dann seufzte sie, ließ sich genüsslich ins Wasser sinken und überlegte, wie sie ihr Zimmer auftauen sollte, bevor ihr Vater etwas merkte. Plötzlich vibrierte ihr Handy.

Bist du wach?, schrieb Orion.

OMG, hast du den Namen des Flusses gehört?, schrieb Helen zurück.

Wovon redest du? Ich bin rausgeflogen, nachdem P gesagt hat, dass du sterben würdest.

Oh. Da war noch mehr, antwortete Helen und hoffte, dass Orion diese ganze Sache mit dem Sterben ignorieren würde, wenn sie es auch tat. *Sie hat gesagt, dass wir den Furien Wasser aus dem Fluss …*

Ich hab den Namen nicht mitgekriegt, weil ich auch rausgeworfen wurde.

Trotzdem gute Info. Ich werde den richtigen Fluss schon finden.

Warte, »du wirst«? Was ist aus »wir werden« geworden?

Welchen Teil von »sterben« hast du nicht verstanden?

Das ist doch nur, wenn ich nicht träume.

Du träumst nicht?

Nicht, wenn ich runtergehe.

Dann gehst du nicht mehr.

Sein Befehlston gefiel Helen gar nicht.

Nicht deine Entscheidung, simste sie zurück.

Keine Diskussion. Punkt.

Du kontrollierst das nicht.

Trotzdem. Und jetzt Schluss. Ich muss fahren.

Die nächsten zehn Minuten planschte Helen in der Wanne herum und führte Selbstgespräche. Er hatte etwas übersehen – etwas, das sie ihm erklären musste –, aber sie kam nicht darauf, was es war. Sie versuchte, ihn mit allen möglichen Nachrichten wieder in die Diskussion zu ziehen. Sie drohte sogar damit, ins Bett zu gehen und sofort wieder hinabzusteigen. Da kam endlich eine lange Antwort, eine von denen, für die man extra anhält, um sie zu schreiben.

Wenn du zurück ins Bett gehst, schwöre ich, dass ich nach Nantucket schwimme, deine Tür eintrete und Jerry alles erzähle. Dann kannst du ihm erklären, wieso du sterben willst. Halte dich aus der UW fern. Das ist mein Ernst.

Damit zu drohen, dass er ihrem Vater alles sagte, war ein Tiefschlag – sie hatte Orion gesagt, dass Jerry eine »Flugverbotszone« war, und er hatte geschworen, diesen Grundsatz nie zu verletzen. Allerdings musste sie zugeben, dass die Drohung, ihren Dad zu informieren, die einzige wirksame gewesen wäre, falls sie tatsächlich vorgehabt hätte, wieder in die Unterwelt zu gehen. Orion kannte sie gut. Sie fragte sich, wie er das in der relativ kurzen Zeit geschafft hatte. Einen Moment lang lächelte sie ihr Handy an, zwang sich dann aber, damit aufzuhören. Sie konnte es nicht leiden, wenn man ihr Vorschriften machte, aber sie fand es nett, dass er sie so gernhatte, dass er es zumindest versuchte.

Ich kann sowieso nicht mehr hin, gestand sie nach einer längeren Funkstille. *Hades hat mich verbannt und uns beide aus der UW geworfen, weil ich gedroht habe, P zu befreien. Kannst du noch hin?*

Glaub schon. Du wurdest verbannt? Wow. Also gibt es doch einen guten Gott. Komisch, dass es ausgerechnet Hades ist.

Helen wusste, dass er nur um ihre Sicherheit besorgt war, aber irgendetwas war nicht logisch an der Sache. Helen hatte schon angefangen zu tippen, bevor sie wusste, was sie schreiben wollte. Endlich begriff ihr zerstreutes Gehirn, was so schlimm an ihrer Verbannung war und wieso sie Orion so hitzig widersprochen hatte.

Aber denk doch an die Prophezeiung, tippte sie wild. *Ich bin die Deszenderin – die Einzige, die fähig sein soll, die Furien loszuwerden. Wenn ich es nicht tue, wie viele Leute werden dann noch leiden? Du würdest deinen Dad nie wiedersehen.*

Helen biss sich auf die Lippe und überlegte fieberhaft, ob sie ihm schreiben sollte, was sie wirklich dachte.

Wir würden uns nie wiedersehen. Ich glaube, das könnte ich nicht ertragen, schrieb sie schließlich doch und fügte in Gedanken *zumindest, solange ich noch lebe* hinzu.

Lange Zeit kam keine Antwort von Orion, und Helen fürchtete bereits, einen Riesenfehler gemacht zu haben. Um sich von ihm abzulenken, schickte sie eine Mail an Cassandra und die anderen und berichtete ihnen, was in der Unterwelt passiert war. Dann starrte sie das dunkle Display ihres Handys an, bis sie ihren Vater die Treppe hinaufkommen und ins Bett gehen hörte. Orion hatte sich immer noch nicht gemeldet.

Helen stieg aus der Wanne und trocknete sich ab. Sie wusste nicht genau, was sie als Nächstes tun sollte, aber in ihr eisiges Zimmer würde sie nicht zurückkehren. Es gab immer noch die Couch im Wohnzimmer, aber sie entschied, dass es vollkommen egal war, ob sie sich hinlegte oder nicht. Sie hatte ohnehin keinen Überblick mehr, wie viele Wochen sie keinen richtigen Schlaf mehr bekommen hatte.

Also verbrachte sie eine Ewigkeit im Badezimmer und zog das ganze Pflegeprogramm durch, das sie so lange vernachlässigt hatte. Sie schnitt sich die Nägel und cremte ihren ganzen Körper ein. Als sie fertig war, wischte sie den Dampf vom Spiegel und betrachtete sich zum ersten Mal seit langer Zeit. Das Erste, was ihr ins Auge fiel, war die Kette ihrer Mutter. Sie hob sich deutlich von ihrer geröteten Haut ab und schimmerte an ihrem Hals, als hätte ihr das Verwöhnprogramm neue Kraft verliehen. Dann musterte Helen ihr Gesicht.

Es war dasselbe Gesicht, für das vor Ewigkeiten so viele Leute gestorben waren, für das noch heute so viele starben. Scions töteten einander, um Morde zu rächen, die bis zu den Mauern von Troja zurückreichten – bis zu dieser ersten Frau, die genau dasselbe Gesicht besessen hatte, das Helen jetzt im Spiegel anschaute.

Welches Gesicht war das wert? Das ergab keinen Sinn. Es musste mehr dahinterstecken. All dieses Leid konnte sich nicht nur um ein Mädchen drehen, egal, wie hübsch es war. Es musste noch etwas anderes geben, das nicht in den Büchern stand.

Sie hörte ihr Handy brummen und stieß in ihrer Hast, es zu greifen, die Hälfte ihrer Fläschchen und Tiegel um. Hektisch schnappte sie danach und erwischte sie, bevor sie auf den Boden schepperten und ihren Dad aufweckten. Sie musste ein nervöses Kichern unterdrücken, stellte alles wieder an seinen Platz und las erst dann die Nachricht.

Ich hab nachgedacht. Wenn es das ist, was dich am Leben erhält, bin ich dazu bereit, antwortete Orion fast eine Stunde nach ihrer letzten Nachricht. *Ich lasse dich gehen, ich lasse die Mission sausen, aber ich lasse dich nicht sterben.*

Helen sank fassungslos auf den Wannenrand. Seine Entscheidung verdammte Orion zu einem Leben auf der Flucht, ohne Zuhause, ohne Familie. Er war bereit, das alles zu ertragen – für sie.

Oder tat er es auch für ihr blödes Gesicht? Schließlich kannten sie sich kaum. Was konnte eine solche Selbstaufopferung denn sonst auslösen?

Daphne hatte ihre fast identischen Gesichter als verflucht bezeichnet, und Helen hatte immer angenommen, dass ihre Gesichter sie verflucht hatten. Aber jetzt fragte sie sich zum ersten Mal, ob ihre Mutter womöglich gemeint hatte, dass ihre Gesichter die Menschen verfluchten, die sie *ansahen*. Die Vorstellung, dass Orion alles aufgab, was er sich immer gewünscht hatte, nur weil es ihr gefährlich werden konnte, war Helen gar nicht recht. Es stand so viel mehr auf dem Spiel als nur das Leben einer Person, auch wenn dieses Leben ihr eigenes war.

Helen fasste einen Entschluss. Es war egal, ob sie in ihn verknallt war oder er in sie. Orion durfte jetzt nicht aufgeben. Nicht nur wegen der Konsequenzen für ihn, sondern wegen der Konsequenzen für sie alle. Wenn niemand die Furien loswurde, was sollte dann aus Hector und den anderen Ausgestoßenen werden? Und aus allen anderen Scions? Helen fiel wieder ein, wie Orion ihr von seinem Traum erzählt hatte, in dem das Gräberfeld im Hades aus den Knochen von Scions bestanden hatte, und sie erkannte jetzt, dass es mehr als nur ein Albtraum gewesen war. Orion hatte in diesem Traum eine Warnung erhalten, da war Helen ganz sicher. Der Teufelskreis musste beendet werden, sonst würden sie irgendwann genauso aussterben wie die Frostriesen.

Du Idiot. Sie schlug so heftig mit den Fingern auf die Tastatur ein, als könnte sie ihm damit die Worte direkt in seinen opferbereiten Dickschädel hämmern. *Wenn du unsere Mission aufgibst, kannst du was erleben! Ich werde einen Weg finden, dieses Traum- und Verbannungsproblem zu lösen, und dann werden wir die Furien gemeinsam befreien. Und in der Zwischenzeit MACH GEFÄLLIGST WEITER. Kapiert?*

Sie drückte auf SENDEN und wartete. Lange Zeit kam nichts. Helen begann mehrmals, eine neue Nachricht zu verfassen, löschte sie aber jedes Mal wieder. Sie war so müde, dass ihr die Augen tränten.

Als sie gähnen musste, fühlte sie plötzlich, wie hinter ihren Augen etwas knackte und dass ihre Oberlippe auf einmal ganz feucht war. Sie berührte ihren Mund und hatte Blut an den Fingern. Bevor das Blut auf den Boden tropfte, presste sie sich hastig ein Taschentuch an die Nase und wartete darauf, dass die Blutung nachließ. Nachdem sie sich das Gesicht gewaschen und ihr Handy finster angestarrt hatte, als könnte sie Orion damit zu einer Antwort zwingen, leuchtete das Display endlich auf.

Erst mal musst du mich kriegen, Hamilton, aber du wirst mich nie finden, klar?

Er alberte wieder herum, was ein gutes Zeichen war. Helen wusste, wie schwer ihm diese Entscheidung gefallen sein musste, und wollte ganz sicher sein. Sie brauchte so etwas wie ein Ver-

289

sprechen von ihm für den Fall, dass sie es nicht bis zum Ende ihrer Mission schaffte.

Schwörst du? Dass du weitermachst, egal, was kommt?, schrieb sie. Er reagierte nicht sofort und so hakte sie nach. *Hallo? Schwörst du?*

Sorry. Geh gerade ins Bett. Ja, ich mach weiter.

Helen lächelte und ließ sich vom Badewannenrand auf den Boden gleiten. Sie wickelte sich in ihren Bademantel, schlüpfte in die Hausschuhe und streckte sich auf einem behelfsmäßigen Bett aus feuchtwarmen Handtüchern aus. Sie stellte sich vor, wie er gerade im Internat ins Bett ging und das Handy in der Hand hielt.

Ich wusste, dass auf dich Verlass ist, schrieb sie.

Für immer und ewig. Wo bist du?

Im Bett, antwortete sie, obwohl es eigentlich »auf dem Boden« hätte heißen müssen.

Ja, ich auch. Du kannst endlich schlafen. Ich ebenso. Bin total fertig.

Helen wollte nicht aufhören, mit ihm zu simsen. Sie hätte die ganze Nacht aufbleiben und mit ihm plaudern können, aber ihr war endlich wieder warm, nachdem sie – jahrelang, wie es ihr vorkam – gefroren hatte. Ihr fielen die Augen zu.

Gute Nacht, Orion.

Süße Träume.

11

elen öffnete die Augen. Es fühlte sich nicht an, als würde sie aufwachen, was vermutlich daran lag, dass sie nicht wirklich geschlafen hatte. Es kam ihr eher so vor, als wäre sie bewusstlos geschlagen worden und ein paar Stunden später wieder zu sich gekommen. Wie ein Schnitt bei einem Filmdreh – gerade hatte Helen noch Orions letzte Nachricht gelesen und im nächsten Moment hatte sie die BademAtte vor Augen. Die Sonne war aufgegangen, ihre Haare waren trocken und sie hörte ihren Vater aufstehen.

Das aufgeputschte, schwitzige Gefühl am ganzen Körper verriet ihr, dass sich ihr Gehirn zwar für ein paar Stunden abgeschaltet hatte, sie aber trotzdem nicht in den dringend benötigten Tiefschlaf gefunden hatte. Sie war nicht in der Unterwelt gewesen, was eine Erleichterung war, aber sie hatte auch nicht geträumt. Das war schlecht. Persephone zufolge blieb ihr nicht mehr viel Zeit, und Helen hatte keine Ahnung, wie lange sie noch durchhalten konnte, ohne zu träumen.

Als sie hörte, wie Jerry seinen Kleiderschrank öffnete, sprang sie auf, hängte die Badetücher weg, auf denen sie übernachtet hatte, und begann hastig mit dem Zähneputzen, damit ihr Vater glaubte, sie wäre kurz vor ihm ins Badezimmer gegangen.

Es war Montag, der Start in eine neue Woche, und Helen war mit dem Kochen an der Reihe. Sie rannte in ihr vereistes Zimmer und fürchtete sich vor dem, was sie dort erwartete, doch zu ihrer Überraschung war das Eis fast weggetaut. Die grausige Kälte musste etwas damit zu tun haben, dass sie ihr Bett in ein Portal in die Unterwelt verwandelt hatte. Und da sie in der vergangenen Nacht nicht hinabgestiegen war, hatte sich die Kälte ein wenig verzogen. Es war zwar immer noch so kalt wie in einem Kühlhaus, und das Tauwasser hatte alles durchfeuchtet, aber wenigstens brauchte sie diesmal keinen Föhn, um die Schubladen ihrer Wäschekommode zu öffnen.

Bis jetzt hatte sie vor ihrem Vater verbergen können, wie kalt es wirklich in ihrem Zimmer war, doch das würde nicht mehr lange funktionieren. Aber wenn Jerry es merkte, konnte sie ohnehin nichts daran ändern. Sie hoffte nur, dass er nicht in ihr Zimmer kam. Schließlich hatte sie zurzeit genug andere Sorgen. Wie den Myrmidonen, der sie vermutlich gerade beobachtete. Helen verdrängte diesen Gedanken, so gut es ging, versteckte sich aber dennoch im Schrank, bevor sie ihre Sachen auszog.

Sie zog sich so schnell an, wie es ging, und bibberte die paar Sekunden, in denen sie nichts anhatte. Dann rannte sie nach unten, um sich am Herd zu wärmen. Sie drehte die Flammen des Gasherds ganz weit auf. Als die Luft um sie herum vor Hitze waberte, seufzte sie zufrieden und schloss die Augen. Aber etwas stimmte nicht. Sie hatte das Gefühl, nicht allein zu sein, und sah sich suchend um. Die Luft tanzte noch einen Moment vor ihrer Nase und wurde dann wieder ruhig.

Helen war verunsichert. Sie hörte zwar keine Stimmen, aber ihr kam es trotzdem so vor, als wäre noch jemand in der Küche, was offensichtlich nicht der Fall war. Helen war überzeugt, dass sie langsam durchdrehte. Ihr blieb nicht mehr viel Zeit, aber bis zur nächsten Nacht war daran nichts zu ändern. Also wendete sie sich wieder dem Herd zu und machte Frühstück.

Als die Kürbispfannkuchen fertig waren, warf sie einen Blick auf die Küchenuhr. Ihr Vater war spät dran, und so gab sie sich noch ein bisschen Extramühe und streute durch eine fledermausförmige Form Puderzucker auf den Pfannkuchenstapel, was sie schon gemacht hatten, als Helen noch klein gewesen war. Danach schaute sie wieder auf die Uhr. Sie wollte gerade vom Fuß der Treppe aus nach Jerry rufen, als sie ihn herunterkommen hörte.

»Wieso hat das so lange ...« Helen erstarrte beim Anblick ihres Vaters.

Er hatte sein Gesicht grün geschminkt und trug ein ausgefranstes schwarzes Kleid, rot-weiß gestreifte Strümpfe und eine schwarze Perücke. In der Hand hielt er einen spitzen Hexenhut mit breitem Seidenband und einer Silberschnalle. Einen Moment lang starrte Helen ihn mit offenem Mund an.

»Ich habe mit Kate gewettet und verloren«, gestand er verlegen.

»Oh Mann. Davon muss ich ein Foto machen.« Ihre Schultern bebten vor Lachen, als sie nach ihrem Handy griff. Sie machte schnell einen Schnappschuss von ihrem Dad, bevor er die Flucht ergreifen konnte, und schickte das Foto sofort an jeden, den sie kannte. »Ist heute schon Halloween? Ich habe irgendwie den Überblick verloren.«

»Nein, erst morgen«, sagte er und setzte sich an den Tisch, um seine Pfannkuchen zu essen. »Ich muss zwei volle Tage in diesem Outfit überstehen. Danach werde ich nie wieder Halloween feiern.«

An Halloween brummte das Geschäft im News Store, und trotz Jerrys Geschimpfe wegen des Kleides wusste Helen ganz genau, dass er Feiertage liebte und Spaß daran hatte, sich zu verkleiden. Helen fragte ihren Vater, ob er Hilfe im Laden brauchte, aber er wehrte sofort ab.

»Du siehst grüner im Gesicht aus als ich«, stellte er besorgt fest. »Willst du die Schule heute lieber ausfallen lassen?«

»Mir geht's gut«, beteuerte Helen mit einem Schulterzucken und starrte auf ihren Teller, damit sie ihn nicht anschauen musste. Sie wusste ehrlich gesagt nicht, ob es ihr wirklich gut ging, aber sie konnte ihrem Vater nicht ins Gesicht lügen.

Claire fuhr in ihrem nahezu lautlosen Auto vor, öffnete das Beifahrerfenster und drehte den Song im Radio voll auf, statt zu hupen.

»Ich gehe jetzt lieber, bevor die Nachbarn die Polizei rufen«, sagte Helen, raffte ihre Schulsachen zusammen und rannte aus dem Haus.

»Komm gleich nach der Schule nach Hause; du brauchst Ruhe!«, rief ihr Jerry nach. Helen winkte kurz zum Zeichen, dass sie ihn gehört hatte, wusste aber, dass sie ihm den Gefallen nicht tun konnte. Sie musste mit Ariadne für ihre Rückkehr in die Unterwelt trainieren. Helens Uhr lief unaufhörlich, und sie musste eine Menge Versprechen einhalten, bevor sie aufhörte zu ticken.

Lucas beobachtete, wie Helen aus dem Haus rannte und in Claires Wagen sprang. Sie sah erschöpft und ausgezehrt aus, aber das Lächeln, mit dem sie Claire begrüßte, war leuchtend und wunderschön und voller Liebe. So war Helen eben. Auch wenn sie selbst litt, hatte sie diese beinahe magische Fähigkeit, anderen ihr Herz zu öffnen. Nur in ihrer Nähe zu sein, reichte bereits aus, dass er sich *geliebt* fühlte, auch wenn er wusste, dass ihre Liebe nicht mehr ihm galt.

An diesem Morgen hatte sie ihn wieder beinahe erwischt, und er hatte mittlerweile den Verdacht, dass er ihr Angst machte. Irgendwie konnte sie ihn immer noch spüren. Lucas musste herausfinden, woran das lag, denn er würde ganz sicher nicht aufhören, sie zu bewachen. Nicht, bis er sicher war, dass Automedon endgültig verschwunden war.

Claire und Helen fingen beim Losfahren an zu singen und verunstalteten einen seiner Lieblingssongs von Bob Marley. Helen sang wirklich grauenhaft. Das war eines der Dinge, die er besonders an ihr mochte. Jedes Mal, wenn sie losjaulte wie eine getretene Katze, wollte er sie am liebsten in den Arm nehmen und küssen.

Wieder einmal ermahnte er sich, dass Helen seine Cousine war. Er ließ seinen Umhang aus Licht fallen und stieg in die Luft auf, damit er sein Handy einschalten und in den Tag starten konnte. Er hatte bereits eine SMS.

Ich weiß, dass du mit uns da unten warst. Und ich glaube, ich weiß auch, wie, lautete die Nachricht. *Wir müssen reden.*

Wer bist du?, schrieb Lucas zurück, obwohl er es bereits wusste. Wer sonst sollte es sein? Aber er wollte diesem Typen kein Stück entgegenkommen. Er konnte es nicht. Er war zu wütend.

Orion.

Aber ihn auch noch dazu aufzufordern, seinen Namen zu simsen, machte es nicht gerade besser. Den Namen des Typen zu sehen und sich vorzustellen, wie Helen ihn aussprach, fraß ihn vor Ärger fast auf. Die Wut wurde täglich schlimmer, und es kostete ihn seine ganze Selbstbeherrschung, sein Handy nicht ins Meer zu schleudern.

Na super. Was willst du?, schrieb Lucas, als sich seine Fäuste wieder so weit gelockert hatten, dass er tippen konnte. Es war schlimm genug, Helen loslassen zu müssen, aber musste ihm jetzt auch noch der Typ schreiben, mit dem sie ihre Nächte verbrachte?

Du bist sauer – kann ich verstehen. Aber uns bleibt keine Zeit für so was. Helen stirbt.

»Du hast gute Laune!«, stellte Helen ausgelassen fest.

»Und wie!«, rief Claire und strahlte übers ganze Gesicht.

»Oh, sag es nicht! Rote Wangen, verklärter Blick ... *Could you be loved? Oh, yeah!*«

Helen schmetterte die letzte Zeile des Bob-Marley-Songs, den sie und Claire mitgesungen hatten. Er beschrieb Claires ausgelassene Stimmung perfekt, und sie stimmte bei dem »Oh, yeah« ein, was Helens unausgesprochene Frage mehr als beantwortete.

»Was soll ich sagen? Er ist eben fast ein Gott.« Claire seufzte und kicherte mädchenhaft, während sie in Richtung Schule fuhr.

»Was ist passiert?«, schrie Helen ganz aufgekratzt. Es war so schön, endlich wieder zu lachen, dass Helen alles andere in ihrem Leben vergaß und nur noch Claires strahlendes Gesicht sah.

»Er hat mich ENDLICH geküsst! Gestern Abend«, jubelte sie. »Er ist an unserer *Hauswand* hochgeklettert! Kannst du dir das vorstellen?«

»Äh, ja.« Helen grinste und zuckte mit den Schultern.

»Oh, ja, natürlich kannst du das«, sagte Claire und hakte diesen Punkt als unbedeutend ab. »Also, ich habe mein Fenster aufgemacht, um ihn anzumeckern, dass er meine Großmutter wecken würde – du weißt ja, dass sie sogar hört, wenn der Hund des übernächsten Nachbarn pupst. Aber er hat gesagt, dass er mich unbedingt sehen *müsste*. Dass er es nicht länger ohne mich *aushalten* würde, und dann hat er mich *geküsst*! Ist das nicht der beste erste Kuss aller Zeiten?«

»Na endlich! Wieso hat das auch so lange gedauert?«, fragte Helen lachend. Aus dem Lachen wurde jedoch schnell ein entsetztes Quieken, als Claire an einem Stoppschild hart auf die Bremse trat. Von beiden Seiten der Straße wurden sie empört angehupt.

»Ach, keine Ahnung.« Claire fuhr weiter, ohne sich darum zu kümmern, dass sie beinahe einen Unfall verursacht hätte. »Er glaubt, dass ich zu zart bin, dass ich nicht weiß, in welcher Gefahr ich schwebe – bla, bla, bla. Als hätte ich nicht mein ganzes Leben mit einem Scion verbracht. Total albern, stimmt's?«

»Ja, total«, sagte Helen, doch sie verzog trotzdem besorgt das

297

Gesicht wegen Claires lockerer Einstellung den Scions gegenüber, aber auch wegen ihrer riskanten Fahrweise. »Weißt du was, Gig? Verliebt zu sein, macht einen nicht immun gegen Autounfälle.«

»Das weiß ich! Gott, du klingst schon wie *Jason*!«, beklagte sich Claire, aber als sie seinen Namen aussprach, schmolz sie schon wieder dahin. Sie fuhr auf ihren gewohnten Parkplatz an der Schule, stellte den Motor ab und sah Helen an. »Ich bin so verliebt«, verkündete sie seufzend.

»Nicht zu übersehen!«, stellte Helen grinsend fest. Sie wusste, dass Jason sie neuerdings nicht mehr mochte, aber auch wenn er sie wie Luft behandelte, brauchte Claire ihre Unterstützung. »Jason ist wirklich ein toller Typ. Gig, ich freue mich so für euch beide.«

»Aber er ist kein Japaner«, sagte Claire plötzlich betrübt. »Wie soll ich ihn meinen Eltern vorstellen?«

»Vielleicht stört es sie gar nicht«, meinte Helen mit einem Schulterzucken. »Sie haben sich doch auch an mich gewöhnt, oder?«

Claire sah sie zweifelnd an und schüttelte den Kopf.

»Wie bitte?«, rief Helen aus. Sie konnte es nicht fassen. »Wir sind schon unser ganzes Leben lang Freundinnen und deine Eltern mögen mich immer noch nicht?«

»Meine Mom liebt dich! Aber, Lennie, das musst du verstehen, du bist so groß und lächelst so oft. Das findet meine Grandma überhaupt nicht cool.«

»Das glaube ich nicht«, murmelte Helen empört, als sie ausstiegen und über den Parkplatz liefen. »Ich habe mehr Zeit mit der alten Fledermaus verbracht, als …«

298

»Sie ist traditionell!«, verteidigte Claire sie.

»Sie ist rassistisch!«, widersprach Helen, und Claire sagte nichts mehr, weil sie wusste, dass Helen in gewisser Weise recht hatte. »Jason ist perfekt für dich, Gig. Lass dich nicht hinreißen, es zu beenden, nur weil er kein Japaner ist! Immerhin war der Typ bereit, für dich zu sterben.«

»Ich weiß«, sagte Claire, und ihre Stimme klang vor Rührung plötzlich ganz sanft. Sie blieb wie angewurzelt stehen, obwohl um sie herum alle ins Gebäude eilten, um nicht zu spät zu kommen. Helen blieb mit ihr stehen, denn so verletzlich gab sich Claire nur selten. »Ich hatte da unten solche Angst, Len. Ich war so verloren und durstig, weißt du? Und dann … war er da. Ich kann immer noch nicht glauben, dass er gekommen ist, um mich von diesem schrecklichen Ort wegzubringen.«

Helen wartete, bis Claire sich wieder beruhigt hatte. Die quälenden Gefühle rund um Claires Beinahetod erinnerten sie daran, wie grässlich die Unterwelt tatsächlich war. Orion hatte sie in ihren Augen so drastisch verändert, dass sie es nicht mehr als Strafe empfand, hinuntergehen zu müssen. Solange er bei ihr war, machte es beinahe Spaß, dort zu sein.

»Aber ich liebe ihn nicht nur, weil er mich gerettet hat«, fuhr Claire fort und riss Helen aus ihrer Träumerei. »Jason ist einer der besten Menschen, die ich je getroffen habe. Ich würde ihn in jedem Fall bewundern.«

»Dann vergiss, was deine Großmutter denkt«, wies Helen sie mit einem energischen Nicken an.

»Ah, ich wünschte, das könnte ich! Aber die alte Schnepfe gibt nie auf«, stöhnte Claire und öffnete die Tür. Lachend betraten die beiden das Gebäude. Helen hatte schon ganz vergessen, wie viel Spaß es machte, mit Claire herumzualbern. Gut gelaunt begannen sie den Schultag.

Der Rest des Vormittags erwies sich dann aber als ausgesprochen anstrengend. Helen musste sich zum Wachbleiben zwingen, und ihre Lehrer ermahnten sie mehrmals, weil sie beinahe einschlief. Irgendwie brachte sie den Vormittag hinter sich und traf sich zur Mittagspause mit Claire.

Sie saßen an ihrem gewohnten Tisch in der Cafeteria, als Helen Matt hereinkommen sah und ihn zu sich winkte. Als er auf dem Weg zu ihnen war, stieß Claire Helen mit dem Ellbogen an und machte sie auf all die Mädchen aufmerksam, die Matt anstarrten und dann hektisch zu flüstern begannen.

Er hatte einen Riss an der Lippe und abgeschürfte Fingerknöchel, die offensichtlich bei einem Kampf verletzt worden waren. Sein Shirt, das noch vor einem Monat etwas zu weit gewesen war, saß jetzt fast zu eng an seinem Oberkörper. Durch das leicht dehnbare Material war deutlich zu sehen, wie sich seine Brust- und Schultermuskeln abzeichneten. Er hatte den Babyspeck im Gesicht verloren, was seine Züge markanter und erwachsener wirken ließ. Er bewegte sich sogar anders, als wäre er zu allem bereit.

»Oh mein Gott«, stieß Claire fassungslos aus. »Lennie, seit wann ist Matt ein solcher *Hengst*?«

Helen wäre beinahe an ihrem Sandwich erstickt und musste hastig schlucken, um etwas zu sagen. »Irre, nicht? Matt ist plötzlich zum echten Hingucker geworden!«

Claire und Helen verstummten, sahen sich an und riefen

genau gleichzeitig: »NEIN!« Dann brachen sie in Gelächter aus.

»Was ist los?«, fragte Matt, als er bei ihnen ankam. Er deutete auf Helens Sandwich und meinte: »Schmelzkäse und Gurke?«

»Nein, Sahneschnitte, es ist nicht das Sandwich«, entgegnete Claire, die sich die Lachtränen aus den Augen wischen musste. »Du bist es! Du bist jetzt offiziell ein total heißer Typ!«

»Ach, Quatsch«, sagte er und wurde plötzlich knallrot. Sein Blick huschte zu Ariadne, die an einem anderen Tisch stehen geblieben war, um mit einigen Mitschülern zu plaudern, doch dann schaute er schnell wieder weg.

»Du solltest den ersten Schritt wagen«, sagte Helen leise zu ihm, während Claire damit beschäftigt war, Ariadne an ihren Tisch zu winken.

»Und eine Abfuhr kassieren?«, erwiderte er niedergeschlagen. »Nein, danke.«

»Du weißt doch gar nicht …«, begann Helen, aber Matt unterbrach sie sofort.

»Doch, ich weiß es.«

Als Ariadne sich zu ihnen setzte, ließ Helen das Thema fallen, obwohl sie ehrlich gesagt nicht sah, wo Matts Problem war. Sie wusste genau, dass Ariadne sich etwas aus ihm machte, und vielleicht sollte Matt nur seinen Mut zusammennehmen und sie küssen, wie Jason es bei Claire getan hatte. Das erinnerte Helen wieder an Orion und daran, wie sich seine Lippen angefühlt hatten.

»Helen?«, sagte Ariadne. Helen schaute auf und musste feststellen, dass alle sie anstarrten.

301

»Ja?«, sagte sie etwas erschrocken.

»Du hast kein Wort von dem gehört, was wir gerade gesagt haben, oder?«, fragte Cassandra.

»Tut mir leid«, sagte Helen verlegen. *Wann ist Cassandra gekommen?*, fragte sie sich.

»Hast du letzte Nacht geträumt?«, wollte sie wissen. Helen schüttelte den Kopf. Cassandra lehnte sich in ihrem Stuhl zurück, verschränkte die Arme und schürzte nachdenklich ihre natürlich roten Lippen.

»Warum hast du nichts gesagt?«, fragte Claire und sah Helen gleichermaßen besorgt und schuldbewusst an.

»Keine Ahnung«, murmelte Helen. »Ich habe schon so lange nicht mehr geträumt, dass ich wohl vergessen habe, es zu erwähnen.«

»Orion hat es nicht vergessen«, sagte Cassandra auf ihre übliche ungerührte Art. Doch dann veränderte sich ihr Gesichtsausdruck dramatisch und sie beugte sich zu Helen hinüber und sah dabei eine Sekunde lang aus wie ein ganz normales, neugieriges Mädchen. »Ist Orion immer so …« Sie verstummte, weil es ihr nicht gelang, die richtigen Worte zu finden.

»Witzig? Stur? Riesig?«, rasselte Helen herunter und versuchte, Cassandras Frage mit jedem Orion-typischen Adjektiv zu beantworten, das in ihrem verschlafenen Hirn auftauchte.

»Ist er wirklich so groß?«, fragte Ariadne. »Wie der ursprüngliche Orion?«

»Er ist ein echter Riese«, antwortete Helen hastig und versuchte, nicht rot zu werden. In ihrem Kopf tauchten noch weitere Worte auf, mit denen sie Orion beschreiben konnte, aber die behielt sie lieber für sich. »Hilf mir, Cass. Ist er immer so …?«

»Unvorhersehbar« war das Wort, für das sich Cassandra schließlich entschied.

»Ja. Das ist sogar eine perfekte Beschreibung. Aber woher weißt du das?«

»Ich habe ihn nicht kommen sehen«, sagte Cassandra mehr zu sich selbst als zu den anderen.

»Was redest du da? Hat er dir eine Nachricht geschickt oder was?«, fragte Helen, die gar nichts mehr verstand. »Ich habe ihm nie deine Nummer gegeben.«

»Aber Lucas«, sagte Cassandra, als wüsste das bereits jeder.

»Was?«

»Orion hat meinem Bruder heute Morgen eine SMS geschickt.«

»Woher hat Orion …« Helen brach ab, weil ihr der Atem stockte. Sie brachte es nicht fertig, Orions und Lucas' Namen in einem Satz zu erwähnen.

Die Glocke läutete, und alle sammelten ihre Sachen ein – bis auf Helen, die wieder ins Leere starrte und an Lucas dachte. Helen wusste, dass sie so übermüdet war, dass bereits ihre Gehirnfunktionen litten, aber ihr war trotzdem klar, dass es Lucas' Name war, der in ihrem Kopf gerade dieses Durcheinander vollbrachte.

»Warum hast du nichts gesagt, Len?«, fragte Claire gekränkt. Als Helen nicht auf die Glocke reagierte, nahm sie ihre Freundin ganz selbstverständlich am Arm und zog sie mit sich zum Klassenraum.

»Was gesagt?«, murmelte Helen immer noch ganz weggetreten.

»Heute Morgen! Du hast kein Wort darüber verloren, dass du … du hast mich die ganze Zeit von Jason reden lassen, als wäre nichts los.«

»Gig, nicht«, sagte Helen sanft. »Ich höre mir viel lieber an, wie glücklich *du* bist, als darüber zu reden, wie *fertig* ich bin. Ehrlich. Es hilft mir, wenn ich höre, dass immer noch gute Dinge in der Welt passieren, vor allem, wenn sie dir passieren. Ich möchte, dass du für den Rest deines Lebens total glücklich bist, egal, was aus mir wird. Das weißt du, oder?«

»Oh mein Gott, du stirbst wirklich?«, keuchte Claire leise. »Jason hat es gesagt, aber ich habe ihm nicht geglaubt.«

»Noch bin ich nicht tot«, beteuerte Helen mit einem kurzen Auflachen und betrat rückwärts gehend den Klassenraum. »Geh zu deinem Kurs, Gig. Ich bin ganz sicher, dass ich zumindest Sozialkunde noch überleben werde.«

Claire winkte ihr traurig zu und eilte den Flur entlang. Helen setzte sich auf ihren gewohnten Platz. Als Zach plötzlich auftauchte und sich neben sie setzte, war sie fassungslos. Er wollte etwas sagen, aber sie ließ ihn nicht zu Wort kommen.

»Du hast vielleicht Nerven«, fuhr Helen ihn an. Sie stand auf und nahm ihre Bücher, aber als sie weggehen wollte, griff Zach nach ihrem Arm.

»Bitte, Helen, du bist in Gefahr. Morgen …«, flüsterte er ihr eindringlich zu.

»Fass mich nicht an«, zischte Helen und befreite ihr Handgelenk aus seinem Griff.

Zach sah sie verzweifelt an. Einen Moment lang tat er Helen sogar leid. Aber dann musste sie daran denken, wie Hector seinetwegen beim Sportfest beinahe getötet worden war, und ihr weich gewordenes Herz verwandelte sich wieder in Stein. Sie kannte Zach zwar schon seit der Grundschule, aber diese Zeit war längst vorbei. Helen setzte sich an einen anderen Tisch und sah Zach nicht mehr an.

Nach der Schule und dem Lauftraining fuhren Helen und Claire zum Delos-Anwesen. Als sie ankamen, war niemand da. Nicht einmal Noel, die mit einem an den Kühlschrank geklebten Zettel jede hungrige Person informierte, dass nichts zu essen da war und sie in ein paar Stunden mit neuen Einkäufen zurückkommen würde. Claire und Helen verzogen das Gesicht und durchstöberten dann die Vorratsschränke auf der Suche nach etwas, mit dem sie ihre nach dem Sport knurrenden Mägen besänftigen konnten. Als sie sich über die letzten Vorräte hermachten, fragten sie sich, wieso das Haus so ungewöhnlich leer war.

Pallas und Castor waren noch in New York und diskutierten im Konzil. Ihrem letzten Brief zufolge war noch keine Entscheidung darüber gefallen, ob der Myrmidone zurückgerufen werden sollte, aber zumindest war beschlossen worden, dass er sich nicht auf der Insel niederlassen durfte. Was übrigens sinnlos war, weil sich herausgestellt hatte, dass er auf einer Jacht lebte. Jason und Lucas waren beim Footballtraining, und da Cassandras Cello nicht in der Bibliothek stand, nahmen Helen und Claire an, dass sie und Ariadne noch in der Schule waren und für die Aufführung probten.

Irgendwie hatten sich die beiden dazu überreden lassen, die Musik für das Stück *Ein Sommernachtstraum* zu spielen, das die Theater-AG einstudierte. Im Grunde hatte keine der beiden Zeit dafür und Cassandra hasste es ganz besonders. Sie sah keinen Sinn mehr darin, sich normal zu geben, zumal ihr unterentwickelter Körper und ihre unheimliche Reglosigkeit doch offensichtlich machten, dass sie nicht normal war. Helen wusste natürlich, wie wichtig es war, den Schein zu wahren, aber sie konnte Cassandra verstehen. Auch wenn sie noch so viele freiwillige Aufgaben übernahm, wirkte sie doch nicht wie ein normaler Teenager, also wieso quälte man das arme Mädchen noch mit dieser Aufführung?

»Hey, Gig«, sagte Helen beiläufig, nachdem sie und Claire Jasons geheimen Schoko-Cookie-Vorrat vernichtet hatten. »Was wiegst du eigentlich?«

»Genau jetzt? Schätzungsweise tausend Kilo«, sagte sie und wischte sich ein paar Cookie-Krümel vom Schoß. »Wieso?«

»Ich möchte was ausprobieren, das gefährlich sein könnte. Bist du dabei?«

»Na klar, ich bin so was von dabei, was immer es ist«, beteuerte Claire sofort mit einem todesmutigen Grinsen.

Auf dem Weg in die Arena alberten Helen und Claire herum, und Claire versuchte ständig, ihre viel größere und unnatürlich starke Freundin mit der Hüfte wegzustoßen, mit der Schulter umzuschubsen oder anders zu Fall zu bringen. Als sie nach viel Gestolper und Gekicher schließlich die Mitte des Sandplatzes erreicht hatten, wurde Helen ernst und verlangte von Claire, dass sie still stand. Sie trat dicht an Claire heran und konzentrierte sich auf das Gewicht ihrer zierlichen Freundin.

»Len, das kitzelt!« Claire kicherte. »Was machst du da?«

»Ich versuche, dich schwerelos zu machen, damit ich dir endlich zeigen kann, wie es sich anfühlt, wenn man fliegt«, murmelte Helen, deren Augen immer noch fest geschlossen waren. »Leg die Hände auf meine Schultern, okay?«

Eifrig tat Claire, was Helen gesagt hatte. Sie hatte schon immer wissen wollen, wie es sich für Helen und Lucas anfühlte, schwerelos durch die Lüfte zu segeln, aber bisher hatte Helen ihren Fähigkeiten nicht genug vertraut, um einen Versuch mit Claire zu wagen. Lucas hatte sie gewarnt, dass es sehr schwierig wäre, mit jemandem zu fliegen, aber das beunruhigte Helen nicht mehr. Sie ging vielmehr davon aus, dass sie es jetzt versuchen musste, weil sie später vielleicht nicht mehr die Gelegenheit dazu bekam.

Claire hatte sich kaum an Helen geklammert, da flogen sie schon drei Meter über der Erde. Claire schnappte überwältigt nach Luft.

»Das fühlt sich … Das ist *toll*!« Claire war beinahe sprachlos vor Begeisterung, und obwohl Helen immer noch damit beschäftigt war, sich auf den gemeinsamen Flug zu konzentrieren, musste sie lächeln.

Der Flug war wirklich toll, und trotz Lucas' Warnung stellte Helen fest, dass es zwar etwas kompliziert war, Claire mitzunehmen, aber kein bisschen anstrengend. Sie wusste, dass Lucas sie nicht absichtlich falsch informiert hatte, und so blieb ihr nichts anderes übrig, als sich einzugestehen, was er ihr die ganze Zeit gesagt hatte. Sie *war* stärker als er. Diese Erkenntnis verlieh ihr genug Mut, um noch höher aufzusteigen.

»Was zum Teufel macht ihr da?«, schrie Jason am Boden und erschreckte sie beide.

Claire kreischte vor Schreck auf und Helens Konzentration

ließ sofort nach. Bevor sie sich wieder fangen konnte, waren sie schon im Sturzflug. Helen schaute nach unten und stellte fest, dass sie höher aufgestiegen waren, als sie gedacht hatte. Obwohl sie und Claire schon ein weites Stück abgestürzt waren, flogen sie immer noch etwa zehn Meter über Jason, Cassandra, Ariadne und Matt, die alle mit entsetzten Gesichtern zu ihnen hochstarrten.

»Lass sie sofort runter!«, befahl Jason wutentbrannt.

»Jason, mir geht's gut«, versuchte Claire, ihn zu beruhigen, aber er wollte nicht zuhören.

»*Sofort*, Helen«, brüllte er. Sogar aus dieser Höhe konnte Helen sehen, dass er vor Wut knallrot angelaufen war. Sie entschied, lieber zu tun, was er sagte, bevor ihm eine Ader platzte, und so begann sie, Claire langsam zu ihm hinunterzulassen.

Sie war immer noch rund drei Meter vom Boden entfernt, als Jason hochsprang und Claire an sich riss, was Helen zwang, sie loszulassen. Er war so wütend, dass er Claire nicht einmal ansehen konnte, nachdem er sie wieder auf die eigenen Füße gestellt hatte. Stattdessen stürzte er sich sofort auf Helen, als sie vor ihm landete.

»Wie kannst du nur so selbstsüchtig sein?«, fuhr er sie an.

»*Selbstsüchtig?*«, japste Helen fassungslos. »*Ich* bin selbstsüchtig?«

»Ist dir je in den Sinn gekommen, wie schwer Claire sich verletzen könnte, wenn du sie fallen lässt?« Er wurde mit jedem Wort lauter und ausfallender. »Hast du überhaupt eine *Vorstellung* davon, wie lange ein gebrochenes Bein einem Sterblichen wehtut, auch nachdem es geheilt ist? Manche haben Schmerzen bis an den Rest ihres Lebens!«

»Jason.« Claire versuchte, sich einzumischen, aber Helen schrie bereits zurück.

»Sie ist meine beste Freundin!«, keifte sie ihn an. »Ich würde nie zulassen, dass ihr etwas geschieht!«

»Das kannst du nicht versprechen. Das kann ihr *keiner* von uns versprechen, weil wir sind, was wir sind!«, schrie er zurück.

»Jason …« Ariadne legte ihrem Zwillingsbruder beruhigend eine Hand auf den Arm. Er schüttelte sie grob ab und fuhr zu ihr herum.

»Du bist nicht besser, Ari. Du willst nicht mit Matt gehen, glaubst aber, dass es helfen würde, ihn zu *trainieren?*«, warf er ihr voller Verachtung an den Kopf. »Wie oft müssen wir es erleben, bis wir endlich der Wahrheit ins Gesicht sehen? Normalsterbliche leben in der Gegenwart von Scions nicht lange. Oder ist dir noch nicht aufgefallen, dass wir keine Mutter mehr haben?«

»Jason! Es reicht!«, rief Ariadne aus. Der Schock trieb ihr die Tränen in die Augen.

Aber Jason hatte bereits sein ganzes Pulver verschossen. Er wirbelte herum, wich Claires Händen aus und stürmte hinaus auf den dämmrigen Strand. Claire, die ihm nachlaufen wollte, sah Helen Hilfe suchend an. Helen hauchte nur: »Tut mir leid.« Claire seufzte und zuckte mit den Schultern, als gäbe es nichts, was eine von ihnen tun konnte. Dann drehte sie sich um und rannte hinter Jason her, der schon fast von der Abenddämmerung verschluckt worden war.

»Das sind meine Mutter Aileen und Tante Noel, als sie zusammen in New York auf dem College waren«, sagte Ariadne. Sie hatte ein Foto zwischen den Seiten eines Buches hervorgeholt, das im Regal über ihrem Bett stand, und sprang nun herunter, um es Helen zu zeigen.

Das Foto zeigte zwei unglaublich hübsche junge Frauen, die hinter einem voll besetzten Bartresen standen und Drinks ausschenkten. Die beiden strahlten eine solche Lebenslust aus, dass Helen sie einfach bewundern musste. Sie schienen sich köstlich dabei zu amüsieren, den Leuten, die sich in mehreren Reihen vor ihnen drängten, mehrfarbige Cocktails zu servieren.

»Sieh dir Noel an!«, rief Helen überrascht. »Trägt sie da etwa eine Lederhose?«

»Allerdings«, bestätigte Ariadne mit einem gequälten Gesichtsausdruck. »Ich schätze, sie und meine Mutter waren ziemlich wild drauf, als sie jung waren. Sie haben in Nachtklubs und angesagten Restaurants der ganzen Stadt gejobbt, um sich die Studiengebühren zu verdienen. So haben sie übrigens auch meinen Dad und Onkel Castor kennengelernt. In einem *Nachtklub*.«

»Deine Mom war wunderschön«, sagte Helen bewundernd. Aileen war zwar schlank, aber trotzdem kurvig und sehr weiblich. Sie hatte das dicke schwarze Haar und die tiefgoldbraune Haut einer Lateinamerikanerin. »Aber sie sieht nicht aus …«

»Wie einer von uns? Nein. Scions sehen immer aus wie andere Scions aus der Geschichte. Wir erben nichts von unseren normalsterblichen Elternteilen«, sagte Ariadne traurig. »Ich schätze, es wäre leichter für meinen Dad, wenn etwas von ihr in uns weiterleben würde. Er hat sie sehr geliebt – das tut er noch heute.«

»Ja, ich weiß«, murmelte Helen und war ziemlich überrascht, dass sie es tatsächlich wusste. Irgendwie konnte sie spüren, wie sehr diese Fremde auf dem Foto geliebt worden war. Wenn sie sich ansah, wie Aileen und Noel auf dem Bild miteinander lachten, musste sie unwillkürlich an sich und Claire denken. »Sie standen sich sehr nah, nicht wahr?«

»Beste Freundinnen seit dem Babyalter«, erklärte Ariadne bedeutungsvoll. »Alles in unserem Leben folgt einem Kreislauf, Helen, einem Muster. Bestimmte Abläufe wiederholen sich bei Scions immer wieder. Zwei Brüder oder Cousins, die aufgezogen wurden wie Brüder, die sich in zwei Schwestern oder *Beinahe*-Schwestern verlieben, ist einer dieser Kreisläufe.«

»Und nur eine dieser Frauen ist noch am Leben«, sagte Helen leise und verstand nun auch, wieso Jason so ausgeflippt war. »Aber Jason braucht keine Angst zu haben. Ich würde eher sterben, als zuzulassen, dass Claire etwas passiert.«

»Leider haben Scions in dieser Hinsicht keine Wahl«, bemerkte Ariadne mit gerunzelter Stirn. »Mein Vater wäre auch für meine Mutter gestorben, aber meistens kommt es nicht zu einer heroischen Schlacht, in der du den Menschen retten kannst, den du liebst. Manchmal sterben Leute einfach. Vor allem in unserer Nähe.«

»Was ist mit deiner Mom passiert?« Helen hatte diese Frage noch nie gestellt, obwohl sie sich schon so lange kannten. Vielleicht hatte Jason doch recht, überlegte Helen. Vielleicht war sie zu selbstsüchtig.

»Falscher Ort, falsche Zeit« war alles, was Ariadne sagte, als sie Helen das Foto ihrer lachenden Mutter aus den Fingern nahm und es liebevoll wieder zwischen die Seiten von *Anne auf Green Gables* legte. »Die meisten Scions tun fast alles, um keinen Normalsterblichen zu töten. Aber leider kommt nur zu oft jemand durch unglückliche Umstände zu Tode, nur weil er oder sie sich *in der Nähe* eines Scions befindet. Deswegen finden mein Vater und mein Bruder, dass wir uns von allen fernhalten sollten, die verletzt werden könnten.«

»Aber du trainierst Matt.«

»Ich habe meine Mutter nie kennengelernt. Aber jeder erzählt mir, dass sie nicht auf den Mund gefallen war und ein feuriges Temperament hatte.« Ariadne schüttelte betrübt den Kopf. »Aber das allein reicht nicht. Mein Vater hat meiner Mutter nie etwas darüber erzählt, wie Scions kämpfen, und ich glaube, dass das etwas damit zu tun hat, wie sie gestorben ist. Ich weiß, dass Matt niemals einen Scion besiegen kann, aber darum geht es nicht. Wenn ich ihm nicht zumindest die grundlegenden Fähigkeiten vermittelt hätte, würde ich es mir nie verzeihen, wenn ihm etwas zustieße. Ergibt das für dich einen Sinn?«

Helen nickte und nahm Ariadnes zitternde Hände zwischen ihre. »Das tut es. Ich wusste allerdings nicht, dass die Dinge zwischen dir und Matt so ernst sind.«

»So ist das nicht«, bestritt Ariadne schnell. Sie warf entnervt den Kopf zurück und seufzte. Diese Geste hatte Helen schon oft bei Jason gesehen, wenn er mit Claire stritt. »Die Wahrheit? Ich weiß nicht, was zwischen mir und Matt ist. Ich kann nicht entscheiden, ob ich beleidigt sein soll, weil er nicht den ersten Schritt macht, oder ob ich dankbar sein soll, weil er mich nicht in Versuchung führt.«

Es war unverkennbar, wie hin- und hergerissen Ariadne war. Helen wusste nicht, was sie sagen sollte, aber vermutlich brauchte Ariadne auch niemanden, der ihr sagte, was sie tun sollte. Also versuchte Helen gar nicht erst, gute Ratschläge zu geben, sondern saß einfach nur bei ihr und hielt ihre Hand, während Ariadne über alles nachdachte.

»Ari, weißt du, wo …«, rief Lucas und stürmte ins Zimmer. Als er Helen sah, erstarrte er. »Entschuldigt, ich hätte anklopfen sollen.«

»Wen suchst du?«, fragte Ariadne gereizt.

Lucas senkte den Blick und schloss die Tür, ohne auf ihre Frage zu antworten. Helen befahl sich, wieder normal zu atmen, aber Ariadne hatte trotzdem etwas gemerkt.

»Du auch? Immer noch?«, fragte sie leicht genervt. »Helen. Er ist dein *Cousin*.«

»Das weiß ich«, sagte Helen gequält und hob beschwichtigend die Hände. »Glaubst du, dass ich so empfinden will? Weißt du eigentlich, dass ich es *vorziehe*, in der Unterwelt zu sein, weil ich dort wenigstens nicht diesem Irrsinn ausgesetzt bin? Wie *falsch* ist das denn?«

»Diese ganze Sache ist vollkommen falsch«, sagte Ariadne mitfühlend. »Es tut mir so leid für euch beide, aber du musst damit aufhören. Inzest, auch wenn es sich um zwei Scions handelt, die es unabsichtlich tun, weil sie nicht wissen, dass sie verwandt sind, ist ein weiteres Thema, das sich immer und immer wiederholt. Und es endet stets auf dieselbe schreckliche Weise. Das weißt du, oder?«

»Ja. Ich habe *Ödipus Rex* gelesen und weiß, wie die Geschichte endet. Aber was soll ich denn tun? Gibt es irgendein uraltes Hausmittelchen, das mich dazu bringt, ihn nicht länger zu lieben?«, fragte Helen sarkastisch.

»Haltet euch doch einfach voneinander fern!«, fauchte Ariadne.

»Du warst doch dabei, als er den Verstand verloren und mir verboten hat, ihn auch nur *anzusehen*«, ereiferte sich Helen. »Und wie lange hat das gedauert? Neun Tage? Wir können uns nicht voneinander fernhalten. Die Umstände bringen uns immer wieder zusammen, egal, was wir einander antun.«

Helen war verzweifelt und Ariadnes mitleidiger Blick brachte das Fass zum Überlaufen. Helen sprang auf und begann, im Zimmer herumzuwandern. »Ich bin buchstäblich in die Hölle und wieder zurück gelaufen und habe nach einem Ort gesucht, die Gefühle loszuwerden, die ich für ihn habe, aber ich habe kein Loch gefunden, das groß oder tief genug war, um sie darin zu begraben. Also sag mir bitte, wenn du eine Idee hast, denn ich bin mit meinem Latein am Ende − ganz abgesehen davon, dass mir die Zeit davonläuft, wenn Cassandra recht hat.«

Helen spürte wieder das Knacken hinter ihren Augen und hob die Hand, um das warme Blut zu verbergen, das ihr über die Lippen lief. Ariadne saß schockiert auf der Bettkante, während Helen zum Fenster lief, es aufriss und hinaussprang.

Sie flog senkrecht nach oben. Sie wollte noch einmal sehen, wie die dünne blaue Linie rund um die Erde in den schwarzen Nachthimmel überging. Sie wollte diesen Anblick im Kopf haben, wenn sie ins Bett ging. Sie war ziemlich sicher, dass sie nie wieder aufwachen würde, wenn sie nicht vorher irgendeine wundersame Erscheinung gehabt hätte.

Sie wischte sich das gefrorene Blut mit dem Saum ihres Shirts vom Gesicht, so gut es ging, und betrachtete die sich langsam drehende Erde. Es wurde Nacht auf ihrer Seite des Planeten, aber sie konnte dennoch die feine Schicht der Atmosphäre ausmachen. Es war nur ein zarter silbriger Schimmer, der das Leben auf der einen Seite vom eisigen Nichts auf der anderen trennte. Helen bewunderte, wie etwas, das so zart aussah, so mächtig sein konnte. *Und wieder ein Geschenk von Lucas*, dachte sie bei diesem Anblick, der sie ganz traurig machte.

Helen schloss die Augen und ließ sich treiben. Sie flog höher als jemals zuvor, und die Anziehungskraft der Erde war so gering, dass sie einen Moment lang überlegte, ob sie den letzten Schwerkraftfaden durchtrennen und bis zum Mond treiben konnte.

Eine Hand krallte sich von hinten in ihre Jacke und zog sie so heftig zurück, dass es ihr fast die Kleider vom Leib riss. Helen trudelte abwärts und sah sich zu Lucas' gequältem Gesicht um. Er zog sie immer näher zu sich heran.

»Was machst du so weit oben?«, keuchte er ihr ins Ohr und drückte sie auf dem Rückflug zur Erde fest an seine Brust. Seine Kehle war vor lauter Sorge so zugeschnürt, dass seine Stimme immer wieder brach. »Wolltest du dich in den Weltraum treiben lassen? Du weißt, dass dich das umgebracht hätte, oder?«

»Ich weiß, Lucas. Ich ... es fühlt sich gut an, einfach loszulassen.« Ihr wurde bewusst, dass sie zum ersten Mal seit einer Ewigkeit seinen Namen laut ausgesprochen hatte. Es war eine solche Erleichterung, seinen Namen wieder in den Mund zu nehmen,

315

dass sie laut auflachte. »Ich mache das manchmal ganz gern. Du etwa nicht?«

»Doch, ich auch«, musste er gestehen. Er hielt sie weiterhin fest und vergrub sein Gesicht immer tiefer an ihrem Hals, während er sie aus der kalten Nachtluft flog. »Aber deine Augen waren geschlossen. Ich dachte, du wärst ohnmächtig geworden«, flüsterte er ihr ins Ohr.

»Tut mir leid. Ich dachte, ich wäre allein«, flüsterte sie zurück.

Ihr war klar, dass sie eigentlich fragen musste, wieso Lucas plötzlich bei ihr aufgetaucht war, aber ehrlich gesagt war es ihr egal. Sie hielt ihn immer fester umklammert, als könnte sie in seine Brust hineinkriechen und sich seinen Körper umlegen wie einen Mantel.

Das war Lucas, und sie wollte ihn festhalten, wollte die Person festhalten, die er in diesem Augenblick verkörperte, bevor er sich wieder in den wütenden Fremden verwandelte. Er seufzte tief und sagte ihren Namen, bevor er sich aus ihrer Umarmung löste und nach dem Witwensteg Ausschau hielt.

»Wo ist Jerry?«, fragte er, als sie über dem Haus schwebten. Der alte Geländewagen stand nicht in der Auffahrt und im Haus brannte kein Licht.

»Wahrscheinlich noch im Laden«, sagte Helen, die den Blick nicht von Lucas abwenden konnte. »Kommst du mit rein? Oder wird es dann wieder schlimm zwischen uns?«

»Ich habe dir doch versprochen, dass wir nicht mehr streiten. Es hat ohnehin nicht funktioniert«, sagte Lucas und zog Helen mit sich hinunter auf den Witwensteg.

»Du *hast* es aber mit Absicht getan, oder?« Einen Moment lang standen sie nur da und sahen sich an. »Hatte dein Vater etwas damit zu tun?«

»Es war meine Entscheidung«, behauptete er sofort.

Sie wartete auf eine Erklärung, aber Lucas äußerte sich dazu nicht weiter. Er brachte keine Ausreden vor oder schob die Schuld auf jemand anderen. Stattdessen überließ er Helen die Entscheidung, was als Nächstes zwischen ihnen passieren sollte. Sie boxte ihm frustriert gegen die Brust, nicht so hart, dass sie ihn verletzte, aber hart genug, dass er es spürte. Er tat nichts, um sie aufzuhalten.

»Wie konntest du mir das antun!«, fauchte sie ihn an.

»Helen.« Er schnappte nach ihren geballten Fäusten und drückte sie an seine Brust. »Was hätte ich denn sonst tun sollen? Wir waren schon wieder die ganze Zeit zusammen. Wir haben zusammengesessen und einander unsere tiefsten Geheimnisse erzählt und das hat dich total durcheinandergebracht. Du musst an wichtigere Dinge denken als an mich.«

»Hast du eine Ahnung, wie sehr das wehgetan hat?«, fragte sie ihn mit tränenerstickter Stimme. Am liebsten hätte sie ihn noch einmal geschlagen, aber ihre Hände schienen ein Eigenleben zu führen, denn die Fäuste waren verschwunden, und ihre Finger streichelten jetzt sanft über sein Gesicht.

»Ja«, sagte er so gefühlvoll, dass Helen klar wurde, dass ihre Trennung ihn genauso belastet hatte wie sie. »Und ich werde für den Rest meines Lebens die Konsequenzen tragen müssen.«

Helen runzelte betroffen die Stirn. Sie wusste, dass er nicht übertrieb – Lucas hatte sich verändert. Sein Gesicht war so blass, dass es das Mondlicht reflektierte, und seine Augen schimmerten so tiefblau, dass sie beinahe schwarz wirkten. Er war immer noch wunderschön, aber so traurig, dass es fast wehtat, ihn anzusehen.

Nach allem, was sie seinetwegen durchgemacht hatte, hätte sie sich eigentlich wünschen müssen, ihn irgendwie dafür zu bestrafen. Stattdessen hatte sie inzwischen sogar die Arme um seinen Hals geschlungen und er strich ihr mit beiden Händen über den Rücken. Sie war überhaupt nicht mehr wütend auf ihn.

Helen sah ihm in die Augen und entdeckte die merkwürdige Finsternis, die sich dort einschlich und das Strahlen zu ersticken drohte, das sie so an ihm liebte. Aber bevor sie eine Möglichkeit fand, ihn zu fragen, was er mit »Konsequenzen« gemeint hatte, wechselte Lucas das Thema und befreite sich aus ihrer Umarmung.

»Ich hatte heute eine lange SMS-Unterhaltung mit Orion«, sagte er und hielt Helen die Tür auf, die vom Witwensteg hinab ins Haus führte. »Er hatte den Verdacht, dass du uns nicht alles erzählst, was in der Unterwelt vorgeht. Er hat mich um Hilfe gebeten, weil er sich sehr viel aus dir macht.«

»Das weiß ich.« Helen führte Lucas durchs Haus bis in ihr kaltes Zimmer. »Aber er liegt falsch. Ich verheimliche niemandem etwas. Ich habe nur festgestellt, dass mir ohnehin keiner helfen kann, wieso soll ich also alle Einzelheiten erzählen? Ich *träume* nicht, Lucas. Was glaubt Orion, wie du oder jemand anders das hinkriegen soll?«

Lucas ließ sich auf die Bettkante sinken, zog die Jacke aus und streifte seine Schuhe ab. Er fühlte sich in Helens Zimmer wie zu Hause, und auch Helen hatte das Gefühl, dass er hierher gehörte, obwohl sie natürlich beide wussten, wie falsch es war.

»Ich bin neulich in der Unterwelt gewesen. Eigentlich nur, um zu sehen, ob ich dir irgendwie helfen kann – natürlich, ohne mich einzumischen. Aber nach ein paar Stunden habe ich dann nur noch euch beide beobachtet. Aus verschiedenen Gründen«, gestand Lucas, der jetzt offensichtlich alle Karten auf den Tisch legen wollte. »Aber ich wurde unvorsichtig. Orion hat mich entdeckt und auch herausgefunden, wie ich es gemacht habe. Er hat sich heute bei mir gemeldet, um mir zu sagen, *wieso* du stirbst, und zusammen haben wir herausgefunden, dass ich die einzige Sache besitze, die dich retten kann. Also schätze ich, dass ich tatsächlich einen Weg gefunden habe, dir zu helfen.« Er schwang die Beine auf ihr Bett und streckte sich lang aus.

Helen war sprachlos. Sie hätte ihn die ganze Nacht anstarren können, wie er so in ihrem Bett lag, aber sie kam nicht über das hinweg, was er gerade gesagt hatte.

»Du bist in der Unterwelt gewesen? Wann? Wie?«, fragte sie und versuchte, nicht laut loszukreischen.

»Samstagnacht. Ares hat gesehen, wie ich mich in diesem Knochengrab versteckt habe, und hat mit mir gesprochen. Ich war der andere ›kleine Göttersohn‹. Erinnerst du dich? Und dann habe ich Zerberus abgelenkt, als sie hinter euch her war.«

»Warte mal, das Vieh ist eine *sie*?«, fragte Helen entgeistert.

»Allerdings«, bestätigte er grinsend. »Zerberus ist eine Wölfin. Und jetzt geh dich waschen. Ich warte solange hier.«

»Aber …«

»Beeil dich«, drängte er. »Ich musste warten, bis ich dich außer Reichweite unserer Familien erwische, um dir das zu bringen, was dir helfen wird, denn ich halte es nicht sehr viel länger aus, dich so krank zu sehen.«

Helen raste ins Badezimmer, aber sie zitterte so, dass sie sich beinahe die Zähne mit Seife geputzt und das Gesicht mit Zahnpasta gewaschen hätte. Sie machte alles auf einmal: ausziehen, waschen, Zahnseide benutzen, Haare kämmen, einen frischen Schlafanzug anziehen und in ihr Zimmer zurückrennen.

Lucas war noch da, wie er versprochen hatte, und Helens letzte bohrende Zweifel lösten sich in Luft auf. Die unnatürliche Trennung war vorüber und sie würden sich nicht mehr anschreien oder gegenseitig wegstoßen.

»Oh, gut. Ich halluziniere also nicht«, sagte sie, nur halb im Scherz. »Oder träume.«

»Aber du musst träumen«, sagte er sanft und musterte sie. Helen schüttelte den Kopf.

»Das hier ist besser«, sagte sie entschieden. »Auch wenn es mich umbringt: Wach zu bleiben und dich in meinem Bett zu sehen, ist besser als jeder Traum.«

»Du sollst so was doch nicht sagen«, ermahnte er sie.

Lucas schloss einen Moment lang die Augen. Als er sie wieder öffnete, lächelte er und hob einladend eine Ecke der Bettdecke an. Helen sprang unter die Decke, außer sich vor Glück. Es war ihr egal, ob es richtig oder falsch war. Wenn sie schon starb, dachte sie sich, konnte sie ebenso gut glücklich sterben. Helen drehte sich auf den Rücken und streckte ihm die Arme entgegen, aber er umfasste ihr Gesicht mit beiden Händen und drückte sie zurück ins Kissen. Er beugte sich auf der Decke über sie, sodass sie sich darunter kaum noch rühren konnte.

»Das hier ist ein Obolus«, sagte er und zeigte ihr eine kleine Goldmünze. »Wir Scions legen sie unter die Zunge geliebter Verstorbener, bevor wir ihre Körper bestatten. Eigentlich ist der Obolus die Bezahlung für Charon, den Fährmann, der die Toten vom Schattenland über den Styx in die Unterwelt befördert. Aber dieser Obolus ist etwas anderes und sehr selten. Er wurde nicht für den Fährmann gemacht, sondern für einen anderen Bewohner des Schattenlandes.«

Lucas hielt die Münze hoch, damit Helen sie genau betrachten konnte. Auf einer Seite waren Sterne eingeprägt und auf der anderen Seite eine Blume.

»Ist das eine Mohnblume?«, fragte Helen und überlegte, wo sie diese kleine Goldmünze schon einmal gesehen hatte. Ein Zeitungsartikel tauchte vor ihrem inneren Auge auf. »Du hast sie aus dem Getty Museum gestohlen! Lucas, du bist in ein Museum eingebrochen!«

»Das ist einer der Gründe, wieso meine Familie nicht wissen darf, dass ich hier bin und diesen Versuch wage. Aber du kennst den wahren Grund … Cousine«, fügte Lucas hinzu.

Plötzlich beugte er sich zu ihr herunter und strich mit den Lippen über ihre Wange. Es war jedoch kein Kuss, sondern fühlte sich eher an, als wollte er sie einatmen. Seine warmen Lippen so dicht an ihrer Haut zu spüren, ließ Helen erschaudern.

Sie wusste genau, wieso er das alles vor seiner Familie geheim halten musste. Der Diebstahl war nichts im Vergleich zu den Dingen, die sie gerade taten. Helen wusste natürlich, dass es nicht richtig war, neben jemandem zu liegen, mit dem sie verwandt war, aber sie schaffte es nicht, ihrem Körper das Verlangen nach Lucas auszutreiben. Matt war so etwas wie ein Bruder für sie, Orion war neu und fremd und so intensiv, dass er schon beinahe gefährlich wirkte, aber Lucas fühlte sich einfach *richtig* an. Lucas war ihr Zuhause.

Wieso war sie nur so durcheinander? Sie drängte sich sanft gegen ihn, damit er ein Stück zurückwich und sie ansah. Sie brauchte Antworten, und sie konnte nicht denken, wenn sie seinem Gesicht so nah war.

»Lucas, warum hast du die Münzen gestohlen?«

»Dieser Obolus ist nicht für Charon. Er ist für Morpheus geprägt worden, den Gott der Träume. Er wird deinen Körper ins Land der Träume befördern, sobald du einschläfst.«

»Das Land der Träume und das Reich der Toten liegen direkt nebeneinander«, sagte Helen, die jetzt begriff, warum er es getan hatte. »Du hast sie gestohlen, um mir hinabzufolgen, richtig?«

Er nickte und strich ihr mit den Fingern übers Gesicht. »Einer alten Legende zufolge lässt Morpheus einen *mitsamt dem Körper* ins Land der Träume, wenn man ihm einen Mohnblumen-Obolus bringt. Ich dachte mir, wenn ich ihm einen Handel anbiete, lässt er mich sein Land durchqueren und ermöglicht mir den Zugang zur Unterwelt. Ich wusste nicht, ob es klappen würde, aber was für eine Wahl hatte ich denn? Als ich dich Samstagmorgen auf dem Flur getroffen habe …«

»Bist du aus dem Fenster gesprungen«, erinnerte Helen ihn. Doch dann musste sie lächeln, weil ihr einfiel, dass sie mit Ariadne genau dasselbe gemacht hatte.

»Um die hier zu stehlen«, sagte er und lächelte sie an. »Ich wusste, dass es dir schlecht ging, dass es nicht geholfen hat, dich von mir fernzuhalten, und dass ich nicht länger tatenlos zusehen konnte. Ich musste hinunter in die Unterwelt und herausfinden, was wirklich los war. Orion hat mich bemerkt, als ich euch gefolgt bin, und ist von allein darauf gekommen, wer ich bin. Außerdem hat er sich halbwegs zusammengereimt, wie ich in die Unterwelt gelangt bin.«

»Halbwegs?«, hakte Helen nach.

»Er dachte, da ich ein Sohn von Apoll bin, müsste es etwas mit Musik zu tun haben. Eigentlich eine naheliegende Vermutung«, gab Lucas zu.

»Du singst wirklich toll«, sagte Helen. Sie wollte Lucas am Reden halten, nur um weiter seine Stimme zu hören. »Aber wieso Musik?«

»Orion dachte zuerst, ich hätte dasselbe gemacht wie Orpheus, der seiner toten Frau in die Unterwelt gefolgt ist und versucht hat, sie wieder ins Leben zu singen. Aber schließlich hat er die gestohlenen Münzen mit mir in Verbindung gebracht, von *Orpheus* auf *Morpheus* geschlossen und erraten, wie ich es gemacht habe. Dann hat er mir gesagt, wieso du so krank bist, und mir geraten, das hier mit dir zu versuchen.« Helen kam der Verdacht, dass noch viel mehr gesagt worden war, als Lucas zugab. »Er ist ein kluger Kopf.«

»Was? Seid ihr jetzt die besten Freunde?«, fragte Helen und hob die Brauen. Lucas schluckte schwer. Helen strich ihm besorgt über die Wange, als könnte sie die Traurigkeit wegwischen, die so plötzlich in seinem Gesicht erschienen war.

»Ich respektiere ihn. Auch wenn er nicht tun will, was ich sage.« Seine Stimme klang gequält. »Und jetzt schlaf.«

»Ich bin nicht müde«, sagte sie hastig, was ihr ein Auflachen von Lucas einbrachte.

»Du bist vollkommen erledigt! Keine Widerworte mehr«, befahl er streng, doch sein Grinsen nahm den Worten die Schärfe. »Bitte Morpheus, dir wieder Träume zu schenken. Er war sehr freundlich zu mir. Ich bin sicher, dass er auch dir helfen wird, wenn er kann.«

»Bleibst du bei mir?«, fragte Helen und sah ihn verliebt an. »Bitte bleib.«

»Solange ich es aushalten kann«, versprach er bibbernd. »Ich friere nicht leicht, aber hier ist es wirklich unerträglich kalt.«

»Was du nicht sagst.« Helen verdrehte die Augen. »Komm und halt mich warm.«

Lucas blieb auf der Bettdecke liegen und ermöglichte Helen, eine bequeme Schlafposition einzunehmen.

»Mach den Mund auf«, wisperte er.

Helen spürte, wie er zitterte, als er ihr die schwere Goldmünze unter die Zunge legte. Sie war noch warm von seinem Körper, schmeckte ein bisschen salzig und ihr Gewicht fühlte sich in Helens Mund erstaunlich angenehm an. Lucas hob die Hand und schloss sanft ihre Lider. Mit seiner Hand noch auf ihren Augen, spürte Helen, wie seine Lippen ihre Wange streiften, als er sich über sie beugte, um ihr etwas ins Ohr zu flüstern.

»Lass dich von Morpheus nicht verführen …«

Nachtblaue Seidenstreifen umgaben Helen und über ihr funkelte der Sternenhimmel. Sie war in einem Zelt, das kein Dach hatte, nur wabernde Seiten aus dunklen, glatten Tüchern, die im Takt der sanften Brise zu atmen schienen. Hier und dort erhoben sich zwischen den Zeltbahnen schmucklose dorische Säulen aus schwarzem Marmor. Matte Lichtlein tanzten durch die Gänge und schwebten in der Nachtluft herum. Als eines auf Helen zutrieb, erkannte sie, dass es kleine Kerzenflammen im Innern von schimmernden Blasen waren.

Das Gras unter ihren Füßen war mit Mohnblumen übersät, deren Blüten im Wind wippten. Trotz der Dunkelheit spürte Helen den kühlen Tau auf den Blumen und konnte die goldene Kapsel im Innern der blutroten Blüten funkeln sehen.

Etwa ein Dutzend Schritte jenseits der Stelle, an der sie die Nachtwelt betreten hatte, bedeckten seidene Laken und weiche Kissen in Mitternachtsblau, Dunkelgrau und tiefstem Purpur das größte und luxuriöseste Bett, das Helen je gesehen hatte. Darüber funkelten die Sterne. Aus den dunklen Kissenbergen tauchte plötzlich ein Paar weißer Arme auf, gefolgt von der nackten Brust eines Mannes, der sich genüsslich reckte und streckte.

»Ich habe nach dir gerufen, meine Schöne. Ich bin so froh, dass du endlich hier bist.« Seine Stimme klang vertraut. »Schönheit und Schlaf. Schlafende Schönheit. Wir sind füreinander gemacht, weißt du? Das beweisen all diese Redewendungen. Und jetzt komm und leg dich zu mir.«

Sein Tonfall hatte etwas so Verlockendes, dass Helen auf das Bett zuging. Er klang so beruhigend und angenehm, dass er das sanfteste Wesen in diesem oder irgendeinem anderen Universum sein musste.

Sie schaute in das gigantische Bett und sah Morpheus, den Gott der Träume. Er hatte die weißeste Haut, die Helen je gesehen hatte, schwarz glänzende, gewellte Haare und lange, muskulöse Arme und Beine. Sein Oberkörper war nackt, und er trug nur eine Schlafanzughose in einem dunklen Rot, das wie alle anderen Dinge in seinem Schlafpalast beinahe schwarz wirkte.

Morpheus schaute mit erschreckend weißblauen Augen, die aussahen wie flüssiges Quecksilber, zu Helen auf und schmiegte sich in die dunklen Laken. *Denn du wirst ruhen auf den Schwingen der Nacht, weißer als frischer Schnee auf eines Raben Rücken*, dachte Helen angesichts des Kontrastes zwischen seiner Haut und dem Bettzeug und fragte sich, warum ihr diese Gedichtzeilen plötzlich eingefallen waren. Wer immer sie geschrieben hatte, musste viele Nächte mit Morpheus verbracht haben.

»Dann war es *deine* Stimme in meinem Kopf«, stellte Helen fest und lächelte auf den wunderschönen Mann herab. »Ich dachte, ich würde verrückt.«

»Das wurdest du, Schönheit. Deswegen konntest du mich so klar hören. Ich habe dich immer und immer wieder gerufen, aber du hast mich ignoriert, und so bin ich schließlich gegangen. Aber jetzt komm endlich und leg dich hin«, verlangte er und streckte ihr eine seiner milchweißen Hände entgegen. »Es ist viel zu lange her, seit ich dich in meinen Armen gehalten habe.«

Helen brauchte nicht darüber nachzudenken. Sie hatte diesen Gott zwar noch nie gesehen, aber sie kannte ihn. Schließlich hatte sie fast jede Nacht ihres Lebens in seinen Armen verbracht. Es gab nichts, was Morpheus nicht über sie wusste, kein verruchtes kleines Geheimnis, das er nicht kannte, aber er schien sie trotzdem zu lieben. So, wie er sie mit seinen sternenfunkelnden Augen ansah, schien es sogar, als wäre er ganz vernarrt in sie.

Sie lächelte erleichtert, nahm seine Hand und ließ den Kopf mit einem Seufzen gegen seine glatte, mondstrahlweiße Brust sinken. Jeder Muskel ihres Körpers entspannte sich, als Wellen der Gelassenheit über sie hinwegströmten. Zum ersten Mal seit Monaten schlief Helen wieder. Wenige Momente in den Armen des Gottes wogen die langen traumlosen Wochen mehr als auf.

Morpheus brummte wohlig und streichelte Helens Gesicht. Sanft öffnete er ihre Lippen, fuhr mit zwei Fingern in den Mund und nahm die Münze an sich.

»Du hättest nicht dafür bezahlen müssen, mich zu sehen. In den vielen Stunden, die du vor und nach deinem Abstieg in die Unterwelt die Augen geschlossen hattest, hätte es dir freigestanden zu träumen. Du hättest mit all den anderen schlafenden Geistern hereinschweben können, wann immer du wolltest«, sagte er und deutete auf die verspielten Winde, die die Zeltwände bearbeiteten und gelegentlich eindrangen und seine langen, weichen Haare zerzausten. »Du kannst das besser kontrollieren, als du denkst, Helen. Du kannst auch ohne Obolus mit deinem Körper zu mir kommen.«

»Aber ich kann dich nicht besuchen«, protestierte Helen verwirrt. »Auch wenn ich nicht in der Unterwelt war, konnte ich nicht träumen.«

»Aber nur, weil du dich vor dem fürchtest, was du in deinen Träumen vorfindest, und nicht, weil dich eine äußere Kraft daran hindert. Deine Sehnsüchte verursachen dir solche Schuldgefühle, dass du dich der Sache nicht einmal im Schlaf stellen willst.« Morpheus hob Helen so hoch, dass sie ihm direkt ins Gesicht sah.

Er vergrub die Finger in ihren Haaren und breitete sie wie einen goldenen Vorhang um sich aus.

»Ich kann träumen, wann immer ich will?«, fragte Helen, obwohl sie die Antwort längst kannte. Seit Helen erfahren hatte, dass Lucas ihr Cousin war, hatte sie bewusst entschieden, nicht mehr zu träumen. Sie hatte es sich nur nie eingestanden.

»Meine Schönheit. Ich hasse es, jemanden so leiden zu sehen, vor allem dich. Bleib bei mir und sei meine Königin, dann lasse ich all deine Träume wahr werden.«

Das Gesicht und der Körper unter ihr verwandelten sich in eine vertrautere Form. Helen schnappte nach Luft und wich zurück. Es war Lucas, der sich aufsetzte und sanft nach ihren Armen griff.

»Ich kann Lucas sein, sooft du willst, und du brauchst keine Schuldgefühle zu haben, weil ich es nicht wirklich bin«, sagte er und zog Helen an sich. Sie ließ es geschehen, denn es war schließlich nur ein Traum. Sie ließ die Hände über seine Brust gleiten und erlaubte ihm, sie zart zu küssen. »Ich kann aber auch jeder andere sein. Wie dieser andere, den du so sehr willst. Vielleicht sogar noch mehr ...«

Helen spürte, wie der Mund an ihren Lippen voller und weicher wurde und wie sich die nackten Schultern unter ihren Händen vergrößerten. Sie öffnete die Augen und stellte fest, dass Orion sie küsste. Helen befreite sich und fragte sich, was Morpheus damit bezweckte. Er kannte ihre geheimsten Träume, also wieso hatte er Lucas in Orion verwandelt?

Helen musste unwillkürlich lachen, als er sie angrinste und in die Seite knuffte. Er war so *witzig,* und mit ihm zusammen zu sein war so unkompliziert. Bei Lucas konnte sie die sein, die sie war, aber bei Orion konnte sie jede Person sein, die sie wollte. Diese Vorstellung war zu schön.

Doch dann verschwand die ausgelassene Stimmung so schnell, wie sie gekommen war, und Orions Gesicht wurde ernst.

Plötzlich verstand Helen Lucas' Warnung. Sie durfte sich nicht verführen lassen, denn dann würde sie dieses Bett nie wieder verlassen. Obwohl es ihr schwerfiel, schüttelte Helen den Kopf und hinderte Orion auf diese Weise daran, sie zu küssen. Morpheus nahm wieder seine eigene Gestalt an und stützte sich mit einem jungenhaften Seufzer auf beide Ellbogen.

»Du bist wirklich verführerisch«, sagte Helen traurig.

Einen Moment lang dachte sie darüber nach, wie es wäre, für immer bei Morpheus in seinem Traumpalast zu bleiben. Sie fuhr mit den Fingern durch sein Haar und schuf aus seinen Locken ein Mitternachtszelt um ihre Gesichter, wie er es nur Momente zuvor mit ihren sonnenblonden Haaren getan hatte.

»Aber ich kann nicht bleiben«, sagte sie, schob ihn weg und setzte sich auf. »Es gibt zu viele Dinge auf der Welt, die ich noch erreichen muss.«

»Gefährliche Dinge«, warnte er mit echter Besorgnis. »Ares sucht im Schattenland nach dir.«

»Weißt du auch, wieso er mich sucht?«

»Du weißt, warum.« Morpheus lachte leise auf. »Er beobachtet deine Fortschritte. Was du hier in der Unterwelt tust, wird viele Leben verändern, darunter auch ein paar unsterbliche. Ob die Veränderungen zum Besseren oder zum Schlechteren sein werden, vermag niemand zu sagen.«

»Wie ist Ares hierhergekommen, Morpheus? Hilft Hades ihm dabei, den Waffenstillstand zu brechen?« Helen war überzeugt, dass Morpheus ehrlich antworten würde.

»Die Unterwelt, das trockene Land und das Schattenland sind kein Teil des Waffenstillstands. Die zwölf Götter des Olymp dürfen die Erde nicht betreten, aber das ist der einzige Schwur, den sie geleistet haben. Viele kleinere Götter treiben sich auf der Erde herum und alle Götter kommen und gehen von hier auf den Olymp … und an andere Orte.« Morpheus runzelte nachdenklich die Stirn, aber dann wandte er sich wieder Helen zu und nahm sie in die Arme. »Bleib bei mir. Hier in meinem Reich kann ich dich beschützen, draußen nicht. Ich sehe alle Träume, auch die der anderen Götter, und ich weiß, dass Ares kaum mehr als ein Tier ist. Sein einziger Lebenszweck ist es, Leid und Zerstörung anzurichten, und er will dir unbedingt Schaden zufügen.«

»Er ist ein Widerling, da hast du vollkommen recht. Aber ich kann *trotzdem* nicht bleiben und mich bei dir verstecken.« Helen stöhnte, denn sie ahnte schon jetzt, dass sie sich später noch für diese Entscheidung verfluchen würde. »Egal, wie gefährlich es ist – ich muss zurück.«

»Meine tapfere Schöne.« Der Gott der Träume lächelte bewundernd auf sie herab.

»Wirst du mir helfen, Morpheus?«, fragte Helen und streichelte über seine glänzenden Haare. »Ich muss zurück in die Unterwelt. Es haben schon zu viele zu lange gelitten.«

»Ich weiß.« Morpheus schaute weg, während er Helens Bitte überdachte. »Es steht mir nicht zu, darüber zu urteilen, ob deine

Mission gut oder schlecht ist, aber auf jeden Fall bewundere ich deinen Mut, sie in Angriff zu nehmen. Ich hasse es, dich gehen zu lassen, aber ich verstehe die Gründe, aus denen du gehst.«

Helen wusste zwar, dass sie es womöglich übertrieb, aber sie entschied, es zu riskieren und einen weiteren Gefallen zu erbitten.

»Weißt du, welchen Fluss Persephone gemeint hat? Den, dessen Wasser ich brauche, um die Furien zu befreien?«, fragte sie. Morpheus neigte den Kopf zur Seite, als versuchte er, sich an etwas zu erinnern.

»Ich glaube, ich *wusste* es mal«, sagte er mit einem verwunderten Stirnrunzeln. »Aber jetzt nicht mehr. Tut mir leid, Schönheit, ich habe es vergessen. Du wirst es selbst herausfinden müssen.«

Morpheus küsste ihre Nasenspitze und wälzte sich aus dem Bett. Dann drehte er sich um, hob sie mühelos aus den zerknitterten Laken und setzte sie mit einem Ausdruck des Bedauerns auf dem kühlen Rasen ab. Hand in Hand schlenderten sie gemächlich durch seinen Palast.

Sie kamen an vielen Räumen mit fantastischen Traumbildern vorbei. Helen sah Wasserfälle in allen nur erdenklichen Farben, gepanzerte Drachen, die unermessliche Reichtümer bewachten und aus deren Nüstern Feuer sprühte, und geflügelte Elfen, die um die schwebenden Lichtlein herumtanzten. Aber der atemberaubendste Raum war eine riesige funkelnde Höhle, in der Berge aus Münzen dicht an dicht lagen.

Über jedem Berg schwebte eine große gemauerte Röhre schwerelos am Nachthimmel. Manche schienen einige Hundert

Jahre alt zu sein und waren moosbedeckt, andere sahen ziemlich neu und modern aus.

»Was ist das für ein Ort?«, fragte sie staunend. Die Höhle schien kein Ende zu nehmen – jedenfalls erstreckte sie sich so weit in die Dunkelheit, dass sie kein Ende sehen konnte.

»Hast du noch nie eine Münze in einen Brunnen geworfen und dir etwas gewünscht?«, fragte Morpheus. »Alle Wunschbrunnen der Vergangenheit und Gegenwart münden ins Land der Träume. Eigentlich ist das ein Irrtum. Ich kann den Menschen ihre Träume im richtigen Leben nicht erfüllen, auch wenn sie mich mit noch so viel Geld überschütten. Ich kann ihnen bloß die schönsten Bilder ihrer Wünsche zeigen, wenn sie schlafen. Ich versuche, sie so real zu machen, wie ich kann.«

»Das finde ich sehr anständig von dir.«

»Nun, ich finde, es gehört sich nicht, das Geld der Menschen zu nehmen, ohne ihnen etwas Anständiges dafür zu geben«, sagte er mit einem verschlagenen Grinsen. »Und das alles könnte von nun an dir gehören, das weißt du, oder?«

»Ehrlich?«, fragte Helen und hob eine Braue. »Dein warmes Bett war verlockender als alle Goldmünzen der Welt.«

Wie auf ein Stichwort hörte Helen etwas klimpern und sah, wie sich einer der Riesenhaufen bewegte, um einen weiteren glitzernden Wunsch willkommen zu heißen.

»Das schmeichelt mir aber sehr.«

Morpheus führte sie aus der Wunschbrunnenhöhle und aus dem Palast. Unter einem Vordach blieben sie stehen, und Helen ließ den Blick über den Palastgarten bis zu einem großen Baum schweifen, der ganz allein inmitten einer riesigen Ebene stand.

»Hinter diesem Baum beginnt das Land der Toten. Stell dich unter die Äste und sag Hades, dass du nicht vorhast, seine Königin zu entführen. Wenn du es ernst meinst, wird er dich nicht daran hindern, die Unterwelt zu betreten.«

»Woher will er wissen, dass es mir ernst ist?«, fragte Helen verwundert. »Ist Hades ein Falschfinder?«

»In gewisser Weise schon. Er kann den Menschen ins Herz sehen – eine absolut notwendige Begabung für den Herrscher über die Unterwelt. Er muss in der Lage sein, die Seelen der Toten zu beurteilen und zu entscheiden, welche weitergeschickt werden.« Morpheus erklärte ihr dies mit einem Lächeln, das Helen nicht deuten konnte.

»Was genau meinst du damit?«, fragte sie angesichts seiner unerklärlichen Miene. Aber Morpheus schüttelte nur den Kopf und lächelte. Er begleitete sie bis zu dem großen Baum.

»Wenn du direkt unter dem Baum stehst, tu, was du willst, aber sieh auf keinen Fall nach oben in die Zweige«, warnte er sie ernst.

»Warum nicht?«, fragte Helen, die sich vor der Antwort fürchtete. »Was ist in den Zweigen?«

»Albträume. Beachte sie nicht, dann können sie dir nichts tun.« Bedauernd ließ er ihre Hand los. »Ich muss dich jetzt verlassen.«

»Wirklich?«, fragte Helen und warf einen ängstlichen Blick auf den Albtraumbaum. Morpheus nickte und begann, sich zu entfernen. »Aber wie komme ich wieder nach Hause?«, fragte sie, bevor er zu weit weg war.

»Du brauchst nur aufzuwachen. Und Helen«, rief er noch, als wollte er sie warnen. »Denk in den kommenden Tagen immer daran, dass Träume zwar wahr werden, das Träumen aber schwerfällt.«

Morpheus verschwand zwischen den Sternen und den schwebenden Lichtern auf dem dunklen Rasen. Ohne ihn fühlte Helen sich plötzlich sehr allein. Sie betrachtete den Albtraumbaum und ballte entschlossen die Fäuste. Je schneller sie es hinter sich brachte, desto besser. Mit gesenktem Blick trat sie unter das Geäst.

Sofort spürte Helen, dass sich eine Unmenge *Dinge* über ihr bewegten. Sie hörte fremdartige Laute und das Kratzen von Krallen, als die schattenhaften Kreaturen im Baum herumhuschten. Die Zweige raschelten und bebten, und schließlich knarrten sie unheimlich, denn die Albträume sprangen immer hektischer von einem Ast zum nächsten, in dem verzweifelten Bemühen, ihre Aufmerksamkeit auf sich zu lenken.

Helen musste sich zusammenreißen, nicht nach oben zu sehen. Einen Moment lang spürte sie, wie sich einer von ihnen herunterbeugte und direkt vor ihrem Gesicht hing. Sie fühlte seine drohende Anwesenheit und wie er sie anstarrte. Helen zwang sich wegzuschauen und biss die Zähne zusammen, damit sie nicht vor Angst aufeinanderschlugen. Sie holte tief Luft und sah hinüber in die Unterwelt.

»Hades! Ich verspreche, dass ich nicht versuchen werde, Persephone zu befreien«, brüllte Helen hinaus in das öde Land.

Sosehr Helen es hasste, jemanden seinem Schicksal zu überlassen, wusste sie doch auch, was sie zu tun hatte. Persephone war eine von den Prinzessinnen, die selbst zusehen mussten, wie sie auch ohne einen Ritter in schimmernder Rüstung aus dem

Burgturm kamen. Aber das bedeutete nicht, dass es Helen gefallen musste.

»Aber ich *empfehle dringend*, dass du das Richtige tust und sie selbst freilässt«, fügte sie hinzu.

Die Albträume verstummten. Helen hörte Schritte vor sich, als käme jemand auf sie zu, aber sie hielt die Augen trotzdem weiter auf den Boden gerichtet, falls es nur ein Trick war.

»Was weißt du von richtig oder falsch?«, fragte eine unerwartet freundliche Stimme.

Helen wagte es aufzuschauen, denn sie hatte das Gefühl, dass die Albträume verschwunden waren. Vor ihr stand ein sehr großer, kräftiger Mann. Die Schatten, die ihn einhüllten, sahen aus wie große Hände, die nach dem Licht griffen. Diesen Effekt hatte Helen schon vorher gesehen. Es war dieselbe bösartige Dunkelheit, mit der sich die Schattenmeister umgaben. Doch dann verzog sich die Dunkelheit plötzlich und Helen konnte Hades erkennen, den Herrn über das Totenreich.

Er war in eine schlichte schwarze Toga gekleidet. Eine Kapuze verbarg seine Augen und darunter bedeckten die Wangenplatten seines glänzenden schwarzen Helms fast das ganze Gesicht mit Ausnahme der unteren Hälfte seiner Nase und des Mundes. Helen erinnerte sich, einmal gelesen zu haben, dass der Helm Hades unsichtbar machen konnte und der Helm der Dunkelheit genannt wurde.

Ihr Blick huschte von dem, was sie nicht sehen konnte, zu seinem restlichen Körper. Hades war beeindruckend groß und bewegte sich sehr anmutig. Er trug seine Toga elegant über den nackten muskulösen Arm drapiert und seine Lippen waren voll und leuchtend rot. Obwohl ein Großteil seines Gesichts verdeckt war, sah der Rest von ihm gesund und jugendlich aus. Helen konnte den Blick nicht von ihm abwenden.

»Was weiß jemand, der so jung ist wie du, über Gerechtigkeit?«, fragte er, während Helen ihn immer noch anstarrte.

»Nicht viel, schätze ich«, antwortete sie schließlich verlegen, denn sie war immer noch damit beschäftigt, seinen Anblick zu verarbeiten. »Aber sogar ich weiß, dass es falsch ist, eine Frau vor der Welt wegzusperren. Vor allem in der *heutigen* Zeit.«

Verblüffenderweise musste Hades lächeln und Helen entspannte sich etwas. Diese Reaktion ließ ihn irgendwie zugänglicher und menschlicher erscheinen.

»Ich bin nicht das Ungeheuer, für das du mich hältst, Nichte«, versicherte Hades ernsthaft. »Ich habe zugestimmt, meinem Eid treu zu bleiben und der Herr der Toten zu sein, aber dieser Ort ist gegen die Natur meiner Frau. Sie kann hier stets nur ein paar Monate überleben.«

Das wusste Helen. Er hatte seine Position als Herrscher über das Totenreich nur zufällig erlangt. Während seine Brüder die Meere und den Himmel zwischen sich aufgeteilt hatten, war er in die Unterwelt verbannt worden. An den einzigen Ort, an dem die Liebe seines Lebens nicht lange überleben konnte. Es war tragisch, eine schreckliche Ironie des Schicksals, aber es war dennoch seine Entscheidung, Persephone gefangen zu halten – auch wenn die Parzen ihm dieses Blatt gegeben hatten.

»Warum zwingst du sie dann hierzubleiben, wenn du doch weißt, dass sie darunter leidet?«

»Wir alle brauchen Freude in unserem Leben, einen Grund

zum Weitermachen. Persephone ist meine einzige Freude, und wenn wir zusammen sind, bin ich ihre Freude. Du bist jung, aber ich glaube, du weißt, wie es sich anfühlt, von dem getrennt zu sein, den du liebst.«

»Es tut mir für euch beide leid«, sagte Helen traurig. »Aber ich finde trotzdem, dass du sie gehen lassen solltest. Lass ihr die Würde, selbst zu entscheiden, ob sie bei dir bleiben will oder nicht.«

Das Komische war, dass Helen spüren konnte, wie Hades bei ihrer kleinen Ansprache jeder ihrer Gefühlsregungen gefolgt war. Sie wusste, dass er in ihrem Herzen lesen konnte, aber sie konnte nicht entscheiden, ob die Tatsache, dass er am Tag ihres Todes noch einmal über ihr Herz urteilen würde, sie ängstigen oder freuen sollte.

»Du darfst hinabsteigen, wann immer du willst, Nichte«, sagte er großzügig. »Aber ich *empfehle dringend*, dass du dein Orakel befragst, was es von dieser Mission hält.«

Helen spürte, wie sie von seiner Riesenhand sanft hochgehoben und vorsichtig in ihr eigenes Bett gelegt wurde. Später wachte sie in ihrem Zimmer auf, halb erfroren und mit Eiskristallen bedeckt, aber zum ersten Mal seit langer Zeit auch richtig ausgeschlafen. Der Platz neben ihr im Bett war leer.

Lucas war gegangen und insgeheim war Helen froh darüber. Neben ihm aufzuwachen, wäre für sie beide hart gewesen, vor allem nach ihrem Erlebnis mit Morpheus.

Als Helen daran zurückdachte, überfielen sie heftige Schuldgefühle, obwohl sie sich einzureden versuchte, dass das keinen Sinn ergab. Sie konnte Lucas gar nicht mit Orion betrügen, weil sie überhaupt nicht mit Lucas zusammen sein durfte. Es war vollkommen egal, wer sich wie für sie anfühlte. Sie und Lucas würden nie ein Paar werden.

Sie musste sich damit abfinden. Manche Leute waren eben nicht dazu bestimmt, glücklich vereint bis an ihr seliges Ende zu leben, egal, was sie füreinander empfanden. Hades und Persephone waren das perfekte Beispiel dafür. Hades hatte ihr erzählt, dass er und Persephone die Freude des anderen waren, aber sie waren dennoch beide unglücklich. Ihre »Liebe« zwang sie, in Gefängnissen zu leben, in denen der eine halb tot war, wenn sie zusammen waren, und der andere halb tot, wenn sie getrennt waren. Das war keine Freude. Freude war das Gegenteil von einem Gefängnis. Sie öffnete das Herz, anstatt es einzuschließen. Freude war Freiheit und nicht Traurigkeit, Verbitterung und Hass …

Helen hatte einen Geistesblitz.

Sie warf die steif gefrorene Decke von sich, stolperte auf ihren kalten Beinen zum Schreibtisch und schnappte nach dem Handy.

Ich glaube, ich weiß, was die Furien brauchen, simste sie Orion. *Freude. Wir müssen zum Fluss der Freude. Triff mich heute Nacht.*

Daphne schenkte den Wein ein und ermahnte sich, fest auf beiden Beinen zu stehen wie die große schwere Frau, die sie zurzeit darstellte, und nicht auf einem Bein, wie sie es normalerweise ganz gerne tat. Der schwere Körper war eine Last für sie und verursachte ihr Rückenschmerzen. Sie war fast eins achtzig groß und wog über hundert Kilo, und es war nicht leicht, ihr inneres Bewusstsein auf dieses Körpergewicht umzustellen.

Sie versuchte, ein Gähnen zu unterdrücken. Ein Konzil war nie besonders amüsant, aber in der Gestalt von Mildred Delos' weiblichem Leibwächter daran teilzunehmen, war ziemlich anstrengend – nicht nur wegen des zusätzlichen Gewichts, sondern weil Mildred Delos ein echtes Miststück war. Sie überreagierte *grundsätzlich* – wie ein ängstlicher kleiner Köter, der ständig knurrt und kläfft, weil er weiß, dass er von viel größeren Tieren umgeben ist, die ihn liebend gern als Imbiss verspeisen würden.

»Scylla! Haben Sie etwa den Pinot Gris aufgemacht?«, fauchte Mildred gereizt. »Ich sagte *Grigio*, nicht *Gris*. Das ist eine ganz andere Traube.«

»Mein Fehler«, sagte Scylla alias Daphne gelassen. Sie kannte den Unterschied zwischen beiden Weinen und hatte sie mit Absicht vertauscht. Es machte einfach zu viel Spaß, Mildred zu reizen. »Soll ich den Grigio aufmachen?«

»Nein, dieser hier tut es auch«, entschied Mildred herablassend. »Und jetzt gehen Sie und stellen sich irgendwo hin. Ich kann es nicht leiden, wenn Sie die ganze Zeit um mich herum sind.«

Daphne stellte sich an die Wand. Mildred konnte so viel knurren, wie sie wollte, aber damit täuschte sie niemanden. Seit Kreons Tod war sie nutzlos. Sie hatte kein Scion-Kind mehr, das ihr eine Stellung unter den Hundert verlieh, und wenn sie kein weiteres Kind von Tantalus bekam, würde sie entmachtet bleiben – nicht mehr als eine kleine Fußnote in der langen Geschichte des Hauses von Theben. Mildred war eine ehrgeizige Frau, und Daphne wusste, dass sie versuchen würde, möglichst bald wieder schwanger zu werden. Und das erforderte die Anwesenheit ihres Ehemanns.

Hätte es einen anderen Weg gegeben, Tantalus wiederzufinden, hätte Daphne ihn nur zu gern beschritten, aber das Konzil als Mildreds Leibwache zu infiltrieren, schlug zwei Fliegen mit einer Klappe. Daphne musste anwesend sein für den Fall, dass sie etwas tun konnte, um Castor und Pallas dabei zu unterstützen, Automedon von ihrer Tochter fernzuhalten.

Castor und Pallas wussten natürlich nicht, dass sie da war oder dass Hector ein paar Nächte pro Woche in einem von Daphnes sicheren Häusern in Manhattan übernachtete, aber das spielte keine Rolle. Nachdem Daphne nun schon über ein Jahrzehnt von den Furien befreit und in der Lage war, in den Körper jeder Frau zu schlüpfen, den sie wollte, hatte sie schon immer die Fähigkeit besessen, andere Häuser von innen heraus zu beeinflussen. Sobald Castor und Pallas ihrer Tochter Automedon vom Hals geschafft hatten, würde Daphne Tantalus endlich töten können.

Mildreds Handy klingelte. Sie schaute aufs Display und meldete sich hastig.

»Tantalus. Hast du meine Aufzeichnungen bekommen?«, fragte Mildred mit einer etwas schrilleren Stimme als sonst.

Sie hatte Tantalus Mitschnitte der täglichen Treffen geschickt, und obwohl Telefonate verboten waren, rief er sie jeden Abend mit detaillierten Instruktionen an. Daphne konnte beide Seiten ihrer Unterhaltung hören, denn Tantalus musste laut sprechen, damit seine menschliche Frau ihn hörte, was definitiv laut genug für jeden Scion war, selbst wenn er sich am anderen Ende des Zimmers befand. Bis jetzt hatte Tantalus seiner Frau nicht gesagt, wo er sich aufhielt, und sie hatte nicht danach gefragt. Anscheinend vertrauten sie niemandem diese Information an, nicht einmal Mildreds Leibwächter.

»Ja, habe ich«, antwortete er kalt. »Die bezeichnen mich immer noch als Ausgestoßenen. Dagegen solltest du etwas unternehmen.«

»Wie denn? Die Hundert hören nicht mehr auf mich. Jetzt hören sie nur noch auf Castor, und seit er herausgefunden hat, dass du ausgestoßen bist, spricht er es offen aus. Du hast viele Anhänger verloren«, informierte sie ihn vorwurfsvoll. »Und so wie die Dinge stehen, kann ich nichts dagegen unternehmen.«

»Nicht schon wieder«, seufzte er. »Unser Sohn ist kaum einen Monat tot und schon willst du ihn ersetzen.«

Es folgte ein langes, unbehagliches Schweigen.

»Automedon reagiert nur schleppend auf meine Anrufe«, sagte Tantalus knapp. »Und wenn er sich meldet, hat er immer irgendeine wenig zufriedenstellende Ausrede.«

»Nein«, stieß Mildred aus und erhob sich halb von ihrem Stuhl. »Was soll das heißen?«

Daphne musste sich bemühen, ein ausdrucksloses Gesicht zu wahren. Myrmidonen waren absolut zuverlässige Krieger. Sie ignorierten *niemals* ihre Befehle.

»Ich bin nicht sicher«, seufzte Tantalus. »Es muss nichts bedeuten, es kann aber auch sein, dass er für jemand anderen arbeitet. Vielleicht hat er schon einem anderen Meister gedient, als ich ihn verpflichtet habe. Auf jeden Fall glaube ich, dass ich ihn nicht mehr unter Kontrolle habe und ihn nicht davon abhalten kann, Helen zu töten, falls es das ist, was sein anderer Meister will. Das *darf* nicht passieren, sonst bin ich ein toter Mann. Daphne hat geschworen …«

»Musst du sie immer wieder erwähnen?«, fuhr Mildred ihn an und zog in bitterer Verachtung die Oberlippe kraus. »Tust du das, nur um ihren Namen zu sagen?«

»Halte Augen und Ohren offen, *Frau*«, warnte Tantalus streng. »Oder ich lebe nicht mehr lange genug, um dir den Scion-Nachwuchs zu geben, den du brauchst, um deinen Thron zurückzubekommen.«

12

er Morgen an Halloween war bedeckt und diesig, wie
es sich gehörte. Die bunten Farben des Herbstes ho-
ben sich von einem Hintergrund aus bedrohlichen
dunklen Wolken ab wie auf der Leinwand eines Künstlers. Es
war kalt. Nicht so kalt, dass man es draußen nicht aushielt, aber
doch kalt genug, um sich zum Mittagessen eine heiße Suppe zu
wünschen.

Helen verschickte eine SMS an die Familie Delos, um sie zu
informieren, dass Hades eingewilligt hatte, sie wieder in die Unterwelt zu lassen, und dass sie außer Lebensgefahr war. Sie erwähnte jedoch nicht den Obolus von Lucas und auch nicht die
Einzelheiten ihrer Begegnung mit Morpheus. Sie wollte es Lucas
überlassen, was sie davon der Familie sagen würden.

Ein paar von ihnen antworteten, weil sie wissen wollten, wie sie
es nach der Verbannung geschafft hatte, wieder in der Unterwelt
geduldet zu werden, aber sie reagierte nicht darauf, sondern fragte
stattdessen, woher die Schattenmeister ihre Begabung hatten.

*Sie hat sich im Mittelalter entwickelt und ist seitdem im Haus von
Theben verbreitet*, antwortete Cassandra.

Das bedeutete, dass die Fähigkeit nur rund tausend Jahre alt war. Für Normalsterbliche war das eine lange Zeit, aber nicht für Scions, die ihre Vorfahren rund viermal so weit zurückverfolgen konnten. *Okay. Aber woher kommt sie?*

Niemand wusste es.

Helen zog sich an, suchte ihre Schulsachen zusammen und ging nach unten, um ihrem Vater Frühstück zu machen. Jerry hatte bereits einen Tag als Hexe in seinem Kleid verbracht und dabei festgestellt, dass daran nur eines peinlich war – die Tatsache, dass er sich mit seinem Kostüm nicht *genug* Mühe gegeben hatte. Nachdem er von diversen Kunden gute Ratschläge bekommen hatte, wie er es verbessern konnte, beschloss er, seinem Outfit den letzten Schliff zu verleihen. Er trug jetzt zu seinem Kleid noch ein Korsett, blauen Lippenstift, Ohrclips und spitze Stiefel.

»Dad. Ich finde, wir sollten uns mal über deinen Klamottengeschmack unterhalten«, sagte Helen mit gespielter Ernsthaftigkeit, als sie ihm Kaffee einschenkte. »Nur weil die anderen Kinder so rumlaufen ...«

»Ich weiß, ich weiß«, wehrte er ab und grinste auf seinen Frühstücksteller mit gebratenem Speck. »Aber ich kann mich unmöglich von Mr Tanis vom Eisenwarenladen übertrumpfen lassen. Er hat sich dieses Jahr als Pirat verkleidet und du solltest seine Perücke sehen! Die muss ein Vermögen gekostet haben. Und vom Kino an der Ecke wollen wir gar nicht erst reden. Die verteilen jeden Abend kostenlos Popcorn. Natürlich ist das Popcorn von Kate viel besser, aber wir müssen Geld dafür verlangen.«

Helen aß ihre Kürbispfannkuchen – die letzten für dieses Jahr –, trank ihren Kaffee und hörte zu, wie sich ihr Vater beschwerte, obwohl sie genau wusste, dass er in seinem Kostüm jede Minute in vollen Zügen genoss. Sie fühlte sich beinahe wohl. Sie hatte keine Kopfschmerzen, die Augen tränten nicht und zum ersten Mal seit Wochen tat ihr nicht mehr alles weh. Sie war zwar nicht gerade glücklich, aber zumindest verspürte sie ein friedliches Gefühl in sich.

Diese Gefühl hing zum Teil damit zusammen, dass Helen überzeugt war, noch jemanden im Raum zu fühlen. Aber jetzt machte ihr das keine Angst mehr. Es beruhigte sie sogar. Sie hatte vergessen, Morpheus zu fragen, ob er die »unsichtbare Sonne« war, die sie spürte, aber als sie das letzte Mal diese Empfindung gehabt hatte, war gleichzeitig seine Stimme zu hören gewesen, also konnte es eigentlich nur er sein.

»Helen?«, sagte Jerry und sah sie erwartungsvoll an.

»Ja, Dad?« Ihre Gedanken waren schon wieder auf Wanderschaft gegangen.

»Kannst du vielleicht nach der Schule im Laden helfen?«, fragte er. »Louis würde gerne mit Juan und der kleinen Marivi eine Süßes-oder-Saures-Runde drehen. Es wäre das erste Mal für seine Tochter …«

»Natürlich! Kein Problem!«, beteuerte Helen schuldbewusst. »Sag Louis, dass ich ihm viel Spaß wünsche. Ich werde da sein.«

Sie hatte von Morpheus geträumt. Oder dachte sie eigentlich an Lucas … oder an Orion? Ihre Wangen wurden so rot, dass sie zu pochen anfingen. Hastig stand sie vom Tisch auf und raffte ihre Schulsachen zusammen.

345

»Bist du sicher, dass es dir gut geht?«, fragte Jerry zweifelnd, als er zusah, wie sie ihre Bücher in die Tasche stopfte und ihr Handy auf neue Nachrichten überprüfte. Claire hatte eine SMS geschickt.

»Ja, mir geht's gut«, antwortete Helen abgelenkt. Claire würde nicht kommen, um sie abzuholen, weil man sie verpflichtet hatte, schon früh in der Schule zu erscheinen und bei der Dekoration für Halloween zu helfen. »So ein Mist. Ich muss mit dem blöden Rad fahren«, stöhnte Helen und verzog auf dem Weg zur Hintertür angewidert das Gesicht.

»Bist du sicher, dass du kommen kannst …?«

»Ja! Ich werde da sein«, fiel Helen ihm gereizt ins Wort. Widerwillig holte sie ihr uraltes Fahrrad aus der Garage und musste feststellen, dass es im vergangenen Monat deutlich mehr Rost angesetzt hatte, als wissenschaftlich zu erklären war.

»Viel Spaß in der Schule«, rief ihr Vater ihr nach.

Helen verdrehte die Augen, dachte: *Ja, den werde ich ganz bestimmt haben*, und radelte los. Sie war nur noch knapp einen Block von der Schule entfernt, als sie von einem Autofahrer beinahe von der Straße gedrängt wurde. Um nicht von dem Raser gestreift zu werden, musste sie auf den unbefestigten Randstreifen ausweichen und auch noch durch die größte aller Schlammpfützen fahren.

Ein Schwall öligen Wassers klatschte auf ihre Beine und durchweichte sie von der Hüfte abwärts. Helen trat hart auf die Bremse und brauchte einen Moment, um zu begreifen, was los war. Sie konnte nicht fassen, dass sie so viel von der eisigen Schlammbrühe abbekommen hatte.

Sie warf einen Blick in die Pfütze. Im Wasser dümpelte ein totes Eichhörnchen herum. Sie schnupperte an ihren Sachen und tatsächlich, sie mieften definitiv nach Verwesung.

»Unfassbar«, murmelte Helen vor sich hin. Normalerweise war sie nicht so ungeschickt, vor allem nicht nach einer Nacht voller Träume, und sie konnte nicht glauben, dass ihr so etwas passierte.

Sie warf einen Blick auf die Uhr und sah, dass sie nicht umkehren und sich umziehen konnte. Dann würde sie zu spät kommen und dafür zum Nachsitzen verdonnert werden. Aber sie hatte versprochen, gleich nach der Schule die Schicht von Louis zu übernehmen. Helen entschied, lieber den ganzen Tag nach Eichhörnchen zu stinken, als zwei kleinen Kindern Halloween zu vermiesen. Außerdem waren die zwei wirklich total süß.

Helen seufzte und wollte wieder losfahren, was aber nicht ging, weil ihr Vorderreifen platt war. Als sie das Bein zum Absteigen über den Sattel schwang, hörte sie etwas reißen.

Irgendwie war der Saum ihrer Jeans in die Kette geraten und sie hatte fast das ganze Hosenbein aufgerissen. Helen verlagerte hastig ihr Gewicht, um die Jeans nicht noch mehr zu zerfetzen, aber dann rutschte sie auf ein paar Kieseln aus und landete der Länge nach in der Pfütze. Das Rad landete auf ihr und hinderte sie am Aufstehen. Ihre Superkräfte führten dazu, dass sich der Rahmen vollkommen verbog.

»Verdammt! Was geht hier eigentlich vor?«, sagte Helen wütend. Sie hörte ein zwitscherndes Lachen und musste feststellen, dass auf der anderen Straßenseite eine groß gewachsene, dünne Frau stand und ihr grinsend zusah.

Helen merkte sofort, dass mit dieser Frau etwas nicht stimmte. Sie hatte hohe, geschwungene Wangenknochen und gewellte weißblonde Haare, die ihr bis zu den Kniekehlen reichten. Im ersten Moment hielt Helen sie für einen Filmstar, denn mit ihren Gesichtszügen und den langen Haaren hätte sie wunderschön sein müssen. Aber das verächtliche Grinsen auf ihren Lippen und ihr ausdrucksloser, schlangenartiger Blick machten sie richtig hässlich. So schön ihr Körper auch sein sollte, der verseuchte Geist in ihr machte sie so abstoßend, dass man sie kaum ansehen konnte.

»Wer sind Sie?«, rief Helen. Der Anblick der Frau bereitete ihr eine Gänsehaut.

Die Frau schüttelte aber nur den Kopf und wackelte damit hin und her wie eine Kobra, die ohne jede Gefühlsregung eine nichts ahnende Maus anvisiert. Dann brach sie den Augenkontakt ab und hüpfte davon. Helen starrte ihr entsetzt nach und dachte: *Wieso hüpft die denn?*

Helen befreite sich sehr vorsichtig aus der widerlichen Pfütze für den Fall, dass darin womöglich noch eine Bärenfalle verborgen war, und setzte sich neben ihr kaputtes Fahrrad. Ihr war klar, dass es kein Halloween-Kostüm gewesen war, was sie gerade gesehen hatte, und dass ihr kleiner Unfall kein Zufall gewesen war. Gerade war etwas Merkwürdiges geschehen, aber sie hatte keine Ahnung, was.

Helen hob sich ihr demoliertes Rad auf die Schulter und ging den Rest des Schulwegs zu Fuß. Sie ließ das Rad in der Nähe der Fahrradständer fallen und betrat die Aula genauso nass und dreckig, wie sie aus der Pfütze gekommen war.

Etliche der anderen Schüler waren kostümiert und mehr als einer trug zerrissene Jeans und war mit unechtem Schmutz versehen. Aber es war trotzdem nicht zu übersehen, dass Helen triefnass war, fror und mit echtem Schlamm bedeckt war. Schockierte Blicke folgten ihr auf dem Weg zu ihrem Platz. Matt und Claire richteten sich erschrocken auf, als sie sie sahen. Helen flüsterte ihnen zu: »Ich bin okay.« Matt ließ sich wieder auf seinen Platz zurückrutschen, war aber immer noch beunruhigt.

»Helen? Darf ich annehmen, dass diese Duftnote, die meine Nase umweht, ein integraler Bestandteil deines Halloween-Kostüms ist?«, fragte Hergie auf seine übliche humorvolle Art. »Vielleicht so etwas wie ›Zombies letzte Versuchung‹?«

»Ach, ich dachte, ich nenne es lieber ›Eau de toter Pups‹«, antwortete sie genauso cool wie er. Normalerweise war Helen respektvoller, aber sie verspürte den Drang, Hergie ein bisschen zu ärgern.

»Bitte geh in den Waschraum und sieh zu, dass du den Gestank loswirst. Ich bewundere deine Kreativität, aber dein Kostüm lenkt zu sehr vom Unterricht ab. Schließlich gibt es an dieser Institution ein paar Schüler, die etwas *lernen* wollen«, wies er sie grinsend an. Helen grinste zurück. Hergie war wirklich einzigartig. »Ich werde dir einen Freistundenpass ausstellen …«

»Aber, Mr Hergesheimer, ich habe keine Sachen zum Wechseln dabei. Ich werde Hilfe brauchen …«

»Ich habe nichts anderes erwartet. Also einen Pass für dich und einen für deine Sitznachbarin.« Er riss zwei der unbezahlbaren Papierstreifen ab, die es Helen und Claire erlaubten, sich

349

die nächsten zwei Stunden ungehindert auf allen Fluren herumzutreiben.

Claire sah aufgeregt zu Helen hinüber und versuchte erfolgreich, nicht loszukreischen. Die beiden standen von ihren Plätzen auf und nahmen mit bescheiden gesenkten Köpfen ihre Pässe entgegen. Einen Freistundenpass von Hergie zu bekommen, war so, als würde man zum Ritter geschlagen. Es machte einen zwar nicht reich, aber man konnte den Rest des Schuljahrs damit angeben.

»Lennie, du stinkst«, murmelte Claire auf dem Weg zur Tür.

»Du glaubst nie, was mir gerade passiert ist«, murmelte Helen zurück und berichtete dann von ihrem Zusammenstoß mit der gruseligen Frau am Straßenrand. Claire hörte fasziniert zu und steuerte das Schultheater an. »Was sollen wir denn hier?«, fragte Helen, als sie merkte, wohin sie gingen.

»Du brauchst was zum Anziehen«, sagte Claire mit einem Schulterzucken und führte Helen in den Kostümfundus. Sie ging schnurstracks auf den Ständer mit den hauchzarten, glitzernden Feenkostümen zu und hielt auf der Suche nach der richtigen Größe eines nach dem anderen an Helens Körper. »Bist du sicher, dass es nicht irgendeine bekloppte Touristin in einem Halloween-Kostüm war? Das hier müsste passen. Es sind aber Flügel dran.«

»Ich steh auf Flügel. Und diese Frau war auf keinen Fall ein Mensch. Sie war fast zwei Meter groß und ist *gehüpft*«, sagte Helen, die mühelos von einem Thema zum anderen wechseln konnte. »Kriegen wir keinen Ärger?«

»Ich bin im Kostümkomitee. Außerdem geben wir es zurück.«

Claire lächelte Helen frech an und nahm sich ebenfalls ein Kostüm. »Und jetzt ab in den Umkleideraum. Bei deinem Gestank tränen mir die Augen.«

Während Helen duschte und sich die Haare wusch, zog sich Claire ihr Kostüm an und trug vor einem der Spiegel passendes Glitzer-Make-up auf. Claire verlangte, dass Helen ihr die unheimliche Frau genau beschrieb, aber Helen konnte ihrem ersten Eindruck nicht viel hinzufügen.

»Es war schwierig, sie genau anzusehen, Gig. Ich war nämlich gerade damit beschäftigt, Brustschwimmen in einer Pfütze zu üben, in der ein totes Nagetier herumdümpelte.« Helen trocknete sich ab und zwängte sich in den schimmernden Hauch von Nichts, den Claire für sie ausgesucht hatte, wobei sie sehr aufpassen musste, sich an den Flügelspitzen kein Auge auszustechen.

»Ich werde es nachher Matt und Ari erzählen – vielleicht haben sie eine Idee. Und jetzt komm raus und lass mich dein Kostüm sehen!«

»Welche Figuren aus dem *Sommernachtstraum* sind wir?« Helens Unterkiefer klappte herunter, als sie Claires Outfit sah. »Oh, das sieht toll aus! Das Spinnwebmuster ist der Hammer!«

»Ich bin die Spinnwebe, wie man sieht, und du bist die Motte. Die sind klasse, nicht wahr? Meine Großmutter hat die Pailletten angenäht.«

»Diese Flügel sind ein Traum.« Helen schwebte in der Luft und tat so, als wäre sie überrascht, dass sie flog. »Und sie funktionieren sogar!«

Claire packte Helens Fuß und zog sie mit einem Schmollgesicht wieder auf den Boden. »Jason hat mich schwören lassen, dass ich nie wieder mit dir fliege. Und jetzt, wo ich weiß, was mir entgeht, nervt es mich noch mehr, dir dabei zuzusehen.«

»Ich rede mit ihm«, bot Helen an. »Wenn er weiß, wie leicht es mir fällt, einen Passagier mitzunehmen, sieht er vielleicht ein, dass es gar nicht so gefährlich ist, und ändert seine Meinung.«

»Das bezweifle ich«, sagte Claire und schüttelte mürrisch den Kopf. »Nicht dass es eine Rolle spielen würde. Ich glaube nämlich, dass wir heute miteinander Schluss gemacht haben, aber was weiß ich schon?«

»Und was soll das bedeuten?«, fragte Helen, stemmte sich eine Hand in die Hüfte und runzelte die Stirn.

»Das bedeutet, dass er mir sagt, dass er nicht mehr mit mir gehen will, und im nächsten Augenblick überholt er zu Fuß mein Auto und fleht mich an, zu ihm zurückzukommen. Und zehn Minuten später macht er dann wieder Schluss.«

»Gestern Abend?«, wollte Helen wissen.

»Genau. Als ich beleidigt abziehen wollte, hat er mich geküsst.« Sie seufzte und ballte frustriert die Fäuste. »Jason macht das dauernd mit mir. Das macht mich total irre.«

Claire wischte ihre verworrenen Gedanken mit einer Handbewegung weg, legte die Hand auf Helens Schulter und schob sie zum Händetrockner. Sie drückte auf den Knopf und bedeutete Helen, sich über das Gebläse zu beugen, was jeden Versuch, weitere Fragen über Jason zu stellen, im Keim erstickte. Helen kapierte den Wink, dass Claire nicht darüber sprechen wollte, und ließ sich stattdessen von ihrer Freundin die Haare »stylen«.

Das Ergebnis war eine verrückte, zerzauste Hochfrisur, die

Claire unbedingt mit goldglitzerndem Haarspray festzementieren wollte. Normalerweise hätte Helen sich gegen all das Glitzerzeug zur Wehr gesetzt, aber sie musste zugeben, dass es zu ihrem Kostüm passte. Außerdem war Halloween.

An diesem Tag trugen die meisten Schüler noch viel prunkvollere Kostüme. Helen hatte noch nie so viele kostümierte Leute gesehen. Die Stimmung auf den Gängen war irgendwie aufgeheizt. Die Schüler gingen förmlich die Wände hoch und die Lehrer unternahmen nichts dagegen.

»Ist das Parcours?«, fragte Helen Claire, als ein Oberstufenschüler an einer Wand hochrannte und mit einem Rückwärtssalto wieder herunterkam.

»Glaub schon«, sagte Claire unsicher. »Äh … will niemand den Typen aufhalten?«

»Sieht nicht so aus«, sagte Helen. Die beiden sahen sich an und prusteten los. Was ging es sie an? Sie hatten Freistundenpässe von Hergie. Sie hatten Besseres zu tun.

Nachdem sie ihre Gesichter nachgeschminkt und ihre Frisuren mit neuem Glitter bestäubt hatten und ihnen immer neue Ausreden eingefallen waren, durch die Flure zu schlendern, war schon fast Mittagszeit. Stunden später flanierten sie in ihren märchenhaften Kostümen gerade an Miss Bees Sozialkundekurs vorbei, als die Glocke läutete. Alle Schüler strömten aus dem Kurs, in dem auch Claire gewesen wäre, wenn sie sich denn die Mühe gemacht hätte, hinzugehen.

»Ups. Sieht aus, als hätten wir uns verspätet«, stellte Claire mit einem verschlagenen Grinsen fest.

Helen lachte noch darüber, als jemand ihren Oberarm packte

und sie zurückzog. Die Luft um sie herum verschwamm und löste sich in Facetten auf, als hätte jemand sie schrumpfen lassen und ins Innere eines Diamanten gezerrt. Als sich ihre Augen den neuen Lichtverhältnissen angepasst hatten, stand sie auf der anderen Seite des Flurs und wurde von Lucas gegen ein Schließfach gedrückt.

»Wo warst du?«, flüsterte er direkt in ihr Ohr. »Beweg dich nicht, sonst können sie uns sehen. Steh ganz still und erzähl mir, was dir heute Morgen passiert ist.«

»Heute Morgen?«, wiederholte Helen verblüfft.

»Matt hat gesagt, dass du ausgesehen hast, als wärst du angegriffen worden. Und dann bist du mit Claire *für den Rest des Tages* einfach verschwunden. Die Schule ist fast vorbei. Wir waren verrückt vor Sorge.«

»Ich musste duschen und mich umziehen. Wir haben nicht auf die Zeit geachtet.« Die Ausrede klang selbst in ihren Ohren wenig überzeugend. Sie hatte keine Ahnung, wieso weder sie noch Claire daran gedacht hatten, zum Unterricht zu gehen.

Sie warf einen Blick über Lucas' Schulter, versuchte herauszufinden, was los war, und bemerkte Jason, der ein ängstliches Gesicht machte. Er nahm Claires Hand, zog sie dicht an sich und führte sie den Flur hinunter. Niemand beachtete Helen und Lucas. Sie standen so nah beieinander – schon fast ineinander –, aber Matt ging einfach an ihnen vorbei, als hätte er nichts gesehen, und dasselbe machte auch Ariadne. Da stimmte etwas nicht. Hätte Ariadne Helen und Lucas so dicht zusammen gesehen, wäre ihnen ein missbilligender Blick sicher gewesen.

»Was ist hier los?«, flüsterte Helen.

»Ich beuge das Licht so, dass uns keiner sehen kann«, erklärte Lucas leise.

»Dann sind wir unsichtbar?«, hauchte Helen.

»Ja.«

Jetzt machte plötzlich alles Sinn. Helens verschwommenes Sehen, das unheimliche Gefühl, nicht allein zu sein, Lucas' Verschwinden und wie er plötzlich aus dem Nichts aufgetaucht war – das alles lag daran, dass er *die ganze Zeit* da gewesen war.

»Dann warst du meine unsichtbare Sonne?«

Sie spürte, wie sein Bauch, der eng an ihren gepresst war, bebte, als er beinahe erschrocken auflachte. Seine Lippen formten lautlos die Worte »unsichtbare Sonne«. Helen zwang sich, ihm in die Augen zu sehen.

»Lucas«, schimpfte sie leise. »Du hast mir Angst gemacht. Anfangs habe ich gedacht, dass mit meinen Augen etwas nicht stimmt, und dann dachte ich, ich würde verrückt.«

»Tut mir leid. Ich habe gemerkt, dass ich dir Angst gemacht habe, und wollte aufhören, aber ich konnte es nicht«, gestand er verlegen.

»Wieso nicht?«

»Hör zu. Nur weil ich dich von mir weggestoßen habe, bedeutet das nicht, dass ich mich auch von dir fernhalten kann«, sagte er und lachte ein wenig über sich selbst. »Es fing damit an, dass ich gelernt habe, wie man das Licht beugt, aber mittlerweile ist etwas anderes daraus geworden. Etwas, von dem ich *nie* dachte, dass ich es kann.« Er verstummte und verzog schmerzlich das Gesicht. »Ich habe gelernt, wie man sich unsichtbar macht, damit ich weiterhin in deiner Nähe sein konnte.«

355

»Warst du die ganze Zeit da?«, fragte Helen beunruhigt und dachte an tausend private Dinge, die er womöglich gesehen hatte.

»Natürlich nicht. Ich vermisse dich zwar, aber ich bin nicht pervers«, beteuerte er, schaute aber weg und wurde rot. »Du hast immer *gewusst*, wenn ich da war, Helen. Im Gegensatz zu allen anderen kannst du meine Gegenwart auch dann spüren, wenn ich unsichtbar bin. Das kann sonst keiner.«

Helen wusste nicht, was sie dazu sagen sollte. Eigentlich wollte sie ihn küssen, sonst nichts. Aber da das nicht infrage kam, hielt sie nur still und sah ihn an.

Die Glocke läutete, und ein Dutzend Türen wurde im selben Augenblick geschlossen, aber Helen und Lucas rührten sich nicht. Auf dem Flur rannten immer noch ein paar Schüler herum, die eine Möglichkeit suchten, Unsinn zu machen. Merkwürdigerweise kam kein Lehrer, um ihnen Einhalt zu gebieten. Es war ein Tag ohne Regeln. Helen war es jedenfalls egal, ob sie Ärger bekam. Sie verspürte plötzlich den Drang, etwas zu zerstören. Sie konnte sich nicht erinnern, so etwas jemals zuvor gefühlt zu haben.

Über Lucas' Schulter erhaschte Helen einen Blick auf die gruselige Frau vom Straßenrand, die nun den Flur entlangging.

»Direkt hinter dir«, hauchte Helen leise. Lucas drehte sich ganz langsam um. »Ich habe sie heute Morgen gesehen, und ich hatte das Gefühl, als wäre genau in diesem Augenblick alles schiefgegangen. Deswegen habe ich ausgesehen wie nach einem Angriff.«

»Sie ist keine Sterbliche«, flüsterte Lucas Helen zu, als die Frau an ihnen vorbeiging.

»Kann sie uns sehen?«, fragte Helen, aber Lucas schüttelte nur abgelenkt den Kopf. Helen sah, wie sich seine Nasenlöcher weiteten, und bemerkte sofort den Grund dafür.

Die gruselige Person stank nach verfaulten Eiern und verdorbener Milch. Es war derselbe Gestank, von dem Helen gedacht hatte, dass er von dem toten Eichhörnchen gekommen war – der Gestank, der an ihr gehangen hatte, bis sie ihn unter der Dusche abgeschrubbt hatte.

Der Gestank schien die Wände zu durchdringen, und in jedem Klassenraum, an dem die Dämonin vorbeiging, brach Chaos aus. Erst war es nur Geschrei, dann folgten Gepolter und Schreie, als würden plötzlich alle mit Tischen und Stühlen werfen. Notebooks und Bücher flogen durch die Luft. Kurz darauf wurden die Türen aufgestoßen und die Schüler strömten heraus, dicht gefolgt von den Lehrern. Aber die Lehrer sorgten nicht für Ordnung. Sie waren genauso aufgestachelt.

Helen und Lucas beobachteten fassungslos, wie Miss Bee, ihre sonst so gelassene Sozialkundelehrerin, wutentbrannt gegen ein Schließfach trat. Helen sah Lucas an und merkte, dass er gegen den Drang kämpfte, ebenfalls etwas zu zerstören. Sie spürte dieses Verlangen auch schon den ganzen Tag, das erkannte sie jetzt. Deswegen hatte sie sich mit dem Kostüm und dem ganzen Glitzerzeug einverstanden erklärt und fünf Stunden geschwänzt statt nur die erlaubten zwei. Helen hatte große Lust, richtig auf den Putz zu hauen.

»Denk gar nicht daran«, wisperte Lucas streng.

»Was?«, wisperte Helen zurück. Sie biss sich auf die Unterlippe, um Unschuld vorzutäuschen. »Würdest du nicht auch gern etwas Schlimmes tun?«

»Doch, schon«, sagte er und zog Helen noch ein bisschen enger an sich. Sie spürte, wie sein Körper eine Hitzewelle erzeugte, als hätte sie gerade die Tür eines heißen Ofens geöffnet, und sie drückte sich fester an ihn. Er hielt den Atem an und zwang sich, den Blick von ihr abzuwenden. »Wir müssen hier raus.«

Lucas nahm Helens Hand und sprintete mit ihr los. Sie begriff sofort, wieso er das machte. Wenn sie sich schnell genug bewegten, würden sie unsichtbar bleiben und von Lucas' Lichtumhang in eine so schnelle Bewegung übergehen, dass ihnen die Augen der Sterblichen nicht folgen konnten. Es war so aufregend, mit Scion-Geschwindigkeit durch die Flure ihrer Highschool zu rasen, dass Helen am liebsten laut gejubelt hätte.

Draußen stiegen Helen und Lucas sofort auf und schossen hoch über die Insel, weit fort von der unheimlichen Frau, die ihre Schule gerade in einen Affenkäfig im Zoo verwandelte. Als sie über dem Meer dahinsegelten, drehte sich Lucas zu Helen um und lächelte.

»Vielleicht waren die Flügel auf diesen Gemälden doch nicht so falsch.«

Sie wusste sofort, wovon er redete. Als er ihr das Landen nach dem Flug beigebracht hatte, hatte sie über ihm geschwebt, während er ihr die Arme entgegenstreckte. Sie hatte erwähnt, dass sie einmal ein Gemälde gesehen hatte, das sie daran erinnerte. Allerdings war das Wesen ein Engel gewesen. Er hatte behauptet, dass die Engelsflügel Unsinn waren. Jetzt schien er davon nicht mehr so überzeugt zu sein.

Helen hatte das Gefühl, als wären diese ersten Flugstunden eine Ewigkeit her, aber ihr war dennoch jede Einzelheit dieses traumhaften Erlebnisses bewusst. Es war kaum zu fassen, wie sehr es noch wehtat.

Helen entschied, dass die Redewendung »Die Zeit heilt alle Wunden« totaler Blödsinn war und vermutlich nur für Leute galt, die sich ohnehin nichts merken konnten. Die Zeit, die sie von Lucas getrennt gewesen war, hatte gar nichts geheilt. Sie vermisste ihn nur umso mehr, wenn sie nicht bei ihm war. Sogar der Meter Abstand, der sie jetzt voneinander trennte, war unerträglich. Helen, die es nicht länger aushielt, flog näher heran und versuchte, ihn festzuhalten.

»Lucas, ich …« Helen griff nach ihm, aber er zuckte mit beinahe panischer Miene zurück, bevor sie ihren Satz beenden oder ihn berühren konnte.

»Schick Orion eine SMS und sag ihm, was passiert ist«, sagte er mit lauter, nervöser Stimme. Er brauchte einen Moment, um seine Lautstärke wieder herunterzuschrauben. »Er ist viel herumgekommen und hat einiges erlebt. Vielleicht weiß er, wer diese Frau ist, oder zumindest, womit wir es zu tun haben.«

»Okay.« Helen ließ verlegen die Hände sinken und versuchte, nicht so verzweifelt zu wirken, wie sie sich fühlte. »Ich sollte gehen. Ich habe meinem Dad versprochen, heute im Laden zu arbeiten.«

»Ich sollte meine Schwester suchen und sicherstellen, dass wir alle okay sind«, sagte Lucas emotionslos. Er konnte sie nicht ein-

359

mal ansehen. »Ich werde allen sagen, was wir auf dem Flur gesehen haben. Vielleicht hat jemand eine Theorie. Und Helen?«

»Ja?«

»Lass uns diese Sache mit der Unsichtbarkeit noch eine Weile geheim halten. Sagen wir einfach, wir hätten uns in all dem Trubel versteckt.«

»Was ist mit den Goldmünzen?«, fragte sie sachlich und löste sich von ihm. »Ich bin bisher allen Fragen ausgewichen, wie ich letzte Nacht wieder in die Unterwelt gekommen bin, aber ich kann Cassandra nicht ewig abwimmeln. Sie kann im Moment zwar nicht meine Zukunft voraussehen, aber früher oder später wird sie etwas über dich und diese Obolusse sehen.«

»Ich werde wohl zugeben müssen, dass ich sie gestohlen habe«, sagte er seufzend. »Aber wir sollten meiner Familie lieber nicht sagen, dass ich dir gestern Abend im Bett einen davon gegeben habe.«

Helen war klar, dass er diese Bemerkung nur gemacht hatte, um sie darauf hinzuweisen, dass seine Distanz ihr gegenüber richtig war. Er hatte sie vor einem schlimmen Fehler bewahrt, aber es tat trotzdem weh.

Sie trennten sich, und Helen kehrte in die Schule zurück, um ihre Sachen zu holen. Sie versuchte, sich Lucas aus dem Kopf zu schlagen. *Er ist mein Cousin,* sagte sie immer wieder halblaut vor sich hin, bis das Gefühl der Zurückweisung durch Schuldgefühle ersetzt wurde. Jetzt kam sie sich total blöd vor, dass sie nach ihm gegriffen hatte. Was hatte sie sich nur dabei gedacht?

Helen hatte den Verdacht, dass Lucas ihr nur gesagt hatte, dass sie Orion die Neuigkeiten simsen sollte, damit sie an ihn dachte –

als würde sich ein Junge vergewissern, ob der Freund des Mädchens wusste, dass sie gerade zusammen waren. Je mehr sie darüber nachdachte, desto mehr ärgerte sie dieses Verhalten. Glaubte Lucas, dass sie und Orion ein Paar waren? Helen hätte zu gern gewusst, was die beiden über sie geredet hatten.

Helen warf ihr demoliertes Fahrrad in den Müllcontainer, betrat die Schule durch den Seiteneingang und eilte die leeren Flure hinunter. Überall lagen kaputte Tische, Stühle und ausgekippte Mülleimer herum. Die ganze Schule war verwüstet und stank nach der Dämonin. Helen ging zu ihrem Schließfach, nahm ihre Tasche und legte sich einen Pullover über die Arme, um sich, so gut es ging, gegen die Kälte zu schützen, ohne das geliehene Kostüm zu beschädigen. Dann machte sie sich auf den Weg in den News Store. Sie wollte nicht länger in der Schule bleiben und womöglich noch einmal dieser widerwärtigen Frau begegnen.

Auf der Straße nahm Helen eine bedrohliche, beinahe gefährliche Stimmung wahr. Das herbstliche Sonnenuntergangslicht verlieh den festlich geschmückten Straßen einen lebendigen Eindruck. In der Stadt wehten schwarze und orangefarbene Halloween-Banner im Wind und die Kürbislaternen flackerten vor den Türen der alten Walfängerhäuser und warfen unheimliche Schatten auf das Kopfsteinpflaster. Helen drückte ihren Pullover enger an sich und sah sich auf der Suche nach der Quelle der Bedrohung misstrauisch um.

Es waren bereits Dutzende von Grüppchen unterwegs, um Süßes oder Saures zu verlangen. Um diese Uhrzeit waren es überwiegend Kinder in Begleitung ihrer Eltern, aber ein oder zwei der kostümierten Horden waren offensichtlich nicht auf der Jagd nach Süßigkeiten. Diese Gruppen strahlten eine so aggressive Energie aus, als zeigten ihre Monstermasken ihren wahren Charakter. Helen erkannte niemanden aus diesen Gruppen, was merkwürdig war. Normalerweise hätte sie schon die Hälfte ihrer Mitschüler treffen müssen, aber auf den Straßen schienen nur Fremde unterwegs zu sein, was eigentlich unmöglich war, denn die Touristensaison war längst zu Ende.

Etwas stimmte eindeutig nicht. Helen war nicht um ihre eigene Sicherheit besorgt, aber trotzdem beunruhigt. Es waren noch so viele kleine Kinder unterwegs, und sie wünschte nur, dass diejenigen, die wirklich nur an den Naschereien interessiert waren, noch ein wenig länger zu Hause geblieben wären. Sie betrat den News Store mit einem besorgten Stirnrunzeln und überlegte, ob sie Louis anrufen und ihm raten sollte, die Runde mit Juan und Marivi dieses Jahr früher zu beenden.

»Niedliche Flügel, Prinzessin«, bemerkte ein Mann.

»Hector!«, jubelte Helen und warf sich in seine Arme – obwohl er schon wieder diesen verhassten Spitznamen verwendet hatte. Er fing sie auf und einen Moment lang hing sie an seinem Hals. »Irgendwann bringe ich dir noch bei, mich nicht länger so zu nennen.«

»Nicht in diesem Leben.« Er versuchte zu scherzen, aber sie merkte sofort, dass etwas nicht stimmte. Er wirkte angespannt. Sie ließ ihn los und musterte ihn eingehend.

»Was ist mit dir passiert?«, fragte sie und fuhr mit einem Finger über eine dünne rosafarbene Narbe, die an seiner Wange bereits verheilte.

»Familie«, sagte er mit einem traurigen Lächeln.

»Sind die Hundert immer noch hinter dir her?«

»Natürlich sind sie das«, sagte er mit einem Schulterzucken. »Du bist die Einzige, bei der ich sicher bin. Tantalus würde es nicht riskieren, dass dir etwas passiert und er damit seine einzige Chance gefährdet, die Furien loszuwerden.«

Helen runzelte die Stirn und fragte sich, ob sie sich darüber freuen sollte oder nicht. Eigentlich wollte sie nichts tun, was Tantalus oder den Hundert half, aber was für eine Wahl hatte sie schon? Hector *nicht* helfen, weil das auch Tantalus zugutekam? Sie hatte keine Wahl und sie wusste es.

»Du bist ja eiskalt!«, stellte er fest und rieb ihre Arme, um sie aufzuwärmen. »Wo ist der Rest deiner Klamotten, Cousinchen?«

»Lange Geschichte«, schmunzelte Helen. »Also mach es dir bequem, damit ich dir alles erzählen kann.«

»Ich muss dir auch was erzählen«, sagte er ernst und lud ihre Schultasche hinter dem Tresen ab. Helen schaute zu ihm auf und stellte betroffen fest, wie abgekämpft er aussah.

»Bist du okay?«, fragte sie, denn er sah wirklich krank aus.

»Mach schon«, sagte er. »Wir haben ein bisschen Zeit, aber so viel nun auch wieder nicht.«

Helen rannte los, um Kate und ihrem Vater zu sagen, dass sie da war, und musste dann den Bestand ihrer Kasse zählen. In der Zwischenzeit verwöhnte Kate Hector mit heißem Cidre und so viel süßem Nussgebäck, wie er essen konnte. Helen arbeitete derweil an ihrer Kasse und sortierte im ziemlich leeren Laden die Kreditkartenbelege.

Als alles erledigt und Kate wieder in ihre Bäckerei verschwunden war, informierte Helen Hector über alles, was sich in der Unterwelt ereignet hatte. Allerdings änderte sie die Geschichte mit den gestohlenen Obolussen ein wenig und stellte es so dar, als hätte Lucas sie nur für sie gestohlen und nicht auch für sich selbst. Zum Schluss berichtete sie noch von dem Aufruhr an der Schule. Hector hörte aufmerksam zu und machte dann ein betroffenes Gesicht.

»Ihr Name ist Eris«, sagte er. »Sie ist die Göttin des Unfriedens oder des Chaos, je nachdem, welche Übersetzung man zugrunde legt. Wo immer sie auftaucht, brechen Unruhen, Streitigkeiten und Aufstände aus. Alles, was schiefgehen kann, geht auch schief. Sie ist die Schwester und Vertraute von Ares und sehr, sehr gefährlich.«

»Hector, was ist los?«

»Ich bin gekommen, um dich zu warnen. Vor etwa zwei Stunden habe ich Thanatos auf der Madison Avenue in New York gesehen, genau vor dem Haus, in dem das Haus von Theben sein Konzil hält.«

»Wer ist Thanatos?«, fragte Helen, obwohl ihr der Name bekannt vorkam.

»Thanatos ist der Gott des Todes«, erklärte Hector. Helen nickte, denn ihr fiel wieder ein, dass Cassandra ihn schon einmal erwähnt hatte. »Er ist der Sensenmann – schwarzer Umhang und darunter nur Knochen, allerdings ohne Sense. Dieses Gerät wurde ihm erst im Mittelalter angedichtet. Zum Glück haben die meisten Leute auf der Straße nur gedacht, dass er ein Typ in einem besonders irren Kostüm war, aber es waren auch ein paar dabei, die *sensibler* waren und gespürt haben, was Sache war. Die haben schreiend die Flucht ergriffen.«

»Was hat er da gemacht?«

»Ich bin nicht zum Plaudern stehen geblieben. Thanatos muss einen nur berühren, um zu töten, deswegen habe ich ihn deiner Mutter und ihren Blitzen überlassen.« Hector zuckte mit den Schultern. »Wir wissen nicht, wieso sich die kleineren Götter jetzt überall herumtreiben. Daphne hat mich sofort hergeschickt, damit du das Orakel fragst, ob sie etwas gesehen hat.«

»Ich rufe Cassandra gleich an.« Helen holte ihr Handy heraus.

»Da ist noch etwas«, sagte Hector zögernd. »Wir haben den Verdacht, dass Automedon nicht mehr für Tantalus arbeitet. Wir wissen nicht, wer jetzt seine Strippen zieht. Es kann sein, dass er dich eine Zeit lang beobachtet hat und mittlerweile weiß, wozu du fähig bist, und das Risiko nicht eingehen will. Er hat dich noch nicht angegriffen, also keine Panik. Halte aber trotzdem die Augen offen.«

»Super«, murmelte Helen und lachte humorlos. »Gibt es vielleicht noch etwas, das du mir sagen willst? Ich habe nämlich wieder angefangen zu träumen und könnte noch etwas mehr Albtraummaterial gebrauchen.«

Sie streckte Hector die Hand entgegen und lächelte ihn mitfühlend an. Ihr war nicht entgangen, dass er es vermieden hatte, Cassandras Namen zu sagen, und stattdessen ihren Titel benutzt hatte. Er vermisste sie alle so sehr. Hector schlug verlegen die Augen nieder.

»Es wird nicht mehr lange dauern«, versprach Helen ihm leise und hörte zu, wie das Telefon klingelte und klingelte. »Du wirst schon bald wieder bei deiner Familie sein.«

»Du hast etwas herausgefunden?«, horchte er auf. »Wieso hast du das nicht gleich gesagt?«

»Orion und ich sind ziemlich sicher, dass wir wissen, was wir brauchen. Das einzige Problem ist, dass ich keine Ahnung habe, wie ich die Furien finden soll, sobald ich es habe«, sagte Helen. Sie gab es auf, Cassandra zu erreichen, und wählte stattdessen Matts Nummer. »Ich wollte nichts sagen, falls es nicht klappt, aber wir werden es heute Nacht versuchen.«

Matts Handy leitete sie direkt zur Voicemail. Sie versuchte es bei Claire, Jason, Ariadne und sogar Lucas, aber sie landete entweder direkt auf der Mailbox oder bekam keine Verbindung.

»Meldet sich keiner von ihnen?«, fragte Hector mit wachsender Besorgnis, als ein Anruf nach dem anderen fehlschlug.

»Das ist doch verrückt!«, fauchte Helen und begann, eine SMS zu tippen. Doch Hector nahm ihr das Handy weg und löschte sie wieder.

»Helen, geh nach Hause«, befahl er leise und eindringlich. Er gab ihr das Handy zurück, stand auf und sah sich alarmiert um. »Geh sofort nach Hause – du musst in die Unterwelt.«

Ein Labortisch aus dem Chemieraum der Nantucket Highschool flog durch das Ladenfenster des News Store, ließ das Glas in tausend Stücke zerspringen und fegte die Displays zu Boden. Der modrige Gestank von Eris wehte herein. Helen kämpfte gegen den Drang, etwas in Brand zu stecken, denn sie wusste, dass ihre Gefühle nicht echt waren, sondern von einer bösartigen Göttin manipuliert wurden. Als sie im hinteren Teil des Ladens

Kunden schreien hörte, wurde sie aus ihrer Zerstörungslaune gerissen. Sie hechtete über den Tresen, aber Hector streckte den
Arm aus und hinderte sie daran, nach hinten zu rennen.

»Ich beschütze Kate und Jerry – auch vor sich selbst, wenn
nötig. Du gehst in die Unterwelt«, sagte er streng. Helen sah ihn
an und nickte, um zu zeigen, dass sie seine Anweisung verstanden hatte.

»Spiel nicht den Helden«, befahl sie ebenso streng. »Wenn die
Hundert oder deine Angehörigen auftauchen, dann mach, dass
du wegkommst.«

»Lauf, Prinzessin«, sagte Hector und küsste sie auf die Stirn.
»Wir zählen auf dich.«

Helen rannte aus dem News Store. Sie hörte, wie Hector ihrem Vater einredete, sie würde die Polizei holen. Draußen wich
sie der aufgeheizten Menge aus, huschte in eine dunkle Gasse, in
der sie nicht beobachtet werden konnte, und flog los. Sie segelte
unter der blauen Plane hindurch, die immer noch vor ihrem
Fenster hing, und landete direkt im Bett. Sie hoffte nur, dass sie
irgendwann ruhig genug sein würde, um einzuschlafen.

Helens Füße landeten unsanft zwischen den Reihen steriler weißer Blumen. Es war ihre erste harte Landung, was wahrscheinlich daran lag, dass sie so dringend in die Unterwelt gewollt hatte.
Helen drehte sich einmal um sich selbst und musste feststellen,
dass sie im verhassten Asphodeliengrund gelandet war. Zum
Glück nicht allein. Bis sie Orion ein paar Meter entfernt entdeckte, war ihr nicht einmal bewusst gewesen, dass sie sich Sorgen um ihn gemacht hatte.

»Orion!«, rief sie erleichtert. Sie rannte durch die grabstein-ähnlichen Blumen auf ihn zu. Er nahm sie in die Arme, doch seine Stirn war gerunzelt.

»Was ist los?«, fragte er, während er sie drückte. »Bist du verletzt?«

»Mir fehlt nichts«, sagte sie und musste über ihren eigenen Überschwang lachen, ließ ihn aber trotzdem nicht los. Erst als sie sich wieder beruhigt hatte, löste sie sich aus seinen Armen und sah zu ihm auf. »Ich muss dir was erzählen.«

»Ich will es hören, aber kannst du vorher etwas tun? Kannst du laut sagen, dass uns nie wieder etwas angreifen soll, während wir hier unten sind?«, fragte er erwartungsvoll.

»Ich will, dass uns nie wieder etwas angreift, während wir hier unten sind«, wiederholte Helen mit Nachdruck. »Gute Idee.«

»Danke. Mir gefällt dein Kostüm. Aber weißt du was? Ich glaube, dass du in deinen knappen Shorts mit den fauchenden Katzen drauf wärmer angezogen wärst. Die haben mehr bedeckt.«

Helen starrte ihn schockiert an. Sie konnte nicht fassen, dass er sich tatsächlich an ihren Halloween-Schlafanzug erinnerte.

»Du hast keine Ahnung, was mir heute Morgen passiert ist! Ich *musste* das hier anziehen«, verteidigte sie sich und versuchte, nicht rot zu werden.

»Du siehst wunderschön aus. Nicht dass das etwas Neues wäre«, fügte er sanft hinzu.

Helen sah ihn vollkommen verdutzt an und betrachtete dann so eingehend eine Asphodelie, als wäre es das interessanteste

Ding im Universum. Sie spürte, wie Orion ihr näher kam, und versuchte, nicht auszuflippen. Sie hatte Orion in der vergangenen Nacht nicht geküsst. Es war Morpheus in der Gestalt von Orion gewesen, was ein großer Unterschied war. Und der echte Orion wusste davon nichts, also hatte sie keinen Grund, in seiner Gegenwart verlegen zu sein. Was sie aber trotzdem war. In ihrem Kopf hörte Helen Hector sagen, dass sie viel Spaß mit Orion haben konnte, wenn sie das wollte, und das brachte sie von ihrem ursprünglichen Gedanken ab.

»Jetzt erzähl mir, was dir heute Morgen passiert ist«, verlangte er und sah sie mit besorgt gerunzelter Stirn an.

Das riss Helen aus ihrer Träumerei, und sie berichtete von ihrem Sturz mit dem Rad, dem Schüleraufstand, den Eris an ihrer Schule angestiftet hatte, Thanatos, der auf den Straßen von Manhattan herumlief, und dem Angriff auf den News Store kurz vor ihrem Abstieg in die Unterwelt. Orion hörte schweigend zu, doch seine Kiefermuskeln spannten sich immer fester an.

»Bist du okay?«, fragte er sie betont ruhig.

»Ja, aber ich fühle mich schrecklich!«, platzte es aus Helen heraus. »Ich habe Kate und meinen Vater mitten in dem Krawall alleingelassen. Wie konnte ich das nur tun?«

»Hector wird nicht zulassen, dass ihnen etwas passiert«, versicherte ihr Orion voller Überzeugung. »Er wird sie mit seinem Leben beschützen.«

»Ich weiß, aber das macht es fast noch schlimmer«, sagte Helen beunruhigt. »Orion, was ist, wenn die Delos-Familie in den Laden kommt, um nach mir zu sehen, und Hector dort vorfindet?«

»Du meinst, was ist, wenn *Lucas* kommt, um nach dir zu sehen, und Hector vorfindet. Du machst dir keine Sorgen wegen Jason oder Ariadne«, stellte er leicht gereizt klar.

»Die Zwillinge sind anders. Schon bevor Hector ausgestoßen wurde, haben er und Lucas dauernd gekämpft, und manchmal war es richtig schlimm«, sagte sie mit zittriger Stimme. »Als würden sie schon immer auf etwas Schreckliches zusteuern, und ich fürchte, dass es wieder einer von diesen Scion-Teufelskreisen ist, die das Schicksal so geplant hat.«

»Lucas und Hector sind praktisch Brüder und Brüder kämpfen nun mal«, sagte Orion, als wäre das ganz logisch. »Nicht alles in unserem Leben muss gleich ein Teufelskreis sein.«

»Ich weiß. Aber die Furien! Die beiden werden nicht aufhören können.«

»Deswegen sind wir hier unten. Wir haben alle Zeit der Welt, und ich hoffe, dass wir das Furienproblem heute Nacht lösen können«, sagte Orion. Er brachte sie zum Stehen und fuhr mit den Fingerspitzen über ihr Handgelenk. Es war eine federleichte Berührung, aber sie sorgte für ihre Aufmerksamkeit.

»*Falls* wir sie überhaupt finden«, murmelte Helen deprimiert. »Ich habe keine Ahnung, wo die Furien sind.«

Orion trat einen Schritt zurück, zog die Riemen seines Rucksacks straff und musterte Helen.

»Du bist kurz davor, in Panik zu geraten, stimmt's? Tu das nicht.« Er war vollkommen ernst. »Du musst genau hier sein, in der Unterwelt, und nicht in der richtigen Welt gegen einen wütenden Mob kämpfen. Das kann jedes Mitglied der Delos-Familie für dich tun, aber du bist die Einzige, die das hier tun kann. Also lass uns zuerst das Wasser holen und dann sehen wir weiter.«

Er hatte recht. Sie mussten hier in der Unterwelt tun, was sie konnten, denn sonst würde sich in der richtigen Welt niemals etwas zum Besseren wenden.

»Alles klar. So machen wir es.« Sie streckte die Arme aus, legte sie um Orions Hals und spürte seine schweren Hände auf ihren Hüften. »Ich möchte, dass wir zum Fluss der Freude in den Elysischen Feldern gebracht werden«, sagte sie mit fester Stimme.

Weiches Sonnenlicht fiel durch das Blätterdach der Trauerweiden. Ein Rasenteppich aus dichtem grünem *lebendigem* Gras dämpfte ihre Schritte und Helen konnte das Plätschern des Wassers hören. Nicht weit entfernt entdeckte sie eine weite, offene Fläche mit kniehohem Gras und pastellfarbenen Wildblumen, die von Bienen und Schmetterlingen umkreist wurden wie kleine Planeten.

Es schien keine Sonne über ihnen. Stattdessen sah es so aus, als käme das Licht direkt aus der Luft, und es schuf die Illusion verschiedener Tageszeiten. Das intensive Licht, das durch die Kronen der Trauerweiden auf Helen und Orion fiel, ließ erahnen, dass es später Nachmittag war, aber auf der Wildblumenwiese schien das Licht des frühen Morgens – noch ganz unschuldig und taufeucht.

Orion ergriff Helens Hand und hielt sie locker fest, während er sich umsah. Eine Brise wehte ihm ins Gesicht und blies ihm die Locken aus der Stirn. Helen beobachtete, wie er das Gesicht in den sanften Wind drehte, die Augen schloss und tief einatmete. Als sie es ihm nachmachte, stellte sie fest, dass die Luft frisch und anregend war, als enthielte sie besonders viel Sauerstoff. Helen konnte sich nicht erinnern, etwas so Grundlegendes jemals so genossen zu haben.

Als sie die Augen wieder aufmachte, betrachtete Orion sie liebevoll. Er berührte den Saum ihres Kostüms und schüttelte den Kopf.

»Du hast die Flügel extra hierfür eingeplant, gib's zu«, scherzte er. Helen lachte laut auf.

»Tut mir leid, aber so clever bin ich nicht.«

»Wer's glaubt. Komm, kleine Fee. Ich glaube, ich höre unseren Bach plätschern.« Orion führte sie auf das Geräusch zu.

»Woher sollen wir wissen, dass es wirklich der Fluss der Freude ist?«, fragte sie. Doch sie hatte noch nicht einmal ausgesprochen, als ihr klar wurde, dass sie es bereits wusste.

Als sie an das kristallklare Wasser kamen, empfand Helen etwas, das sich anfühlte, als würden in ihrer Brust freudetrunkene Bläschen aufperlen. Sie verspürte den Drang, ausgelassen herumzutanzen, breitete die Arme aus und wirbelte im Kreis herum.

Orion setzte seinen Rucksack ab. Er kniete sich hin und öffnete den Reißverschluss, doch dann hielt er plötzlich inne. Er legte sich eine Hand auf die Brust und presste fest dagegen, als versuchte er, sein Herz wieder an die Stelle zu drücken, an die es gehörte. Er schaute zu Helen auf und lachte lautlos, doch für Helen sah es eher so aus, als würde er gleich in Tränen ausbrechen. Sie hörte auf zu tanzen und ging zu ihm.

»Ich habe das noch nie gefühlt«, sagte er beinahe entschuldigend. »Ich dachte nicht, dass ich es *könnte*.«

372

»Du dachtest, dass du niemals Freude empfinden würdest?«

Helen kniete sich neben ihn und betrachtete seine überwältigte Miene. Orion schüttelte den Kopf, schluckte schwer und zog Helen dann plötzlich an sich und drückte sie ganz fest.

»Jetzt weiß ich es«, wisperte er und ließ sie genauso abrupt los, wie er sie an sich gezogen hatte. Sie wusste nicht, was er meinte, aber er gab ihr keine Gelegenheit zu fragen. Er drückte Helen eine leere Feldflasche in die Hand und tauchte die beiden anderen, die er aus seinem Rucksack geholt hatte, ins Wasser des Flusses.

Sofort, als seine Finger das Wasser berührten, liefen ihm dicke Tränen über die Wangen, und ein erschrockenes Aufschluchzen ließ seine Brust beben. Helen hockte sich neben ihn ans Ufer, tauchte ihre Flasche ein und berührte die Freude. Anders als für Orion war es für sie nicht das erste Mal, aber nach so viel Trauer und den Verlusten der vergangenen Wochen weinte sie dennoch, als hätte sie noch nie Freude erlebt.

Als alle drei Flaschen gefüllt waren, schraubten sie sie zu. Helen dachte nicht daran, das Wasser zu trinken, und so energisch, wie Orion seine Flaschen zuschraubte, war klar zu erkennen, dass auch er nicht die Absicht hatte. Helen wusste tief in ihrem Herzen, dass ein winziger Schluck genügen würde, um sie für immer an diesem Ort festzuhalten. Allerdings verspürte sie schon jetzt eine tiefe Sehnsucht in sich, weil dieser perfekte Augenblick gleich vorüber sein würde. Sie wünschte nur, für immer bleiben und die Finger in den Fluss der Freude tauchen zu können.

»Du wirst eines Tages wieder herkommen.«

Aus ihren Träumen gerissen, schaute Helen zu Orion auf. Er streckte ihr lächelnd eine Hand entgegen, um ihr aufzuhelfen. Das durch die Blätter fallende Licht umspielte seine Haare wie ein Heiligenschein. Seine grünen Augen strahlten und die Wimpern waren vom Weinen noch ganz feucht. Sie griff nach seiner Hand und richtete sich auf, immer noch ein wenig schniefend, nachdem das größte Entzücken nun vorbei war.

»Genau wie du«, sagte sie. Orion senkte den Blick.

»Mir hat es schon gereicht, es ein Mal zu erleben, Helen. Ich werde es nie wieder vergessen. Und ich werde auch nie vergessen, dass du es warst, die mich hierhergebracht hat.«

»Du glaubst wirklich, dass du nie wieder herkommen wirst?«, fragte Helen ungläubig und sah zu, wie Orion die Feldflaschen im Rucksack verstaute.

Er antwortete nicht.

»Wir werden uns in acht oder neun Jahrzehnten hier wiedersehen«, verkündete sie entschieden. Orion lachte und schwang sich mit einem Schmunzeln den Rucksack auf den Rücken.

»Acht oder neun? Dir ist klar, dass wir Scions sind?«, fragte er, nahm ihre Hand und zog sie mit sich auf die Morgenwiese. »Unser Mindesthaltbarkeitsdatum läuft bekanntermaßen ziemlich früh ab.«

»Das wird bei uns anders sein«, widersprach Helen. »Nicht nur bei uns beiden, sondern bei unserer ganzen Generation.«

»Das muss es«, sagte Orion ruhig und neigte nachdenklich den Kopf zur Seite.

Helen warf ihm einen Blick zu, weil sie dachte, dass er wieder in eine seiner düsteren Stimmungen verfallen war, aber sie hatte sich getäuscht. Er lächelte auf eine Weise, die Helen für hoffnungsvoll hielt. Da musste auch sie lächeln, denn es machte sie glücklich, Hand in Hand mit ihm durch die Wiese zu wandern. Ihre Glückseligkeit war nicht mit dem überwältigenden Gefühl der Freude zu vergleichen, das sie am Fluss gespürt hatte, denn das hätte sie kaum länger ausgehalten. Sie erkannte jetzt, dass es ihr das Herz gebrochen hätte, wenn sie noch länger dort geblieben wäre.

Je weiter sie sich vom Fluss der Freude entfernten, desto klarer wurde Helens Kopf. Sie warf einen Blick auf ihre Hand. Sie hatte sie so lange ins Wasser gehalten, dass die Haut ganz runzelig geworden war. Wie lange hatte sie am Ufer gekniet?

Bei jedem weiteren Schritt war sie froh, dass Orion sie mitgenommen hatte. Wahrscheinlich war er genauso verzaubert gewesen wie sie. Aber trotzdem hatte er sich in den Griff bekommen und sogar noch die Kraft aufgebracht, sie mit sich zu ziehen.

»Wie hast du das gemacht?«, fragte Helen leise. »Wie konntest du dich vom Wasser losreißen?«

»Es gibt etwas, das ich mir noch mehr wünsche«, war alles, was er dazu sagte.

»Was kann man sich noch mehr wünschen als niemals endende Freude?«

»Gerechtigkeit.« Er drehte sich zu Helen und nahm ihre Hände in seine. »Da sind drei unschuldige Schwestern, die schon seit ewigen Zeiten leiden, aber nicht, weil sie etwas Schlimmes getan hätten, sondern weil die Parzen im Moment ihrer Geburt beschlossen haben, dass das Leiden ihr Schicksal sein soll. Das ist nicht richtig. Niemand hat es verdient, ins Leid hineingeboren zu werden, und ich habe vor, mich für diejenigen einzusetzen, denen das Schicksal so übel mitgespielt hat. Das ist mir viel wichtiger als Freude, Helen. Hilf mir. Du weißt, wo die Furien sind – da bin ich ganz sicher. Denk nach.«

Er sprach mit einer solchen Überzeugung, solchem Mitgefühl, dass Helen ihn mit offenem Mund anstarrte. Ein paar Herzschläge lang war ihr Gehirn wie leer gefegt, und dann fing eine kleine Stimme in ihrem Kopf an, sie anzuschreien, was für ein schlechter Mensch sie war.

Sie war nicht so unbeirrbar wie Claire oder so geduldig wie Matt. Sie hatte nicht den unfehlbaren Instinkt von Hector oder auch nur die Hälfte von Lucas' Intelligenz. Sie war ganz bestimmt nicht so großzügig wie Ariadne und Jason oder so mitfühlend und selbstlos wie Orion. Sie war einfach nur Helen. Sie hatte keine Ahnung, wieso sie die Deszenderin war und nicht einer der anderen, viel wertvolleren Menschen.

Warum zum Teufel hatte sie diese Aufgabe überhaupt übertragen bekommen und war hier in der Unterwelt gelandet? Sie wusste nur noch, dass sie eines Nachts eingeschlafen und in einer Wüste wieder aufgewacht war.

Einer so trockenen Wüste voller Felsen und so scharfer Dornen, dass ich beim Gehen eine Spur aus blutigen Fußabdrücken hinter mir zurückgelassen habe, erinnerte sie sich. *Eine Wüste mit einem einzelnen verkrüppelten Baum an einem Hügel, und unter dem Baum waren drei verzweifelte Schwestern, die uralt und wie kleine Mädchen zugleich aussahen. Sie haben mir schluchzend die Arme entgegengestreckt.*

Helen schnappte nach Luft und hielt Orions Hände fest umklammert. Sie hatte immer gewusst, wo sie die Furien finden konnten. Sie hatten sie von Anfang an um Hilfe angefleht.

»Ich möchte, dass wir an dem Baum am Hügel im Trockenen Land erscheinen«, verkündete sie und sah dem verblüfften Orion dabei in die Augen.

13

ls Helen in Richtung Heimat davonflog, war Lucas über dem Ozean geblieben und hatte ihr hinterhergesehen. Er fragte sich nicht zum ersten Mal, wieso all die Normalsterblichen, mit denen Helen aufgewachsen war, nie gemerkt hatten, dass sie etwas Übernatürliches an sich hatte. Auch wenn sie in ihrem Innern ganz normal war, war ihre Schönheit doch übermenschlich. Vor allem, wenn sie ihm so die Arme entgegenstreckte und seinen Namen sagte wie gerade eben.

Da wäre er beinahe weich geworden. Aber bei dem Gedanken, was dann womöglich passiert wäre, krampfte sich sein Magen zusammen, allerdings nur, weil er so sehr wollte, *dass* es passierte. Sie waren nur Zentimeter davon entfernt gewesen, eine Dummheit zu machen, und wenn sie nicht bald aufhörte, ihn auf ihre nervtötend unschuldige Art zu reizen, würde es irgendwann passieren, dessen war Lucas sich sicher.

Er hatte Helen angelogen. In Wahrheit war er mehr als einmal unter der blauen Plane vor ihrem zerbrochenen Fenster durchgeschlüpft und hatte ihr beim Schlafen zugesehen. Danach hatte er zwar immer Schuldgefühle gehabt, aber er konnte einfach nicht damit aufhören. Er hatte sich so sehr bemüht, sich von ihr fernzuhalten, war dann aber doch immer wieder in ihrem Zimmer gelandet und hatte sich später dafür gehasst. Lucas war klar, dass er eines Tages nicht mehr stark genug sein würde, einfach wegzugehen, und dass er dann zu ihr ins Bett steigen und mehr tun würde, als sie nur im Arm zu halten. Deswegen musste er dafür sorgen, dass Helen sich von ihm entfernte.

Lucas hatte bereits alles versucht, ihr sogar Angst gemacht, um sie zu vertreiben, aber nichts davon hatte funktioniert. Orion war seine letzte Rettung. Lucas kniff einen Moment lang die Augen zu und hoffte, dass Orion tun würde, worin er so gut war. Lucas hatte ihn gebeten, dafür zu sorgen, dass Helen aufhörte, ihn zu lieben. Dass sie nie wieder versuchte, ihn zu berühren, ihn nie wieder so ansah wie gerade eben. Lucas hätte sich am liebsten eingeredet, dass es das Beste war, wenn sie ihr Leben weiterlebte, auch wenn es mit einem anderen Typen war. Aber da gab es leider einen Haken.

Helen konnte auch nicht mit Orion zusammen sein – jedenfalls nicht auf Dauer. Das war das Einzige, was Lucas davon abhielt, den Verstand zu verlieren. Die beiden konnten nie ein gemeinsames Leben führen. Aber das bedeutete nicht, dass sie nicht miteinander …

Er verdrängte diesen Gedanken, bevor er davon überwältigt wurde. Es verbreiteten sich schon jetzt die dunklen Wolken um ihn und färbten den Himmel schwarz. Er zwang sich zur Ruhe und auch dazu, sich Helen und Orion *nicht* zusammen vorzustellen, denn das konnte er leider nur zu gut.

Lucas hatte Orion zwar noch nie zu Gesicht bekommen, aber er konnte sich trotzdem ein recht gutes Bild von ihm machen. Er war ein Nachkomme von Adonis, dem Liebhaber von Aphrodite. Und da Aphrodite diesen Typen allen anderen vorgezogen hatte, gab es im Haus von Rom regelmäßig Nachkommen, die aussahen wie er, so wie auch das Haus von Theben den Archetyp von Hector immer wieder hervorbrachte. Auf mindestens der Hälfte aller Gemälde und Skulpturen der Renaissance sahen die Männer aus wie Adonis, denn die alten Meister wie Caravaggio, Michelangelo und Raffael waren von Orions Vorfahren geradezu besessen gewesen. Florenz war förmlich mit Bildern der Söhne des Hauses von Rom überschwemmt.

Aber für die Entstehung einer Legende brauchte es mehr als nur gutes Aussehen, vor allem unter den Scions mit ihrem vielfältigen Genmaterial. Es war kein Zufall, dass Casanova und Romeo, die vermutlich berühmtesten Liebhaber der Geschichte, aus Italien kamen. Orion als einen »gut aussehenden Bastard« zu bezeichnen, war zwar korrekt, beschrieb aber nicht einmal ansatzweise, welche Wirkung er auf Frauen hatte. Die Kinder von Aphrodite waren unwiderstehlich und die meisten konnten die Emotionen anderer Leute bis zu einem gewissen Grad beeinflussen. Orion hatte ihm jedoch erzählt, dass seine Fähigkeiten weit darüber hinausgingen.

Orion hatte eine seltene Begabung. Er konnte Helen mit einer leichten Berührung dazu bringen, dass sie nicht länger in Lucas verliebt war. Und wenn das nicht schon schlimm genug war, konnte Orion Helen auch noch so beeinflussen, dass sie eine Beziehung mit ihm einging, die den Waffenstillstand nicht

380

gefährdete – keine Bedingungen, keine Liebe, nur Sex. Dieser Kerl konnte mit Helen machen, was er wollte, und es gab nichts, was Lucas dagegen unternehmen konnte.

Bei diesen Gedanken hätte Lucas am liebsten etwas in Stücke gerissen, aber vermutlich machte sich die Familie inzwischen Sorgen um ihn, und deshalb zwang er sich, nach Hause zu fliegen.

Zum Glück schien Orion aus irgendeinem Grund Skrupel zu haben, seine Begabung einzusetzen – sogar wenn es darum ging, sich selbst zu verteidigen. Und nachdem er die beiden zusammen in der Unterwelt gesehen hatte, wusste Lucas, dass Orion Helen niemals zu etwas zwingen würde. Lucas war sogar überzeugt, dass Orion sie mit seinem Leben beschützen würde. Dafür hasste er Orion ein bisschen weniger, was es nicht gerade leichter machte. Lucas wollte Orion so gern hassen, aber da er das nicht konnte, blieb ihm nichts anderes übrig, als sich selbst zu hassen.

Lucas flog über die Ostküste und blieb über dem Wasser, damit er nicht zu hoch steigen musste. Er hatte seine Jacke im Schließfach in der Schule gelassen, aber das spielte eigentlich keine Rolle. Er konnte sich warm denken, wann immer es nötig war. Aber er hatte im Moment keine Zeit, mit dieser neuen Fähigkeit herumzuspielen. Schon eine Sekunde später landete er im eigenen Garten.

Sofort überfielen ihn Schuldgefühle und er sah sich suchend nach seiner kleinen Schwester um. Er hätte sie nicht allein in der Schule zurücklassen dürfen, nur um Helen wegzubringen. Jetzt, wo die Parzen fast jeden Tag Besitz von ihr ergriffen, war Cassandra noch verletzlicher als ein normalsterbliches Kind. Es kostete sie ihre ganze Kraft, die Heimsuchungen zu überleben, und die Tatsache, dass sie überlebte, nachdem so viele Orakel vor ihr gestorben waren, ließ Lucas vermuten, dass sie stärker war als er. Aber auch wenn sie noch so stark war – jedes Mal, wenn die Parzen sich ihres Körpers bemächtigten, konnte sie vor Schwäche kaum noch aufrecht stehen.

Einmal hatte er Cassandra auf der Treppe sitzend vorgefunden. Sie war nach ein paar Stufen so erschöpft gewesen, dass sie sich hinsetzen musste, um wieder zu Atem zu kommen. Lucas hatte sie in ihr Zimmer getragen, obwohl es ihn Überwindung gekostet hatte, sich ihr zu nähern. Die Aura der Parzen war immer noch um sie gewesen, und obwohl Lucas seine kleine Schwester sehr liebte, verursachten ihm die Parzen eine Gänsehaut.

Auch Cassandra hatte Angst vor ihnen und musste trotzdem mehrmals pro Woche ihre Anwesenheit in ihrem Körper ertragen. Lucas konnte sich nicht vorstellen, wie sich diese geistige und körperliche Übernahme anfühlte, aber so, wie seine Schwester danach aussah, musste es schrecklich sein.

Die Tatsache, dass seine kleine Schwester so viel Leid ertragen musste und er nichts dagegen tun konnte, machte ihn *sehr* wütend.

Auf dem Weg über den Rasen versuchte Lucas, seine Wut unter Kontrolle zu bekommen, und schwor sich, in Zukunft vorsichtiger zu sein. Inzwischen gab es so vieles, das ihn wütend machte. Seit er bei diesem katastrophalen Abendessen seinen Vater geschlagen hatte, hatte sich bei ihm eine Art Nebenwirkung eingestellt, die mit seiner Wut verbunden war.

Als Helen beim Sportfest von den Hundert umstellt gewesen war, hatte sich diese Nebenwirkung zum ersten Mal in voller

Ausprägung gezeigt, aber dort war sie nicht zum ersten Mal aufgetreten. Es hatte schon bei dem Streit mit seinem Vater angefangen.

Ein Teil von ihm hätte gern mit Jason oder Cassandra darüber gesprochen, um vielleicht besser damit fertigzuwerden, aber bisher hatte er sich nicht dazu durchringen können. Seine Familie würde sich dann nur noch mehr Sorgen machen. Schließlich beunruhigte es sogar ihn selbst.

Lucas hätte es auf dem Schulflur beinahe Helen gebeichtet, aber die Worte wollten einfach nicht über seine Lippen kommen. Sie hatte solche Angst vor Kreon gehabt, und Lucas würde es nicht ertragen, wenn sie auch ihn so ansehen würde. Er hatte immer noch nicht entschieden, ob er mit jemandem darüber reden sollte, auch wenn seine allwissende Schwester es sicher irgendwann herausfinden würde.

»Cassandra?«, rief Lucas, als er in die Küche kam. »Jason?«

»Wir sind hier«, antwortete Jason aus der Bibliothek.

Jasons Stimme hörte sich anders an als sonst. Irgendwie angespannt, aber vermutlich lag es daran, dass er sich immer noch darüber ärgerte, wie Claire und Helen in der Schule verschwunden waren und sie alle sich deswegen Sorgen gemacht hatten. Wie Jason mit Claire umging, brachte Lucas auf die Palme. Er wünschte, sein Cousin würde endlich aufwachen und erkennen, was für ein Glück er hatte. Er hatte sich in jemanden verliebt, den er tatsächlich haben konnte.

Die schwere Doppeltür der Bibliothek war nur angelehnt, und noch bevor Lucas den Raum betrat, spürte er die Anspannung und die Gereiztheit in den Stimmen aller Anwesenden.

»Wo warst du?«, fragte Cassandra misstrauisch. Das machte sie in letzter Zeit dauernd, obwohl sie die Antwort meistens schon kannte.

»Was ist hier los?«, fragte Lucas und ignorierte ihre Frage.

»Matt hat endlich beschlossen, uns etwas mitzuteilen«, sagte Jason mürrisch. Ihm stand die Zornesröte im Gesicht. Lucas hatte ihn schon ein paarmal so wütend erlebt und wusste aus Erfahrung, wie schwierig es war, Jason zu reizen. Er sah Matt an und hob fragend die Brauen.

»Ich habe mit Zach gesprochen. Er hat mich vorgestern Abend angerufen und mich gewarnt, dass heute etwas passieren würde, er aber nicht genau wüsste, was«, gestand Matt.

»Wieso hast du nichts gesagt, Matt?«, fragte Ariadne gekränkt. »Auch wenn Zach keine Einzelheiten kannte, hättest du uns doch warnen können.«

Da lauert das nächste Problem, dachte Lucas. Aber es führte kein Weg daran vorbei. Scions verliebten sich grundsätzlich sehr früh, weil sie häufig jung starben. Zumindest war an Ariadnes Geschmack nichts auszusetzen. Matt hatte seine Loyalität gegenüber dem Haus von Theben mehr als einmal bewiesen. Was die Situation noch verwirrender machte. Normalerweise traf Matt vernünftigere Entscheidungen und machte nicht solche Fehler.

»Das versteht ihr nicht«, antwortete Matt grimmig.

»Versuch's doch mal«, sagte Lucas ärgerlich. Er hasste es, wenn Normalsterbliche so taten, als wären sie ganz anders als Scions, als hätten sie nicht alle dieselben Gefühle.

»Wenn ich euch gesagt hätte, was er mir erzählt hat, was hät-

tet ihr dann mit ihm gemacht? Ihn verhört? Oder verprügelt?«
Matt wurde immer hitziger. »Der Typ lügt wie gedruckt. Das
meiste, was er sagt, ist totaler Mist, und ich dachte, dass das auch
für seine sogenannte Warnung galt. Er hat keine Ahnung, wo er
hineingeraten ist!«

»Und damit ist alles wieder in Ordnung?«, fuhr Jason ihn an.

Der Streit nahm seinen Lauf und die Gemüter erhitzten sich
immer mehr. Lucas lebte noch nicht lange auf Nantucket, aber
er hatte in der Schule in jedem einzelnen Kurs mit Matt zusammengesessen. Er hatte mit ihm mehr Zeit verbracht als mit dem
eigenen Vater und konnte sich nicht erinnern, ihn jemals zuvor
wütend erlebt zu haben. Genau wie Jason war Matt eigentlich
sehr ausgeglichen, aber im Moment waren beide so wütend, dass
sie kaum noch klar denken konnten. Alle Anwesenden waren
gereizt.

So viel Streiterei ist nicht normal, dachte Lucas. *Unfrieden*. Der
Krawall in der Schule, die unkontrollierbare Wut – sogar die en-
gelhafte, wohlerzogene *Helen* hatte den Drang verspürt, etwas
Böses zu tun. Es passte alles zusammen.

»Eris«, sagte er laut und hätte sich am liebsten selbst einen Tritt
versetzt. »Hört mal. Wenn Ares sich in der Unterwelt mit Helen herumstreiten wollte, ist es nur logisch, dass seine Schwester
versucht, dasselbe in der wirklichen Welt zu tun. Der Waffenstillstand betrifft sie nicht – sie ist keine von den Zwölf. Sie kann
ihre Kraft hier auf der Erde einsetzen.«

»Oh Götter! Natürlich!« Cassandra fuhr sich mit der Hand
übers Gesicht und lächelte zu ihm auf. »Wie konnte mir das
entgehen?«

»Nun, ich hatte mehr Hinweise als du. Ich habe sie sogar gesehen«, berichtete er. »Auf dem Schulflur, als Helen und ich in Deckung gegangen sind. Eris und Ares sind sich sehr ähnlich, als wären sie Zwillinge oder so, abgesehen davon, dass Ares voller blauer Tattoos ist. Die hat Eris nicht.«

»Woher weißt du, wie Ares aussieht?«, fragte Claire und sah Lucas durchdringend an. »Die Griechen haben ihn so sehr gehasst, dass sie keine Mythen über ihn erdacht haben – geschweige denn, sein Aussehen beschrieben.«

War ja klar, dass Claire darüber stolpern würde, dachte Lucas. Er seufzte und gestand alles.

»Ich habe Ares gesehen. Ich habe einen Weg in die Unterwelt gefunden und war dabei, als Ares auf Helen und Orion gestoßen ist.«

Während ihn alle mit offenem Mund anstarrten, berichtete er von seinem Raubzug im Getty Museum, der Wirkung der Obolusse und wie er Helen einen davon gegeben hatte.

»Und das hast du uns nicht erzählt, weil …?«, fragte Ariadne mit zusammengebissenen Zähnen.

»Das versteht ihr nicht«, sagte er und benutzte absichtlich Matts Formulierung. »Wichtig ist doch nur, dass Helen wieder träumen kann.«

»Hör zu, uns allen liegt viel daran, Helen zu beschützen, und wenn du mit diesem Vorschlag zu uns gekommen wärst, hätten wir dir bei dem Einbruch geholfen, um ihr Leben zu retten, das weißt du ganz genau. Wieso hast du es also allein durchgezogen? Luke, was ist, wenn dich jemand gesehen hat?«, fragte Jason besorgt. »Das Museum ist doch voller Überwachungskameras.«

»Die sind kein Problem«, versicherte ihm Lucas voller Überzeugung.

Jason sah ihn zweifelnd an, aber Lucas schüttelte warnend den
Kopf. Jason kannte ihn gut genug, um zu wissen, dass Lucas
versuchte, ihm etwas mitzuteilen. Also ging er auf den Wink ein
und ließ das Thema vorerst fallen, doch Lucas war klar, dass er
seine Unsichtbarkeit vermutlich keinen weiteren Tag verheimlichen konnte, nachdem Jason jetzt misstrauisch geworden war.
Aber er war bereit, dieses Geheimnis zu lüften, solange niemand
das zweite, viel schlimmere Geheimnis ahnte.

»Kinder!«, rief Noel aufgeregt an der Haustür. Alle reagierten
sofort auf ihren ängstlichen Tonfall.

»Mom?«, rief Lucas zurück und sprang auf. Einen Moment
später tauchte sie außer Atem in der Bibliothek auf, sah sich
hektisch um und zählte die Anwesenden. Sie kam jedoch nicht
auf die erhoffte Zahl.

»Wo ist Helen?«, fragte sie mit wachsender Besorgnis.

»Ich habe sie bei der Arbeit zurückgelassen«, antwortete Lucas
schnell.

»Oh nein«, murmelte Noel und begann, eine Nummer in ihr
Handy einzugeben. Lucas erkannte die Nummer seines Vaters.
Castor war immer noch im Konzil mit den Hundert. Das Konzil
jetzt zu verlassen, würde alles zunichtemachen, was bisher beschlossen worden war, das wusste seine Mutter.

»Mom! Bist du sicher, dass du das tun willst?«

»Das Konzil ist mir egal! Castor und Pallas müssen *sofort* herkommen. Im Stadtzentrum finden Straßenschlachten statt. Genau vor dem News Store!«

Hitze umhüllte Helen und der Schweiß kribbelte und brannte auf ihrer Haut. Die staubtrockene Luft roch nach frisch angezündeten Streichhölzern und waberte wie die Oberfläche eines Sees. Gleißendes Licht blendete sie, obwohl es keine echte Sonne gab.

Orion ließ Helens Hände los, damit er sich umdrehen und sich den einzigen Baum im Trockenen Land ansehen konnte. Drei kleine Mädchen standen in seinem Schatten und weinten so sehr, dass ihre dürren Schultern bebten. Orion bedeutete Helen, ihn zu begleiten, damit sie den Furien gemeinsam gegenübertreten konnten. Die drei Schwestern klammerten sich verängstigt aneinander. Als Orion einen Schritt näher auf sie zukam, drängten sie sich noch enger zusammen.

»Warte.« Helen legte Orion zögernd eine Hand auf den Arm. »Ich will ihnen keine Angst machen.«

»Bist du gekommen, uns zu töten, Deszenderin?«, fragte eine von ihnen. Ihre Stimme war die eines Kindes, allerdings ganz rau vom vielen Weinen. Jetzt, wo Helen sie zum ersten Mal deutlich sah, ohne von ihnen aufgehetzt zu werden, fragte sie sich, wie sie den Eindruck gewinnen konnte, dass es erwachsene Frauen waren. Diese drei Mädchen waren noch Kinder.

»Wir wissen, wie ihr Scions uns hasst und dass ihr uns tot sehen wollt«, klagte die eine. »Aber daraus wird nichts.«

»Wir wollen euch nichts tun. Wir kommen, um zu helfen.« Helen hob beschwichtigend die Hände. »Habt ihr mich nicht genau deswegen das erste Mal hierhergeführt? Damit ich eines Tages wiederkomme und euch helfe?«

Die Furien schniefen und klammerten sich verstört aneinander fest. Orion nahm ganz langsam seinen Rucksack ab, legte ihn auf den Boden und warf den Schwestern einen beruhigenden Blick zu, mit dem er sich vergewisserte, dass er sie nicht erschreckte. Seine Taktik schien zu funktionieren. Die Furien beobachteten ihn mit großen Augen und ängstlicher Miene, aber sie wirkten jetzt etwas weniger panisch.

»Wir haben euch etwas zu trinken mitgebracht«, sagte er freundlich, öffnete den Reißverschluss des Rucksacks und holte die drei Feldflaschen heraus.

»Gift?«, fragte die linke Schwester misstrauisch. »Zweifellos ein Trick, um uns in den Tartaros zu schicken. Ich sagte es euch doch schon. Das wird nicht funktionieren.«

»Schwestern. Vielleicht ist es so am besten«, sagte die Kleinste auf der rechten Seite mit einem so dünnen Stimmchen, dass es kaum zu hören war. »Ich bin so müde.«

»Ich weiß, dass ihr müde seid«, sagte Helen, der die drei Mädchen unendlich leidtaten. »Und ich weiß, wie es sich anfühlt, wenn man wirklich müde ist.«

»Wir wollen euer Leid lindern«, sagte Orion. Er klang so aufrichtig, dass die linke Schwester tatsächlich einen unsicheren Schritt auf ihn zu machte.

»Unser Leid wird niemals enden«, sagte die Anführerin in der Mitte und zog ihre Schwester wieder zurück. »Ihr Scions mögt Frieden finden und von Zeit zu Zeit sogar glücklich sein, aber wir Erinnyen sind immer gequält. Wir wurden aus dem Blut geboren, das ein Sohn beim Angriff auf den eigenen Vater vergoss. Es ist unser Schicksal, diesen ungerechten Tod zu rächen.«

Die Sprecherin funkelte Orion an, der die Furien flehentlich betrachtete. Helen trat einen Schritt näher an ihn heran. Er schien zu vergessen, wieso sie hier waren. Das passte gar nicht zu Orion.

»Ich habe meinen Vater nicht getötet, sosehr die Parzen das auch gewollt haben«, verkündete er mit klarer Stimme. »Ich wurde in die Bitterkeit hineingeboren, aber ich habe entschieden, dass ich nicht verbittert sein will.«

»Uns steht diese Entscheidung nicht frei, Prinz«, wisperte die kleinste Schwester. »Die Morde sind für immer in unseren Köpfen.«

»Wir Erinnyen können niemals das Blut vergessen, das euresgleichen vergossen hat. Wir erinnern uns an jede Untat«, erklärte die Anführerin tieftraurig. Wieder fingen die drei Mädchen an zu weinen.

»Und deswegen sind wir hier. Meine Freundin und ich finden, dass ihr lange genug für die Sünden der Scions gelitten habt«, sagte Orion mit seiner beruhigenden Stimme. »Wir möchten euch nur etwas Wasser zu trinken geben. Habt ihr keinen Durst?«

»Wir hatten seit mehr als dreitausend Jahren keinen Tropfen Wasser«, sagte die linke Schwester.

Alle drei gerieten in Versuchung. Es war selbst im Schatten ihres elenden Baums so heiß und trocken, dass sogar Helen, die eigentlich Entbehrungen gewöhnt war, nur zu gern wenigstens ihren Mund befeuchtet hätte. Schließlich trat die kleinste Schwester vor. Ihre Beinchen waren so dürr, dass es ein Wunder war, dass sie nicht zusammenklappte.

»Ich bin sehr durstig. Ich möchte trinken«, sagte sie mit ihrer zarten Flüsterstimme.

Ihre dünnen Arme zitterten, als sie die Hände ausstreckte.

Orion schraubte den Deckel ab und half ihr, die Flasche festzuhalten und an die Lippen zu führen. Sie nahm einen winzigen Schluck und schaute schockiert zu Orion auf. Dann riss sie die Flasche an sich, legte den Kopf zurück und trank den gesamten Inhalt mit großen, glucksenden Zügen aus. Danach begann sie zu schwanken und Orion musste sie festhalten. Er warf Helen einen hoffnungsvollen Blick zu.

»Du hast sie umgebracht!«, stieß die mittlere Schwester entsetzt hervor.

»Er kann keine von uns töten«, widersprach die Anführerin. »Sieh doch, sie bewegt sich.«

Die Kleinste klammerte sich an den Saum von Orions Hemd und vergrub das Gesicht an seiner Brust. Er streichelte ihr mit der freien Hand übers Haar und sprach ihr sanft ins Ohr, als ihre Schultern zu beben begannen. Helen konnte seinem Tonfall entnehmen, dass er ihr sagte, dass sie beruhigt sein konnte und ihr nichts geschehen würde. Die kleinste Furie warf plötzlich den Kopf zurück und lachte.

»Schwestern«, seufzte sie. »Es ist … himmlisch! Die Erben haben uns den Himmel zum Trinken mitgebracht!«

Helen reichte den beiden anderen Furien hastig ihre Flaschen und beobachtete, wie sie genauso euphorisch wurden. Die Kleinste küsste Orion voller Dankbarkeit auf die Wange und warf sich dann in die Arme ihrer beiden größeren Schwestern. Die drei kicherten vor Freude, umarmten sich und hopsten lachend und jauchzend herum. Sie sahen aus wie drei junge Mädchen auf einer Pyjamaparty.

Helen warf Orion einen Blick zu und musste feststellen, dass

391

er die drei Mädchen zwar fasziniert, aber auch mit gemischten Gefühlen beobachtete. Sie stellte sich dicht neben ihn, um ihn spüren zu lassen, dass sie für ihn da war. Die Erwähnung seines Vaters schien ihn erschüttert zu haben, aber dieses Problem war jetzt aus der Welt geschafft. Die Scions waren von den Furien befreit und er und sein Vater würden schon bald wieder vereint sein.

»Du hattest recht«, sagte Helen. Orion sah fragend auf sie herab. »Sie zu erlösen ist viel besser als ewige Glückseligkeit.«

Die beiden richteten ihre Aufmerksamkeit wieder auf die ausgelassenen Mädchen. Dann zuckte Helen mit den Schultern, grinste und tat so, als müsste sie ihre letzte Bemerkung noch einmal überdenken. Orion lachte über ihren Witz, sagte aber nichts. Er legte ihr nur eine Hand auf die Schulter, während sie zusahen, wie sich die Schwestern in den Armen lagen und herumtanzten.

Die Kleinste war die Erste, die sich von den anderen löste. Es sah so aus, als wäre sie von der ganzen Aufregung erschöpft und müsste sich einen Moment ausruhen. Sie wankte von den anderen weg und hielt sich eine Hand vor die Augen. Orion ließ Helen los und wollte dem Mädchen zu Hilfe kommen, denn inzwischen taumelte es herum, als würde es jeden Moment zusammenbrechen. Die jüngste Furie ließ den Kopf hängen. Rote Tropfen befleckten ihr weißes Kleid, als sie blutige Tränen weinte. Ihre Schwestern zogen sie von Orion weg und fragten, was mit ihr los war. Aber kurz darauf begannen auch sie wieder zu weinen.

»Was ist passiert?«, fragte Helen Orion entgeistert.

»Ich weiß es nicht. Sie hat gesagt, dass sie ihre Gesichter nicht

aus dem Kopf bekommt«, antwortete er mit einem Stirnrunzeln.
Die drei Schwestern standen dicht beieinander und flüsterten.
Offenbar trafen sie eine Entscheidung, denn die Anführerin kam
auf Helen und Orion zu.

»Anscheinend konnte die Glückseligkeit nicht von Dauer
sein«, sagte sie.

Die beiden anderen Mädchen klammerten sich weinend aneinander und Helen wollte ihnen unbedingt beistehen. Orion
hockte sich hin, sammelte die leeren Feldflaschen ein und suchte
verzweifelt nach irgendwelchen letzten Tropfen, aber alle drei
Flaschen waren leer.

»Wir holen euch mehr davon«, versprach er, aber die Anführerin schüttelte den Kopf.

»So gern ich dieses Gefühl noch einmal verspüren würde,
fürchte ich doch, dass es niemals von Dauer sein kann«, sagte sie
traurig. »Wir können dieses Geschenk nicht mit gleicher Münze
zurückzahlen, aber zum Dank für diese segensreichen Momente,
die ihr uns ermöglicht habt, möchten wir euch etwas geben.«

»Eine Gabe für ein Geschenk, das wir niemals vergessen werden«, versicherte die mittlere Schwester.

»Wir erlassen euch beiden eure Blutschuld«, sagte die Anführerin und schwenkte die Hand durch die Luft, als würde sie Helen
und Orion segnen. »Wir werden euch nie wieder heimsuchen.«

Sie wich zurück, gesellte sich zu ihren Schwestern und die
drei verzogen sich wieder in den Schatten ihres Baums.

»Wartet! Gebt noch nicht auf«, flehte Orion. »Vielleicht haben wir nicht genug Wasser mitgebracht. Wenn wir euch mehr
holen …«

»Orion, nicht«, sagte Helen und verhinderte, dass er den Mädchen nachlief. »Sie haben recht. Wir könnten ihnen das Wasser bis in alle Ewigkeit bringen, aber Glückseligkeit ist vergänglich – sie ist kein Dauerzustand. Das ist mir jetzt klar. Persephone muss einen anderen Fluss gemeint haben.«

»Und wenn nicht?«, fragte Orion so verzweifelt, dass seine Stimme brach. »Was, wenn das hier unsere einzige Möglichkeit ist, ihnen zu helfen?«

Helen sah in seine leuchtend grünen Augen und schüttelte stumm den Kopf. Sie wusste nicht, was sie jetzt tun sollten. Das kleinste Mädchen reckte den Kopf aus dem Schatten hervor.

»Danke«, wisperte es, bevor es wieder in der Dunkelheit hinter dem Baumstamm verschwand.

»Wir müssen ihnen helfen!«, sagte Orion eindringlich. »Wir können sie nicht bis in alle Ewigkeit so leiden lassen!«

»Das werden wir auch nicht! Ich schwöre dir, dass wir nicht aufhören, bis wir den richtigen Fluss gefunden haben!« Plötzlich verschwamm alles vor Helens Augen, und sie krallte sich in Orions Shirt, um nicht umzukippen.

»Was ist los?«, fragte Orion. Die Landschaft wurde unscharf, und Helen fühlte, wie sich die Welt verlangsamte, als würde sie aufwachen.

»Ich glaube, sie wollen, dass wir gehen«, sagte sie. Sie schlang die Arme um Orions Hals und hielt sich an ihm fest …

Als Matt und Claire merkten, dass der Verkehr zum Erliegen gekommen war, ließen sie das Auto stehen und rannten durch die dunklen Straßen aufs Stadtzentrum zu.

Eigentlich hätten sie nicht unterwegs sein sollen, aber sie wollten nicht in der Sicherheit des Delos-Anwesens herumsitzen, während die Scions zum Kämpfen ausschwärmten. Matt war sogar ziemlich beleidigt, weil Ariadne ihn förmlich angefleht hatte, im Haus zu bleiben, als wäre er ein Kind, das sich nicht selbst verteidigen konnte. Er hatte protestieren wollen, aber Ariadne, Lucas und Jason waren so schnell weggerannt, dass Matt ihnen kaum mit den Augen folgen, geschweige denn, seine Empörung in Worte fassen konnte. Es ärgerte ihn maßlos, wenn sie sich so verhielten.

Cassandra hatte sie gewarnt, nicht zu gehen, weil es die anderen richtig sauer machen würde. Matt mochte es viel lieber, wenn sie ihre Vernunft benutzte, um die Zukunft vorherzusagen – als normaler Mensch, nicht als Orakel. Er konnte mittlerweile nicht einmal mehr hinsehen, wenn die Parzen aus ihr auftauchten, als würden sie sich unter ihrer Haut hervorgraben.

Das war eines der vielen Dinge, die Matt dazu brachten, den Wert der Scion-Begabungen anzuzweifeln, ganz zu schweigen von den sogenannten Göttern, die sie den Scions verliehen hatten. Welchen Sinn hatten die Parzen, wenn sie Menschen nur benutzten wie Gefäße, die man füllte, wieder leerte und schließlich wegwarf? Sosehr Matt Gewalt verabscheute, bei dem Gedanken daran, was die Parzen den Scions antaten, hätte er nur zu gern etwas Kampfsport praktiziert.

Als er und Claire sich dem Stadtzentrum näherten, hörten sie Rufe und Schreie, aber die Stimmen schienen nichts miteinander zu tun zu haben. In einer Straße kreischten die Leute vor

Angst, in einer anderen war aggressives Gejohle zu hören. Es war beinahe, als würden die Menschen verschiedene Filme sehen.

»Warte, Claire«, sagte Matt, als sie um eine schlecht beleuchtete Kurve kamen. »Hier brennt die Straßenbeleuchtung nicht mehr.«

»Aber zum News Store geht es hier entlang«, protestierte sie.

»Ich weiß, aber lass uns lieber einen Umweg machen, damit wir in der Gasse hinter dem Laden herauskommen. Ich möchte erst wissen, was hier los ist, bevor ich mich auf der Hauptstraße sehen lasse.«

Claire war einverstanden und Matt führte sie zur Hintertür des News Store. Es war still in der Gasse hinter dem Laden, obwohl sie natürlich den Lärm von der Hauptstraße hören konnten. Sie hatten beide das Gefühl, dass in der Nähe etwas Großes passierte, aber es kam ihnen so vor, als wären sie gar nicht davon betroffen.

»Gott, ist das dunkel«, murmelte Claire. Man konnte ihr die Angst förmlich anhören.

»Das ist keine normale Dunkelheit«, flüsterte Matt nervös, als sie den News Store durch die Hintertür betraten.

»Ich glaube, ich habe so was schon mal gesehen«, wisperte Claire und rieb sich die Arme – vor Kälte und vor Angst. »Als Hector beim Sportfest von Automedon und den Hundert angegriffen wurde, hat diese gruselige Schwärze auch alles eingehüllt. Ich glaube, es bedeutet, dass ein Schattenmeister hier war.«

Der Laden war verwüstet. Tische waren umgekippt, Gläser mit Süßigkeiten waren auf dem Boden zerplatzt, und alles war mit einer Schicht Mehl überzogen, das jemand offensichtlich mit Absicht aus ein paar aufgerissenen Säcken verteilt hatte. Matt und

Claire arbeiteten sich bis zur Ladentür vor und suchten nach Verletzten, die möglicherweise bewusstlos waren, und hofften inständig, dass sie weder Jerry noch Kate finden würden. Zum Glück war der News Store menschenleer.

Je mehr sie sich der Vordertür näherten, desto undurchdringlicher wurde die Schwärze, und Matt und Claire stolperten blindlings hinaus auf die Straße. Dort mussten sie kurz warten, bis sich ihre Augen an die vom Schattenmeister zurückgelassene nebelhafte Dunkelheit gewöhnt hatten. Eine Horde kostümierter Leute kam die Straße herunter, angeführt von einer großen Frau. Als sich die Dunkelheit verzog, wich Matt instinktiv einen Schritt zurück.

»Das muss Eris sein«, sagte er halblaut zu Claire.

»Und wer ist das?«, fragte sie und schaute in die andere Richtung. Sie zeigte auf einen großen, dünnen Jungen, der aussah, als hätte man ihn aus Ersatzteilen zusammengebaut. Die Arme waren zu lang für seinen Körper, seine Schultern hingen herab und er hatte O-Beine. Obwohl er so groß war, sah es aus, als würde er *kriechen,* anstatt zu laufen. Claire, die immer noch in stummer Panik auf ihn zeigte, wich zurück, bis sie gegen Matt stieß. Er konnte fühlen, wie sie am ganzen Körper zitterte, und ihre keuchenden Atemzüge drohten in panische Schreie überzugehen.

Matt kannte sie schon seit der gemeinsamen Kindergartenzeit, und eines wusste er genau: Claire Aoki war keine ängstliche Person. Aber als Matt sich umsah, musste er feststellen, dass auch die anderen Leute hysterisch herumrannten und vor lauter Angst außer sich waren. Es machte den Eindruck, als würde jeder Einzelne von seinem schlimmsten Albtraum heimgesucht.

»Das muss ein weiterer Gott sein.« Auch Matts Stimme bebte. »Claire, denk nach! Eris ist die Schwester von Ares und das personifizierte Chaos – sie bringt die Leute dazu, alles kaputt zu schlagen. Und was fühlen wir, wenn wir uns diesen gruseligen Jungen ansehen?«

»Panik?«, keuchte Claire, die krampfhaft versuchte, nicht zu hyperventilieren. »Aber ich dachte immer, der Gott Pan wäre ein Ziegenbock!«

»Nein, das ist nicht dieser Satyr! Da gab es doch noch einen anderen«, überlegte Matt, und der Familienstammbaum der Götter tauchte vor seinem inneren Auge auf. »Ares, der Gott des Krieges, geht mit Eris, der Göttin des Unfriedens, und sie werden begleitet von seinem Sohn Phobos. Dieser widerwärtige Junge muss Phobos sein, der Angst und Schrecken verbreitet.«

»Matt«, schnaufte Claire und deutete mit einem Arm in die eine und mit dem anderen in die andere Richtung. »Die treiben die Leute aufeinander zu!«

Matt war wie vom Donner gerührt. Eris und ihr Neffe führten ihre aufgeheizten Gruppen über die angrenzenden Straßen auf die große Kreuzung zu, an der auch der News Store lag.

Mit jedem Schritt brachten die schrecklichen Götter ihr Gefolge dem unvermeidlichen Zusammenstoß ein bisschen näher. Selbst Matt und Claire, die sich krampfhaft bemühten, ihre Gefühle unter Kontrolle zu behalten, spürten den Wahnsinn in sich aufsteigen. Und wie ein Korken aus einer geschüttelten Champagnerflasche unvermeidlich herausspringt, prallte die Gruppe um Phobos schließlich mit der zerstörungswütigen Horde von

Eris zusammen, und es brach absolute Panik aus. Matt entdeckte Eris mitten im Getümmel. Sie lachte zufrieden und ihr missgestalteter Neffe hatte ein boshaftes Grinsen im Gesicht.

Die kostümierten Randalierer gingen in einem Rausch aus Zerstörungswut und Angst aufeinander los. Matt und Claire blieb nichts anderes übrig, als in Deckung zu gehen. Matt packte Claires Hand, zog sie hinter ein geparktes Auto und schützte sie mit dem eigenen Körper vor fliegenden Glasscherben und anderen gefährlichen Gegenständen.

Die beiden hielten sich aneinander fest und versuchten, ihre Emotionen so weit unter Kontrolle zu behalten, dass sie sich nicht an der Straßenschlacht beteiligten. Die Luft stank nach saurer Milch und brennendem Plastik, und Matt fiel auf, dass die Stärke des Geruchs die Leute beeinflusste – je intensiver er wurde, desto mehr kochten die Gefühle hoch; bei ihm ebenso wie bei allen anderen.

Das Licht der Straßenlaterne über ihnen wurde matter und verschwand dann ganz, denn die Kreuzung war auf einmal in totale Dunkelheit getaucht. Matt konnte plötzlich keinen Meter weit sehen.

»Was macht ihr hier?«, knurrte eine Stimme aus der Schwärze. *Die Stimme von Lucas*, erkannte Matt erschrocken.

»Kommt mit«, sagte Lucas. Er streckte ihnen aus seinem wabernden schwarzen Umhang die Hand entgegen und bedeutete den beiden, ihm zu folgen. »Ich verstecke euch hier drin, bis ihr in Sicherheit seid.«

Matt und Claire zögerten, denn sie trauten sich nicht in seine Nähe. Ihr Misstrauen führte dazu, dass sich die Schatten auflösten und sich von Lucas wegbewegten. Es war etwas Bedrohliches in seiner Stimme und an der Art, wie die letzten Schattenfetzen an ihm hingen. Seine blauen Augen waren schwarz und er wirkte so *wütend*.

»Äh, Lucas?«, fragte Claire ungewöhnlich schüchtern. »Bist du so was wie … ein Schattenmeister?«

Er machte ein betroffenes Gesicht und nickte bedrückt.

»Und was hast du sonst noch vor uns geheim gehalten?«, fragte Matt, der so verdutzt war, dass er nur noch flüsterte.

Lucas machte den Mund auf und sah flehentlich von Matt zu Claire, aber gerade als er etwas sagen wollte, tauchten Jason und Ariadne neben ihnen auf, und ein Dutzend Fragen sprudelte aus ihnen heraus. Lucas hob die Hände und versuchte zu erklären, dass er erst vor Kurzem gemerkt hatte, dass er ein Schattenmeister war, als sie zum zweiten Mal unterbrochen wurden.

»Leute! Wo ist Helen?«, rief Kate hektisch. Sie alle fuhren zu Kate herum, die humpelnd auf den verwüsteten News Store zulief. Ihre Kleidung war zerrissen, ihre Frisur zerzaust, und sie war so voller Schmutz und Mehl, als hätte sie sich kämpfend auf dem Boden gewälzt.

Begleitet wurde sie von Hector, der Jerry in seinen Armen trug. Helens Vater war bewusstlos und hatte eine stark blutende Kopfwunde.

Hectors Augen wurden groß und ihm klappte der Unterkiefer herunter. Matt fuhr herum und sah das Aufglühen der Wut in den Augen von Lucas, Ariadne und Jason. Er konnte nicht hören, was sie hörten, aber er konnte ihnen an den Gesichtern ablesen, dass die Furien von ihnen Besitz ergriffen hatten.

»Jason, nein!«, schrie Claire und warf sich ihm in den Weg, bevor er seinen Bruder angreifen konnte.

»Ich nehme Ariadne!«, brüllte Matt und stürzte sich auf sie.

Ariadne zischte ihn an und zerkratzte ihm Hals und Brust, hörte aber schnell wieder damit auf, als sie sein Blut fließen sah. Matt ignorierte seine Verletzungen, hielt ihr die Augen zu und drückte sie fest an sich. Sie bebte vor Wut. Matt riskierte einen Blick und sah, wie Lucas den Kopf neigte wie ein Löwe auf der Jagd und dann einen Schritt auf Hector zuging.

Es war niemand mehr da, der ihn festhalten konnte.

14

Helen machte die Augen auf, und nach einem Blick auf ihr eisverkrustetes Kopfkissen wusste sie, dass sie wieder in ihrem Zimmer war. Es war dunkel, aber es war die marineblaue Dunkelheit des frühen Abends, nicht das Stockdunkel der Nacht. Sie lag mit dem Gesicht nach unten auf etwas, das uneben und warm war – und eindeutig nicht ihre Matratze.

Helen stützte sich auf die Ellbogen und sah hinab auf Orions schlafendes Gesicht. Eigentlich sollte sie sich sofort von ihm zurückziehen, doch sie zögerte. Er runzelte im Schlaf ein wenig die Stirn und aus irgendeinem Grund fand Helen das total süß.

In der Unterwelt hatte er einfach nur umwerfend ausgesehen, aber in der richtigen Welt hypnotisierte er sie geradezu mit seiner Schönheit. Alles an ihm passte perfekt zusammen. Seine wie in Stein gemeißelten Wangen betonten den kräftigen Hals, der in eine muskulöse Brust überging. Natürlich wusste Helen, dass das unwiderstehliche Aussehen typisch für die Söhne von Aphrodite war, aber das schmälerte seine Anziehungskraft nicht im Geringsten. Er brauchte zwar immer noch einen anständigen Haarschnitt, aber er war trotzdem ein Adonis, das Sinnbild männlicher Schönheit. Das war er schon die ganze Zeit gewesen, erkannte Helen jetzt, und je länger sie ihn anstarrte, desto schwerer wurde es, auch nur ans Wegsehen *zu denken.*

Helen konnte sich nicht bremsen – ihre Neugier verleitete sie, mit einem Finger über seine Unterlippe zu fahren. Sie wollte nur wissen, ob sie so weich war, wie sie sie in Erinnerung hatte, so weich, wie Morpheus sie ihr vorgespielt hatte.

Orions Muskeln spannten sich unter ihr und bei ihrer Berührung riss er die Augen auf. Noch nicht ganz wach, packte er Helen und wollte sie von sich wegstoßen.

»Ich bin's!«, schrie sie und klammerte sich an seinen Schultern fest, um nicht von ihm durch die nächste Wand geworfen zu werden.

Orion setzte sich auf und sah sich einen Moment lang verständnislos und ein wenig erschrocken um. Er löste den Klammergriff, mit dem er Helen gepackt hatte, und fuhr mit den Fingerspitzen über die tauende Eisschicht auf der Bettdecke. Mit einem amüsierten Lächeln zerrieb er den Rest der Kristalle zwischen den Fingern.

Helen sah ihm an, dass er die Verbindung zwischen der schnell schwindenden Kälte in ihrem Zimmer und der dauerhaften unnatürlichen Kälte in der Höhle mit dem Portal herstellte. Es war wirklich erstaunlich, wie vertraut sie mit Orions Mimik war und sogar seine Gedanken lesen konnte. Es war fast, als würde sie ihn schon ihr ganzes Leben lang kennen. *Oder länger*, dachte sie mit einem Schaudern.

»Ist das dein Zimmer?«, fragte er. Helen nickte lächelnd. Er sah sie misstrauisch an. »Und wozu brauchst du dieses Plastiklaken?« Beide prusteten los.

»Das musste ich kaufen! Ich habe meine normalen Laken immer mit dem Dreck aus der Unterwelt ruiniert!«, verteidigte sie sich und schlug Orion empört aufs Bein. Er schnappte sich ihre Hand und hielt sie an seinem Oberschenkel fest.

»Helen, sei ehrlich«, neckte er sie. »Du machst immer noch ins Bett, gib's zu!«

Sie lächelte, schüttelte aber gleichzeitig den Kopf als Warnung an ihn, es nicht auf die Spitze zu treiben. Dann erstarb ihr albernes Kichern plötzlich und wich einer gewissen Spannung. Aus irgendeinem unerklärlichen Grund lag Helens Hand auf seinem Oberschenkel. Sie zog sie hastig weg, doch merkwürdigerweise landete ihre Hand sofort auf seiner Wade.

Orion ließ den Kopf ins Kissen sinken und berührte gleichzeitig Helens Oberarm, als müsste er sich vergewissern, dass sie tatsächlich da war.

»Ich greife dich nicht an«, flüsterte er beinahe ungläubig. Er ließ die Finger über ihren Arm gleiten und legte die Handfläche um ihren Ellbogen. »Die Furien haben uns wirklich befreit.«

»Das haben sie«, wisperte sie zurück. »Jetzt kannst du nach Hause gehen.«

Orion schaute sie mit ernster Miene an. »Wir beide sind zwar erlöst, aber es ist noch nicht vorbei, das weißt du, oder?«

»Noch nicht«, bestätigte sie kaum hörbar. »Aber ich würde es verstehen, wenn du jetzt wichtigere Dinge zu erledigen hättest.«

»Wovon redest du?«, fragte er und sah sie neugierig an.

404

»Du bist frei. Du kannst mit deinem Vater leben.« Helen konnte ihn nicht ansehen. Sie sah sich nach etwas um, mit dem sie ihre Hände beschäftigen konnte, und stellte dabei fest, dass sie immer noch das Kostüm mit den Feenflügeln trug. Sie streifte die Flügel ab und sagte so gelassen, wie sie konnte: »Ich würde es verstehen, wenn du jetzt nicht mehr mit mir in die Unterwelt gehen willst.«

Orions Lippen öffneten sich überrascht und er sah Helen prüfend an. »Unfassbar«, murmelte er. »Nach allem, was ich dir von mir erzählt habe.«

Orion warf mit einer verärgerten Armbewegung die zerknüllte Bettdecke zur Seite und wollte aufstehen, aber Helen packte seine Arme und hielt ihn fest.

»Hey. Du hast deinen Vater nicht mehr gesehen, seit du zehn warst, und außerdem ist das Ganze nicht deine Mission. Es ist meine. Ich musste es zumindest ansprechen«, fügte sie ernst hinzu.

»Ich habe es dir doch schon gesagt. Ich bin dabei bis zum Ende, egal, was passiert.«

»Ich hatte gehofft, dass du das sagen würdest«, flüsterte sie und lächelte ihn dankbar an. Seine missmutige Miene wich einem Lächeln und er ließ sich von Helen wieder in ihr Kissen drücken.

Sie konnte nicht aufhören, ihn zu berühren. Wahrscheinlich hatte Orion sein ganzes Leben lang die Mädchen abwehren müssen, und es war Helen irgendwie peinlich, dass sie sich genauso benahm wie all die anderen.

»Also leg das Ding noch nicht ab, okay?«, sagte sie und be-

405

rührte den Zweig von Aeneas, den er immer noch in Form eines goldenen Armbands trug.

»Ich glaube, es geht sowieso nicht ab«, sagte er sanft.

Orion schien sich wieder zu entspannen, gleichzeitig aber auch wachsamer zu werden, und sie fragte sich, ob er wohl sehen konnte, wie ihr Herz hämmerte. Einen kurzen Augenblick lang war Helen überzeugt, dass er sie küssen würde.

Dann geriet sie in Panik und fragte sich, was sie tun sollte, wenn es geschah. Dies war kein Traum, und Helen war nicht sicher, ob sie schon zu einem Kuss bereit war.

»Es ist okay. Ich habe es nicht eilig, Helen«, sagte er ruhig. »Es ist mir sogar lieber, wenn wir uns Zeit lassen.«

Bei dem Wort »Zeit« durchfuhr Helen eine Welle der Panik. Sie sprang aus dem Bett, rannte ans Fenster und hob die blaue Plane an. Aus dem Stadtzentrum drang ungewöhnlicher Lärm.

»Oh mein Gott, ich kann nicht fassen, dass ich das vergessen habe!«, jammerte sie hysterisch. Sie packte Orion am Arm und zwang ihn, mit ihr aus dem zerbrochenen Fenster zu springen. »Ich habe meine Familie mitten in einem Aufstand alleingelassen!«

Nach der Landung rannten sie los. Helen übernahm die Führung, und als sie kurz darauf den Ortskern erreichten, blieb sie wie angewurzelt stehen. Sie traute ihren Augen nicht. Leute, die sie jeden Tag sah, mit denen sie plauderte und denen sie Muffins und Kaffee servierte, versuchten, einander in Stücke zu reißen. Sogar uniformierte Polizisten und Feuerwehrleute liefen Amok und schlugen Autoscheiben ein oder prügelten sich auf der Straße.

406

»Was willst du tun?«, fragte Orion kampfbereit. »Ich kenne die Stadt und die Leute nicht. Wer ist hier der Böse?«

Helen zuckte hilflos mit den Schultern. Hier kämpfte jeder gegen jeden. Sie drehte sich einmal um sich selbst, um zu entscheiden, wen sie schützen und wen sie bekämpfen sollte. Aber all diese Leute waren ihre Nachbarn, und soweit sie es erkennen konnte, verletzten sie einander nur aus reiner Panik. Sie sah, wie sich etwas einen Weg durch die Kämpfenden bahnte, und steuerte darauf zu.

Automedon, dem ihr alter Kumpel Zach brav hinterherlief, warf hilflose Menschen aus dem Weg. Mit seiner übermenschlichen Kraft ließ er jeden, der ihm in die Quere kam, durch die Luft fliegen. Der Myrmidone legte es nicht darauf an, die Leute zu verletzen – es war ihm egal, ob sie lebten oder starben.

Direkt in Automedons Weg lag ein Mann am Boden. Neben ihm standen in einem Haufen verstreuter Halloween-Süßigkeiten ein kleines Mädchen in einem Prinzessinnenkostüm und ein Junge, der als Bär verkleidet war. Das kleine Mädchen weinte ganz furchtbar und stieß in dem vergeblichen Bemühen, den Mann zu wecken, immer wieder gegen seinen Rücken. Der tapfere kleine Junge stellte sich Automedon in den Weg, die Hände in den pelzigen Bärenpfoten zu Fäusten geballt und bereit, den bewusstlosen Mann und seine hilflose kleine Schwester zu verteidigen. Beim Näherkommen erkannte Helen, dass der Mann Louis war und die Kinder Marivi und Juan.

Automedon schaute kaum hin. Fast beiläufig stieß er Juan zur Seite und sein kleiner Körper flog über die Köpfe der Menge hinweg. Orion bewegte sich so schnell, dass er an Helens Seite verschwamm. Sie selbst stand unter Schock. Zachs Gesicht verzerrte sich zu einer Maske der Angst, und er hechtete in Deckung, als ein schneeweißer Blitz aus Helens Brust hervorschoss und Automedon traf.

Sie dachte nicht nach. Nicht darüber, ob die Leute sie beobachteten oder ob sie das Insekt aus strategischen Gründen verschonen sollte. Helen sah nur noch, wie Juan in seinem süßen Teddybärkostüm durch die Luft flog. Sie hob die linke Hand, konzentrierte den Energiestrom und verwandelte Automedon in eine brennende Fackel.

Automedon wand sich vor Schmerzen. Als seine Haut von feurigem Orange zu mattem Rot verglühte, fiel er auf die Knie, dann auf die Seite und blieb schließlich – schwarz verkohlt – reglos liegen.

»Helen, hör auf!«, brüllte Orion. »Er ist tot!«

Helen schaltete den Strahl mit einem lauten Knallen ab, ließ die linke Hand sinken und betrachtete das verkohlte Etwas, das einmal Automedon gewesen war. Zach sprang auf und raste davon. Helen ließ ihn laufen und drehte sich zu Orion um.

Er hatte Juan bei sich. In seinen Riesenarmen sah der Kleine aus wie ein Plüschteddy. Helen hob unwillkürlich eine Hand zum Mund und wagte nicht zu fragen, wie schlimm es war.

»Er ist okay, ich habe ihn gefangen, bevor er auf den Boden aufgeschlagen ist«, sagte Orion beruhigend und kam auf sie zu. »Aber wir sollten die Kinder von der Straße schaffen.«

Sie sahen auf Marivi hinab, die Helen mit großen Augen und offenem Mund anstarrte.

»Weißt du, wer ich bin?«, fragte Helen. Marivi nickte, aber ihr

Gesicht war immer noch starr. »Kommst du mit uns?« Wieder nickte Marivi wortlos.

Als Helen dem Mädchen einen Arm entgegenstreckte, sprang es hoch, klammerte sich an ihrem Hals fest und schlang die Beine so fest um Helens Hüfte, wie es nur konnte. Orion legte Helen den kleinen Juan in den anderen Arm und beugte sich dann über Louis, der zumindest noch zu atmen schien.

»Er ist bewusstlos, aber er wird es schaffen«, sagte Orion und hob ihn ohne das geringste Zögern hoch. »Gibt es hier irgendwo einen sicheren Ort? Die Krankenhäuser werden heute Nacht überfüllt sein.«

»Äh ... der News Store?«, schlug Helen unsicher vor. »Da ist ein Erste-Hilfe-Kasten und vielleicht ist auch meine Familie dort.«

»Klingt gut«, sagte Orion und bedeutete Helen, ihm den Weg zu zeigen.

Als sie losgehen wollten, regte sich plötzlich Automedons verkohlter Körper. Sie hörten ein trockenes Knistern, und auf seinem Rücken bildete sich ein langer Riss, unter dem eine neue Hautschicht zum Vorschein kam. Es *atmete.* Marivi vergrub ihr Gesicht an Helens Hals, um nicht länger hinsehen zu müssen.

Helen und Orion tauschten einen geschockten Blick. Plötzlich platzte Automedons Hülle auf, und er stieg aus seiner verbrannten Haut wie ein Krebs, der seinen alten Panzer abwirft. Automedon hockte schleimbedeckt neben dem, was bisher seine Haut gewesen war, und schaute mit milchigen, von einer trüben Schicht überzogenen Augen lächelnd zu Helen auf.

»Das hat wehgetan«, verkündete er auf eine unbeteiligte, beinahe roboterhafte Art, und von seinem Mund trieften Speichelfäden. Er warf einen Blick auf Orion und dann auf sein goldenes Armband. Seine tränenden Augen verengten sich. »Der dritte Erbe. Schön, Euch wiederzusehen, General Aeneas.«

Ein langes klebriges Riechorgan entrollte sich unter Automedons menschlicher Zunge und erstreckte sich pulsierend in Orions Richtung. Dann rollte sich das röhrenförmige Organ wieder ein und verschwand mit einem Schlucken in Automedons Mund. Einen Moment lang war Helen überzeugt, dass sie sich übergeben würde.

»Los, komm! Bevor das Ding stark genug zum Aufstehen ist«, knurrte Orion ihr ins Ohr, und die beiden rannten so schnell davon, wie sie es mit den Verletzten im Arm konnten.

Noch bevor sie in Sichtweite des News Store waren, merkte Helen, dass etwas ganz und gar nicht stimmte. Unter ihren Füßen bebte der Boden und sie warf Orion einen besorgten Blick zu.

»Das war ich nicht!«, sagte er sofort. »Das sind Aufschlagbeben.«

Als sie um die letzte Ecke bogen, wurden sie in Dunkelheit eingehüllt.

»Schattenmeister!«, schrie Helen Orion zu. »Die Hundert müssen hier irgendwo sein. Sie haben einen Neuen. Er war auch bei meinem Sportfest …«

Helen wurde unwillkürlich langsamer, als die Dunkelheit ein wenig nachließ. Sie kannte diese spezielle Schwärze, denn sie hatte sie schon mehr als einmal erlebt. Durch die Schattenfetzen, die zugriffen wie Hände aus schwarzem Rauch, sah sie, wie

Hector die Quelle der Dunkelheit wiederholt auf den Bürgersteig schmetterte. Es war Lucas. Doch der gewann sofort wieder die Oberhand, stürzte sich auf Hector und schlug brutal auf ihn ein. Helen erwachte aus ihrer Erstarrung, schrie etwas Unverständliches und rannte den Rest des Weges, dicht gefolgt von Orion.

»Helen!«, rief Kate, und Helen bremste auf der Stelle ab.

Sie folgte Kates Stimme und sah, dass sie bei Jerry hockte, der bewusstlos war und stark blutete. Neben ihr hielten Claire und Matt Jason und Ari so fest, dass sie Helen weder sehen noch hören konnten. Orion legte Luis neben Jerry, Helen übergab die Kinder an Kate, warf ihrem Vater einen besorgten Blick zu und stürzte sich auf Lucas.

Als sie ihn von Hector herunterstieß, sah sie, wie Orion Hector von hinten ansprang und ihm in einem Würgegriff den Arm um den Hals legte. Helen nutzte ihre Superkräfte, um Lucas zu Boden zu reißen. Sie versuchte, ihn unten zu halten, aber er war schon immer der bessere Ringer gewesen und schlüpfte mühelos unter ihr heraus. Er hielt ihre Arme über dem Kopf fest, und obwohl sie stärker war, saß sie in dieser Position in der Falle. Helen überlegte, ihm einen Schlag zu versetzen, aber sie war zu ausgetrocknet von der Ladung, die sie Automedon verpasst hatte, und wusste, dass sie ihre Blitze in diesem Zustand nicht gut genug kontrollieren konnte.

»Bitte, Lucas, tu das nicht!« Als letzten Ausweg verlegte Helen sich aufs Betteln. Beim Klang ihrer Stimme zögerte er kurz und schien aus seinem Rausch zu erwachen. Er machte ein verwirrtes Gesicht und sprang von ihr herunter.

»Ich bringe Hector von hier weg«, rief Orion und rang mit Hector, der versuchte, sich loszureißen. »Komm mit, großer Junge. Es wird Zeit, dass du schwimmen gehst!«

Schnell wie der Blitz schaffte es Orion, Hectors Angriffslust zu beenden und ihn in Richtung Ozean zu schleppen. Sobald der Ausgestoßene weit genug weg war, um die Delos-Familie nicht mehr aufzuhetzen, verwandelte sich ihre Wut in unendliches Bedauern. Claire und Matt ließen Jason und Ari los und Lucas ließ den Kopf in die blutigen Hände sinken und verbarg seine Augen. Helen hätte ihn zu gern getröstet, aber sie wusste, dass sie ihn lieber nicht berühren sollte. Also sah sie ihn nur an und das Herz schlug ihr bis zum Hals.

»Ich wusste immer, dass *mehr* in dir steckt. Etwas Verborgenes, aber ich hätte nie … Was ist hier los?«, fragte Kate, deren Stimme nur noch als heiseres Flüstern herauskam. Helen drehte sich zu ihr um und sah, dass sie kurz vor dem Ausflippen war. »Weiß dein Vater Bescheid?«

»Nein. Kate. Bitte«, stammelte Helen. Sie betrachtete die blutende Kopfwunde ihres Vaters und war sofort außer sich vor Sorge.

»Lasst uns alle nach drinnen bringen«, sagte Matt ruhig und ließ den Blick erst über die schockierten Gesichter der Freunde wandern und dann zu den Straßenschlachten, die immer noch tobten. »Das ist zunächst das Wichtigste. Wir müssen von der Straße weg.«

Sie trugen die Verletzten in den Cafébereich des News Store und legten sie dort auf die gepolsterten Bänke. Die Zwillinge machten sich sofort daran, die Schwere ihrer Verletzungen zu beurteilen. Louis hatte nur eine Gehirnerschütterung, aber der kleine Juan hatte vier gebrochene Rippen und einen gebrochenen Arm. Die Zwillinge tauschten wortlos einen Blick und begannen mit ihrer Arbeit.

»Bleibt ein bisschen zurück«, warnte Claire Kate und Marivi, die die glühenden Hände der Zwillinge entgeistert anstarrten. »Es ist okay, ehrlich. Das Heilen ist eine ihrer Begabungen.«

»Was meinst du mit Begabungen?«, flehte Kate. »Helen, du musst mir sagen, was hier vorgeht!«

Helen wusste nicht, was sie sagen sollte. Sie sah hinab auf ihren Vater und dann wieder zu Kate. »Ich bin eine Halbgöttin«, platzte es schließlich aus ihr heraus. »Es tut mir leid, aber ich habe jetzt keine Zeit, dir alles zu erklären.«

»Schon verstanden!«, sagte Claire angesichts von Kates entgeisterter Miene laut. »Also, eins muss man dir lassen, Helen. Du fällst immer mit der Tür ins Haus. Kate, ich muss dich warnen. Die Story kann ein wenig dauern.«

Claire begann, der armen Kate einen Schnellkurs in griechischer Mythologie zu verpassen. Helen hauchte »Danke« in ihre Richtung und winkte dann Matt und Lucas zu sich. Sie berichtete ihnen von ihrem Zusammentreffen mit Automedon, wie sie ihn verbrannt und wie er seine verkohlte Haut einfach abgeworfen hatte.

»Ist Zach okay?«, fragte Matt.

»Als ich ihn das letzte Mal gesehen habe, ist er die Surfside runtergerannt«, antwortete Helen gleichgültig. »Er war bei Automedon, Matt, und wurde nicht von ihm niedergewalzt wie Louis und seine Kinder, also schätze ich, dass es ihm gut geht.«

Matt sah Lucas fragend an. »Können alle Myrmidonen Blitze überleben?«

»Nein«, sagte Lucas. »Sie haben keine Begabungen wie Scions, aber sie sind sehr stark. Stärker als die meisten Scions.«

»Selbst wenn er zehnmal stärker ist als du – das hätte er nicht überleben dürfen«, versicherte ihm Helen düster. »Automedon muss irgendwie unsterblich geworden sein. Vielleicht ist er wirklich der Blutsbruder eines Gottes, wie Cassandra vermutet hat. Lucas, ich habe ihn mit einem Blitz getroffen, der *Blei* schmelzen kann.«

Lucas runzelte nachdenklich die Stirn. Helen hätte ihm nur zu gern tausend Fragen gestellt, vor allem, seit wann er ein Schattenmeister war, aber das Aufblitzen von etwas Hellem erregte ihre Aufmerksamkeit, und sie beschloss, dass die Fragestunde noch warten musste. Gemeinsam mit Matt und Lucas ging sie zu den Verletzten. Die Zwillinge hatten zuerst den kleinen Jungen geheilt, damit er ohne Angst aufwachen konnte. Ariadne und Jason kümmerten sich noch einen Moment lang um Louis und erklärten ihn für geheilt.

Noch etwas benommen nahm Louis seine Kinder und eilte aus dem News Store, weil er sich vergewissern wollte, ob seine Frau zu Hause in Sicherheit war. Bevor ihr Vater sie zur Hintertür hinaustrug, legte Marivi ihren Zeigefinger an die Lippen, als wollte sie ihnen versprechen, sie nie zu verraten.

Die Zwillinge, die nach der Heilung von Juan ganz grau und erschöpft aussahen, konzentrierten sich jetzt auf Jerry. Nach einer kurzen Untersuchung tauschten sie einen von diesen bedeutungsvollen Blicken. Helen war fest davon überzeugt, dass

414

sie sich durch Gedankenübertragung unterhielten. Aber bevor Helen sie fragen konnte, wie schlimm die Kopfwunde ihres Vaters war, kehrte Orion vom Meer zurück. Als er auf sie zukam, stampfte er ein paarmal mit dem Fuß auf und schüttelte dabei die Wassertropfen aus seinen Haaren. Er schaffte es tatsächlich, in wenigen Sekunden vollkommen trocken zu werden.

»Wie geht's Hector?«, fragte Lucas mit zittriger Stimme.

»Er ist erschüttert, aber in Sicherheit«, antwortete Orion.

Lucas ließ den Kopf hängen und nickte.

»Wie kommt es, dass du hier bist?«, fragte Jason ihn ungläubig. »Wieso greifen wir dich nicht an?«

»Also, die Kurzfassung ist, dass Helen und ich falschlagen – was aber zumindest einen Vorteil hatte. Wir haben … nun, so etwas wie eine vorzeitige Entlassung von den Furien bekommen.«

»Aber das große Problem haben wir nicht gelöst. Noch nicht«, sagte Helen und konnte niemandem in die Augen sehen. Sie fühlte sich schuldig, weil sie und Orion von den Furien begnadigt worden waren, während der Rest ihrer Familie weiter leiden musste.

»Du bist Hectors kleine Schwester?«, fragte Orion und lächelte Ariadne warmherzig an. »Er hat mir aufgetragen, dir zu sagen, dass du dir keine Sorgen um ihn machen sollst. Er sagt, dass du dir immer die meisten Sorgen um andere machst.«

Ariadne versuchte, Orion anzulächeln, aber sie brachte es nicht fertig. Sie drehte sich wieder zu Jerry um und wischte sich mit dem Handrücken die Tränen ab. Helen beobachtete Lucas, der am Boden zerstört war.

Er war der Einzige gewesen, der Hector angegriffen hatte.

Die anderen hatten sich zurückgehalten und er hatte es nicht gekonnt. Diese Bürde würde immer auf ihm lasten. Lucas war der Paris dieser Generation und damit der vorherbestimmte Sündenbock in diesem Epos. Seitdem er auch noch mit dem Makel gestraft war, ein Schattenmeister zu sein, konnte es nur noch schlimmer werden.

In ihm wuchs eine Dunkelheit heran. Helen fragte sich, ob sie schon immer da gewesen war – und darauf gewartet hatte, sich zu zeigen – oder ob sie die Folge von dem war, was zwischen ihnen passierte. Sie merkte genau, dass er sich kaum noch beherrschen konnte. Er war immer so zuversichtlich, so lebendig gewesen. Er hatte *gestrahlt*, aber jetzt lag er im Schatten.

Etwas zerbrach in Helen. Sie hatte es satt, die Menschen, die sie liebte, für etwas leiden zu sehen, auf das sie keinen Einfluss hatten. Es gab nichts, was sie für ihren Vater tun konnte, aber sie hatte eine Möglichkeit, dem Rest der Familie zu helfen.

»Ich habe das alles so satt. Du nicht auch?«, sagte sie zu Orion.

»Und ob«, antwortete er, denn er hatte sofort begriffen, worauf Helen hinauswollte. Sie sah ihn unverwandt an, schwor einen Eid und verlangte dasselbe auch von ihm.

»Wir steigen hinab. Wir bleiben unten, bis wir den richtigen Fluss gefunden haben«, verkündete Helen entschieden. »Egal, wie lange du und ich in der Unterwelt bleiben müssen, wir werden dafür sorgen, dass es auch für alle anderen *heute Nacht* endet.«

Orions Mundwinkel verzogen sich zum leisen Anflug eines Lächelns und seine verkrampften Kiefer lockerten sich.

»Ich kann aber nicht im Scion-Tempo durch die Höhlen rasen, denn das könnte sie zum Einsturz bringen. Ich werde ein paar

Minuten brauchen, um die Höhlen auf dem Festland zu erreichen, und es dauert eine weitere halbe Stunde, zum Portal hinabzusteigen«, sagte er. »Ich treffe dich dort.« Mit diesen Worten wandte er sich ab und rannte davon.

»Passt gut auf meinen Dad auf«, sagte Helen zu den Zwillingen und Kate und ging auf die Tür zu.

»Wohin gehst du?«, fragte Lucas und hielt sie am Arm fest, als sie an ihm vorbeilief.

»Nach Hause. Ins Bett. In die Unterwelt«, zählte Helen ihre Pläne auf.

»Du willst dich einfach ins Bett legen, in einem Zimmer mit einem kaputten Fenster, und das, nachdem du gerade einen Myrmidonen ziemlich sauer gemacht hast?« Lucas sah sie frustriert an. »Das empfindest du als *sicheren* Plan?«

»Also, ich …«, stotterte Helen, die sich fragte, wie sie diese wichtigen Details hatte übersehen können.

Lucas fiel ihr ins Wort und knurrte etwas darüber, dass er ihretwegen noch einen Nervenzusammenbruch erleiden würde. Er hielt immer noch ihren Oberarm fest, drehte sie um und schob sie in Richtung Tür.

»Ich bewache Helen, während sie in die Unterwelt hinabsteigt«, rief er Jason zu. »Wenn etwas passiert, erreichst du mich über das Handy.«

»Alles klar.« Jason versuchte, sich möglichst tatkräftig zu geben. »Wir bringen alle zu uns nach Hause. Da können wir uns besser um Jerry kümmern und die anderen beschützen.«

»Gute Idee«, lobte Lucas.

»Halt uns auf dem Laufenden, Bruder«, verlangte Jason, der

ihn absichtlich als »Bruder« bezeichnete. Lucas schlug die Augen nieder, lächelte aber trotzdem dankbar.

Helen und Lucas liefen hinaus in das Chaos auf der Straße und flogen sofort los. Von oben konnten sie die Menschenmenge gut beobachten. Helen spürte, wie Lucas abbremste, und schaute in dieselbe Richtung wie er. Eris rannte durch eine verlassene Gasse, verfolgt von zwei großen Männern mit Schwertern.

»Mein Vater und mein Onkel«, überschrie Lucas den kalten Wind.

»Sollen wir ihnen helfen?«, rief Helen mit klappernden Zähnen. Lucas legte einen Arm um sie und begann, ihre nackten Schultern mit seinen warmen Händen zu reiben. Helen fragte sich nicht zum ersten Mal, wieso er immer so viel Wärme ausstrahlte.

»Die werden damit fertig«, sagte er. Lucas zog Helen an sich, um sie warm zu halten, und steuerte sie auf ihr Haus zu. »Konzentrier dich auf deine Aufgabe, nicht auf ihre.«

Helen hatte keine Ahnung, wie er es schaffte, seine Gefühle so sorgsam voneinander zu trennen. Sein Vater war dort unten und kämpfte gegen eine Göttin, aber er zog seine Aufgabe durch. Sie erkannte, wie unglaublich diszipliniert Lucas war, und sie versuchte, es ihm nachzumachen, aber es wollte nicht klappen. Ihre Gedanken wanderten immer wieder zu Jerry, zu den Zwillingen, zu Hector und vor allem zu der Tatsache, dass Lucas den Arm um sie gelegt hatte.

Helen folgte Lucas unter der blauen Plane hindurch und landete in ihrem Zimmer. Er führte sie direkt zu ihrem ungemachten Bett und versuchte, sie hineinzulegen.

»Ich weiß nicht, was ich tun soll«, sagte Helen, die nicht ins Bett wollte.

»Warum fängst du nicht damit an, dass du dich hinsetzt?«, fragte er gelassen.

»All diese tapferen Worte, dass wir das Ganze heute Nacht beenden, und in Wirklichkeit habe ich nicht die geringste Ahnung, wie ich das anstellen soll.« Helen war kurz davor, in Tränen auszubrechen.

»Komm her«, sagte er, griff nach ihrer Hand und zog sie neben sich auf die Bettkante.

»Weißt du, was das Schlimmste ist?«

»Was denn?«

»Dass mir das im Moment alles vollkommen egal ist«, sagte sie, und nun liefen ihr doch die Tränen über die Wangen. »Es ist mir egal, dass du ein Schattenmeister bist und dass du schon *wieder* Geheimnisse vor mir hast.«

»Ich wollte es dir heute auf dem Schulflur sagen, ehrlich. Aber ich konnte es nicht. Ich schätze, ich wollte es mir selbst nicht eingestehen, und es auszusprechen hätte es real werden lassen.«

»Aber es ist mir egal, was du bist!«, sagte sie und schaffte es kaum, es nicht herauszuschreien. »Es ist mir egal, dass du ein Schattenmeister bist oder mein Cousin. Es ist mir sogar egal, dass ich in ungefähr zehn Minuten in die Unterwelt muss, um die Scions zu retten. Lucas, von mir aus könnte die ganze Welt in Flammen stehen, und trotzdem kann ich nur daran denken, wie glücklich es mich macht, hier mit dir zusammen zu sein. Ist das nicht total krank?«

Lucas seufzte. »Was sollen wir nur tun?«

»Ich weiß es nicht«, murmelte sie verloren und nahm Lucas in die Arme. »Nichts hilft.«

»Du musst dein Leben weiterleben, Helen«, verlangte er verzweifelt.

»Das weiß ich!«, schluchzte sie und legte das Kinn auf seine Schulter. Je mehr sie daran dachte, ihn loslassen zu müssen, desto fester drückte sie ihn an sich. »Aber ich kann nicht.«

»Du musst mich vergessen«, drängte er. »Das ist unsere einzige Chance, dass einer von uns das hier überlebt.«

»Wie soll ich dich vergessen?«, fragte Helen, und sein alberner Vorschlag ließ sie kurz auflachen. »Du bist ein viel zu großer Teil von mir. Ich müsste erst vergessen, wer *ich* bin, bevor ich vergessen könnte, wer *du* bist.«

Die Art, wie Lucas sie festhielt, erlaubte ihr einen Blick auf ihr Spiegelbild in ihrem Schminkspiegel gegenüber dem Bett. Gerade als sie das Wort *vergessen* aussprach, sah sie das Wort *ER-INNERN* auf ihrem Spiegel stehen.

Sie hatte vollkommen vergessen, dass sie einen Spiegel besaß.

Schon seit einem Monat hatte sie nicht mehr an ihn gedacht oder hineingesehen. Auf dem Spiegel standen mit quietschgrünem Eyeliner die Worte *DER FLUSS, AN DEN ICH MICH NICHT ERINNERN KANN* und *ICH HABE IHN WIEDER GESEHEN.* Das war komisch. Sie und Orion suchten doch nach einem Fluss, oder?

»Warte mal«, sagte Helen, befreite sich aus der Umarmung und sah Lucas an. »Gibt es in der Unterwelt einen Fluss, der einen *alles* vergessen lässt?«

»Lethe«, antwortete Lucas sofort. »Die Seelen toter Scions trinken aus dem Fluss Lethe, um ihr früheres Leben zu vergessen, bevor sie wiedergeboren werden.«

»Die Furien bezeichnen sich selbst als die, ›die nie vergeben und nie vergessen‹, richtig? Aber was, wenn sie gezwungen werden, alles zu vergessen, sogar, wer sie sind?«

»Sie würden jede Blutschuld vergessen. Die Scions wären frei«, sagte Lucas so leise, dass es kaum mehr als ein Hauchen war.

Einen Moment später sahen sich beide verwirrt im Zimmer um.

»*Was* war das doch gleich für ein Fluss?«, fragte sie mit einem verlegenen Grinsen. »Es geht nämlich darum, wie ich mich da unten fortbewege. Ich muss mich ganz präzise äußern, sonst komme ich nie ans Ziel.«

»Ah, warte … ich hab's gleich …« Lucas zögerte kurz und musste über seine eigene Zerstreutheit lachen. »Lethe! Du musst zum Fluss Lethe!«

»Lethe. Genau! Und … was mache ich, wenn ich dort bin?«

»Ich weiß es nicht«, sagte er, und in seiner Stimme schwang ein Hauch von Panik mit. »Merkst du, was hier passiert?«

»Ja«, sagte Helen. Sie ballte die Fäuste und versuchte, sich zu konzentrieren. »Dieser Fluss blockiert meine Erinnerung, sobald ich anfange, über ihn nachzudenken. Das bedeutet, ich sollte nicht an ihn denken, richtig?«

»Das stimmt. Denk nicht darüber nach, sondern tu einfach, was getan werden muss.« Lucas drehte sich zu Helens Nachttisch um und kramte in der Schublade nach einem alten Filzstift. Er schrieb ihr die Worte *Lethe* und *Furien* auf den Unterarm und betrachtete sie sofort verwirrt. »Ich habe keine Ahnung, wieso ich das gerade getan habe.«

»Ich werde jetzt gehen«, verkündete Helen, denn sie vergaß auch schon wieder alles Mögliche, und beschloss, dass sie lieber handeln sollte, als noch länger nachzudenken. »Und für den Fall, dass ich auch vergesse zurückzukommen, möchte ich, dass du weißt, dass ich dich immer noch liebe.«

»Ich liebe dich auch immer noch.« Ein Lächeln umspielte seine Lippen.

»Ich sollte jetzt gehen.«

Helen streckte sich im Bett aus und schaute Lucas tief in die Augen. Es gab im Moment nichts, vor dem Helen Angst haben musste, aber sie hatte irgendwie den Verdacht, dass ihr Gefahr drohen könnte.

»Sag es Orion nicht!«, stieß Lucas plötzlich hervor, als wäre ihm der Gedanke erst jetzt gekommen. »Dann vergisst er es auch. Erinnere du dich nur daran, wohin ihr gehen müsst, und dann soll er sich daran erinnern, was ihr tun müsst, wenn ihr dort seid.«

»In Ordnung.« Mit einem Seufzer zog Helen die Bettdecke höher. Ihr war unglaublich kalt.

Lucas sah sie an und lächelte verliebt.

»Warum halten wir uns eigentlich ständig voneinander fern?«, fragte Helen und versuchte, ihre schweren Lider offen zu halten. »Wir passen doch perfekt zusammen.«

»Das tun wir«, bestätigte er und schauderte plötzlich. »Es wird kälter, als hätten wir hier einen Temperatursturz.«

»Hier ist es immer so kalt«, murmelte sie und wischte ein paar

422

Eiskristalle von ihrer Bettdecke. »Warum kommst du nicht zu mir unter die Decke und hältst mich warm?«

»Okay«, sagte er, und obwohl er die Stirn runzelte, als würde ihn etwas daran stören, zu Helen ins Bett zu steigen, tat er es doch. Er kuschelte sich an sie, und Helen seufzte, als er sie dicht an seine Brust zog. Sie wollte sich zu ihm umdrehen und ihn küssen, aber er hielt sie auf und sagte mit klappernden Zähnen: »Du bist müde. Schlaf jetzt, Helen.«

Sie war müde – richtig müde. Sie war schon jetzt halb eingeschlafen. Helen wäre so gern bei Lucas geblieben, solange er sie in den Armen hielt, aber ihr fielen die Augen zu. Die Welt schmolz dahin und sie fiel kopfüber in die Unterwelt.

Sollte ich hier nicht jemanden treffen?, überlegte sie. *Ach ja! Orion …*

15

ie eine Spinne kroch Automedon auf Händen
und Füßen über den Meeresboden, so schnell er
konnte, um den dritten Erben nicht zu verlieren. Unter Wasser war der große Scion wirklich schnell, der Schnellste,
den Automedon je gesehen hatte, und er musste sich anstrengen,
um mit ihm mitzuhalten. Er hatte seinen Geruch gespeichert
und würde ihn an Land jederzeit wiederfinden, aber unter Wasser war das nicht möglich. Dennoch durfte er Orion nicht entkommen lassen.

Automedon musste das Portal finden, das er benutzte, so lautete der Befehl seines Meisters – auch wenn der Myrmidone
das ein wenig lachhaft fand. Sein Meister hatte eine Vorliebe für
Situationen, die er als »poetisch« bezeichnete. Nachdem Automedon im Laden belauscht hatte, wie die Erben so tapfer schworen, ihre Mission zu erfüllen oder dabei zu sterben (was nach
seiner Meinung allmählich Zeit wurde), war der junge Prinz
jetzt auf dem Weg.

Sie waren so jung und so vertrauensselig, dass sie in aller Offenheit über ihren Teilerfolg bei den Furien berichtet hatten. Sie hatten sich nicht einmal vergewissert, dass sie nicht belauscht wurden. Ihr Gesicht war so offen und arglos, ganz anders als bei ihrer verschlagenen Mutter. Die veränderte ihr Aussehen und ihren Geruch beim ersten Anzeichen von Gefahr. Sie aufzuspüren, war unmöglich – vor allem, seit sie den neuen Hector ausbildete.

Der neue Hector war nicht zu unterschätzen, und zum ersten Mal seit dreieinhalbtausend Jahren verachtete Automedon den Scion nicht, der den Namen des großen Kriegers trug. Er war der Erste, der ihn wirklich verdiente, auch wenn er noch viel zu lernen hatte.

Aber auch den Prinzen durfte man nicht unterschätzen. Ebenso wenig den Liebhaber. Wie der tote Lord hatte auch er die Hand von Nyx auf sich und verfügte damit über eine Magie, die älter war als die Götter, sogar älter als die Titanen. Er war gefährlich, sogar sehr. Je länger Automedon die neue Generation beobachtete, desto überzeugter war er, dass sein Meister recht hatte. Sie mussten mit ihnen fertigwerden, bevor sie ihr volles Potenzial erreichten. Sie waren ganz anders als alle vor ihnen, vor allem das Gesicht.

Sie war wesentlich begabter als die anderen. Die kleine Kostprobe ihrer Kraft, die diese neue Helena ihn erst vor wenigen Minuten hatte spüren lassen, war ein faszinierender Schmerz gewesen – ein wahrer Moment der Erweckung für Automedon. Er hoffte, ihr dieses Gefühl in Kürze zurückgeben zu können.

Auf dem Festland von Massachusetts sprintete er aus dem Wasser an den Strand. Er nahm Orions Fährte auf, verlor sie aber sofort wieder. Sie war wie abgeschnitten. Automedon versuchte, ruhig zu bleiben, während er weiter danach suchte.

Er konnte doch nicht fliegen, oder? Automedon sprang in die Luft, und es dauerte beunruhigend lange, bis er endlich die Spur des jungen Prinzen in der Brise aufspürte. Automedon dehnte seinen Sprung so lange wie möglich aus und erkannte, dass die Spur einen hohen Bogen beschrieb, der schließlich auf den Boden zurückführte.

Orion war hochgesprungen, nachdem er aus dem Wasser gekommen war. Das konnte nur bedeuten, dass er mit Verfolgern rechnete. *Sehr clever,* dachte Automedon beeindruckt. *Er ist offenbar schon früher gejagt worden. Aber noch nie von mir.*

An Land fiel es Automedon schwer, Schritt zu halten, aber zumindest war es hier einfacher, der Fährte zu folgen, als unter Wasser. Der junge Prinz bemühte sich nach Kräften, Haken zu schlagen und seine eigene Spur zu kreuzen, um mögliche Verfolger zu verwirren. Ein Bluthund wäre vielleicht auf Orions Tricks hereingefallen, aber Myrmidonen waren keine Bluthunde. Sie waren viel bessere Fährtenleser, als es Hunde je sein konnten.

Der junge Prinz führte Automedon in eine dunkle Höhle und ließ sich vom Wasser leiten. Automedon musste zurückbleiben, um seine Anwesenheit in den hallenden Gängen nicht zu verraten. Die Dunkelheit störte ihn nicht. Er schmeckte seinen Weg und folgte der chemischen Signatur, die der Prinz hinter sich herzog.

Auf einmal wurde die Luft unnatürlich kalt, was bedeutete, dass das Portal nicht mehr weit war. Automedon huschte dicht an Orion heran, verharrte reglos und rief seinen Meister mit einem sehr alten Gebet lautlos zu sich. Seine Gedanken waren erfüllt vom Kreischen der Geier, und da wusste er, dass der Meister ihn gehört hatte.

Der Erbe öffnete das Portal und sprang ins Land der Toten. In dem Sekundenbruchteil, bevor sich das Portal wieder schloss, sprang Automedon herbei und zog seinen Meister hindurch in die neutrale Zone.

Helen landete mit einem dumpfen Aufschlag neben Orion. Sie wanderten an einem Strand entlang, der kein Ende zu nehmen schien – auf der einen Seite erreichte er nie den Ozean und auf der anderen Seite ging er nicht ins Land über. Helen sah sich um und hoffte auf irgendeinen Hinweis, der ihr sagen würde, was sie als Nächstes tun sollte. Der Gedanke an einen Fluss tauchte immer wieder in ihrem Kopf auf. Plötzlich wurde ihr bewusst, dass sie keine Ahnung hatte, was sie hier tat, wieso sie mit einem Typen an einem einsamen Strand herumwanderte, an dem weit und breit keine Menschenseele zu sehen war. Es war *Lucas*, mit dem sie sonst über einsame Strände wanderte.

Betrog sie Lucas etwa?

Nie im Leben! Nicht einmal dieser gut aussehende Typ neben ihr (sie konnte sich nicht an seinen Namen erinnern, obwohl sie ziemlich sicher war, ihn zu kennen) löste dieses Gefühl aus, das sie nur bei Lucas hatte. Allerdings wusste sie im Moment nicht, was das für ein Gefühl war, denn es fiel ihr schwer, sich sein Gesicht vorzustellen.

Und wo waren eigentlich die Sonne, der Mond oder die Sterne? Sollte nicht wenigstens *etwas* davon am Himmel zu sehen sein?

»Ich glaube, dass mir jemand gefolgt ist, aber ich denke nicht, dass er es durch das Portal geschafft hat«, sagte ihr gut aussehender Begleiter. »Ich konnte ihn zwar nicht sehen, aber wer immer der Kerl ist, er ist ziemlich gut.«

Ich bin in der Unterwelt, wurde Helen plötzlich bewusst. *Und ich bin hier, weil ich irgendwas in einzelne Abschnitte zerlegen soll.*

»Hi«, sagte sie unsicher.

»Hi«, antwortete der Typ irritiert. »Helen, was ist los?«

»Ich weiß nicht, was ich hier mit dir mache«, gestand sie ehrlich und war erleichtert, dass zumindest er sie erkannt hatte und sie mit ihrem Namen ansprach. »Aber *du* weißt es, oder?«

»Natürlich«, erwiderte er leicht empört. »Wir sind hier, um …«

»Sag es nicht!«, rief Helen schnell. Sie sprang hoch und hielt ihm den Mund zu, bevor er ein weiteres Wort sagen konnte. »Wir müssen das in kleine Abschnitte unterteilen oder so. Ich weiß ungefähr, wohin wir müssen, aber du musst dir merken, was wir tun sollen, wenn wir da sind, sonst schaffen wir nie, weswegen wir hergekommen sind. Ich glaube jedenfalls, dass Lucas das so gesagt hat.«

»Okay, das kann ich machen. Aber wieso bist du so merkwürdig? Ist dir etwas zugestoßen? Bitte, sag es mir …«, flehte der gut aussehende Typ sie an. »Bist du verletzt?«

»Ich kann mich nicht erinnern!« Helen lachte, weil sie das vage Gefühl hatte, sich total albern zu benehmen, während er so besorgt um sie war. Was Helen übrigens ganz süß fand. »Es wird alles gut gehen. Du erinnerst dich an deinen Teil – aber sag mir nicht, was es ist –, und ich mache das andere. Du weißt schon, dieses Ding, das ich machen muss?«

»Weil du dic *Deszenderin* bist?«, fragte er zögerlich.

»Ja, genau, das bin ich!«, bestätigte Helen freudestrahlend. »Aber was genau ist es, das nur ich tun kann und niemand sonst?«

»Du kannst dafür sorgen, dass wir zu dem Fluss kommen, an den wir müssen, indem du einfach seinen Namen laut aussprichst«, sagte er vorsichtig.

»Genau!«

Einem Instinkt folgend, schlang Helen dem gut aussehenden Typen die Arme um den Hals, aber sie hatte keine Ahnung, was sie dann tun sollte. Sie wandte den Blick von seinem hinreißenden Mund ab, und direkt vor ihrer Nase tauchten die Worte *Lethe* und *Furien* auf, die jemand auf ihren Unterarm geschrieben hatte. Aus einer Laune heraus beschloss sie, es zu versuchen. Was sollte schon passieren – und irgendetwas mussten sie schließlich unternehmen.

»Ich möchte, dass wir wie durch Zauberhand am Fluss … Lethe erscheinen.«

Helen fand sich an einem Flussufer inmitten eines öden Landstrichs wieder und starrte hinauf zu einem umwerfenden Typen. Sie hatte die Arme um ihn gelegt, und er hatte seine Hände auf ihren Hüften, aber sie wusste nicht, wie das zu erklären war.

»Du siehst toll aus«, sagte sie ihm, weil es keinen Grund gab, es nicht zu tun.

»Du aber auch«, entgegnete er überrascht. »Außerdem kommst du mir bekannt vor, aber ich weiß nicht mehr, wo wir uns getroffen haben. Warst du mal in Schweden?«

»Ich weiß es nicht!«, lachte Helen. »Kann schon sein.«

»Nein, da war es nicht«, sagte er und runzelte verwirrt die

Stirn. »Wir müssen irgendwas tun. Das Wasser!«, rief er plötzlich aus, ließ Helen los und nahm seinen Rucksack ab. Helen hatte das Gefühl, diese Bewegung schon einmal gesehen zu haben, auch wenn sie sich nicht mehr an den Jungen erinnern konnte, der sie gemacht hatte.

»Ich komme mir vor, als hätte ich das schon einmal erlebt«, stellte Helen beunruhigt fest. »Es ist fast, als würde ich dich kennen.«

»Du kennst mich. Du kannst dich nur nicht daran erinnern, denn genau darum geht es hier. Ums Vergessen«, sagte er beinahe beleidigt und holte die drei Feldflaschen aus seinem Rucksack. »Weißt du, Helen, wenn deine Idee nicht so Furcht einflößend wäre, würde ich glatt behaupten, dass sie das Genialste ist, was ich je gehört habe.« Er sah sie durchdringend an. »Ich bin Orion und du bist Helen, und wir sind hier, um dieses besondere Wasser zu schöpfen und es drei sehr durstigen Mädchen zu bringen.«

»Ich weiß nicht, wieso, aber das hört sich *genau* richtig an. Gib her«, sagte sie und streckte die Hand nach den Feldflaschen aus. »Ich denke, dass ich das machen muss.«

»Du hast recht, es ist deine Aufgabe. Mein Job kommt erst noch.« Er biss vor lauter Konzentration die Zähne zusammen. »Ich muss mich daran *erinnern*.«

Helen starrte voller Zweifel in das trübe Wasser. Bleiche Fische tauchten immer wieder an der Oberfläche auf wie tölpelhafte Geister. Sie schienen nicht klug genug zu sein, sich vor ihr zu fürchten, und Helen war klar, dass sie mühelos einen der Fische streicheln könnte, aber allein der Gedanke, die Hand in dieses Wasser zu stecken, ließ sie zurückschrecken.

Sie wusste, dass sie die Flaschen füllen musste, obwohl sie sich nicht vorstellen konnte, dass jemand freiwillig daraus trinken würde, egal, wie durstig er war. Helen hielt die Feldflaschen an den Riemen ins Wasser und ließ sie volllaufen. Der gut aussehende Typ streckte die Hand aus, um ihr die erste Flasche abzunehmen und den Deckel wieder aufzuschrauben, aber sie zog sie hastig aus seiner Reichweite.

»Fass sie nicht an! Fass das Wasser nicht an!«, kreischte Helen, als ein Tropfen nur knapp seine Hand verfehlte. Er sah sie so schockiert an, dass sie sich für ihren Ausbruch schämte. »Tut mir leid. Ich denke nur, dass es nicht sehr hygienisch ist«, sagte sie wesentlich ruhiger.

»Wir müssen unsere Reise fortsetzen, Helen«, erklärte er sachlich. »Und dazu müssen die Flaschen verschlossen sein.«

»Ich mache das.«

Helen schraubte die Deckel auf, legte die Feldflaschen in den Rucksack, den er ihr aufhielt, und rieb sich einen Wassertropfen zwischen den Fingern weg. Er zog den Reißverschluss des Rucksacks zu, steckte die Arme durch die Riemen und legte ihr dann erwartungsvoll die Hände um die Hüften. Sie wich vor ihm zurück.

Er sah unglaublich gut aus, aber sollte er sich nicht wenigstens zuerst vorstellen?

»Entschuldige, wer bist du eigentlich?«, fragte sie misstrauisch.

»Orion«, sagte er, wie aus der Pistole geschossen, als hätte er damit gerechnet, dass sie irgendwann nach seinem Namen fragen würde. Dann wurde sein Blick plötzlich traurig und er sah sie nachdenklich an. »Und weißt du, wer *du* bist?«

Helen zögerte verdutzt.

»Wie merkwürdig«, sagte sie. »Mir scheint, ich habe meinen Namen vergessen.«

»Claire, geh und hilf Kate«, sagte Matt und packte Jerrys Schultern weiter unten, um mehr von seinem Gewicht zu übernehmen. »Sie kann nicht mehr.«

Um Kate zu entlasten, übernahm Claire eines von Jerrys Beinen. Der Weg zu Claires Auto war weiter, als Matt in Erinnerung hatte. Wenn sie Glück hatten, stand es noch da, wo sie es abgestellt hatten. Er hoffte inständig, dass niemand es in Brand gesteckt oder die Reifen aufgeschlitzt hatte. Wenn es nicht mehr fahrbereit war, würde er Jerry ganz allein zum News Store zurücktragen müssen. Kate und Claire waren am Ende ihrer Kräfte, und die Zwillinge waren so erschöpft, dass sie kaum noch einen Fuß vor den anderen setzen konnten.

Ari und Jason hatten Jerry bisher nur stabilisiert, aber es stand nicht gut um Helens Vater. Sie mussten ihn zum Anwesen der Delos' bringen, wo die Zwillinge langsam und stetig an seiner Heilung arbeiten konnten, statt ihn in kürzester Zeit versorgen zu müssen, was sie furchtbar anstrengte.

Ariadnes Gesicht hatte schon jetzt eine beunruhigende grünliche Färbung angenommen. Matt wollte ihr so gern beistehen, aber er wusste nicht, wie er helfen sollte. Wenn er doch nur ein Scion wäre – dann wüsste er sicher, was zu tun war.

Auf dem zwanzigminütigen Marsch zu Claires Auto stützten sich die Zwillinge gegenseitig und machten sich in ihrer privaten Sprache, die außer ihnen niemand verstand, gegenseitig Mut. Es dauerte eine Ewigkeit, bis alle im Auto saßen, und dann musste Matt auch noch um den Wagen herumlaufen und Claires Tür schließen, weil sie nicht mehr die Kraft hatte, den Arm zu heben.

»Ruf mich an, wenn du etwas brauchst«, sagte Matt zu ihr.

»Wovon redest du da?« Claire hockte vollkommen erledigt auf dem Fahrersitz. »Kommst du nicht mit?«

»Nein. Ich muss Zach finden.«

»Was?«, protestierte Ariadne kraftlos vom Rücksitz. »Matt, er ist ein Verräter!«

»Ein Verräter, der mich kontaktiert hat, mir sagen wollte, dass das hier passieren wird, und von dem ich mich abgewandt habe. Zach ist mein Freund, Ari«, sagte Matt ruhig. »Ich kann nicht zulassen, dass er noch tiefer in diese Sache hineingerät. Ich muss ihm helfen.«

»Es ist nicht deine Schuld«, begann Ariadne zu widersprechen, aber Jason zog sie sanft an sich.

»Spar deine Kräfte. Du weißt, dass wir uns schonen müssen«, wisperte er ihr ins Ohr. Ariadne suchte seinen Blick und beruhigte sich sofort wieder. Jason schaute zu Matt auf. »Geh und rette deinen Freund. Viel Glück, Matt.«

Matt nickte kurz zum Abschied, klopfte leicht auf das Dach von Claires Wagen und rannte zurück in Richtung Stadtzentrum. Das Zentrum *seiner* Stadt, dachte er finster, nicht das einer verrückten Göttin, und dann begann er, zwischen all den maskierten Leuten nach Zach zu suchen.

»Leg die Arme um mich«, verlangte der Mann.

»Wieso?«, fragte sie nervös und versuchte, nicht zu kichern. Er grinste sie schelmisch an.

»Leg einfach die Arme um meinen Hals«, wiederholte er, bis sie schließlich einwilligte. »Und jetzt sprich mir nach … Ich will, dass wir … äh.« Er verstummte und nagte nachdenklich an seiner Unterlippe.

»Ich will, dass wir … äh«, äffte sie ihn nach, um ihn zu ärgern.

»Ich weiß nicht mehr, was ich sagen wollte«, gestand er mit einem verlegenen Lachen.

»Dann kann es nicht besonders wichtig gewesen sein, oder?«, stellte sie logisch fest. »Was machen wir hier eigentlich?«

»Keine Ahnung. Aber was immer wir hier wollen, ist mir absolut recht.« Er ließ seine Hände von ihren Hüften den Rücken hochwandern und drückte sie dabei fester an sich.

»Sind wir ein Paar?«, fragte sie.

»Sicher bin ich nicht, aber es scheint so«, antwortete er und deutete mit einem Kopfnicken auf ihre enge Umarmung. »Probieren wir es aus.« Sein Mund landete auf ihrem und er küsste sie.

Ihre Knie wurden ganz weich. Der Typ war ein *unglaublicher* Küsser. Das einzige Problem war nur, dass sie keine Ahnung hatte, wer er war. Sie zog sich zurück, blinzelte ein paarmal, um wieder einen klaren Kopf zu bekommen, und spürte, dass etwas nicht stimmte.

»Warte. Ist dein Name Lucas?«, fragte sie.

»Nein. Ich bin … Moment mal. Gleich hab ich es. Ich bin Orion«, verkündete er schließlich.

»Wahrscheinlich werde ich mir dafür später selbst einen Tritt verpassen, aber ich denke nicht, dass wir eine Beziehung haben.«

»Ehrlich nicht?«, fragte er zweifelnd. »Das hat sich aber gerade sehr gut angefühlt.«

»Ja, das hat es«, bestätigte sie nachdenklich. »Weißt du was? Ich würde mich nur ungern irren, also sollten wir es vielleicht noch einmal überprüfen.« Sie küsste ihn, und um ganz sicherzugehen, küsste sie ihn noch einmal. Eine kleine Stimme in ihrem Kopf wisperte immer wieder *Das ist er nicht.*

Helen versuchte, die Stimme zu ignorieren, und obwohl sie selbst anderer Meinung war, hörte die lästige Stimme erst auf, als sie sich von ihm befreite.

»Es tut mir leid, aber ich glaube, es ist nicht richtig, was wir hier tun«, sagte sie zögerlich und konnte nicht widerstehen, ein letztes Mal mit den Fingern durch seine weichen Locken zu fahren. Diese Bewegung kam ihr merkwürdig vertraut vor. Sie sah ihn verwirrt an und dabei fiel ihr auf, dass er etwas auf seinen Rücken gebunden hatte.

»Wieso trägst du einen Rucksack?«

»Ich weiß nicht«, sagte er und griff nach hinten, um ihn zu berühren, als hätte er ihn selbst gerade erst bemerkt. Seine Augen wurden groß, und er schnappte nach Luft, als seine Hand die Form der Feldflaschen ertastete. In den Flaschen gluckste es.

»Das Wasser! Helen, lass mich deinen Arm sehen«, verlangte er. Er lehnte sich zurück und las, was auf der Innenseite ihres Unterarms geschrieben stand. Sie hörte den Namen *Helen,* und ihr fiel wieder ein, dass es ihr Name war.

»Entschuldige, ich hätte es beinahe selbst vergessen«, sagte er mit bebender Stimme. Er legte ihre Arme um seinen Hals und seine Hände um ihre Hüften, diesmal aber ohne die Absicht, sie zu verführen. »Sprich mir Folgendes nach: Ich will, dass wir bei den Furien auftauchen.«

Helen sah einen knorrigen Baum vor ihrem inneren Auge und einen Hügel voller scharfkantiger Felsen und Dornen. Etwas sagte ihr, dass diese Bilder wichtig waren und sie sie erwähnen sollte.

»Ich will, dass wir auf dem Hügel unter dem Baum der Furien erscheinen«, sagte sie klar und deutlich.

Die Hitze war unerträglich, aber das gleißende Licht war noch schlimmer. Helen schützte ihre Augen mit der flachen Hand und blinzelte ein paarmal, um das Druckgefühl loszuwerden, mit dem ihre Pupillen gegen die unnatürliche Helligkeit protestierten. Die Luft war so trocken, dass sie bitter und beißend schmeckte – als würde sie versuchen, den letzten Tropfen Feuchtigkeit aus Helens Mund zu brennen.

Sie leckte sich über die trockenen Lippen und sah sich um. Ein paar Schritte entfernt stand ein Baum, der so alt und vertrocknet war, dass er eher an ein verdrehtes Seil erinnerte als an eine Pflanze. Im Schatten dieses Baums standen drei zitternde Mädchen.

»Wir haben euch doch gesagt, dass ihr eure Zeit nicht verschwenden sollt«, sagte das Mädchen in der Mitte. »Wir sind ein hoffnungsloser Fall.«

»Unsinn«, widersprach Orion fröhlich. Er nahm Helens Hand und ging mit ihr auf den Baum zu. Die Furien wichen vor ihnen zurück.

»Nein, du verstehst das nicht! Ich kann es nicht ertragen, noch einmal diese Freude zu empfinden und sie dann wieder zu verlieren«, wisperte die Kleinste, und ihre Stimme klang leiser als das Rascheln von welkem Laub.

»Ich ebenso wenig«, bestätigte die Anführerin.

»Ich auch nicht«, sagte die dritte.

»Ich finde, wir sollten nicht trinken, Schwestern«, entschied die Kleinste. »Unser Los ist auch so schwer genug.«

Die Furien wichen noch weiter vor Helen und Orion zurück bis in den dunklen Schatten ihres Baums. Helen merkte, dass sie vor etwas zurückscheuten, dass sie glücklich machen würde, auch wenn es nur für einen kurzen Moment war.

Sie erkannte sich selbst in diesem Verhalten wieder und in dem Augenblick ging ihr ein Licht auf. Lucas. Würde sie Lucas *wirklich* lieber für immer vergessen? Helens Erinnerungen kamen zurück und brachen über sie herein. Sie sah den Leuchtturm auf der Landspitze, ihren Treffpunkt mit Lucas. Sie sah aber auch einen anderen Leuchtturm, achteckig und so groß wie ein Wolkenkratzer. Dort wartete Lucas auf sie und wollte sie bitten, mit ihm durchzubrennen. Im schräg einfallenden Winterlicht schimmerte er in seiner Rüstung wie die Sonne.

»Ich weiß genau, was du meinst«, sagte sie zu der kleinsten Schwester und versuchte, das Bild von Lucas aus dem Kopf zu bekommen, wie er einen bronzefarbenen Brustharnisch ablegte. »Und soweit es mich betrifft, ist das abschließende Urteil über ›Es ist besser, geliebt und seine Liebe verloren zu haben‹ noch nicht gesprochen. Aber das hier ist anders. Es wird euch nicht komplett verschlingen und dann im Stich lassen, wie das bei Freude immer der Fall ist. Diesmal haben wir euch etwas mitgebracht, das hoffentlich für immer sein wird.«

»Was ist es?«, fragte die Anführerin mit einem Anflug von Hoffnung.

»Es ist Glückseligkeit.«

Orion sah sie scharf an, aber sie nickte ihm zu. Immer noch nicht ganz überzeugt, trat er vor und nahm den Rucksack ab. Als er die drei Feldflaschen herausholte, konnten die Furien das Wasser schwappen hören, was ihrem Widerstand ein Ende setzte.

»Ich bin so durstig«, jammerte die Dritte und taumelte verzweifelt vorwärts, um sich eine Flasche zu nehmen. Die beiden Schwestern machten es ihr nach und die Furien leerten die Feldflaschen in großen Zügen.

»Glaubst du das wirklich? Dass Vergessen glückselig macht?«, fragte Orion Helen leise. An der Art, wie er sie ansah, erkannte sie, dass auch er all seine Erinnerungen wiedererlangt hatte.

»Für sie? Auf jeden Fall.«

»Und für dich?«, hakte er nach, doch darauf hatte Helen keine Antwort. Er schaute weg und seine Muskeln spannten sich. »Ich will nichts von heute Nacht je vergessen. Oder dich.«

»Nein, so meinte ich das nicht«, begann Helen hastig, denn ihr wurde klar, dass sie ihn verletzt hatte. Sie wollte ihm gerade erklären, dass sie nicht davon gesprochen hatte, dass sie ihren Kuss vergessen wollte, obwohl schon der Gedanke daran sie von Kopf bis Fuß erröten ließ, aber da schüttelte Orion den Kopf und zeigte auf die Furien. Sie hatten ihre Feldflaschen geleert und sahen sich nun schüchtern um, lachten und tauschten verlegene Blicke, als warteten sie darauf, dass etwas geschah.

438

»Hallo«, sagte Helen. Die Furien sahen einander ängstlich an.

»Wir tun euch nichts«, versicherte ihnen Orion so beruhigend, als wären sie verschreckte Tiere. »Wir sind eure Freunde.«

»Hallo, Freunde?«, sagte die Anführerin und hob dann fragend die Hände. »Entschuldigt meine Verwirrung. Es ist nicht so, dass ich nicht glaube, dass ihr unsere Freunde seid, das Problem ist nur, dass ich nicht weiß, wer *wir* sind.«

Ihre Schwestern lächelten und starrten auf den Boden. Sie waren erleichtert, dass der Grund für ihre Ängstlichkeit nun ans Licht gekommen war.

»Ihr seid drei Schwestern, die einander sehr gernhaben. Man kennt euch als Eumeniden. Ihr seid die Sanftmütigen«, erklärte Helen ihnen, obwohl sie sich kaum noch an die *Orestie* von Aischylos erinnern konnte. Sie war der erste griechische Mythos gewesen, den sie gelesen hatte, sogar noch bevor sie wusste, dass sie ein Scion war. Das schien eine Ewigkeit her zu sein. »Ihr habt eine sehr wichtige Aufgabe. Und zwar …«

»Ihr hört Menschen an, denen schreckliche Verbrechen zur Last gelegt werden, und beschützt sie, wenn sie unschuldig angeklagt wurden«, half Orion Helen aus der Klemme.

Die drei Eumeniden sahen sich an und lächelten, als spürten sie, dass die beiden ihnen die Wahrheit sagten. Sie umarmten und begrüßten einander als Schwestern, hatten aber noch nicht recht verstanden, was mit ihnen geschehen war, was Helen beunruhigte.

»Ich habe eine ganze Menge von diesem Stück nur überflogen. Ich weiß nicht viel über die Eumeniden«, flüsterte Helen Orion zu.

439

»Ich auch nicht«, wisperte er zurück. »Was sollen wir tun? Wir können sie nicht so zurücklassen.«

»Ich kann euch zu jemandem bringen, der alles viel besser erklären kann«, sagte sie laut genug, dass es auch die drei Mädchen hörten. »Fasst euch alle an den Händen. Ich bringe euch zur Königin.«

Bei der Vorstellung, einer Königin zu begegnen, erröteten die Mädchen vor Verlegenheit, aber sie gehorchten Helen. Sie alle stellten sich im Kreis auf und hielten sich an den Händen. Helen hatte noch nie versucht, so viele Leute auf einmal zu bewegen, aber sie war sicher, dass sie es konnte.

Persephone schien sie bereits zu erwarten. Vielleicht saß sie aber auch nur in ihrem Garten und starrte Löcher in die Luft. Was immer Persephone gerade getan hatte, die Ankunft von Helen, Orion und den Eumeniden schien sie auf jeden Fall nicht zu überraschen.

Sie hieß alle mit ihrer gewohnten Freundlichkeit willkommen. Ganz selbstverständlich und ohne große Erklärungen von Helen und Orion erklärte sich Persephone einverstanden, den Schwestern alles über ihr neues Leben beizubringen. Das Erste, was sie den Eumeniden anbot, war eine Zuflucht in ihrem Palast und das Zweite ein Bad. Die drei Schwestern seufzten vor Glück, endlich den Staub des Trockenen Landes loszuwerden.

Persephone brachte ihre Gäste an den Rand des Gartens zu einer imposanten Treppe, die zum schwarzen Palast von Hades hinaufführte. Am Fuß der diamantglitzernden Treppe informierte sie Helen und Orion höflich, dass sie nicht weitergehen durften. Sie selbst schritt die Stufen hinauf bis auf halbe Höhe und sprach sie dann sehr formell an. Helen hatte das Gefühl, dass es sich um eine Art Ritual handelte, vielleicht so etwas wie ein Segen oder aber ein Fluch.

»Im Laufe der Jahrtausende war es das Schicksal von vielen, das zu versuchen, was ihr vollbracht habt. Sie alle haben versagt. Die meisten Deszender und ihre Gefährten wollten die Furien töten oder den Fluch durch Zauberei oder Erpressung brechen. Ihr wart die Einzigen, die so bescheiden waren, meinem Rat zu folgen, und dann so tapfer, Mitgefühl walten zu lassen statt roher Gewalt. Ich hoffe, dass ihr diese Lektion auch in den Zeiten nicht vergesst, die noch kommen werden.«

Plötzlich hob sie die Stimme, als wollte sie eine Ansprache vor einer Menschenmenge halten.

»Ich habe die Auferstehung der zwei Erben erlebt und verkünde, dass sie erfolgreich waren. Als Königin der Unterwelt erkläre ich sie für würdig.«

Helen hatte das unheimliche Gefühl, von unzähligen geisterhaften Augen beobachtet zu werden. Sie machte es wie Orion, verkreuzte die Arme vor der Brust und verbeugte sich vor der Königin. Eine Woge aus Gedankenfragmenten rauschte an ihnen vorbei und die Ängste der Toten, ihre Zweifel und ihre Hoffnungen hingen in der Luft wie halb ausgesprochene Fragen. Damit war das Ritual beendet.

»Würdig wozu?«, flüsterte Helen Orion zu, aber er zuckte nur mit den Schultern, denn seine Aufmerksamkeit galt der dunklen Tür, die in den Palast führte. Eine Person in einem Umhang kam hinter der Tür am oberen Ende der Treppe hervor. Obwohl man ihnen den Zugang zum Palast untersagt hatte, wollte Orion die Stufen hochsteigen, als würde ihn die Erscheinung magisch anziehen.

»Orion, nicht!«, rief Helen ängstlich, packte ihn am Arm und riss ihn zurück. »Das ist Hades. Du darfst nicht einmal in seine *Nähe* gehen.«

Sie hielt Orion eisern fest, denn sie war überzeugt, dass etwas Furchtbares passieren würde, wenn sich Mensch und Gott Auge in Auge gegenüberstanden. Orion gab nach und kam zu ihr zurück.

»Deszender«, sagte Hades freundlich und ließ sich von Orions angriffslustigem Verhalten nicht beeindrucken. Obwohl er nicht laut sprach, trug seine Stimme dennoch sehr weit, und seine Missbilligung war nicht zu überhören. »Du hast nicht getan, was ich dir geraten habe.«

»Dafür entschuldige ich mich, Herr.« Helen zermarterte sich den Kopf, kam aber nicht darauf, was er ihr geraten hatte.

Es tauchten nur eine Menge verwirrender Bilder auf. Eine Fahrt auf der Fähre von Nantucket zum Festland verwandelte sich in das Holzdeck eines riesigen Schlachtschiffs mit knarrenden Rudern. Ein Spaziergang an einem weißen Sandstrand wurde plötzlich zu einem Spaziergang an einem blutgetränkten Strand. Sie blinzelte und versuchte, diese verstörenden Bilder loszuwerden. Sie wusste, dass sie sie schon einmal gesehen hatte, konnte sich aber nicht mehr genau daran erinnern.

»Hol das nach, Nichte. Den Scions läuft die Zeit davon«, warnte Hades sie traurig, bevor er und seine Königin sich in die Schatten ihres Palastes zurückzogen.

»Was soll das heißen?«, fragte Orion Helen eindringlich. »Was meint er mit ›Den Scions läuft die Zeit davon‹?«

»Ich … hab … keine Ahnung!«, stotterte sie.

»Und was hat Hades dir geraten?« Orion versuchte, gelassen zu bleiben, aber Helen merkte, dass es ihm schwerfiel. »Helen, denk nach!«

»Ich sollte dem Orakel eine Frage stellen!«, stieß sie plötzlich mit schriller Stimme hervor. »Etwas über die Mission.«

»*Was* solltest du fragen?«

»Ich sollte Cassandra fragen, ob sie es für eine gute Idee hält, die Furien zu befreien. Aber das ist Unsinn, weil sie mir dabei geholfen hat, es zu erreichen, also ist sie natürlich dafür.«

Orion runzelte düster die Stirn, und Helen wurde klar, dass sie eine Dummheit gemacht hatte. Jetzt, wo sie darüber nachdachte, kam es ihr unglaublich unbedacht vor, dass sie den Ratschlag des Gottes ignoriert hatte.

»Tut mir leid«, murmelte sie betreten.

»Nun, jetzt ist es sowieso zu spät. Außerdem gebe ich nicht viel auf Prophezeiungen. Mach dir deswegen keine Sorgen«, sagte er ungerührt. Aber er konnte sie immer noch nicht ansehen. Helen entschuldigte sich noch einmal und versprach, Cassandra so bald wie möglich zu befragen. Orion starrte jedoch weiterhin gedankenverloren auf den Boden. Helen streckte die Hand aus, um seinen Arm zu berühren und so seine Aufmerksamkeit auf sich zu lenken.

Doch bevor sie ihn anfassen konnte, spürte sie, wie sie von einer Riesenhand hochgehoben wurde. Sie taumelte gegen Orion und klammerte sich an ihm fest.

Matt hob die bewusstlose Frau von der Straße, öffnete ein ver-
lassenes Auto und ließ sie auf dem Sitz zurück. Im Auto war
sie hoffentlich sicherer aufgehoben als auf der Straße. Viele
der Menschen, über die die panische Horde hinweggetrampelt
war, waren mittlerweile wieder zu Verstand gekommen und
baten ihn um Hilfe. Matt tat, was er konnte, aber nachdem er
einige der Verletzten versorgt hatte, rannte er weiter, obwohl
er ein schlechtes Gewissen hatte, alle anderen im Stich zu lassen.

Aber zuerst musste er Zach finden, und zwar, solange er noch
etwas Kraft hatte. Ihm tat jeder Muskel seines Körpers weh.

Matt rieb sich eine der schmerzenden Stellen und drehte sich
suchend um. Er hatte keine Ahnung, wo er zuerst nachsehen
sollte. Ihm fiel wieder ein, dass Helen erwähnt hatte, Zach wäre
die Surfside hinuntergerannt. Matt lief in dieselbe Richtung und
landete schließlich auf dem Schulgelände.

Jemand war auf dem Footballfeld und warf perfekte Spiralpässe
in ein Tor. Als Matt über das knisternde gefrorene Gras trabte,
landete Zach gerade einen weiteren Volltreffer im Netz.

»Hast du das gesehen?«, fragte Zach, würdigte Matt aber kaum
eines Blickes. »Der war doch gut, oder?«

»Ja, super. Aber du warst schon immer ein guter Werfer. Du
könntest auf dem College spielen«, antwortete Matt, der nun
nah genug war, um Zach im hellen Mondschein zu sehen. Er
sah furchtbar aus – bleich, verschwitzt und gehetzt. Hätte Matt
es nicht besser gewusst, wäre er überzeugt gewesen, dass Zach
Drogen nahm. »Darum geht es also? Football?«

»Wie machst du das?«, fragte Zach verbittert. »Wie kannst du

444

mit ihnen rumhängen? Zusehen, wie sie Sachen machen, die du nicht kannst, und sie nicht dafür hassen?«

»Manchmal ist es schwer«, gab Matt zu. »Verdammt. Ich wünschte, ich könnte fliegen.«

»Echt?«, fragte Zach mit einem Auflachen. Doch dahinter verbargen sich Tränen, und Matt hatte das Gefühl, als würden sie jeden Augenblick hervorbrechen. »Es ist, als würde man eines Tages aufwachen, und plötzlich sind da all diese Eindringlinge, die einem alle Chancen wegnehmen. Die sind nicht von hier und trotzdem müssen wir mit ihnen konkurrieren? Das ist nicht fair.«

Jetzt hörte sich Zach irgendwie bedrohlich an. Und unnatürlich ruhig, obwohl Matt genau wusste, dass er alles andere als ruhig war. Er stellte sich unauffällig etwas standfester hin für den Fall, dass Zach etwas Unüberlegtes machte.

»Ich kenne einen Haufen Scions, die dasselbe darüber sagen würden, was gerade mit ihnen passiert«, sagte Matt gelassen. »Ich verstehe aber, was du meinst, Zach, ehrlich. Ich habe sie auch schon oft beneidet und manchmal sogar ein bisschen gehasst. Aber dann sage ich mir, dass sie es sich nicht ausgesucht haben, Scions zu sein, und ich habe noch keinen getroffen, der nicht darunter leiden musste. Ich kann ihnen nicht vorwerfen, dass sie so geboren wurden, wie sie sind, vor allem, da sie deswegen alle so viel verloren haben.«

»Nun, du warst eben schon immer der bessere Mensch«, stieß Zach verächtlich hervor und wollte sich abwenden.

»Komm mit mir. Komm zum Haus der Delos'. Wir finden eine Lösung.«

»Bist du verrückt? Sieh mich an, Mann!« Zach stieß Matt brutal zur Seite und riss sein Shirt so weit hoch, dass Matt die großen schwarzen Blutergüsse sehen konnte, die Zachs Brust bedeckten. »So behandelt er mich, wenn ich *loyal* bin.«

»Sie werden dich beschützen. Das werden wir alle«, versprach Matt, den es entsetzte, was seinem Freund passiert war. Er versuchte jedoch, sich nichts anmerken zu lassen. Zach verengte die Augen und ließ sein Shirt wieder fallen.

»Ach, jetzt fühlst du dich mies? Jetzt willst du mir helfen? Lass mich raten, du willst doch irgendwas.«

»Ich will, dass du am Leben bleibst!« Matt war so empört, dass er Zach am liebsten verprügelt hätte, aber stattdessen brüllte er ihn an. »Ich habe mich geirrt. Ich hätte schon für dich da sein sollen, als du das erste Mal zu mir gekommen bist. Das weiß ich jetzt und es tut mir leid. Aber auch wenn du mir nie verzeihst und mir das die nächsten fünfzig Jahre vorwirfst, will ich trotzdem nicht, dass du *stirbst*, du dämlicher Idiot! Brauche ich wirklich noch einen anderen Grund, dir zu helfen?«

»Nein«, murmelte Zach verlegen. »Du bist wahrscheinlich der einzige Mensch auf der Welt, der bereit ist, mir zu helfen. Aber es hat keinen Sinn. Früher oder später wird er mich töten.« Er wandte sich ab und ging über das Spielfeld davon.

»Dann müssen wir ihn eben zuerst töten«, rief Matt ihm nach.

»Du weißt doch gar nicht, wie«, rief Zach verächtlich zurück, ohne sich umzudrehen.

»Wieso? Ist er der Blutsbruder von einem Gott?«

Zach erstarrte und blieb stehen.

»Von welchem?«, hakte Matt nach und ging ein paar Schritte

446

auf Zach zu. »Sag mir, welcher Gott es ist, dann finden wir vielleicht eine Möglichkeit, ihn loszuwerden!«

Zach drehte sich um, aber er hob die Hände, um Matt zu warnen, dass er ihm nicht folgen sollte. Im Rückwärtsgehen sah er Matt kalt und hoffnungslos an.

»Geh nach Hause, Mann. Und hör auf, den Scions zu helfen! Der Aufruhr von heute Abend ist nichts im Vergleich zu dem, was noch kommen wird, und ich will nicht, dass dir etwas passiert. Die Götter haben in der Hölle einen speziellen Ort für Normalsterbliche reserviert, die sich gegen sie stellen.«

»Woher weißt du, was die Götter planen?«, rief Matt ihm nach. »Arbeitet Automedon nicht für Tantalus? Zach, antworte mir! Welcher Gott ist Automedons Blutsbruder?«

Aber Zach verschwand in der Dunkelheit.

16

elen?«, sagte Orion von weit weg.

»Götter, seid ihr schwer«, stöhnte Lucas.

Helen konnte nicht begreifen, wieso die beiden so einen Lärm machten, obwohl sie schlafen wollte. So etwas gehörte sich nicht.

»Tut mir leid, ich habe nicht erwartet, dass es hier so *überfüllt* sein würde«, erwiderte Orion gereizt. Helen versuchte, sich zu erinnern, wo sie war.

»Es ist nicht, was du denkst. Ich bin nur hier, um bei ihrem Abstieg in die Unterwelt auf sie aufzupassen«, verteidigte sich Lucas. »Weißt du was? Wenn sie nicht aufwacht, schubs sie runter.«

»Müsst ihr so laut sein?«, murmelte Helen mürrisch und öffnete nun doch die Augen.

Erst da merkte sie, dass sie mit dem Gesicht nach unten auf Orion lag, der wiederum Lucas unter sich eingeklemmt hatte. Sie alle stapelten sich in Helens kleinem Bett, in die Bettdecke verstrickt und mit einer dünnen Eisschicht bedeckt, die an den Zuckerguss auf einem Kuchen erinnerte. Nach allem, was in der

448

Unterwelt passiert war, hatte Helen ganz vergessen, dass Lucas sie vor ihrem Abstieg in den Armen gehalten hatte, und obwohl in diesem anderen Universum viel Zeit verstrichen war, waren eigentlich nur Millisekunden vergangen, bevor sie in den Armen von Orion wieder aufgetaucht war.

Helen sah hinab auf die zwei Scions und versuchte, nicht rot zu werden. Es gab schließlich nichts, wofür sie sich schämen musste.

»Wieso seid ihr so verdammt schwer?«, keuchte Lucas, dem die Luft aus der Lunge gequetscht wurde. »Ich habe schon Schulbusse müheloser hochgestemmt.«

»Weiß nicht«, murmelte Helen und bemühte sich krampfhaft, sich von der Schwerkraft zu befreien. Es funktionierte nicht richtig, aber zumindest wurde sie ein bisschen leichter. »Was ist denn jetzt los?«

»Was meinst du?«, fragte Orion.

»Ich kann nicht schweben!« Sie schauderte, als das Eis in ihren Haaren schmolz und ihr das kalte Wasser über den Nacken rann.

»Beruhige dich und versuch es noch einmal«, riet Lucas ihr.

Und tatsächlich, ein paar Augenblicke später klappte es wieder. Sie schwebte über Orion, befreite sich von der Bettdecke und trieb dann ein Stück von ihm weg.

»Das ist ja irre«, murmelte Orion und starrte Helen überwältigt an, während er von Lucas herunter und aus dem Bett stieg.

»Hast du Helen noch nie fliegen sehen?«, fragte Lucas, doch dann wurde ihm der Grund dafür bewusst. »Ach ja, keine Superkräfte in der Unterwelt«, sagte er mehr zu sich selbst und starrte nachdenklich die schnell schmelzende Eisschicht auf Helens Bett an.

»Lucas, wir haben es geschafft«, sagte Helen. »Wir sind frei. Wir alle – die Scions und die Furien.«

»Bist du sicher?«, vergewisserte er sich und wagte so etwas wie ein Lächeln.

»Es gibt nur einen Weg, es herauszufinden«, sagte Orion. Er holte sein Handy heraus, wählte eine Nummer und wartete, bis sich am anderen Ende jemand meldete. »Hector. Wir glauben, es ist vorbei. Komm zu Helens Haus, so schnell du kannst.« Er beendete das Gespräch und sah Helen und Lucas gelassen an. Lucas machte große Augen – er war nicht überzeugt.

»Bist du sicher, dass das eine gute Idee ist?«, fragte Helen Orion unsicher.

»Nein, er hat recht«, sagte Lucas und schien sich für einen weiteren Kampf gegen seinen Cousin zu wappnen. »Es ist besser, es auszuprobieren, wenn nur wir vier dabei sind. So ist es sicherer.«

»Alles klar, aber können wir das bitte draußen machen?«, fragte Helen verlegen. »Mein Dad liebt dieses Haus nämlich wirklich sehr.«

Helen hatte den Satz kaum ausgesprochen, als sie von der Sorge um Jerry überwältigt wurde. Sie hatte jeden Gedanken an ihn in ihren Hinterkopf verbannt, um sich ganz auf ihre Aufgabe zu konzentrieren, aber jetzt, wo sie nicht mehr wie eine Verrückte durch den vermutlich längsten Tag ihres Lebens hetzte, musste Helen unbedingt herausfinden, wie es ihrem Vater ging.

Sie begleitete Lucas und Orion in den Garten und holte dann ihr Handy heraus, um Claire anzurufen.

»Wie geht's meinem Dad?«, fragte sie sofort, als Claire sich meldete.

»Er lebt«, sagte Claire zögernd. »Hör zu, Lennie, ich werde dich nicht anlügen. Es sieht schlecht aus. Wir sind gerade auf dem Weg zum Anwesen. Dort werden sich Jason und Ari um ihn kümmern, aber darüber hinaus weiß ich nicht, was ich dir sagen soll. Ich sitze am Steuer, also lass uns jetzt Schluss machen. Ich rufe dich an, sobald es etwas Neues gibt, okay?«

»Okay«, wollte Helen antworten, aber sie brachte nur ein Flüstern heraus. Sie steckte das Handy wieder ein und wischte sich hastig die Tränen weg, bevor sie aufschaute. Orion und Lucas sahen sie an.

»Ist Jerry …?«, begann Orion.

»Es steht schlecht um ihn«, berichtete Helen mit ungewohnt matter Stimme.

Helen fing an, nervös herumzulaufen. Sie fuhr sich mit den Fingern durch das zerzauste Haar und zupfte an ihrer Kleidung herum. Es war beinahe, als würden ihre Arme und Beine plötzlich haltlos im Wind herumwehen wie die Wimpel über der Verkaufsfläche eines Gebrauchtwagenhändlers. Ohne Jerry war sie kaum mehr als ein Fähnchen im Wind.

»Jason und Ariadne sind wirklich gut, Helen«, versicherte Lucas ihr leise. »Sie werden um ihn kämpfen. Das weißt du, oder?«

»Ja«, sagte Helen abgelenkt und marschierte weiter herum. »Und wenn sie ihn nicht retten können, werde ich da runtergehen und ihn …«

»Sag es nicht, Helen«, unterbrach Orion sie hastig. »Du bist zwar die Deszenderin, aber Hades ist immer noch Herr über das

Totenreich. Hast du schon vergessen, wie er reagiert hat, als du gesagt hast, du würdest Persephone befreien? Wie mühelos er da mit dir fertiggeworden ist? Du darfst nicht einmal daran *denken*.«

»Meinen Vater kriegt er nicht«, sagte Helen und stand plötzlich still. Sie sah zu Orion auf, als wollte sie ihn herausfordern, ihr zu widersprechen. »Wenn es sein muss, werde ich die ganze Unterwelt auf den Kopf stellen, aber meinen Vater *kriegt er nicht*.«

»Helen«, sagte Lucas, dessen Gesicht vor Angst ganz starr war, »kein Sterblicher kann ihn betrügen oder besiegen. Bitte hör zu …«

»Lucas?« Die Stimme kam vom anderen Ende des dunklen Gartens.

Lucas fuhr herum, um sich Hector entgegenzustellen, der über den Rasen auf sie zukam. Was immer er gerade zu Helen hatte sagen wollen, war vergessen. Hector blieb ein paar Schritte vor Lucas stehen. Beide musterten sich angespannt und warteten auf das Erscheinen der Furien.

»Wow. Ich glaub das nicht«, wisperte Lucas, der zu schockiert war, sich zu bewegen. Er sah Helen entgeistert an. »Du hast es wirklich geschafft.«

Die Cousins gingen aufeinander zu, fielen sich in die Arme, drückten einander ganz fest und entschuldigten sich gleichzeitig für alles, was zwischen ihnen vorgefallen war. Während Helen sie beobachtete, spürte sie Orions Blicke auf sich. Sie schaute zu ihm auf und musste feststellen, wie besorgt er sie ansah.

»Prinzessin!«, rief Hector. Er ließ Lucas los und Helen kam in den Genuss einer seiner liebevollen Umarmungen. »Ich wusste, dass du es schaffst.«

»Ich hatte aber auch viel Hilfe.« Helen musste kichern, weil Hector sie hochhob und ganz fest drückte.

»Hab ich gehört«, sagte Hector und setzte sie wieder ab. Er verpasste auch Orion eine Umarmung, klopfte ihm freundschaftlich auf den Rücken und sah Lucas fragend an. »Wo ist der Rest der Familie?«

»Sie sind fast alle zu Hause, aber vor weniger als einer Stunde habe ich gesehen, wie unsere Väter in dem Aufruhr unterwegs waren und gegen Eris gekämpft haben. Es sah aus, als hätten sie sie in die Enge getrieben, aber ich habe nicht mitbekommen, ob jemand hinter Phobos her war. Es kann also sein, dass er immer noch sein Unwesen treibt.« Lucas lieferte seinen Bericht so präzise ab, als müsste er einen Vorgesetzten über den aktuellen Stand der Dinge informieren.

»Ich wüsste zu gern, wieso all diese kleinen Götter nach so vielen Jahrzehnten der Stille ausgerechnet jetzt auf der Bildfläche erscheinen.« Hector nagte an seiner Unterlippe. Sein Blick huschte hinüber zu Helen, und ihre Schultern sanken herab, als sie begriff, was er meinte. Wieso war nur immer alles ihre Schuld?

»Warte. Wo sind denn noch kleine Götter aufgetaucht?«, fragte Orion und tauschte einen verwirrten Blick mit Lucas. Hector berichtete den beiden, wie Thanatos das Konzil in New York gesprengt hatte, und auch, dass Automedon offenbar seinen Vertrag mit Tantalus gebrochen hatte.

»Wo ist Daphne?«, fragte Orion besorgt.

»Als ich sie zuletzt gesehen habe, hat sie gerade Skeletor in Flammen aufgehen lassen. Wieso? Hättest du gern deinen eige-

453

nen Kampf?«, fragte Hector Orion mit einem herausfordernden Grinsen.

»Zum Teufel, ja«, antwortete Orion sofort und grinste zurück. Helen fand, dass die beiden die Aussicht, sich mit den Göttern herumzuschlagen, ein wenig zu sehr genossen.

Sie schüttelte den Kopf, um wieder klar denken zu können. Aus irgendeinem Grund sah sie Orion und Hector immer wieder in einer Rüstung. Als Hector Lucas zu dem bevorstehenden Kampf einlud, wurde es noch schlimmer. Einen Moment lang sah es tatsächlich so aus, als würde Lucas eine Toga tragen.

»Wartet mal. Helens Dad ist verletzt worden. Und ich muss gestehen, dass mir die Vorstellung nicht gefällt, sie mitten im Krawall herumlaufen zu lassen, solange Automedon noch nicht erledigt ist«, gab Lucas zu bedenken, bevor die anderen losstürmen konnten. Er warf Helen einen Blick zu, und als er ihren Gesichtsausdruck sah, runzelte er besorgt die Stirn. »Helen? Alles in Ordnung?«

»Ja, klar«, beteuerte sie, schüttelte ihre verstörenden Gedanken ab und massierte sich die Schläfen. »Ich bin nur so müde, dass ich schon Dinge sehe, die nicht da sind.« *Wie einen von Fackeln erhellten Marmorpalast und einen Haufen Krieger in Rüstungen.*

»Dann geh zu deinem Vater«, sagte Hector. »Ich persönlich denke zwar, dass du mit dem Myrmidonen fertigwirst, aber das erledigen wir gern für dich. Bleib in Sicherheit. Wir drei schaffen das auch allein.«

»Nein, ich sollte euch helfen.«

»Geh«, befahl Orion und grinste sie an. »Wenn wir Probleme

haben, darfst du kommen und uns mit deinen Megablitzen retten, okay?«

»Bist du sicher?«, vergewisserte sie sich mit einem dankbaren Lächeln und schwang sich in die Luft.

»Das ist echt der Hammer«, hauchte Orion, der sofort alles andere vergaß und nur noch bestaunte, wie Helen über ihm schwebte. Aus einem Impuls heraus streckte er den Arm aus und fuhr ihr zart mit den Fingern über die Wade. Helen schluckte gegen den Kloß an, den sie plötzlich im Hals hatte, und sah zu Lucas, der jedoch betont wegschaute. Orion folgte ihrem Blick und ließ verlegen die Hand sinken.

»Mach dich vom Acker, Prinzessin«, sagte Hector mitfühlend. »Kümmere dich um Jerry.«

Helen konnte nicht anders – sie sah Lucas an und hauchte ihm unhörbar »Pass auf dich auf« zu, bevor die drei in Richtung Zentrum aufbrachen.

»Du auch«, hauchte er zurück und sah sie warmherzig an. Lucas fuhr herum und rannte hinter Hector und Orion her. Helen blieb atemlos in der Luft hängen. Sie sah den dreien nach und konnte nicht entscheiden, wem sie Beachtung schenken sollte – Lucas oder Orion. Ihre Aufmerksamkeit war so zwischen beiden hin- und hergerissen, dass sie sich vorkam, als würde sie einem Tennismatch zusehen.

Zutiefst verwirrt flog Helen nach Siasconset, landete im Garten der Delos' und zwang sich, von nun an nur noch an ihren Vater zu denken. Sie stürmte ins Haus und traf als Erstes auf Noel, die hektisch in der Küche herumwirtschaftete.

»Helen!«, sagte sie und schaute kaum von dem Riesentopf auf, in dem sie gerade rührte. »Geh nach unten, am Sportraum vorbei und in den Keller. Da stehen drei Gefriertruhen. Öffne die kleine und bring mir den großen Rostbraten. Schnell, schnell! Alle werden Hunger haben.«

»Kleine Truhe, großer Braten. Alles klar«, sagte Helen und sprintete los. Sie versuchte gar nicht erst zu diskutieren. Auch wenn sie die Familie noch nicht so lange kannte, wusste sie doch, dass in Noels Küche auch Noels Gesetze galten. Schon eine halbe Sekunde später war sie zurück und legte den gefrorenen Braten, der fast die Größe eines ganzen Ochsen hatte, in das Spülbecken, auf das Noel wortlos zeigte.

»Sie sind mit Jerry im Gästezimmer, in dem du sonst immer schläfst«, sagte Noel, die sich erst jetzt zu Helen umdrehte und sie mitfühlend ansah. »Sei aber leise. Und wenn die Zwillinge schlafen, weck sie nicht auf. Das könnte ihnen schaden.«

»Ist gut. Danke«, sagte Helen.

Sie wusste nicht, was sie mit sich anfangen sollte. Natürlich sollte sie nach oben gehen und nach ihrem Vater schauen, aber sie wollte ihn nicht sehen, wenn er verletzt war. Sie war schon wieder vollkommen aufgelöst.

Als Noel bemerkte, wie nervös Helen war, legte sie ihren Kochlöffel zur Seite, wischte sich die Hände ab und nahm Helen in den Arm. Zuerst war Helen starr vor Schreck, aber dann entspannte sie sich und wollte sich aus der Umarmung am liebsten nicht mehr lösen. Noel duftete nach einer Mischung aus Brotteig und Babypuder. Helen konnte sich nicht erinnern, dass jemand außer Kate sich jemals so weich und angenehm angefühlt hatte. Es war, als würde man einen warmen Muffin umarmen.

»Besser?«, fragte Noel. Sie ließ Helen los und musterte sie von Kopf bis Fuß. »Du siehst erledigt aus. Hast du wieder aufgehört zu träumen?«

»Nein, ich kann träumen«, sagte Helen und lachte kurz auf, während sie ihr mittlerweile zerrissenes und schmutziges Kostüm glatt strich. Sie fragte sich, woher Noel von dieser Traumsache wusste. »Es war einfach nur ein *sehr* langer Tag.«

»Ich weiß, Liebes. Und du hast so viel erreicht«, sagte Noel. Sie nahm Helens Gesicht in beide Hände und sah ihr liebevoll in die Augen. »Danke, dass du mir meinen Hector zurückgebracht hast.« Noel küsste sie auf die Stirn. Diese Geste erinnerte Helen an Lucas. Was sie zu der Frage brachte …

»Warte. Woher weißt du das mit Hector? Das war doch erst vor fünf Minuten.«

»All meine Jungs rufen mich *sofort* an, wenn es entweder sehr gute oder sehr schlechte Nachrichten gibt. Es sind die Zwischenberichte, mit denen sie sich eher schwertun«, fügte Noel mit einem Grinsen hinzu. »Das wirst du eines Tages selbst merken.« Dann drehte sie sich wieder zur Arbeitsplatte um, hackte auf etwas ein, als hätte es sie persönlich beleidigt, und warf die bedauernswerten Stücke in einen brodelnden Topf.

Zu ihrem eigenen Erstaunen war es diesmal Helen, die ihre Arme von der Seite um Noel schlang und sie umarmte. Noel küsste sie auf den Kopf und strich ihr übers Haar, während sie weiterrührte, als wäre es ganz normal, dass ihr die Kinder bei jeder Gelegenheit beiläufig ihre Zuneigung zeigten und sie ebenso beiläufig von ihr erwidert wurden. Wesentlich gefasster machte sich Helen auf den Weg nach oben, um nach ihrem Vater zu sehen.

457

Automedon ließ seinen Meister im Zwischenreich am Fuß der Höhle zurück, kam wieder nach oben und rief seinen Sklaven zu sich. Der sterbliche Junge war noch nicht an sein neues Leben als Diener gewöhnt, aber zu seinem Glück war er halbwegs intelligent und machte nicht allzu viele Fehler. Nachdem Automedon den Weg zu den Höhlen beschrieben und sich nach dem Stand der Planung erkundigt hatte, kehrte er nach Nantucket zurück, immer noch nicht sicher, ob der Fluch der Furien wirklich aufgehoben war oder nicht. Er war jedoch bereit, das Risiko einzugehen, und würde seinen Plan in jedem Fall verfolgen, aber er brauchte volle achtunddreißig Minuten, um das Gesicht zu finden.

Zuerst suchte Automedon bei ihr zu Hause, aber dort hing nur noch ihr Geruch im Garten. Er schmeckte, dass sie nicht allein gewesen war und dass sich sogar der Ausgestoßene dort aufgehalten hatte. Ein kurzer Blick auf den Boden verriet Automedon, dass es keinen von den Furien angestachelten Kampf gegeben hatte. Dafür gab es nur eine einzige Erklärung.

Helen hatte Erfolg gehabt. Nachdem er so lange gewartet und zugesehen hatte, wie sich so viele Generationen als unwürdig erwiesen hatten, war es endlich geschehen. Sein Meister hatte recht gehabt. Sie hatte tatsächlich nur einen kleinen Schubs in die richtige Richtung gebraucht, etwas Hilfestellung, und dann die Lösung gefunden. Dies war keine, die nur so aussah. Dieses Mädchen war die Prinzessin, auf die er so lange gewartet hatte – die wahre Helena.

Angestachelt von diesem Sieg, untersuchte Automedon die Spuren. Sie waren noch so frisch, dass er sogar die Emotionen der Scions schmecken konnte, die sie hinterlassen hatten. Es hing nichts außer Brüderlichkeit in der Luft – Brüderlichkeit und unsterbliche Liebe. Der Geschmack der Liebe erhob sich und verblasste in den Luftwirbeln des Himmels. Sie musste weggeflogen sein. Die Männer waren eindeutig in Richtung Zentrum gerannt, zu dem Ablenkungsmanöver, das er so sorgfältig inszeniert hatte, um die kleine Armee mächtiger Scions zu beschäftigen, damit sie keine Zeit hatten, seine neue – wie Automedon selbst vor den Göttern geschworen hätte – *wahre* Helena zu bewachen. Bis jetzt verlief alles genau nach Plan, abgesehen vom wichtigsten Teil, der noch bevorstand.

Automedon verharrte ganz still. Er durfte keine Bewegung verschwenden. Dies war das Ereignis, auf das sie dreieinhalbtausend Jahre gewartet hatten. Alles war perfekt, alles war so, wie es vorherbestimmt war – mit einem kleinen Haken. Er musste Helen finden.

Sie war nicht im Haus ihres sterblichen Vaters. Sie war nicht bei ihrem Geliebten. Sie war nicht in der Schule. Wenn sie nicht die Insel verlassen hatte, was sie fast nie tat, blieb nur noch ein Ort übrig. Der Ableger des Hauses von Theben in Siasconset.

Die Zwillinge lagen neben Jerry in dem großen weißen Bett, in dem sie auch Helen nach ihrem Absturz mit Lucas geheilt hatten. Jerry sah blass und eingefallen aus. Die Zwillinge ruhten auf der Decke, zusammengerollt wie Katzen, und schliefen sehr unruhig.

Sie keuchten, ihre Finger verkrampften sich immer wieder zu Klauen, und sie runzelten gleichzeitig die Stirn, als erlebten sie denselben schrecklichen Albtraum. Die Luft im Zimmer war so trocken wie in der Wüste. Das verriet Helen, dass sie Jerry an den Rand des Trockenen Landes gefolgt waren, wo sie versuchten, seine verängstigte Seele wieder in seinen Körper zurückzulocken. Sie kämpften mit aller Kraft, das war eindeutig, aber beide waren schweißbedeckt und leichenblass. Helen war klar, dass sie nicht mehr lange durchhalten würden.

Als sie ins Zimmer kam, stand Kate von einem Stuhl in der Ecke auf und fiel ihr in die Arme. Während sie einander festhielten, bemerkte Helen ihre Freundin Claire, die auf Jasons Seite des Bettes auf dem Boden saß. Sie warf Helen einen verzweifelten Blick zu und stand mühsam auf. Die drei beschlossen wortlos, zum Reden in ein anderes Zimmer zu gehen, um das Trio im Krankenbett nicht zu stören.

Zufällig wählte Kate das Zimmer von Lucas. Helen wollte schon zurückweichen, aber dann konnte sie der Versuchung doch nicht widerstehen, den Dingen nahe zu sein, die ihm gehörten.

»Wie sieht es aus?«, fragte Helen.

»Jason sagt, dass Jerry sich dort unten verirrt hat. Er sagt, dass alles hätte vorbei sein müssen, noch bevor wir ins Auto gestiegen und hergefahren sind«, berichtete Claire ruhig. Kate konnte sich nicht länger beherrschen und platzte dazwischen.

»Aber dann hat sich irgendein gemeiner Gott eingemischt. Er muss Jerrys Geist in die falsche Richtung gelockt haben, während wir ihn zum Auto trugen«, sagte Kate zittrig. »Und jetzt können ihn die Zwillinge nicht mehr finden.«

»Morpheus hat sich mit Ariadne an der Grenze zu seinem

460

Land getroffen und ihr gesagt, dass es Ares war, der deinen Dad in die Irre geführt hat«, sagte Claire leise.

»Wieso versucht der Gott des Krieges, deinen Vater zu töten?«, fragte Kate, deren Stimme so bebte, dass ihre Hysterie nicht zu überhören war. Kate war eigentlich ein praktischer Mensch und neigte nicht zu Gefühlsausbrüchen, aber es fiel ihr immer noch schwer zu begreifen, dass alles, was sie bisher als Mythos betrachtet hatte, wahr sein sollte. Helen nahm ihre Hand und drückte sie tröstend.

»Ich hätte es euch sagen sollen«, murmelte sie und konnte Kate kaum in die Augen sehen. »Ich dachte, ich könnte euch beschützen, wenn ich euch verschone; dass du und Dad euer Leben leben könntet, wenn ihr von nichts wisst. Jetzt klingt das total idiotisch, aber ich dachte wirklich, dass es funktioniert, und es tut mir leid. Ares ist hinter mir her. Ich weiß nicht, wieso, aber er benutzt Dad als Köder.«

»Okay«, sagte Kate, wischte sich eine Träne weg und schürzte energisch die Lippen. »Was können wir dagegen tun? Wie können wir Jerry retten?«

»Nicht wir«, flüsterte Helen düster. Sie musste wieder daran denken, wie Morpheus sie gewarnt hatte, dass Ares davon träumte, ihr wehzutun. »Ich. Ares will mich.«

»Und du willst dich ihm einfach stellen, richtig?«, fragte Cassandra von der Tür aus. Helen drehte sich um und musste feststellen, dass Cassandra verärgert die Arme verschränkt hielt. »Obwohl du weißt, dass es vermutlich eine Falle ist?«

»Ja. Und ich muss sofort gehen.«

»Lennie, das ist so ziemlich das Dämlichste, was du jemals

gesagt hast«, verkündete Claire fassungslos. »Sogar *Matt* ist ein besserer Kämpfer als du und er ist nicht mal ein Scion. Und du glaubst, dass du allein mit Ares fertigwirst?«

»Ja«, sagte Helen kühl und sah in ihre schockierten Gesichter. »Ich bin der Deszender. Ich kann die Unterwelt kontrollieren und Ares kann das nicht. Ich weiß zwar nicht, was das über mich aussagt, dass ich diesen Ort beherrschen kann, aber es ist so. Hier oben hätte ich gegen ihn keine Chance. Aber in der Unterwelt kann ich ihn schlagen – zumindest lange genug, um meinen Vater zurückzuholen. Das weiß ich.«

Helen ging zu Lucas' Bett und schlug die Decke zurück.

»Helen, dein Vater würde nicht wollen, dass du dich für ihn in Gefahr begibst«, sagte Claire energisch. Sie legte Helen eine Hand auf die Schulter und drehte sie zu sich herum. Helen konnte sich nicht erinnern, wann ihre Freundin sie das letzte Mal mit ihrem vollen Namen angesprochen hatte. Claire, Kate und Cassandra wollten sie aufhalten, was ihnen nicht schwerfallen würde. Wenn es ihr nicht gelang, sie zu überzeugen, brauchten die drei sie nur wach zu halten.

»Ich weiß, dass mein Dad das nicht wollen würde, aber … da hat er eben Pech gehabt!«, zischte Helen grob. Sie versuchte, nicht laut zu werden. »Er wird sterben, wenn ich ihn nicht von Ares weghole, und wenn die Zwillinge noch länger dort unten bleiben, werden auch sie sterben. Du weißt, dass ich recht habe, Claire. Du weißt, dass sich jede Sekunde an der Grenze zum Schattenland für die Seele, die dort herumirrt, wie eine Ewigkeit anfühlt.«

Claire schlug die Augen nieder, wendete den Kopf ab und

nickte schmerzerfüllt. Sie wusste es nur zu gut und die Erinnerung daran machte ihr immer noch Angst.

»Warte wenigstens auf Orion, damit er dich begleitet«, flehte Cassandra und durchquerte den Raum zu Lucas' Bett, in das Helen sich gerade legte.

»Kann ich nicht. Orion braucht eine halbe Stunde, das Portal auf dem Festland zu erreichen. In der Unterwelt funktioniert die Zeit anders, aber der Geist meines Vaters ist noch nicht in der Unterwelt. Die Zeit hält nicht an, aber für ihn und die Zwillinge ist sie gedehnt, und jede Sekunde, die ich hier verschwende, fühlt sich für sie an wie endlose Tage. Jason, Ari und mein Dad werden in dieser Wüste keine weitere halbe Stunde aushalten. Ich muss *sofort* gehen.«

Kate, Claire und Cassandra tauschten bedrückte Blicke. Sie wussten, dass Helen recht hatte.

»Ich wünschte, ich könnte dir sagen, dass alles gut wird, aber ich konnte deine Zukunft nun schon eine ganze Weile nicht mehr sehen. Tut mir leid«, sagte Cassandra. Aus einem Impuls heraus beugte sie sich über Helen und küsste sie auf die Wange. »Viel Glück, Cousine«, flüsterte sie liebevoll und klammerte sich an Helens Hals.

Helen streckte den anderen Arm aus und bezog auch Kate und Claire in die Umarmung ein.

»Ihr solltet jetzt gehen und die Tür hinter euch schließen«, sagte sie energisch, nachdem sie die drei wieder losgelassen hatte. »Es wird hier gleich gefährlich kalt.«

463

Das Orakel war nah. Das war ein Problem. Die normalsterblichen Frauen, die es umgaben, waren entbehrlich, denn ihr Tod würde die Pläne der Zwölf nicht gefährden, aber das Orakel war fast so wichtig wie Helen selbst, nur leider längst nicht so widerstandsfähig.

Echte Orakel, die stark genug waren, die erdrückende Last der Zukunft zu tragen, waren kostbar, und obwohl die Götter den Launen der Parzen ebenso unterworfen waren wie die Sterblichen, hatten sie doch noch nie ein eigenes Orakel besessen. Obwohl es immer höchste Priorität gehabt hatte, eines hervorzubringen. Dieses Orakel war eine Favoritin von Apoll. Er hatte Jahrtausende auf es gewartet.

Automedon belauschte die Unterhaltung zwischen der Prinzessin und dem Orakel und hörte, wie sie den Köder schluckte. Egal, wie gefährlich es für sie war, sie würde ihrem Vater ins Schattenland folgen, wie sein Meister vorhergesagt hatte.

Ihm blieb nur ein kleines Zeitfenster für seinen Angriff. Er konnte nur zuschlagen, nachdem sie ein Portal geschaffen hatte, aber noch nicht hindurchgegangen war. Wenn er sie dann nicht stach, würde der Göttinnenzauber, den sie immer um den Hals trug, jeden Angriff abwehren. Und was noch schlimmer wäre – sie konnte ihn mit ihrem Blitz lange genug außer Gefecht setzen, um wegzufliegen. Sie war nur einen kurzen Moment lang verwundbar – die Kälte des Portals war das Zeichen –, und dann blieb ihm nur der Bruchteil einer Sekunde zum Reagieren.

Automedon schritt vor dem Haus auf und ab und überprüfte die Luft nach dem Geschmack ihrer Beschützer. Doch glücklicherweise hatten sie in der Stadt noch alle Hände voll zu tun. Au-

464

tomedon hörte, wie die Erbin, die wahre Prinzessin der Legende, ihre Dienerinnen mit einer liebevollen Umarmung entließ und sich dann in den schlafähnlichen Trancezustand versetzte, in dem sie sich gewöhnlich das Portal erschuf. Die Zeit war gekommen.

Automedon sprang vor, trat die Haustür ein und rannte auf allen vieren die Treppe hinauf. Die sterbliche Mutter hob die Hand, um ihm den Fluch von Hestia entgegenzuschleudern, aber sie war zu langsam.

Automedon sprang über das wertvolle Orakel hinweg, um es zu schonen, und stieß die beiden hübschen, aber nutzlosen Dienerinnen zur Seite. Er trat die Tür des Geliebten in Stücke, sprang aufs Bett und umfasste den Kopf der schlafenden Prinzessin mit der rechten Hand, genau einen halben Herzschlag vor ihrem Eintritt in die Unterwelt, in dem Moment, in dem sie am verletzlichsten war. Ihre wundervollen bernsteinfarbenen Augen flogen auf. Automedon fuhr seinen Stachel an der Innenseite des linken Handgelenks aus und stach ihn in den Hals der Prinzessin. Ihre Lider flatterten, und die Lippen bebten, als sein Gift durch ihre Adern strömte. Er hörte Geschrei auf dem Flur und am Fuß der Treppe, aber der Lärm war bedeutungslos. Er hatte seine Beute, und keiner dieser Menschen war stark genug, um sie ihm wieder wegzunehmen.

Die Prinzessin lag still. Automedon hob sie hoch und trug ihren gelähmten Körper aus dem Fenster des Liebhabers und von der Insel.

Lucas sah Hector nach, der losgerannt war, um seinen Vater zu finden, während er und Orion zurückblieben, um einer Gruppe von Verletzten zu helfen. Es hatte sich eine Art Erstversorgungsstation gebildet und Anwohner kamen mit Wasser, Verbänden und Erste-Hilfe-Kästen aus ihren Häusern. Lucas und Orion hatten Hector zum Weitergehen gedrängt, aber sie waren geblieben, weil sie die Hilfeschreie der Menschen unmöglich ignorieren konnten.

»Wir sollten auch in den angrenzenden Straßen nachsehen«, sagte Orion, nachdem der letzte Verwundete versorgt war, und die beiden liefen in normalem Menschentempo weiter.

»Moment mal«, rief Lucas Orion zu und holte sein brummendes Handy aus der hinteren Tasche seiner Jeans.

Das Display zeigte an, dass der Anruf von seiner Mutter kam. Er meldete sich unverzüglich und hatte sofort ein mulmiges Gefühl im Bauch.

»Lucas, er hat sie«, sagte sie knapp und eindringlich. »Helen wollte gerade in die Unterwelt, um ihrem Vater und den Zwillingen zu helfen, als Automedon die Tür aufgebrochen und sie gestochen hat. Dann ist er mit ihr aus dem Fenster gesprungen.«

»Wie lange ist das her?«, fragte Lucas eisig.

Orion, der Lucas' Anspannung spürte, horchte auf.

»Ein paar Minuten. Claire und Kate wurden von dieser Kreatur umgerannt, und ich habe mich gerade vergewissert, dass sie noch leben«, antwortete seine Mutter angewidert. »Ich verstehe das nicht, Lucas. Wie konnte er sie stechen? Der Cestus …«

»Ich muss los.« Lucas beendete das Gespräch, aber nicht, weil er wütend auf seine Mutter war, sondern weil er nachdenken musste. Nachdem er Orion informiert hatte, verstummte er.

»Sollen wir zu eurem Haus gehen und versuchen, eine Spur zu finden?«, schlug Orion vor.

»Da wird keine sein«, antwortete Lucas ruhig und wünschte, Orion würde einfach den Mund halten.

»Und was schlägst du vor?«, fuhr Orion fort und musterte Lucas eindringlich. Als keine Antwort kam, hob er die Brauen. »Lucas. Ich kann deine Gefühle lesen. Sag mir, was du denkst, damit wir zusammen an einer Lösung arbeiten können.«

»Ich versuche herauszufinden, *wie zum Teufel* jemand Helen gefangen nehmen konnte! Hast du jemals versucht, gegen sie zu kämpfen? Sogar wenn sie sich zurückhält, ist sie ein Monster!« Lucas stand kurz vor einem Wutausbruch. Am liebsten hätte er Orion zusammengeschlagen, aber er begnügte sich damit, ihn anzuschreien. »Ich kann sie kaum bändigen, und dabei bin ich sicher, dass sie mir bisher erst einen Bruchteil ihrer wahren Kraft gezeigt hat. Kannst du dir vorstellen, wozu sie fähig ist, wenn jemand versucht, sie zu entführen und gegen ihren Willen fest-zuhalten? Sie würde halb Massachusetts in Brand stecken!«

Orion betrachtete besorgt Lucas' Brust.

»Du flippst gerade ziemlich aus. Ich will, dass du dich sofort wieder beruhigst. Für Helen.« Orion packte Lucas' Schultern, und Lucas spürte, wie ihn Wärme durchströmte. Sein Herzschlag wurde langsamer und eine Welle der Sanftmut durchflutete ihn.

Lucas wusste, dass Orion ein Sohn von Aphrodite war und Gefühle beeinflussen konnte, aber so etwas hatte er noch nie erlebt. Es war ähnlich wie bei einer Droge, die blitzschnell auf

Körper und Geist wirkt, und einen Moment lang fragte sich Lucas, wie sehr Orion ihn wohl beeinflussen konnte. Wenn er in der Lage war, ein solches Wohlgefühl zu erzeugen, konnte er sicher auch das Gegenteil bewirken. Das war erschreckend.

»Tut mir leid«, sagte Orion und ließ Lucas los. »Normalerweise mache ich das nicht, ohne vorher zu fragen.«

»Nein, ist schon okay. Das hab ich jetzt gebraucht«, antwortete Lucas extra freundlich, weil er wusste, wie ungern Orion seine Begabung einsetzte, auch wenn es angebracht war. Sehr viel ruhiger fuhr er fort: »Ist dir das Eis auf Helens Bett aufgefallen, als sie heute Nacht mit dir aus der Unterwelt zurückkam? Dass sie nicht gleich wieder fliegen und ich euch beide nicht von mir runterschubsen konnte? Ist dieser Verlust der Scion-Kräfte normal, wenn Helen hinabsteigt?«

»Es ist bei allen Portalen in die Unterwelt normal. Es sind tote Zonen. Keine Wärme, keine Lebewesen und keine Scion-Begabungen. Ich denke, dass Helen sich ein eigenes, kurzfristiges Portal erschafft, wenn sie hinabsteigt, und es dauert wohl ein paar Sekunden, bis es sich wieder schließt, nachdem sie es hinter sich auflöst«, vermutete Orion mit einem nachdenklichen Stirnrunzeln.

»Meinst du, dass Automedon alles über die Portale weiß?«

»Zweifellos. Es hat schon andere Deszender gegeben, und dieses Monster hat bestimmt schon alles gesehen«, sagte Orion. »Allerdings bliebe ihm nicht viel Zeit. Vergiss nicht, dass sie nach ein paar Sekunden wieder fliegen kann.«

»Aber wenn er diesen Moment abgewartet hat, würde es ausreichen. Immerhin hat er sie schon wochenlang beobachtet.

Er wusste genau, dass sie ihrem Vater in die Unterwelt folgen würde«, sagte Lucas, der überzeugt war, auf der richtigen Spur zu sein. Diese ganze Sache war von langer Hand geplant. »Automedon musste nur dafür sorgen, dass Jerry schwer verletzt wurde – was während der Ausschreitungen kein Problem war –, und wenn jeder Scion der Insel damit beschäftig war, Eris und Phobos zu jagen …«

»… wäre keiner da, um sie zu beschützen, während sie sich auf die Suche nach ihrem Dad macht«, beendete Orion seinen Satz. Doch dann wurde ihm ein logischer Fehler bewusst und er schüttelte den Kopf. »Aber Automedon hätte das Ganze schon längst durchziehen können. Sie ist jede Nacht in die Unterwelt hinabgestiegen und niemand hat sie dabei bewacht. Wieso hat er so lange gewartet?«

»Das kann ich erklären«, sagte Lucas verlegen. »Ich war fast jede Nacht bei ihr, meistens auf dem Dach. Aber niemand, nicht einmal Automedon, hätte mich dort sehen können.«

»Wieso nicht?«

»Weil ich ein Schattenmeister bin. Und ich kann mich unsichtbar machen.« Orion sah ihn verblüfft an. Lucas fuhr hastig fort, bevor sie zu sehr vom Thema abkamen. »Aber das spielt ohnehin keine Rolle, denn Automedon musste warten, bis Helen ihre Mission in der Unterwelt erfüllt hatte. Vorher hätte Tantalus es nicht gewagt, ihr etwas anzutun.«

»Aber wieso tut er es jetzt? Tantalus weiß von mir und vermutlich auch von den vielen anderen Rogues. Er kann Atlantis vergessen, wenn er nicht vorher jeden Einzelnen von uns umbringt. Glaubst du, dass er mit Helen anfangen will?«

469

Einen Moment lang schien die Erde stillzustehen, als Lucas diese Möglichkeit in Betracht zog. Was, wenn Helen schon tot war? War es möglich, dass eine Hälfte seines Herzens starb, ohne dass er es merkte? Er schob eine Hand in die Tasche und rieb den letzten Mohnblumen-Obolus der Welt zwischen Daumen und Zeigefinger. Er wusste schon jetzt, was er tun würde, wenn Helen starb.

»Ich weiß es nicht«, flüsterte er und verdrängte diesen Gedanken vorläufig. »Aber du hast recht. Es ergibt keinen Sinn, dass Tantalus sie jetzt entführen sollte, aber vergiss nicht, dass er vermutlich nichts mehr zu sagen hat. Anscheinend wollte Automedons neuer Boss ebenfalls die Furien aus dem Weg haben, bevor er den Befehl gab, Helen zu kidnappen. Warum auch immer Automedon so lange gewartet hat, es gibt nur einen Ort, an dem man Helen gefangen halten kann.«

»Ein Portal. Meines ist das nächstgelegene und mir ist heute jemand dorthin gefolgt«, sagte Orion verlegen und setzte sich in Bewegung. »Willst du hier auf deine Familie warten, während ich ihr folge?«

Lucas grinste Orion an und machte sich nicht einmal die Mühe, die Frage zu beantworten.

Natürlich war ihm klar, dass es klüger gewesen wäre, Hector zu informieren und zu dritt gegen den wesentlich stärkeren Myrmidonen anzutreten, aber er konnte unmöglich tatenlos herumstehen und auf Hector warten. Also stürmte er hinter Orion her und einen Moment später hatten sie den Rand der Insel erreicht.

»Oh, Gott, Matt! Du musst herkommen«, keuchte Zach ins Telefon. Er atmete unregelmäßig, und das Handy streifte immer
wieder sein Kinn, als würde er rennen oder zumindest schnell
gehen. »Er hat Helen und er wird ihr wehtun!«

»Warte. *Wohin* soll ich kommen?«, unterbrach Matt ihn. Er
wedelte hektisch mit dem freien Arm, um die Aufmerksamkeit
von Hector, Pallas, Castor und allen anderen zu erhaschen, die
in der Küche der Delos' herumstanden und überlegten, wohin
Automedon Helen gebracht haben konnte. Zach redete hektisch
weiter und die Worte sprudelten nur so aus ihm heraus.

»Ich sollte Lucas und diesen Typen namens Orion anrufen«,
keuchte er. »Genau das sollte ich jetzt tun, und nichts anderes,
und das werde ich, weil er mich sonst umbringt, aber ich weiß,
dass das sein Plan ist, und deswegen musste ich was unternehmen,
verstehst du? Ich dachte, wenn ich es dir sage, können wir vielleicht eine Lösung finden.«

»Nicht so schnell! Was soll das für ein Plan sein?«

»Der Plan, den Krieg ausbrechen zu lassen! Dazu braucht er
alle drei!«

17

elens Wange war heiß – glühend heiß.
Aber der Rest ihres Körpers war eiskalt, was ihr jedoch erst bewusst wurde, als sie sich aus der zähen
Dunkelheit wieder ins Leben zurückkämpfte. Ihr war kälter als
je zuvor und ganz in ihrer Nähe hing der Geruch von Verwesung
in der Luft.

»Da ist sie, gekommen, um zu spielen! Fehlen noch zwei, und
dann gut zielen!«, frohlockte eine Stimme. »Hübscheshübsches-
hübsches Götterkindchen.«

Ares.

Helen hielt ganz still und versuchte, nicht loszukreischen. Sie
musste nachdenken. Das Letzte, woran sie sich erinnerte, war
Automedons Gesicht über ihrem, ein Stich in den Hals und dann
ein Schmerz, der durch ihre Adern schoss, bis sich ihr Gehirn aus
reinem Selbstschutz abgeschaltet hatte.

»Ich sehe dich, meine hübsche Kleine«, sagte Ares, der nun
nicht mehr lachte. »Du kannst dich nicht hinter deinen Augen-
lidern verstecken. Komm schon. Öffne sie. Lass mich deines Vaters Augen sehen.«

Sie hörte den Anflug von Wut in seiner Stimme, spürte die Bedrohung, die von ihm ausging. Er hatte sie durchschaut. Helen riss entsetzt die Augen auf. Sofort löste sie sich von der Schwerkraft, um wegzufliegen, aber es funktionierte nicht. Der Grund dafür war eindeutig. Sogar die Luft war von Eiskristallen durchzogen. Die Kälte war so intensiv, dass sie die Sinne über ihre Grenzen hinausführte und sie so verdrehte, dass Eis plötzlich brannte wie Feuer.

Im flackernden Licht eines bronzenen Kohlebeckens konnte Helen sehen, dass Ares sie mit einem dicken Seil an einen Pflock gefesselt hatte, den er im Eingang eines Portals in den Boden gerammt hatte. Helen sah sich verzweifelt um, obwohl ihr längst klar war, dass sie das perfekte Gefängnis für sie ausgesucht hatten. In der Unterwelt konnte sie sich mit wenigen Worten von Ares wegbefördern lassen. Auf der Erde hätte sie sich wenigstens mit aller Kraft wehren und vielleicht entkommen können. Aber in einem Portal, weder hier noch dort, war sie einfach nur ein Mädchen, gefesselt und den Launen eines Wahnsinnigen ausgeliefert. Und das war so geplant. Vermutlich schon seit einer Ewigkeit.

»Tränen! Ich *liebe* Tränen!«, frohlockte Ares. »Seht nur, wie das kleine Götterkindchen weint ... Immer noch so hübsch, so hübsch! Das können wir ändern.«

Ares schlug ihr auf den Mund, und Helen fühlte, dass er ihr etwas gebrochen hatte. Sie holte tief Luft. Jetzt ging es also los. Sie spuckte Blut aus und sah zu ihm auf. Jetzt weinte sie nicht mehr. Jetzt, wo es angefangen hatte, würde es nicht mehr lange dauern, und in gewisser Weise war es besser, als darauf zu warten.

Wenn Ares hier war, um sie zu foltern, bedeutete das zumindest, dass er nicht länger in der Unterwelt den Geist ihres Vaters in die Irre führte. Das war zwar nicht das Ergebnis, auf das sie gehofft hatte, als sie die Augen schloss, um ihrem Vater in die Unterwelt zu folgen, aber es war besser als nichts. Helen schaute zu Ares auf und nickte ihm zu. Nachdem sie ihren Vater in Sicherheit wusste, war sie bereit für alles, was er auszuteilen hatte.

Ares schlug ihr noch einmal ins Gesicht und richtete sich dann auf, um ihr in den Magen zu treten. Ihre verkrampften Bauchmuskeln pressten ihr die Luft aus der Lunge. Er trat sie wieder und wieder. Wenn sie versuchte, den Tritten auszuweichen, indem sie sich zusammenrollte und ihm den Rücken zudrehte, verlegte er sich vom Treten aufs Stampfen. Sie spürte, wie ihr Unterarm brach, und zog das Bein an, um ihre Seite zu schützen, aber das veranlasste ihn nur, sie noch heftiger anzugreifen. Als sie schließlich aufhörte, den Tritten auszuweichen, und sie einfach hinnahm, hörte er auf.

Helen wälzte sich auf dem Boden herum und suchte nach einer Position, in der sie trotz mehrerer gebrochener Rippen und auf dem Rücken gefesselter Hände atmen konnte. Vor Schmerzen keuchend, stellte sie schließlich fest, dass es am besten war, wenn sie kniete und die Stirn auf den eisigen Boden drückte. Da eine der gebrochenen Rippen einen Lungenflügel durchbohrt hatte, klang ihr keuchender, hustender Atem beinahe so, als würde sie lachen.

»Macht Spaß, oder?«, quiekte Ares und hüpfte im Kreis herum. »Aber ich hätte dich nicht so oft treten dürfen, weil du jetzt nicht mehr schreien kannst. Aber das ist es, was wir brauchen, nicht wahr? So dumm von mir! Aber wir können eine Weile warten, bevor wir weiterspielen.«

Er kniete sich neben ihren gekrümmten Körper und fuhr mit den Fingern durch ihre Haare. Helen lief eine Gänsehaut über den Nacken, als er eine Strähne in die Hand nahm.

Er wird sie gleich ausreißen, sagte sie sich. *Entspann dich einfach und wehr dich nicht. Das macht es einfacher.*

»Du bist außerordentlich still«, seufzte Ares und fing an, die Strähne langsam zu einem kleinen Zopf zu flechten. »Das ist ein Problem. Wie sollen die anderen Erben dich finden, wenn du nicht aus vollem Halse schreist, wie es von dir erwartet wird? Du sollst doch schreien *RETTE* MICH, LUCAS! OH, *RETTE* MICH, ORION!« Einen Moment lang tönte er furchtbar schrill, wechselte aber sofort wieder zu seiner normalen Stimme. »Genau so. Los, fang an zu schreien.«

Helen schüttelte den Kopf. Ares beugte sich tief über sie und seine Lippen berührten ihren Nacken. Er hauchte ihr seinen faulenden, stinkenden Atem entgegen. Selbst in der beißenden Kälte des Portals überwältigte Ares sie mit seinem Gestank nach Tod und Verwesung.

»Schrei«, verlangte er ganz ruhig und klang plötzlich nicht mehr wie ein Wahnsinniger. Er hörte sich vollkommen normal an, was Helen entschieden gruseliger fand. »Ruf sie her, damit sie dir das Leben retten. Ruf sie her, Helen, oder ich töte dich.«

»Du willst sie in die Falle locken«, keuchte Helen atemlos. »Darauf falle ich nicht rein.«

»Wie sollte ich ihnen eine Falle stellen? Ich bin in diesem Nirgendwo genauso machtlos wie jeder Sterbliche und sie sind

475

zu zweit«, sagte er beinahe vernünftig. »Vielleicht gewinnen sie sogar.«

Er log sie nicht an. Seine Schläge und Tritte hatten ihr zwar schwere innere Verletzungen zugefügt, aber sie hatte dahinter nicht die Kraft eines Gottes gespürt. Sie betrachtete die Knöchel seiner linken Hand, der Hand, mit der er sie geschlagen hatte, und sah, wie Ichor, das goldene Blut der Götter, aus den tiefen Schürfwunden rann. Unwillkürlich musste sie grinsen, denn obwohl sie ein paar Zähne eingebüßt hatte und mit dem rechten Auge nichts mehr sehen konnte, hatte Ares sich bei der Aktion offenbar die Hand gebrochen.

»Ruf nach ihnen«, verlangte er, als wäre es zu ihrem Besten. »Warum rufstrufstrufst du nicht, mein zerschlagenes kleines Götterkind? Sie *wollen* dich doch retten.«

Natürlich wollten sie das. Lucas und Orion suchten nach ihr, und im Gegensatz zu ihr brauchten sie keine Scion-Kräfte, um gegen Ares zu kämpfen. Sie waren stark, aber sie war nur ein dünnes, erschöpftes, gefesseltes, von einem Myrmidonen vergiftetes Mädchen, das einem doppelt so großen brutalen Schläger gegenüberstand. Aber Lucas und Orion waren geborene Kämpfer. Sollten sie doch kämpfen. Schließlich hatten sie *Spaß* daran.

Nicht weit weg hörte sie, wie Orion nach Lucas rief und ihn durch das Höhlenlabyrinth führte.

»Hörst du das, Helen? Deine Rettung ist *so nah*.« Ares krümmte die Finger, um besser zufassen zu können, und riss ihr die geflochtene Haarsträhne aus – zusammen mit einem etwa zwei Zentimeter großen Stück ihrer Kopfhaut. Helen konnte nicht vermeiden, dass ihr ein schrilles Aufkeuchen entschlüpfte, aber zumindest gelang es ihr, nicht aufzuschreien. Sie würde nicht schreien. Ares packte eine weitere Strähne – an einer Stelle, wo die Haut noch empfindlicher war.

Mit einem Auge sah Helen, wie das Blut aus ihrem Nacken über ihr Kinn lief und das Eis unter ihrem Gesicht verfärbte. Es breitete sich aus, rot und leuchtend, und arbeitete sich durch die Eiskristalle immer weiter, als würde es von einem trockenen Tuch aufgesogen.

»Sie werden dich nicht zufällig finden, falls es das ist, worauf du hoffst. In diesen Höhlen gibt es Dutzende von Portalen. Orion kennt sie zwar fast alle, aber es kann trotzdem die ganze Nacht dauern, bis sie das richtige finden.« Ares hörte sich an, als hätte er das Spiel allmählich satt. »Ruf sie jetzt her und rette, was von deiner Haut noch übrig ist.«

Helen starrte in ihre eigene Blutlache und sah dort zwei Armeen. Sie sah sie mit einem metallischen Aufblitzen aufeinanderprallen. Sie sah eine ehemals azurblaue Bucht, die durch eine endlose Belagerung vollkommen verschmutzt war, und dann wurde das klare Wasser durch die Asche verbrannter Körper trüb und schlammig. Schließlich sah sie Lucas leblos in einem brennenden, mit Rauch gefüllten Raum liegen.

Das ist beim letzten Mal passiert, als ich andere für mich kämpfen ließ.

»Ich werde nicht schreien«, wisperte Helen, und in die Blutlache mischten sich jetzt ihre Tränen. »Eher sterbe ich.«

»Du liebst Lucas und Orion so sehr, dass du für sie sterben würdest? Für beide?«, fragte Ares ruhig. Er schubste sie auf die Seite, um ihr ins zerschlagene Gesicht sehen zu können. Sie be-

477

mühte sich, ihm in die Augen zu schauen, und antwortete, ohne zu zögern. »Ja, ich liebe sie beide. Und ich würde für beide sterben.«

Ares verstummte. Seine Gesichtsmuskeln zuckten so, dass Helen dachte, er würde jeden Moment etwas sagen. Doch er holte nur tief Luft und lachte los.

»Eine erledigt, da waren es nur noch zwei!«, frohlockte er. »Automedon hatte recht! Bereit, zu bluten und zu sterben – und das gilt nicht nur für dich. Was mich wirklich erstaunt, ist die Tatsache, dass auch deine beiden edlen Helden bereitwillig für *dich* bluten und sterben würden. Weißt du, was das bedeutet, mein blutendes kleines Götterkind? Ist dir klar, was es bedeutet, wenn ich all das Blut vermische, das du und die anderen beiden Erben so unbedacht vergießen? Vier Häuser, praktisch verpackt in drei liebende, tapfere und, Zeus sei Dank, *naive* Erben.«

Helens Gedanken überschlugen sich. Sie kämpfte sich wieder auf die Knie und betrachtete das Blut, das auf dem Boden bereits gefror. Sie dachte daran, welche besonderen Umstände nötig waren, ihre normalerweise unverwundbare Haut bluten zu lassen, und was Ares alles auf sich genommen hatte, diese Umstände herbeizuführen. Dann dachte sie daran, was alles nötig gewesen war, damit Lucas und Orion zusammenarbeiteten, obwohl sie wegen der Furien noch wenige Stunden zuvor nicht einmal im selben Raum hätten sein können. Es gab nur eine Sache, die sie verband, und sie wusste genau, dass die beiden auch für sie bluten und sterben würden. Und sie hatte bereits geblutet und *auf dieses Blut geschworen*, dasselbe für Lucas und Orion zu tun.

»Blutsbrüder. Wir werden Blutsbrüder sein«, schnaufte sie durch ihre aufgeplatzte Lippe. »Alle vier Häuser werden vereint werden.«

»Und wir Götter werden aus unserem Gefängnis auf dem Olymp befreit«, fügte Ares gelassen hinzu. »Darauf warte ich nun schon dreieinhalb*tausend* Jahre!« Er gab einen dumpfen Laut von sich, denn die Aussicht auf seine Freiheit schnürte ihm die Kehle zu.

»Nein. Das lasse ich nicht zu«, stammelte Helen, die das unmöglich akzeptieren konnte.

»Weißt du, was das Beste daran ist? Abgesehen davon, dass ich dich quälen konnte?«, fuhr er fort, ohne auf ihre bedeutungslose Drohung einzugehen. »Dass es auch diesmal wieder *aus Liebe zu Helena* geschieht! Ich hätte nie für möglich gehalten, dass aus Liebe zu einer Frau nicht nur *ein* großer Krieg entbrennt, sondern gleich *zwei*. Für Geld, das könnte ich verstehen. Und natürlich für Land. Tausende Kriege wurden um Geld und Land ausgefochten, aber aus LIEBE? Und doch sind wir hier. Aphrodite hat wieder gesiegt! Ein weiterer Krieg, der alle anderen Kriege beenden wird, bricht aus Liebe zu dir aus und wegen deiner Liebe zu zwei Männern und drei jämmerlichen Furien! Und Liebeliebeliebe wird der Grund sein, aus dem die Welt im Kriegkriegkrieg versinkt. Ist das nicht reine *Poesie*?«

Während Ares kicherte wie ein Verrückter, wurde Helen bewusst, was sie alles falsch gemacht hatte, und diese Erkenntnis lastete schwer auf ihr. Morpheus hatte Zweifel an ihrer Mission geäußert, aber sie hatte nie nach dem Grund gefragt. Hades hatte ihr nicht ein Mal, sondern zwei Mal geraten, das Orakel

479

zu befragen – nicht Cassandra, die kleine Schwester, sondern das große *Orakel*, das Sprachrohr der drei Parzen –, ob die Befreiung der Furien wirklich eine gute Idee war. Sogar *Zach* hatte versucht, sie zu warnen, aber sie hatte ihm keine Chance gegeben, es zu erklären.

Aber der größte Fehler war, dass sie Hectors Rat ignoriert hatte. Er hatte ihr eingeschärft, dass sie sich *auf keinen Fall* in Orion verlieben durfte. Im Gegensatz zu ihr hatte Hector immer gewusst, dass es bei diesem Kampf um Liebe gehen würde. Als er ihr gesagt hatte, dass sie sich nicht in Orion verlieben sollte, hatte er ihr eigentlich klarmachen wollen, dass aus Liebe, echter Liebe, immer eine *Familie* wurde – auch wenn es keine Familie im traditionellen Sinn war. Es war die Liebe, die zählte, nicht Gesetze, Regeln oder die Götter.

Helen konnte jetzt wüten und herumschreien, dass es nicht ihre Schuld war, dass man sie ausgetrickst hatte, aber sie wusste es besser. Sie hatte sich kopfüber in diese Mission gestürzt – ohne nachzudenken, was dabei schiefgehen konnte. Sie war die ganze Zeit so davon überzeugt gewesen, Gutes zu tun, dass sie niemanden anhören wollte, der anderer Meinung war. Lucas hatte sie gewarnt, dass Selbstüberschätzung die größte Gefahr der Scions war, aber bis zu diesem Augenblick hatte sie nicht gewusst, was er damit meinte. Ein guter Mensch zu sein und Gutes zu tun, bedeutete nicht automatisch, dass man immer *recht* hatte.

In der angrenzenden Höhle hörte Helen, wie Orion und Lucas hektisch miteinander flüsterten und einander ermutigten, auf das flackernde Licht der bronzenen Kohlepfanne zuzugehen.

»Bitte«, schluchzte sie gedämpft. »Töte mich jetzt.«

480

»Bald, Liebes, bald. Ganz ruhig«, flötete Ares. Er zog einen kleinen Bronzedolch aus dem Gürtel und kniete sich neben sie. Helen spürte eine pulsierende Hitze an ihren Hals. Ares hatte ihr mit einer flinken Bewegung die Kehle durchgeschnitten. »Du wirst sterben, aber der Schnitt ist flach genug, dass es eine Weile dauern wird. Ich fürchte jedoch, dass du nicht mehr sprechen kannst. Aber ich kann nicht zulassen, dass du den anderen beiden Erben von meinem Plan erzählst, bevor sie selbst ein bisschen gekämpft und geblutet haben, nicht wahr? Das würde alles zunichtemachen.«

Sie versuchte zu schreien, aber es sprühte nur ein Schwall Blut aus ihrem Hals und spritzte Ares ins Gesicht. Er leckte sich grinsend die Lippen.

»Ei, ei, was für ein braves Mädchen«, sagte er in Babysprache und warf ihr eine Kusshand zu. Dann stand er auf, ging zur Felswand und wisperte auf sie ein.

Als Kind war Helen beinahe ertrunken. Seitdem hatte sie Angst vor dem Wasser gehabt – und dabei lebte sie auf einer Insel, die von Wasser umgeben war. Aber jetzt schien es, als würde sie auf dem trockenen Land ertrinken. Das Blut schäumte in ihrer Lunge, und sie musste feststellen, dass salziges Blut fast genauso schmeckte wie Salzwasser. Sie konnte den kleinen Ozean in sich hören, wie er pochte und rauschte, und wie mit jedem Herzschlag die Ebbe größer wurde. Oder waren das Schritte, die auf dem Höhlenboden hallten?

»Onkel! Lass mich durch«, zischte Ares die Felswand nun lauter an.

Nichts passierte. Ares sah jetzt richtig panisch aus.

481

»Helen! Nein!«, schrie Lucas quer durch die Höhle. Sein Aufschrei hallte zwischen den Wänden herum, erfüllte die dunkelsten Ecken der Höhle und vervielfältigte sich dort.

Ares fuhr herum, die Hand schon am Messer. Als er auf Helen hinabsah, erkannte sie, dass er mit dem Gedanken spielte, sie als Geisel zu nehmen.

Der Boden bäumte sich auf und fiel krachend wieder zurück, was Ares von Helen wegtaumeln und gegen die Wand fallen ließ. »Geh weg von ihr«, knurrte Orion.

Helen, die sich nicht umdrehen konnte, um die beiden anzusehen, starrte in Ares' panisches Gesicht. Sein Blick huschte zwischen Orion und Lucas hin und her und er drückte sich eng an die Wand des Portals. Orion hatte recht. Der Gott des Krieges war ein Feigling.

»Hades! Du hast deine Befehle!«, schrie Ares hysterisch und schlug immer wieder mit der flachen Hand gegen die vereiste Felswand. »Lass mich durch!« Das Portal sog ihn ein und Ares war verschwunden. Einen Moment später hörte Helen, wie die Freunde auf sie zurannten.

»Lucas. Oh nein«, stöhnte Orion.

»Sie ist nicht tot«, sagte Lucas mit zusammengebissenen Zähnen. »Sie kann nicht tot sein.«

Helen spürte, wie sich Lucas und Orion neben sie knieten. Sie berührten ihre Schulter und ihre Hüfte und drehten sie langsam um. Sie wand sich und versuchte, ihre Hände abzuschütteln. Wenn sie es gekonnt hätte, wäre sie aufgesprungen und vor ihnen weggerannt. Selbst ihre vorsichtigen Berührungen fühlten sich an wie Peitschenhiebe, aber der Schmerz war nicht der Grund, wieso sie nicht von ihnen angefasst werden wollte. Sie sollten ihr Blut nicht an die Hände bekommen.

»Ganz ruhig, Helen«, flüsterte Lucas, außer sich vor Sorge. »Ich weiß, dass es wehtut, aber wir müssen dich bewegen.«

Nein. Sie mussten sich von ihr fernhalten. Sie versuchte, sie wegzuschicken, aber alles, was herauskam, war ein Blutschwall aus ihrem Hals.

»Ich habe ein Messer«, sagte Orion, und Helen fühlte, wie er ihre Handfesseln durchschnitt.

Lucas hob sie hoch und sie zappelte schwach, in der Hoffnung, dass er sie losließ. Sie wollte im Portal sterben, bevor das Blutsbrüderritual vollzogen wurde. Aber ihre Gegenwehr und das Husten machten alles noch schlimmer. Das Blut sprühte förmlich aus ihrem Hals und spritzte auf Lucas und Orion. Ares mochte ein Feigling sein, dachte Helen, aber er wusste alles darüber, wie man Leuten wehtat. Die Wunde, die er ihr zugefügt hatte, sorgte dafür, dass im Umkreis von anderthalb Metern alles mit ihrem Blut getränkt wurde.

»Ich gehe voran«, sagte Orion entschlossen.

Helen fühlte ein vages Schaukeln und sah den Strahl von Orions Taschenlampe über den Höhlenboden wandern. Sie konnte alles hören und auch recht gut sehen; sich bewegen oder sprechen konnte sie aber nicht. Sie versuchte, mit den Zehen oder einem Finger zu wackeln. Nichts davon funktionierte. Sie befahl sich zu blinzeln, aber sie schaffte es nicht einmal, ihr unverletztes Auge zu schließen. Helen war bei vollem Bewusstsein in sich selbst gefangen. Ihr war klar, dass sie nur noch zusehen konnte, wie es weiterging, und sie fragte sich, ob das eine spezielle Folter war, die sich Ares für sie ausgedacht hatte. Vielleicht hatte er die Klinge vergiftet, um sie zu lähmen?

Vielleicht sterbe ich aber auch, dachte sie hoffnungsvoll. *Wenn ich mich beeile, kann ich das Ganze vielleicht verhindern.*

»Da ist der Ausgang«, rief ihnen Orion über die Schulter erleichtert zu. Helen konnte sein wundervolles Profil sehen, das sich am Höhlenausgang gegen den Mond und tausend Sterne abhob.

Doch dann war es mit Orions Erleichterung vorbei, denn er hatte draußen etwas entdeckt. Er fuhr herum zu Helen und Lucas, drängte sie zurück in die Höhle und hielt seine breiten Schultern schützend über sie. Helen sah, wie er mit einem Keuchen den Mund aufriss und seine Augen groß wurden, als die Spitze eines Schwerts unter seinem Brustbein austrat. Der Boden bebte. Automedons glänzend rote Insektenaugen starrten Helen über Orions Schulter hinweg an.

»Orion!«, schrie Lucas auf. Er hielt Helen nur noch mit einer Hand fest und griff nach Orions Schulter, um ihn auf den Beinen zu halten, doch die beiden sanken auf die Knie, Helen zwischen sich eingekeilt. Die Spitze der Klinge verschwand, als das Schwert herausgezogen wurde, und stattdessen quoll ein Schwall dunklen Blutes heraus. Helen beobachtete, wie ein Tropfen von Orions Blut auf eine ihrer vielen Wunden fiel und sich mit ihrem Blut vermischte.

Das war der Erste, dachte sie hilflos. Donnergrollen erfüllte die klare, wolkenlose Nacht.

»Mein Messer«, keuchte Orion.

Lucas nickte knapp, denn er hatte sofort verstanden, was Orion wollte. Helen versuchte zu sprechen und hoffte, dass ihre Heilung zumindest so weit fortgeschritten war, dass sie Lucas warnen konnte, *nicht* zu kämpfen, aber alles, was sie hervorbrachte, war ein Röcheln.

»Kannst du sie nehmen?«, flüsterte Lucas. Er sah Orion in die Augen, und sein Blick flehte ihn an, ehrlich zu sein. Doch statt zu antworten, schob Orion die Arme unter Helens Körper und nahm sie Lucas ab.

Lucas griff unter Orions Hemd und zog das lange Messer heraus. Dann sprang er blitzschnell auf, hechtete über Orion und Helen hinweg und stieß Automedon von den verwundeten Freunden weg.

Orion hielt Helen eng an sich gedrückt und holte hechelnd Luft, als könnte das seine Heilung beschleunigen. Mit einem schmerzerfüllten Stöhnen rappelte er sich schließlich auf und schlurfte mit Helen in den Armen aus der Höhle.

Draußen entdeckte Helen Zach, der sich am Höhleneingang an die Wand drückte. Seine Augen waren weit aufgerissen und starr. Helen, die immer noch gelähmt war, schrie innerlich, aber sie brachte keinen Ton heraus. Zach sah ihr in das zerschlagene Gesicht und stieß einen verzweifelten Laut aus, der Orion auf ihn aufmerksam machte. Orion funkelte ihn erbost an. Zach war vor Angst wie erstarrt.

Helen spürte, wie Orion den Kopf senkte, das Schwert in Zachs Händen betrachtete und dann erneut dessen Blick suchte. Ohne das geringste Zögern hielt Zach ihm den Griff des Schwertes entgegen. Er bot ihm seine Waffe an.

»Ich bin ein Freund von Helen. Kämpfe du. Ich bleibe bei ihr und passe auf sie auf«, sagte er mit fester Stimme. Orion warf einen Blick auf Lucas, dem Automedon gerade das Knie in den Magen rammte. Damit war die Entscheidung gefallen.

Helen versuchte, sich zu wehren, als Orion sie vor Zachs Füßen auf den Boden legte. Sie wollte *Verräter* fauchen, aber alles, was sie hervorbrachte, war ein tonloses Stottern.

»Ich sorge dafür, dass er zu dir zurückkommt«, versprach Orion leise und küsste Helen auf die Stirn. Er presste eine Hand auf seine verwundete Brust, als könnte das die Schmerzen nehmen, schnappte sich Zachs Schwert und stürzte sich in den Kampf.

»Keine Angst, Helen. Ich habe gerade mit Matt telefoniert. Sie kommen alle. Hector sagt, dass sogar deine Mutter auf dem Weg hierher ist.« Zach versuchte, es ihr bequemer zu machen, indem er hilflos an ihrer Kleidung zupfte und ihr übers blutgetränkte Haar strich. Erst als er sie genauer betrachtete, fingen seine Hände an zu zittern, und ihm traten Tränen in die Augen. »Es tut mir so leid, Lennie. Mein Gott, sieh dir an, was er mit deinem *Gesicht* gemacht hat!«

Helen holte tief Luft, hustete Blut aus, starrte Zach ins Gesicht und setzte all ihre Kraft ein, um ihre eingefrorene Zunge zum Gehorsam zu zwingen.

»Öhe ich«, nuschelte sie. Zach runzelte die Stirn und überlegte, ob sie tatsächlich das gesagt hatte, wonach es geklungen hatte. Helen unternahm einen zweiten Versuch. »Tö-te mich.«

Da sie jetzt endlich wieder die Finger bewegen konnte, fummelte sie an ihrer aufgeschlitzten Kehle herum, um die Kette mit dem Herzanhänger abzureißen, damit Zach sie töten konnte. Doch Zach schüttelte langsam den Kopf und tat absichtlich so, als hätte er sie falsch verstanden. Er hielt sie fest, zog sein Hemd aus und drückte es gegen die Wunde an ihrer Kehle.

Helen blieb nichts anderes übrig, als vom Boden aus zuzusehen, wie Lucas und Orion gegen Automedon kämpften. Alle drei bewegten sich dabei so schnell, dass es fast unmöglich war, ihnen mit den Augen zu folgen. Automedon stand zwischen den beiden und führte jeden Schlag mit Präzision aus.

Helen wusste genug übers Kämpfen, um zu erkennen, dass sie dem perfekten Krieger zusah. Er war stärker, schneller und geduldiger als jeder andere Kämpfer, den Helen je gesehen hatte. Wenn Lucas oder Orion vorsprangen und ihn verwundeten, ließ er die Klingen ungerührt in seinen Körper eindringen. Aus mehreren Wunden quoll eine grünlich weiße Flüssigkeit, aber Helen wusste bereits, dass man ihn auf diese Weise nicht töten konnte. Er wartete nur darauf, dass die beiden müde wurden.

Orion, dessen Brustwunde immer noch blutete, war einen Moment unaufmerksam und kassierte sofort eine Stichwunde in den Magen. Als er zurücktaumelte, nutzte Automedon seine Chance. Statt Orion anzugreifen, der mittlerweile am Boden lag, stürzte er sich auf Lucas. Mit einer schnellen Bewegung schlug er Lucas das Messer aus der Hand, das im hohen Bogen durch die Luft flog. Dann machte er sich zum Angriff bereit.

»Luke!«, schrie Orion, dessen Stimme vor Erschöpfung brach. Er warf Lucas sein Schwert zu, was ihn selbst wehrlos machte. Automedon ließ zu, dass Lucas das Schwert auffing.

Lucas flog über Automedon hinweg und landete vor Orion, der sich mit schmerzverzerrtem Gesicht seine Verletzung hielt. Er versuchte aufzustehen, kippte aber wieder um, und das Blut strömte erschreckend schnell aus seiner Wunde. Lucas nahm eine drohende Haltung ein, die Automedon klarmachen sollte, dass er nur an Orion herankäme, wenn er ihn zuerst erledigte.

Helen sah Automedon lächeln und spürte, wie sich Panik in ihrem Bauch ausbreitete und von dort in ihre Arme und Beine schoss. Das war genau das, was Automedon wollte. Er *zählte* auf ihre Tapferkeit und Selbstlosigkeit. Diese Tugenden waren ihr Verderben. Helens Haut knisterte mit statischer Elektrizität, aber ihr fehlte die Kraft für einen Blitz. Ohne auf die grausigen Schmerzen zu achten, stützte sich Helen auf ihre gebrochenen Unterarme und begann, auf die beiden zuzurobben.

»Helen, nicht!«, rief Zach entsetzt. Er wollte sie aufhalten, aber als er sie berührte, ließ ihn ein leichter elektrischer Schlag sofort zurückzucken.

»Hört auf, gegen ihn zu kämpfen!«, wollte Helen schreien, doch obwohl ihre Heilung zügig voranschritt, waren ihre Stimmbänder immer noch durchtrennt. Sie brachte nur ein heiseres Krächzen hervor. Automedon hob sein Schwert und schwang es zuversichtlich über seinen Kopf.

»Pass auf«, warnte Orion Lucas, und bevor Automedon mit dem Schwert auf sie einschlagen konnte, bebte der Boden.

Ein gewaltiges Krachen hallte durch die Dunkelheit, und zwischen Automedon und Lucas öffnete sich eine gewaltige Kluft, denn Orion hatte die Erde aufgerissen. Automedon fiel auf die Knie und strampelte hektisch, als der Boden unter ihm nachgab. Lucas gab die Schwerkraft auf und schwebte, während Automedon wie durch Zauberei sein Gleichgewicht wiederfand. Bei diesem Anblick verloren Lucas und Orion alle Hoffnung.

Als das Beben nachließ, landete Lucas vor Orion, umklammerte das Schwert fester und starrte Automedon grimmig an. Sie schienen beide zu wissen, dass keiner von ihnen diesen Kampf gewinnen konnte, aber trotzdem war keiner von beiden zum Aufgeben bereit. Automedon baute sich vor Lucas und Orion auf und verbeugte sich höflich.

»Ihr seid eindeutig die drei, auf die ich mehrere Tausend Jahre gewartet habe«, verkündete Automedon über die meterbreite Kluft hinweg. »Ich danke Ares, dass ich viele Tausend Jahre lang Schlachten schlagen durfte, die mich auf euch vorbereitet haben, denn andernfalls wäre ich hierzu nicht bereit gewesen. Aber die Zeit ist gekommen und jetzt *bin* ich bereit.«

Automedon sprang mühelos über die Kluft und landete vor Lucas und Orion. Mit drei Hieben entwaffnete er Lucas. Nach zwei weiteren hatte er ihn auf die Knie gezwungen. Lucas blutete aus einer tiefen Wunde an der Schulter, versuchte aber immer noch, Orion mit seinem Körper zu schützen.

Helen hörte Lucas schreien und ihre Schmerzen waren wie weggeblasen. Sie stand auf und ihre Haut glühte bläulich und verströmte ungeheure Energie.

»Fass ihn nicht an!«, flüsterte sie heiser. Sie streckte die linke Hand aus und ein gleißend weißer Blitz schoss in einem Bogen daraus hervor und traf Automedon. Er brach zusammen und krümmte sich vor Schmerzen. Helen ließ den Arm sinken und taumelte seitwärts.

Zach, der sich nach Orions Erdbeben wieder aufgerappelt hatte, eilte hinter Helen her und stützte sie, denn es hatte sie so angestrengt, den Blitz zu erzeugen, dass sie nun einer Ohnmacht nahe war. Zach bekam zwar noch einen heftigen Stromschlag ab, aber er biss die Zähne zusammen und hielt sie aufrecht, während sie auf Lucas zutaumelte.

Sie fiel neben ihm um und drückte mit letzter Kraft auf seine Wunde, als könnte sie ihn mit den bloßen Händen zusammenhalten. Sie hörte ein entferntes Donnergrollen und wusste, dass sich ihr Blut mit seinem mischte, aber das war ihr egal. Sie konnte nicht aufhören, ihn zu berühren. Sie musste ihn nur von Orion fernhalten, dann wäre das Ritual gestoppt.

Helen spürte, wie etwas ihren nackten Knöchel packte, und musste feststellen, dass es Automedon war, der sie über den Boden zu sich zerrte, damit sie sich nicht länger in seine Pläne einmischte.

»Es ist zu spät, Prinzessin«, sagte er gelassen.

Helen schaute auf und sah, wie Lucas und Orion einander stützten, als sie gemeinsam versuchten, sie Automedon wieder zu entreißen. Orions Brustwunde war gegen Lucas' blutende Schulter gepresst. Zum dritten und letzten Mal grollte der Donner durch den Himmel.

»Es ist vollbracht«, verkündete Automedon und schloss einen Moment lang erleichtert die Augen.

Helen sah Lucas und Orion an. Ihr Gesichtsausdruck verriet ihnen, dass gerade etwas Bedeutendes passiert war – auch wenn sie noch nicht wussten, was.

»Und jetzt zu dir, Sklave«, sagte Automedon und sprang auf die Füße. Er hatte sich vollkommen von Helens Blitz erholt. »Du hast auf diesen Dolch geschworen, zu dienen oder zu sterben. Und am Ende hast du nicht gedient.«

Er zog einen juwelenbesetzten Dolch aus der Scheide an seinem Gürtel. Bevor Helen ihren verletzten Körper auf die Knie hieven konnte, um Zach zu schützen, stach Automedon die Klinge bereits mitten in seine Brust.

Helen fing ihn auf, als er neben ihr zu Boden sank. Plötzlich sah sie ihn wieder vor sich, wie er in der zweiten Klasse vom Klettergerüst gefallen war und sich den Knöchel verstaucht hatte. Auch da hatte er diesen fassungslosen Ausdruck im Gesicht gehabt, und genau jetzt sah er wieder aus wie ihr sieben Jahre alter Freund, mit dem sie das Mittagessen aus der Lunchbox getauscht hatte.

»Oh nein, Zach«, flüsterte Helen entsetzt und legte ihn so sanft auf den Boden, wie sie konnte. Automedon wandte sich gleichgültig ab und hob die Hände in den blauen Morgen, der am Horizont herandämmerte.

»Ich habe meinen Teil erfüllt, Ares«, sagte er freudig. »Jetzt gib mir, was ich verlange. Vereine mich wieder mit meinem Bruder.«

»Helen«, keuchte Zach eindringlich, während Automedon noch in den Himmel sprach. »Sein Blutsbruder ... war kein Gott, wie Matt geglaubt hat.« Er packte das Messer, das in seiner Brust steckte, und begann, es herauszuziehen, was seine Verletzung nur noch schlimmer machte.

»Nein, lass es drin. Du wirst verbluten!«, wisperte Helen mit ihrer heiseren Stimme, aber Zach hörte nicht auf, bis Helen ihm schließlich half, es herauszuziehen. Er schloss ihre Hände bedeutungsvoll um den Griff der kleinen Klinge.

»Es war *Achill*.«

Zach ließ den Kopf sinken und drehte ihn zu Automedons Füßen, die nur Zentimeter von seinen sterbenden Augen entfernt waren. Ohne nachzudenken, drehte Helen das Messer in der Hand, umklammerte das Heft und stach Automedon in die Ferse.

Sein Kopf fuhr entsetzt herum und er starrte auf Helen hinunter. Schock und Unglauben ließen sein Gesicht erstarren. Es dauerte nur Sekunden, bis er zu einer Statue aus Stein wurde, die sofort Risse bekam, dann zerbröckelte und schließlich zu einem Häufchen Staub zerfiel. Helen warf Zach einen Blick zu und sah, dass er lächelte.

»Halt durch«, krächzte Helen und suchte nach etwas, das sie auf Zachs Wunde drücken konnte. Sein blutiges Hemd lag ein paar Meter entfernt.

»Geh nicht weg«, flehte Zach und hielt Helen am Arm fest, als sie versuchte, auf das Hemd zuzukriechen. Mit der anderen Hand griff er in den Haufen Staub, der einst Automedon gewesen war, zog den hübschen Dolch daraus hervor und gab ihn Helen. »Sag Matt, dass er mir ein guter Freund war.«

Sein Körper entspannte sich und seine Augen wurden leer. Helen wusste, dass er tot war.

»Siehst du, Eris, ich habe ihn nicht betrogen – der Wunsch des Myrmidonen wurde erfüllt«, verkündete eine Stimme, bei der Helen fast das Herz stehen blieb. »Er ist wieder mit Achill vereint. Nur nicht auf der Erde, wie er es gern gehabt hätte!«

»Wenigstens ist sein Sklave bei ihm, um ihm auch in der Unterwelt zu dienen«, zischte eine Frauenstimme.

Helen schloss Zachs Augen und schwor sich, dafür zu sorgen, dass Zach die Elysischen Felder erreichte, aus dem Fluss der Freude trank und nie wieder jemandem dienen musste. Dann drehte sie sich zu dem um, was sie bereits riechen konnte.

Ares stand auf der anderen Seite der Kluft, eingerahmt von seiner Schwester Eris und seinem Sohn Phobos. Helen ließ den Kopf hängen und atmete schwer. Es war also wahr. Die Götter hatten den Olymp verlassen. Sie spürte eine Hand auf ihrer Schulter, und als sie aufschaute, knieten Lucas und Orion neben ihr.

»Wie?«, keuchte Orion und deutete auf Ares.

»Wir drei«, antwortete Helen, »sind zu Blutsbrüdern geworden.«

Lucas und Orion tauschten einen schmerzlichen Blick, weil ihnen klar wurde, wie ihr Heldenmut gegen sie verwendet worden war.

»Kannst du fliegen?«, flüsterte Lucas und hielt den verletzten Arm dicht an den Körper gedrückt. Orion hatte so viel Blut verloren, dass er ganz blass und zittrig war. Die beiden waren eindeutig nicht mehr kampfbereit. Helen sah Ares über den tiefen Spalt im Boden hinweg an.

Sie hatte schon früher Wut verspürt, aber diese war anders. Sie musste wieder daran denken, wie hilflos sie sich gefühlt hatte, als sie gefesselt und wehrlos seinen Misshandlungen ausgeliefert war. Sie vermutete, dass er schon mit zigtausend anderen Menschen so umgesprungen war. Und jetzt war er wieder frei. Helen fühlte sich verpflichtet, dafür zu sorgen, dass er nie wieder jemanden folterte. Sie hatte dieses Monster auf die Welt losgelassen. Sie musste ihm ein Ende bereiten.

»Ich gehe nirgendwohin.« Sie erhob sich mühevoll. Eines ihrer Beine gehorchte noch nicht wieder, aber für ihren Plan war das auch nicht nötig.

»Bist du verrückt geworden?«, fuhr Orion sie an. Er zupfte an ihrem Arm, um sie zu veranlassen, wieder in Deckung zu gehen. Aber Helen legte eine Hand auf seine, bis er damit aufhörte.

»Helen, du kannst nicht hoffen, das hier zu gewinnen«, sagte Lucas resigniert, als wüsste er längst, dass er verloren hatte. Er baute sich neben ihr auf, nahm ihre Hand und sah Orion an. »Wie fühlst du dich?«, fragte er.

»Grauenvoll.« Orion kämpfte sich ebenfalls auf die Beine. »Und ich bin ziemlich sicher, dass es mir gleich noch viel schlechter gehen wird.«

Helen hätte die beiden gern angelächelt und ihnen gesagt, wie sehr sie sie liebte, aber ihr Gesicht tat so weh, und sie konnte kaum sprechen, und so drückte sie ihnen nur dankbar die Hand.

»Haben wir einen Plan?«, fragte Lucas, als rechnete er nicht wirklich damit.

»Wollt ihr tatsächlich gegen mich kämpfen, Göttersprösslinge?«, schrie ihnen Ares über die Kluft hinweg ungläubig zu. Helen ignorierte ihn.

»Wie tief ist dieser Riss, Orion?«, fragte sie leise.

»Wie tief brauchst du ihn?«

»Reicht er hinunter bis in die Höhlen? Die mit den Portalen?«, fuhr sie fort. Orion nickte verwirrt. »Kannst du ihn *breiter* machen, wenn ich es sage?«

»Klar, aber …« Orion verstummte, als er begriff, was Helen

vorhatte. Er runzelte die Stirn und begann, den Kopf zu schütteln, doch er bekam keine Gelegenheit mehr, seine Bedenken in Worte zu fassen.

Ares hob sein rostiges, schartiges Schwert über den Kopf und ging in Flammen auf. Aber falls er gehofft hatte, Helen damit abzuschrecken, lag er falsch. Helen hechtete über die Kluft und warf sich in ihrem schweren Zustand auf ihn, noch bevor er seinen Kampfschrei beenden konnte.

Sie rammte ihn direkt am Rand des Abgrunds einen halben Meter tief in den Boden. Er versuchte, ihr den Kopf abzuschlagen, aber sie stieß seine Klinge mit ihrem unverwundbaren Handrücken weg, als würde sie eine Fliege verjagen. Das widerwärtige Schwert flog im hohen Bogen in den Abgrund. Ares starrte ihm mit offenem Mund hinterher.

Bevor er sich von dem Schock erholen konnte, schlang Helen ihre Knie um seine Rippen, grub die Finger in seine Kehle und presste ihm mit all ihren verletzten Gliedmaßen die Luft ab. Seine Flammen wurden heißer, als wollte er sie verbrennen, aber Helen drückte nur noch fester zu. Ihre Blitze waren zehnmal heißer als jedes Feuer, und um ihm das zu beweisen, schoss sie ihm mit beiden Händen zwei Blitze in den Hals.

Während Ares sich unter Helens Attacke wand, stürzten sich Lucas und Orion auf Eris und Phobos und prügelten auf sie ein. Natürlich konnte ein Scion keinen Unsterblichen töten, aber das war Helen egal. Der Tod war ohnehin noch zu gut für Ares.

»Orion! Jetzt!«, schrie sie. Sie umklammerte Ares mit Armen und Beinen und machte sich schwerer als je zuvor. Ares wurde unter ihr größer und größer und brüllte vor Wut, aber sie klammerte sich weiterhin verzweifelt an ihm fest. Einen Moment lang fürchtete sie, dass Orion es nicht schaffen würde.

Unter ihr rumpelte der Boden, bis er schließlich wegbrach. Ineinander verkrallt, stürzten Helen und Ares in die tiefe Schlucht und sausten direkt auf das eisige Portal zu, das undeutlich am Boden des Abgrunds schimmerte.

Helen wusste nicht, ob es funktionieren würde. Sie konnte in allen Bereichen der Unterwelt kommen und gehen, wenn sie schlief, aber dies war das erste Mal, dass sie es wach versuchte. Sie wusste nicht, ob sie ein bestehendes Portal öffnen oder nur im Schlaf ein neues erschaffen konnte. Sie konzentrierte sich darauf, sich zu entspannen, wie sie es auch vor dem Einschlafen immer tat, und hoffte das Beste. Kurz bevor sie auf dem Boden aufschlugen, fing sie an zu sprechen.

»Öffne dich, Tartaros, nimm Ares und sperre ihn auf ewig mit all den schwarzen Seelen ein, die er betrogen hat«, sagte sie.

Sie konnte zwar keinen Unsterblichen töten, aber sie war ziemlich sicher, dass sie Ares für immer im Tartaros einsperren konnte, wenn sie ihn durch das Portal brachte. Aus eigener Erfahrung wusste Helen, dass dieses Schicksal schlimmer war als der Tod.

Das Eis brach auf und sie und Ares hörten auf zu fallen und schwebten nur noch in der Luft. Hundert Hände, die sich aus Gestein und Eis ihren Weg bahnten, griffen nach Ares.

»Unmöglich«, hauchte er, und sein Blick traf den von Helen.

»Zur Hölle mit dir«, flüsterte sie.

Und dann ließ sie ihn los. Ares schrie wie am Spieß, als ihn die hundert Hände in das dunkle Loch zogen. Unzählige Arme schlangen sich um ihn, bis der Gott des Krieges schließlich unter ihnen verschwand.

Das Portal schloss sich und Helen fand sich am unteren Ende eines tiefen Abgrunds schwebend wieder. Hier unten war es totenstill. Alles, was sie hörte, war ihr eigenes erschöpftes Keuchen.

Vor ihren Augen verschwamm alles. Da sie kaum noch die Kraft zum Schweben aufbrachte, zog sie sich mit den Händen an der Wand hoch. Ihr Körper begann vor Schwäche zu zittern. Als sie höher kam, hörte sie, wie mehrere Personen nach ihr riefen. Sie kämpfte sich weiter nach oben vor und weinte vor Müdigkeit und Schmerzen.

Gerade als ihre Kräfte sie endgültig verließen, griffen zwei Hände über den Rand und zogen sie hinauf in die blassrosa Morgendämmerung.

18

Ich habe ihn erstochen, aber eigentlich war es Zachs Verdienst. Er war es, der herausgefunden hat, wie man Automedon töten kann.« Helen löste Matts Hand von Zachs Handgelenk und überreichte ihm den schmuckvollen Dolch. »Er wollte, dass du das Messer bekommst und dass ich dir sage, was für ein guter Freund du ihm warst.«

Matt betrachtete das antike Stück. »Ich will das Ding nicht.«

»Nimm es«, verlangte Helen. »Es war sein letzter Wunsch, und mein Hals tut viel zu weh, um mit dir zu streiten.«

Matt lächelte sie traurig an und drückte sie von der Seite kurz an sich. Er betrachtete den Dolch einen Moment lang ausdruckslos und steckte ihn dann unter dem Hemd in den Gürtel. Sie fühlten sich beide schrecklich, weil beschlossen worden war, Zachs Leiche auf den Straßen von Nantucket zu lassen, aber ihnen war natürlich klar, dass es keine bessere Methode gab, als seinen Tod als Folge der Straßenschlachten zu inszenieren.

»Ich werde ihn nicht an einem unwürdigen Ort zurücklassen, das schwöre ich. Es tut mir sehr leid um deinen Freund, Matt«, sagte Pallas ungewöhnlich mitfühlend. Er legte Matt eine Hand

498

auf die Schulter, bis dieser zu ihm aufsah und ihm mit einem Nicken signalisierte, dass er nun bereit war, Zach gehen zu lassen. Pallas nahm den Leichnam in die Arme und rannte so schnell mit ihm davon, dass es fast so aussah, als hätten sie sich in Luft aufgelöst.

Ohne dass sie ihn fragen musste, bot Matt Helen seine Hilfe an und trug sie zum Rand des Abgrunds. Ihr Bein war an mehreren Stellen gebrochen, wo Ares sie getreten hatte, und sie konnte immer noch nicht darauf stehen, aber wie alles andere an ihr heilten die Brüche bereits. Zumindest konnte sie schon wieder mit beiden Augen sehen, auch wenn das rechte noch enorm geschwollen war. Helen hatte vieles, wofür sie dankbar sein konnte. Eris und Phobos hatten nach ihrem Sieg über Ares die Flucht ergriffen, und sofort nachdem sie aus der Grube gekommen war, hatte Daphne ihr gesagt, dass ihr Vater und die Zwillinge noch am Leben waren. Im Gegensatz zu Zach. Matt setzte Helen zwischen Orion und Lucas ab und starrte genau wie Hector und Daphne in das Loch.

»Ich habe es euch doch schon gesagt«, erklärte Orion, der sich zögerlich Wundkompressen auf seine Verletzungen drückte. »Das Portal ist geschlossen. Seht auf mein Handgelenk.« Er hielt den Zweig von Aeneas hoch. »Wenn er *nicht* glüht, bedeutet das, dass *kein* Portal in der Nähe ist. Kann ich jetzt bitte die Kluft wieder schließen, bevor der Bauer reinfällt, dem das Land hier gehört?«

Lucas musste über Orion lachen, hörte aber schnell wieder damit auf und griff sich an die Schulter, die sein Vater gerade bandagierte. Helen merkte, dass Orion es satthatte, Fragen zu beantworten. Er wurde schnell sarkastisch, wenn er genervt war. Sie beschloss, ihm zu Hilfe zu kommen.

»Ich habe das Portal geschlossen, und zwar für immer«, krächzte sie durch ihre heilenden Stimmbänder. »Auf diesem Weg kommt Ares nicht mehr raus, wenn er es überhaupt schaffen sollte. Du kannst den Abgrund also wieder schließen, Orion.«

»Und woher willst du das wissen?«, fragte Daphne zweifelnd. »Hast du die Möglichkeit, hinunterzugehen und nachzusehen, Helen?«

»Daphne, sieh sie dir doch an. Sie hat für diese Nacht genug gelitten. Bedräng sie nicht so«, sagte Castor, vernünftig wie immer, während er Lucas' Schulter verarztete. »Wenn Helen und Orion sagen, dass es in Ordnung ist, den Riss zu schließen, dann soll er ihn schließen.«

Daphne hob gereizt die Hände und pustete geräuschvoll die Luft durch die Lippen, als müsste sie allen zeigen, dass sie zwar überstimmt, aber trotzdem anderer Meinung war. Hector verdrehte die Augen und tauschte mit Orion einen Blick. Anscheinend waren die beiden mit dieser Reaktion von Daphne bestens vertraut, auch wenn Helen sie gerade zum ersten Mal gesehen hatte.

»Schließ das Loch«, sagte Hector zu Orion. Der aufgerissene Erdboden bewegte sich mit einem knirschenden Geräusch und mit einem leisen Dröhnen schloss sich der Spalt.

»Jetzt werden wir es wohl nie erfahren«, bemerkte Daphne schnippisch.

Helen hätte ihr am liebsten eine Ohrfeige verpasst, aber sie konnte ohne Matts Hilfe nicht aufstehen. Sie sah sich nach ihm um und stellte fest, dass Matt den Boden nach etwas absuchte.

Plötzlich bückte er sich, durchwühlte den Haufen Staub, der von Automedon übrig geblieben war, und zog etwas Glänzendes daraus hervor. Helen erkannte die Scheide des Dolches und fragte sich, wieso er sie haben wollte.

»Hey. Bist du okay?«, erkundigte sich Orion und riss sie damit aus ihren Gedanken. Er legte ihr einen Finger ans Kinn, damit sie stillhielt und er sich ihr verletztes Auge ansehen konnte. Als er sie untersuchte, lehnte er sich zur Seite und rief über ihre Schulter: »Hey, Luke. Hast du das hier schon gesehen?«

»Allerdings«, sagte Lucas und nickte. »Ist dir die Form aufgefallen?«

»Klar. Sehr passend.«

»Wovon redet ihr da?«, fragte Helen.

»Du hast eine blau-weiße Narbe auf deiner rechten Iris, Helen. Die Art Narbe, die Scions nicht wieder loswerden«, erklärte ihr Lucas gelassen. »Sie hat die Form eines Blitzes.«

»Sieht das sehr fies aus?«, fragte sie Orion panisch, weil sie bereits fürchtete, dass ihr nie wieder jemand ins rechte Auge schauen würde. Orion fing an zu lachen, hörte aber schnell wieder damit auf und drückte auf seine Wunden, wie es Lucas vorher auch schon getan hatte.

»Also, eigentlich sieht es total cool aus. Auch wenn es mir nicht gerade gefallen hat, wie du dazu gekommen bist«, fügte er ernster hinzu.

»Mir auch nicht.« Mit oder ohne Narbe würde Helen diese Nacht für den Rest ihres Lebens nicht mehr vergessen. Sie hoffte nur, dass Morpheus ihr gewogen sein und keine Albträume schicken würde.

»Wir müssen eine Versammlung einberufen«, sagte Daphne zu Castor. »Und zwar von *allen* Häusern. Atreus, Theben, Athen und Rom.«

»Ich weiß«, bestätigte Castor und nickte. Dann sah er zu Orion hinüber und zuckte mit den Schultern. »Wann würde es dir am besten passen?«

Helen, Lucas und Orion mussten unwillkürlich lachen, aber ihre Ausgelassenheit verschwand schnell wieder, als ihnen bewusst wurde, *wieso* sich die Vertreter aller Häuser treffen mussten. Sie würden allen Scions sagen müssen, dass ein Krieg ausgebrochen war und sie einen Plan brauchten, um damit fertigzuwerden.

»Bis es so weit ist, sollten wir alle anrufen, die wir kennen, und ihnen raten, vorsichtig zu sein«, schlug Hector vor.

»Glaubst du wirklich, dass sich die Götter einen nach dem anderen von uns vornehmen werden?«, fragte Lucas zweifelnd.

»Nein«, sagte Matt, der sich wieder zu ihnen gesellt hatte. »Ich denke, die wollen einen richtigen Krieg. Irgendwas Großes und Heldenhaftes.«

»So macht es ja auch mehr Spaß«, murmelte Helen abwesend, die an Ares und seine verdrehte Vorstellung vom Spielen dachte.

»Das hier ist kein Spiel«, erinnerte Hector Helen und Matt. »Die Götter haben gesehen, wozu Helen fähig ist, und wissen, dass das, was ihnen bevorsteht, schlimmer ist als der Tod. Ich weiß nicht, wie es euch geht, aber ich würde die Ewigkeit lieber in den Elysischen Feldern verbringen statt im Tartaros. Wenn ich Zeus wäre, stünde Helen ganz oben auf meiner Liste, und ich schätze, dass Orion und Lucas die Plätze zwei und drei einnehmen. Ob es uns gefällt oder nicht, die Häuser sind vereint. Von jetzt an halten wir zusammen. Niemand verlässt die Gruppe.«

Alle bekundeten ihre Zustimmung. Hector war schon immer ihr Held gewesen.

Einen Moment lang sah Helen ihn in einem Brustharnisch und mit einem Speer in der Hand zu seinen Truppen sprechen. Jason stand hinter ihm und hielt stolz Hectors Helm mit dem Federbusch. Am Fuß der Burgmauern brüllten die tapferen Krieger Hectors Namen und erfüllten ihn mit Ehre.

»Dass alles so perfekt gepasst hat, um Ares in den Tartaros zu verbannen, war ein echter Glücksfall«, sagte Helen und blinzelte so lange, bis die Vision des in der Sonne rotgolden schimmernden Hector wieder verschwand. »Es ist nichts, das sich beliebig wiederholen ließe.«

»Aber es ist passiert«, sagte Daphne und sah Hector aufgeregt an. »Und jetzt wissen die Götter, dass ihnen dasselbe passieren könnte wie Ares. Sie sollten zur Abwechslung *uns* fürchten.«

Helen sah zu, wie ihre Mutter beim Herumlaufen nachdenklich ihre Unterlippe knetete. Es schien fast, als wollte Daphne diesen Krieg, aber wieso? Man konnte Daphne zwar vieles nachsagen, aber bestimmt keine Todessehnsucht. Helen verdrängte diesen Gedanken und überzeugte sich selbst davon, dass Daphne vermutlich nur so zuversichtlich war, weil die Chance bestand, dass die Götter auf den Krieg verzichteten, nachdem sie ihnen mit dem Tartaros gedroht hatten. So musste es sein. Helen kniff ihre geschwollenen Augen zu, weil sie den schmerzenden Kopf wieder freibekommen wollte, doch da nahm Lucas ihre Hand und drückte sie kurz, um ihre Aufmerksamkeit zu wecken.

»Mein Dad meint, dass Jerry und die Zwillinge jetzt wach sind«, sagte er leise. Doch als er sah, wie Helen die Tränen in die Augen traten, runzelte er die Stirn. »Bist du in Ordnung?«

Helen lächelte ihn an und schüttelte den Kopf. Sie war nicht in Ordnung und auch sonst war nichts in Ordnung. Sie drehte sich um und ergriff Orions Hand.

»Willst du meinen Dad kennenlernen?«, fragte sie ihn.

»Klar. Ich schätze, du solltest meinen auch treffen«, antwortete er, doch diese Aussicht schien ihn nicht besonders zu freuen. Er sah traurig aus. Sein Kopf kippte nach vorn und er blinzelte ein paarmal, um nicht das Bewusstsein zu verlieren.

»Wir sollten aufbrechen«, sagte Castor besorgt. »Ihr drei seid in ziemlich schlechter Verfassung. Wir müssen euch nach ›Sconset‹ schaffen. Daphne? Hector? Lasst uns gehen.«

Helen, Lucas und Orion waren noch zu schwach zum Stehen und mussten nach Nantucket getragen werden. Anfangs sträubte sich Helen noch, aber nur einen Moment, nachdem Daphne sie hochgehoben hatte, überwältigte sie ihre Erschöpfung. Sie hätte nie damit gerechnet, aber Daphnes Nähe fühlte sich vertrauter an, als sie es für möglich gehalten hatte.

Helen warf einen Blick auf Orion und schaute dann zu Lucas hinüber, bevor sie den Kopf auf Daphnes Schulter sinken ließ und vom beruhigenden Herzschlag ihrer Mutter in den Schlaf gewiegt wurde.

Wer ist wer?

Scions

* Halbgötter; halb Mensch, halb Archetyp; sehen der historischen Figur ähnlich, nach der sie ihr Leben ausrichten sollen – nicht ihren Eltern
* Haben übermenschliche Fähigkeiten und Kräfte (z. B. Schnelligkeit, Wendigkeit, extremes Hör- und Sehvermögen, Schönheit, Intelligenz, Selbstheilung, überdurchschnittliche Stärke)

4 Häuser

* Die vier Häuser der Scions – Atreus, Rom, Theben und Athen – sind die verschiedenen Blutlinien des königlichen Adels aus dem alten Griechenland
* Kein Haus stammt ausschließlich von nur einem Gott ab, dennoch gehen die vier Häuser auf die Götter Zeus, Aphrodite, Apollon und Poseidon zurück

Rogues

* Halbgötter (Scions), deren Eltern aus verschiedenen Häusern stammen, aber nur ein Haus kann sie für sich beanspruchen
* Das führt dazu, dass zwischen Kind und einem Elternteil der Erinnyen-Fluch wirkt und sie sich gegenseitig umbringen wollen

Helen Hamilton

* Halbgöttin aus dem Haus von Atreus und dem Haus von Theben
* Rogue (ihre Eltern stammen aus verschiedenen Häusern)
* Tochter von Ajax (verstorben) und Daphne
* Stiefvater Jerry Hamilton
* Beste Freundin von Claire Aioki
* 17 Jahre alt
* Cousine von Lucas, Cassandra, Hector, Jason, Ariadne und Kreon
* Kann fliegen, Blitze erzeugen und besonders schnell rennen
* Hat Selbstheilungskräfte

* Kann Lucas spüren, wenn er unsichtbar ist

Daphne Atreus
* Stammt aus dem Haus von Atreus
* Mutter von Helen
* Frau von Ajax (verstorben)
* Lebt seit dem Tod von Ajax auf der Flucht

Lucas Delos
* Halbgott aus dem Haus von Theben
* Erbe des Hauses von Theben
* Sohn von Noel und Castor Delos
* 17 Jahre alt
* Älterer Bruder von Cassandra
* Cousin von Helen, Hector, Jason, Ariadne und Kreon
* Kann fliegen und hervorragend kämpfen
* Ist ein Falschfinder – er erkennt, wenn jemand lügt
* Hat Selbstheilungskräfte
* Schattenmeister – er kann Licht um sich in Schatten und Dunkelheit verwandeln

Cassandra Delos
* Halbgöttin aus dem Haus von Theben

* Tochter von Noel und Castor Delos
* 14 Jahre alt
* Jüngere Schwester von Lucas
* Cousine von Helen, Hector, Jason, Ariadne und Kreon
* Kann in die Zukunft sehen wie eine Art Medium
* Ist als Orakel Werkzeug der Parzen
* Hat Selbstheilungskräfte

Castor Delos
* Halbgott, Erbe des Hauses von Theben
* Sohn von Paris
* Vater von Lucas und Cassandra
* Mann von Noel Delos
* Bruder von Pallas, Ajax (verstorben), Pandora (verstorben), Tantalus

Noel Delos
* Normalsterbliche
* Mutter von Lucas und Cassandra
* Frau von Castor
* Hervorragende Köchin

Hector Delos
* Halbgott aus dem Haus von Theben

507

* Älterer Bruder von Jason und Ariadne
* 17 Jahre alt
* Sohn von Aileen (verstorben) und Pallas
* Cousin von Helen, Lucas, Cassandra und Kreon
* Hat Selbstheilungskräfte
* Kann Licht manipulieren
* Kann unter Wasser atmen, reden und laufen

Jason Delos

* Halbgott aus dem Haus von Theben
* Zwillingsbruder von Ariadne und jüngerer Bruder von Hector
* 16 Jahre alt
* Sohn von Aileen (verstorben) und Pallas
* Cousin von Helen, Lucas, Cassandra und Kreon
* Hat Selbstheilungskräfte
* Kann auch andere heilen

Ariadne Delos

* Halbgöttin aus dem Haus von Theben
* Zwillingsschwester von Jason und jüngere Schwester von Hector
* 16 Jahre alt

* Tochter von Aileen (verstorben) und Pallas
* Cousine von Helen, Lucas, Cassandra und Kreon
* Hat Selbstheilungskräfte
* Kann auch andere heilen

Pallas Delos

* Halbgott aus dem Haus von Theben
* Vater von Hector, Jason und Ariadne
* Mann von Aileen (verstorben)
* Älterer Bruder von Castor, Ajax (verstorben), Pandora (verstorben), Tantalus

Aileen Delos (verstorben)

* Normalsterbliche
* Mutter von Hector, Jason und Ariadne
* Frau von Pallas

Ajax Delos (verstorben)

* Halbgott aus dem Haus von Theben
* Vater von Helen – behauptet Daphne Helen gegenüber
* Mann von Daphne
* Bruder von Pallas, Pandora (verstorben), Castor, Tantalus

Pandora Delos (verstorben)

* Halbgöttin aus dem Haus von Theben
* Jüngere Schwester von Pallas, Castor, Ajax (verstorben), Tantalus
* Wird von Kreon getötet

Tantalus Delos

* Stammt aus dem Haus von Theben
* Mann von Mildred (menschlich)
* Anführer der Hundert Cousins
* Vater von Kreon
* Mörder von Ajax Delos, dem Mann von Daphne

Kreon Delos (verstorben)

* Halbgott aus dem Haus von Theben
* Sohn von Mildred und Tantalus
* Mitglied der Hundert Cousins
* 17 Jahre alt
* Schattenmeister
* Cousin von Helen, Lucas, Cassandra, Hector, Jason und Ariadne
* Hat Selbstheilungskräfte
* Schattenmeister
* Wird von Hector im Kampf getötet, nachdem er selbst Pandora Delos umgebracht hat

Orion Evander

* Halbgott aus dem Haus von Athen und dem Haus von Rom
* Erbe des Hauses von Athen und Anführer des Hauses von Rom
* Erbe des Aeneas
* Rogue – seine Eltern stammen aus verschiedenen Häusern
* 18 Jahre alt
* Seit seiner Kindheit auf der Flucht
* Sohn von Zeus, Poseidon und Hermes (oder Ares)
* Zeus vererbte ihm seine Begeisterung für erotische Abenteuer
* Poseidon vererbte ihm die Fähigkeit, über Wasser zu gehen
* Kann bei Berührung in die Herzen anderer sehen und sie kontrollieren
* Kann Erdbeben verursachen

Freunde aus der Highschool

* Claire Aioki, Matt Millis und Zach Brant

Automedon

* Myrmidone in Gestalt einer Ameise

* Zeichnet sich durch uneingeschränkten Gehorsam, Tapferkeit und überragende Kampfeskraft aus
* Sind körperlich stärker und schneller als Scions und empfindungslos

Zerberus
* Höllenhund und Torhüter, der den Eingang zur Unterwelt bewacht

Hades
* Unterwelt

Tartaros
* tiefste Unterwelt

Olymp
* Hort der Götter / Himmel

Olympische Götter

Zeus
* Göttervater, Gott des Himmels, Herrscher über Blitz und Donner; jüngster Sohn von Kronos und Rhea; jüngerer Bruder von Poseidon, Hades, Hera und Demeter; Vater von Athene, Apollon, Artemis, Ares, Aphrodite, Hermes, Dionysos, Herakles

Poseidon
* Gott des Meeres, der Erdbeben und Pferde; älterer Bruder des Zeus; Sohn von Kronos und Rhea

Hades
* Gott der Unterwelt; ältester Bruder des Zeus; bemächtigte sich durch Raub der Persephone (Tochter von Demeter); seine Begleiter sind Thanatos »der Tod« und Hypnos »der Schlaf«; sein Wächter ist Zerberus, der dreiköpfige Höllenhund

Apollon
* Gott des Lichts, der Musik, der Heilung und der Wahrheit; geboren auf Delos; war Patron und Hüter von Delphi (Stadt und Orakel); Zwillingsbruder der Artemis

IN LOVE – HELEN'S SONG

There's nothing, nothing left for me
dreams are fighting the reality
broken-hearted, disregarded,
alone in a room for two

Perfect, perfect chemistry
a simple song seems like a symphony
to me

When you're in love
there is pain
it's insane
and it feels like dying
when you're in love
you can fly
fly so high

When you're in love
when you're in love

All my troubles I will leave
  them far behind
looking forward there's no need
  to press rewind
nothing's easy, cold and freezy
I'm dancing in a burning room

There is no you
there is no me
I'm drowning in my fantasy

When you're in love
there is pain
it's insane
and it feels like dying
when you're in love
you can fly
fly so high

All the princes, knights
  and thieves
give me back my harmony
dance with me into the light
forever through the night

When you're in love
there is pain
it's insane
and it feels like dying
when you're in love
you can fly
fly so high

Composed by German Wahnsinn
Published by Che!music, Hamburg
©2012

DRESSLER

Den Song zum Download findet ihr auf: **www.goettlich-verloren.de /download**
Weitere Infos auf Facebook unter: **www.facebook.com /Goettlichverdammt**

Demeter

* Göttin der Erde und der Fruchtbarkeit, Schwester und Geliebte des Zeus; dreifaltige Göttin in verschiedenen Manifestationen: Jungfrau, Mutter oder alte Frau

Ares

* Gott des Krieges und der Schlachten; Sohn des Zeus und der Hera; Vater von Deimos und Phobos; ehebrecherische Liebesbeziehung zu seiner Schwester Aphrodite; Halbbruder von Athene

Morpheus

* Gott des Traumes; Sohn des Hypnos, dem Gott des Schlafes. Er kann sich in jede beliebige Form verwandeln und in Träumen erscheinen. Sein Bett besteht aus Elfenbein und ist in einer dunklen Höhle gelegen.

Thanatos

* Gott des sanften Todes; häufig zusammen mit Hypnos, dem personifizierten Gott des Schlafes, abgebildet. Die Göttin des gewaltsamen Todes ist Ker.

Persephone

* Toten-, Unterwelt- und Fruchtbarkeitsgöttin; Gemahlin von Hades, wurde von ihm entführt; Tochter von Zeus und Demeter

Aphrodite

* Göttin der Liebe, der Schönheit und der ewigen Jugend; war mit Hephaistos verheiratet, liebte aber Ares

Eris

* Göttin der Zwietracht und des Streits; Tochter von Nyx und Erebos; begleitet gern Ares; hat den goldenen Apfel der Zwietracht (Zankapfel)

Phobos

* Gott der Furcht; verbreitet Angst und Panik; Sohn von Ares und Aphrodite; wird von Eris als Neffe betrachtet